Joan Aiken

Das Mädchen aus Paris

Roman

Aus dem Englischen von Nikolaus Stingl

Diogenes

Titel der Originalausgabe:
›The Girl from Paris‹

Umschlagillustration:
›La Parisienne‹ von Auguste Renoir,
mit freundlicher Genehmigung von
The National Museum of Wales.

Deutsche Erstausgabe

ISBN 3 257 01682 4

Hinweis an den Leser

Leser, die Madame Becks Pensionat in Brüssel zu erkennen glauben, irren sich nicht; 1854 verkaufte Madame Beck das Recht zur Weiterführung der Anstalt an ihre Cousine Madame Bosschère.

Am 22. Februar 1861 stürzte die Turmspitze der Kathedrale von Chichester mitten in die Kirche. Niemand kam zu Schaden. Turm und Turmspitze wurden später unter Leitung von Sir Gilbert Scott mit einem Kostenaufwand von 60 000 Pfund wiederaufgebaut. Zuvor hatte Sir Christopher Wren versucht, die Spitze mittels eines sinnreichen Pendels zu schützen, und zur Verkürzung des Mittelschiffes und Errichtung einer klassischen Fassade geraten, wozu es jedoch nicht kam. Vielleicht war das nur gut.

I

April 1859

Als Matthew Bilbo nach zwanzig Jahren aus dem Gefängnis kam, war seine erste Regung, die Spitze des nächstgelegenen Hügels zu erklettern.

Es fehlten noch einige Stunden bis zur Dämmerung, als das große Tor hinter ihm zuschlug und er, ein freier Mann mit schwerem Herzen, mitten hinein in die Stadt Winchester ging. Die im Schatten liegenden Straßen waren noch leer und still, feucht glitzernd von einem leichten Regen, der über Nacht gefallen war; er sah keinen Wegweiser oder Menschen, die ihm über seinen Heimweg Auskunft hätten geben können. Doch bald behauptete sich ein lange brachgelegener Hirtensinn, und er begann langsam, doch mit Gewißheit, sich nach Osten aufzumachen, den langgestreckten Hügel hinauf, der nach Petersfield, Midhurst und Petworth führte. Seine Beine fühlten sich seltsam schwach an. Seine Augen schmerzten von unterdrückten Tränen. Werd wohl langsam ein alter Mann, dachte er, so um die fünfzig herum. Das Leben im Gefängnis war so ereignislos gewesen, daß das Rad seiner Erinnerung in letzter Zeit ein, zwei Zähne verloren zu haben schien und sich etwas verschwommen im Kreise drehte, manches ganz deutlich zeigte, doch an anderem nebelhaft vorbeitrieb. Ursprünglich hatte sein Urteil wegen Wilderei auf fünfzehn Jahre gelautet; doch dann hatte er ein paarmal zu fliehen versucht, das erste Mal, als die Nachricht kam, Martha heirate jemand anderen, dann, als man seine Eltern aus der Hütte vertrieb. Er war gefaßt worden, und das hatte natürlich seine Strafe erhöht, und man hatte ihn nach Winchester verlegt. Doch nach Marthas Heirat und dem Tod seiner Eltern hatte er sich dreingeschickt; mit der Zeit hatte er gelernt, ruhig zu sein und zu ertragen, daß die schleppenden Jahre nach ihrem eigenen Schrittmaß kamen und gingen. Die Einsamkeit war schon immer sein Gefährte gewesen, denn die Stille bleibt sich ziemlich gleich, ob man sie nun in einer Zelle oder auf einem verregneten Hang erlebt, wenn sich die Southdown-Herde an den Erdboden schmiegt. Die langen Stunden mit sich selbst als Gesellschaft bedrückten ihn weniger als die meisten Häftlinge. Gewiß, das Mäh der Schafe und der Gesang der Lerchen hatten ihm gefehlt; nun, während er recht langsam und steif die Straße nach Petersfield entlangging, entdeckte er, wie sehr ihm die Luft der Hügel gefehlt hatte; sie schmeckte rein und kalt wie Quellwasser.

Nach fünf oder sechs Meilen begann seine Gefängnissteifheit nachzulassen, und er bewegte sich besser; überdies hatte er den Kamm erreicht und war auf einen ebenen, steinigen Pfad gekommen; vor ihm zeichneten sich die gewölbten Gipfel der Hampshire Downs am verblassenden, östlichen Himmel ab. Wie eine Reihe Pilze, dachte Bilbo vergnügt, und da ihn das Bild an Essen erinnerte, setzte er sich sogleich auf einen gefällten Stamm neben einem Gestrüpp und kaute ein wenig von dem Penny-Laib, der gestrigen Ration, den er, zu verwirrt von Gedanken an die nahende Freiheit, nicht hatte essen können, als man ihn ihm gegeben hatte. So schal er auch war, die frische Luft machte ihn würzig; trotzdem konnte er nicht mehr als die Kruste essen. Sich ausruhend, begann er sofort an seinen verlassenen Schützling zu denken, und Kummer kam über ihn wie eine Wolke.

Er stand auf und ging weiter.

Die Gefängnisleitung hatte ihn mit Kleidern ausgestattet, denn seine eigenen, die man ihm bei der Einlieferung abgenommen hatte, waren, getrocknet, ausgeschwefelt und verstaut, schon lange weggemodert. Sie wären ohnehin zu groß gewesen, überlegte er; er war im Gefängnis etwas geschrumpft. Jetzt hatte er Jacke, Weste, eine Hose und Strümpfe aus dunklem, billigem Wollstoff. Mittels der genehmigten Beschäftigung des Webens von Pferdedecken hatte er es fertiggebracht, achtzehn Schilling zu verdienen, wozu zehn als Bezahlung für die Kleider draufgegangen waren; die restlichen acht klimperten nun in dem Beutel, den er sich selbst gemacht hatte. Aber ich werd mir einen besseren Aufzug als den besorgen müssen, dachte er, denn in den empfindlichen Sachen kann ich keine Schafe hüten; ein paar Wochen, und sie wären durchgewetzt und in Fetzen gerissen. Ich werd einen steifen Hut brauchen und einen Kittel und Ledergamaschen und ein paar Stiefel mit Eisenspitzen. Früh genug, mir darüber Gedanken zu machen, wenn ich daheim in Petworth bin.

Die Sonne, die ein langes Lichtband – purpurrot, hellgelb und kastanienfarben – über den gekräuselten Horizont gebreitet hatte, erschien nun in einem Auflodern regnerischer Pracht.

Ah, dachte Bilbo, das ist doch mal was! Und er machte einen tiefen, zufriedenen Atemzug. Doch da überkam ihn zum erstenmal seit vielen Jahren quälend eine Ahnung dessen, was er verloren hatte, und der Atemzug endete in einem seltsamen, schmerzlichen Stöhnen; begrabene Erinnerungen begannen sich zu regen, von regnerischen Vormittagen auf Barlavington Down, als der wehmütige Chor der Schafe nah und fern widerhallte und seine kleine Schwester Sarah, ein Punkt in der Ferne, sein in ein rot getüpfeltes Taschentuch eingeschlagenes Frühstück brachte.

Hat allerdings keinen Sinn, sich wegen der Vergangenheit aufzuregen, dachte er und schritt kräftig aus, denn er hatte noch mehr als dreißig Meilen zu bewältigen. Trotz des Wiedererwachens alter Kümmernisse und der Gegenwart eines neuen war sein Herz hoffnungsvoll; schließlich kam er im lieblichen, glückverheißenden April heim nach Petworth; die Lerchen zwitscherten aus Leibeskräften am Himmel droben, und unten im Tal waren die Bäume in rötliche Knospen gehüllt.

Er erreichte Petworth nicht vor dem Abend; nach den langen, vergeudeten Jahren in schlechter Verfassung war er gezwungen, ungefähr alle fünf Meilen zu rasten, und obgleich er erpicht darauf war, seinen Geburtsort wiederzusehen, schien es keinen Grund dafür zu geben, sich zu überfordern und ganz erschöpft und mitgenommen dort anzukommen. Er folgte eher Reitwegen als Zollstraßen, um die Begegnung mit Leuten zu vermeiden, denn er verspürte Angst vor menschlichem Kontakt; und so hatte sich die Abenddämmerung über den kleinen Marktflecken gesenkt, als er an die Tür einer Hütte nahe der Zollschranke klopfte.

Ein Kind öffnete die Tür, blauäugig, strohblond, den Finger im Mund.

»Is' deine Mama da, Kleines?« fragte er. »Sag ihr, ihr Bruder ist da – dein Onkel Matt.«

»Hab kein' Onkel Matt«, sagte die Kleine, indem sie den Finger aus dem Mund nahm.

Das war ein Schlag; doch nun kam eine dicke, argwöhnisch blickende Frau, die das Rätsel aufklärte.

»Missus Bowyer? Die is' um die Ecke in die Damer's Bridge gezogen, nachdem ihr Mann krank wurde. Dort wer'n Sie sie finden, gleich im dritten Haus.«

Die Damer's Bridge genannte Straße war glücklicherweise nur ein paar Schritte weiter; doch Matts Empfang dort war kaum freundlicher. Er hätte, dachte er, seine Schwester kaum wiedererkannt; obgleich zehn Jahre jünger als er, war sie weit stärker gealtert; all ihre Zähne waren ausgefallen, ihr einst flachsblondes Haar war grau und spärlich, ihre Augen trübe, und ihr Gesicht war ohne Zähne abgehärmt, ausgehöhlt und im Ausdruck zänkisch geworden.

»Sairy? Ich bin's, Matt.«

Sie schnappte nach Luft, doch nicht freudig überrascht; sein Auftauchen schien ihr eher den Rest zu geben.

»Matt? Was zum Donner machst du denn hier?«

»Ich bin grad' rausgekommen«, sagte er arglos. »Hast du denn nich' Bescheid gekriegt? Ich hab dir über Toby Hedges eine Nachricht geschickt, vor sechs Monaten.«

»Ach so, ja. Er hat wohl was gesagt, aber ich hab's wieder vergessen. Du kannst nich' hierbleiben, Matt«, fuhr sie hastig fort. »Wir sind nun mal zu zehnt in den beiden Zimmern. Wir haben keinen Platz für noch ein Balg, ganz zu schweigen von einem erwachsenen Mann.«

Matt fühlte sich allmählich entmutigt. Seine Füße brannten, nachdem er den ganzen Tag in den billigen Gefängnisschuhen über holprige Wege gegangen war; seine Zehen pochten wie glühende Kohlen.

»Vielleicht könnt' ich eben reinkommen und mich hinsetzen?« schlug er schüchtern vor.

»Na ja – sicher doch.« Widerstrebend trat Sarah Bowyer beiseite, um ihn einzulassen. Das kleine, muffige Zimmer, das direkt auf die Straße hinausging, lag unter Bodenhöhe und roch dumpfig nach angebrannten Resten auf dem winzigen Herd, kochenden, ungeschälten Kartoffeln, alten, verlotterten Kleidern und ungewaschenen Menschenleibern. In dem düsteren, schäbigen Zimmer schienen noch fünf oder sechs ziemlich kleine Kinder zu sein; Matt ließ sich behutsam auf der Ecke einer aufgerissenen Roßhaarcouch nieder.

»Ned da?« fragte er.

Sie schüttelte den Kopf.

»Er arbeitet jetzt in der Schuhfabrik; das Rheuma hat ihn zu sehr verkrüppelt, um für Sam Budd den Blasebalg zu bedienen.« Ned war Gehilfe eines Grobschmieds gewesen. »Sam und Cathy sind jetzt auch in der Schuhfabrik«, fuhr sie fort.

»Das ist gut«, sagte Matt zaghaft.

»Gut? Bei sechs Schilling die Woche? Die Zeiten sind schrecklich hart, Matt. Und wir haben zehn Mäuler zu stopfen; und nur drei, die irgendwas heimbringen.« Sie blickte voll Erbitterung auf die im Zimmer herumwuselnden, mageren, flachsköpfigen Kinder, als berechnete sie, wie lange es dauern würde, bis eines von ihnen eine Gegenleistung für all die Kartoffeln erbringen würde, die sie verzehrt hatten.

»Na, ich werd dir nicht zur Last fallen«, sagte ihr Bruder friedfertig. »Alles, was ich wollte, war ein Bett für die

Nacht, ehe ich zu Mister Strudwick gehe und meinen alten Job zurückverlange.«

»Strudwick? Der nimmt dich nich'«, sagte seine Schwester verächtlich. »Der hat schon lange einen anderen Schafhirten gefunden. Die Zeit steht nich' still, während man im Gefängnis sitzt, Bruder.«

Langsam, widerwillig maß sie ihm eine halbe Tasse Tee aus der braunen Kanne ab, die auf dem Herdeinsatz stand, füllte die Tasse mit heißem Wasser auf und fügte ein, zwei Tropfen Milch aus einer Metallkanne hinzu.

»Dank dir, Sairy.« Er trank den Tee mit Genuß; im Gefängnis war er eine Kostbarkeit gewesen, die nur zu Weihnachten ausgeschenkt wurde. Und er überlegte nüchtern, daß das, was sie gesagt hatte, vollkommen vernünftig war; irgendwie war ihm in all den Jahren nie der Gedanke gekommen, daß seine Arbeit nicht auf ihn warten würde, wenn er seine Strafe abgesessen hatte.

»Was hast du denn erwartet?« fragte Sarah bitter. »Hast du gedacht, sie würden dich mit einem roten Teppich erwarten, wenn du rauskommst? Bis zu meinem Todestag werd ich nich' begreifen, warum du sowas verdammt Dummes getan hast, wie einen Hasen zu stehlen. Hast du denn nich' sehen können, was für ein Unglück daraus entsteht?«

»Ich hab keinen Hasen gestohlen, Mädchen. Ich hab meinen Lebtag keinen Hasen gestohlen. Ich – ich – ich würd' das nie tun.« Matt stotterte bisweilen, wenn er etwas auszudrükken versuchte, was ihm wichtig war; er mußte seinen Worten nachhelfen, indem er mit der Hand herumfuchtelte. Das tat er jetzt. »Ein Hase hat sowas – Geisterhaftes.« Etwas Unheimliches, meinte er, etwas Unseliges. »Weißt du noch, wie Mum immer zu uns gesagt hat, sie gehör'n zum Leibhaftigen? Ich glaub das nich'. Aber ich würd' nie einen anrühren – oder verkaufen – oder essen – nich' um alles in der Welt! Und das hab ich dem alten Mister Paget, dem Richter, auch gesagt – wieder und wieder –, aber er wollt' mir nich' glauben.«

»*Paget!*« Sarah drehte sich um und spie ins Feuer. Ihr Bruder war von der Gebärde einigermaßen entsetzt. Mum hätt' das nich' gefallen, überlegte er. Sie hat uns beigebracht, uns wie anständige Menschen zu benehmen.

»Wenn ein heiliger Engel zu Paget käm' und ihm sagen würd', das Jüngste Gericht ist gekommen, würd' er's nicht glauben«, sagte Sarah.

»Ist er immer noch Richter hier?«

»Aber ja doch. Schickt immer noch Leute ins Gefängnis oder deportiert sie. Aber wenn *du* den Hasen nicht gewildert hast, Bruder«, beharrte Sarah, »wer war's dann?«

»Tja, wer weiß? Vielleicht der junge Barney Lee. Er war schon immer ein halber Zigeuner. Und er hat ihn wohl in meine Hütte geworfen, als er wußte, daß sie hinter ihm her waren. Er war wohl böse auf mich, weil Martha ihn nicht mehr angeschaut hat, als sie und ich versprochen waren.«

Sie hat bald genug jemand anders angesehen, als du erst mal im Gefängnis warst, dachte Sarah, aber sie behielt diesen Gedanken für sich und sagte: »Na, wenn es Barney war, wird es niemand je erfahren, denn er ist vor zwölf Jahren an Typhus gestorben, damals, als Mum und Dad und die anderen von uns gingen.«

»Er ruhe in Frieden, der arme Kerl; er war immer ein dürres, schwach gebautes Geschöpf.«

»Er ruhe in Frieden? Wurmt's dich denn überhaupt nich'?« brach es aus Sarah hervor. »Zwanzig Jahre warst du hinter Schloß und Riegel, dein Mädchen hast du verloren, dein Job ist weg, und alles wegen diesem verlogenen Lump und diesem hartherzigen Richter, und du sitzt da und grinst wie ein Einfaltspinsel. Wenn ich an deiner Stelle wär' – ich würd' die Wände hochgehen vor Wut! Ich würd' was tun wollen.«

»Was tun?« Matt sah sie an, ehrlich verwirrt. Es war schon lange her, daß er sich auf ein solches Gespräch eingelassen hatte; Gedanken kamen ihm langsam.

»Gegen Paget! Damit er an mich denkt! Er hat dein ganzes

Leben kaputtgemacht; und da sitzt er in seinem schönen Haus. Jetzt ist er mit Lady Samt-und-Seide Adelaide verheiratet, der Tochter vom Earl von Sowieso.«

»Was hat die dir denn je getan?« fragte Matt, von Sarahs rachsüchtigem Ton erstaunt.

»Sitzt im Armenausschuß der Gemeinde. Gibt einem nich' mal eine Kerze, wenn man nich' ins Armenhaus geht.«

»Was ist mit Pagets erster Frau passiert?«

»Gestorben, die arme Seele. Ah, das war mal wirklich eine nette Lady.«

»Na siehst du«, meinte Matt, »er hat auch einiges durchgemacht.«

»Ha! Es war ihm gleichgültig! Hat wieder geheiratet, bevor auf ihrem Grab noch Gras gewachsen war.«

Matt seufzte. Die Welt war so voller Unglück, daß es ihm keinen Sinn zu haben schien, darüber nachzugrübeln. Wenn möglich, wandte man sich besser angenehmeren Dingen zu.

»Lerchen haben gesungen, so laut wie ein Sturm, den ganzen Weg über, den ich gekommen bin«, sagte er. »Und die Kirschbäume haben auf dem Hügel geblüht; ich bin froh, daß ich das nich' versäumt hab.«

»Lerchen!« schnaubte Sarah. Dann fingen ihre Ohren einen hinkenden Schritt vor dem Haus auf. »Da ist Ned. Er wird sich wundern, dich zu sehen, ganz bestimmt.« Sie hörte sich nicht so an, als erwartete sie, daß ihr Mann das Kommen seines Schwagers begrüßen würde; und tatsächlich blieb Ned Bowyer, als er hereingehumpelt kam, wie angewurzelt stehen, starrte den Besucher scharf an und sank dann mit einer Art traurigem Stöhnen, das eher Resignation als Freude verriet, auf einen Stuhl.

»Matt will sich nur eben hinsetzen und eine Tasse Tee trinken«, sagte Sarah beschwichtigend. »Ich hab ihm gesagt, daß wir ihn nich' aufnehmen können.«

Wie es seine Art war, widersprach Ned ihr sofort. Er war ein dünner, verkrümmter Mann, vollkommen kahl, mit großen durchscheinenden, abstehenden Ohren und einem von den ständigen rheumatischen Schmerzen, unter denen er litt, gereizten Gesichtsausdruck. Er war jedoch eher starrköpfig als übellaunig und liebte es, wenn möglich, seine Frau ins Unrecht zu setzen. »Weist dein eigen Fleisch und Blut ab?« fragte er. »Was ist denn das für ein Getue? Matt kann drüben im Schuppen vom alten Tom Boxall bleiben, denk' ich. Sam hat Boxalls Hühner gefüttert, damals, als er das Bett hüten mußte, er schuldet uns einen Gefallen.«

Matt sagte, der Schuppen wäre ihm sehr recht; und es fanden sich ein paar Stücke Sackleinen, um ihm ein Bett zu machen. Er lehnte es ab, am Abendessen Neds und der älteren Kinder, einem Eintopf aus Rüben und Kartoffeln, teilzunehmen, und sagte, er habe schon gegessen und ginge gleich zu Bett.

»Verdammt lang her, daß ich dreißig Meilen gelaufen bin«, erklärte er mit seinem scheuen Lächeln.

Sarah schüttelte den Kopf über ihn, als er aus dem Zimmer gegangen war.

»Matt ändert sich nie. Er war immer ein bißchen treuherzig«, sagte sie und meinte töricht: »Stell dir vor! Er hat gedacht, er könnt' einfach wieder seine alte Arbeit kriegen; ihm ist nie der Gedanke gekommen, daß die Leute keinen Verbrecher als Schafhirten wollen.«

»Weiß gar nicht, warum eigentlich«, sagte ihr Mann sofort. »Matt war ein ziemlich guter Schafhirte, hab' ich gehört. Mister Noakes, drüben in Duncton, sucht einen für seine Schafe, seit der alte Ted Goodger gestorben ist. Ich werd's Matt morgen sagen. Es wär' ein hübscher Ort für einen Mann ohne Frau und Familie; da ist auch eine Hütte, oben auf Duncton Down, die gibt's zu der Arbeit dazu.«

Wieder schnaubte Sarah. Manche haben's gut, sagte ihr Gesichtsausdruck; sie müssen nur aus dem Gefängnis kommen, und schon werden ihnen passende Jobs auf dem silbernen Tablett serviert. Gleichwohl hatte sie, in den alten Tagen, ihren Bruder aufrichtig geliebt. Von diesem Gefühl war noch etwas lebendig; und es war ihr eine Erleichterung, zu erfahren, daß er wahrscheinlich keine Belastung für die schmalen Mittel der Familie sein würde.

Trotz der Erschöpfung verging einige Zeit, ehe Matt Bilbo einschlief. Der kleine Holzschuppen war zugig und kälter als seine Gefängniszelle; und zusätzlich lenkten ihn große, leuchtende Sterne ab, die durch Ritzen im Bretterdach sichtbar waren; das Schreien der Eulen im Garten eines großen Hauses namens Newlands nicht weit weg; und all die ungewohnten, heimeligen Gerüche von Dingen im Schuppen, Terpentin, Torf, Leinsamen und Stroh.

Auch war Matt tief besorgt wegen eines Freundes, den er im Gefängnis zurückgelassen hatte. Der arme Simmie, wie wird er sich dort überhaupt durchschlagen, wenn ich nicht auf ihn achtgebe, wenn er den Rappel kriegt, und ihn zurückhalte, wenn er versucht, sich mit den Schließern zu schlagen? Trotzdem, sich zu quälen, würde ihm nicht helfen. Matt versuchte, solche Gedanken beiseite zu schieben, und überdachte das Gespräch mit seiner Schwester. Einige ihrer Worte über Paget fielen ihm wieder ein:

»Da sitzt er, in seinem schönen Haus! Wenn ich an deiner Stelle wär', würd' ich etwas tun wollen, daß er an mich denkt!«

Matt schlief lange am nächsten Morgen, ermüdet von seinen durchwachten Stunden und den ungewohnten Anstrengungen des Vortages. Sarah ließ ihn schlafen, bis sie den Kindern ihr kärgliches Frühstück gegeben hatte; dann weckte sie ihn mit einer Tasse Milch und einem Kanten Brot.

»Ich kann dir das Essen bezahlen, Sairy«, sagte er, von dieser Güte verwirrt und eingeschüchtert.

»Schau sich einer den Mann an! Kannst du denn nichts als selbstverständlich ansehen?« Sarah war heute besserer Laune. Sie erzählte Matt von der möglichen Arbeit in Duncton. »Ned sagt, du gehst am besten gleich hin.«

»Ja, das werd' ich. Und dank ihm recht schön, Sairy. Ich laß dich wissen, wie's mir ergeht. Nach Duncton ist es nur ein Katzensprung. Wenn ich dort arbeite, könnt' ich dich sonntags besuchen.«

»Dann beeil' dich; steh hier nicht 'rum und rede«, sagte sie gutgelaunt.

Matt schlug den Weg ein, der nach Süden aus der Stadt herausführte, auf die South Downs zu, die fünf Meilen weit weg als gewellter Kamm sichtbar waren.

Es war eine kalte, windige Jahreszeit; das gepflügte Land zu beiden Seiten der Straße begann auszutrocknen. Hagedornknospen beperlten die Hecken. Gestern hatte er die Zollstraßen vermieden, doch heute mußte er den Fluß Rother überqueren, wodurch er gezwungen war, der Hauptstraße zu folgen, um die Brücke benutzen zu können. Er fürchtete sich aber immer noch vor all den Reitern, Fuhrleuten, Viehtreibern und Fußgängern, die auf dieser belebten Straße verkehrten. Meine Güte, wie viel Leute hier sind, dachte er und nahm einen Pfad auf der anderen Seite der Hecke, sobald der Fluß hinter ihm lag.

Bald erwartete ihn eine weitere Überraschung. Kein Wunder, daß so starker Verkehr herrschte. Denn während er im Gefängnis gesessen hatte, war die Eisenbahn nach Petworth gekommen – oder zumindest so nahe, wie Lord Leconfield, der Grundbesitzer, der in Petworth House lebte, es zugelassen hatte. Eine Meile außerhalb der Stadt, jenseits des Flusses, gebot ein schmucker, schindelverkleideter Bahnhof über zwei schimmernde, eiserne Geleise, die von Osten nach Westen verliefen; und ein Zug mit zwei hölzernen Waggons schnaufte laut ostwärts, eine Rauchfahne hinter sich herziehend.

»Also sowas«, sagte Matt und kratzte sich am Kopf. »Man möcht' meinen, das würd' die Pferde und Kühe zu Tode erschrecken – bei dem Lärm, den das macht! Aber ich denke, 's ist eine ziemlich feine Art, im Land herumzukommen.«

Das Vieh, ersichtlich an den Lärm gewöhnt, graste weiter friedlich auf den Weiden am Wasser; die Pferde trotteten fügsam die Straße entlang, ohne ihn zu beachten. Da hörte man einen Zweispänner näherkommen, während Matt den mit Heidekraut bewachsenen Hügel hinter dem Bahnhof hinaufstieg. Er vernahm das Geräusch von Hufen, die rasch über die Schotterstraße klapperten, das Knarren des Zaumzeugs, das Knallen einer Peitsche. Immer noch darauf bedacht, eine Begegnung mit Menschen zu vermeiden, bog Matt vom Straßenrand in einen Sandweg ein, der sich durch Stechginster und Heidekraut schräg von der Straße wegschlängelte. Hinter einer Stechpalme stolperte er beinahe über einen großen braunen Hasen, der aufrecht dasaß, in der Luft herumschnupperte und sich sonnte. Aufgeschreckt entsprang der Hase zur Straße hin, in riesigen, absonderlich anmutenden Sätzen, um sich nach allen Seiten einen Überblick zu verschaffen. Gleichermaßen erschrocken blieb Matt stehen, durch den Baum gegen Blicke von der Straße abgeschirmt. Er hörte ein heftiges Krachen, ein Brüllen, den Aufschrei einer Frau und das panische Wiehern von Pferden. Weitere Schreie folgten, und das Getrappel eilender Füße.

Matt, ohne sich zu rühren, begann zu zittern.

Du lieber Himmel, dachte er. Da ist dieser Hase doch tatsächlich vor einen Wagen gelaufen und hat die Pferde scheu gemacht, und der Wagen ist umgekippt.

Aber *ich* werd' nich' hingehen und mich da reinziehen lassen. Ein Hase hat mir in meinem Leben genug angetan. Der da kann sein Unglück woanders hintragen; diesmal wird sich Matt Bilbo raushalten.

Er konnte diese Entscheidung guten Gewissens treffen, denn aus der Anzahl der verschiedenen Stimmen und dem Geräusch eilender Füße auf der Straße konnte man schließen, daß schon eine ganze Reihe von Helfern damit beschäftigt waren, den Opfern des Unfalls beizustehen. Es war nicht nötig, daß Matt Bilbo zusätzlich Hilfe leistete; ja, sehr wahrscheinlich würde er nur im Wege stehen. Und vielleicht ist niemand schlimm verletzt, dachte er hoffnungsvoll.

Stetigen Schritts marschierte er weiter nach Duncton Village.

2

Mai 1859

»Sie würden erwägen, sich von *Miss Paget* zu trennen?«

Lady Morningquest war eine hochgewachsene, eindrucksvolle Erscheinung mit achtunggebietendem Auftreten, aristokratisch geschwungener Nase und hoher, schneidender Stimme; ihr Tonfall verriet Mißbilligung, wie sie etwa der Geber eines hübschen, wertvollen Geschenks erkennen lassen würde, wenn er erführe, daß der Beschenkte beabsichtigte, es an einen Wohltätigkeitsbazar weiterzugeben.

Ihr Gegenüber jedoch, von dem tadelnden Ton gänzlich unberührt, erwiderte gleichmütig: »Nun, sehen Sie, ma chère amie, es ist doch so: Gewiß bin ich la petite Elène Paget zugetan, ich empfinde für sie, wie ich für meine eigene Tochter empfinden würde (wenn ich eine hätte) – und genau das, meine Freundin, ist der Grund, warum ich ihrem Fortkommen nicht im Wege zu stehen wünsche. In der Stadt Paris würde sich ihr doch eine sehr viel größere Perspektive eröffnen. Zweifellos bekäme sie als Ihre Protégée, liebe Madame, Gelegenheit, die Worte von Gelehrten, von Philosophen zu hören – dann ist da die Comédie, die Opéra –, wohingegen hier in Brüssel – pah! Welch eine bornierte, provinzielle Umgebung!«

Gleichwohl überflog Madame Bosschère den Raum, in dem die beiden Damen standen, mit einer gewissen Selbstzufriedenheit. Es war die salle, das heißt das größte Klassenzimmer ihrer Schule für junge Damen, ein stattliches, geräumiges Gemach mit doppelten Glastüren, die auf der einen Seite auf einen mit schwarzem und weißem Marmor gefliesten Korridor und auf der anderen auf einen Garten hinausgingen, der halb von einer Weinlaube verdeckt war. Alles, was man sah, glänzte vor Reinlichkeit und Wohlstand.

Auch Lady Morningquest drehte sich um und musterte den Raum huldvoll durch ihr Lorgnon, bevor sie in verwirrtem Ton antwortete: »Sie bieten mir wirklich Ellen Paget an? Aber ma chère, ich dachte, sie sei Ihre rechte Hand in der Schule, Ihre première maîtresse? Ich fürchte, sie wäre vielleicht zu schade für die Stellung, die ich besetzen möchte; obgleich ich natürlich glücklich wäre, meine liebe kleine Patentochter in Paris zu haben! Aber ich hatte lediglich auf eine achtbare Person gehofft – rechtschaffen, gesetzt, ohne Neigung zu Gefühlswallungen oder Überspanntheiten – vielleicht eine junge Lehrerin, der große Klassen zuviel wurden; oder eine ältere kurz vor der Pensionierung, die sich eine weniger aufreibende Position in einem ruhigen Haushalt sichern möchte...«

Hier hielt Lady Morningquest inne, möglicherweise gehemmt von der Erinnerung, daß man das Hôtel Caudebec auch bei wohlwollendster Betrachtungsweise nicht als ruhigen Haushalt bezeichnen konnte.

Aber Madame Bosschère hatte ihr Zögern nicht bemerkt.

»Meine liebe Freundin, Mademoiselle Paget ist so rechtschaffen und gesetzt, wie man sich das nur wünschen kann, ich versichere Sie: Von Vernunft und Integrität durchdrungen, hat sie auf ihren Schultern den Kopf eines Menschen, der dreimal so alt ist wie sie! Elle est pleine de caractère – formidable, ja wirklich –, ehrlich wie der hellichte Tag, klug wie ein Advokat, aufrecht wie ein Richter!«

Madame sprach in raschem Französisch, was den Effekt hatte, diese Qualitäten irgendwie weniger glaubhaft erscheinen zu lassen. Doch sie fügte mit leidenschaftlicher Aufrichtigkeit hinzu: »Ich sage Ihnen das alles in vollstem Vertrauen, ich, die ich sie gründlich kenne, und das, seit sie eine petite fille war. Sie läßt sich durch ihr Gewissen leiten – ihr englisches, calvinistisches Gewissen! Sie würde wissentlich nicht das geringste Unrecht begehen, sie würde das winzigste Versehen bitter bereuen.«

In diesem Falle, und wenn sie all diese Tugenden besitzt,

frage ich mich, warum Sie sie loswerden wollen, überlegte Lady Morningquest, aufmerksam ihre chère amie betrachtend, die die Musterung mit Aplomb über sich ergehen ließ. Normalerweise würde Madame Bosschère um diese Tageszeit, am späten Vormittag, noch nicht vollständige Toilette angelegt haben; sie würde bequem, doch vollkommen geschäftsmäßig, mit Morgenrock, Nachtmütze aus Musselin, Umschlagtuch und Filzpantoffeln bekleidet sein und sich emsig den Verwaltungsaufgaben ihrer Schule widmen. Doch heute hatte sie sich zu Ehren ihrer erlauchten Freundin und Gönnerin früh angekleidet und erschien geziemend, wenn nicht geradezu elegant, in dunkelbrauner, ihrer rundlichen Gestalt bewundernswert angepaßter Seide und einem Fichu aus Brüsseler Spitze. Madame war nicht groß, doch sie besaß immense Würde; weder errötete noch erbleichte sie unter dem gedankenvollen Blick der Frau des Botschafters. Ja, ein skeptischer Beobachter hätte sich vielleicht gefragt, wie ihr Gesicht von den Spuren der Obsorge und Autorität so ungezeichnet bleiben konnte; lag es an einem ungetrübten Gewissen oder an mangelndem Zweifel und Zartgefühl?

»Lassen Sie mich nachdenken«, sagte Lady Morningquest, »wie lange ist das Kind schon bei Ihnen?«

»Sie ist wohl kaum mehr ein Kind, chère amie! Sie kam mit fünfzehn zu uns; ihre ältere Schwester Eugénie war damals noch bei uns; non – ich habe mich geirrt –, es war Catherine, die zweitälteste. Eugénie war schon abgegangen, um ihren Baronet zu heiraten. Zwei Jahre hat la petite hier als Schülerin studiert; eines, auf ihren eigenen Wunsch, als Schülerin und Lehrerin in einem; und seit nunmehr drei Jahren ausschließlich als Lehrerin. Während welcher Zeit sie, wie Sie sagen, zu meiner rechten Hand wurde.«

»Ist sie während dieser Zeit nie zu Hause gewesen?«

»Oh, mais oui, bien sûr, plusieurs fois. Der Vater, der, wie Sie wissen, Madame, ein sehr korrekter englischer Gentleman ist, bat um die Genehmigung, sie an den Hochzeiten ihrer Schwestern, der Taufe einer Nichte und seiner eigenen

Hochzeit teilnehmen zu lassen... doch sie kehrte jedesmal zurück, und ich glaube, sie war froh darüber. Wie ich höre, wird la petite von der zweiten Frau des Vaters nicht geliebt.«

»Sechs Jahre insgesamt.« Gedankenvoll zählte Lady Morningquest an ihren dünnen, beringten Fingern ab. »Also ist sie jetzt einundzwanzig.«

»Und wie tief ich in Ihrer Schuld stehe, liebe Freundin, daß Sie mich der Familie Paget vorgestellt haben; daß Sie mir die Möglichkeit gegeben haben, einen solchen Schatz zu erwerben! Tatsächlich waren alle drei Paget-Mädchen liebenswerte, ausgeglichene, ernsthafte junge Damen...«

»Sie würden Kitty Paget wohl kaum ernsthaft nennen?«

Madame machte ein unbeschreibliches Gesicht, halb Moue, halb Verständnislosigkeit.

»Ernsthaft, soweit es ihre eigenen Interessen betraf! Ein leichtes Herz, aber ein harter Kopf. Wie ich höre, heiratete sie einen überaus reichen Bourgeois, einen – wie sagt man doch gleich? – Eisenhüttenbesitzer.«

Madame sprach es wie *Aisen'üttenbesitzaire* aus. Es lag beträchtliche Ironie in ihrem Tonfall; selbst bis in die stumpfen Fingerspitzen bourgeoise, empfand sie für die aristokratische Abstammung ihrer Freundin dieselbe leidenschaftslose Achtung, die sie für ein Stück schönes Meissener oder Dresdener empfinden würde; es war offensichtlich, daß sie den gesellschaftlichen Aspekt von Catherine Pagets Heirat beklagte, während sie ihre Nützlichkeit einräumte.

»Sie glauben, Ellen wäre weniger hartköpfig? Weniger auf ihre eigenen Interessen bedacht?«

»Douce comme un ange!«

Die wohlwollende Direktorin schien ihrer jungen Assistentin einige recht widersprüchliche Charakterzüge zuzuschreiben, überlegte Lady Morningquest. Doch sie bemerkte lediglich: »Ellen wird mehr als Sanftmut brauchen, fürchte ich, wenn sie sich im Hôtel Caudebec behaupten soll. Sie müßte eher ein weiblicher Metternich sein.«

»Und auch das kann sie sein«, antwortete Madame, ohne

mit der Wimper zu zucken. »Aber haben sich denn die Dinge im Hause Ihrer Nichte so zugespitzt?«

»Sie könnten kaum schlimmer stehen! Dieser junge Mann benimmt sich meiner armen Louise gegenüber wie ein Ungeheuer. Er vernachlässigt sie grausam – spielt den ganzen Tag und den größten Teil der Nacht; seine Freunde entstammen den schlimmsten Gesellschaftsschichten. Und die unglückselige Louise, anstatt sich mit der Situation auseinanderzusetzen, ruht lediglich in ihrem Boudoir und liest Philosophie! Was das Kind angeht – ich bin verzweifelt. Jeder Dorfbalg bekäme mehr Zuwendung. Ich sage Ihnen, Madame, die ménage ist eine Katastrophe – nach jedem Besuch habe ich zwei Tage lang Migräne.«

Die Witwe blickte ob dieser Enthüllung angemessen entsetzt. »Tiens! Es wird schwierig werden, das gebe ich zu. Aber ich glaube wirklich, Sie haben die richtige Person für diese Aufgabe gefunden, meine Freundin. Ich bin sicher, eine solche Situation würde la petite Elène nicht einschüchtern. Sehen Sie, da kommt sie gerade.«

Die beiden Damen standen auf der Estrade, dem Podium der Lehrer. Auf seinem Geländer lehnend blickten sie über das geschäftige Treiben, das nun in dem langen Klassenzimmer anhob, da die jungen Lyzeatinnen die Anstalt für eine abendliche Festlichkeit vorbereiteten. Der heutige 5. Mai war das Fest von Saint-Annodoc, dem Schutzheiligen der Schule, und wurde traditionell mit einem Essen im Schulgarten, einer Theateraufführung und einem Ball begangen, wozu man Eltern und ausgewählte Freunde einlud. Daher auch Lady Morningquests Eintreffen aus Paris. Ihre Tochter Charlotte sollte in einer stark redigierten Fassung des *Hamlet* die Ophelia geben, und obgleich sich Lady Morningquest, eine Realistin, von der Aufführung nur wenig Vergnügen versprach, war sie nach Brüssel gereist, da sie ihre eigenen Gründe hatte, Madame Bosschère aufzusuchen.

Nun wandte sie sich voll Interesse um und folgte der Blickrichtung der Direktorin.

Obgleich der Crème der Brüsseler Gesellschaft entstammend, waren die höheren Töchter des Pensionats, von denen viele ihre Erziehung bis zu ihrem einundzwanzigsten Lebensjahr oder länger fortsetzten, im allgemeinen groß, grobknochig und stämmig. Heute überschwenglich und ungezwungen, denn es war ein freier Tag, lachten und kreischten sie wie Silbermöwen und rückten energisch das Mobiliar, um den Boden freizumachen. Manche brachten Blumenvasen herein, andere wiesen den betagten Gärtner an, wo er blühende Orangenbäume in Töpfen und Palmen in Kübeln hinstellen sollte – all das ohne die geringste Verlegenheit, obwohl die meisten en déshabillé waren, gekleidet in bedruckte Kattunkittel, die langen flachsblonden Haare auf Papierwickel gedreht, die großen Füße in Stoffpantoffeln. Dann und wann kam aus der salle à manger, wo der Friseur mit seinen Brennscheren untergebracht war, ein Ruf: »Mademoiselle Eeklop au coiffeur!« Die wenigen englischen oder französischen Mädchen in der Gruppe waren wegen ihres kleineren Wuchses, ihrer dunkleren Farbe und ihrer größeren Zurückhaltung im Benehmen sofort erkennbar. Eine junge Dame, die sich insofern von den übrigen unterschied, als sie bereits angekleidet war, in ein dunkelgraues Kleid, dessen quäkerhaft schlichter Schnitt durch die deutliche Eleganz der Linie gemildert wurde, schien die Maßnahmen zu beaufsichtigen und gab den Schülerinnen, dem Gärtner und den Dienstboten Anweisungen, mit einer leisen, klaren, bestimmten Stimme, der jedermann sofort Folge leistete, obgleich ihre Trägerin einige Zoll kleiner war als die meisten ihrer Schützlinge.

»Ja – so wird es sehr schön, Emilie – die Töpfe in Reihen quer unter der Estrade, und die Farne in den Körben da längs; non, Marie, zusammen, nicht auseinander. Wir werden noch viel mehr brauchen. Clara, lauf und sag den kleinen Mädchen aus der première classe, sie sollen herkommen, so viele sich entbehren lassen, dann können sie als Träger hin und her laufen. So kommen sie außerdem nicht auf dumme Gedanken.«

In diesem Moment bemerkte Miss Paget aufblickend die Direktorin und ihren Gast. Sie lächelte ihnen lebhaft zu, wodurch sich auf ihren schmalen Wangen unverhofft Grübchen zeigten, knickste und sagte freundlich: »Entschuldigen Sie, Madame, daß ich Sie nicht schon eher bemerkt habe! Es gibt so viel zu tun, daß man im Hinterkopf auch noch Augen haben müßte. Lady Morningquest, wie geht es Ihnen? Charlotte hat die Stunden bis zu ihrer Ankunft gezählt. Sie geht im Grünen Zimmer ihren Text durch – soll ich sie zu Ihnen schicken?«

»Nein, nein – laß sie ihre Rolle lernen«, sagte die liebevolle Mutter. »Ich wäre mir lieber sicher, daß sie sie in- und auswendig kann und der Familie keine Schande macht. Hinterher ist noch Zeit genug, mit ihr zu reden – und mit dir auch, hoffe ich, meine Liebe, wenn man dich entbehren kann! Ich habe Nachrichten von deinem Vater und deiner Schwester Eugenia, denn ich war kürzlich in Sussex. Aber jetzt möchte ich dich nicht ablenken.«

Mit einem weiteren, lebhaften Lächeln nebst Knicks machte sich Miss Paget diese Entlassung zunutze, um quer durch den Raum zu schießen und auszurufen: »Maude, Toinette, paßt mit der Bank auf, sonst beschädigt ihr noch den Putz. Stellt sie weiter weg von der Wand ab – so – dann könnt ihr die Decke darüberbreiten.«

»Was für einen reinen Pariser Akzent sie hat«, bemerkte Lady Morningquest beifällig. »Ihre Aussprache ist von Ihren flämischen Rangen nicht verdorben worden.«

»Sie macht sich die Mühe, jeden Tag mit unserer lieben alten Mademoiselle Roussel zu konversieren, deren Diktion die eines wahrhaft kultivierten Menschen ist.«

»Sie bräuchte nichts weiter zu tun, als Ihnen und Ihrem Cousin zuzuhören, meine Freundin. Ihrer beider Aussprache ist vorzüglich. Wie geht es dem Professor?«

»Es geht ihm gut, ich danke Ihnen, Madame«, erwiderte die Directrice; doch ihre Stirn umwölkte sich leicht, und das entging dem scharfen Auge ihres Gastes nicht.

»Ich hatte keine Ahnung«, bemerkte leichthin Lady Morningquest, die Miss Pagets Aktivitäten durch ihr erhobenes Lorgnon beobachtete, »daß Ellen Paget sich zu einem so schönen Mädchen herausmachen würde. Ihre Schwestern waren durchaus hübsch, aber sie war eine häßliche, magere, kleine Krabbe von einem Ding, als ich sie zuletzt sah, nur Haare und Augen und hohle Wangen. Jetzt macht sie Ihnen Ehre, meine Freundin.«

»Schön? Ich würde nicht so weit gehen, sie schön zu nennen«, antwortete die Direktorin recht scharf. »Von einer Lehrerin wird keine Schönheit verlangt; tatsächlich ist sie ein Nachteil, da sie zu ungesunder Schwärmerei unter den Schülerinnen und unziemlicher Beachtung durch Gastlehrer führt.«

Aha, meine Freundin, dachte Lady Morningquest; also daher weht der Wind? Sanft bemerkte sie: »Trotzdem, es ist ein einnehmendes kleines Gesicht.«

Eher für die Bühne als fürs Klassenzimmer geeignet, überlegte sie, während sie das ausdrucksvolle Antlitz von Miss Paget musterte. Wenn sie irgendwelche schauspielerischen Talente hätte – und nicht die Tochter eines Gentleman wäre –, hätte sie als Soubrette auf der Bühne ihren Weg machen können. Ihr Gesicht war reizvoll und eigenwillig, mit weit auseinanderstehenden dunklen Augen und einer hübschen, geraden kleinen Nase. Dunkle, kräftig gezeichnete Augenbrauen bewahrten sie vor Fadheit, desgleichen ein bezaubernd geschnittener Mund, der stets zum Anflug eines Lächelns verzogen zu sein schien, selbst wenn sie ernst war. Das dunkle, in der Nackenbeuge zu einem Knoten zusammengefaßte Haar war so fein und weich, daß hinten zarte Strähnen entschlüpften und sich auch über ihre Stirn kräuselten, was ihrer Erscheinung etwas reizend Kindliches verlieh. Neben ihren stämmigen Schülerinnen betrachtet, schien sie mehr ein Kind zu sein als jene – bis sich ihre feste, selbstsichere Stimme vernehmen ließ.

»Sachte, Leonore – vorsichtig durch die Tür. Siehst du –

da kommt Monsieur Patrice – du willst ihn doch nicht erschlagen!«

»Quoi donc – mon cousin – was tut er denn hier um diese Zeit?«

Madames Stirn umwölkte sich zusehends, während die Schülerinnen respektvoll beiseite traten, um einen schmächtigen, lebhaften Mann ihres Alters, oder ein wenig jünger, zum Podium vorzulassen.

»Ah – Miladi Morningquest – bonjour...« Er machte eine hastige, nervöse Verbeugung in Richtung der vornehmen Besucherin, aber Lady Morningquest merkte ihm an, daß er sie zum Teufel wünschte. An seine Cousine gewandt fuhr er schnell fort:

»Marthe, da haben wir die Katastrophe! Ich sagte dir doch, was dabei herauskommen würde, wenn man dem nichtswürdigen Mädchen erlaubte, zu ihrem jour de fête nach Hause zu fahren...«

»Was?« rief Madame Bosschère, die mit geradezu telepathischer Geschwindigkeit die Bedeutung seiner Worte erfaßt hatte. »Doch nicht Ottilie de la Tour? Willst du damit sagen, daß ihr ein Unglück zugestoßen ist...?«

»Was hast du denn erwartet? Vor nicht ganz fünf Minuten hat ein Diener das hier abgegeben!« Wütend, fast zähneknirschend schwenkte er ein zerknittertes Stück Papier mit einer eingeprägten Krone. »Hat sich ihre elende Nase gebrochen, als sie im Park eines der Pferde ihres Vaters ritt – ohne Erlaubnis, wie ich wohl kaum hinzuzufügen brauche! Ich wünschte, es wäre ihr Hals gewesen! Nun schreibt ihre schwachsinnige Mutter, daß sie in ärztlicher Obhut ist und nicht zur Schule zurückkehren kann. Du reste, was würde mir ein Hamlet nützen, dessen Nase mit Heftpflaster verklebt ist? Ich würde zum Gespött meiner Kollegen im Seminar. Oh, diese kretinösen, kichernden Mädchenbälger mit ihren fêtes und Parties und nichts im Kopf außer ihrem Vergnügen – wie kann man etwas mit ihnen anfangen? Ich würde sie alle am Hals zusammenbinden und in der Seine ersäufen! Warum um Himmels willen hast du ihr nur erlaubt, vor der Aufführung nach Hause zu fahren?«

»Mein lieber Cousin – ihr Vater ist der Graf von…«

»Graf von – *chose!*« knurrte Monsieur Patrice. Es war offenkundig, daß er in höchst gereiztem Zustand und vor Erbitterung fast außer sich war. Er war ein dunkler, bläßlicher Mann, glattrasiert und flink in seinen Bewegungen. Er trug sein Haar en brosse, unmodisch kurz, und war sehr schlicht in einen schwarzen Anzug von klerikalem Gepräge mit einem über die Schulter geworfenen Gelehrtentalar gekleidet. Kein eindrucksvoller Mann auf den ersten Blick, dachte Lady Morningquest; was ihn allerdings bemerkenswert machte, war der intelligent funkelnde Blick seiner Augen, die von dem dunklen Purpurgrau einer Gewitterwolke waren. Sein Mund war dünn und unstet, seine Stirn von Gedanken gefurcht.

Madame sagte besänftigend: »Gibt es denn keine Zweitbesetzung, mon cousin? Es ist ein Jammer mit Ottilie, da gebe ich dir recht, sie ist dünner als die meisten dieser paysannes, sie hat eher die Erscheinung von Hamlet, aber trotzdem…«

»Fifine Tournon!«

Madame sah ihn verwirrt an, dann fiel es ihr ein.

»Oh, mon Dieu! Ans Sterbebett ihres Vaters gerufen!«

»Begreifst du jetzt? Es ist die Krise – die Katastrophe – das Chaos!«

In dieser verzweifelten Lage wurde Madame zu einem Napoleon. Mit gerunzelter Stirn überlegte sie einen Augenblick, dann verfügte sie: »Es gibt nur eine Möglichkeit. In einem solchen Fall wie diesem muß man les convenances außer Kraft setzen – wie unsere liebe Freundin und Besucherin hier gewiß bereitwillig zugeben wird…«

»Gewiß doch!« sagte Lady Morningquest hastig. »Aber Madame – Professor Bosschère – meine lieben Freunde, verzeihen Sie mir – ich bin entsetzlich de trop, und Sie müssen mich tausend Meilen weit weg wünschen. Ich werde mich entfernen, denn ich habe in Brüssel ein Dutzend Besorgungen zu erledigen. Es bekümmert mich, Sie in einer solchen Notlage allein zu lassen, aber ich bin sicher, daß sich in so befähigten Händen alles von selbst einrenken wird – bis ich heute abend zurückkehre, werden Sie einen Ersatz eingewiesen haben...«

Sie hätte ebensogut mit der Topfpalme neben ihr reden können. Keiner ihrer Gesprächspartner schenkte ihr die geringste Aufmerksamkeit.

»Marthe, ich bin erleichtert, daß du mit mir einer Meinung bist!« rief Professor Patrice aus. »Ich wußte, du würdest es genauso sehen wie ich; es gibt nur einen Menschen, der den Part kennt und die Rolle außerdem so kurzfristig übernehmen und mit Intelligenz spielen kann...«

»Ja, mein Cousin, du hast recht, aber, mon Dieu, man wird sich um die Delegierung so vieler Aufgaben kümmern müssen; nun laß mich einmal sehen – wie können wir das alles bewältigen...«

»Francine!« Patrice ergriff ein vorbeikommendes Kind am Arm. »Lauf, such Mademoiselle Paget, und bring sie her.«

»Ich werde Sie einstweilen verlassen«, wiederholte Lady Morningquest.

Madame überdachte immer noch das Tagesprogramm.

»Da ist das Essen zu beaufsichtigen – aber das kann die alte Roussel tun; ja, und Elène kann die Eltern begrüßen und nach den ersten paar Minuten die Preisverleihung leiten –, denn ich werde so kurz vor der Aufführung zu beschäftigt sein. Elène kann das – zwar nicht mit meinem Schliff, aber durchaus geschickt. Es wird überdies eine wertvolle Erfahrung für sie sein, da sie lernen muß, sich in vornehmer Gesellschaft zu bewegen.«

Patrice blickte verwirrt.

»Sie – Mademoiselle Paget – die Eltern begrüßen? Die Preise verteilen? Was soll das heißen?«

»Du willst doch wohl nicht Roussel sie begrüßen lassen? Die arme Frau würde vor Schreck tot umfallen und sich völlig verheddern. Und Maury hat nicht genug Schliff. Nein, wenn ich die Rolle des Hamlet übernehmen soll – und ich sehe nicht, wer das sonst könnte –, muß sich die kleine Paget für den ersten Teil des Nachmittags behelfen, so gut sie kann.«

»*Du – du* – übernimmst die Rolle des Hamlet?«

Nun war es an dem Professor, fassungslos zu blicken; tatsächlich nahm er die Ankündigung auf, als wäre sie eine Kanonenkugel gewesen.

»Aber natürlich! Wer denn sonst?« Madame schien gleichermaßen verblüfft. »An wen hattest du denn gedacht?«

»Na an sie, natürlich – Mademoiselle Elène!«

Zum erstenmal, während sie die beiden Gesichter beobachtete, wie sie, bleichwangig, rotwangig, einander trotzten, meinte Lady Morningquest in den eckigen Kinnen, der glatten Struktur der Wangen und den schmalen, festlippigen Mündern eine verwandtschaftliche Ähnlichkeit zu entdekken. Aber die Augen waren verschieden, ihre trüb vor Entsetzen, seine vor Entschlossenheit glühend.

»Mais – c'est une bêtise – inouï –!«

»Ich werde Sie Ihrer Diskussion überlassen«, wiederholte die Besucherin und empfing endlich ein hastiges, aufgeregtes Nicken von ihrer Gastgeberin und eine kurze Verbeugung von dem Professor. Wohl kaum eine Diskussion, dachte Lady Morningquest, insgeheim in sich hineinlachend, während sie die drei Stufen vom Podium herabstieg und dabei sorgsam ihre grauen Spitzenröcke hob, um sie vor dem Kalkstaub und den Palmensporen zu schützen. Denn Madame sagte gerade mit leiser, vibrierender Stimme: »Es kommt *überhaupt nicht in Frage,* daß Elène Paget die Rolle des Hamlet spielt!«

»Aber sie kennt sie – sie ist bei allen Proben als Anstandsdame dabeigewesen...«

»Erstens hat sie im Laufe des Tages viel zu viele andere Pflichten wahrzunehmen, von denen sie unmöglich entbunden werden kann. Zweitens, wie könnte ich denn ihrem Vater in England etwas Derartiges erklären? Es wäre épouvantable – ganz unziemlich. Ein junges Mädchen, in meiner Obhut! Alle Welt würde es als grobes Pflichtversäumnis meinerseits ansehen. Wohingegen ich, die Directrice, eine Witwe und Frau von Welt – für mich ist es gewiß ungewöhnlich, aber ich bin über jeden Skandal erhaben, und für die Eltern wird es eine Ermutigung sein zu sehen, wie ich an den Beschäftigungen der Kinder teilnehme...«

»Aber...!«

»Sag nichts mehr, Patrice! Ein Disput über diese Angelegenheit kommt überhaupt nicht in Frage.«

Als Lady Morningquest die schwarz-weiß geflieste Halle durchquerte, sah sie Miss Paget atemlos und rosenwangig aus dem Garten hereinlaufen. »Sie haben nach mir geschickt, Madame?« hörte die Besucherin sie fragen.

»Ah, ja, mein Kind, wir haben hier eine kleine Krise...«

Lady Morningquest erlaubte sich beim Gedanken an das nun folgende Dreiparteiengespräch ein kleines ironisches Lächeln. Patrice ist seiner Cousine nicht gewachsen, dachte sie; Madame Bosschère wird sich gewiß durchsetzen. Nur der Himmel weiß, was sie aus der Rolle des Hamlet machen wird – eine vierzigjährige Directrice! Jetzt tut es mir leid, daß ich es nicht geschafft habe, Giles nach Brüssel mitzuschleppen. Aber es ist nur gut, daß sie Ellen nicht erlauben will, die Rolle zu übernehmen – eine Vorliebe für Amateur-Theateraufführungen ist eine Komplikation, die wir im Hôtel Caudebec nicht gebrauchen können.

In diesem Moment bemerkte die Frau des Botschafters das Kommen ihrer Tochter, der winzigen blonden Charlotte, die, wie ihre übrigen Schulkameradinnen, mit Kattunkittel und Papierlockenwicklern bekleidet war.

»Mama! Du bist hier! Grâce à Dieu! Leonore sagte, sie hätte dich gesehen. Bist du gekommen, um mir Glück zu wünschen?«

»Mein liebstes Kind! Sachte, ich bitte dich – du wirst meine Coiffure ruinieren! Und – gütiger Himmel – schau dich nur an! Du siehst absolut verboten aus! Wenn dein Vater dich jetzt sehen könnte – und auch noch in der Eingangshalle…«

»Ach, heute kümmert das niemand«, sagte Charlotte fröhlich. »Und es sieht's ja auch keiner, außer dem alten Philipon, und der ist halb blind. Aber komm doch in den kleinen Salon.«

Charlotte zog ihre Mutter in ein kleines Empfangszimmer, das mit Polsterstühlen und Sofa in grauem Brokat, einem grünen Porzellanofen, glitzernden Lüstern und einem Wandtischchen steif möbliert war.

»Hör doch, Mama!« sagte sie. »Es ist so aufregend. Ottilie de la Tour, die den Hamlet spielen sollte, hat sich die Nase gebrochen, und deshalb bekommt jetzt Miss Paget die Rolle. Wir sind alle so entzückt!«

»Wer hat dir das gesagt?« fragte ihre Mutter und dachte dabei, wie schnell sich in einer Schule Gerüchte verbreiteten.

»Oh, das weiß doch jeder. Du reste, wer könnte sie denn sonst übernehmen? Oh, ich bin so glücklich! Ich bete Miss Paget an – sie ist mein beau idéal! Wenn ich mir vorstelle, mit ihr als Hamlet Ophelia zu spielen – Véronique und die anderen sterben alle vor Neid. Unsere ganze Klasse betet den Boden an, auf dem sie wandelt…«

»Dann seid ihr eine Bande sehr alberner Mädchen«, antwortete ihre Mutter streng und zog bei sich den Schluß, daß es nur gut war, daß Ellen Paget Madames Anstalt verlassen würde. »Und auf jeden Fall irrt ihr euch gewaltig. Madame Bosschère wird die Rolle selbst übernehmen.«

»Was?« Charlotte sank auf komische Weise die Kinnlade herunter. »Nein, Mama, das kannst du doch nicht ernst meinen? Aber Monsieur Patrice würde das doch nie, nie zulassen. Er verehrt Miss Paget. Er hätte sie von Anfang an den Hamlet spielen lassen, wenn Madame es erlaubt hätte. Jetzt wird sie einfach nachgeben müssen.«

»Das wird sie keineswegs! Und sie hat völlig recht. Les convenances wären grob verletzt.«

»Aber warum? Wenn es sich für mich schickt, die Ophelia zu spielen...«

»Das ist etwas ganz anderes. Du bist erst fünfzehn. Aber Miss Paget ist eine junge Dame, die sich ihren Lebensunterhalt selbst verdient.«

»Ich sehe nicht, was das damit zu tun hat. Ohnehin wird sie das nicht mehr lang sein. Alle sagen, daß Monsieur Patrice sie ganz bestimmt heiratet. Wir werden alle zusammenlegen, sobald er sich erklärt, und einen wunderschönen silbernen Tafelaufsatz kaufen, in den alle unsere Namen eingraviert sind. Nicht daß er auch nur annähernd gut genug für sie wäre, der verbiesterte alte Kerl! Aber man sieht ihm an, daß er für sie schwärmt – seine Blicke folgen ihr die ganze Zeit.«

»Charlotte!« rief Lady Morningquest scharf. »Ich wünsche, daß du aufhörst, solchen lächerlichen Unsinn zu reden. Er schadet beiden Seiten und entbehrt, da bin ich sicher, jeder Grundlage.«

»Nein, Mama, das stimmt nicht. Véronique hat gehört, wie er Miss Paget im Musikzimmer seine chère petite amie nannte.«

»Charlotte, ich wünsche nichts mehr von diesem unbedachten und widerwärtigen Klatsch zu hören. Monsieur Patrice würde Miss Paget ohnehin nicht heiraten können; wußtest du nicht, daß es in dem Seminar, dem er angehört, Bedingung ist, daß er Junggeselle bleibt? Er darf nur aufgrund einer Sondergenehmigung hierher kommen, um in der Schule seiner Cousine zu unterrichten.«

»Nun ja, wenn er Miss Paget heiratete, könnte er das Seminar verlassen – nicht wahr? –, und sie könnten irgendwo zusammen eine Schule eröffnen«, wandte Charlotte ein, doch sie wirkte ob dieser Neuigkeiten ein wenig erschrocken.

»Charlotte, ich wünsche kein weiteres Wort zu diesem Thema zu hören. Es ist vulgär, boshaft und, da bin ich sicher, reine Erfindung. Nun gehe ich in die Stadt, um Spitze zu kaufen, und ich schlage vor, daß du dich dem Studium deiner Rolle widmest, anstatt dich in unbesonnenen Spekulationen zu ergehen.«

»Oh, ich kann sie gut genug«, antwortete Charlotte heiter. »Die Rolle der Ophelia ist nicht sehr lang, weißt du. Und Miss Paget hat mich abgehört. Au revoir, Maman, chérie, à ce soir!", und sie hüpfte durch die Halle davon.

Sehr nachdenklich ging Lady Morningquest zu ihrem Wagen hinaus und ließ sich durch den laubbedeckten Faubourg und die rue Royale entlang fahren. Sie beachtete nicht die stattlichen Häuser aus rosenroten Ziegelsteinen oder farbig getüncht zu beiden Seiten der breiten Straßen. Sie ignorierte die blühenden Bäume, Weißdorn und Kastanie in ihrem Frühlingsschmuck, Pappeln und Lorbeer im Park, wo kleine Mädchen in Krinolineröcken Reifen warfen. Sie war taub für das fröhliche Glockengeläute, das den Geburtstag von Saint-Annodoc feierte.

Tue ich recht daran, dieses Mädchen nach Paris zu verpflanzen? fragte sie sich.

Festlichkeiten in Madame Bosschères Pensionat in Brüssel waren überaus lebhafte Angelegenheiten; Madame, bekannt als strenge Erzieherin und argusäugige Zuchtmeisterin während der Schulstunden, machte gern deutlich, daß sie, wenn ihre Schülerinnen sich gut benommen und fleißig gearbeitet hatten, bereit war, sie zu verwöhnen.

Außerdem war es eine gute Werbung für die Schule.

Madames Veranstaltungen waren berühmt. Oft holte sie von außerhalb Brüssels Künstler – Opernsänger, Puppenspieler, Zigeuner mit dressierten Tieren – her. Und ihre Diners waren superb; die Hauptgerichte wurden von Brüsseler Lieferanten zubereitet, doch die Schulköchin arbeitete schon Tage vorher, um die belgischen pâtisseries vorzubereiten, die gâteaux und galettes und pâtés à la crème, die eine Spezialität des Hauses waren.

Eine weitere, von Konkurrenten auf dem Schulsektor viel belästerte Neuerung war ihre Gewohnheit, zu diesen Parties junge, unverheiratete Männer zuzulassen, Brüder und Cousins der höheren Töchter. Keine andere Schule in Brüssel gestattete einen solchen Verstoß gegen die Konventionen. Diese gefährlichen männlichen Gäste wurden jedoch strikt abseits gehalten; tatsächlich dachte Ellen Paget oft, daß Madame Bosschères Parties für sie entsetzlich langweilig, wenn nicht geradezu fegefeuerhaft sein mußten. Zwar durften sie am Essen teilnehmen, indes an einem ihnen allein vorbehaltenen, besonderen Tisch unter dem wachsamen Auge von Monsieur Patrice; sie durften sich die Theateraufführung ansehen, von Sitzen weit hinten in der Salle; doch wenn der Ball begann, wurden sie in einer Ecke des großen Carré buchstäblich eingefriedet, und es war ihnen unter keinen Umständen gestattet, sich unter die jungen Damen zu mischen. Gleichwohl verlieh ihre Anwesenheit als Zuschauer den Vorgängen Reiz; die Mädchen, die miteinander oder mit Vätern und verheirateten Lehrern tanzten, wurden zu frischerer Anmut und Lebhaftigkeit angeregt.

Das verlorene Häuflein der Junggesellen war auch heute abend wie gewöhnlich da, von einer roten Samtschnur und einer Reihe Azaleen in Töpfen eingepfercht: eine Schar geschniegelter und gebügelter junger Belgier, die meisten ebenso schwerfällig wirkend wie ihre Schwestern auf der Tanzfläche und, teils mit sehnsüchtigem Interesse, teils mit resignierter Apathie, die Rüschchenwolke von Demoiselles anstarrend, die in oft geübten Walzern und Quadrillen vorbeiwirbelte.

Ellen, die diese Ecke auf ihrem routinemäßigen Rundgang durchquerte, verspürte einen Stich des Mitgefühls für die unverheirateten männlichen Gäste. Sie glichen Straßenbengeln, dachte sie, die sich ohne Hoffnung die Nasen am Schaufenster eines Bäckers plattdrücken.

Flüchtig fiel ihr eine vorsichtige Bewegung zweier weißgekleideter Mädchen ins Auge, die in ihre Richtung schwebten.

»Elfy, Eponine! Was macht ihr hier?«

»Es ist so heiß, Mademoiselle Elène; wir wollten in den Garten gehen und frische Luft schnappen.«

»Ein merkwürdiger Weg, den ihr da nehmt! Die Türen sind jedenfalls verschlossen. Ihr werdet durch die Salle zurückgehen müssen; und wenn ihr wirklich hinausgeht, dann holt euch zuerst eure Umschlagtücher aus dem Armoire.«

Niedergeschlagen zogen sich die Mädchen zurück, enttäuschte Blicke auf die Reihe der Junggesellen werfend. Bei einem Blick in dieselbe Richtung bemerkte Ellen zu ihrer Verblüffung unter all den hellblauen Augen und flachsblonden flämischen Haarschöpfen ein Paar auf sie gerichteter, vertrauter, ironischer, dunkelgrauer Augen in einem schmalen, klugen, ungeduldigen Gesicht; und sie wurde in wohlbekanntem, neckendem Ton begrüßt.

»Sieh da, sieh da, meine liebe Nell! Wie immer auf dem Posten, wie ich sehe! Immer noch in der Rolle des weiblichen Drachens tätig, oder heißt es Dragoner? Die Knute auf der Schulter, das Entermesser gezückt, die Wölfe von der Herde fernhaltend, wie?«

»Du liebe Güte, Benedict!« Ellen versuchte, ihr überraschtes Zusammenzucken beim Anblick ihres Stiefbruders zu verbergen. Sie faßte sich und warf ihm dann einen kühlen, überlegenen Blick zu. Es war ein Spiel, das sie bei ihren seltenen Begegnungen spielten; er versuchte, sie zu einer aufbrausenden Antwort (oder, als sie jünger gewesen waren, zu physischer Gewalt) zu provozieren; während sie, sosehr sie seine Ausfälle auch stachen, ihrerseits alles daransetzte, Gelassenheit zu bewahren und nach Möglichkeit eine vernichtende Antwort zu geben, die ihn sprachlos machen würde; nur war es ihr bis heute nie ganz gelungen, das fertigzubringen.

»Warum um alles in der Welt bist du nach Brüssel gekommen?« erkundigte sie sich. »Ist das nicht dein letztes Trimester in Oxford? Solltest du dich nicht auf deine Abschlußprüfungen vorbereiten?«

»Oh, ein Student kann nicht immer nur büffeln. Prüfungen sind dermaßen Glückssache«, erwiderte er leichthin. »Trotzdem, ich glaube nicht, daß ich durchrass'le. Und da ich für den diplomatischen Dienst vorgesehen bin, ist es wichtig, daß ich in den Sprachen gut abschneide. Dominic Arundel und ich haben beschlossen, unserem Verstand eine Ruhepause zu gönnen und ein, zwei Wochen zu schwänzen. Zunächst haben wir die Absicht, beim Bakkarat in Paris unser Vermögen zu ergänzen, aber da ich weiß, daß meine liebe Mama die große Wut befallen würde, wenn sie hörte, daß ich Oxford während des laufenden Trimesters verlassen habe, dachte ich, ich würde vielleicht ihre Gunst gewinnen, wenn ich einen Umweg über Brüssel machte, um ihr über dich und deine Aktivitäten Bericht zu erstatten.«

»Du dachtest nichts von alledem«, gab Ellen ruhig zurück. Sie lehnte sich für einen Moment an einen Stuhl. Der Tag war bemerkenswert aufreibend gewesen. Im Laufe des Nachmittags war das für die Jahreszeit außergewöhnlich warme Maiwetter von einer Reihe heftiger Gewitterschauer unterbrochen worden, die die Schülerinnen und Gäste ins Haus getrieben und in der Folge zu Überfüllung und übermäßiger Hitze geführt hatten. Mittlerweile herrschte eine Atmosphäre wild-hysterischer Fröhlichkeit. Madames Darstellung des Hamlet, für die meisten Schülerinnen gänzlich unerwartet, hatte zu dieser hektischen Stimmung beigetragen; die Mädchen waren mittlerweile in einem Zustand unbekümmerter, kichernder Ausgelassenheit, die jeden Augenblick ausarten konnte. Ellen wünschte von Herzen, der Abend wäre zu Ende. Die Anwesenheit ihres Stiefbruders trug nicht dazu bei, ihre Erschöpfung und Niedergeschlagenheit zu lindern. Sie sagte: »Du weißt sehr gut, daß es, solange ich nicht in Petworth bin und nicht in irgendeiner Weise Schande über mich bringe, Lady Adelaide vollkommen gleichgültig ist, ob ich in dieser oder in der nächsten Welt bin.«

»Touché, liebe Stiefschwester! Du hast meine Mama aufs Haar genau eingeschätzt.« Benedicts Gesicht entspannte sich zu einem raschen, boshaften Grinsen. »Zwischen mir und Easingwold ist der Stand der Dinge ganz ähnlich. Ein älterer Bruder, der zwischen einem selbst und der Earlswürde steht – was für ein großer Klotz von einem lästigen Menschen er doch ist! Noch schlimmer als eine Stiefmama, die im Hause keine Konkurrenz in Form einer bezaubernden jungen Stieftochter duldet.«

»Du brauchst keine zuckersüßen Gemeinplätze an mich zu verschwenden, Benedict. Heb sie dir für deine weiblichen Bekanntschaften auf.«

»Du mußt lernen, Komplimente zu akzeptieren, ohne auszukeilen, Nell; als dein Stiefbruder halte ich es für meine Pflicht, dir diese Ermahnung mitzugeben. Das ist kein feines Benehmen. Was ich sagte, war alles andere als ein zuckersüßer Gemeinplatz. Dein Aussehen hat über alle Maßen gewonnen. Du hast jetzt so viel mehr Ausdruck. Ich hätte es nicht für möglich gehalten, daß sich eine solche Veränderung in – wann haben wir uns doch gleich das letzte Mal gesehen? Bei dieser gräßlichen Hochzeit, als sich deine Schwester Catherine die Hand ihres Nagelhändlers und dreißigtausend pro Jahr sicherte? Vor achtzehn Monaten? Damals warst du noch bemerkenswert unscheinbar, das versichere ich dir!«

»Merci du compliment, Monsieur«, sagte Ellen kühl. »Aber ich fürchte, ich kann nicht länger verweilen und mir deine Schmeicheleien anhören – ich habe verschiedene dringende Pflichten zu erledigen. Ich hoffe doch, du wirst das Spielen genießen. Wie bist du übrigens hier hereingekommen?«

»Indem ich deine Madame Bosschère hofierte, natürlich. Ich bin mit René de la Tour hergekommen. Madame war uns beiden gegenüber erstaunlich umgänglich. Und ich muß sagen«, fügte Benedict hinzu, indem er spontan in schallendes, jungenhaftes Gelächter ausbrach, das ihn einen Moment lang viel jünger und ganz anders aussehen ließ, »es hat sich gelohnt zu kommen, allein schon um Madame die Rolle des düsteren Dänen spielen zu sehen! Es war köstlich! Eine fünfzigjährige Lehrerin als Prinz von Dänemark! Ich hätte nie erwartet, Shakespeare auch nur halb so sehr zu genießen. Als Uncle Harry mich und Easingwold ins Haymarket zu ›Coriolanus‹ mitnahm, fand ich es entsetzlich langweilig. Aber deine geschätzte Directrice mit ihren Brüsseler Kehllauten ›Sain odärr nischt sain‹ hadern zu hören...«

»Pst, Benedict! Sie ist vierzig, nicht fünfzig! Und jemand könnte dich hören!«

»Nicht bei all diesen ehrbaren Bürgern, die auf ihren Fiedeln herumquietschen wie schwachsinnige Tölpel. Ich sage dir, während all dieser Monologe ein ernstes Gesicht beizubehalten, war das Schwierigste, was ich je getan habe.«

»So?« sagte Ellen kühl. »Ein ausgezeichnetes Training für deine diplomatische Karriere, hätte ich gedacht. Ich bin sicher, Madame wäre erfreut, von deinen Bemühungen zu erfahren.«

»Du hättest die Rolle bestimmt besser spielen können!«

»Danke. Aber ich fürchte, ich muß dich jetzt verlassen.« Sie wandte sich zum Gehen. Er hielt sie zurück, indem er ihr Handgelenk ergriff.

»Lauf nicht weg, Nell! Hör zu – kannst du dich nicht später mit René und mir auf ein Kotelett im ›Jardin des Lauriers‹ treffen?«

»Mit zwei jungen Männern zu Abend essen? In einem öffentlichen Restaurant? Bist du verrückt? Wir werden ohnehin die halbe Nacht damit beschäftigt sein, die Möbel zurückzustellen.«

»Ach so, na dann.« Er schien von ihrer Weigerung nicht übermäßig erstaunt oder niedergeschlagen. »Hättest du Lust, morgen auszufahren?« meinte er, als sei es ihm gerade eingefallen.

Sie war überrascht, sagte aber bestimmt: »Das kommt nicht in Frage. Morgen ist ein normaler Schultag.«

»Na gut – dann – erzähl Mama, wenn du das nächstemal nach Hause schreibst, nicht, daß ich nicht mein Bestes getan habe, um dir etwas zu bieten!«

Die Haltung von Ellens Kinn verriet, daß sie seinen guten Absichten keinen sehr hohen Wert beimaß, und daß ihre Korrespondenz mit seiner Mutter nicht von sonderlich herzlicher oder ausführlicher Art war. Wieder versuchte sie, ihr Handgelenk aus seinem Griff zu lösen, und bemerkte gleichgültig: »Ich nehme an, du hast mir keine Neuigkeiten von zu Hause zu berichten?«

»Keine von irgendwelcher Bedeutung«, antwortete er in gleichem Ton. »Tatsächlich bin ich seit Ende der Jagdsaison nicht mehr unten gewesen – und damals blieb ich nur eine Woche; die Jagd von Petworth ist eine jämmerliche Angelegenheit. In der Hermitage schien damals alles wie üblich zu sein: Meine Mama war in ihrer üblichen kribbeligen Stimmung und beklagte sich über ihre langweiligen Nachbarn; dein jüngerer Bruder war mager und schweigsam, wie immer; unsere kleine Schwester ein ebenso widerwärtig verzogener Balg wie nur je; und dein Papa gab in gewohntem Stil den Ton an. Nichts Neues. Doch – warte: Der alte Kater ist gestorben.«

»Was?« rief Ellen, ehe sie sich beherrschen konnte, in aufrichtig bekümmertem Ton aus. »Mein Kater Nibbins? Aber – er war doch noch nicht so alt.«

»Nein, weißt du, ich glaube, er wurde von einem Fuchs erwischt, oder so etwas Ähnliches, wie mir Vicky erzählte. Sie war ziemlich betrübt deswegen. Ah, da geht René und gibt mir Zeichen – er hat genug, der arme Kerl. Gute Nacht, Nell.«

Er ließ ihre Hand los, entfernte sich rasch zwischen den anderen, schwarzberockten jungen Männern und war gleich darauf verschwunden.

Ellen stand einen Augenblick da und starrte ihm nach, mit geballten Fäusten und zurückgebogenem Kopf. Sie holte mehrmals tief und abgerissen Atem, als sei sie gelaufen. Sie fühlte sich gereizt und wundgerieben, wie immer nach einem ihrer Gefechte mit Benedict. Dann, dem äußeren Anschein nach wieder gefaßt, wollte sie sich eben entfernen, als Madame Bosschère, deren Luchsaugen nichts entging, sie aufhielt. Madame hatte mittlerweile natürlich ihren Schultalar abgelegt und prangte in schwarzem Samt, rostbrauner Spitze und einer mit Ziermünzen besetzten Haube; sie war im Carré umhergeschossen wie ein Komet und hatte dafür gesorgt, daß allen Eltern eine angemessene Begrüßung zuteil wurde.

»Ah, ma chère Elène – Sie haben also Ihren Bruder, den Ehrenwerten Benedict, gesehen! Das ist gut, das ist recht. So ein ausgezeichneter junger Mann – gebildet, gut erzogen, durchaus schätzenswert. Und stimmt es, daß er eines Tages Vicomte sein wird?«

»Nein, Madame«, sagte Ellen, nun wieder mit einem Anflug von Gleichgültigkeit in ihrem Tonfall. »Der ältere Bruder ist Lord Easingwold. Benedict ist lediglich Honourable – es sei denn, natürlich, sein Bruder stürbe.«

»Ah, bien sûr. Wie auch immer, er ist von vornehmer Geburt, das erkennt man an seinem Blick, und wird gewiß seinen Weg machen. Nun, mein Kind, ich möchte mit Ihnen ein Gespräch über Ihr künftiges Wohlergehen führen. Sie müssen später, wenn die Gäste gegangen sind, in mein Boudoir kommen.«

»Heute nacht noch, Madame? Aber – es wird spät werden – nach Mitternacht, sehr wahrscheinlich.«

»Das macht nichts; was ich zu sagen habe, ist wichtig. Vergessen Sie es nicht.« Und die Directrice schwebte von dannen, ein leutseliges Lächeln schenkend, wo immer sie hinkam, und die Komplimente für ihre Darstellung der Shakespeare-Rolle mit einer Miene bescheiden-verschmitzter Befriedigung entgegennehmend, als etwas, das ihr von Rechts wegen zustand.

Ellen schlüpfte für einen Moment in einen kleinen Übungsraum, der unbeleuchtet war, da man alle Lampen herausgeholt hatte, um dem grand carré zusätzlich Glanz zu verleihen. Für einen Augenblick überkam sie körperliche und seelische Schwäche; sie lehnte sich an die Wand, die

Hände gegen die Augen gepreßt, und versuchte, das ferne Pochen und Quietschen von Fiedel und Trommel zu ignorieren. Aber fast sofort erregte ein näheres, leiseres Geräusch ihre Aufmerksamkeit: ein schwaches, unterdrücktes Schluchzen aus einer dunklen Ecke des Zimmers.

»Wer ist da?« fragte Ellen scharf. Ihre Augen, die sich langsam an die Düsternis gewöhnten, entdeckten nun eine kleine, auf einem Stuhl zusammengekauerte Gestalt. »Mary-Ann Gray? Bist du das? Was machst du hier drin? Warum tanzt du nicht mit den anderen?«

»Oh, bitte, Miss Paget, schicken Sie mich nicht zurück! Die anderen lachen alle über mich, weil ich nicht tanzen kann; und sie sagen, mein Kleid ist zu kurz und außerdem häßlich, und ich sehe f-f-f-fürchterlich aus!«

Mary-Ann war die jüngste und neueste der englischen Schülerinnen; ihr Vater, ein Wollhändler aus Yorkshire, hatte sie erst vor drei Wochen nach Brüssel gebracht. Nun sah Ellen, als sie sie zur Tür zog, daß sie halb in Tränen aufgelöst war, mit roter, dicker Nase und geschwollenen, geröteten Augen.

»Fi donc! Sieh dich bloß an!« schalt Ellen sanft. »Was soll das alles?« – als wüßte sie das nicht sehr gut.

»Ich hab' so H-H-Heimweh! Die anderen Mädchen sind so böse. Und« – ein weiterer Tränenausbruch – »mein kleiner B-Bruder hat morgen Geburtstag. Er wird mich so vermissen!«

»Nun hör mal, mein Liebes«, sagte Ellen. »So geht das nicht.« Sie verspürte den Drang, dem kleinen Mädchen den Arm um die Schultern zu legen, unterdrückte ihn jedoch. Das Kind mußte lernen, allein zurechtzukommen. »Wir haben alle, *alle*, Heimweh gehabt«, fuhr sie fort. »Als ich hierherkam, war ich nicht älter als du und am Anfang drauf und dran, vor Gram zu sterben.«

Eine plötzliche, schmerzliche Erinnerung an jene ersten, hoffnungslosen Tage überkam sie: wie sie morgens die Treppe hinuntergerannt war, früh, vor den anderen Schülerinnen, Tag für Tag, auf einen Brief in Mamas Schrift hoffend, der niemals kam. Sie schluckte und sagte: »Aber du wirst darüber hinwegkommen. Das sind wir alle. Und dann wirst du feststellen, daß die anderen Mädchen nicht so schlimm sind! Laß sie nur nicht merken, daß sie dich zum Weinen gebracht haben. Dein Gesicht ist ja ganz verschwollen. Weinen hilft wirklich nicht; dadurch wird es nur noch schlimmer. Komm, leg den Kopf über das Sofaende – das wird dir die Nase frei machen. Bleib so, während ich in die Küche laufe; ich bin gleich wieder zurück.«

Von der Köchin, die von ihren Mühen ausruhte und Cognac trank, besorgte sie ein Stück Eis und eine Tasse Essig. Das Eis wurde Mary-Ann auf Wangen und Augen gelegt, mit dem Essig wurde ihre Stirn benetzt. »Dein Haar muß gerichtet werden«, sagte Ellen und tat es mit einem Kamm aus ihrem Retikül. »So! Nun siehst du frisch wie ein Gänseblümchen aus, und ich möchte, daß du ruhig ins Carré zurückgehst und zur großen Polonaise deinen Platz bei den anderen Mädchen einnimmst. Es ist der letzte Tanz. Horch! Ich höre die Geigen einsetzen.«

»Oh, bitte, nein, Miss Paget, ich kann nicht!«

»Aber gewiß kannst du. Du siehst völlig normal aus. Niemand wird über dich lachen. In fünf Minuten ist alles vorbei, dann kannst du zu Bett gehen. Nun lauf!«

Sie gab dem Kind einen leichten Schubs. Gehorsam, fast hypnotisiert, ging Mary-Ann in den Ballsaal zurück, und nach einer Weile folgte ihr Ellen, die Schultern straffend, als wäre sie, nicht Mary-Ann, die neue Schülerin, die erwartete, daß man ihr Feindseligkeit und Spott entgegenbrachte.

Tatsächlich bemerkte niemand ihr Eintreten. Gäste begannen aufzubrechen, und in dem großen Raum herrschte geschäftiges Treiben, Gesellschaften sammelten sich, Eltern sagten ihren Töchtern Lebewohl, man wechselte letzte Höflichkeiten mit der Directrice. Müde und pflichtgetreu stellte Ellen sich so hin, daß jemand von den Eltern, falls er das Bedürfnis verspürte, beim Hinausgehen stehenbleiben und sie wegen der Probleme eines Kindes konsultieren oder ihr zu Fortschritten gratulieren konnte; sie raffte sich auf, gerade zu stehen, und wünschte, es wäre statthaft, sich hinzusetzen oder an die Wand zu lehnen.

»Da sind Sie ja endlich!« rief ihr eine Stimme ins Ohr. »Ich hab' Sie überall gesucht. Wo sind Sie gewesen?«

»Ich ging meinen Pflichten nach, Monsieur Patrice.«

»Pflichten, pah! Was für ein Anlaß für Pflichten. Aber ich sehe, daß es stimmt«, fuhr er etwas sanfter fort. »Armes Kind, Sie sehen völlig erschöpft aus. Kommen Sie einen Moment hier herein, ins Studierzimmer – ich nehme an, Sie haben während dieses ganzen Durcheinanders überhaupt nichts zu sich genommen.« Er nahm sie beim Arm und führte sie in ein kleines Büro, in dem Madame die Geschäfte der Schule erledigte und das Monsieur Patrice als Arbeitsraum und Studierzimmer benutzte, wenn er sich im Gebäude aufhielt. »Parties – Bälle – Festlichkeiten«, fuhr er gereizt fort, während er eine Karaffe und zwei Kristallgläser aus einem Schrank nahm. »Wie ich sie verachte! Falsche Komplimente werden gewechselt, Platitüden, Geschwätz – in einer solchen Atmosphäre kann kein vernünftiges Gespräch geführt, kein tiefer Gedanke ausgedrückt werden. Das ist nur Strapaze, ennui und Idiotie! Hier, trinken Sie das, es ist Port, er wird Ihnen guttun. Und setzen Sie sich einen Moment.«

Gehorsam wie Mary-Ann setzte sich Ellen und nippte an dem süßen, starken Getränk.

»Ich sollte zurückgehen; sie werden anfangen, die Möbel umzustellen«, murmelte sie.

»Gibt es denn dafür keine gedungenen Bedienten, keine Träger, keine Dienstboten – ganz zu schweigen von diesen Riesenkälbern von Mädchen?«

»Sie werden es unachtsam und ganz falsch machen; und Madame wird mich brauchen.«

»So? *Ich* brauche sie«, sagte er. »Hören Sie, mon amie: Ich möchte eine Bitte an Sie richten, Sie um einen Gefallen bitten.«

Ellen starrte schweigend zu ihm auf. Aufgrund sechsjähriger Schulung war ihr Gesicht in Beherrschtheit wohlgeübt, doch nun wuchs und leuchtete in ihren Augen eine große Hoffnung.

Monsieur Patrice begann ungeduldig in dem kleinen Zimmer auf und ab zu gehen. Wiewohl kein großer Mann, lag in all seinen Bewegungen eine Entschiedenheit und ein Ungestüm, die ihn eindrucksvoll machten. Er war lebhaft und ausdrucksvoll, nicht gewaltig, doch in seiner Intelligenz und schnellen Auffassungsgabe feurig und rapide. Er blieb stehen und warf Miss Paget einen fast mesmerischen Blick zu.

»Sie, meine Freundin, sind der einzige Mensch, mit dem ich in dieser Anstalt reden kann – Sie sind eine außergewöhnliche Seele – ein Geist unter tausend! Doch wie oft kann man auch nur ein fünfminütiges Gespräch mit Ihnen zustandebringen? Es ist insupportable! Ihr Verstand klärt meinen, so wie ein Lösungsmittel auf ein Reagens wirkt; sie schaffen einen Pfad in meiner Wildnis, Ordnung im Ferment meiner wimmelnden Gedanken. Sie sind meine Ergänzung; vermöge Ihrer analytischen Fähigkeiten ordnet sich mein Licht zu einem Spektrum. Tatsächlich sind Sie eine Notwendigkeit für mich!«

»Oh, Monsieur!« murmelte sie tief beeindruckt.

»Hätte ich Sie an meiner Seite – für eine Woche, einen Monat – ja, nur für einen Tag –, was könnte ich nicht erreichen! Diese Situation hier ist *unrecht*! Es ist nicht auszuhalten, daß sie hier herumkrabbeln müssen wie eine Maus in der Falle und nur durch Gitterstäbe das Licht schauen dürfen. Sie müssen, müssen frei sein!«

Eine zarte Farbe war in Ellens bleiche Wangen gestiegen. Ihre Augen hatten zu schimmern begonnen. Doch da sie sich über seine Absichten und Wünsche immer noch gänzlich im ungewissen war, blieb sie still, rasch atmend und ihn mit einer schwachen Falte der Verwirrung zwischen den Brauen ansehend.

»Sehen Sie!« fuhr er fort. Er trug sein samtbesetztes Surtout, als sei er im Begriff gewesen zu gehen. Aus dessen Tasche zog er einen Stapel Papier, zerknüllt und kreuz und quer beschrieben. »Sehen sie, das ist mein Entwurf für ein neues Kapitel meiner Abhandlung. Sie beschäftigt sich mit dem Thema menschliche Liebe. Aber das Geschriebene ist zusammenhanglos, wirr, planlos; ich stelle fest, daß ich meine Gedanken nicht ordnen kann, ich brauche Sie neben mir am Schreibtisch, um das Thema zu diskutieren.«

»Menschliche Liebe?« stammelte sie.

»Leidenschaft und Zuneigung, Eros und Agape. Oh, es hört sich so einfach an, wenn ich es in gesprochener Sprache sage!«

Ach wirklich? fragte sich Ellen.

»Zum Beispiel – die Liebe zum Bruder, zum Kind, zum Freund, zum Ehegefährten, zur Mutter«, fuhr Monsieur Patrice fort, und seine Worte überstürzten sich. »Jede ist der Form nach verschieden, und wie soll man diese Unterschiede analysieren?«

Ellen fühlte sich in einen seltsamen Zustand unwirklicher Mattheit treiben. Der starke, berauschende Port, zusätzlich zu ihrer tiefen, physischen Erschöpfung getrunken, hatte ihre übliche wachsame Vorsicht getrübt; statt dessen erlebte sie eine Reihe traumhafter Wahrnehmungen, die sie in aufblitzenden Bildern heimsuchten, wie flüchtige Blicke durch ziehenden Nebel. Mit halbem Ohr hörte sie des Professors Worte: »...zum Freund, zum Ehegefährten, zur Mutter...« Meine Liebe zu meiner Mutter? überlegte sie. Längst begrabene Erinnerungen schwebten ihr zu: eine dünne, dunkelhaarige Frau im weißen Kleid, die lachend unter einem Eibenbaum kniete – »Sieh nur, Ellie, der Igel, sieh doch seine kleinen Beinchen!« Oder wie sie im Haus, am Eßtisch, geduldig eine Reihe Häkchen malte und ihre Tochter abschreiben ließ; auf dem Klavier für Papa geistliche Lieder spielte und zu Beethoven überwechselte, wenn er einschlief, was er nach fünf Minuten unweigerlich tat; nach dem Besuch einer schrecklichen Nachbarin kicherte: »Lady Martello sieht *ge-*

nau wie ein Reiher aus.« Und jenes seltsame, einmal gemachte und nie wieder erwähnte Geständnis: »Weißt du, Ellie, du hattest einen Zwillingsbruder, aber er starb bei der Geburt; der arme Papa war sehr aufgebracht und zornig darüber; er brauchte sehr, sehr lange, um mir zu verzeihen – wenn er es denn je tat; obgleich es nicht meine Schuld war. Aber – deswegen – hatte ich immer das Gefühl, daß du irgendwie *doppelt* mein Kind bist.« Oh, rief Ellen im Herzen, ich hatte auch dieses Gefühl, Mama, besonders, da Papa an mir so völlig uninteressiert war. Eine andere Erinnerung: dieselbe Gestalt, doch mit grauen Strähnen im dunklen Haar, langsam gehend, eine Hand auf ihre Seite gepreßt. »Nein, ich bin nicht müde, aber ich habe eine kleine Erkältung; ein halber Tag im Bett wird mich kurieren.« Doch das hatte weder ein Tag noch eine Woche vermocht.

»Ist das nicht ein erhabenes Thema!« rief Monsieur Patrice begeistert. »Die menschliche Liebe! Ein Thema, das gründliche Nachforschung, gründliche Überlegung erfordert – ja erheischt.«

Ellen fühlte sich demütig. Hier zu sein, allein mit diesem brillanten Mann, zu einer solchen Stunde, und ein solches Thema zu diskutieren – welch eine Ehre, welch ein Glück! Doch war ihr auch mit tiefer Sorge bewußt, daß man für einen solchen Moment bezahlen mußte; das Leben präsentierte seine Rechnungen stets mit erbarmungsloser Promptheit.

So in der Tat auch bei dieser Gelegenheit. Denn in der Tür stand Madame Bosschère, mit unheilverkündend mißbilligendem Gesicht.

»Mademoiselle *Paget*!« Sie hackte die Silben hervor wie Klafterholz. »Sie sind hier? Warum – wenn ich fragen darf – beaufsichtigen Sie nicht das Aufräumen des Carré?«

»Es tut mir sehr leid – ich war gerade im Begriff, Madame...«, begann Ellen.

Doch Madames Blick war wie der Strahl eines Leuchtturms zu ihrem Cousin weitergewandert.

»Patrice! Darf ich fragen, was du dir eigentlich dabei gedacht hast? Das ist Torheit – bodenlose, kindische, schändliche Torheit; deiner unwürdig – mir gegenüber perfide! Gütiger Gott! Was würden die Leute sagen, wenn bekannt würde, daß du ein solches Stelldichein gehabt hast, hier, unter diesen Umständen, allein mit einem jungen Mädchen, einer Lehrerin, die meiner Obhut anvertraut ist? Denk an deine Situation – an deine Versprechungen –, denk daran, *wer du bist*!«

»Oh, bitte, Madame – es war kein Stelldichein, das war es wirklich nicht!« protestierte Ellen.

Doch Patrice sah Madame Bosschère an wie ein Tier im Käfig. Obgleich seine Augen rebellisch glitzerten, schien er von ihren Worten jäh in seine Schranken gewiesen; reglos stand er da, mit herabhängenden Armen und gebeugtem Kopf, und starrte auf seine schwarzen, glänzenden Schuhe; in Ellen, die kaum zu atmen wagte, stieg langsam und Übelkeit erregend die Gewißheit auf, daß seine Absicht – was immer sie war – gehemmt, wenn nicht gänzlich vereitelt worden war.

»Versprechungen?« murrte er, halb zu sich selbst. »Freilich, mein Gott, was für Versprechungen, in der Jugend unter Zwang gegeben! Solche Versprechungen sind schändlich, sie sind für Sklaven, nicht für Männer!«

Gleichwohl stopfte er die Manuskriptseiten langsam in seine Samttasche zurück.

»Aber was du auch immer sagst – ich *muß* und *werde* mehr Gespräche mit Mademoiselle Paget führen!« fuhr er plötzlich seine Cousine an, die mit verschränkten Armen dastand, wie Bonaparte auf einem mühsam behaupteten Schlachtfeld, auf bereitstehende Verstärkungen bauend, denen die gegnerische Streitmacht unmöglich gewachsen war.

»Nein! Das darfst du *nicht*, Patrice! Und das wirst du auch nicht. Ich verbiete es: jetzt, absolut und unwiderruflich. Du mußt dir Miss Paget aus dem Kopf schlagen – gänzlich, für immer und augenblicklich!«

Nun wird er ihr ganz gewiß trotzen, dachte Ellen. Nun wird seine Brillanz hervorlodern. Ich weiß, daß dieser Mann ein Genie ist. Verglichen mit ihrem schwerfälligen, banalen Geschick in Verwaltungsfragen ist sein Verstand wie die Sonne, die ihr Licht in den Raum hinausschleudert; jetzt – wenn er will – kann er sie vernichten.

Aber er wollte nicht. Ellen wartete mit angehaltenem Atem. Die erwartete Konfrontation blieb aus. Patrice drehte sich langsam um, den Kopf immer noch gebeugt, die Schultern eine Offenbarung der Niederlage; der Mut schien in ihm zu schwinden, wie eine Klinge, die in die Scheide zurückgleitet; selbst seine Augen wirkten hohl und getrübt, verglimmende Lampen kurz vor dem Verlöschen. Ohne einen Blick auf Ellen, ohne ein weiteres Wort, trottete er aus dem Zimmer.

Ellen zitterte wie von einem Messerstich. Der Schock, die Enttäuschung, die Scham, eine solche unerwartete Veränderung bei jemandem zu erleben, zu dem sie fast mit Verehrung aufgeblickt hatte, überwog bei weitem alle Befürchtungen vor dem, was Madame Bosschère nun vielleicht zu *ihr* sagen würde. Doch als sie den Blick unglücklich auf jene Dame richtete, stellte sie zu ihrer Überraschung fest, daß Madame sie mit freundlichem, ja liebevollem Lächeln betrachtete.

»Ma pauvre petite! Das ist eine traurige Geschichte für Sie! Oh, wieviel einfacher wäre es doch, wenn man das ganze männliche Geschlecht ausrotten könnte – oder, noch besser, sie als Schoßtiere in einem zoologischen Garten eingesperrt halten könnte, wo die Frauen sie besuchen und füttern könnten, wenn sie wollen! Ich glaube wahrhaftig, daß Männer zu gefährlich sind, als daß man sie unter uns frei herumlaufen lassen dürfte. Sehen Sie sich nur Patrice an, meinen Cousin – was für ein Charmeur er ist –, doch was für ein garçon, ein gamin, ein unvernünftiges Kind! Ich weiß, ich weiß – Sie halten ihn für ein Genie; zweifellos ist er das. Aber eben wegen seines großen Intellekts müssen Sie, mein armes

Kind, Brüssel nun verlassen und Ihr Leben in einer anderen ménage ganz von vorn beginnen. Oh, es ist ungerecht! Und doch wird es am Ende vielleicht zu Ihrem Besten sein. Es wird gewiß Zeit, daß Sie sich ein wenig den Wind um die Nase wehen lassen.«

»Brüssel verlassen?« stieß Ellen hervor, die ihren Ohren nicht traute. »Madame, das meinen Sie nicht ernst? Sie entlassen mich doch nicht?«

»Oui! Et à l'instant, même! Sie müssen heute nacht Ihre Sachen packen und bis morgen mittag reisefertig sein, damit Sie unter dem Schutz von Miladi Morningquest fahren können. Oh, unbesorgt, Sie scheiden nicht in Schande von hier – niemand außer uns beiden wird je von diesem kleinen Vorfall wissen! Tatsächlich tut es mir aufrichtig leid, Sie zu verlieren – es bekümmert mich, mich von Ihnen zu trennen, meine Kleine. Aber wir müssen praktisch denken! Sie könnten nicht länger hierbleiben; es wäre für Sie nach diesem Vorfall weder möglich noch convenable, Patrice in der Schule zu begegnen.«

»Aber es wurde nichts gesagt – es fiel nichts vor«, begann Ellen.

Madame fegte diese Bemerkungen beiseite, als seien sie nicht gemacht worden.

»Sie werden eine sehr verantwortungsvolle Position in einem großen hôtel einnehmen, wo Sie unendlich viel mehr vom Leben sehen werden als in diesem stillen, kleinen Winkel. Lady Morningquest kam in der ausdrücklichen Absicht hierher, sie aufzufordern, die Gesellschafterin und Gouvernante der Nichte ihres Mannes, der Comtesse de la Ferté, zu werden. Beachten Sie also, wie vortrefflich sich alles gefügt hat! Sie werden mit makellosem Leumund von hier weggehen, meine Liebe; ich weiß ja sehr wohl, wie gut, wie überreich an Rechtschaffenheit Ihr Charakter ist. Ich habe Sie Madame gegenüber schon in den höchsten Tönen gelobt. Und was diesen kleinen Zwischenfall angeht – das gebrannte Kind scheut das Feuer. Sie werden in Zukunft klüger sein.

Beklagen Sie also nicht, daß Ihr Dasein hier zum Abschluß gekommen ist, sondern schauen Sie statt dessen nach vorn, auf die verlockende, neue Sphäre.«

Und Madame tätschelte Ellen liebevoll die Schulter.

»Sie wirken ein wenig blaß, mein Kind, und das ist kein Wunder! Der Tag war voller Mühsal. Gehen Sie deshalb gleich zu Bett; hier wird sich auch ohne Sie alles bestens erledigen. Und morgen werden Sie viel zu tun haben. Nun gehen Sie!«

Mit einem sanften Schubs schob sie Ellen aus dem Zimmer. Diese konnte nicht umhin, verwundert zurückzublikken; sie sah, daß Madame, von der Szene, die sich abgespielt hatte, ersichtlich nicht im geringsten verstört, eingehend eine fadenscheinige Stelle auf der Klavierdecke musterte, ehe sie sich umdrehte und energischen Schritts zum Hauptflügel der Schule zurückmarschierte.

Es war, als überschaue man das verbrannte Gebiet nach einem Heidefeuer, gefolgt von einem Gewitter – schwarz, verkohlt, triefend, still; man konnte sich die tobende Lohe kaum vorstellen, die denselben Ort noch vor so kurzer Zeit überquert hatte.

Die Lehrerinnen in Madames Pensionat bekamen keine eigenen Zimmer zugeteilt. Aus Aufsichtsgründen schliefen sie bei den Zöglingen in den langgestreckten, klösterlichen Schlafsälen oben im Hause. Daher konnte sich Ellen, nachdem sie sich die vier Treppenfluchten hinaufgeschleppt hatte, nicht in Abgeschiedenheit ihren Gefühlen überlassen; sie mußte sich im Dunkeln auskleiden und leise ins Bett schlüpfen, dabei das Gekicher und Gemurmel einiger Schülerinnen zum Schweigen bringend, die von den Festlichkeiten des Tages noch allzu aufgeregt waren; dann mußte sie daliegen und sich in Schweigen fassen, unter der Reihe von Dachfenstern ohne Vorhänge, hinter denen immer noch Lichter von der Stadt glommen.

Ellen weinte nicht. Vor langer Zeit, als sie in diese Schule gekommen war, war der Schock des Abschieds von ihrem innig geliebten Zuhause und der Gewöhnung an diese neue, lärmerfüllte und feindselige Umgebung, dem bald überwältigender, verzehrender Kummer über den Tod ihrer Mutter folgen sollte, so vollständig gewesen, daß sie die Fähigkeit verloren hatte, sich durch Tränen zu trösten; und nun schien der Quell versiegt zu sein. Statt dessen schlang sie die Arme eng um ihren schmächtigen Körper, als müsse der Schmerz in ihr irgendwie in Schranken gehalten werden; als sei ihr körperliches Selbst alles, was sie hatte; als spüre sie, daß selbst das, ihre Identität, ihr auch noch genommen werden könnte.

In Wirklichkeit hat mich Madame Bosschère überhaupt nicht gebraucht, dachte sie. Es hat für sie keinerlei Bedeutung, ob ich von hier weggehe oder bleibe; sie kann mich so leicht ersetzen wie einen verwelkten Blumenstrauß oder ein zerrissenes Fichu, und ebenso kurzfristig. Und ich – ich dachte, ich sei so wertvoll für sie!

Es kam Ellen nicht in den Sinn, daß Madame froh sein könnte, einen Vorwand zu bekommen, eine Stellvertreterin loszuwerden, deren Fähigkeiten und Prestige denen der Direktorin selbst recht bald gleichzukommen versprachen und sie mit der Zeit übertreffen könnten.

Aber er – Monsieur Patrice! grübelte sie verzweifelt. *Er* sagte, er brauche mich! Er schien es ernst zu meinen! Und dann – einfach zu gehen – einfach *so* – ohne ein Wort, ja ohne einen Blick, das Zimmer zu verlassen. Oh, wie ist es nur zu ertragen?

Ihr Herz fühlte sich an, als würde es ihr langsam und schmerzvoll aus dem Leib gezogen. Der Mittelpunkt ihres ganzen Seins war ausgerissen worden. Sie konnte den Schmerz darüber nicht unterdrücken. Und doch mußte sie es und durfte sie sich nichts von der Pein anmerken lassen, die sie verzehrte.

Es verstrichen viele Stunden, ehe sie einschlief.

Am nächsten Tag, kurz nach Mittag, fuhr Benedict Masham in einem fiacre zum Pensionat. Er bat, mit seiner Stiefschwester sprechen zu dürfen, und war höchst verblüfft, zu erfahren, daß sie die Anstalt um einer neuen Position in Paris willen verlassen hatte.

»Es war eine zu gute Chance, als daß man sie hätte versäumen dürfen«, sagte Madame freundlich zu ihm. »Tatsächlich erfuhr es la petite selbst erst gestern abend. Unsere liebe Freundin Lady Morningquest duldete keine abschlägige Antwort, das versichere ich Ihnen – es durfte niemand anders als Ellen sein! Es war ihre Beharrlichkeit, die mich schließlich dazu bewog, mich von Ihrer belle-sœur zu trennen – obgleich ich sie wirklich wie meine rechte Hand vermissen werde! Aber ich bedaure zutiefst, mon ami, daß Sie keine Gelegenheit hatten, ihr Lebewohl zu sagen. Die ganze affaire wurde so rasch arrangiert!«

»Oh, das macht nichts«, antwortete Benedict. Er wirkte ziemlich blaß, dachte Madame, die ihn scharf musterte. Zweifellos die ganze Nacht auf den Beinen, trinkend und spielend. Madame wußte eine ganze Menge über elegante junge Männer. »Ich werde Ellen genausogut in Paris sehen können, denn ich fahre direkt dorthin. Aber ich habe eben eine einigermaßen schockierende Nachricht von zu Hause erhalten, die ich ihr eröffnen wollte...«

»Ah, tiens...«, entfuhr es Madame. »Auch hier ging nach ihrer Abreise ein Telegramm für Miss Paget ein. Ich hatte vorgehabt, es ihr an ihre Pariser Adresse nachzuschicken. Zweifellos dieselbe schlimme Kunde?«

»Zweifellos. Meine Mutter, Ellens Stiefmutter, ist bei einem Wagenunfall ums Leben gekommen; und Ellens Vater, Mr. Paget, ist bei derselben Geschichte ernstlich verletzt worden; die Schwester meiner Mutter, meine Tante Blanche, hat telegraphiert, um mich davon zu unterrichten.«

»Ah, quel douleur!« rief Madame voll Mitgefühl aus. »In diesem Fall bekümmert es mich doppelt, daß Elène Brüssel verlassen hat und die traurige Nachricht an einem fremden

Ort erfährt. Aber hélas, mein armer Freund – Ihre Mutter! Welch ein Unglück! Ich fühle tief mit Ihnen.«

Sie bemerkte gleichwohl den ironischen Schimmer in Benedicts Augen. Kalt wie Fische, all diese Engländer, dachte Madame; kein richtiger Familiensinn.

»Aber in diesem Fall«, fuhr sie fort, »miséricorde, welch eine Katastrophe, daß la petite eben abgereist ist, um eine neue Position zu übernehmen. Denn natürlich wird sie zur Bestattung nach Hause zurückkehren und dort bleiben wollen, um für ihren armen Papa zu sorgen?«

»Die Beerdigung hat bereits stattgefunden, wie ich höre. Meine Tante Blanche, die Frau des Bischofs von Chichester, hat alles arrangiert. Außerdem teilt mir Tante Blanche mit, daß sie bereits eine tüchtige Schwester, die Mr. Paget pflegt, und eine Haushälterin für sein Heim engagiert hat. Nein, ich bin lediglich gekommen, um Ellen die Nachricht zu eröffnen – und um ihr mitzuteilen, daß ihr nun, da ihre Stiefmutter nicht mehr ist, nichts mehr im Wege stehen würde, sollte sie sich wünschen, nach Hause zurückzukehren. Ihnen ist sicher bekannt, Madame – da Ellen sechs Jahre bei Ihnen gewohnt hat –, daß meine Mutter einen – eine erhebliche Abneigung gegen ihre jüngste Stieftochter empfand.«

Madame zuckte die Achseln.

»Dergleichen kommt in jeder Familie vor. Aber ihr Papa würde sich doch zweifellos freuen, sie um sich zu haben – selbst wenn noch eine Krankenschwester da ist? Wo doch beide älteren Schwestern mittlerweile verheiratet sind?«

»Ich glaube nicht«, sagte Benedict kühl. »Er ist ein seltsamer Mann, Mr. Paget. Er brachte seinen Töchtern wenig Zuneigung entgegen. Aber natürlich hielt ich es für meine Pflicht, Ellen die Nachricht zu überbringen.«

»Natürlich. Das arme Kind, sie wird tief entsetzt sein. Es wird ihr wie eine Wiederkehr vorkommen. Bald nachdem sie hierherkam, starb ihre eigene Mutter. Tatsächlich glaube ich, daß sie von zu Hause weggeschickt wurde, um für eine Pflegerin Platz zu machen.«

»Vielleicht wären Sie so freundlich, mir ihre Pariser Adresse zu geben, Madame«, sagte Benedict und überlegte, daß Madame sich über die Angelegenheiten ihrer Untergebenen sehr gut auf dem laufenden hielt.

»*Mais naturellement;* hier ist sie. Sie fahren gleich nach Paris? Dann seien Sie doch so gut, dieses Telegramm dem armen Kind auszuhändigen. Ich werde einen feierlichen Beileidsbrief an Sie aufsetzen. Doch einstweilen bitte ich Sie, ihr liebe Grüße von mir zu bestellen und ihr noch einmal zu sagen, was sie bereits weiß, daß sie nämlich in mir stets eine aufrichtige, mütterliche Freundin haben wird.«

Was für ein Jammer, daß die Nachricht nicht einen Tag früher kam, überlegte Madame; dann hätte man Miss Paget nicht Hals über Kopf nach Paris expedieren müssen, sondern sie einfach nach Hause schicken können.

Nun jedoch mußten die Dinge so bleiben, wie sie waren.

3

Manchmal – tatsächlich häufiger, als er sich zu erinnern erlaubte – wurde Luke Paget von einem Alptraum geplagt. Er betraf ein Haus – nicht seinen üblichen Wohnsitz, die Hermitage –, sondern ein Haus, das er einzig im Traumland besaß und bewohnte und seit dreißig Jahren und mehr aufsuchte. Ein Teil dieses Gebäudes war durchaus vertraut und heimelig, doch ein Bereich – und hier wurde der Traum unheilvoll, bedrohlich oder einfach unaussprechlich traurig –, ein Bereich war leer, abgesperrt, dem Kern des Hauses entrückt: ein verschlossener Flügel, eine heruntergekommene Suite von Räumen, ein unbenutzter Pavillon – verfallen, herrenlos, verödet, trostlos.

Manchmal machte er in seinem Traum Pläne für die Inbesitznahme dieses Teils und seine Renovierung; manchmal stellte er zu seinem Entsetzen fest, daß illegale Bewohner davon Besitz ergriffen hatten – verstohlene, böse Wesen, die weghuschten, ihn verspotteten und sich in dunklen, staubigen Ecken verbargen; manchmal empfand er schlicht Verzweiflung über die Vernachlässigung von so viel nützlichem Raum; manchmal verbrachte er den ganzen Traum in hoffnungsloser, vergeblicher Suche nach der Tür, dem Flur oder dem verwinkelten Treppenhaus, durch die man sich dem leerstehenden Flügel vielleicht nähern konnte. Doch er erwachte stets trübsinnig, verwirrt, leeren Herzens und von der Furcht besessen, die ihn den ganzen Traum über verfolgt hatte: daß seine Chancen ihm langsam entglitten, daß bald keine Zeit mehr sein würde, seinen verlorenen Ort wieder einzunehmen und wiederherzustellen.

Lady Blanche, die, ein Parasol über der Schulter, über den weichen Rasen des bischöflichen Gartens majestätisch auf ihren Schwager zusegelte, sah, daß er schlafend in seinem Korbsessel unter dem Maulbeerbaum lag, daß sein Schlaf aber nicht friedlich war: Er stöhnte, zuckte und wimmerte; seine Augenlider flatterten; dann plötzlich war er wach, und seine großen, fahlgrauen Augen maßen sie kalt. Sie war erleichtert, daß er aufgewacht war; die kühle Zurückhaltung und Selbstkontrolle dieses starrköpfigen Mannes im Schlaf zusammenbrechen zu sehen, war beunruhigend gewesen.

Blanche Pomfret, eine große, selbstbewußte Frau, die die geradlinige Frömmigkeit des Bischofs teilte, hatte sich nie sehr viel aus dem zweiten Mann ihrer Schwester gemacht. »Gutaussehend – gescheit, möchte ich sogar behaupten –, aber ein kalter Fisch«, sagte sie zur Zeit der Heirat über Luke zu ihrem Mann. »Es war ein höchst unglückliches Mißgeschick, daß Adelaide ihm so bald nach Radnors Tod begegnete; wäre sie *davor* mit ihm zusammengetroffen und hätte ihn etwas gründlicher kennengelernt, dann hätte sie ihn wahrscheinlich nie geheiratet. Sie hätte sich mit dem Witwenstand abgefunden, möchte ich behaupten.«

»Es ist sinnlos, Gottes Wege zu erforschen, meine Liebe«, sagte der Bischof.

»Ja; ich weiß; aber Er hätte einen Gedanken an die arme kleine Vicky erübrigen können. Stell dir vor, mit Fünf Waise zu werden, mit Luke als Vater – der noch dazu alt genug ist, um ihr Großvater zu sein!«

»Also hat die arme kleine Vicky Glück, daß Sie dich zur Tante hat, meine Liebe«, sagte der Bischof milde.

»Hm! Du weißt doch, Bischof, wie wenig Zeit ich für Familienangelegenheiten habe. Ein Glück, daß ich diese ausgezeichnete Frau gefunden habe, die in der Hermitage den Haushalt führen kann.«

»Ein großes Glück, meine Liebe.«

Nun faltete Blanche ihr Parasol zusammen und berührte Luke an der Schulter.

»Wach auf, mein lieber Luke; du hattest einen bösen Traum.«

»Tatsächlich? Ich kann mich an nichts erinnern.« Verärgert darüber, daß man ihn unvorbereitet ertappt hatte, fuhr er sich mit der Hand durch sein dichtes, weißes Haar und änderte, schmerzhaft das Gesicht verziehend, die Lage des Beins, das immer noch dick bandagiert und durch hölzerne Schienen gestützt war. »Ist es spät, Blanche? Kommst du, um mich zum Dinner zu rufen?«

»Nein, nein, mein Freund; bleib ruhig sitzen, es ist noch früh; ich bin gekommen, um dich auf Besucher einzustimmen; oder vielmehr«, fügte sie hinzu, da sie sah, wie sich seine Stirn umwölkte, »um dich zu fragen, ob du deine Kinder empfangen willst, die mit durchaus geziemender Kindesliebe gekommen sind, um sich nach dir zu erkundigen.«

»Kinder?« wiederholte er mit einem Blick schierer Verständnislosigkeit.

»Gerard und die kleine Vicky«, erklärte seine Schwägerin geduldig.

»*Was?* Sie sind hierher gefahren – den ganzen Weg von Petworth – fünfzehn Meilen? Warum um alles in der Welt haben sie das getan? Dazu bestand nicht der geringste Anlaß«, sagte ihr Vater, der ob dieses pflichtschuldigen Betragens keinerlei Freude kundtat. »Hat Gerard mein Gespann gefahren? Über Duncton Hill? Ist er denn völlig gedankenlos?«

»Nein, nein, sie sind mit Kutscher John und Mrs. Pike gekommen.«

»Wer – bitteschön – ist Mrs. Pike?«

»Sie ist deine neue Haushälterin, Luke. Erinnerst du dich denn nicht? Du hast sie kennengelernt, aber ich fürchte, du empfandest damals noch tiefen Schmerz.«

»Oh – ja. Jetzt weiß ich es wieder. Mrs. Pike.« Luke Paget stieß einen tiefen Seufzer aus, als wären diese Namen, Vicky, Gerard, Mrs. Pike, drei gefiederte Pfeile, die man ihm in die Schulter gestoßen hatte, um ihn zu reizen und zu peinigen.

»Du sagtest nämlich«, erinnerte ihn seine Schwägerin ruhig, »daß du es vorzögest, eine Haushälterin einzustellen, anstatt deine Tochter Ellen aus Brüssel zurückrufen zu lassen. Und es war in der Tat notwendig, unverzüglich eine verantwortungsbewußte, tüchtige Kraft zu bestellen; und Mrs. Pike schien überaus geeignet.«

»Oh, lieber Gott, ja, ich ziehe deine Maßnahmen nicht in Zweifel, Blanche; bin dir wirklich sehr verpflichtet. Was für eine Hilfe wäre *Ellen* schon – ein zappliges junges Ding, kaum der Schule entwachsen? Nein, nein, ich glaube wohl, daß Mrs. Pike es durchaus tun wird.«

»Möchtest du sie nicht sehen, Luke? Wo sie schon einmal hier sind?«

Ganz offensichtlich war es das letzte, was er wollte, doch nach kurzem Zögern brummte er widerwillig: »Es ist wohl das beste, nehme ich an; da sie es für angebracht hielten, den ganzen Weg zu kommen. Und diese Pike ebenso. Und sei es nur, um ihr begreiflich zu machen, daß es keinen Grund gibt, meine Pferde zweimal die Woche über die Downs laufen zu lassen!«

»Beruhige dich. Ich habe ihr bereits die Notwendigkeit eingeschärft, deinen Haushalt mit angemessener Sparsamkeit zu führen«, antwortete seine Schwägerin sanft und mit dem allergeringsten Anflug von Ironie. »Doch wie ich höre, hatte sie in Chichester noch verschiedene andere häusliche Besorgungen zu machen, die sich gleichzeitig erledigen ließen. Ich werde sie also zu dir schicken – in getrennten Abteilungen, um deine Kraft nicht übermäßig zu beanspruchen.«

Sie entfernte sich gemessenen Schrittes; in ihrer massiven Krinoline, mit Parasol, flor- und bänderbesetzter Haube, Umschlagtuch, Spitzenhandschuhen und Châtelaine, alles in strengen Trauerfarben, ähnelte sie einer barocken, rauchgeschwärzten Kathedrale, die sich in Bewegung gesetzt hatte und über das Gras glitt.

Luke Paget stieß einen weiteren, verärgerten Seufzer aus.

Der bischöfliche Garten in Chichester war ein bezaubernder Ort. Von beträchtlicher Ausdehnung, umgeben von Mauern aus rosenfarbigen, alten Ziegelsteinen, enthielt er mehrere unterschiedliche Anlagen, die einen Gegensatz zwischen Förmlichkeit und Fülle bildeten: hier exotische Sträucher, prächtige Bäume, üppiges Blattwerk, dort samtener Rasen und sorgsam gepflegte Zierbeete; die Luft war frisch vom Duft der Glyzinien über einem schwachen Salzgeruch von der See. Eine milde Maisonne strahlte herab, und Vögel sangen fröhlich. Nichts davon hatte eine wohltuende Wirkung auf den Mann im Korbsessel. Luke Paget hatte sich nie etwas aus Gärten gemacht. Seiner Ansicht nach waren sie einfach Orte, die man in Ordnung und produktiv halten mußte; er hatte nie die Leidenschaft seiner ersten Frau für das Pflanzen, Beschneiden und Pflegen von Grünzeug verstanden. (Allerdings hatte er sich, da es eine relativ billige Beschäftigung war, nie die Mühe gemacht, sie an ihrem Tun zu hindern.) Nun wünschte er sich verärgert, er hätte den Besuch seiner Kinder im Haus über sich ergehen lassen können; sie hier zu empfangen hatte etwas Informelles und Zwangloses, das nicht zu seiner Haltung ihnen gegenüber paßte.

Da er jedoch immer noch nicht in der Lage war, ohne Hilfe mehr als ein paar Schritte zu gehen, mußte er bleiben, wo er war, und innerlich ärgerte er sich darüber.

Dieser Tage mußte er oft an seine erste Frau denken. Warum? Sie war seit sechs Jahren tot; eine Beschäftigung mit ihr war unnütz; und Luke Paget war vor allem ein praktischer Mann. Und doch, ungebeten und irritierend blitzten diese Erinnerungen auf: Mathilda, von hilflosem Gelächter über irgendeinen lustigen Vorfall geschüttelt – ihre Heiterkeit entzündete sich an den belanglosesten, unpassendsten Anlässen, und sie lachte gern; oder gedankenvoll, schweigend, über irgendeine Verrichtung im Haushalt nachdenkend, den sie mit heiterer, unbekümmerter Mühelosigkeit führte. Manchmal hatte sie über ihre Kinder gelacht: über Kittys Narreteien, Eugenias Vornehmtuerei; denn sie war Realistin gewesen, ganz und gar unsentimental. Und doch hatte sie sie innig geliebt, und auch ihn, Luke, geliebt, mit derselben offenen, vorbehaltlosen Zuneigung, die ihn, im vollen Bewußtsein seiner Fehler, gleichwohl mit großer, zärtlicher, heiterer Wärme umfing. *Warum*, so fragte er sich nun ärgerlich, warum hatte er diesen glücklichen Zustand nicht mehr zu schätzen gewußt, solange er sein war? Aus irgendeinem Grunde entsann er sich oft einer Frühstücksszene – einer ganz bestimmten? Oder war sie exemplarisch für viele? – mit Mattie, die über die Kaffeetassen hinweglächelte, und den Mädchen, damals noch klein, die hübsch und wohlanständig auf ihren Plätzen saßen. Gerard war noch ein Baby gewesen, oben in seiner Korbwiege. Warum war mir nicht klar, daß ich damals glücklich war, wollte Luke von sich wissen. Was würde ich nicht dafür geben, daß dieser Tag wiederkehrte! Zornig bedauerte er nur, nicht daß Mattie während ihres gesamten Ehelebens weit weniger bekommen hatte, als ihr zustand, sondern daß er selbst es nicht vermocht hatte, das Beste aus diesem Wohlergehen zu machen, solange es ihm zuteil wurde. Er wurde damals von seinen Ambitionen in Anspruch genommen – der Hoffnung, ins Parlament zu kommen, sich als Rechtsanwalt einen Namen zu machen. Eitle Hoffnungen! Und während er ihnen nachjagte, war ihm die Wirklichkeit entglitten. Nunmehr bot sein Leben keine Möglichkeit der Erfüllung, abgesehen von einigen tiefverwurzelten Sehnsüchten in Bezug auf seinen Sohn. Die einzigen unmittelbaren Befriedigungen, die ihm noch geblieben waren, waren die alltäglichen, allgemein gebilligten des physischen Wohlergehens – Komfort – Wärme – Gesundheit; und nun, seit dem Unfall, der ihm seine zweite Frau jäh entrissen hatte, waren auch die Gesundheit und die Freuden des Bettes dahin. Ohne Freude sah er seine beiden jüngsten Kinder näherkommen.

Sie ihrerseits kamen recht trödelnden Schritts auf ihn zu, als seien sie sich ihres Empfangs nicht sicher, und überquerten den weiten Rasen in einigem Abstand zueinander, ohne miteinander zu sprechen; es war deutlich, daß der Anlaß, und nicht Verträglichkeit, sie zusammengebracht hatte.

Vicky trippelte mit hochmütiger Geziertheit daher, blickte sich dabei ungescheut um und nahm ihre Umgebung in sich auf; die mit Zinnen versehenen Ziegelsteinmauern, den Gemüse- und Blumengarten, die Krocketbögen auf dem Gras, den schlanken Turm der Kathedrale von Chichester, der über dem Palastdach aufragte. Vicky war ein kleines, rundgesichtiges, aufmerksames Kind, für diesen Besuch in einen hellen Seidenplaid und weiße, gestärkte Pantalettes gekleidet, das drahtige, dunkle Haar kunstvoll zu Löckchen gedreht. Sie hatte den wachsamen Blick eines Menschen, für den das Leben so wenig Vergnügliches bereithält, daß er eine Fertigkeit entwickelt, das Beste aus dem zu machen, was sich ihm gerade anbietet. Gelegentlich warf sie ihrem Halbbruder einen kritischen Blick zu. Gerard, der Fünfzehnjährige, wies ausgeprägte Ähnlichkeit mit seinem Vater auf, hatte den gleichen knochigen Wuchs, der bei dem Manne hager, bei dem Jungen füllenhaft war; und das gleiche längliche, hohlwangige Gesicht, die tiefen Augenhöhlen, die Blässe und die großen, grüblerischen grauen Augen; aber Gerards Augen waren von einem dunkleren Grauton als die seines Vaters, und sein Mund war breiter und etwas unentschlossen, während Lukes zu Linien unbeugsamer Strenge verhärtet war. Das Haar des Sohnes sproß so dicht wie das des Vaters, war jedoch weich und dunkel.

»Dieser Junge schlägt kein bißchen seiner Mutter nach«, hatte Lady Blanche einmal bemerkt; aber der Bischof, der Lukes erste Frau gemocht hatte, sagte: »Doch; ein kleines bißchen; nur, wird er es je herauslassen?«

Vicky hatte einen Nelkenstrauß mitgebracht, den sie fest umklammerte; sie legte ihn auf die Korbfußbank von Lukes Chaiselongue und verkündete höflich, mit klangloser, dünner Stimme: »Wie geht es Ihnen, Papa? Ich hoffe, es geht Ihnen besser. Ich habe Ihnen diese Blumen mitgebracht.«

»Paß auf mein verletztes Bein auf«, antwortete er. »Es gab keinen Anlaß, Blumen mitzubringen; siehst du nicht, daß ich einen ganzen Garten voll um mich herum habe? Ich hoffe, du hattest Moons Erlaubnis, sie zu pflücken.«

»Er pflückte sie selbst und läßt ehrerbietig grüßen«, sagte sie tonlos. »Papa, wie lange muß Mrs. Pike in der Hermitage bleiben?«

»Für immer, denke ich«, antwortete er. »Jemand muß sich ja um das Haus kümmern. Nun, Gerard – hast du keinen Gruß für mich?«

Luke hatte niemals das geringste Interesse für seine Töchter vorgegeben. Für ihn war Vicky, die vierte, schlicht eine zusätzliche Last, ein weiteres nutzloses Mädchen, für das man zu gegebener Zeit eine Mitgift und einen Ehemann auftreiben mußte. All seine Gefühle, Hoffnungen und Ambitionen konzentrierten sich seit Jahren auf seinen Sohn, den lang ersehnten Erben. Doch hätte ein Fremder, der sein Verhalten den beiden gegenüber beobachtete, kaum einen Unterschied in seinem Tonfall bemerkt.

Ja, seine kalte Gleichgültigkeit gegenüber Vicky schien sich zu regelrechtem Widerwillen zu verhärten, während er ihren älteren Bruder musterte.

»Deine Haare müssen geschnitten werden, junger Herr; du ähnelst einem Wilden! Und warum, bitteschön, ist deine Krawatte so schlampig gebunden? Darf ich fragen, ob dein

Lehrer die Erlaubnis zu diesem Exeat von deinen Studien gegeben hat?«

»Gerard hatte am Dienstag Krämpfe in der Brust«, piepste Vicky. »Deshalb sagte Mr. Newman, er habe zu hart gearbeitet, und eine Abwechslung würde ihm gut tun.«

»Rede, wenn du gefragt wirst, kleines Fräulein, und nicht eher! Nun, Gerard, ich warte auf deine Antwort?«

»Wie geht es Ihnen, Vater? Es ist so, wie Vicky sagt«, erwiderte Gerard lakonisch. »Ich hatte einen meiner Anfälle von Atemnot; und Mr. Newman gestand mir einen halben Tag Urlaub zu. Wie befinden Sie sich, Sir? Schmerzt Ihr Bein Sie sehr?«

»Nein – nein; kein Grund zur Aufregung. Ich werde bald an Krücken gehen können und hoffe, noch diese Woche zu Hause zu sein.« Keines der Kinder schien über diese Mitteilung sonderlich erfreut. »Aber was deine Brust angeht, Gerard – hielt es Mr. Newman nicht für erforderlich, Dr. Bendigo holen zu lassen? War es ein heftiger Anfall? Hattest du Fieber?«

Gerards bronchitische und asthmatische Leiden hatten, als er noch jünger war, seiner Familie Anlaß zu großer Sorge gegeben; besonders seinem Vater, der es für das beste gehalten hatte, ihn lieber zu Hause bei einem Hauslehrer zu lassen, als ihn nach Eton oder Harrow zu schicken. Einige Jahre lang hatte man Schwindsucht befürchtet, da die geringste Erkältung oder Entblößung mit ziemlicher Sicherheit einen schweren Anfall hervorrief, der manchmal zu einer Lungenentzündung führte. Während der vergangenen zwei, drei Jahre war jedoch die Häufigkeit und Heftigkeit dieser Attacken stark zurückgegangen.

»Was hast du getan, daß es dazu kam?« fragte Luke scharf. »Bist du weiter geritten, als du solltest? Oder hast du im Park Kricket gespielt?«

»Nein, Vater.« Gerard blickte gelinde belustigt ob der letzteren Vermutung. Dann warf er plötzlich einen durchdringenden Blick auf seine kleine Schwester, die den Mund geöffnet hatte, um zu sprechen. Er fuhr rasch fort: »Es war ein harmloses Unwohlsein, das sich völlig gelegt hat. Aber Mr. Newman dachte, eine Fahrt über die Downs in der frischen Luft würde mir guttun.«

»Wenn nur der Duft der Weißdornblüten dich nicht zum Niesen bringt«, brummte Luke mißbilligend. »Es wäre bei weitem besser gewesen, du wärst zu Hause im Sommerhaus geblieben und hättest deinen Aristoteles und deine juristischen Bücher studiert.«

Gerards Gesichtsausdruck änderte sich nicht, doch ein winziges Schulterzucken verriet, was er von der Alternative seines Vaters hielt. Nach kurzem Schweigen bemerkte er: »Da kommt Mrs. Pike«, und, an Vicky gewandt, mit leiser Stimme, »wenn du dein Sprüchlein loswerden willst, dann beeilst du dich am besten.« Er blickte seine junge Halbschwester mit widerwilligem Respekt an.

»Papa«, sagte Vicky schrill und atemlos, »wir mögen Mrs. Pike nicht, kein bißchen! Niemand mag sie! Weder Jenny noch Agnes, noch Eliza, noch Moon, noch Tom, der Stalljunge, noch Kutscher John, noch irgendwer. Niemand mag sie! Sie ist sehr ungerecht und unfreundlich und mischt sich ohne Grund in alles ein, sagt Jenny, und sie ließ den armen Tray verprügeln und sagte, er dürfe nicht mehr ins Haus kommen, und sie gibt mir gräßliche Medizin, wenn ich gar nicht krank bin. Bitte, Papa, kann sie denn nicht gehen, und Schwester Ellen kommt von Belgien nach Hause, um sich um uns zu kümmern? Ich bin sicher, sie könnte es genausogut – viel besser, sagt Sue.«

Luke Pagets Schweigen, während er sich diese Bitte seines jüngsten Kindes anhörte, war auf seine totale Verblüffung zurückzuführen; er war vollkommen sprachlos; doch als er sprach, war seine Reaktion unmißverständlich.

»Halt den Mund, kleines Fräulein! Und daß ich dich nie wieder so reden höre! Ein schönes Benehmen – für ein Kind deines Alters, sich ein Urteil gegen Entscheidungen herauszunehmen, die Ältere getroffen haben. Du kannst dich glücklich schätzen, daß ich Mrs. Pike nicht anweise, dir eine tüchtige Tracht Prügel zu verabfolgen. Wenn du nur gekommen bist, um mir das zu sagen, tut es mir leid, daß du nicht zu Hause geblieben bist!«

Vicky schnappte nach Luft, lief rot an und trat einen ungeordneten Rückzug an. Gerard machte linkisch Anstalten, ihr zu folgen, als sein Vater ihn aufhielt.

»Halt, junger Herr! Dir habe ich nicht befohlen zu gehen. Ich will hoffen, daß du bei dieser schändlichen Kundgebung nicht die Hand im Spiele hattest – daß du geziemend höflich zu Mrs. Pike bist und befolgst, was sie dir sagt?«

Gerard hatte Glück, daß er auf beide Fragen gleichzeitig antworten konnte. Er sagte, »Ja, Sir«, in einem Ton, dem es gänzlich an Überzeugung fehlte, indes die Haushälterin näherkam.

»Und deine Studien kommen gut voran? Mr. Newman ist mit deinen Fortschritten zufrieden?«

»Ja, Sir«, erwiderte Gerard mit mehr Zuversicht. Inzwischen war die Haushälterin zu nahe, als daß man sie ignorieren konnte. Luke Paget sagte: »Gut, gut« – ein Seufzer –, »dann lauf, Junge; zweifellos hat deine Tante Blanche einen Imbiß für dich.« Lady Blanche war nicht Gerards Tante, doch Luke gab nichts auf solche Feinheiten. Er fügte hinzu: »Paß auf, daß du dir auf der Heimfahrt keine Erkältung zuziehst; diese Maiabende können frisch sein. Hast du einen Wollschal für deine Brust?«

»Ja, Vater.«

»Na schön.«

Gerard entfernte sich behutsam, und Mrs. Pike schickte ihm ein nachsichtiges Lächeln hinterher, bei dem sie sich mit ihrem Arbeitgeber einig wußte. Sie hatte von den Dienstboten in der Hermitage und von Lady Blanche Pomfret bereits erfahren, wieviel von des Vaters Anteilnahme und Ambitionen sich auf den Sohn konzentrierten.

»Wie geht es Ihnen, Mr. Paget? Es freut mich, Sie bei besserem Befinden zu sehen.«

Mrs. Pikes flüchtiger, förmlicher Knicks verriet, welch eingehende Überlegungen sie zu ihrem abhängigen Status angestellt hatte; sie mochte Pagets bezahlte Angestellte sein, doch sie betrachtete sich durchaus als ihm gesellschaftlich Gleichgestellte; eine unglückliche Witwe, unverdientermaßen dazu gezwungen, durch eigene Anstrengungen für sich zu sorgen, doch gleichwohl eine höchst gebührende Selbstachtung wahrend.

In Unkenntnis dieser Feinheiten musterte Luke Paget sie ungeduldig. Seiner Ansicht nach hatte für sie nicht der geringste Anlaß bestanden, sich heute einzufinden – oder gar die Kinder mitzubringen; der ganze Besuch war unnötig und lästig. Aber da sie nun einmal hier war, gehörte es sich für ihn, höflich zu ihr zu sein. Und sie war, wie er sich nach ein, zwei Minuten grollend eingestand, eine ansehnliche Erscheinung; Mitte Vierzig vielleicht, üppig gebaut, auf ihre Weise ebenso stattlich wie Lady Blanche, wenngleich sie es für angebracht hielt, ihrer beruflichen Tätigkeit als Haushälterin insofern Rechnung zu tragen, als sie eine weniger voluminöse Krinoline trug als die Gattin des Bischofs. Ihr Geschmack in Kleiderfragen war indes auf diskrete Weise eindrucksvoll. Die vorherrschenden Farben Lavendel und Graublau dienten dazu, an ihren Witwenstand zu erinnern, waren aber auch vortrefflich auf ihren blaßrosa Teint, ihre großen, blauen Augen und ihr fülliges Haar abgestimmt, das vorzeitig ergraut, doch unter einer Spitzenhaube mit sehr kleidsamen Bändchen und seitlichen Schleifen kunstvoll frisiert war. Mehr Spitzen, Bänder und Borten zierten ihr Kleid; zu viele für ihren Stand, fand Mr. Paget.

»Guten Tag, Mrs. Pike«, sagte er recht schroff. »Warum, bitteschön, hat man dem Kind Victoria nicht Trauerkleidung für ihre Mutter angezogen? Dieses Schottenkleid ist höchst unziemlich.«

Mrs. Pike nahm diesen Rüffel hin, ohne mit der Wimper zu zucken.

»Ich hielt sie für zu jung für Trauerkleidung, Mr. Paget.

Wenn ich einen Fehler begangen habe, möchte ich mich entschuldigen.«

»Sie ist keineswegs zu jung. Sorgen Sie dafür, wenn ich bitten darf, Madam. Ich will hoffen, daß in der Hermitage alles klappt? Folgen Ihnen die Dienstboten, wie es sich gehört?«

Hier konnte sie wieder Sicherheit gewinnen. »Danke, Mr. Paget. Anfangs gab es eine kleine Schwierigkeit mit der Köchin und den Mädchen. Ich nahm mir die Freiheit, Jenny Gladwyn, der Kammerzofe Ihrer Frau, zu kündigen, da sie keine Pflichten mehr wahrzunehmen hat; ich hoffe, ich tat recht daran?«

»Gewiß.«

»Ansonsten geht nun alles recht zufriedenstellend vonstatten, wie ich mit Freude sagen darf.«

Ihr Ton deutete an, daß Lady Adelaide den Haushalt zu einem schockierenden Zustand von Vernachlässigung und Anarchie hatte verkommen lassen; doch da sie auf tragische Weise ums Leben gekommen war, verbot die Schicklichkeit jeden Hinweis auf ihre Fehler.

Neben Luke stehend blickte Mrs. Pike auf ihn herab und betrachtete ihn mit ihrem nachsichtigen Lächeln. Tatsächlich war dies ihr vorherrschender Gesichtsausdruck, als habe sie an der Welt um sie herum viel zu bedauern und zu bemängeln, sei jedoch freundlicherweise bereit, mit jedem, der weniger befähigt war als sie, Nachsicht zu üben.

Sie war zu sehr Dame, um die Hände in die Hüften zu stemmen, doch ihre Haltung legte diese Gebärde nahe.

»Und wann werden wir Sie wieder unter ihrem eigenen Dach sehen, Mr. Paget? Dieser Tag ist nicht mehr fern, hoffe ich?«

Blick und Ton, mit dem Sie dies sagte, hätte man fast kokett nennen können. Er starrte aus trüben Augen unter buschigen Augenbrauen hervor zurück.

»Hm!« war alles, was er auf ihre Frage antwortete; und

dann, abrupt: »Sind die Briefe, die Sie da haben, für mich, Madam? Darf ich sie sehen, wenn ich bitten darf?«

Ein wenig widerstrebend reichte sie ihm seine Post. Beim Anblick der Briefe schossen seine struppigen Augenbrauen wieder nach oben.

»Wer hat sich herausgenommen, sie zu öffnen, wenn ich fragen darf?«

»Ich«, sagte Mrs. Pike sanft. »Ich ersah aus den Absendern, daß es Geschäftsbriefe waren, und dachte, es könnten Rechnungen oder dringende Angelegenheiten sein. Ich besprach mich mit dem Hauslehrer des Jungen, Mr. Newman, und mit Ihrem Anwalt, Mr. Wheelbird, der das Haus in Zusammenhang mit dem Schmuck und der persönlichen Habe der kürzlich verschiedenen Lady Adelaide aufsuchte. Mr. Wheelbird und sein Partner, Mr. Longmore, erteilten mir die Erlaubnis. Wie Sie sehen, sind die Rechnungen bereits bezahlt worden. Mr. Wheelbird streckte mir zu diesem Zweck Geld aus der Wirtschaftskasse vor.«

Sie brachte die Namen der Anwälte mit einem beträchtlich befriedigten, um nicht zu sagen triumphierenden Blick vor, doch ihr Ton blieb geschäftsmäßig ruhig.

»Oh! Ach so! Nun gut. Es wird keinen Anlaß mehr geben, das noch einmal zu tun, Madam. Ich werde in die Hermitage zurückkehren, ehe irgendwelche andere Rechnungen fällig werden, und die anderen Briefe können Sie mir hierher schicken – ungeöffnet, wenn ich bitten darf. Ist das alles, Mrs. – äh – Pike? Haben Sie irgendwelche Fragen oder Bitten?«

»Nein, ich danke Ihnen, Mr. Paget. Zu Hause geht alles seinen geregelten Gang.«

Schon, bemerkte er, sprach sie mit deutlich besitzergreifender Allüre von *zu Hause*. Das ärgerte ihn, aber er konnte keinen triftigen Grund finden, daran Anstoß zu nehmen.

»Dann gibt es wohl nichts weiter, glaube ich. Ach so – die Kinder – sie benehmen sich, will ich hoffen?«

»Die Kleine vermißt ihre Mama – natürlich. Und es ist offensichtlich, daß sie sehr verwöhnt worden ist; doch sie wird sich bald ein besseres Benehmen angewöhnt haben. Sie müssen sich ihretwegen keine Sorgen machen. Ihr Sohn ...« Hier hielt Mrs. Pike inne. Ihr selbstgefälliger Blick wurde von einer Miene säuerlicher Mißbilligung abgelöst, die die Winkel ihres dünnen Mundes nach unten krümmte. »Das viele Klavierspielen hat diesen schlimmen Anfall verursacht, das sieht doch jeder vernünftige Mensch«, stieß sie scharf hervor. Ein aufmerksamer Zuhörer hätte feststellen können, daß, als sie das sagte, ihre Vokale und Redewendungen Andeutungen einer Herkunft aus der Unterschicht verrieten, die zu verbergen sie sich zuvor bemüht hatte.

»Das Klavierspielen? Aber es war ihm verboten, das Klavier auch nur anzufassen. Ich ließ es eigens ins Gartenzimmer stellen.«

»Davon weiß ich wirklich nichts. Aber er hat so lange gespielt wie nur möglich, wenn er mit seinen Studien fertig war. Und es ist außerdem eine entsetzliche Verschwendung von Kerzen.«

»So, hat er das? Sie schicken ihn wohl am besten noch einmal zu mir heraus, ehe Sie aufbrechen, Mrs. Pike, dann werde ich ein Wörtchen mit ihm reden.«

»Gewiß, Mr. Paget. Und was soll wegen des Hundes unternommen werden?«

»Wegen des Hundes?«

»Dieses Tier, Tray. Es war Lady Adelaides Schoßtier, wie ich höre. Er führt sich entsetzlich auf, seit – seit dem unglücklichen Ereignis; er jault und winselt und – benimmt sich sehr häßlich im Haus; ich mußte Anweisung geben, ihn draußen in einem Zwinger zu halten, denn die Mädchen beklagten sich. Was soll deswegen unternommen werden?«

Luke Paget hatte sich nie etwas aus dem Zwergspaniel seiner zweiten Frau gemacht. Er sagte kurz: »Am besten sagen Sie Moon, er soll das Tier abtun lassen. Aber lassen Sie es Victoria nicht vorher wissen – ich glaube, sie hing an ihm. Das ist dann wohl alles, Mrs. Pike.«

»Ja, Mr. Paget.« Ihre Selbstgefälligkeit war zurückgekehrt. Sie schenkte ihm ein weiteres, anmutig herablassendes Lächeln und entfernte sich bedächtigen Schritts, wobei sie ihren lavendelfarbenen Batistrock hinter sich über den Boden schleifen ließ. Gegen Lukes Willen zog sie seinen Blick auf sich, und er sah zu, wie ihre aufrechte, dralle Gestalt einen Augenblick lang die schlanke, spitz zulaufende Säule des Turms der Kathedrale verdeckte. Es kam ihm nicht sofort der Gedanke, daß sie kaum die angenehme, mütterliche Person von Blanches ursprünglicher Beschreibung war.

Was Mrs. Pike anging, so sagte sie sich: Ich werde ihn bald um den Finger gewickelt haben. Und von Simon braucht er nichts zu erfahren.

Als der Bischof, seine Frau, sein Kaplan und der Schwager seiner Frau sich zum Dinner versammelten, lag über der Gesellschaft eine leicht verdrießliche Stimmung und eine allgemeine Unlust zu leichtem Geplauder.

Der Bischof und sein Kaplan, Mr. Slopesby, setzten ein Gespräch über die Kathedrale fort, das sie vor dem Essen in Anspruch genommen hatte.

»Diese Hinterlassenschaft des jüngst verstorbenen Dean – sehr löblich von dem lieben Menschen, zweifellos, aber warum hat er nicht verfügen können, daß sie für neues Kirchensilber oder Chorgewänder verwendet wird? Zweitausend Pfund für Baumaßnahmen sind hinausgeworfenes Geld – hinausgeworfen; es gibt so viel, was getan werden müßte.«

»Wir können durch eine öffentliche Kollekte eine ebenso hohe Summe aufbringen, Eminenz, ohne weiteres, da bin ich sicher.«

»Ja – ja; freilich; aber wenn wir erst einmal anfangen, an der baulichen Substanz herumzuhantieren, dann fürchte ich sehr, daß wir mehr im argen finden werden, als wir Mittel zur Reparatur haben. Nehmen Sie das Präbendargestühl und den Arundelschrein weg, und ich fürchte – ich fürchte sehr –, wir werden feststellen, daß die Pfeiler, die den Turm tragen, in einem erschreckenden Zustand sind. Diese Normannen, wissen sie – mutige Krieger, aber hier oben hatten sie nicht viel!« Der Bischof tippte sich an den kugelrunden Kopf; da besagte Normannen seine Vorfahren gewesen waren, fühlte er sich offenbar absolut berechtigt, sie zu verunglimpfen, wenn er wollte. »Bedachten einfach nicht, daß es wohl kaum eine Sache der Vernunft war, auf einer schwankenden Salzmarsch, wo die Römer ein paar einstöckige Hütten errichtet hatten, einen hundertsiebzig Fuß hohen Steinturm aufzuwerfen, der achtzigtausend Tonnen wiegt. Kein Wunder, daß das Mauerwerk Risse hat!«

An dieser Stelle legte der Kaplan mit gewissenhafter Genauigkeit dar, daß der normannische Anteil an der Kathedrale sich auf die Pfeiler und die Bögen darüber beschränkte; das Gewölbe darüber und der Turm auf diesem entstammten der gotischen beziehungsweise geometrischen Periode.

»Oh, gewiß doch – zweifellos«, antwortete der Bischof rasch – er war ein kleiner, rundlicher, rosiger Mann, einen Kopf kleiner als seine Frau, mit im allgemeinen gütiger und ungetrübter Miene – »aber diese Normannen müssen gewußt haben, was ihr Tun für Folgen haben würde. Vier große Säulen zu bauen und von einer zur anderen Rundbögen darüberzustülpen, was kann man da anderes erwarten, als daß jemand einen Turm auf das Ganze draufsetzt? Wie, Paget? Was meinen Sie?«

In seiner üblichen, gutmütigen Art hoffte er, den Schwager seiner Frau ins Gespräch zu ziehen; dem hageren, hohlgesichtigen Menschen etwas anderes als seine eigenen Probleme zum Überlegen zu geben; doch Paget blickte nur finster und sauertöpfisch, sagte: »Was Kirchenarchitektur angeht, kenne ich mich nicht aus, Herr Bischof. Zweifellos ist es so, wie Sie sagen«, und wandte sich sofort wieder seinem leise geführten Gespräch mit der Frau des Bischofs zu: »Kaum drehe ich ihm den Rücken – und kaum ist seine Mutter unter der Erde …«

»Seine Stiefmutter«, warf die Frau des Bischofs sanft ein.

»Nun gut: seine Stiefmutter; was macht das für einen Unterschied? Da geht er hin, gegen meine ausdrücklichen Anordnungen, und vertändelt seine Zeit an dem Instrument – spielt *Lieder*. Auf dem Pianoforte! Ich frage dich, ist das eine Beschäftigung für einen Gentleman! Ich ließ das Gartenzimmer verschließen; er muß sich irgendwoher einen Schlüssel besorgt haben, aber er wollte mir nicht sagen, wie er dazu kam. Ungehorsamer junger Bengel! Vergeudet seine Zeit! Und macht sich obendrein noch krank. Sein Wechsel ist für einen Monat gestrichen; er wird meinen Anordnungen künftig besser Folge leisten. Aber sag mir eines, Blanche; rate mir; glaubst du, es wäre das beste, ihn auf eine Schule zu schicken?«

Die Gattin des Bischofs überlegte. Sie empfand keine Abneigung gegen den schwermütigen, wortkargen Stiefsohn ihrer Schwester; tatsächlich hatte sie wahrscheinlich eine genauere Vorstellung von seinem Charakter, als sowohl seine Stiefmutter als auch sein eigener Vater sich je hatten machen können; in vielerlei Hinsicht, dachte sie, wäre es vielleicht besser für Gerard, auf ein Internat zu gehen. Doch was würde dann mit der kleinen Vicky geschehen? Dem Kind der armen Adelaide, alleingelassen mit einem solchen Vater?

Der Bischof hatte angeregt, Vicky einzuladen, im Palast zu wohnen. Aber die Großzügigkeit von Lady Blanche hatte strikte Grenzen. Eine leichte Herzschwäche hatte es ihr unmöglich gemacht, selbst Kinder zu bekommen, und ließ ihrer Meinung nach selbst die Mühe, für eine fünfjährige Nichte zu sorgen, unzumutbar erscheinen. Eine bequeme Selbstsucht bewahrte die Gemahlin des Bischofs vor größeren Unannehmlichkeiten oder Opfern.

»Nein; ich glaube nicht, daß du Gerard zur Schule schikken solltest«, sagte sie schließlich. »Für diesen Weg ist es nun zu spät; er wäre entsetzlich fehl am Platze, die anderen Jungen würden ihn vielleicht verspotten, und die ganze Erfahrung könnte vielleicht genau den physischen Rückschlag bewirken, den du vermeiden willst. Nein: du wartest am besten, bis es Zeit für ihn ist, auf die Universität zu gehen. Er ist ziemlich fortgeschritten in seinen Studien, nicht wahr?«

»Ja«, brummte der Vater. »Was das betrifft, sagt mir Newman, er entspräche durchaus den Anforderungen. Ich zweifle nicht daran, daß er sich einen Platz in meinem eigenen College, Worcester, sichern wird. Aber was fange ich unterdessen mit ihm an? Er ist auch einsam; er hat keine Gesellschaft von Gleichaltrigen. Und das führt dazu, daß er ständig unerwünschte Bekanntschaften schließt – Bauernjungen, sogar Zigeunerburschen!«

»Wenn nur Benedict nicht außer Reichweite wäre.«

»Benedict!« schnaubte Mr. Paget, der für den jüngeren Sohn seiner zweiten Frau keine Zuneigung empfand.

»Benedict ist ein gescheiter junger Mann«, sagte seine Tante fest. »Ich habe eine hohe Meinung von seinen Fähigkeiten. Wenn nur er der ältere Sohn wäre! Der arme Easingwold war schon immer etwas schwer von Begriff. Aber ich entsinne mich, daß Gerard seinen Stiefbruder immer ziemlich bewundert hat.«

»Benedict – dieser Geck! Soviel ich höre, verbringt er seine Zeit damit, durch ganz Europa von einer Spielhölle zur anderen zu flitzen.«

»Nichtsdestotrotz«, sagte Lady Blanche ruhig, »habe ich aus sicherer Quelle erfahren, daß er Oxford sehr wahrscheinlich mit Auszeichnung abschließen wird und ganz sicher ein Stipendium angeboten bekommt. Er hat hervorragende Aussichten auf eine Karriere im diplomatischen Dienst.«

»Schön, schön!« sagte Mr. Paget gereizt. »Benedict ist nicht hier, also gehört das überhaupt nicht zur Sache.« Er empfand es als ungerecht, daß ihm, weil er es für angezeigt gehalten hatte, seine Schwägerin ins Vertrauen zu ziehen, die Vorzüge von Adelaides Sohn vorgehalten wurden. In diesem Augenblick wurden jedoch Karaffen auf den Tisch gestellt, und der Bischof unterbrach ihr Gespräch.

»Kommen Sie, Paget! Ich weiß, Sie werden ein Glas von

dem 41er nicht ablehnen. Ein kapitaler Jahrgang! Der dürfte mehr zur Heilung Ihres gebrochenen Beins beitragen als jede Medizin.«

»Danke, Bischof«, sagte Luke mit freudlosem Lächeln.

Lady Blanche ergriff die Gelegenheit, sich in ihren eigenen Salon zurückzuziehen. Dort gesellten sich kurz darauf Luke Pagets älteste Tochter und ihr Mann zu ihr, Sir Eustace Valdoe, dessen schwer mit Hypotheken belastetes Haus keine vier Meilen von Chichester entfernt lag. Auf dem Heimweg von einer politischen Versammlung (Sir Eustace war der Abgeordnete von Chichester) hatten sie die Gelegenheit ergriffen, vorzusprechen und sich nach Eugenias Vater zu erkundigen.

»Da kommt Mr. Paget schon«, bemerkte Lady Blanche gleich darauf, wobei sie hoffte, daß der 41er Port ihren Gast in bessere Stimmung versetzt hatte.

»Lieber Papa!« Und Eugenia beeilte sich, mit viel liebevollem Geflatter von Spitzen und Haubenbändern ihren Vater zu begrüßen. Eugenia, dünn und ängstlich blickend, hätte man gut zehn Jahre mehr als ihre tatsächlichen einunddreißig gegeben. Ihr fahles Haar hing in unkleidsamen Strähnen zu beiden Seiten ihres langen, kalkigen Gesichts herab; sie trug ein verschossenes Seidenkleid, dessen übertriebene Verzierungen nur die Aufmerksamkeit auf ihre eckige Gestalt lenkten. Einige Jahre lang war sie der Kummer ihres Vaters gewesen; er hatte befürchtet, er würde sie nie vom Halse haben. Und nun, da sie mit Sir Eustace verheiratet war, lebte Luke in der ständigen Sorge, daß sein Schwiegersohn versuchen würde, Geld von ihm zu borgen, oder daß Eugenia sich um Unterstützung an ihn wenden würde. Nun wehrte er mißtrauisch ihre Umarmung ab.

»Nicht nötig, mich aus dem Gleichgewicht zu bringen, Eugenia – hol mir lieber einen Stuhl, das wäre zweckmäßiger! Gütiger Himmel – du siehst mehr denn je wie ein Hänfling aus. Die Luft auf dieser Seite der Downs hat deinem bißchen Teint den Rest gegeben. Nun, Valdoe! Ich wundere mich, daß Sie zu dieser späten Stunde noch Ihre Pferde ausführen; junge Leute denken nie an Wirtschaftlichkeit; aber ich hätte geglaubt, daß zumindest Sie, in Ihrer Stellung, das tun würden.«

Trotz dieser Abfertigung wuselten Lukes Tochter und sein Schwiegersohn eifrig bemüht um ihn herum, brachten ihm seinen Kaffee und boten ihm Muffins an, was er verächtlich zurückwies.

»Sich um diese Zeit mit solchem Zeug den Magen zu verderben. Hör doch auf, wie eine Bachstelze um mich herumzuhopsen, Eugenia, und setz dich hin, um Gottes willen.«

»Liebster Papa! So stoisch!« sagte Eugenia mit mattem Lächeln.

Valdoe, der erkannte, daß das keinen Anklang fand, erkundigte sich nach dem Zustand der Pferde seines Schwiegervaters.

»Eines mußte getötet werden. Und ich gab Anweisung, das andere zu verkaufen. Elendes, unzuverlässiges Gespann. Wäre Adelaide nicht so erpicht darauf gewesen, sie zu kaufen, hätte der Unfall gar nicht zu passieren brauchen.«

Adelaides Schwester preßte eng die Lippen zusammen. Doch Valdoe sagte zaghaft: »Würden Sie ein anderes Gespann benötigen, Sir, wenn Sie nach Hause zurückkehren? Falls ja, wäre ich wohl in der Lage, Ihnen –«

»Nein, Valdoe, nein – keines Ihrer Wahl, danke sehr! Ich werde mich zu gegebener Zeit selbst umsehen und mir etwas Passendes besorgen. Ich habe zwei ruhige Kutschpferde, das genügt.«

Luke verachtete seinen dünnen, nervösen, angeborenermaßen von Schulden geplagten Schwiegersohn. Es war kein Milderungsgrund, daß Valdoes Vater die Schulden gemacht hatte. Und daß der unscheinbare Eustace aufgrund von Herkunft und Einfluß die Position eines Parlamentsabgeordneten erreicht hatte, die so lange Lukes verzehrende Hoffnung und sein Traum gewesen war, trug nicht dazu bei, die Beziehung angenehmer zu machen. Valdoe war zumindest Tory;

soviel konnte man ihm zugutehalten; doch fast mit Sicherheit, dachte Luke, hatten seine Agenten zu Wählerbestechung gegriffen; und er war ein erbärmlicher, weinerlicher Kerl, ständig am Schnorren; die Ehe hatte Lady Adelaide zustandegebracht, aber wenn die beiden dachten, sie hätten ein Recht auf irgendwelche Erwartungen oder Unterstützung von Eugenias Vater, dann irrten sie sich gewaltig!

»Wie schätzest du die neue Haushälterin ein, Luke?« erkundigte sich Lady Blanche, die sich mit ihrer Kaffeetasse neben Luke setzte. Sie hatte bemerkt, daß die Bemühungen der Valdoes, Luke versöhnlich zu stimmen, den gegenteiligen Effekt hatten. Eugenia war eine Närrin, ihrem Vater so zu Leibe zu rücken, dachte Blanche insgeheim. Sie fuhr fort: »Scheint sie dir zufriedenstellend? Wie ich höre, waren die Fothergills ganz entzückt von ihr. Habe ich eine kluge Wahl getroffen?«

Zu einer anderen Zeit und in einer anderen Situation hätte Luke vielleicht rundheraus gesagt, daß die Frau viel zu selbstgefällig und selbstsicher, ja auf abscheuliche Weise von sich selbst eingenommen zu sein scheine, eine von der vorlauten Sorte, deren Anmaßungen ständig unterdrückt werden mußten, und daß sie übertrieben geschäftig, aufdringlich und eine Klatschbase sei, aber da Eugenia hier herumstrich und in ihre Schranken verwiesen werden mußte, erwiderte er: »Aber ja doch, Blanche, ich bin dir sehr verbunden. Ich denke, du hast eine vorzügliche Wahl getroffen. Mrs. Pike scheint durchaus tüchtig und liebenswert; außerdem eine sehr damenhafte Person; und überdies«, fügte er hinzu, mit Genuß die ob dieser unerwarteten Gefahr entsetzten Blicke bemerkend, die zwischen Eugenia und ihrem Mann gewechselt wurden, »überdies alles andere als unerfreulich in ihrem Äußeren; in der Tat eine elegante Erscheinung.«

In dem darauf folgenden Schweigen – selbst Lady Blanche wirkte ein wenig verblüfft ob dieser Huldigung – sanken Lukes Worte, gesagt in keiner anderen Absicht als der, seine Tochter zu ärgern, irgendwie in sein Bewußtsein ein und blieben dort, wie ein treffender Ausdruck, der, einmal gehört, Bestandteil der Sprache wird.

Das Trio, das in der Familienkutsche der Pagets über die Downs zurückfuhr, war ebenfalls schweigsam. Gerard schwieg vor Wut. Die Blicke, die er Mrs. Pike zuwarf, hätten sie auf der Stelle töten sollen, doch bedauerlicherweise nahm sie sie kaum zur Kenntnis; sie kratzten nicht einmal die Oberfläche ihrer Selbstgefälligkeit an. Wenn ich meine Karten geschickt ausspiele, überlegte sie, habe ich fürs Leben ausgesorgt. Paget ist ein empfindlicher, schwieriger Mann, das sieht jeder, aber ich bin schon mit Schlimmeren fertig geworden. Wenn ich die Töchter daran hindern kann, sich einzumischen, während ich meine Position sichere ...

Mit einer Mischung von Mitleid und Verachtung blickte Vicky ihren Bruder von der Seite an. Gerard setzte sich immer in die Nesseln! Und das, obwohl er in Wirklichkeit ziemlich schüchtern war. Er hatte seiner kleinen Schwester die Aufgabe zugeschoben, sich freiheraus über Mrs. Pike zu äußern. Und doch reichte seine Schüchternheit nicht aus, ihn die Folgen seines Tuns im voraus bedenken zu lassen. Wieder und wieder geriet er wegen seiner Leidenschaft für Musik in Konflikte mit seinem Vater. Vicky, ebenso eigenwillig, hätte ihre Ziele auf listige, heimliche Weise verfolgt. Allerdings wollte sie auch nicht ausgerechnet Klavier spielen! Sie konnte sich nicht vorstellen, warum Gerard, wie er es tat, Stunde um Stunde dasitzen und auf den Tasten herumhämmern wollte.

Da ihr übel zu werden begann – sie haßte es, mit dem Rükken in Fahrtrichtung zu sitzen –, hob Vicky flehend die Augen zu Mrs. Pike und sagte: »Darf ich mich neben Sie setzen, Madam?«

»Nun gut, Kind. Aber zapple nicht herum.«

Mrs. Pikes Stimme klang geistesabwesend. Sechs Monate, überlegte sie. Er sieht wie ein Mann aus, der glaubt, er habe ein Recht auf seine Annehmlichkeiten. Ich kenne diesen großen, knochigen Typ. Die werden hungrig. Und in einer Kleinstadt gibt es nichts, wo er hingehen könnte …

»Sieh mal«, sagte Vicky, die nach vorn aus dem Fenster schaute – sie befanden sich mittlerweile auf dem Kamm der Downs –, »da ist Dr. Bendigo in seinem Einspänner. Er hält bei Dogkennel Cottages; dort muß jemand krank sein.«

Gerard blickte sich um, von dem Namen des Doktors aus seinen düsteren Grübeleien gerissen. Einen Monat lang keinen Wechsel und ein Verbot, das Klavier anzufassen! Es war zu hart! Doch vielleicht könnte er den Doktor für seine Sache gewinnen.

»Halten Sie an, John«, rief er dem Kutscher zu. »Ich möchte mit Doktor Bendigo sprechen.«

Mrs. Pike warf sich in die Brust. »Sie hätten *mich* um Erlaubnis fragen sollen, junger Mann!« sagte sie.

Gerard warf ihr einen verächtlichen, haßerfüllten Blick zu. »Ich möchte den Doktor wegen meines Hustens befragen«, sagte er und sprang aus der Kutsche, ehe sie irgendwelche Einwände erheben konnte. Nach einer Weile steckte Dr. Bendigo – ein wettergegerbter, weißbärtiger, trotz seiner mehr als siebzig Jahre sehr lebhafter Mann – den Kopf zum Kutschenfenster herein. »Ich fahre den jungen Gerard nach Hause, Mrs. Peak, Puke, wie war doch gleich der Name, Pike – ich fahre über Barlton und Crouch, noch eine Stunde an der frischen Luft wird ihm nur guttun. Er muß mehr ins Freie.«

»Ich weiß wirklich nicht …«, begann Mrs. Pike ungehalten.

»Ach was, Madam, ich kenne den Jungen seit seiner Geburt, hab' ihn selbst auf die Welt gebracht! Ich verbürge mich dafür, daß er nicht zu Schaden kommt. Ich war es doch auch gewohnt, seine Schwester Ellen über Land zu fahren, Woche um Woche, als ihre arme Mutter kränkelte. Na Vicky, mein Liebes, keine Beschwerden mehr von diesen Frostbeulen, wie?« Und der Doktor hastete zu seinem Einspänner zurück, ohne eine Antwort abzuwarten.

4

Ellen und ihre Patin kamen erst nach Einbruch der Dunkelheit in Paris an. Ab Lille war die Weiterfahrt mit der Bahn erfolgt. Es war das erste Mal, daß Ellen auf diese Art reiste, denn auf ihren Fahrten nach England hatte sie die billigere Diligence und Postkutsche benutzt; somit hätte alles auf fesselnde Weise neu und interessant sein müssen. Lady Morningquest hatte ein Privatabteil reservieren lassen, das mit jedem Luxus ausgestattet war – Fußwärmern, Sonnenblenden, Reisedecken und Lesestoff; ihre Zofe und ihr Bedienter waren nebenan, bereit, auf Wunsch Lunch- und Teekörbe herbeizuschaffen; Lady Morningquest selbst führte in ihrer Handtasche ein Sherryfläschchen und einen Vorrat Biskuits mit; doch trotz dieser Annehmlichkeiten fand Ellen die Reise jämmerlich. Sie fühlte sich immer noch bis ins Mark verletzt und erschüttert.

An diesem Morgen war sie früh aufgestanden und hatte ihre Besitztümer zusammengepackt. Das waren nicht viele, und so hatte die Aufgabe sie nicht lange in Anspruch genommen. Als schwieriger erwies es sich schon, die Dutzende von in letzter Minute gemachten Geschenken unterzubringen, die ihr zwei Drittel der Schule aufdrängten – die Köchin, der Gärtner, die Pförtnerin, die Mädchen, der Fensterputzer, die anderen Lehrerinnen und ihre in Tränen aufgelösten Schülerinnen.

Obst, Blumensträuße, Taschentücher, Börsen aus Stickperlen, Geranien in Töpfen, selbstgebackene Kuchen, Lavendelwasser, Duftseife, Jasminessenz – einige dieser Gaben waren so sperrig, daß sie zurückbleiben mußten; andere wurden in einen großen Weidenkorb gepackt, da in ihrem Portemanteau kein Platz für sie war.

Noch schwieriger waren die Erklärungen.

»Sie gehen nach Paris? Aber, Mam'selle Elène, warum?

Und warum so plötzlich? Gestern wußten wir noch gar nichts davon – und Sie doch auch nicht, glaube ich?«

»Jemand benötigt sehr dringend meine Dienste«, hatte Ellen in einem fort wiederholen müssen. »Meine Patin, Lady Morningquest, hat ein besonderes Ersuchen an Madame gerichtet, mich gehen zu lassen. Und Madame hat es höchst freundlicherweise gestattet. Und so muß ich euch nun auf Wiedersehn sagen, meine lieben, lieben Freundinnen. Aber ich werde euch nie vergessen und auch nicht, wie glücklich ich hier war.«

Seltsamerweise, obgleich sie das vorher kaum bemerkt hatte, stellte sie fest, daß das die schlichte Wahrheit war. Sie war glücklich gewesen in der Rue Saint-Pierre; sie liebte diese große, saubere, lebhafte Schule mit ihrem zertrampelten, duftenden Garten, ihren nicht allzu intelligenten Schülerinnen, ihrer Atmosphäre nachsichtiger Mittelmäßigkeit. Obwohl sie zunächst entsetzlich und feindselig geschienen hatte, war sie in sechs Jahren ein Hafen geworden. Es bekümmerte sie, von dort wegzugehen – und nicht nur wegen Monsieur Patrice. Ich werde mich für den Rest meines Lebens an diese Jahre erinnern, dachte sie traurig, während sie in der Eingangshalle auf Lady Morningquests Kutsche wartete. Sie blickte durch die Glastüren auf die hellen, wieder in Alltagsordnung gebrachten Klassenzimmer, mit Kindern, die zu Stunden eilten, die sie nicht geben würde. Solange dieses Haus mein Heim war, glaubte ich noch, daß das Leben vom Willen geregelt werden könnte; daß, solange man hart arbeitete und sich klug verhielt, es möglich sein sollte, seine erhofften Ziele zu erreichen – falls sie innerhalb der Grenzen von Vernunft und Schicklichkeit lagen. Aber ich bin mir nicht sicher, ob ich das immer noch glaube.

Den ganzen Morgen hatte sie auf das Auftauchen von Monsieur Patrice gehofft – daß er zurückkehren würde, um ihr zu sagen, er habe Madame ihren Entschluß ausgeredet, Ellen müsse doch nicht gehen, alles könne wieder so sein wie zuvor. Oder daß er zumindest kommen würde, um sich zu verabschieden, zu versprechen, ihr nach Paris zu schreiben, zu sagen, daß er mit ihr in Verbindung bleiben, sie nicht vergessen würde! Aber er war nicht gekommen.

»Hat niemand eine Nachricht hinterlassen?« erkundigte sie sich bei Mathilde, der Pförtnerin, und fügte hastig hinzu: »Mein Stiefbruder hält sich gerade in Brüssel auf.«

Aber da war keine Nachricht gewesen. Ob sie selbst eine hinterlassen könnte? Sie könnte sie unmöglich Mathilde anvertrauen – die Pförtnerloge war die Hauptquelle des Schulklatsches. Eine in ein Buch stecken, das er ihr geliehen und das zurückzugeben sie Charlotte Morningquest aufgetragen hatte? Viel zu riskant; Charlotte meinte es nicht böse, aber ihr Mundwerk lief wie eine Mühlenklapper. Überhaupt, selbst wenn sie eine Nachricht schrieb, was könnte sie schon darin sagen? Bloß auf Wiedersehen. Sie konnte keine Hoffnungen, kein Bedauern ausdrücken; die Konvention verschloß ihr den Mund. Vielleicht – ihr Herz hob sich kurz bei diesem Gedanken – könnte sie ihm aus Paris schreiben. Bloß einen kurzen, beschreibenden Brief – nur um ihn an ihr neues Milieu zu erinnern. Er fuhr, wie sie wußte, manchmal Freunde besuchen, Kollegen an der Sorbonne; war es nicht denkbar, daß er beim Hôtel Caudebec vorsprechen würde? Doch auch dieser Impuls erstarb; sie konnte einen Brief an ihn nicht an die Schule adressieren, wo ihre Handschrift so wohlbekannt war und sofort zu Gerede führen würde; und sie kannte die Adresse des Seminars nicht, dem er angehörte.

Ich muß ihn mir aus dem Kopf schlagen, beschloß Ellen; und das tat sie ein, zwei Stunden lang, während erst die Kutsche und dann der Zug sie weiter und weiter von Brüssel wegtrugen, über die flachen, von Weiden und Pappeln übersäten Ebenen Belgiens und Nordfrankreichs. Statt dessen dachte sie an ihr Zuhause. Wie wenig diese monotonen Ebenen – selbst wenn sie, wie jetzt, mit rosa und weiß blühenden Obstbäumen getüpfelt waren – an die unendliche Vielfalt und Schönheit von Sussex heranreichten, wo sie geboren und aufgewachsen war. Sehnsüchtig erinnerte sie sich der hohen, grasbedeckten Downs, kahlgeknabbert von unzähligen Generationen von Schafen, kreuz und quer durchzogen von alten Pfaden, sächsischen, römischen, noch älteren. Auf den tieferliegenden Hängen würden nun die Buchen ihre seidigen, hellgrünen Blätter entfalten; Primeln würden in schattigen Winkeln unter Busch und Baum Wohlgeruch verbreiten. Die klaren Bäche, die von den Kreidehängen herunterrannen, würden von Kresse, Scharbockskraut und glatt schimmerndem Hahnenfuß eingefaßt sein. Der Kuckuck würde rufen ...

Als Ellens Mutter bettlägerig wurde, hatte es sich Dr. Bendigo zur Gewohnheit gemacht, das kleine Mädchen mitzunehmen, manchmal einen ganzen Tag lang, wenn er in seinem Einspänner umherfuhr und in der ganzen Gegend Patienten besuchte.

»Ach was, Madam«, sagte er zu Mrs. Paget, »sie ist mir nicht lästig, nicht im geringsten. Tatsächlich ist mir das Mädel durchaus eine Hilfe – ihre gelehrte und erbauliche Konversation hält mich davon ab, an den Zügeln einzuschlafen. Sie tun mir einen Gefallen, wenn Sie mir ihre Gesellschaft erlauben, das verspreche ich Ihnen!«

Und zu Mrs. Pagets Tagschwester hatte er bemerkt: »Ein Krankenhaus ist kein Ort für ein heranwachsendes Kind. Es wäre falsch, wenn das Kind in seinem Alter tagaus, tagein Zeuge von so viel Leid würde. Es ist auch hart für die Mutter – es besteht da eine starke Bindung. Wenn das Kind aus dem Wege ist, braucht sie sich nicht so anzustrengen, ihre Schmerzen zu verbergen. Außerdem ist mir das Kind bei meinen abergläubischeren Patienten von Nutzen.«

Damit sagte er nicht mehr als die Wahrheit. Daß Ellen die Überlebende eines Zwillingspaares war, war im Distrikt natürlich wohlbekannt – befand sich doch als Beweis das Grab ihres kleinen Bruders auf dem Kirchhof von Petworth –, und infolgedessen schrieben ihr eine ganze Reihe von Dr. Bendigos bäuerlichen Patienten übernatürliche Heilkräfte zu und nannten sie Wundermädchen oder Heilerin. Wieder und wieder war die kleine Ellen im Alter von sechs, sieben und acht Jahren in dumpfige Hütten gebeten worden, hatte neben hustenden Kindern oder rheumatischen alten Männern gestanden oder ernst im Einspänner gesessen, während rüstigere Leidende herausgehumpelt kamen, um ihre kleine, schmutzige Hand zu berühren.

»Denn ich würde sie nicht unnötiger Infektionsgefahr aussetzen wollen«, vertraute Dr. Bendigo seinem medizinischen Journal an. »Obwohl ich mich zur Besserung ihrer Gesundheit und zu ihrer gewachsenen Widerstandskraft beglückwünsche, seit sie die Wohltat von so viel an der frischen Luft verbrachter Zeit erfährt. Und es kann keinen Zweifel an ihrer heilenden Wirkung auf einige meiner Patienten geben – der Glaube ist ein wunderbares Stärkungsmittel! Der alte Ruffle empfindet größere Erleichterung von seinen Schmerzen, nachdem sie bei ihm war, als von meinen Pillen oder Mixturen.«

In der Folge erwarb sich Dr. Bendigo durch seine von der *British Medical Association* veröffentlichte Abhandlung zum Thema ›Wunderheilung und homöopathische Kuren in einer ländlichen Gegend Südenglands‹ einen gewissen bescheidenen Ruhm – welcher Erfolg seine Zuneigung zu Ellen noch verstärkte. In der Tat war er dem Kind sehr zugetan, und sie ihm; sie führten endlose Gespräche, während sie umherfuhren; sie stellte ihm all die Fragen, die sie ihrem Vater nie vorzulegen gewagt hätte (der, zu jener Zeit von seinen politischen Bestrebungen in Anspruch genommen, kaum merkte, daß seine jüngste Tochter dreißig oder vierzig Stunden die Woche mit dem Doktor verbrachte). Ja, Ellen hatte später das Gefühl, sie verdanke das ganze Fundament ihrer Bildung Dr. Bendigo, der nie zu beschäftigt, müde oder überlastet war, um ihre Fragen so vollständig und aufrichtig wie möglich zu beantworten, ob sie nun Pflanzen, Vögel und das Sagengut des Landes – worin er eine Autorität war –, medizinische oder juristische Fragen oder kompliziertere moralische Probleme betrafen. Diesen Fahrten mit dem Doktor verdankte Ellen außerdem ihre gründliche Kenntnis aller Wege und Stege im Umkreis von zwanzig Meilen um Petworth und ihre Bekanntschaft mit einer ganzen Anzahl der verschiedenen Landbewohner – Bauern, Arbeitern, Holzfällern, Zigeunern –, die selbst ihre Mutter erschreckt und ihren Vater zu Tode entsetzt hätten.

Dr. Bendigos derben Ermahnungen war es auch zuzuschreiben, daß Ellen – zu gegebener Zeit – genügend Stärke aufbringen konnte, ihr Exil in Brüssel zu akzeptieren und die Trennung von ihrer Mutter zu ertragen, ohne völlig zusammenzubrechen.

»Nun hör mir mal genau zu, mein Liebes!« sagte der Doktor zu ihr. »Ich gebe dir einen Rat zu deinem eigenen Besten. Der Himmel weiß, daß ich deine Gesellschaft ganz bestimmt nicht verlieren will. Aber das ist eine gute Schule; das wissen wir von deinen Schwestern und deiner Patin. Du wirst genug lernen, daß eine gebildete Frau aus dir wird – befähigt, deinen Weg in der Welt zu machen –, was du hier zu Hause nicht können wirst, laß dir das von mir gesagt sein. Außerdem wünscht es deine Mutter sehr, und sie wird sich schrecklich grämen, wenn du nicht mit guter Miene gehst. Das willst du doch bestimmt nicht? Ah, nein, das dachte ich mir. Also beiß einfach auf die Zähne, ja, und bitte keine Tränen oder Tragödien – zeig deiner Mama ein lächelndes Gesicht, wenn du ihr auf Wiedersehn sagst, dann nehme ich mir den Tag frei und fahre dich nach Newhaven.«

Was dieses lächelnde Gesicht sie gekostet hatte, wußten nur Ellen und der Doktor, aber sie war froh, daß sie es vermocht hatte, denn es war das letzte Mal, daß sie ihre Mutter sah.

Um Petworth, dachte sie, werden die Eichen nun von einem gold-rosa Knospenschleier umhüllt sein, der Birnbaum vor meinem Fenster wird vielleicht zu blühen beginnen, der Garten wird von Vogelgezwitscher erfüllt sein. Sie dachte traurig an ihren getigerten alten Kater Nibbins, das einzige Geschöpf in der Hermitage, das ihr seit dem Tode ihrer Mutter gefehlt hatte – aber nein, das stimmte nicht ganz, sie liebte ihren jüngeren Bruder Gerard, wenn er sich nur lieben *ließe*, wenn er nicht so widerborstig und unnahbar wäre.

Warum, so fragte sie sich erneut, hat sich Benedict die Mühe gemacht, den ganzen Weg zum Pensionat zu kommen, bloß um mir zu sagen, daß Nibbins umgekommen ist, um mir diese belanglose, kleine, traurige Nachricht zu bringen? Aus schierer Boshaftigkeit? Aus welchem anderen Grund könnte er gekommen sein?

Er wird überrascht sein, mich nicht mehr dort anzutreffen, dachte Ellen; das heißt, wenn er noch einmal zum Pensionat kommt – was nicht allzu wahrscheinlich ist.

Ihre Gedanken schweiften von Benedict ab. Sie wußte in letzter Zeit sehr wenig von seinem Leben; er verbrachte seine Universitätsferien in London oder mit Reisen auf dem Kontinent; seine Freunde entstammten den Kreisen, in denen er sich bewegte, denen seines Vaters, Lord Radnor, der vor sieben Jahren verstorben war. Und seine Mutter Adelaide hatte, indem sie sich Luke Paget als zweiten Gatten aussuchte, nur geheiratet, um sich ihre Wünsche zu befriedigen, wodurch sie den Abscheu der Angehörigen ihres ersten Mannes erregte, die sie fortan übersahen und ihre beiden Söhne davon abschreckten, ihr mehr als nur die kürzesten Besuche abzustatten.

Easingwold, der ältere, nun der neue Lord Radnor, hatte tatsächlich nie einen Fuß in die Hermitage gesetzt, und Benedicts Besuche waren immer seltener geworden. Und Lady Adelaide, dachte Ellen trocken, war es nicht einmal sehr lange gelungen, ihre Wünsche zu befriedigen, wie ihre unzufriedenen Blicke zu verraten begannen. Sie verlor keine Zeit, Luke zu drängen, passende Partien für seine beiden älteren Töchter zu finden und die jüngste auf die Schule in Brüssel zurückzuschicken; sie führte ihren Haushalt mit verdrossener Extravaganz und nahm ihren Platz in der besten örtlichen Gesellschaft ein, worauf sie aufgrund ihrer eigenen Herkunft, und da sie zuvor mit einem Earl verheiratet gewesen war, einen Anspruch hatte; doch all das schien nicht auszureichen, sie zufriedenzustellen. Sie war mit sechzehn Jahren in Luke Paget verliebt gewesen und von ihren Freunden bewogen worden, eine vorteilhaftere Ehe einzugehen; nun schien sie, zu spät, die Richtigkeit von Lady Morningquests oft wiederholter Maxime bewiesen zu haben, daß Liebesheiraten niemals gutgehen.

... Die arme Adelaide, dachte Ellen, die ihre Stiefmutter anfangs bitter verabscheut und abgelehnt hatte. Niemand hätte je Ellens Mutter ersetzen können, doch Lady Adelaide – seicht, selbstsüchtig und von grämlicher, weinerlicher Wesensart – war dafür besonders ungeeignet gewesen. Indessen hatte ihre Situation in der Hermitage alsbald so einsam und unerfreulich geschienen, daß ihre Stieftochter, die zu den Hochzeiten von Eugenia und Kitty nach Hause kam, nicht mehr als milde Abneigung und nachsichtiges Mitleid empfinden konnte. Wer würde schon mit Papa verheiratet sein wollen? Ich ganz bestimmt nicht, dachte Ellen. Zwar sieht er blendend aus; vermutlich erweckte das Adelaides Interesse, als sie ein Mädchen war; aber er ist trockener als ein Sack Sägemehl. Sie hat ihre Kutsche und ihren Haushalt und ihr kleines Mädchen; aber als Gräfinwitwe von Radnor wäre sie bessergestellt gewesen, hätte weit mehr Einfluß gehabt – und Vicky ist eine heimlichtuerische, verzogene kleine Hexe! Ich liebe die Hermitage – wahrscheinlich liebe ich sie mehr als jedes andere Haus, das ich je betreten werde –, aber ich könnte in solcher Gesellschaft nicht glücklich dort leben. Gerard verachtet Adelaide, Vicky ist verwöhnt, Papa ist kalt und trocken und geht völlig in seinen eigenen Interessen auf. Alles, was er wollte, war jemand, der sein Haus besorgt, und nun, da er dessen versichert ist, wird er sich nicht die Mühe machen, mit der armen Frau für den Rest ihres Lebens mehr als drei Sätze pro Tag zu reden. Ich bedaure sie aufrichtig, und ich bin froh, nicht in ihrer Lage zu sein.

Zum erstenmal fiel es Ellen ein, dankbar zu sein, daß Lady Morningquest durch ihr gestriges Eintreffen in Brüssel ihre

Patentochter vor dieser Möglichkeit bewahrt hatte. Angenommen, Madame Bosschère hätte Ellen in ihrem Zorn nach England zurückgeschickt? Ich glaube nicht, daß sie das getan haben würde, entschied Ellen. Das hätte Erklärungen gegenüber Papa bedeutet – und das entspricht nicht ihrer Handlungsweise; sie zieht stille Manöver, heimliche Machenschaften vor. Sie ist eine Intrigantin, und deswegen ist sie anscheinend auch immer so erfolgreich; niemand erfährt von denjenigen ihrer Pläne, die schiefgehen.

Vielleicht beabsichtigt sie, Monsieur Patrice eines Tages selbst zu heiraten?

Ellens Gedanken waren in ihr altes, schmerzvolles Geleise zurückgekehrt, und ohne sich dessen bewußt zu werden, stieß sie einen langen, unglücklichen Seufzer aus und verkrampfte die behandschuhten Hände im Schoß.

Lady Morningquest, die auf einem kleinen Rosenholzschreibtisch Briefe schrieb, blickte auf und legte die Feder beiseite.

»Du siehst erschöpft aus, Kind, und das ist kein Wunder!« sagte sie. »Ich möchte behaupten, du warst nach Madames fête die halbe Nacht auf und hast wieder Ordnung hergestellt. Es ist hart für dich, gezwungen zu sein, dich heute in eine neue Stellung zu begeben. Glücklicherweise werden deine Obliegenheiten in Paris weniger aufreibend sein; und deine Umgebung bei weitem luxuriöser!«

»Wollen Sie so freundlich sein, Madam, mir ein wenig von der Gräfin de la Ferté zu erzählen?«

»Gewiß doch, Kind. Das war meine Absicht.« Lady Morningquest legte die Feder weg. »Louise ist, wie du dich vielleicht entsinnst, meine angeheiratete Nichte, die Tochter meiner Schwägerin. Sie pflegte in der Botschaft in Paris unser Gast zu sein und besuchte mit meiner älteren Tochter Dorothea das Couvent des Anglaises; und sie gingen gemeinsam auf einen Debütantinnen-Ball. Dort lernte sie Raoul, Comte de la Ferté, kennen, und beide verliebten sich Hals über Kopf ineinander. Ich bin – wie ich dir oft gesagt habe – ganz entschieden dagegen, daß junge Menschen Liebesheiraten eingehen.« Sie hielt inne, rümpfte ihre lange, dünne Nase und blickte stirnrunzelnd auf ihre dünnen, geäderten Patrizierhände. »Ich hoffe aufrichtig, daß du niemals eine solche Verbindung eingehen wirst, Kind. Heiraten, die von den Freunden eines jungen Menschen arrangiert werden, sind in *jeder* Hinsicht bei weitem befriedigender. Was kann ein junges Mädchen, kaum der Schule entwachsen, von solchen Dingen wissen? In diesem Fall schien jedoch alles durchaus zufriedenstellend; Raoul entstammt einer der reichsten und ältesten Familien der Normandie, und Louise hatte ein wenig eigenes Vermögen; vielleicht war er ein bißchen ungebärdig, aber nicht mehr, als man von einem solchen jungen Mann, der mit einem goldenen Löffel im Mund geboren wird, erwarten darf. Louise wurde in die katholische Kirche aufgenommen, kein Problem, und die jungen Leute schienen einander aufrichtig zugetan. Ihre Eltern starben kurz nacheinander; sie zogen sich ein Jahr nach der Heirat das gleiche Faulfieber zu.«

»Armes Mädchen«, murmelte Ellen. »Sie muß sich sehr einsam gefühlt haben.«

Lady Morningquest zog die Brauen hoch. »Meinst du? Aber sie hatte Raouls Familie, die sehr ausgedehnt ist; er hat, glaube ich, neun jüngere Brüder und Schwestern; und seine Eltern schienen durchaus angetan von ihrer Schwiegertochter. Doch nun ist alles schiefgegangen; Raoul benimmt sich skandalös – ich brauche das einem Mädchen wie dir nicht im einzelnen auseinanderzusetzen, aber sein schlechtes Betragen ist notorisch. Und obwohl er beim Tode seines Vaters ein großes Vermögen erbte, ist er offensichtlich dabei, das alles beim Glücksspiel durchzubringen. Er frequentiert die übelsten Etablissements von Paris und hat in seinem eigenen hôtel ein Spielzimmer eingerichtet.«

»Du meine Güte«, sagte Ellen etwas unangemessen. »Und es gibt Kinder? Wer werden meine Schüler sein?«

»Nur eines – und das ist die Crux der Angelegenheit.

Raouls Tanten und Onkel haben mich in ihrer Verzweiflung oft aufgesucht. Es gibt nur eine Tochter, Menispe, die jetzt etwa vier Jahre alt ist, und nicht die geringste Aussicht auf einen männlichen Erben. Es heißt, Louise und Raoul führten ein völlig getrenntes Leben – *mir* vertraut sie sich ja nicht an; was die Kleine angeht, so hat sie einfach eine katastrophale Existenz, wird von Vater oder Mutter verzärtelt, wenn sie sich ihrer erinnern, und bleibt ansonsten sich selbst überlassen.«

»Menispe wird mein Schützling sein?«

Ellen sank das Herz noch tiefer. Zwei einander bekriegende Eltern und ein verdorbenes Kind – was für eine Aussicht! Welchen Wert hätten hier ihre Qualifikationen, ihre Fähigkeiten, ihre Intelligenz? Sie sagte zweifelnd: »Mir scheint, Madame, daß sie jemand brauchen, der doppelt so alt und erfahren ist wie ich.«

»Genau das sagte ich auch zu Madame Bosschère«, sagte Lady Morningquest. Ach tatsächlich? dachte Ellen. »Aber, wie Madame mich erinnerte, jemand, der doppelt so alt ist wie du, hätte vielleicht nicht die erforderliche Energie und Beweglichkeit, mit der Situation im Hôtel Caudebec fertigzuwerden. Und Madame brachte äußerst nachdrücklich ihr Vertrauen in deine Klugheit und Geistesgegenwart zum Ausdruck.«

Was ihr unter diesen Umständen nicht schwergefallen sein dürfte, kommentierte Ellen insgeheim. Und dort, wo ich hingehe, wird mir ihre hohe Meinung wenig nützen. Warum habe ich mich nur in diese Situation katapultieren lassen?

Ruhelos blickte sie sich in dem Eisenbahnabteil um. Mit seiner Mahagoni-, Plüsch- und Messingausstattung begann es wie ein Gefängnis zu wirken – eine Falle. Das ärmste Bauernmädchen, das dort draußen auf der Ebene Bohnen hackte, hatte mehr Freiheit.

»Schau nicht so mißmutig, Kind«, sagte Lady Morningquest. »Wir sind schon in Clermont. Ich werde Markham sagen, er soll Tee machen; das wird dich in bessere Stimmung versetzen.«

»Danke, Madam.«

»Du wirst in Paris ausgiebig Gelegenheit haben, interessante neue Bekanntschaften zu schließen«, fuhr ihre Patin aufgeräumt fort, während das Mädchen einen kleinen Petroleumkocher anzündete und Wasser aufsetzte. »Louise führt, wie ich höre, einen recht großen Salon – sie hat Philosophen und Dichter, Bühnenautoren und Politiker kennengelernt. In ihrem Haus begegnest du vielleicht Ponsard, der die Tragödie ›Lucrèce‹ schrieb, Mérimée, Flaubert, Meilhac, dem Librettisten dieser bezaubernden Operetten, und Monsieur Dumas – ganz zu schweigen von einigen weniger wünschenswerten Personen wie diesem Baudelaire und einem ganzen Nest von russischen Schriftstellern, die Paris den Schneegestöbern und Barbareien von St. Petersburg vorziehen.«

»Tatsächlich?« Trotz ihrer Niedergeschlagenheit verspürte Ellen einen Anflug von Interesse. »Und pflegt auch der Comte de la Ferté diese literarischen Persönlichkeiten?«

»Ganz im Gegenteil! Das ist eine der Schwierigkeiten. Louise hat eine Freundin –« Lady Morningquests Gesicht legte sich in Falten strenger Mißbilligung. »Germaine de Rhetorée, die in Bonn mit ihr zur Schule ging und deren Neigungen sogar noch literarischer sind – tatsächlich hat sie, wie ich höre, selbst einige Schriften veröffentlicht – wie diese übel beleumundete Dudevant, die sich George Sand nennt. Germaine verbringt sehr viel Zeit mit Louise – bei weitem zu viel Zeit, meiner Ansicht nach. Ich kann ihren Einfluß nicht für gesund halten. Wenn du die Nichte meines Mannes von dieser Freundschaft abbringen könntest, so wäre das, glaube ich, ausgezeichnet und würde eine der Hauptursachen dafür beheben, daß die Verbindung nicht blüht und Frucht trägt. Warum solltest schließlich nicht du Louises Freundin werden? Du bist ein vernünftiges kleines Ding und hast, wie man mich unterrichtet, einen ausgezeichneten Verstand.«

»Die Comtesse wird ihre Gouvernante wahrscheinlich kaum zu ihrer Vertrauten machen«, bemerkte Ellen zweifelnd. Sie hatte das Gefühl, daß ihr doch allzu viele Pflichten auferlegt wurden.

»Pah, Kind. Deine Herkunft ist in absolut jeder Hinsicht ebensogut wie die von Louise Throstlewick; die Pagets brauchen sich vor niemandem zu erniedrigen, glaube ich. Dein Vater ist ein englischer Landedelmann (wenn auch ein Scheuklappen tragender, bigotter, halsstarriger Esel)«, fügte Lady Morningquest, allerdings insgeheim, hinzu. »Dein Großonkel war Bischof, eine deiner Großtanten war mit einem Cousin von Mr. Pitt verheiratet, und eine andere war eine enge Freundin von Lord Egremont. Deine Verbindungen sind untadelig.«

»Aber ich bin trotzdem Gouvernante.«

»Das besagt nichts. Auf dem Kontinent ist man der Meinung, daß englische Ladies, die unterrichten, durchaus Anspruch auf einen Platz in der Gesellschaft haben – das heißt, wenn sie aus guter Familie kommen; man verfährt hier liberaler als in England.«

»Deswegen vermochte ich Papa auch zu überreden, mir zu erlauben, in Madames Schule zu unterrichten«, stimmte Ellen zu.

»Ich war überrascht, daß er es erlaubte, wie ich gestehe. Zweifellos hat Lady Adelaide dazu geraten.«

»Es war wirklich kein Platz für mich zu Hause. Lady Adelaide hält es für erforderlich, mehr Bedienstete zu haben als Mama – und die Hermitage ist kein großes Haus.«

Wäre Lady Morningquest nicht so ausgezeichnet erzogen gewesen, hätte sie die Nase gerümpft. »Adelaide Ffoulkes ist eine hohlköpfige, eigensinnige, selbstsüchtige Frau. Indem er sie heiratete, hat dein Papa einen entsetzlichen Fehler gemacht. Das ist jedoch nicht zu ändern. Ebensowenig wie die Tatsache, daß sie deine Schwestern in höchst unbedachte Ehen gedrängt hat.«

»Du lieber Himmel, Lady Morningquest!«

»Freilich hat Kitty dreißigtausend Pfund im Jahr, aber was nützt es ihr, da sie mit einem Mann mit einem Namen wie

Bracegirdle verheiratet ist und lebt, wo sie eben lebt? Und wie ich höre, ist er ein trauriger Geizhals und gibt ihr keinen Penny mehr als ihr Nadelgeld, und wenn sie ihn auf Knien darum bittet; was nützen ihr also seine Millionen? Und was Eugenia angeht – ich will nicht sagen, daß Valdoe nicht achtbar ist, aber der Mann hat keine zwei Farthing, die er aneinander reiben könnte, noch genügend Energie, um dem Mißstand abzuhelfen, und Blanche Pomfret sagt, Valdoe Court komme herunter.«

»Ich hoffe, die Dinge stehen nicht so schlimm, Lady Morningquest.«

»Durchaus so schlimm, Kind, wenn nicht noch schlimmer. Deshalb will ich hoffen, daß du dich nicht von Adelaide Ffoulkes in eine so bedauerliche Verbindung drängen läßt.«

Ellen überlegte, daß Lady Morningquest sich keine fünf Minuten vorher dahingehend ausgesprochen hatte, es sei nicht wünschenswert, daß junge Menschen selbst ihre Wahl träfen; doch sie sagte: »Solange ich mich von Petworth fernhalte und sie nicht behellige, glaube ich nicht, daß Adelaide sich überhaupt um mich Gedanken macht.«

»Wie wahr. Nun gut, Kind, versuche nach Möglichkeit, die Dinge im Hôtel Caudebec ins Lot zu bringen. Und bitte bring Louise davon ab, diese Germaine de Rhetorée so häufig zu sehen. *Camille* und *Arsinoë* nennen sie sich«, fügte Lady Morningquest hinzu, und diesmal war ihr Naserümpfen hörbar. »Nach zwei mythologischen Heldinnen, die Mißhandlungen von Männern erlitten; obgleich ich beim besten Willen nicht weiß, über was für eine Mißhandlung sich Germaine zu beklagen hat, außer daß ihr Vater ihr nicht so viel Geld hinterlassen hat, wie sie hoffte. Aber wenn du dieses unglückliche kleine Kind zivilisieren und eine bessere Beziehung zwischen Louise und Raoul herstellen kannst, dann, so gebe ich zu, bin ich dir sehr verbunden. Ich spreche jetzt zu dir, meine Liebe, als wärst du eine viel ältere Person, weil ich weiß, daß du einen guten Kopf auf den Schultern trägst und man dir vertrauen kann.«

»Danke, Madam.«

Doch Ellen, die seufzte, als die schmutzigen Vorstädte von Paris wie eine graue Woge auf den Zug zukrochen, fühlte sich weder klug noch befähigt. Die ménage im Hôtel Caudebec schien einschüchternd weltläufig, ja geradezu erschreckend zu sein; wie werde ich Lady Morningquests Vertrauen in mich je rechtfertigen können? fragte sie sich. Wie gern wäre ich wieder im Pensionat, im Begriff, die Abendlektion zu beaufsichtigen, mit Monsieur Patrice auf dem Podium.

Ich frage mich, was er gesagt hat, als er feststellte, daß ich fort war.

Tränen wegblinzelnd drehte sie sich um und schaute auf die hohen, schiefergedeckten Häuser.

»Ah, da ist Sacré-Cœur«, sagte Lady Morningquest. »Nun werden wir bald zu Hause sein. Ich werde meinem Kutscher sagen, er soll dich zum Hôtel Caudebec bringen, Kind, nachdem er mich zur Botschaft gefahren hat. Es wird bei deinem Umgang mit den Bediensteten viel besser für dich sein, wenn du in einer Privatkutsche ankommst – sie sind eine schlecht geleitete Bande, und ohnehin muß der Status einer Gouvernante in einem Privathaushalt stets von ihr selbst definiert werden. Wenn du nicht von Anfang an klarmachst, daß du eine Lady und als solche zu behandeln bist, werden die Domestiken es gewiß ausnutzen.«

»Sie sind sehr aufmerksam, Madam.« Ellens Mut sank noch tiefer.

»Ganz recht, Markham; räumen Sie meine Papiere in den Sekretär ... und dann, mein Kind, wenn du die Dinge im Hause la Ferté in Ordnung gebracht hast, müssen wir uns darum kümmern, eine respektable Partie für dich zu finden«, sagte Lady Morningquest und hob ihre Füße aus dem Fußwärmer, damit Markham ihn dem Diener geben konnte.

Ellen errötete, verlegen darüber, daß ihre Zukunft so beiläufig vor den Dienstboten besprochen wurde. Sie sagte hastig: »Ich bitte Sie, bemühen Sie sich nicht wegen meiner Angelegenheiten, Lady Morningquest.«

»Aber, aber, Kind! Jemand muß das tun, nachdem dein Vater dich buchstäblich verstoßen hat. Und deine Mutter war meine liebe Freundin; denk daran.«

»Gewiß, Madam; und ich bin Ihnen verbunden; aber ich bin sicher, ich werde mich in der Welt selbst zurechtfinden können.«

»Hm! Das werden wir ja sehen.«

Die Botschaftskutsche wartete am Bahnhof und brachte sie rasch zur Residenz des Botschafters in der Rue Saint-Honoré. Hier jedoch erhielten Lady Morningquests wohlüberlegte Pläne einen Dämpfer. Wie es schien, war keine fünf Minuten zuvor ihr ausgelassener jüngster Sohn Thomas seinem Hauslehrer entwischt, um in die Halle zu laufen und Mamas Ankunft zu erwarten, war das marmorne Treppengeländer hinuntergerutscht, auf den Steinfußboden darunter gestürzt, hatte sich den Kopf gestoßen und war besinnungslos aufgehoben worden. Der Haushalt befand sich in heller Aufregung; Monsieur l'Ambassadeur war außer Hause; man hatte nach einem Arzt geschickt, doch er war noch nicht eingetroffen; und der Hauslehrer Mr. Culpeper, ein sanfter, gelehrter Mann, rang die Hände und wußte nicht, was am besten zu tun sei.

Lady Morningquest hatte im Nu die ganze Situation im Griff; der Junge wurde auf sein Zimmer getragen, heiße und kalte Kompressen wurden angefordert, und ein Bote wurde ausgeschickt, um Lord Morningquest zu finden und nach Hause zu bringen. Kurz darauf traf der Arzt ein und besprach sich besorgniserregend lange im Zimmer des Jungen mit dessen altem Kindermädchen und Lady Morningquest. Unterdessen wartete Ellen in dem großen, kalten, unpersönlichen Empfangszimmer, fühlte sich entschieden fehl am Platze und unerwünscht, war sehr versucht, den Kutscher der Morningquests anzuweisen, sie zum Hôtel Caudebec zu fahren, wollte jedoch nur ungern gehen, ohne sich zu verabschieden und ihrer Patin für all ihre Freundlichkeit und Aufmerksamkeit, so unerwünscht sie auch sein mochte, zu danken.

Endlich schloß das Konklave im Schlafzimmer; der Doktor kam mit ernster Miene nach unten. Er gab dem Kindermädchen und Lady Morningquest eine ganze Serie von Anweisungen.

»Und lassen Sie mich sofort holen, wenn er irgendwelche alarmierenden Symptome zeigt. Ich wünsche Ihnen eine gute Nacht, my Lady. Ich werde morgen sehr früh wieder hier sein.«

Erst als er gegangen war, entsann sich Lady Morningquest ihrer Patentochter.

»Ellen! Mein armes Kind, das ist eine traurige Ankunft für dich. In der ganzen Aufregung, fürchte ich, habe ich dich vergessen.«

»Das macht nichts, Madam«, sagte Ellen. »Ich hätte schon selbst um einen fiacre gebeten und mich entfernt, wenn es nach all Ihrer Freundlichkeit nicht so unhöflich erschienen wäre; und ich wollte mich nach dem kleinen Jungen erkundigen. Was sagte der Doktor?«

»Elender Wicht!« sagte Lady Morningquest stirnrunzelnd und lächelnd. »Der Doktor sagt, er habe einen Kopf aus solidem Mahagoni und es müsse ihm durchaus nicht schlecht gehen, wenn er aus seiner Bewußtlosigkeit erwacht. Das werden wir abzuwarten haben. Aber du, mein Kind – ich denke, da es so spät ist, verbringst du die Nacht am besten hier, und ich lasse dich morgen früh zum Haus meiner Nichte fahren.«

»O nein, Madam!« Das letzte, was Ellen wollte, war, zwischen zwei Welten in der Luft hängen und warten; wenn sie schon einen neuen Lebensabschnitt beginnen mußte, hatte sie das heftige Verlangen, die Veränderung sobald wie möglich vorzunehmen. Sie sagte: »Wenn es keine Umstände macht, dann lassen Sie mich bitte, bitte gleich zum Hôtel Caudebec bringen. Ich glaube, Sie sagten, man pflege dort einen sonderbaren Lebensrhythmus? Es wird sie deshalb vielleicht nicht verstimmen, wenn ich recht spät eintreffe.«

»Oh – nun gut, meine Liebe, wenn das dein Wunsch ist. Gewiß macht es mir keine Umstände. Ich werde mich kaum von zu Hause wegrühren, ehe es Tom besser geht. Warte eben, dann werde ich ein Schreiben an Louise aufsetzen.«

Sie verschwand in ihr Boudoir und kehrte gleich darauf mit dem Schreiben zurück. »Hier. Und ich werde selbst vorsprechen, um zu sehen, wie die Dinge sich entwickeln, sobald Tom für außer Gefahr erklärt wird. Gute Nacht, Kind; ich hoffe, du wirst es angenehm haben, und ich vertraue darauf, daß du deine Pflicht tust.«

»Gute Nacht, Madam, und ergebensten Dank.«

Die Kutschfahrt zum Hôtel Caudebec war kurz, denn die Residenz der la Fertés lag in der Rue de l'arbre vert, einer Seitenstraße des neuen Boulevard Haussmann. Zehn Minuten später klopfte der Kutscher ans äußere Tor und übergab dem Türsteher Lady Morningquests Schreiben. Nach einer ziemlich langen Zeitspanne wurde Miss Paget aufgefordert, einzutreten. Ihr schäbiges Portemanteau und der Weidenkorb wurden ein paar gleichgültig blickenden Bediensteten in schwarzsamtenen Kniehosen übergeben, und sie selbst wurde über einen gepflasterten Innenhof, in dem ein Springbrunnen plätscherte, durch eine Eingangshalle mit bemalter Decke und in Gold eingelegten Möbeln und eine Seite einer imposanten, doppelten Treppenflucht hinaufgeführt. Von dort aus geleitete man sie eilends durch eine endlose Reihe von Empfangszimmern, wo ihre Augen von einer Abfolge von Florentiner Bronzen, venezianischen Lüstern, Wandschirmen mit japanischer Lackmalerei, samtgepolsterten Stühlen mit Bronzesphinxen als Armlehnen, riesigen chinesischen Porzellanvasen, Vitrinen in Boule-Arbeit und Pompadour-Schnitzwerk geblendet wurden. Man gewann einen Eindruck von extremer Opulenz ohne die Richtschnur der Regeln des guten, ja überhaupt irgendeines Geschmacks.

In einen anderen Flügel des Hauses (das riesig zu sein schien) einbiegend, betraten sie eine Suite von weitaus eleganter und sparsamer möblierten Räumen und kamen dann in ein stilles, duftgeschwängertes Boudoir, das Ellens verwirrten und erschöpften Sinnen wie das Innere einer großen, blaßgoldenen Blase vorkam. Die zierlichen, kannelierten Stühle waren mit strohfarbenem Damast gepolstert, dessen Farbe auf einen Samtteppich von ungeheurer Ausdehnung und auf brokatene Vorhänge abgestimmt war. Ein venezianischer Kandelaber und ein goldenes, mit Putten verziertes Schreibzeug auf einem zarten Régence-Schreibtisch setzten die nämliche blasse, kühle Brillanz fort. Es gab wenig schmückendes Beiwerk in dem Raum, ausgenommen eine goldene, die neun Musen darstellende Uhr und einige von Greuze stammende Gemälde von durchscheinend bekleideten Damen.

An einem kleinen, runden Marmortisch, dessen Platte in einem Karomuster aus schwarzen und weißen Vierecken eingelegt war, saßen schweigend zwei Mädchen und spielten Schach, gelegentlich innehaltend, um sich durch kleine Schlückchen Eiswasser aus Kristallgläsern zu erfrischen. Sie waren gleich bekleidet – und sehr unmodisch, war Ellens erster Gedanke –, mit zarten, schlichten Gewändern von fließendem, vestalischem Weiß über primelfarbenen Unterröcken. Sie ähnelten Schauspielerinnen in einem Stück, wenn sich soeben der Vorhang gehoben hat; nur, fragte sich Ellen, wer soll sie denn bewundern, außer mir?

Sie konnte nicht umhin, sie sehr zu bewundern, während sie sich zögernd im Kielwasser des Lakaien bewegte; verglichen mit ihrer kühlen Eleganz kam sie sich in ihrem Reisekleid aus einfachem Stoff, ihrem Kammgarnmantel und der Biberhaube, die sie selbst bestickt hatte, schrecklich plump, von der Reise beschmutzt, zwergenhaft und schlampig vor. Es schien wahrscheinlich, daß diese verachtungsvollen, schwanengleichen Mädchen sich erheben, sich plustern und sie dann tothacken könnten.

Beide hatten blaßgelbes Haar, das wie feinkörnige Seide glänzte; es war streng aus ihrer Stirn zurückgekämmt, sanft angehoben und in griechischem Stil frisiert, so daß es in Locken auf ihren Nacken fiel. Sie schienen etwa gleich groß, doch eine war schlanker gebaut als ihre Gefährtin; ihr Haar war von blasserem Gold und ihr Gesicht zarter modelliert. Diese blickte auf, als der Lakai sich verneigte, und bemerkte: »Sie können draußen warten, Gaston ... Sie sind also Miss Paget, die mir, wie es scheint, als eine Art Ostergeschenk von meiner energischen Tante Paulina geschickt wird?«

»Guten Abend«, murmelte Ellen, doch die Comtesse fuhr fort, ohne sie zu beachten: »Wie es diese Frau genießt, sich als *dea ex machina* zu sehen; es wäre amüsant, wäre da nicht die Mühsal, ihr für ihre ungebetenen guten Dienste danken zu müssen.«

»Bist du verpflichtet, sie zu akzeptieren?« fragte ihre Freundin. Ellen hatte wenig Mühe, zu erraten, daß dies die Germaine de Rhetorée war, die von Lady Morningquest als nicht wünschenswerter Einfluß betrachtet wurde. Sie sah intelligent und faszinierend aus, entschied Ellen: ungezierten Gesichts, mit einem langen, runden Hals, einem breitlippigen Mund, dunkelgrauen Augen, wunderschönen Brauen und jener Art von biscuit-blasser Haut, die, in der Textur recht grob, sich farblich niemals ändert.

»Oh, was kann man schon tun?« gähnte Louise de la Ferté und blickte gleichgültig zu Ellen auf. Mit einem Achselzucken fügte sie hinzu: »Zweifellos, Miss Paget, werden Sie, wenn Sie so ein Muster an Vollkommenheit sind, wie Tante Paulina mich glauben macht, uns alle in sehr kurzer Zeit zur Ordnung bringen können.«

»Gibt es denn so viel, was getan werden muß?« fragte Ellen recht schroff. Sie war von diesem frostigen Empfang entmutigt.

Louise schien von einer solchen Antwort gelinde überrascht und murmelte mit einem weiteren Achselzucken: »Ah, wer will das entscheiden?«

Doch Germaines schwere, weiße Augenlider schossen nach oben, sie ließ Ellen eine ausgiebige, aufmerksame Musterung zuteil werden und lächelte dann, wobei sie wunderschöne Zähne entblößte.

»Am Ende wird vielleicht Miss …«

»Paget.«

»Vielleicht wird Miss Paget ein Gewinn für unseren Zirkel sein, ma chère Arsinoë. Können Sie Griechisch?« fragte sie Ellen.

»Sehr wenig.«

»Und Latein?«

»Ein wenig mehr. Ich pflegte …« Ellen hielt inne. Um Gerard, einem langsamen Lerner, zu helfen, hatte sie vier Jahre lang mit ihm und seinem Hauslehrer Latein und Griechisch studiert – aber warum dieser kühl überheblichen Katechetin, die nicht einmal ihre Dienstherrin war, freiwillig Mitteilungen machen?

»Nun ja …« gähnte Louise wieder, wobei sie sich vornehm zwei dünne Finger vor den Mund hielt. »Zweifellos wird alles zum Besten sein …« Und sie richtete den Blick wieder aufs Schachbrett und vergaß offensichtlich ihre neue Angestellte. Ellen stand da und fragte sich, was sie tun sollte; von Erschöpfung übermannt, sehnte sie sich danach, sich zurückzuziehen, war sich aber nicht sicher, ob das Vorstellungsgespräch schon beendet war. Sie glaubte nicht, daß ihr ihre neue Stellung gefallen würde, und wünschte von Herzen, Lady Morningquest hätte es nicht für angebracht gehalten, sich in ihre Angelegenheiten einzumischen.

Germaine bemerkte: »Miss Paget möchte uns wahrscheinlich verlassen, meine Liebe.«

»Was meinst du?« Louise blickte wieder auf. »Oh, Sie sind noch da? Sie möchten sich zurückziehen? Aber es ist doch noch nicht besonders spät? Sollten Sie nicht am besten sofort Ihre Aufgaben antreten?«

Keine Erkundigung nach ihrer Reise, ihrem Gepäck, ihrem Zimmer, oder ob sie schon gegessen habe.

»Gewiß, Gräfin«, sagte Ellen. »Ich werde mit Vergnügen tun, was immer Sie wünschen – wenn Sie so freundlich sein wollen, mir zu sagen, was.«

»Nun ja, ich nehme an, Sie sollten mein Tigerjunges finden und sie zu Bett bringen.«

»Ihr ...?«

»Die kleine Gräfin. Meine Tochter Menispe. Ihre Schülerin«, erwiderte Louise und hob ihre zarten, flachsfarbenen Augenbrauen. Ihre Wimpern waren bemerkenswert lang und geschwungen, über grau-grünen Augen; und über ihrer silbrigen Blässe wiesen sie als interessante Besonderheit einen schmalen, dunkelbraunen Strich auf.

Die verblüffende Ähnlichkeit der beiden Mädchen muß, dachte Ellen, einer der ursprünglichen Faktoren für das Zustandekommen ihrer Bindung gewesen sein. Es muß – gewiß doch? – mehr als ein Anflug von Eigennutz in einer Beziehung bestanden haben, die das Äußere der beiden Freundinnen so unterstrich und hervorhob.

Sie begann, eine starke Neugier auf den Comte de la Ferté in sich festzustellen. Wie sah *er* aus? Und wie paßte er ins Bild?

»Ihre Tochter ist noch nicht im Bett?« erkundigte sie sich höflich und fühlte sich berechtigt, ihrerseits die Brauen hochzuziehen. Es war mittlerweile halb zwölf Uhr nachts, für ein kleines Kind, sollte man meinen, höchste Zeit zu schlafen.

»Oh, ich denke, sie ist bei ihrem Vater. Sie verbringt so viel Zeit wie möglich mit ihm – *wenn* er sich in seinem eigenen Heim aufzuhalten beliebt, was etwa vier Stunden von vierhundert der Fall ist«, antwortete Louise überdrüssig, die Hand über einen Springer ausgestreckt. »Schach!« fügte sie hinzu und läutete dann heftig mit einem kleinen, goldenen Glöckchen. Gaston, der Lakai, trat wieder ein.

»Führen Sie Mademoiselle Paget zu Menispe und Monsieur le Comte, wo immer sie sein mögen. Oh, und weisen Sie Marmoton an, dafür zu sorgen, daß für Mademoiselle ein

Zimmer vorbereitet wird; neben dem von Mademoiselle Menispe.«

»Miladi.« Er verneigte sich und drehte sich um, um Ellen hinauszugeleiten. Während sie hinter ihm her über den endlos ausgedehnten, weichen, mattfarbenen Teppich ging, hörte Ellen Louise murmeln: »Was für eine kleine Feldmaus. Na, zumindest wird sich Raoul nicht in sie verlieben.«

»Darauf würde ich mich nicht verlassen, chérie. Du kennst sein unvorhersehbares Verhalten.«

»Sein unkritisches, meinst du wohl.«

Eine von ihnen lachte, ein kalter, freudloser Laut. Dann sagte Germaine: »Mir gefallen ihre Augen. Und ihre Stimme.«

»Oh – wenn dir an dieser Art von schnippischer Selbstsicherheit liegt. Ich finde sie anmaßend und ennuyante.«

»Du hast dich en prise begeben, ma chère«, sagte Germaine sanft, kurz bevor sich die Tür schloß.

Vor Ärger kochend, folgte Ellen dem Lakaien.

Sie war nicht sicher, was sie erwarten sollte. Nach ihrem Empfinden hatte etwas leicht Anrührendes in Louises Schilderung der kleinen Menispe gelegen, die darauf bestand, während der kurzen Aufenthalte ihres Vaters in dem Anwesen bei ihm zu sein; es hatte in ihrer Vorstellung ein Bild von dem Kind wachgerufen, das sich schlafend neben dem jungen Mann zusammengerollt hatte, der vielleicht in irgendeiner Bibliothek oder einem Büro saß und Papiere unterzeichnete.

Die Wirklichkeit erwies sich als anders. Gaston führte Ellen eine weitere Treppenflucht hinunter, blieb kurz stehen, um sich mit einem grauhaarigen Haushalter zu besprechen, geleitete sie dann einen breiten, mit weißem und grauem Marmor gefliesten Korridor entlang, der zu beiden Seiten eines weiteren Hofes herumführte, in einen dahinterliegenden Flügel. Hier betrat sie eine opulente Suite von vier untereinander verbundenen Räumen, behangen mit purpurner und goldener Seide, verschwenderisch beheizt von Warmwasserrohren im Fußboden und möbliert mit Marketerien von Boulle und Bérain in Kupfer und Messing, Horn und Schildpatt. An den Wänden hingen in Goldrahmen vorzügliche Gemälde von Ruysdael, Van Dyck, Tizian, Rembrandt und Teniers. Alle Räume blitzten im Licht von Boulle-Lüstern und Kerzen in versilberten Wandleuchtern. Und sie waren voller Menschen, elegant gekleideten Männern und Frauen, die umherschlenderten, tranken, redeten und Karten spielten. Der Gegensatz zu jenem entlegenen Raum, in dem die beiden Mädchen über ihrem Schachspiel saßen und Eiswasser nippten, hätte nicht vollständiger sein können. Ein Buffet war aufgebaut, mit ausgesuchten Speisen von Austern in der Schale und Ammern bis hin zu Eis und Sorbets. Lakaien eilten umher, mit Tabletts voller Eispunsch und Champagner, Tee, Kaffee und Likören.

Also wirklich, dachte Ellen, die sich verblüfft umsah, Lady Morningquest hatte vollkommen recht. Es ist ein regelrechter Spielsalon.

Sie hätte nie erwartet, einmal einen solchen Ort zu betreten.

In den Räumen verteilt standen eine Anzahl mit grünem Flanell bezogener Tische, an denen Spieler saßen, in Whist, Piquet, Ecarté, Boston und Baccarat-à-deux-tables vertieft. Andere Gäste schlenderten zwischen den Tischen umher. Ein Summen von Gesprächen erfüllte die Etage.

Einige der Gäste drehten sich um und starrten milde überrascht auf Ellen, wie sie, schlicht gekleidet und reisebeschmutzt, Gaston beharrlich zum entferntesten Ende der Suite folgte. Sie hörte Gemurmel von kultivierten Stimmen:

»Wer kann das sein?«

»Die Haushälterin? Eine bedürftige Verwandte? Eine alte Flamme?«

»In diesem Fall doch gewiß eine ausgebrannte Flamme?«

Ellen kam der Gedanke, daß Lady Morningquest mit ihrer Beschreibung des Umgangs des Comte gewaltig danebengelegen hatte. Diese Leute sahen aus wie die Crème der Pariser

Gesellschaft. Sie waren alle gutaussehend, wunderschön gekleidet und, nach ihrem Auftreten zu urteilen, von bester Herkunft. Die meisten von ihnen schienen außerdem überaus reich zu sein. Ellen bemerkte im Vorbeigehen ein wunderschönes Kleid aus schwarzem Samtbrokat mit Falbeln aus englischer Spitze, ein Collier aus haselnußgroßen Diamanten, das 150 000 Franc wert sein mußte, eine Dame mit zwölf Reihen riesiger Perlen an jedem Arm.

Am äußersten Ende des hintersten Raumes stand ein Roulettetisch, und auf diesen steuerte Gaston zu.

Der Bankhalter an diesem Tisch war jünger als die meisten Anwesenden.

»Faites vos jeux, faites vos jeux, Mesdames, Messieurs«, rief er gutgelaunt.

Ein professioneller Croupier? überlegte Ellen. Er war dünn, lebhaft, schmalgliedrig; obwohl wie die anderen Männer durchaus korrekt in Schwarz und Weiß gekleidet, schien er sehr unordentlich; seine Krawatte saß schief, und von dem Zigarillo, der zwischen seinen Lippen baumelte, war eine Aschespur auf seinen Kragen gefallen. Sein Haar, das er recht lang trug, war zerzaust, seine Lider, halb geschlossen, um den Zigarrenrauch abzuhalten, zuckten bisweilen nach oben und enthüllten tiefliegende Augen von eigenartig hellgoldener Farbe. Dann sah Ellen, schlagartig überrascht – doch warum um alles in der Welt sollte sie überrascht sein –, daß er neben sich in seinem wuchtigen, geschnitzten Stuhl ein kleines Mädchen in cremefarbenem Kleid hatte, das vor Aufregung auf und ab hüpfte und Zahlen ausrief, während das Rad sich drehte: »Sixaine, Papa! Douzaine! En plein! A cheval, à cheval!« Grundgütiger, dachte Ellen, das muß der Comte sein. Aber er ist so jung! Bestimmt jünger als seine Frau? Und sie ist keineswegs alt!

Tatsächlich hatte sein Gesicht etwas verblüffend Jugendliches und Verletzliches; obgleich sein Knochenbau charaktervoll – ja tragisch – war, war sein Ausdruck noch der eines Jungen, lachend, aufmerksam, erregbar, sensibel. Der Eindruck von Jugendlichkeit wurde verstärkt durch die Schatten auf seinem Kinn; wie viele schwarzhaarige Männer müßte er sich offensichtlich mehr als einmal am Tage rasieren und hatte das nicht getan.

Das Rad kam zum Stehen. Unter Freudenschreien und Rufen von Selbstbelobigung und gespielter Verzweiflung wurden neue Chips verteilt. Dann wagte es Gaston, sich dem Bankhalter zu nähern und ihm ins Ohr zu flüstern.

»Milord – da ist eine – eine Demoiselle, die von Madame la Comtesse kommt ...«

Überrascht wandte sich der Comte um. Sein Blick bewahrte einen Sekundenbruchteil flüchtiger Emotion – Überraschung gewiß, Hoffnung vielleicht, die schwand, als er Ellens prosaische Gestalt gewahrte. Doch er begrüßte sie mit kühler Höflichkeit.

»Mademoiselle? Wie kann ich Ihnen dienen?«

»Monsieur le Comte de la Ferté? Guten Abend.« Ihr blieb nur, dachte Ellen, der Situation mit Festigkeit und Umsicht zu begegnen. »Ich bin die neue Gouvernante Ihrer Tochter, Ellen Paget«, sagte sie zu ihm. »Ich wurde von Madame la Comtesse unterrichtet, daß das kleine Mädchen hier sei. Ich bin gekommen, um sie zu Bett zu bringen.«

Der Comte blickte äußerst verblüfft. »Menispe? Zu Bett? Was sind das für neue Kapriolen? Sie geht nie vor drei Uhr nachts ins Bett, wenn meine Freunde kommen, um mit mir zu spielen. Ich kann es mir wirklich nicht leisten, mich von ihr zu trennen – sie ist mein Glücksbringer! Ohne sie wird die Bank gewiß verlieren!«

Das Kind neben ihm erhob ein Geschrei. »Papa! Ich muß doch nicht ins Bett, oder? Ich will nicht ins Bett. Ich *gehe* nicht ins Bett!«

Sie war ein flachsblondes, kleines Geschöpf, insofern ihrer Mutter ähnlich, doch nicht in ihren Zügen, die ausgeprägt und mehr wie die ihres Vaters waren. Es schien wahrscheinlich, daß sie mit der Zeit vielleicht eine auffallende Schönheit werden mochte, doch im Augenblick war sie ein häßliches Kind, knochig und dürr wie ein eben flügge gewordener Vogel.

»Oh, la-la«, hörte Ellen die Dame mit den Perlenarmbändern murmeln. »Es scheint, Madame Mère bedient sich einer neuen Taktik im häuslichen Feldzug.«

»Die neue Taktik muß sorgfältig darauf abgestimmt worden sein, Raouls Gefühle nicht in Aufruhr zu versetzen. Bitte beachten Sie doch die Prunellschuhe!«

»Und die grauen Strümpfe!«

»Der Blaustrumpf hat ihm einen Graustrumpf geschickt.«

»Pst! Die Ärmste hört Sie noch.«

»Eh bien, mon cher Raoul, es scheint, du sollst deinen Talisman verlieren. Die Gnädigste wird energisch.«

»Ah, kommen Sie, meine liebe Miss; lassen Sie die Kleine noch eine halbe Stunde bleiben. Welchen Unterschied macht das schon?«

Ellen errötete, behielt ihren Kurs jedoch bei.

»Ich fürchte, ich muß Sie bitten, in den Wunsch der Comtesse einzuwilligen, Monsieur; es ist für ein Kind ihres Alters keineswegs gesund, so lange aufzubleiben, noch dazu in dieser heißen, rauchgeschwängerten Luft. Überdies ...«

»Was können Sie schon davon wissen, Mademoiselle?« gab er zurück. »Sie scheinen ja selbst kaum der Schule entwachsen.«

»Im Gegenteil, ich bin eine erfahrene Lehrerin, Comte, und selbst wenn ich es nicht wäre, bedarf es keines scharfen Beobachters, um zu erkennen, daß das Kind völlig übermüdet und übererregt ist. Komm, Kleine.«

Und mit einer raschen Bewegung hob Ellen die kleine Menispe auf, packte sie fest, drehte sich zu Gaston um und sagte: »Führen Sie mich bitteschön zum Schlafzimmer des Kindes.«

Sie gewahrte auf dem Gesicht des Lakaien einen Ausdruck schieren Erstaunens, der sofort verblüfftem Respekt Platz machte.

»Sehr wohl, Mademoiselle.«

»Ich wünsche Ihnen eine gute Nacht, Monsieur le Comte«, sagte Ellen, so gut sie das über das Treten, Schlagen und Kreischen der kleinen Menispe hinweg vermochte, die sich wie eine Rasende aufführte.

Der Comte zuckte resigniert die Achseln und rief: »Bonsoir, mignonne, bonne nuit!«

»Mon Dieu!« brummte jemand. »Was für ein kleiner Teufelsbraten. Es stimmt, daß das Kind schändlich verzogen ist. Man kann nicht umhin, die Gouvernante zu bedauern.«

»Ich beneide sie nicht«, ließ die Dame mit den Perlenarmbändern sich vernehmen.

»Ich hasse dich, ich hasse dich, ich hasse dich!« schrie Menispe Ellen ins Ohr. Sie wand sich, sie trat, sie kratzte, sie biß. Ellen war jedoch drahtig, wiewohl von kleinem Wuchs, und sie war außerdem durchaus daran gewöhnt, mit stämmigen jungen Fläminnen fertigzuwerden, von denen man es verschiedentlich erlebt hatte, daß sie ihrer Lehrerin physische Gewalt entgegengesetzt hatten; dieser magere, kleine Sproß der französischen Aristokratie war ihr überhaupt nicht gewachsen. Und das Kind war in der Tat übermüdet; als Ellen die Spielzimmer verlassen, zwei weitere ausgedehnte Korridore durchschritten und eine weitere Treppenflucht hinaufgestiegen war, schmiegte sich der kleine, flachsblonde Kopf bereits an ihre Schulter. Und als sie ein sehr hübsches, mit Rosenholzmöbeln und blauen Chintzbehängen ausgestattetes Kinderzimmer betraten, war die kleine Menispe bereits dreiviertel eingeschlafen. Sie öffnete noch einmal die Augen, murmelte: »Ich hasse dich, ich werde dich nie lieben, nie!« und sank dann in tiefen Schlummer, als ihre Bonne, ein freundlich aussehendes Mädchen aus der Normandie in rotem Unterrock und bedrucktem Baumwollkleid vortrat, um sie in Empfang zu nehmen.

»Ah, la petite! Elle est bien fatiguée. Es ist nicht recht von Monsieur le Comte, sie so lange wachzuhalten. Merci, Mademoiselle.«

»Ich wünsche Ihnen eine gute Nacht«, sagte Ellen, die sich selbst kaum mehr wachhalten konnte.

»Ihr Zimmer ist gleich nebenan, Mademoiselle«, sagte Gaston, der sie mit noch größerem Respekt beäugte. Und er führte sie zur Tür eines ebenso hübschen Zimmers mit einem Bett mit Chintzbaldachin, samtgepolsterten Sesseln, Spitzengardinen und einem Pompadour-Glas auf der Ankleidekommode. Ein Feuer blakte im Kamin, und jemand hatte bereits ihren Koffer ausgepackt und ihr Nachtgewand ausgebreitet, das auf dem seidenen Bettüberwurf dürftig und ärmlich aussah.

»Danke; gute Nacht«, sagte Ellen und suchte in ihrem Retikül nach dem Trinkgeld, das er zweifellos erwartete. Mit leiser Ironie fragte sie sich, ob das Leben in diesem hochherrschaftlichenHaushalt nicht vielleicht mehr kosten würde, als sie sich leisten konnte.

»Zu Diensten, Mademoiselle«, und er war verschwunden.

Sie fand heißes Wasser in einem Porzellankrug und Seife mit Rosenduft in einer Alabasterschale. Welch ein Gegensatz zur Rue Saint-Pierre und Madame Bosschères Schulschlafsaal mit seinen Reihen schmaler, weißer Betten, dachte Ellen, während sie die Bißmale der kleinen Menispe, von denen einige Blut gezogen hatten, auf ihren Armen und Handgelenken benetzte. Und sich vorzustellen, daß ich gestern nacht um diese Zeit mit Monsieur Patrice gesprochen habe ...

Werde ich ihn je wiedersehen?

Der Tag war zu lang und zu verwirrend gewesen; ihr letzter Gedanke, als ihr Kopf auf das üppige, daunengefüllte Kissen sank, war ein Bild von zu Hause: die Glockenblumen wie graue Spitzen unter den Obstbäumen, der Ruf des Kukkucks im Tal; dann schlief sie.

5

Aufgrund dessen, was Lady Morningquest über den Comte de la Ferté gesagt hatte, und aufgrund der verächtlichen Anspielung seiner Frau auf »vier Stunden von vierhundert« hatte Ellen angenommen, daß sie vom Vater ihrer Schülerin nicht viel würde zu sehen bekommen.

Sie war daher, als sie ihren ersten Vormittag im Hôtel Caudebec zur Hälfte bewältigt hatte, einigermaßen erstaunt, als er im Unterrichtszimmer auftauchte. Da zu vermuten stand, daß er seine Gäste in den Spielzimmern bis zu fortgeschrittener Nacht- oder Morgenstunde bewirtet hatte, durfte man füglich annehmen, er wäre noch zu Bett, anstatt tatkräftig, munter, gesund glühenden Gesichts, tiré à quatre épingles, in eleganter, grüner Reitkleidung, ersichtlich schon seit mehreren Stunden auf den Beinen.

Ellen fühlte sich in gewisser Weise im Nachteil. Sie war von der kleinen Menispe mit solcher Feindseligkeit empfangen worden, als sie sich an diesem Morgen bei ihr einfand, daß ihr klar wurde, daß beim Unterricht des Kindes keine Fortschritte zu erzielen waren, ehe die Zeit nicht die Beziehung zwischen ihnen verbessert hatte. Dementsprechend hatte Ellen sich zunächst den Anschein gegeben, als ignoriere sie die finster blickende Menispe völlig, und sich statt dessen unter Verwendung von Silberpapier, Wachs, künstlichen Blumen, Federn, Pappe und Seide- und Florstücken, die sie mit Hilfe der Bonne besorgt hatte, einem verlockenden Zeitvertreib hingegeben. Als diese Beschäftigung Menispes Interesse nicht zu wecken vermochte – wenn Ellen auch ein, zwei forschende Blicke bemerkt hatte –, griff sie auf eine einfachere Taktik zurück und baute mit einer Schachtel Kinderbauklötzen, die sie in einem Schrank entdeckt hatte, auf dem Tisch ein großes, barockes Gebilde; der angeschlagene und mitgenommene Zustand der Klötzchen ließ darauf schließen, daß der Baukasten häufig und gern benutzt wurde. Menispe hatte der Verlockung nicht widerstehen können.

»Das sind *meine* Klötze!« rief sie aufgebracht. »Nicht *deine*!«

»Ich weiß, daß es deine sind«, antwortete Ellen ruhig. »Und ich baue dir damit einen schönen Palast.«

»Er ist *nicht* schön!« Und mit wutentbrannter Gebärde lief Menispe zum Tisch und zerstörte mit einem Faustschlag das kunstvolle Gebäude.

Mit dem Ergebnis ihres Plans zufrieden, schlug Ellen vor: »Wir wollen mal sehen, wie schnell ich einen anderen Turm bauen kann, ehe du ihn kaputtmachen kannst.«

»Nein, das tun wir *nicht!*«

Doch das Kind konnte dem zerstörerischen Vergnügen nicht widerstehen, Ellens dekorative Schöpfungen zu demolieren – oft noch, ehe sie halb vollendet waren –, und wurde, ohne es zu wollen, in eine Art feindselige Partnerschaft bei diesem Aufbau- und Zerstörungsspiel hineingezogen, als ihr Vater zwanglos eintrat und seine Reitpeitsche auf einen Stuhl warf.

»Papa!« Sofort lief Menispe zu ihm hin und klammerte sich wie ein Eichhörnchen an sein Bein.

»Na, Mignonne? Arbeitest du hart mit deiner neuen Lehrerin?«

»Nein, das tu ich nicht! Ich hasse sie! Sag ihr, sie soll weggehen, Papa!«

Über den Kopf des Kindes hinweg begegnete sein Blick dem von Ellen, und sie stellte fest, daß ihr eben gewonnener erster Eindruck falsch gewesen war. Die kurze Röte vom Reiten an der frischen Luft hatte ihn bereits wieder verlassen; seine Augen lagen tief in den Höhlen, und sein schmales Gesicht war bleich.

»Nein, Mignonne, das werde ich nicht«, sagte er, den flachsblonden Kopf des Kindes zausend. »Mademoiselle ist hier, um dich zu einer gescheiten Dame wie deine Mama zu machen. Bald wirst du alle möglichen lustigen Dinge mit ihr tun.« Und zu Ellen sagte er: »Obgleich ich bekennen muß, Mademoiselle ...?«

»Paget.«

»Ah, ja, Paget, verzeihen Sie; ich muß bekennen, daß ich besorgt war, als sie gestern nacht wie eine Erinnye auftauchten und die Fillette wegtrugen! Ich befürchtete, sie würden vielleicht hart mit ihr umgehen und ihr mit strenger Disziplin das junge Leben sauer machen. Aber ich sehe, daß meine Befürchtungen grundlos waren. Au contraire. Tout va bien. Möge die gute Arbeit weitergehen!«

Und er lächelte über das Durcheinander von Klötzchen auf Tisch und Fußboden und zog sich ebenso schnell zurück, wie er gekommen war.

»Papa, bleib! Geh nicht!«

»Ich kann nicht bleiben, Petite. Ich habe mich um geschäftliche Angelegenheiten zu kümmern.«

»Darf ich kommen und dein bonheur sein, wenn du spielst?«

Schuldbewußt und lachend blickte er Ellen an, die ein ausdrucksloses Gesicht machte.

»Heute abend nicht, Chérie. vielleicht spiele ich heute abend nicht. Au 'voir!« Und er war verschwunden.

Natürlich erwartete Ellen nach dieser sehr korrekten väterlichen Visitation, daß auch die Comtesse im Unterrichtszimmer auftauchen würde, um Arbeitszeiten, Unterrichtsmethoden, Stundenplan und so weiter zu besprechen. Oder daß sie zu diesem Zweck ihre neue Angestellte würde rufen lassen. Doch während der nächsten beiden Tage geschah weder das eine noch das andere.

Als Ellen an ihrem ersten Morgen im Hôtel Caudebec erwachte, hatte sie sich zu den Annehmlichkeiten dieser neuen Existenz beglückwünscht. Ihr mitgenommenes und leidendes Herz mochte in Brüssel geblieben sein, doch zumindest genoß ihr Körper seine materiellen Annehmlichkeiten: das bereits entzündete Feuer im Kamin, die ihr von einer Kammerzofe ans Bett gebrachte Tasse Schokolade, das bezaubernde, luxuriöse Zimmer.

Doch bald wurde ihr klar, daß diese Erquickungen teuer erkauft sein würden.

Nach drei Tagen des Kampfes gegen die Feindseligkeit, den Eigensinn, die Unaufmerksamkeit, die Schreianfälle, die komplette Unwissenheit und frenetische Überaktivität der kleinen Menispe suchte Ellen um ein Gespräch mit der Gräfin nach. Als dies nach beträchtlichen Schwierigkeiten zustande gebracht wurde, kam Ellen ohne Umschweife zur Sache.

»Ist Ihre Tochter je von einem Arzt untersucht worden?« fragte sie.

Louise blickte mit leicht irritierter Miene von einem Buch auf, das sie mit gespanntester Konzentration studiert hatte, als Ellen sich ihr näherte. Sie schien deutlich machen zu wollen, daß sie, da man ihr eine Gouvernante für ihr Kind aufgedrängt hatte, ohne sie zu befragen, kraft dessen von jeder weiteren Verantwortung bezüglich des Erziehungsprozesses entbunden war.

»Von einem *Arzt?* Nein, warum? Sie ist doch nicht krank? Ganz im Gegenteil, tatsächlich ist sie kerngesund.« Sie zog die blonden Brauen hoch und schenkte Ellen ein kaltes Lächeln. »Das letzte Mal, als ich versuchte, mit ihr auszufahren, trat sie mir gegen die Schienbeine, zermürbte mich mit ihrem Gezappel und ruinierte völlig ein gelbes Ausgehkleid aus Jaconet.«

»Natürlich ist Menispe nicht krank. Das meinte ich ja auch nicht.« Ellen bewahrte Geduld, so gut sie es angesichts dieser absichtlichen Verständnislosigkeit konnte. »Aber ich frage mich, ob solch ungezügelte Energie bei einem Kind ihres Alters normal ist. Und obgleich sie in mancher Hinsicht recht weit ist – ihr Vokabular, beispielsweise, ist ausgezeichnet –, scheinen ihre Fähigkeiten auf anderen Gebieten merkwürdig dürftig. Natürlich ...«

Natürlich mag das daran liegen, daß man sie fast völlig sich selbst überlassen hat, hatte Ellen gerade sagen wollen, doch rechtzeitig innegehalten. Dies mochte allerdings durchaus die Erklärung sein. Wer immer im Hause sich zu der einen oder anderen Zeit bewogen gefühlt hatte, zu versuchen, dem Kind ein paar Grundkenntnisse zu vermitteln, hatte es bald verzweifelt aufgegeben, offenbar von der Unmöglichkeit entmutigt, das quicklebendige kleine Geschöpf dazu zu bringen, länger als zwei aufeinanderfolgende Minuten stillzusitzen und aufzupassen.

Louise sagte hochmütig: »Wollen Sie andeuten, meiner Tochter fehle es an Verstand? Sie sei verrückt?«

»Natürlich nicht, Gräfin. Es fiele mir nicht im Traum ein, eine so lächerliche Andeutung zu machen. Im Gegenteil: In vieler Hinsicht ist sie ungewöhnlich fortgeschritten.« Zum Beispiel in ihrem Verständnis des Roulettespiels, dachte Ellen. »Aber es fehlt ihr fast völlig an der Fähigkeit, sich zu konzentrieren ...«

»Oh, meine *liebe* Miss Paget – was erwarten Sie von einem vierjährigen Kind?«

»Und ihre körperliche Geschicklichkeit ist ungewöhnlich bescheiden«, fuhr Ellen unbeirrt fort, »weswegen ich mich, in Verbindung mit ihrer rastlosen, unermüdlichen, fast hysterischen Aktivität frage, ob vielleicht eine Störung ihres Nervensystems vorliegt – der ein Arzt abhelfen könnte ...«

»Oh, mon Dieu, mein liebes Ding! Wenn Sie hierherkommen und in dieser Hinsicht etwas an uns auszusetzen haben, werde ich zu bedauern beginnen, daß Tante Pauline – wie wohlmeinend ihre Absichten auch gewesen sein mögen – Sie je in unser Hauswesen einführte.«

Wieder zeigte Louise jenes kurze, freudlose Lächeln, bei dem sich die Winkel ihres blassen Mundes nach unten, nicht nach oben bogen und ihre Lider herabsanken, um die Kälte in ihren Augen zu verbergen. »Und – bitte verzeihen Sie –, aber was wissen Sie schon von solchen Dingen? Schließlich sind Sie *recht* jung; Ihre Erfahrung ist notwendig beschränkt ...«

»Ich habe über einen Zeitraum von vier Jahren in einer großen Schule Kinder aller Altersstufen unterrichtet ...«, konterte Ellen starrköpfig.

»... und überdies beurteilen Sie den armen kleinen Engel auf der Grundlage von – ja, was? Drei Tagen? Ist das nicht ein *kleines* bißchen verfrüht?« Louise warf einen Seitenblick auf ihre hübsche goldene Uhr mit den neun Musen. »Meine Güte! Wie spät es schon wieder ist. Ich fürchte, ich muß Sie bitten, sich zurückzuziehen, liebe Miss Paget, denn ich muß meinem Gedächtnis die Nikomachische Ethik von Aristoteles einprägen; ich soll heute abend in meinem Salon eine Diskussion darüber leiten. Also bitte, meine Liebe, behelligen Sie mich nicht gerade jetzt weiter mit Erziehungsfragen.«

Germaine de Rhetorée, die an einem abseits stehenden Ecritoire mit Schreiben beschäftigt gewesen war, stand nun auf, streckte sich und schlenderte auf ihre Freundin zu. Sie hatte die Nacht offensichtlich im Hôtel Caudebec verbracht; sie trug ein primelfarbenes Samtnegligée mit reizenden Spitzenrüschen.

»Was ärgert dich, meine Tigerin?« erkundigte sie sich.

»Oh, es ist nichts, liebe Camille – überhaupt nichts.« Wieder zuckte kurz das geringschätzige Lächeln auf, als Louise die Gouvernante anblickte. »Miss Paget hier findet mein Tigerjunges zu lebhaft.«

»Lebhaft? Gewiß sollte doch ein Vierjähriges ein Bündel von Lebhaftigkeit und Neugier sein?«

Ellen zuckte die Achseln und zog sich zurück. Sie beabsichtigte nicht, sich auf eine Diskussion mit Mademoiselle de Rhetorée einzulassen. Neugier allerdings, dachte sie, als sie in den Kinderflügel zurückkehrte (der ein beträchtliches Stück von den von der Comtesse bewohnten Räumen entfernt lag), Neugier scheint dem Kind ja bemerkenswerterweise gerade zu fehlen; sie stößt Gegenstände um, sie leert Schubladen, sie verursacht Chaos und Durcheinander, sie unterbricht, sie widerspricht, aber *sie stellt keine Fragen;* sie zeigt keinerlei Wunsch zu lernen.

Aber vielleicht liegt das an der Atmosphäre im Hôtel Caudebec?

Als Ellen das goldfarbene Boudoir durchschritt, hörte sie Germaine bemerken: »Vielleicht schlägt das arme Kind doch ihrem Vater nach – der, wie wir zugeben müssen, nicht wahr, selbst nie der Schule entwachsen ist.«

Louise lachte nur statt einer Antwort. Das Lachen war unerwartet: ein warmer, perlender Laut geheimen Einverständnisses, ihrem säuerlichen Lächeln gänzlich unverwandt.

Ich mache Lady Morningquest keinen Vorwurf, daß sie einem solchen Einfluß auf ihre Nichte mißtraut, dachte Ellen; ich würde meinen, Mademoiselle de Rhetorée ist für die Ehe etwa so hilfreich wie eine Hyäne in einem Hühnerhof.

Seufzend wandte sie sich einmal mehr ihren Kämpfen mit der kleinen Menispe zu.

Zunächst hatte Ellen angenommen, daß ein Kind, das so wenig Zuwendung von Erwachsenen bekommen zu haben schien, am Ende durch das schiere, ungewohnte Vergnügen gewonnen werden könnte, Gegenstand von jemandes ungeteilter Aufmerksamkeit und Beachtung zu sein. Doch nach einigen Tagen war sie gezwungen, zuzugeben, daß sie sich geirrt hatte. Menispe ließ sich durch niemandes Anteilnahme gewinnen. Sie wollte keine Zuwendung. Zu jeder Zeit wollte sie tätig sein, und sie wollte, daß die Ergebnisse ihrer Taten so sichtbar und weitreichend wie möglich waren. Sie war ein unbefangenes Kind, merkte es oft kaum, wenn sie prüfend gemustert wurde; doch wenn sie es merkte, war die auf sie gerichtete Aufmerksamkeit Anlaß zu Ärger, nicht zu Dankbarkeit; wie ein kleiner Stier stürzte sie sich mit gesenktem Kopf auf jeden Erwachsenen, der sie mit Fragen behelligte; sie trat gegen Schienbeine, biß oder warf, was gerade zur Hand war. Hatte sie das Gefühl, daß zu großer Druck auf sie ausgeübt wurde, reagierte sie mit einem Schreianfall, warf sich auf den Rücken, trommelte mit den Beinen und wurde zunächst rot und dann blau im Gesicht; nach diesen Konvulsionen fühlte sie sich mehrere Stunden lang schwach und krank und mußte mit Eispackungen und Heiltränken behandelt werden.

Nur zwei Menschen gegenüber zeigte sie irgendwelche Gefühle: ihrem Vater, den sie offenkundig anbetete, und ihrer Bonne Véronique gegenüber. Letztere bekam eine erkleckliche Anzahl von Bissen, Schlägen und Tritten, aber auch eine gewisse rauhe, oberflächliche Zuneigung; von Véronique ließ sich Menispe nachts ins Bett legen und küssen, ohne sofort auszukeilen oder sich loszuwinden. Für ihre Mutter empfand sie ersichtlich so etwas wie verwirrte Ehrfurcht, wie vor einer Fee oder einem mysteriösen Geist, der aufgetaucht war, um im Hause Wohnung zu nehmen; doch diese Verehrung reichte nicht aus, das Kind davon abzuhalten, Louise jedesmal, wenn sie zusammen waren, durch ihr Gezappel und ihre Ungeschicklichkeit aufzubringen; es wurde ihr selten gestattet, länger als fünf Minuten im Boudoir ihrer Mutter zu verweilen. Es war deutlich, daß Menispe eine starke Abneigung gegen Germaine de Rhetorée empfand, der sie unweigerlich Grimassen schnitt und die Zunge herausstreckte; aber etwas von der Ehrfurcht, die sie für ihre Mutter fühlte, erstreckte sich auch auf die Freundin ihrer Mutter; Germaine war nicht in Gefahr, körperlich angegriffen zu werden. Letztere bekundete ihrerseits ein kühles Interesse an dem Kind und pflegte mit leidenschaftslosem Mitleid zuzusehen, wie Menispe sich irgendeine Dummheit oder Ungehorsamkeit zuschulden kommen ließ und tretend und schreiend aus dem Zimmer gezerrt wurde.

Ellen verfügte über ein wenig damenhaftes Talent, von dem Lady Morningquest nicht das geringste wußte; sie hätte Anstoß genommen, hätte sie erfahren, daß ihre Patentochter pfeifen konnte wie ein Vogel – oder wie ein Junge. Eines Nachmittags, ein paar Tage nach ihrem Einzug ins Hôtel Caudebec, als Menispe, vom Regenwetter noch unruhiger gemacht als gewöhnlich, einen Stuhl umgeworfen, ein Tintenfaß ausgeleert und in ihrem Drang, von dem Tisch wegzukommen, an dem ihre Gouvernante sie zum Zeichnen zu ermutigen suchte, ein paar Stiche zerrissen hatte, entdeckte Ellen ganz zufällig, welchen Einfluß eine schlichte Melodie auf ihren launischen Schützling hatte.

Während sie Löschblätter auf den grünen Flanellbezug des Tisches legte, um die verschüttete Tinte aufzusaugen, hatte Ellen geistesabwesend zu pfeifen begonnen. Zu ihrem Erstaunen kam Menispe, die in die entfernteste Ecke des Zimmers geschossen war, nun zurückgekrabbelt und beäugte ihre Lehrerin verwundert.

»Was ist das für ein Lied?«

»Es heißt ›J'ai du bon tabac‹. Kennst du es?«

Der zerzauste, flachsblonde Kopf wurde heftig geschüttelt.

»Oh! Na gut, ich werde es dir irgendwann vorsingen.«

»Jetzt gleich!«

»Nein, jetzt nicht. Jetzt bin ich damit beschäftigt, die Tinte aufzuwischen, die du umgestoßen hast.«

»Sing es jetzt. Jetzt gleich!«

Ellen schüttelte den Kopf, lächelte ein wenig und überlegte, daß sie hier möglicherweise einen Hebel besaß, vermöge dessen sich gutes Benehmen – oder zumindest Mitarbeit – erreichen ließe.

»Ein andermal. Wenn du etwas getan hast, was mich freut.«

In diesem Augenblick öffnete sich die Tür des Unterrichtszimmers. Unerwarteterweise schlenderte Germaine de Rhetorée herein. Ellen war ihr mittlerweile verschiedentlich begegnet – sie schien ständiger Gast im Hôtel Caudebec zu sein; doch sie hatte sich nie zuvor dem Kinderflügel genähert. An diesem Nachmittag sah Ellen zu ihrer Verblüffung und ihrem nicht geringen Entsetzen, daß sie Männerkleidung trug – oder zumindest die Nachbildung eines Männeranzuges: die Hose mit Gurtband, die Redingote, die steife Halsbinde, alles war in grober, cremefarbener Seide nachgeschneidert worden. Sie trug Stiefel mit metallbeschlagenen

Absätzen und hatte einen modischen Zylinder auf; ihr Haar wurde hinten von einem Band zusammengehalten. Groß und geschmeidig sah sie mit ihrem festen Kinn und ihren kräftig gezeichneten Brauen wie ein gutaussehender Junge aus.

Die kleine Menispe schob bei ihrem Anblick wütend die Unterlippe vor und zog sich in eine Ecke zurück, wo sie sich energisch daran machte, einem auf Kufen montierten Spielzeugschaf die Wolle auszurupfen. Ellen hatte bereits beschlossen, daß dauernde Verbote überhaupt keinen Sinn hatten; sollte das Kind, wenn es denn mußte, seinen Zerstörungsdrang an Gegenständen austoben, die nicht besonders wichtig waren.

»Sie untersagen das nicht?« fragte Germaine, die dieses Treiben mit hochgezogenen Augenbrauen bedachte.

»Ich hebe mir mein Feuer für größere Gefechte auf«, erwiderte Ellen kühl.

Germaine lächelte. Wie in der Nacht ihrer Ankunft war Ellen vom ungeheuren Zauber dieses Lächelns berückt. Es schien ihr Gesicht, ihr ganzes Wesen, den Raum selbst, mit Wärme und Zuneigung zu erleuchten. Ihre großen, dunkelgrauen Augen öffneten sich weit, und in ihren Tiefen zeigten sich grünliche Lichter.

»Sie lernen aber rasch, mit dem armen kleinen Unband umzugehen! Das würde gewiß größere Geduld erfordern, als ich sie besitze!«

»Wie ausnehmend gut Ihr Englisch ist, Mademoiselle«, sagte Ellen höflich – sie unterhielten sich in dieser Sprache.

Germaine lachte – ein offenes, ansteckendes Jungenlachen.

»Taktvolle Miss Paget! Sie haben nicht die Absicht, mit Dritten über das Kind Ihrer Arbeitgeberin zu sprechen. Aber – en effet – ich bin auch nicht hergekommen, um über la petite zu sprechen.«

»Ach nein?«

Germaine schlenderte ans Fenster. Hinausblickend forderte sie Ellen mit einer Handbewegung auf, neben sie zu treten. Das Zimmer ging nach Süden, auf den großen Ziergarten hinaus, der hinter dem Hôtel lag – ein hübscher Ort zu dieser freundlichen Jahreszeit, mit seinen gestutzten Bäumen in Töpfen, gepflasterten Wegen und leuchtenden Tulpenbeeten, obgleich er im Winter durchaus grau und trübselig sein würde.

Obwohl der Himmel heute dunkel und unheilvoll aussah, konnte man dort draußen den Comte de la Ferté und seine Frau in der Mitte einer kiesbestreuten Allee stehen sehen; selbst aus dieser Entfernung war der Widerstreit in ihrem Verhalten unverkennbar. Er schien zu fordern und sie sich zu weigern; seine Gesten waren wild, flehentlich und zornig, ihre kalt, beherrscht und unversöhnlich.

»Arme Dinger«, sagte Germaine, sie betrachtend und die Achseln zuckend. »Eine katastrophale Verbindung. Je eher er das einsieht, desto besser für alle.«

Gleichgültig fragte sich Ellen, ob Germaine wohl in der Absicht hierhergekommen war, das Paar von diesem günstigen Standort aus zu beobachten. Selbst jeder Art von Lauscherei abhold – wenngleich Worte auf diese Entfernung nicht zu hören waren –, ging sie vom Fenster weg und fragte: »Womit kann ich Ihnen dienen, Mademoiselle de Rhetorée?«

Unerwarteterweise sagte Germaine: »Haben Sie sich je an Übersetzungen versucht?«

»Welcher Art?«

»Ah, da haben wir's! Also nicht. Aber ich frage mich, ob Sie nicht vielleicht in sich ein ausgeprägtes Talent dafür entdecken ... ob Sie wohl zustimmen würden, meine Mitarbeiterin zu werden? Jeder Dummkopf kann sehen, daß Ihre Arbeit hier, die Zähmung dieses kleinen Ungeheuers, nur ein Zwanzigstel Ihrer intellektuellen Fähigkeiten in Anspruch nimmt ...«

»Sie sind zu gütig, Mademoiselle«, sagte Ellen kalt, doch Germaine lachte nur.

»Oh, ich habe Ihnen zugehört, glauben Sie mir, seit Sie bei uns angekommen sind! Sie wissen, was Sie wollen. Und dieser alte Drachen, Lady Morningquest, hatte sie ja auch als eine jeune fille à caractère mit beträchtlichen intellektuellen Gaben geschildert! Man muß die Ansichten der Tante stets cum grano salis nehmen. Aber ich finde, in diesem Punkt hat sie Ihnen nicht unrecht getan.«

Ellens wenige Tage in Paris hatten sie keineswegs an den Verlust des Brüsseler Lebens gewöhnt. Sie fühlte sich weiterhin schrecklich einsam und verloren. Die gelegentlichen kalten Höflichkeiten von Louise de la Ferté und das ganztägige Zusammensein mit der kleinen Menispe waren kein Ausgleich für den ständigen, kräftigen Gebrauch ihres Verstandes, den die Schule in Brüssel ihr abverlangt hatte; und der Lohn, den sie erhielt, erwies sich als etwas geringer als dort – wenngleich ihre Lebensverhältnisse hier komfortabler waren. Aber sie sehnte sich immer noch nach dem großen Carré, dem lärmerfüllten, fleckenlosen Klassenzimmer, ihren ungezwungenen, freundlichen Kolleginnen im Pensionat und der täglichen Chance einer Begegnung mit Monsieur Patrice. Dieses Angebot von etwas, das sich wie eine interessante Arbeit anhörte, und der notwendige Umgang mit einer lebhaften und interessanten Persönlichkeit, den es mit sich brachte, war eine Versuchung, die man nicht leichthin abtun konnte.

Sie antwortete jedoch mit Vorsicht.

»Alles, was ich unternehme, würde für die Gräfin akzeptabel sein müssen.«

»Oh, mein liebes Mädchen! Sie sind nicht ihre Sklavin! Und Louise ist keine Sklaventreiberin. Was Sie in Ihrer Freizeit tun, geht sie nichts an.«

»Überdies habe ich vielleicht gar nicht die erforderlichen Fähigkeiten. Was genau schlagen Sie eigentlich vor?«

»Oh, quant à ça, habe ich bereits festgestellt, daß sowohl Ihr Englisch als auch Ihr Französisch fließend und rein sind. Warum sollten nicht Sie es sein, die eine ideale Wiedergabe meines Werkes zustande bringt? Ich weiß nicht, ob Lady Morningquest Sie davon unterrichtet hat, daß ich verschiedene nouvelles und feuilletons geschrieben habe.«

Ellen murmelte, die Tante der Gräfin habe etwas in dieser Art erwähnt. »Ha! Und ich kann mir vorstellen, was die alte Gorgo darüber gesagt hat. Nun ja, es stimmt«, gab Germaine zu, »daß ich anfangs schrecklichen, abgestandenen Schund für *La Presse* und *Le Siècle* schrieb – irgendwie muß man ja schließlich anfangen! Doch inzwischen sind meine romances durchaus intellectuel und werden von *Le Constitutionnel* und *La Revue de Paris* veröffentlicht – schließlich ist sogar ›Madame Bovary‹ dort zuerst als Fortsetzungsroman erschienen! Also hat die alte Recherche-matin überhaupt keinen Grund, ihre lange Nase über mich zu rümpfen. Und nichts, was ich Ihnen gäbe, würde Ihnen die Röte in die Wangen treiben.«

Wenn Germaine über ihre Arbeit sprach, bemerkte Ellen, schien sie jünger, weniger ausgeglichen und impulsiver.

»Sie möchten Ihre romances ins Englische übersetzen lassen? Wurden denn schon welche übersetzt?«

»Nein, keine! Und gerade in England wird Geld gemacht«, sagte Germaine mit gieriger Fröhlichkeit. »Heißt es doch von Monsieur Guillaume Thackeray, er lebe im Stil eines Aristokraten und seine Lakaien trügen Seidenstrümpfe! ›Le Cri-cri du Foyer‹ brachte Charles Dickens *un million* ein – und dabei ist es keineswegs eines seiner Hauptwerke. Balzac verzehrte sich vor Neid auf Dickens. Die Honorarsätze hier sind erbärmlich – der arme Flaubert bekam nur achthundert Franc für die Buchausgabe der ›Bovary‹. Stellen Sie sich das vor!«

Das kam Ellen, deren Gesamtlohn neunhundert Franc pro Jahr betrug, wie eine hübsche Summe vor – aber zumindest konnte sie dessen sicher sein; das Schreiben mußte ein schrecklich unsicherer Beruf sein. Sie war beeindruckt von der Zungenfertigkeit, mit der Germaine diese Summen und wohlbekannten Namen herunterrasselte.

»Gewiß würde ich mit dem größten Vergnügen einige Ihrer Werke lesen, Mademoiselle de Rhetorée«, wagte sie höflich zu sagen. »Und ich denke, ich sollte bald in der Lage sein, zu entscheiden, ob ihre Übersetzung in meiner Macht liegt.«

»Oh, ich habe das sichere Gefühl, das wird sie«, sagte Germaine fest. »Und vielleicht ist Ihnen unter Ihren englischen Beziehungen ja auch ein Verleger bekannt?«

Ellen mußte zugeben, daß sie in solchen Kreisen keinen persönlichen Bekannten hatte.

»Das macht nichts. Die ›Société des Auteurs et Compositeurs‹ wird mich mit Adressen versorgen – ich blicke jedoch zu weit voraus. Morgen werde ich Ihnen ›Ondine‹ und ›Corombona‹ bringen – das sind meine besten Romane –, und Sie werden mir Ihre Meinung darüber sagen. Wie ich mich darauf freue!«

Und sich bei Ellen einhängend, fuhr sie in schmeichelndem Ton fort: »Aber meine Selbstsucht ist abscheulich. Hier stehe ich und bedränge Sie mit meinen Angelegenheiten, belästige Sie mit meinen Geschäften, wo ich doch in Wirklichkeit vor Neugier auf *Sie* sterbe. Erzählen Sie mir von sich. Ich weiß, Sie sind ›hochgeboren‹, wie wir sagen – sowohl Louise als auch ich sind mit Ihrem Bruder Benedict bekannt. Welch ein Charmeur! Deshalb finde ich es sehr tapfer von Ihnen, sich als unabhängige Frau im Ausland Ihr Brot zu verdienen, anstatt sich zu Hause einer mariage de convenance zu fügen. Wie in aller Welt kommt das? Ihr Engländer seid so selbständig. Ich möchte Ihre ganze Geschichte hören!«

»Oh«, sagte Ellen zögernd, von diesem plötzlichen Ausbruch von Interesse leicht befremdet, »ich bin wirklich nicht so ›hochgeboren‹, wie Sie sich vorzustellen scheinen, Mademoiselle. Zwar war meine Mutter die Nichte eines Earls, aber mein Vater ist nur ein englischer Landedelmann; und Benedict Masham ist mein Stiefbruder, nicht mein leiblicher Bruder. Mein Vater heiratete Benedicts Mutter, nachdem meine Mutter gestorben war.« Ellen hielt abrupt inne.

»Der Tod Ihrer Mutter, bereitete er Ihnen großen Kummer?« hakte Germaine mit scharfem Blick nach.

»Ja!«

»Sie Glückliche – Ihre Mutter geliebt zu haben! Ich habe meine buchstäblich nie gesehen; ich war ein Einzelkind und wuchs auf einer Farm auf dem Lande auf, während Maman in Paris lebte; dann ging ich aufs Couvent des Anglaises, wo ich Louise kennenlernte; und dann besuchten wir beide ein Lycée in Bonn.«

»Sie sind schon so lange Freundinnen?«

»Seit unserem vierzehnten Lebensjahr. Wir gelobten, unser Leben einander so nahe wie möglich zu verbringen«, sagte Germaine mit ihrem verschwörerischen Lächeln. »Aber Ihr Vater? Was für ein Mann ist er? Und haben Sie selbst Schwestern – Brüder?«

»Mein Vater? Ein trockener, enttäuschter Mann. Er studierte Jura; doch er praktizierte nie als Anwalt. Er hatte den großen Ehrgeiz, ins Parlament zu kommen, aber nachdem er bei drei Wahlen kandidiert und nicht gewonnen hatte, hatte er den größten Teil seines Erbes aufgezehrt und war gezwungen, jede Hoffnung auf eine politische Karriere zu begraben. So ist er seit Jahren nur Friedensrichter und beschäftigt sich mit örtlichen Angelegenheiten. Er hat zwei Leidenschaften – kein Geld auszugeben und sich für etwas Besseres als andere Menschen zu halten.«

»Sie zeichnen ein verheerendes Porträt. Schwestern?«

»Zwei, beide verheiratet, unglücklich, fürchte ich, von meinem Vater und meiner Stiefmutter in übereilte Ehen gedrängt. Außerdem gibt es noch eine sehr viel jüngere Halbschwester, Vicky, ein wenig älter als Menispe. Und einen Bruder, Gerard, fünfzehn Jahre alt.«

An ihren Schützling erinnert, drehte Ellen sich zu dem Kind um, das gekränkt und rebellisch dreinschaute. Menispe war der Attacke auf das Holzschaf müde geworden und zerriß zornig ein paar Modebilder, die man ihr gegeben hatte, damit sie sie mit Kreide bemale.

»Ihre Stiefmutter: Ist sie grausam zu Ihnen?«

»Nicht grausam; aber wir vertragen uns nicht.«

»Beschreiben Sie sie.«

Warum verrate ich einer völlig Fremden all diese persönlichen Einzelheiten, fragte sich Ellen.

Doch sie konnte nicht umhin, von Germaines offenbar eifrigem und aufrichtigem Interesse entwaffnet und fasziniert zu sein.

Während Ellen eine kurze Beschreibung von Lady Adelaide gab, ging sie zu Menispe hinüber.

»Wenn du das tust, wirst du keine Bilder haben, wenn du welche bemalen willst«, erklärte sie.

»Du sollst mit mir spielen, nicht mit ihr«, grollte Menispe, Germaine finster anblickend.

»Oh, la-la! Die Wünsche der Kinder müssen hinter denen der Erwachsenen zurückstehen«, sagte Germaine leichthin zu ihr. »Und wer würde schon mit einem schmollgesichtigen magot wie dir spielen wollen? Ich bin sicher, Ihre Schwester Vicky ist nicht so eine«, sagte sie zu Ellen. »Und Ihr jüngerer Bruder? Ist er sympathique?«

»Er ist ein musikalisches Genie; er hat wenig Zeit für menschliche Beziehungen. In gewisser Hinsicht ist er Papa sehr ähnlich.«

»Tiens! Sind Sie denn auch musikalisch?«

»Ein wenig, aber nicht in dem Maße wie Gerard. Ich habe mich allerdings gefragt, ob Madame la Comtesse ein Pianoforte im Unterrichtszimmer genehmigen würde. Ich vermute, es würde unserer Freundin hier guttun.«

»Sie werden sich an Raoul wenden müssen; er hält den Daumen auf dem Geldbeutel. Das ärgert meine arme Louise jeden Tag aufs neue. Mit einem der reichsten Männer der Normandie verheiratet, und sie muß sich um jeden Sou an ihn wenden. Überdies – wenn Sie sich diese Spielsäle ansehen und was er mit seinen Millionen macht...«

Ellen überlegte, daß das Gesprächsthema ihr aus der Hand geglitten war, und hob eine Schere mit stumpfer Spitze auf, um anzudeuten, daß sie ihre Pflichten lange genug vernachlässigt hatte.

Mit blitzendem Lächeln sagte Germaine: »Genug von den Problemen der la Fertés! Und ich muß gehen und mich für Louises Salon umkleiden. Warum nehmen Sie nicht nachmittags einmal daran teil? Sie veranstaltet sie jeden Dienstag und Donnerstag. Sie würden es amüsant finden, glaube ich. Meine Arsinoë weiß, wie man gute Gesellschaft anzieht, das ist ihr Talent – die hellsten Köpfe von Paris versammeln sich an diesen Tagen hier. Halévy – Baudelaire – Flaubert – die beiden Goncourts – manchmal sogar Madame George, die unsere Heldin ist.«

»Baudelaire?« Der Name machte Ellen stutzig. »Ist er nicht sehr skandalös?«

»Ach was! Man wies ihn an, sechs Gedichte aus ›Les Fleurs du Mal‹ zu entfernen; er entfernte sie; dem Anstand ist Genüge getan. Sein literarisches und künstlerisches Urteil ist meisterlich.«

»Aber würde Louise mir erlauben...?«

»Oh, mon Dieu, ja! Jeder, der belesen ist und reden kann, ist willkommen – besonders eine ansehnliche Frau als Ausgleich für all die alten Hexen, deren Männer Mitglieder der Académie sind. Sie könnten sich vielleicht ein wenig mehr nach der Mode kleiden. Graues Kammgarn, mein liebes Kind, ist nicht ganz das, was man trägt! Aber Sie sind in etwa genauso groß wie Louise; sie hat ein halbes Zimmer voller Kleider, die sie niemals auch nur ansieht. Ich denke doch, daß ihr Mädchen Michon rasch etwas ändern könnte...«

»Danke, Mademoiselle«, sagte Ellen mit hauteur, »aber ich glaube, ich brauche die Comtesse oder ihr Mädchen nicht zu bemühen. Ich bin es gewohnt, mich selbst um meine Garderobe zu kümmern, und überzeugt, ein passendes Kleid zu erwerben, wenn ich Zeit gehabt habe, mich mit den Pariser costumes zu befassen.«

»Na, na, nun zeigen Sie mir nicht die Krallen! Ich habe es gut gemeint. Arsinoës und ich tragen ein klassisches Gewand, aber das wird bei Ihnen nicht gehen, Sie sind nicht mager genug; die derzeitige Mode wird am besten sein, sparsamer Faltenwurf, geraffte Linie und militärisches jaquette.«

»Danke für Ihren Rat«, sagte Ellen und beschloß, ihn nicht zu befolgen.

Germaine lachte sie an. »Eh«, sagte sie auf französisch, »Sie sind so stachlig wie eine châtaigne – wild wie ein Bär. Ich denke, ich werde Sie Callisto nennen! Und nun auf Wiedersehn – ich habe Sie lang genug geärgert.«

Der schmollenden Menispe eine Kußhand zuwerfend, wollte sie gerade gehen, als ein Lakai klopfte, eintrat und Ellen auf einem Silbertablett eine Karte hinhielt. Ellens Herz machte einen Sprung und sank dann wieder. Germaine, die mit ihren scharfen Augen von der Seite auf das Kärtchen schaute, rief aus: »Der Ehrenwerte Benedict Masham. Tiens, wie bezaubernd. Ihr beau-frère kommt, um Sie in diesem Hornissennest aufzustöbern. Eh bien, à demain, mon amie...«, und mit einem Wedeln ihrer schlanken Finger zu Ellen hin schlenderte sie aus dem Zimmer.

»Ich habe den jungen Milord im kleinen blauen Salon Platz nehmen lassen, während ich hierherkam, um festzustellen, ob Sie ihn zu sehen wünschen«, sagte Michel, der Lakai, in dessen Augen sich Ellens Status infolge dieses sehr erlauchten Besuchers offenbar sprunghaft gehoben hatte.

»Ja. Ich möchte ihn sehen. Véronique?« Ellen streckte den Kopf durch die Tür des Kinderzimmers, das neben dem Unterrichtszimmer lag. »Würden Sie bitte Ihr Nähzeug hier herüberbringen und zehn Minuten auf Mademoiselle Menispe achtgeben? Ich habe Besuch.«

»Bien sûr, Mademoiselle.« Gutmütig suchte die Bonne ihre Sachen zusammen, und Ellen überlegte, daß zumindest eine von Lady Morningquests Warnungen sich als gegenstandslos herausgestellt hatte; die Bediensteten in diesem Hause schienen geneigt, freundlich zur Gouvernante zu sein, wahrscheinlich weil sie froh waren, daß jemand anders sich mit Menispe herumschlagen mußte. Was aber den Rest der Warnung anging... Was würde ihre Patin sagen, wenn sie wüßte, daß Ellen sich bereit erklärt hatte, Germaine de Rhetorées Romane zu übersetzen? Eigentlich sollte Ellen ihr Bestes tun, den häufigen Besuchen von Germaine entgegenzuwirken, und nicht selbst eine Beziehung zu der unerwünschten Vertrauten eingehen.

Na, vielleicht werde ich ja feststellen, daß ich gar nicht in der Lage bin, die Übersetzung zu machen. Oder daß ich die Bücher nicht mag und sie nicht machen will. Oder vielleicht gefällt Germaine nicht, was ich mache... Aber wenn ich sie mache, und gut mache, und wir Freundinnen werden – dann wird es mir vielleicht möglich sein, ihr beiläufig einen Rat zukommen zu lassen.

Sie mußte insgeheim darüber lächeln, wie unwahrscheinlich es war, daß sie der selbstsicheren, um nicht zu sagen großspurigen Germaine einen Rat würde geben können. Gib zu, sagte sie sich, daß du von ihrem Charme überrumpelt worden bist. Und von der Chance, eine neue Karriere zu beginnen – einen interessanten, abwechslungsreichen Beruf zu ergreifen.

Sie versuchte, Germaine aus ihren Gedanken zu verbannen, und besann sich statt dessen auf Benedict. Wie seltsam es war – mehr als seltsam –, daß er seine Stiefschwester zweimal so kurz hintereinander aufsuchte. Welchen Grund könnte er haben? Er brauchte kein entrée ins Hôtel Caudebec – Germaine hatte gesagt, Louise kenne ihn; und in jedem Falle würde er es sich nicht über die Gouvernante verschaffen. Nicht Benedict! Er und der Comte besuchten wahrscheinlich dieselben Spielhallen.

Michel trat mit einer Verbeugung beiseite, und sie ging rasch in den kleinen blauen Salon. Benedict kam auf sie zu, um sie zu begrüßen. Sofort alarmierte und ängstigte sie das eintönige Schwarz seiner Kleidung und der ungewohnte Ernst seines Gesichtsausdruckes.

»*Benedict*? Stimmt etwas nicht? Du siehst so...«

Er nahm ihre Hände und sagte rasch: »Mach dir keine Sorgen! Ich habe schlechte Nachrichten, aber sie betreffen dich nicht sehr; oder zumindest...«

»Oh, was ist passiert?« rief sie entsetzt. »Bitte sag es mir sofort – versuche nicht, es mir schonend beizubringen!«

»Meine Mutter ist bei einem Wagenunfall ums Leben gekommen«, sagte er. »Und bei demselben Vorfall wurde dein Vater verletzt, aber nicht lebensgefährlich; er erlitt eine Gehirnerschütterung und eine Fraktur der Hüfte, aber es heißt, es gehe ihm mittlerweile wieder gut...«

»Oh, Benedict! Es tut mir so leid. Deine arme, arme Mutter – wie furchtbar!«

»Es lag an diesem protzigen Gespann von zueinander passenden Braunen, das sie Curtis ja unbedingt abkaufen mußte«, sagte er düster. »Ich habe sie davor gewarnt – genau wie dein Vater, unzählige Male. Ein ganz und gar ungeeignetes Gespann für eine Dame, um damit auf diesen engen Wegen in Sussex umherzufahren – aber meine Mama war, wie du weißt, entschlossen, etwas herzumachen und ihren Kopf durchzusetzen, komme, was da wolle.«

»Armer Benedict«, sagte sie wieder. »Es tut mir so leid.«

Doch sein schmales, gescheites Gesicht wirkte eher finster als bekümmert. Ellen wurde sich bewußt, daß Adelaides oberflächliche Gefühle der Zuneigung sich größtenteils auf ihren älteren Sohn Easingwold konzentriert hatten.

»Wo ist mein Vater jetzt? Und wie hast du davon erfahren?«

Er erzählte ihr von der Nachricht, die kurz nach ihrer Abreise in Brüssel eingegangen war.

»Ihr folgte ein Brief von meiner Tante Blanche Pomfret. Zweifellos hat dir deine Schwester Eugenia nach Brüssel geschrieben. Dein Vater war im Krankenhaus in Chichester, doch mittlerweile hat man ihn in den bischöflichen Palast gebracht, wo deine Schwester Eugenia ihn täglich besucht.«

»Davon wird er nicht allzu begeistert sein. Armer Papa! Wie wird er jetzt zurechtkommen? Er wird wohl denken, daß das Schicksal ihm einen höchst ungerechten Schlag versetzt hat – gerade als er sich mit deiner Mutter so behaglich eingelebt hatte.«

»*Behaglich?* Ha! Meine Tante Blanche schreibt, sie habe eine Haushälterin engagiert, die der Hermitage vorstehe und sich zweifellos um deinen Vater kümmern wird, wenn er soweit genesen ist, daß er nach Hause zurückkehren kann.«

»Du lieber Himmel! Ich frage mich, ob ich nach Hause fahren sollte.« Recht verzweifelt rang Ellen die Hände. Sie konnte sich gut vorstellen, wie die Leute in Petworth – ihre Schwestern – Madame Bosschère – Lady Morningquest – sagten: »Ohne Zweifel hat seine unverheiratete Tochter die Pflicht, nach Hause zu kommen und sich um Luke Paget zu kümmern.«

»Warum? Er würde es dir nicht danken.« Benedict war barsch und unverbindlich. »Was könntest du tun, was eine Haushälterin nicht ebensogut könnte?«

»Aber die arme kleine Vicky? Und Gerard?«

»Die arme kleine Vicky – dieser verzogene Balg – hat zwei Mädchen, die sie anbeten, und eine Mrs. Sowieso, die täglich kommt, um ihr Unterricht zu geben. Was deinen jüngeren Bruder angeht – der braucht niemanden, wie du weißt. Sie werden ganz gut zurechtkommen.«

Ellen überlegte, daß das stimmte. Und außerdem – ihre Bemühungen um die kleine Menispe de la Ferté waren nicht gerade ausgesprochen erfolgreich gewesen. Warum sollte sie bei Vicky mehr Erfolg haben? Sie dachte: Angenommen, ich hätte davon erfahren, bevor ich Brüssel verließ? Ich wäre umgehend nach England gefahren. Wäre das zum besten gewesen?

Merkwürdigerweise konnte sie das nicht so empfinden. Der Gedanke an England, so sehnsuchtsvoll und berückend, als sie im Zug saß, erfüllte sie nun mit einem seltsamen Schauder. Dort zu sein, im hintersten Sussex, abgeschnitten, mit einem grollenden, reizbaren Invaliden, einem verwaisten kleinen Mädchen und einem schwermütigen fünfzehnjährigen Jungen – was für trübe Aussichten! Aber ich würde natürlich gehen, wenn es meine Pflicht zu sein schiene, dachte sie schaudernd.

»Trotzdem«, bemerkte Benedict – nun lag auf seinem schönen, klar geschnittenen Gesicht ein Ausdruck deutlicher Mißbilligung –, »eine schöne galère, auf die du dich hier eingelassen hast, meine liebe Schwester! Warum zum Henker konntest du denn nicht bei Madame Bosschère bleiben? Dort warst du wenigstens in Sicherheit.«

Sofort wurde sie wütend – um so mehr, weil er in seinem Gebaren sehr viel erwachsener wirkte als in Brüssel. Sie sagte in gemessenem Ton:

»Lady Morningquest ersuchte eigens darum, daß ich meine Tätigkeit in Brüssel aufgebe und hierher komme. Das Kind« – sie senkte die Stimme, obgleich sie das Zimmer für sich hatten –, »braucht dringend Unterweisung und eine feste, führende Hand.«

»Ach ja?« sagte er sarkastisch. »Aber warum, meine liebe Ellie, sollte es ausgerechnet deine Hand sein? Sollst du außerdem das Hauswesen in Ordnung bringen und das Tun der Eltern lenken – von ihren Freunden gar nicht zu reden? Etwas, wozu du beispielsweise bei mir schon einmal Gelegenheit hattest? Wirst du Raoul von seiner Glücksspielerei abbringen? Und Louise dazu bringen, auf ihre *persona grata* zu verzichten?«

»Ich habe nicht die leiseste Ahnung, wovon du sprichst.« Ellens Tonfall war kalt, doch ihre Wangen röteten sich. Sie war verletzt und tief gekränkt von seiner Anspielung auf einen Vorfall in ihrer beider Vergangenheit; sie hatte gehofft, er sei mittlerweile vergessen.

»Gewiß hast du die faszinierende Germaine kennengelernt? Wie ich höre, wohnt sie praktisch hier.«

Ellen hatte überlegt, wo ihr erst kürzlich der Ausdruck »Hornissennest« untergekommen war – nun fiel ihr ein, daß eben Germaine ihn benutzt hatte, als sie von Benedict sprach. »Il va vous chercher dans ce guêpier – comme c'est charmant!« hatte sie gesagt; damals hatte Ellen sich gefragt, ob in ihrer Stimme nicht ein Hauch von Ironie gelegen hatte. Nun war sie dessen fast sicher.

»Natürlich habe ich Mademoiselle de Rhetorée kennengelernt.« Von Benedicts nadelspitzem Blick gepiesackt, fügte Ellen hinzu: »Sie macht einen sehr liebenswürdigen Eindruck.«

»Liebenswürdig! Neben dieser jungen Dame würde Cesare Borgia wie Ethelred der Unfertige wirken. Sie ist der skrupelloseste Mensch, dem du wahrscheinlich je begegnen wirst.«

»Ich muß wegen deines derzeitigen Kummers Nachsicht üben, Benedict«, sagte Ellen förmlich. »Aber ich bitte dich, nicht hierherzukommen und mit mir über meine Arbeitgeber oder ihre Freunde zu sprechen. Das gehört sich wirklich nicht.«

»Ach, sei nicht so selbstgerecht, du kleiner Holzkopf! Du magst noch grün sein, aber du bist bestimmt nicht dumm!« sagte Benedict, der plötzlich völlig die Beherrschung verlor. »Siehst du denn nicht, daß du in deiner Unschuld mitten in eine höchst explosive Situation getreten bist? Und auf beliebig viele Arten die entsetzlichste Komplikation auslösen kannst?«

»Ich sehe nichts dergleichen!« Zu ihrer Erbitterung fühlte sie ihre Augen in Tränen schwimmen und mußte die Zähne zusammenbeißen, damit ihr Mund nicht zitterte.

»Geh bitte, Benedict«, sagte sie gleich darauf würdevoll. »Ich bin dir dankbar, daß du mich von dem Unfall unterrichtet hast – und – und es tut mir sehr leid wegen deiner armen Mama –, aber du darfst nicht hierherkommen und mir in meiner neuen Stellung Schwierigkeiten machen. Ich – ich war wirklich sehr unglücklich darüber, Brüssel zu verlassen –, aber ich glaube, es war das beste – und ich habe vor, hier mein Bestes zu geben...«

Benedict durchmaß zornig den Raum. Sein schlanker, muskulöser Körper schien sich in der steifen, schwarzen Kleidung nicht wohl zu fühlen.

»Frauen!« murrte er vor sich hin. »Herrschsüchtig, lästig, intrigant, dickköpfig, bigott, dickfellig, despotisch…«

Ellen fiel Madame Bosschères Bemerkung ein, wieviel leichter das Leben wäre, würde man alle Männer in zoologische Gärten einsperren. Sie brachte ein kühles, nachsichtiges Lachen zustande.

»Mein lieber Benedict – bitte ereifere dich nicht wegen *mir.* Ich werde mir deine Mahnungen zu Herzen nehmen – das verspreche ich dir – und möchte behaupten, daß ich durchaus zurechtkommen werde. Und wenn nicht«, fügte sie patzig und kindisch hinzu, »vermag ich nicht zu erkennen, was *dich* das anginge. Schließlich gibt es nun – da die arme Lady Adelaide gestorben ist – wirklich keine Verbindung mehr zwischen uns. Ich möchte behaupten, wir werden einander in einem Dutzend Jahren nicht einmal begegnen. Du brauchst dir also keine Sorgen zu machen, was aus mir wird.«

»Ach, zum Henker!« rief Benedict im Ton eines über das Maß des Erträglichen gereizten Menschen und schritt auf die Tür zu, wo er stehenblieb und sagte:

»Du vergißt, daß wir eine kleine Stiefschwester gemeinsam haben.« Dann ging er hinaus, ohne die leiseste Andeutung eines freundlichen, ja überhaupt irgendeines Abschiedsgrußes.

Ellen, von der unterdrückten Heftigkeit seines Verhaltens erschütterter, als sie sich eingestehen mochte, wartete einige Augenblicke, um sicherzugehen, daß er wirklich gegangen war, ehe sie sich langsam ins Unterrichtszimmer zurückbegab. Wieder entsann sie sich Germaines neckender Stimme: »Ihr Stiefbruder kommt hierher? Ach, ist das nicht bezaubernd!« und mußte ein blödsinniges Schluchzen unterdrükken, das in ihrer Kehle aufsteigen wollte. Ich habe Heimweh, dachte sie. Hier ist alles so fremd. Und es hat mich aus der Fassung gebracht, Benedict so zu erleben. Ich wünschte, er wäre gekommen, um mich zum Tee bei Tortoni auszuführen! … Oh, wenn doch nur Monsieur Patrice hier wäre, um mit mir über Vergils Gedichte oder Platos Philosophie zu reden.

Im Unterrichtszimmer setzte sie sich müde und begann, ein einfaches Bild zu zeichnen, das Menispe später abzeichnen sollte. Véronique entfernte sich mit einem Lächeln und einem Knicks. Menispe kauerte erstaunlicherweise still am Fenster, sah zu, wie die Regentropfen die Scheibe herunterrannen, und folgte ihrem Lauf mit dem Finger. Doch bald wurde sie dieser Beschäftigung überdrüssig, drehte sich um und sah ihre neue Lehrerin an, die so ungewohnt schweigsam und grüblerisch, das Kinn in die Hände gestützt, am Tisch verharrte. Ohne ein Wort löste sich Menispe von der Fensterbank, kam zu Ellen herüber und starrte ihr aufmerksam, fast anklagend, ins Gesicht.

»Warum weinst du?« wollte sie wissen.

»Weine ich?«

»Mais oui! Regardez!« Menispe streckte einen kleinen, schmutzigen Finger aus, berührte Ellens Wange und folgte dem Lauf einer Träne. »Genau wie der Regen auf der Fensterscheibe.«

»Tiens! Tatsächlich. Du hattest ganz recht. Nun, ich werde aufhören. Und sieh doch, der Regen hat auch aufgehört. Was meinst du, sollen wir ausgehen und in einer pâtisserie eine Schokolade trinken?«

6

Nun verstrichen einige ereignislose Wochen. Ellen bekam von ihrer Schwester Eugenia zwei Briefe, deren einer detailliert den tragischen Unfall schilderte, der dem Leben ihrer Stiefmutter ein Ende gemacht hatte. Dieser Brief war aus Brüssel nachgeschickt worden. Ellen beantwortete ihn und erhielt zu gegebener Zeit wieder Nachricht.

»Papa leidet immer noch an einer schweren seelischen Depression«, schrieb Lady Valdoe. »Er wohnt weiterhin im Palast, wo Lady Blanche und der Bischof sich seiner mit der liebevollsten Aufmerksamkeit annehmen; aber du kennst Papa! Er hält sein Unglück für vollkommen unverdient und ist nicht zu besänftigen. Glücklicherweise geht in der Hermitage alles gut; ich bat Caroline Penfold, ein-, zweimal dort vorzusprechen, und sie berichtet, daß die Haushälterin, die Lady Blanche gefunden hat, eine durchaus tüchtige Frau zu sein scheint. (Gerard haßt sie natürlich.) Ich glaube, Großtante Fanny rappelt sich gelegentlich auf und fährt im Ponywagen des Doktors hinüber, doch ihre Besuche haben, wie du dir vorstellen kannst, wenig Sinn.« Darüber mußte Ellen lächeln. Großtante Fanny war ihr besonderer Liebling; doch Eugenia hatte diese Verwandte nie gemocht, denn sie fand sie zu gleichgültig gegen die Gepflogenheiten der feinen Gesellschaft. »Der kleinen Vicky und Gerard geht es so gut, wie man erwarten darf«, fuhr Eugenia fort. »Lady B. berichtet, sie hätten Papa im Palast besucht. Glaube also nicht, liebe Schwester, es sei erforderlich, daß du deine neue Position aufgibst und nach Petworth zurückkehrst, denn ich versichere dir, das ist nicht der Fall. Es ist weit besser, du läßt dir keine Gelegenheit entgehen, in Paris nützliche Verbindungen zu knüpfen, solange du dort bist. Wie gern ich dich besuchen würde! Aber Valdoe sagt, er müsse die Einnahmen dieses Jahres zur Prolongierung der Hypotheken verwenden. Es ist schrecklich, so erniedrigend arm zu sein.«

In Wirklichkeit meint Eugenia, sie sähe es gerne, wenn ich einen reichen Franzosen aus guter Familie heiratete, dachte Ellen, denn dann könnte ich sie einladen. Sie lächelte über diese unwahrscheinliche Vorstellung. Und selbst wenn ich mit dem reichen Franzosen verheiratet wäre, wäre er wahrscheinlich keineswegs erpicht darauf, die verdrießliche Eugenia und ihre Brut quengeliger Kinder zu ausgedehnten Besuchen willkommen zu heißen!

Ellen bekam außerdem Briefe von einigen ihrer anhänglichen Schülerinnen in der Rue Saint-Pierre und ein formelles Beileidsschreiben von Madame Bosschère, doch keine Zeile von Monsieur Patrice. Wenn sie auch Tag für Tag hoffte, auf einem der Briefe, die Gaston ihr brachte, seine kleine, komplizierte Schrift zu sehen, so wußte sie doch insgeheim, daß diese Hoffnung trügerisch war. Er würde nicht schreiben.

Aber er würde vielleicht kommen.

Germaine hatte sich beiläufig erkundigt, als sie mit den beiden schmalen, in Papier eingebundenen Romanen auftauchte: »Sie waren vorher in Brüssel, meine liebe Callisto, wie Arsinoë mitteilt. Hatten Sie dort interessante Bekannte? Einige von diesen schwerfälligen Flamen besitzen so etwas wie granitene Intelligenz, wenn es ihnen auch an Witz fehlt.«

»Manche haben sogar auch Witz«, sagte Ellen verteidigend, und schon hatte Germaine mit ihrer raschen Auffassungsgabe ihr die Zusammenhänge entlockt. »Aha! Le Professeur Patrice Bosschère? Aber ja doch, ich habe seinen ›Traité de l'Orphée‹ gelesen – ein durchaus brillantes Werk! Und Sie kennen ihn gut? Vortrefflich! Kommt er nie nach Paris? Warum sollten wir ihn nicht einladen, an einer von Louises Disputationen teilzunehmen? Wenn les convenances Sie davon abhalten, ihn einzuladen, *mich* hindern sie ganz gewiß nicht! Ich werde seine Adresse von einem Freund an der Sorbonne bekommen.«

Und sie schwebte von dannen und ließ Ellen mit einem Gefühl zurück, als sei der Wind vorübergeweht und habe ihre Besitztümer weit und breit verstreut, so daß sie nicht mehr wußte, wohin sie geraten waren. Hatte Germaine so auch Benedict behandelt? War das der Grund, warum er sie so offenkundig verabscheute?

Im Freien war mit Menispe leichter auszukommen; ihre ungezügelte Energie ließ sich mit weniger Gefahr für Menschen und Gegenstände kanalisieren; und so hatte es sich Ellen, da das Wetter weiterhin freundlich war, zur Gewohnheit gemacht, mit dem Kind viele Stunden im Garten, im Parc Monceau oder in den Anlagen der Tuilerien zu verbringen, wo sie redeten, sangen und Spiele zu spielen versuchten, die im allgemeinen mit einem Handgemenge endeten, da Menispe in ihrer Ungeduld die Regeln umstieß. Im Freien war außerdem das Auftreten ihrer Schreianfälle weniger wahrscheinlich; ihre Aufmerksamkeit wurde mehr von dem gefesselt, was um sie herum vor sich ging.

Eines sonnigen Morgens waren sie im Garten des Hôtel Caudebec, als Ellen, die gerade versuchte, Menispe einen Reim zum sauter-à-la-corde beizubringen, den Comte über ein Rasenstück schreiten und eine kleine, klassische Pagode betreten sah, die etwas entfernt stand.

»Papa! Da ist Papa!« schrie Menispe freudig und schleuderte ihr Springseil so heftig von sich, daß es einem halben Dutzend Tulpen die Köpfe abriß. »Ich gehe zu ihm und sage ihm bonjour.«

Ellen hatte rasch herausgefunden, daß Louises verärgerte Schätzung, wieviel Zeit ihr Mann zu Hause verbringe, nicht sehr weit von der Wahrheit entfernt war; er war äußerst schwer faßbar, selten im Hôtel, oft ganz aus Paris weg, auf seinen Gütern in der Normandie. Seit ihrem ersten Vormittag war sie nicht imstande gewesen, eine Unterredung mit ihm zu erreichen, und es hatte ihr widerstrebt, ihm wegen einer so belanglosen Angelegenheit wie einem Klavier für das Unterrichtszimmer zu schreiben.

Deshalb hielt sie nun Menispe nicht zurück, sondern folgte dem Kind einen kiesbestreuten Weg entlang, der auf den Pavillon zuführte. Erst als sie unmittelbar vor dem Häuschen standen, das in Jasmin und Geißblatt eingebettet war, wurde sie gewahr, daß der Comte nicht allein darin war.

Zornige Stimmen waren zu hören.

»Louise! Um Gottes willen, sei doch vernünftig! Ist es denn so unerhört, worum ich dich bitte? Wenn jemand mich hören könnte – deinen *Mann* – ich sollte mich so schämen – auf diese Art zu bitten ...«

»Zum tausendsten Mal, ich sage dir nein! Nein und nochmals nein! Ich habe einmal mein Leben für dich aufs Spiel gesetzt, und einmal ist genug. Du hast ja keine Ahnung – du bist so dickfellig und unsensibel –, du hast keine *Vorstellung*, was ich durchgemacht habe – um nichts auf der Welt würde ich das ein zweites Mal ertragen ...«

»Aber meine Tanten sagen ...«

»Was mich angeht, können deine Tanten, eine wie die andere, zur Hölle fahren!«

»Aber die Erbfolge ...«

»Ich hasse deine Familie und dieses ganze Getue um die Erbfolge! Du und deine Wittümer und Pflegschaften, deine Verträge und Güter und Besitzurkunden und Vorfahren und Wappenfelder und Aussteuern, dein ganzes Aufhebens um männliche und weibliche Nachkommen! Laß doch einen deiner Brüder die Erbfolge antreten! Wofür hältst du mich eigentlich – für eine Zuchtstute? Vom bloßen Anblick deines Kindes werde ich krank – bekomme Migräne –, wenn ich sie ansehe und daran denke, was sie mich gekostet hat ...«

»Menispe, komm weg von hier«, flüsterte Ellen. »Wir dürfen deine Eltern jetzt nicht stören ...«

Sie versuchte, Menispe außer Hörweite zu ziehen. Doch das Kind beachtete ihre Worte nicht, die ohnehin zu spät kamen; weiß vor Zorn rauschte Louise aus dem Gartenhaus, fegte an ihrem Kind und der Gouvernante vorbei, für die sie nur einen kalten, überraschten Blick übrighatte, und eilte, ihr dünnes, weißes Wolltuch um die Schultern raffend, durch den Garten.

Menispe stürzte, ohne einen Augenblick zu warten, in den Pavillon.

»Papa! Komm schnell und schau, wie ich mit meinem Seil springen kann!«

Er rührte Ellens Herz, denn anscheinend konnte er auch nach einem so bedrückenden Auftritt seine Tochter ohne allzu offenkundige Anstrengung und Gereiztheit begrüßen.

»Holà, bist du das, mein Buchfink? Aber ich bin jetzt gerade beschäftigt, fürchte ich, deshalb mußt du zu deiner Gouvernante zurücklaufen.«

»Aber Papa, ich möchte, daß du kommst und zusiehst, was ich kann.«

»Menispe«, rief Ellen, »Menispe, komm zu mir, ich bitte dich!« Nervös fand sie sich in der Tür ein und sagte: »Entschuldigen Sie bitte, Monsieur. Menispe liebt Sie so sehr, es macht sie so glücklich, Sie zu sehen ...«

»Es macht nichts«, erwiderte er. Seine Stimme war dumpf, er sah bleich und erschöpft aus, mit einem Zug um den Mund, den bei einem so jungen Mann zu sehen schmerzlich war. Geistesabwesend tätschelte er dem Kind den Kopf und sagte: »Ein andermal, Chérie. Nun lauf – ich muß mich um geschäftliche Angelegenheiten kümmern.«

»Aber es sind ja gar keine Papiere da. Und Pondicheau hat dir deine Rechnungsbücher nicht gebracht.«

»Ich habe die Geschäfte im Kopf, Kleines.«

»Komm, Menispe«, wiederholte Ellen.

Etwas an der Art, wie sie sprach, vielleicht die Sanftheit, vermochte ins Bewußtsein des Kindes durchzudringen; Menispe drehte sich langsam um und nahm Ellens ausgestreckte Hand. Ellens Tonfall schien auch eine Verbindung zu Raoul herzustellen, trotz seiner trübsinnigen Grübelei; er blickte sie an und erkundigte sich mit bemühter Leichtigkeit: »Wie kommen Sie bei Ihren Bemühungen voran, dieses wilde Geschöpf zu zivilisieren, Mademoiselle? Ich hoffe, sie erschöpft Sie nicht zu Tode?«

»Oh – wir machen nur langsam Fortschritte – aber ich glaube, ein ganz klein wenig vielleicht schon, Monsieur«, antwortete Ellen mit schwachem Lächeln, wobei sie die ganze Zeit Menispe sanft wegzog.

»Und Sie haben es bequem? Sie haben alles, was Sie benötigen?«

»Könnte man – ein Klavier – ins Unterrichtszimmer stellen – würden Monsieur le Comte die Ausgabe billigen? Ich glaube, Ihre Tochter besitzt vielleicht die Gabe der Musik ...«

»Ein Klavier? Aber natürlich. Sagen Sie Pondicheau, was

für eines Sie bevorzugen – Sie werden noch heute eines bekommen. Ich glaube, im Hause stehen ein halbes Dutzend herum. Au revoir, Mademoiselle – 'voir, mignonne.«

»Er wollte mir nicht beim Hüpfen zusehen«, sagte Menispe mit herabgezogenen Mundwinkeln.

»Ein andermal, Chérie. Wir werden zu Monsieur Pondicheau gehen und ihn bitten, uns ein Klavier zu besorgen, und sehr bald wirst du tanzen können wie Madame Vestris. Dann kannst du deinen Papa zu einer Vorstellung einladen.«

Bis Mitte Sommer hatte sich Ellen ziemlich an das Leben im Hôtel Caudebec gewöhnt. Sie hatte ihre Patin nicht wiedergesehen. Lady Morningquest war immer noch völlig vom Befinden ihres Sohnes in Anspruch genommen, der sich als Folge seines Sturzes auf der Marmortreppe ein Gehirnfieber zugezogen und um dessen Leben man einige Tage gefürchtet hatte; nun war er glücklicherweise auf dem Wege der Besserung und sollte in Kürze zur Rekonvaleszenz eine Zeitlang nach Etretat gebracht werden. Während dieser bangen Tage hatte seine Mutter wenig Zeit gehabt, sich mit den Angelegenheiten in der Rue de l'Arbre Vert zu befassen. Sie hatte ihrer Patentochter herzliche Briefe geschrieben und der Hoffnung Ausdruck gegeben, alles gehe nach Wunsch. Ellen erwiderte diese mit pedantischer Ausführlichkeit und erkundigte sich nach Toms Fortschritten.

Doch obgleich sie versuchte, Ermutigendes über das häusliche Leben der la Fertés zu schreiben, hatte sie das etwas schuldbewußte Gefühl, Lady Morningquest würde, wenn sie wüßte, wie die Dinge wirklich standen, kaum angetan sein.

Gewisse Fortschritte waren erzielt worden. Die kleine Menispe war zwar nicht zugänglicher, aber sie war Ellen zumindest wohlgesonnener. Die Aufstellung des Klaviers war durchaus eine Hilfe gewesen; solange Ellen darauf spielte, machte es Menispe Freude, im Zimmer herumzutanzen, und nach ein paar solcherart verbrachten Stunden war sie müde genug, um bereit zu sein, sich zehn Minuten hinzusetzen und einer Geschichte zuzuhören. Ihre Fähigkeiten waren, wie Ellen vermutet hatte, beträchtlich; obgleich sie nichts aufzunehmen schien, hatte sie eine rasche Auffassungsgabe und pflegte nach einigen Tagen vermeintlichen Nichtbegreifens beiläufig mit einem Stückchen Wissen aufzuwarten, als sei sie damit geboren worden. Aber sie war eine anstrengende Schülerin. Nach vier Stunden mit ihr war Ellen so erschöpft, wie sie es nach ganztägigem Kampf mit der turbulenten deuxième classe in Madame Bosschères Pensionat nie gewesen war.

»Sie brauchen eine Erholungspause«, sagte Germaine de Rhetorée ihr bestimmt. »Sie können nicht alle Stunden des Tages mit dieser kleinen diablesse verbringen, sonst sind Sie bald à bout.«

Ellen war klar, daß das zutraf. Sie bat um die Erlaubnis, sich der Unterstützung eines Musik- und eines Tanzlehrers zu versichern, und erhielt sie auch. Das waren zwei alte, adlige Herren, die als Kinder während der Revolution glücklich mit dem Leben davongekommen waren und, da sie ihr gesamtes Familienvermögen verloren hatten, von der Vermittlung der Lebensart des Ancien Régime lebten, die mittlerweile wieder sehr en vogue war. Ihre Versuche, Menispe die Notenschrift beizubringen oder wie man einen Hofknicks machte, einen fallengelassenen Fächer wieder aufhob, anmutig dasaß oder sich in Anwesenheit von Personen fürstlichen Geblüts korrekt zurückzog, hätten einen Engel zum Weinen gebracht, aber, wie Germaine sagte: »Sie lenken ihre Energien ein wenig von Ihnen ab, Callisto, und lassen Ihnen so, hoffe ich, mehr Kraft für die Übersetzung meiner närrischen Romane.«

Tatsächlich ging die Übersetzung recht gut vonstatten. Ellen war von Germaines feuilletons beeindruckt gewesen, einfachen, doch witzigen Erzählungen von gewöhnlichen Menschen und ihrem Leben, ihren Absichten und Problemen im heutigen Paris.

»Réalisme ist jetzt Mode«, sagte Germaine. »Die Kunst muß ein unpersönliches, ungeschminktes Abbild des Lebens sein. Champfleury und Duranty haben den Ton angegeben, und M. de Balzac. Und vor allem Madame George, unsere Heldin. Sie ist der Inbegriff.«

»Madame George?«

»George Sand.« Germaine riß die großen, grauen Augen auf. »Sie haben sie noch nicht gelesen? Also ihr neuestes, das dieses Jahr herauskam, ›Elle et lui‹ – in dem sie alles über ihre Affäre mit Alfred de Musset erzählt, das ist sehr unterhaltsam – oh, was für ein wirklich erbärmlicher Charakter dieser Mensch ist! Sie müssen es unbedingt lesen. Allerdings ist Arsinoë im Augenblick mittendrin, also werde ich Ihnen ›Le Marquis de Villemer‹ und ihr Stück ›François le Champi‹ leihen.«

Ellen entsann sich einer beißenden Bemerkung von Lady Morningquest über »diese Dudevant«.

»Ist sie denn nicht verrucht? Madame Dudevant?«

»Aber warum denn verrucht? Weil sie einen Ehemann verließ, der ihr nicht ebenbürtig, der ihr untreu war? Weil sie sich nach Belieben Liebhaber nahm? Männer dürfen das, warum also nicht eine Frau?«

Ellen war sich nicht sicher, warum nicht. Die Frage erschreckte sie ebensosehr, als sollte das Axiom, zwei und zwei sei vier, in Frage gestellt werden. Unvermittelt sah sie eine Grenze vor sich, und dahinter Anarchie und Chaos.

»Aber über ihre Liebhaber Romane zu schreiben?« sagte sie zweifelnd. »Ist das nett? Oder richtig?«

»Nett? Richtig?« lachte Germaine sie aus. »Was sind Sie doch für eine kleine englische Pedantin! Was hat denn die Richtigkeit mit diesem Fall zu tun? Über welches andere Thema sollte man denn sonst schreiben, wenn nicht über seine Liebhaber?«

»Kommt sie oft in dieses Haus – Madame Sand?«

»Nicht sehr oft. Sie zieht es vor, auf dem Lande zu arbeiten, in ihrem Château in Nohant. Sie sagt von sich, sie sei ungesellig, eine Wilde. Aber wenn sie Paris besucht, kommt sie hierher. Sie müssen sie kennenlernen. Sie ist wundervoll – ein starkes, weises, ungebundenes Geschöpf. Aber nun lassen Sie diesen Unsinn ...« Ellen malte Pferdebilder, die die kleine Menispe abzeichnen sollte, denn sie hatte festgestellt, daß von allen Sujets dieses die unbeständige Aufmerksamkeit des Kindes zu fesseln vermochte. »Lassen Sie diesen Unsinn«, wiederholte Germaine, »und machen Sie mit mir einen Stadtbummel. Ich werde Ihr Kavalier sein.«

»Dann muß ich Menispe mitnehmen. Sie war heute noch nicht draußen.«

»Oh –! Na schön.« Germaine verzog ihr schönes Gesicht zu einer unduldsam wetterleuchtenden Grimasse. »Was sind Sie doch für ein kleinkariert pflichtbewußter Mensch. Ist mein Englisch nicht vortrefflich idiomatisch?«

Nachdem Menispe von Véronique mit bonnet und pelisse herausgeputzt worden war, brach das Trio auf.

»Genau wie eine gute, bourgeoise Familie«, sagte Germaine, die wie gewöhnlich eine Männerredingote, Hosen und einen Zylinder trug. »Wir werden einen der neuen Boulevards entlang gehen und in einem der neuen Familiencafés einen Pastis trinken. Das heißt, ich werde Pastis trinken; ich nehme an, Sie und Menispe trinken eau sucrée.«

»Ganz gewiß.«

Trotz einiger Zweifel hinsichtlich der Schicklichkeit genoß Ellen diese Bummel durch Paris mit Germaine sehr. Sie stiegen auf den Turm von Notre-Dame, um sich den Sonnenuntergang anzusehen; sie spazierten an den Ständen auf den Quais am Fluß vorbei; an regnerischen Tagen schlenderten sie, solange Menispe es aushielt, im Louvre und in den Gemäldesammlungen des Musée du Luxembourg umher und betrachteten Werke von Tizian, Tintoretto, Rembrandt und Rubens.

Ellen war früher schon auf Besuch bei ihrer Patin in Paris gewesen und zu Ausflügen unter peinlicher Aufsicht durch eine Anstandsdame ausgeführt worden; doch da hatte es nicht diese berauschende Freiheit gegeben, umherzuschlendern und zu schauen, zu beobachten und zu diskutieren. Was würde Papa denken, wenn er mich jetzt sähe, dachte sie bisweilen. Oder Eugenia? Oder Kitty?

»Das ist natürlich alles akademisches Zeug«, sagte Germaine und zog sie von Rubens weg. »All diese Götter und Göttinnen! Der Realismus ist der kommende Stil in der Malerei, genau wie in der Schriftstellerei.« Und sie bestand darauf, Ellen in jemandes Atelier mitzunehmen, um sich zwei riesige Gemälde anzusehen, eines von einer ländlichen Beerdigung mit einer Schar schwerfälliger Bauersleute ganz in Schwarz, das andere von einem unordentlichen Atelier mit einem Maler und seinen Freunden. »Heute lachen alle über diesen Mann, aber er wird sich einen Namen machen, Sie werden sehen.« Der Name war Courbet.

Manchmal tranken sie Sirup oder Limonade im Café Riche, das, wie Germaine Ellen erzählte, von allen literarischen Größen von Paris frequentiert wurde; es war ein üppig ausgestattetes Lokal, ganz weiß, gold und roter Samt. Die Gäste schienen einander alle zu kennen, und zwischen den Tischen fand ein derart lebhafter Austausch statt, daß Ellen sich beinahe betäubt fühlte von dem Lärm und von der Geschwindigkeit der Konversation, die sich hauptsächlich um Honorare und Tantiemen und die Fehler von jemandem namens Ponson zu drehen schien. »Er ist der einzige Schriftsteller in Paris, der in einem Einspänner umherfährt«, rief ein leichenblasser, bärtiger Mann. »Und warum? Weil er seine Seele dem Teufel verkauft hat – das heißt mit anderen Worten, dem Massengeschmack. Er sagt zu seinem Verleger: ›Sagen Sie mir ein paar Tage vorher Bescheid, und wenn es den Lesern langweilig wird, schließe ich das Buch am Ende dieses Kapitels ab.‹ Stellen Sie sich das vor!«

Einmal suchten sie einen berühmten Wahrsager in der Rue Fontaine Saint-Georges auf. »Ich habe *Le Siècle* für dreihundert Franc meinen neuen Roman verkauft«, sagte Germaine. »Ich werde uns allen ein günstiges Schicksal kaufen!«

Die Wände in dem trübe erleuchteten Speisezimmer des Wahrsagers waren sämtlich von aus weißem Papier ausgeschnittenen und auf einen schwarzen Hintergrund aufgezogenen Händen bedeckt. Berühmte Hände gab es da – Napoleon und Robespierre, Madame de Pompadour und Kaiserin Eugénie, alle mit Punkten und Anmerkungen in Tinte beschriftet. Der Seher war ein schweigsamer, feierlicher Mann mit großem, quadratischem Kopf und riesigem Schnurrbart; er trug einen schwarzen Samtmantel und roch stark nach Schnupftabak. Zunächst stellte er ihnen Fragen:

Tag, Monat und Stunde ihrer Geburt, Lieblingsblume, -tier und -farbe; sie wurden aufgefordert, eine Karte aus einem Päckchen in Übergröße zu ziehen, dessen Karten dreißig Zentimeter lang waren und Bilder von östlichen Gottheiten trugen.

»Arsinoë glaubt nicht an all das«, sagte Germaine fröhlich. »Sie ist überhaupt nicht abergläubisch. Letzten Monat versuchte ich sie zum Mitkommen zu bewegen – sie machte sich über mich lustig. Nun, Monsieur, welches Schicksal halten Sie für mich bereit?« fragte sie, während er ihre Hand betrachtete.

»Gefängnis«, erwiderte er unvermittelt. »Ich sehe Sie in einer Zelle. Ich sehe Sie eingeschlossen – eine lange Zeit des Eingesperrtseins, der Untätigkeit.«

Das Licht drang schwach durch die Buntglasfenster, doch Ellen meinte, Germaine leicht erbleichen zu sehen – obgleich das bei ihrer biscuitfarbenen Haut schwer zu sagen war.

»Eh bien!« sagte sie trocken. »Viele, die ich kenne, sind wegen ihrer politischen Ansichten ins Gefängnis gekommen. Beinahe auch Madame George, vor zwei Jahren, als sie ›La Daniella‹ schrieb; die Zeitung, die den Roman veröffentlichte, wurde verboten, bis Madame selbst sich an die Kaiserin wandte und darum bat, daß die armen Zeitungsarbeiter ihre Arbeit wiederbekamen. Wenn ich ins Gefängnis muß, werde ich in guter Gesellschaft sein, und es wird mir zumindest neues Material für meine Schriftstellerei liefern.«

Der Wahrsager wandte sich nun Ellen zu und studierte ihre Handfläche.

»Sie haben einen Bruder?« fragte er sie plötzlich. »Im gleichen Alter wie Sie? Un jumeau?«

Sie nickte verblüfft.

»Ich sehe einen alten Mann – den Vater. Und zwei hungrige Frauen. Sie öffnen die Münder wie Kormorane. Der Vater schleppt einen schweren Stein. Es ist sein Herz – in zwei Teile gespalten. Auf der einen Hälfte steht ›Errettung‹, und auf der anderen ›Hölle‹! Diese Hälfte enthält ein Gewimmel sich windender Teufel. Der alte Mann hebt den Stein – er wird Ihren Bruder damit zerschmettern. Nein – er wird *Sie* zerschmettern. Sie müssen fliehen – wie Ihr Bruder geflohen ist – oder ihn von dem Stein befreien ...«

Der Seher schien sich in einer Art Trance zu befinden; er schwitzte heftig und wiegte sich hin und her.

Die kleine Menispe brach die Spannung, indem sie nervös zu zappeln begann und eine chinesische Vase umstieß, die auf den Boden fiel. Eine große, weiße Eule, die auf dem Kaminsims hockte – ausgestopft, hatten sie angenommen –, breitete leise die Flügel und schwebte auf die Lehne eines Stuhls herab.

»*Oh! L'hibou!*« kreischte Menispe. »J'ai peur! J'ai peur!«

»Still, du kleiner Schwachkopf!« schimpfte Germaine, aber der Zauber war gebrochen; der Seher starrte sie an und sagte ärgerlich: »Wie kann ich bei diesem Tumult die Zukunft vorhersehen?«

»Meine Hand, sehen Sie sich jetzt meine Hand an?« fragte Menispe und streckte ihre kleine, klebrige Hand aus.

Der Mann ergriff sie und ließ sie dann ärgerlich fallen.

»Ich kann nicht die Zukunft eines Kindes vorhersagen. Da ist nichts, womit man arbeiten könnte. Du bist zu klein. Du mußt in fünf, in sieben Jahren wiederkommen.«

Und doch, dachte Ellen, hatte er Menispes Handfläche einen Moment lang studiert.

»Das ist alles, das reicht nun wirklich«, teilte er ihnen

barsch mit. »Ich kann Ihnen nicht mehr sagen. Ich habe noch einen Klienten. Guten Tag!«

»Brrrr!« rief Germaine aus, als sie draußen auf der Straße standen. »Was für ein trostloser, ungehobelter Flegel! Und was für wertlose Schicksale er uns verkauft hat! Ich habe Lust, mein Geld zurückzuverlangen. Gefängnis für mich – und für Sie all dies Gefasel über den alten Mann und Ihren Bruder. Haben Sie denn einen Zwillingsbruder? Von *ihm* haben Sie mir nie erzählt.«

»Ich hatte einen«, sagte Ellen, »aber er starb bei der Geburt.«

Einen Moment lang bemächtigte sich der beiden ein merkwürdiges, kaltes Schweigen. »Nun gut«, sagte Germaine, »das konnte der Mann immerhin ziemlich leicht aus Ihrer Hand herauslesen. Es zeigt, daß er kein reiner Scharlatan ist. Aber ich bin enttäuscht! Kommen Sie, gehen wir zu Tortoni, ein Eis essen.«

Von Germaine erfuhr Ellen Tatsachen über die ménage der la Fertés, die sie zutiefst schockierten.

»Wir haben einen Pakt geschlossen, Arsinoë und ich«, erklärte Germaine. »Ein Bündnis – wie nennt man das doch gleich? – ein Angriffs- und Verteidigungsbündnis.«

Es war ein sonniger Nachmittag.

Sie saßen auf der Steinbank neben dem Springbrunnen, der im Hof plätscherte.

Auf Ellens Anregung hatte man, da Menispe von Pferden so fasziniert war, ein winziges New Forest-Pony für sie angeschafft, und auf diesem saß sie nun, vor Aufregung atemlos, und war im Begriff, unter Anleitung des alten Kutschers ihre erste Reitstunde zu absolvieren.

»Schauen Sie her, Mademoiselle Hélène!«

»Ich schaue ja, keine Angst!«

Ellen hatte ein übersetztes Kapitel aus Germaines Roman ›Ondine‹ mitgebracht, um es mit der Autorin zu besprechen. Aber die Sonne war so angenehm und das Plätschern des

Springbrunnens so einlullend, daß sie stattdessen in ein träges, von langen Pausen des Schweigens durchsetztes Gespräch verfallen waren.

»Es ist jammerschade, daß Menispe kein Junge ist«, bemerkte Germaine, während sie zusah, wie das Kind tapfer die Zügel umklammerte.

»Ich stimme Ihnen zu, daß ihr Charakter besser zu einem Jungen passen würde. Aber ich finde es überraschend, *Sie* eine solche Meinung äußern zu hören, Mademoiselle. Da Sie die Gleichberechtigung der Geschlechter befürworten, was könnte es da schon ausmachen?«

»Stets bereit, über einen strittigen Punkt zu debattieren, Sie englische Logikerin!« sagte Germaine lachend. »Aber ich dachte daran in bezug auf den größtmöglichen Nutzen für die größtmögliche Anzahl. Raoul wünscht sich sehnlichst einen Erben. Wenn Menispe nur ein Junge wäre, wäre er zufrieden. Aber Arsinoë empfand solchen Ekel vor dem Gebären, daß ich stark befürchte, sie wird sich dem kein zweites Mal ausliefern. Und stellen Sie sich bloß einmal vor, welche Schwierigkeiten für uns alle sich daraus ergeben werden.«

»Es ist eine unglückliche Situation, da stimme ich zu«, sagte Ellen gedankenvoll. Sie erinnerte sich ihrer Mutter, einer kleinen, zarten Frau, schwer geschädigt von der Geburt von Eugenia und Kitty, die beide ungewöhnlich große Babies gewesen waren; noch mehr geschwächt durch das Austragen von Zwillingen, von denen nur Ellen überlebt hatte; nach der Geburt von Gerard, der ebenfalls ein großes Baby gewesen war, hatte sie sich eine Gebärmutterentzündung zugezogen, von der sie sich niemals ganz erholte. »Man sollte meinen«, fuhr Ellen zögernd fort, »daß den Frauen, da das Gebären ein solches Risiko für sie ist, die Entscheidung selbst überlassen bleiben sollte. Und doch – wenn ein Erbe gebraucht wird? Louise muß das doch gewußt haben, als sie heiratete? Und Raoul ist doch ihr Mann, und sie liebt ihn?«

»Doch nicht sie«, sagte Germaine.

Ellen riß ihre dunklen Augen weit auf. »Aber meine Patin erzählte mir doch, es sei die denkbar romantischste Liebesheirat gewesen?«

»Von seiner Seite, bien sûr. Aber von ihrer nicht. Er war zufällig der erste, der sich anbot; das heißt, der erste geeignete. Das war unser Pakt, Sie verstehen.«

»Pakt?«

»Unsere Geschäftspartnerschaft.« Germaine grinste ihr lausbubenhaftes Grinsen, dann klärte sie Ellen auf. »Arsinoë und ich waren zwei arme Mädchen, die sich im Leben durchsetzen mußten. Beide wollten wir Schriftstellerinnen werden. Aber wir hatten kein Geld; meine Mutter starb bankrott, und mein Vater hinterließ mir eine kümmerliche Summe. Und Louise war in der gleichen Lage. Die Karriere eines weiblichen écrivain ist alles andere als einfach, halten Sie sich das vor Augen; sogar wenn man Madame George ist! Die Männer hassen uns. Jules Goncourt und sein Bruder verabscheuen Frauen. Stellen Sie sich vor – Jules hat gesagt: ›Frauen haben noch nie etwas Bemerkenswertes getan, außer mit einem Mann zu schlafen und seine moralische Kraft zu absorbieren. Und eine Jungfrau hat nie etwas hervorgebracht.‹«

Ellen verschlug es den Atem, teils vor Entsetzen über Germaines freimütige Ausdrucksweise. Doch diesmal studierte Germaine nicht Ellens Reaktionen. Leidenschaftlich fuhr sie fort: »Und dieser Maler Gavarni – den man bewundern muß, weil er ein Genie ist –, dieses Ungeheuer hat doch tatsächlich gesagt: ›Die Frau ist undurchdringlich, nicht weil sie tiefgründig, sondern weil sie oberflächlich ist.‹ Ich wiederhole, die Männer hassen uns – die menschliche Gesellschaft ist nach ihren Bedürfnissen gestaltet, und wir beginnen, ihre Vorherrschaft in Frage zu stellen. Wer kontrolliert die Finanzen, wer macht die Gesetze, die Erbgesetze, zum Beispiel? *Sie*. Warum sollte Menispe nicht erben? Weil sie kein Junge ist. Aber so ist es nun einmal, und so wird es, möchte ich behaupten, noch einige Jahrzehnte bleiben. Deshalb haben Arsinoë und ich beschlossen, daß in diesem Kampf auf Leben und Tod alles erlaubt ist; beziehungsweise, daß den Frauen so lange so ungeheuerliches Unrecht widerfahren ist, daß wir das Recht haben, die Bilanz mit allen Mitteln wieder auszugleichen. Wir kamen überein – wir schlossen einen Pakt, als wir fünfzehn waren, mit Blut unterschrieben –, daß die erste, die vorteilhaft heiraten konnte, dies tun und die andere mit dem Geld ihres Mannes unterstützen mußte.«

»*Was?*« entfuhr es Ellen.

»Es war zu dumm, daß Raoul sich als so unerwartet knauserig herausstellte«, fügte Germaine trocken hinzu. »Er schien anfangs ein so freigebiger Mensch zu sein – Louise dachte, er würde Wachs in ihren Händen sein. Aber andererseits erweist sie sich, wie ich schon sagte, in dieser Sache mit dem Erben als aufreibend halsstarrig. Man sollte sich an Vereinbarungen halten, finde ich. Wenn sie nur einen zweiten Versuch machen würde! Meinen Sie nicht, *Sie* würden Sie vielleicht dazu überreden können, liebe Callisto?«

Ellen sah Germaine in verblüfftem Erstaunen an. Da saß sie, völlig unbefangen, heute in einer weißen, mit persischen Mustern in schwarz gesäumten Robe von strenger Schlichtheit und mit einem schwarzen Samtband um den schlanken Hals. Sie lehnte ihr eschenhelles Haupt an die behauene Lehne der Steinbank; sie sah wie ein Engel aus.

Mit einer gewissen Ironie dachte Ellen: Also stimmen Germaines Wünsche in dieser Angelegenheit genau mit denen meiner Patin überein. Wie überrascht Lady Morningquest wäre, wenn sie dieses Gespräch hören könnte.

»Wenn *Sie* Louise nicht überreden können – ist es dann wahrscheinlich, daß ich dazu in der Lage sein würde? Sie mag mich überhaupt nicht.«

Und Ellen war gezwungen, zuzugeben – allerdings insgeheim, nicht laut –, daß der Mangel an Zuneigung zwischen ihr und der Gräfin auf Gegenseitigkeit beruhte. Sie fand Louise kalt, selbstsüchtig, überheblich, gleichgültig und dabei leicht reizbar und lieblos zu ihrem Kind; außerdem so etwas wie eine malade imaginaire. Doch da Ellen nun wußte, daß sie von ihrer charmanten, beherrschenden Freundin in diese Ehe manövriert worden war, begann sie einen Anflug von Mitgefühl für das unglückliche Mädchen zu verspüren. Höchstwahrscheinlich war ihr nicht im geringsten klar gewesen, worauf sie sich da einließ. Mit einem Blick auf Germaine überlegte Ellen ohne Groll, ob diese mit ihrer »Geschäftspartnerin« ehrliches Spiel getrieben hatte. Oder hatte sie dafür gesorgt, daß Louise diejenige sein würde, die das erste akzeptable Angebot annehmen mußte? Hatte sie eigene Heiratschancen verschwiegen, wenn sie ihr nicht zusagten? Hinter ihrer scheinbaren Aufrichtigkeit und ihrem bestrikkenden Charme verbarg sich ein berechnender Verstand.

»Oh, da haben Sie unrecht, mon amie; Arsinoë mag sie durchaus«, sagte Germaine unbekümmert. »Aber sie ist nun einmal eine echte Intellektuelle; Mathematik, Geschichte, Philosophie sind für sie von weit größerer Bedeutung als persönliche Beziehungen. Ideen und ihre Schriftstellerei haben mehr Wert für sie als Menschen.«

Louises Schriftstellerei, so viel hatte Ellen mitbekommen, bestand in einem theoretischen Werk über ein matriarchalisches Zeitalter, das nach Ansicht einiger Gelehrter von 2500 v. Chr. bis 1500 v. Chr. gedauert und unter der gütigen Herrschaft einer Muttergottheit gestanden hatte. Selbst die misogynen Brüder Goncourt, sagte Germaine, die das Privileg genossen hätten, einige Kapitel dieses Werkes zu sehen, seien von seiner Fülle und Scharfsinnigkeit tief beeindruckt gewesen.

»Ob sie es allerdings in den nächsten zwanzig Jahren beenden wird ...« Germaine zuckte die Achseln. »Es gibt noch viel zu tun. Aber ich habe ihr klargemacht, daß die Schwangerschaft ihre Arbeit nicht beeinträchtigen muß. Wenn sie sich erschöpft fühlt, kann sie ja auf ihrer Couch liegen und diktieren. Hat nicht auch Ihre Mrs. Gaskell sowohl Kinder als auch Romane hervorgebracht?«

»Ja – aber ...« Ellen konnte nicht verstehen, daß die beiden Fälle vergleichbar waren. »Wenn sie sich weigert, Raoul noch ein Kind zu gebären – was kann er dann tun? Könnte die Ehe aufgelöst werden?«

»Möglicherweise. Aber – er liebt sie. Das wäre für ihn keine wünschenswerte Lösung. Und für mich ganz bestimmt auch nicht!« Sie lachte kläglich. »Dann wäre ich nämlich gezwungen, meinen Kopf unters Ehejoch zu beugen. Und ich versichere Ihnen, meine liebe Callisto, das ist das letzte, was ich will. Für mich sind die Männer eine widerwärtige Sippschaft. Ich habe nie einen kennengelernt, den ich mir als Ehegefährten vorstellen könnte – nicht einmal Ihren bezaubernden Benedict. Doch auf jeden Fall stehen die Dinge noch nicht so schlimm. Ich möchte behaupten, die la Fertés werden alsbald einen conseil de famille abhalten und versuchen, auf meine arme Arsinoë Druck auszuüben.«

Raouls Einspänner rasselte in den Hof, und als er die strahlende Menispe auf ihrem Pony sah, ging er zu ihr hin, um sie zu loben und zu bewundern. Dann trat er auf Ellen und Germaine zu. Seine Verbeugung war höflich, doch Ellen meinte, in seinem Verhalten gegenüber Mademoiselle de Rhetorée eine gewisse Frostigkeit zu erkennen. Nachdem sie die Geschichte der Ehe gehört hatte, fand Ellen das keineswegs überraschend. Wieviel wußte oder vermutete Raoul über den »Pakt« zwischen den beiden Freundinnen?

»Wo ist Louise?« fragte er Germaine.

»Sie hatte einen ihrer Migräneanfälle; sie hat sich hingelegt. Ich werde nachfragen lassen, wie es ihr geht ... Danke dafür, Callisto; es beginnt höchst vielversprechend. Ich werde es durchlesen und morgen zurückbringen.« Sie schob die Manuskriptblätter zusammen und schlenderte in ihrem langen, gemächlichen Schritt davon.

»Sie sind auch Schriftstellerin, Miss Paget?« fragte Raoul. Es klang überrascht und alles andere als erfreut.

»Nein, Comte; ich übersetze nur etwas von Mademoiselle de Rhetorées Werk für sie ins Englische.«

»Ich hoffe, sie bezahlt Sie dafür«, bemerkte er recht trokken.

Ellen überlegte, daß dieser Punkt nicht angesprochen worden war.

»Ich denke, ich werde einen Anteil an den Einkünften erhalten, wenn das Werk in England herauskommt.«

»Sie sind keine Geschäftsfrau, Miss Paget. Ich würde mich auf keine derartige Vereinbarung einlassen, ohne vorher einen hieb- und stichfesten Vertrag abgeschlossen zu haben.«

»Danke für Ihren Rat«, sagte Ellen steif.

Unvermittelt erstrahlte sein düsteres Gesicht in seinem überraschenden Lächeln. »Kümmern Sie sich um Ihre eigenen Angelegenheiten, Monsieur le Comte, das wollten Sie doch sagen! Aber nun habe ich in meinem Interesse eine Bitte vorzubringen. Ich lese derzeit einen Roman Ihres Charles Dickens. Hie und da reicht mein Englisch nicht aus, seine Ausdrücke zu verstehen; besonders bei den komischen Figuren; hätten Sie die Güte und die Zeit, mir ein wenig Unterstützung zu gewähren?«

»Aber gewiß doch, Monsieur; mit Vergnügen.«

»Sie sollten eine Bezahlung für Ihren Zeitaufwand fordern«, bemerkte er tadelnd.

»Warum? Sie bezahlen mich doch schon«, sagte die sachliche Ellen.

»Und ich glaube allmählich, daß Sie erheblich mehr wert sind, als ich Ihnen bezahle! Ich muß bekennen, Mademoiselle, ich war zunächst nicht übermäßig erfreut über die Zudringlichkeit von Lady Morningquest, meinem Hause eine Gouvernante aufzudrängen, von der ich nichts wußte ...«

Sie dachten, sie würde eine weitere Verbündete Ihrer Frau werden, dachte Ellen. Aber was bin ich eigentlich? fragte sie sich. Der Comte begann ihr entschieden leid zu tun. Elegant, selbstsicher, scharfsinnig – und doch sichtlich jung, verwirrt und verletzlich stand er da und kratzte mit seiner Kutscherpeitsche an seiner Stiefelspitze.

»Ihre Zweifel waren vollkommen natürlich«, versicherte

ihm Ellen höflich. »Tatsächlich gereichten sie Ihnen zur Ehre.«

»Sie sind nun gänzlich zerstreut. Und ich finde, meine Tochter zeigt bereits Anzeichen der Besserung.«

Dem konnte Ellen kaum zustimmen. Er hatte den gestrigen Schreianfall nicht miterlebt. »Zumindest sind ihre Energien kanalisiert«, sagte sie. »Menispe ist ein Kind mit ungewöhnlichen – Fähigkeiten, Monsieur.«

»Ist es denn verwunderlich, daß sie nicht wie andere Kinder ist?« rief er verbittert. »Ihre Mutter hat sie von Geburt an gehaßt. Wenn sie doch nur ein Junge wäre!«

Ellen bezweifelte, ob das für Louises Gefühle den geringsten Unterschied gemacht haben würde. Vielleicht wäre dann alles noch schlimmer gewesen. Doch sie behielt ihre Meinung für sich und ermahnte den Comte: »Nun werfen Sie dem armen kleinen Ding nicht etwas vor, wofür es überhaupt nichts kann. Ich weiß selbst, wie hart *das* ist! Mein Vater hatte nie ein Wort oder einen Blick für mich übrig, weil ich nicht der Junge war, auf den er nach zwei älteren Schwestern gehofft hatte.«

»Sie, Miss Paget?« Er sah sie überrascht an. »Aber Sie sind so intelligent und – verzeihen Sie – von bezauberndem Äußerem – wie könnte ein Vater Sie nicht lieben? Während meine arme Kleine wie ein halb flügge gewordener Spatz aussieht – mit ihrem Aussehen wird sie nie Herzen gewinnen.«

Er wandte sich Menispe zu, die vom Pferd gehoben worden war und nun schwankend auf sie zukam. Sie war schmutzig, von der Anstrengung rot im Gesicht und verschwitzt, ihr flachsblondes Haar hing ihr in wirren Strähnen über die Augen. Doch in ihnen leuchtete es triumphierend.

»Ich bin geritten, ich bin geritten, Papa. Ich bin zwanzigmal um den Hof geritten!«

»Ja, wahrhaftig, Chérie! Bald werden wir zusammen im Bois de Boulogne herumgaloppieren!«

Das Kind schmiegte sich zufrieden an sein Bein, und er

zerzauste ihr wirres Haar noch mehr und sagte: »Ich glaube, du gehst am besten zu Véronique hinein, ma mie, und läßt dich von ihr saubermachen.« Über ihren Kopf hinweg sagte er zu Ellen:

»Aber ich werfe doch der Kleinen nicht etwas vor, wofür sie nichts kann. Ich – ich empfinde Liebe für sie. Anders als *Ihr* Vater, Miss Paget – wenn er wirklich so gefühllos ist!«

7

Lady Blanche Pomfret war ihres unliebsamen Gastes entschieden überdrüssig geworden. Sie war eine Frau, die am Organisieren ihr Hauptvergnügen fand; als ihre einzige Schwester ums Leben kam und ihr Schwager verletzt wurde, war es ein gewisser Trost gewesen, sich damit beschäftigen zu können, zur Versorgung von Lukes verwaister Familie eine Haushälterin auszuwählen, zur Betreuung des Verletzten die besten Chirurgen und Pfleger aufzutreiben und für die Zeit seiner Genesung Anordnungen zu seiner Unterbringung unter dem Dach des bischöflichen Palastes zu treffen. Doch Blanches Großzügigkeit und Gutherzigkeit hatte bestimmte Grenzen, sobald einmal die erste Phase der Betriebsamkeit, des Verhandelns und der Vorkehrungen vorbei war; und es geschah recht häufig, daß diese Grenzen erreicht waren, ehe die Notwendigkeit ihrer Hilfe zu bestehen aufhörte – so auch in diesem Fall.

»Es ist eine große Belastung, daß Luke bis Monatsende bei uns bleiben muß«, sagte Lady Blanche zum Bischof. »Ich habe wirklich genug von seinem finsteren Gesicht und seiner Griesgrämigkeit, das kann ich dir sagen! Kein Wunder, daß die arme, liebe Adelaide am Ende so trübsinnig wurde.«

»Adelaide war ein Schwachkopf«, sagte der Bischof. »Ich kann mir kein weniger zueinander passendes Paar vorstellen. Es war typisch für Adelaides eigensinnige Torheit, ihn zu heiraten – einen Mann, für den sie mit Sechzehn Zuneigung empfand!«

»Aber meinst du nicht, Mr. Pomfret, daß Luke vielleicht ein paar Tage früher nach Hause gehen könnte? Ich bin sicher, es geht ihm gut genug. Und es gibt keinen Zweifel, daß er so aussieht, als wünschte er sich tausend Meilen weit weg von hier.«

»Nein, Blanche, es geht ihm nicht gut genug, als daß er nach Hause gehen könnte«, sagte der Bischof bestimmt. »Ich bin mir sicher, daß irgend etwas seine Genesung verzögert – er wirkt bisweilen so verfolgt und gequält. Doch ich fürchte, er wird sich mir nicht anvertrauen. Jedenfalls besucht ihn Dodd, der Chirurg, immer noch jeden Tag – der arme Mann könnte kaum die fünfzehn Meilen nach Petworth und zurück fahren. Doch heute nachmittag werde ich dir Luke vom Halse schaffen; ich habe vor, den alten Kanonikus Fordyce in Lavant zu besuchen; Luke kann mit mir in der Kutsche fahren.«

Das war selbstlos von dem Bischof, der seine seltenen, einsamen Exkursionen über Land genoß und normalerweise selbst in seinem Gig gefahren wäre; nun war er gezwungen, im Landauer zu fahren und den Kutscher mitzunehmen, um Mr. Paget unterbringen und es ihm auf den Polstern bequem machen zu können. Auch schien Paget nicht sonderlich dankbar. Er gab kurzangebundene, gleichgültige Antworten auf die an ihn gerichteten Bemerkungen und starrte die übrige Zeit düster aus dem Fenster.

Der pastorale Besuch bei Kanonikus Fordyce dauerte nicht lange; der bejahrte Kanonikus war bettlägerig und wurde rasch immer seniler; doch dann wurden die Besucher eingeladen, Kuchen und Johannisbeerwein zu sich zu nehmen und sich mit der fast gleichermaßen bejahrten Schwester des alten Herrn zu unterhalten, ehe sie ihren Weg fortsetzen konnten.

Um den Ausflug zu verlängern, befahl der Bischof seinem Kutscher als nächstes, nordwärts in Richtung der Downs zu fahren, um die Grenze eines Pfarrgrundstücks zu inspizieren, die umstritten war; dann erkundigte er sich, ob Luke bei seiner Tochter Eugenia und ihrem Mann vorbeischauen wolle, da Valdoe Court nur eine halbe Meile entfernt lag.

»Grundgütiger, nein!« erwiderte Luke, fast zähneknirschend, so heftig war seine Ablehnung. »Sie kommen doch andauernd in den Palast, wie die Dinge liegen! Ich kann Eustace Valdoe nicht ertragen – er ist ein dermaßen tölpelhafter, jämmerlicher, erbärmlicher Mensch. Und Eugenia findet sich mit seiner unentschlossenen Kleinigkeitskrämerei ab, anstatt ihn dazu zu bringen, sich zusammenzureißen.«

»Aber, aber, mein lieber Paget«, sagte der Bischof. »Valdoe ist kein so schlechter Kerl, wissen Sie; ich mag ihn sehr. Und er hat es schwer gehabt, den Besitz in Ordnung zu bringen; sein Vater war ein entsetzlicher Tunichtgut, ich glaube, er hinterließ Schulden in Höhe von fünfzigtausend. Allerdings höre ich, daß Valdoe dem Gut durch Einsparungen und verbesserte Bewirtschaftungsmethoden größere Erträge abgewinnt.«

»Gott weiß, warum ich Adelaide je diese Heirat zustande bringen ließ. Wäre ich über die Lage seines Vaters richtig informiert gewesen, hätte ich niemals zugestimmt«, murrte Luke, der praktischerweise verdrängte, daß er froh gewesen war, Eugenia vom Halse zu haben.

»Und als unser Parlamentsabgeordneter macht sich Valdoe, glaube ich, allmählich einen Namen«, sagte der Bischof, ohne zu ahnen, daß er damit an einen sehr empfindlichen Punkt rührte.

»Jedesmal wenn ich die beiden sehe und Eugenia nur die kleinste Möglichkeit gebe, setzt sie mir zu, ihnen ein wenig Kapital zu leihen. Kapital! Als ob das Geld auf den Bäumen wüchse!«

»Adelaides Vermögen wurde wohl für ihre eigenen Kinder festgelegt?« erkundigte sich der Bischof behutsam.

»Wie? Ja; zum größten Teil.«

Nun fuhren sie an Valdoe Court vorbei, einem großen,

altväterischen, aus festem Stein erbauten Haus, halb Landsitz, halb Bauernhof, das auf halbem Wege zwischen Chichester und den Downs auf dem flachen, fruchtbaren Land lag. Es war umgeben von einem regelrechten Städtchen aus Scheunen, Farmgebäuden und Gesindehäusern, die unter wuchtigen alten Ulmen und Steineichen nisteten; von der Straße aus wirkte es durchaus schmuck und blühend.

»Valdoe Court; ich wünschte nur, *ich* könnte es mir leisten, in einem solchen Stil zu leben«, schnaubte Luke. »Meine beiden älteren Töchter haben es durchaus gut; sehr gut, meiner Meinung nach.«

»Und wie geht es Ihrer drittältesten Tochter – Ellen?« erkundigte sich der Bischof und maß mit einem Blick die Entfernung der Sonne vom Horizont. Blanche würde es ihm nicht danken, wenn er Paget vor der Essenszeit nach Hause brächte.

»Ellen? Oh, sie wohnt in Paris bei der Familie irgendeines Grafen; Paulina Morningquest hielt es für angebracht, sie von der Schule in Brüssel zu nehmen; sie wird bestimmt bald zu stolz sein, mit uns zu reden.«

»Hätten Sie etwas dagegen, wenn wir auf dem Nachhauseweg bei der Kathedrale vorbeischauten?« fragte der Bischof, während sie wieder in die stillen, freundlichen Straßen von Chichester einfuhren. »Wie Sie wissen, beabsichtigen wir, die Hinterlassenschaft des Deans zur Vergrößerung des Mittelschiffes zu verwenden, sobald durch eine öffentliche Kollekte genügend Mittel eingegangen sind, um alles Erforderliche bereitzustellen. Kürzlich bat ich meinen Architekten, Mr. Slater, als einleitende Maßnahme einen Teil des Präbendargestühls zu entfernen, um festzustellen, in welchem Zustand das Mauerwerk dahinter ist. Ich fürchte, es werden eine ganze Menge Reparaturarbeiten notwendig sein, und wir müssen wissen, welche Ausgaben erforderlich sind, ehe wir uns mit unserer Bitte an die Gemeindemitglieder wenden.«

Falls das als dezenter Hinweis an Mr. Paget gedacht war,

der als sehr wohlhabend galt, so fiel er auf taube Ohren. Wiewohl ein penibler Kirchgänger, war Luke mit Spenden niemals freigebig gewesen und würde jetzt auch nicht mehr damit anfangen.

Er erhob jedoch keine Einwände dagegen, in der West Street vorbeizufahren, und saß schweigend da, während die Kutsche über das Pflaster rollte.

Ein Karren mit ein paar Steinmetzwerkzeugen stand auf dem Platz vor der Kathedrale, und als sie anhielten, wurden sie von Mr. Slater, dem Architekten, begrüßt, einem dünnen, enthusiastischen jungen Mann, der sie hereinführte, das Mittelschiff entlang und durch ein Gewirr abgebauten Holzwerks bis zu einer Stelle, wo ein paar Arbeiter warteten.

»Ich bin so froh, daß Eure Eminenz gerade jetzt kommen!« sagte Mr. Slater. »Sie hätten sich keinen besseren Moment aussuchen können. Kommen Sie, und sehen Sie sich an, was wir entdeckt haben: einen Auferstehungsstein! Er muß irgendwann einmal aus der Westfront herausgenommen und in den Stützpfeiler eingebaut worden sein – sehen Sie, da ist er –, zweifellos als eine Art Versuch, das bröckelnde Mauerwerk zu verstärken.«

»Meine Güte! Ein Auferstehungsstein! Welch außerordentlicher Mißbrauch eines so schönen Stückes Bildhauerarbeit.«

»Bestimmt hätten sie einen weiten Weg gehen müssen, um einen Brocken von gleicher Größe zu finden. In diesem Teil des Landes gibt es keinen Fels. Und damals wird der Stein hier natürlich sichtbar und nicht vom Chorgestühl verdeckt gewesen sein.«

»Trotzdem ist es außergewöhnlich, sehr außergewöhnlich«, sagte der Bischof, der mit Interesse das Basrelief studierte. »Sie sagen, er sei damals außerhalb des Westtores plaziert gewesen?«

»Ohne Zweifel.«

»Wann, meinen Sie, wurde er an die jetzige Stelle versetzt?«

»Im zwölften Jahrhundert, würde ich vermuten – beachten Sie das frühenglische Fries ...«

»Vielleicht glaubten die damaligen Baumeister in ihrer Schlichtheit, dem Stein wohne eine besondere Kraft inne, die das weitere Absinken des Turms verhindern würde«, gab der Bischof zu bedenken.

»Sehr gut möglich. Aber ich fürchte, ihre Hoffnungen waren vergeblich. Sehen Sie, hier – und hier. Ich finde allerdings, daß dieses interessante und bemerkenswerte Stück Bildhauerarbeit aus seiner jetzigen Lage, wo niemand es sehen kann, entfernt und wieder an seine ursprüngliche Stelle gebracht werden sollte, meinen Sie nicht auch, my Lord?«

»Aber unbedingt. Ja freilich.«

»Was ist ein Auferstehungsstein?« erkundigte sich Luke, der diesem Gespräch mit einer gewissen Gereiztheit und sehr geringem Interesse zugehört hatte; seine Hüfte schmerzte ihn, und er wünschte, er hätte sich auf eine der Bänke am entfernten Ende des Mittelschiffes gesetzt.

»Na – das ist einer! Kommen Sie und sehen Sie ihn sich an, Mr. Paget, er ist wirklich höchst kunstvoll behauen!« – und der enthusiastische Mr. Slater entzündete ein paar Binsenlichter, um die hinter dem Holzwerk freigelegte Ecke besser auszuleuchten.

Luke Paget sah einen in die Turmmauer eingesetzten Steinbrocken. Er war vielleicht fünf Fuß hoch und vier Fuß breit und von kunstvoller Bildhauerarbeit in Flachrelief bedeckt. Bei der dargestellten Szene handelte es sich ersichtlich um das Jüngste Gericht – Engel, oben auf dem Stein, zogen die Seelen der Gerechten hinan, die ihre wie Kleidungsstücke auf dem Boden verstreuten Körper verließen und mit ausgestreckten Armen freudig auffuhren, um droben mit den himmlischen Heerscharen zusammenzutreffen. Viele Gesichter waren äußerst lebendig und naturgetreu dargestellt.

»In einer Reihe alter Kirchen«, erklärte der kenntnisreiche Mr. Slater, »gibt es zwei solcher Steine, mit der Vorderseite auf den Kirchhof zu beiden Seiten des Westeingangs eingesetzt. Der rechte stellt die Auferstehung der Tugendhaften dar, und der linke das Herabgezerrtwerden der Verdammten in die Höllenregionen. Deshalb nannte man den rechten den Auferstehungsstein und den linken den Verdammnisstein. Zu der Zeit, als der Großteil der Bevölkerung noch nicht lesen konnte, dienten die Reliefs als heilsame Mahnung an das Ende der Menschheit und das Schicksal der Sünder.«

»Das ist also der Auferstehungsstein.« Gegen seinen Willen erwachte Lukes Interesse. »Aber wo ist der Verdammnisstein?«

»Sehr wahrscheinlich werden wir ihn irgendwo dort hinten finden«, sagte Mr. Slater zuversichtlich und machte eine Handbewegung zum Präbendargestühl hin. »Wo einer ist, wird der andere sehr vermutlich nicht fern sein ... Sehr schön, Euer Eminenz, ich werde also Anweisung geben, den Stein herauszubrechen; und zu gegebener Zeit werden wir ihn dann an seiner ursprünglichen Stelle am Westportal einsetzen.«

»Bitte um Verzeihung, Sir, und Euer Lordschaft«, sagte ein älterer Arbeiter, der diesem Gespräch mit mißbilligender Miene zugehört hatte. »Bitte um Verzeihung, aber das sollten Sie nich'.«

»Aha, und warum nicht, Hoadley?«

»Sie sollten den Stein da lassen, wo er liegt. Meiner Meinung nach wird's ein schreckliches Unglück geben, wenn Sie ihn versetzen. 's ist verderblich, einen Himmelsstein zu versetzen; und denken Sie nur an das alte Sprichwort: ›Wenn Chichesters Kirchturm stürzet ein, wird England ohne König sein!‹«

»Also wirklich, Sie törichter alter Mann, ich bin ausgesprochen schockiert darüber, Sie solchen abergläubischen Unsinn äußern zu hören – noch dazu hier in der Kathedrale!« sagte der Bischof heiter. »Und heben Sie sich Ihren Atem lieber auf, um Ihr Brecheisen zu schwingen, denn ich bin entschlossen, daß der Stein heraus muß. Überhaupt, wer sagt denn, daß der Turm einstürzt? Genau das wollen wir ja verhindern, indem wir diese Reparaturen in Angriff nehmen.«

»Das Mauerwerk ist wirklich in einem schlimmen Zustand«, warf Mr. Slater ein. »Hier können Sie sehen, wie es sich gesetzt hat – schauen Sie sich diesen großen Riß an. Dieses Absinken geht eindeutig schon seit mindestens fünfhundert Jahren vor sich.«

»Nun, bis jetzt ist noch kein Schaden daraus erwachsen; wir müssen hoffen und beten, daß das Problem sich lösen läßt.«

»›Wenn Chichesters Kirchturm stürzet ein, wird England ohne König sein‹«, wiederholte Hoadley halsstarrig.

»Aber wir haben jetzt doch auch keinen König, mein Guter – wir haben unseren hervorragenden Prinzen Albert und die liebe kleine Königin!«

»'s wird ein Unglück geben – denken Sie an meine Worte«, sagte Hoadley.

Die Glocke über ihnen schlug die Dreiviertelstunde.

»Ach du liebe Güte!« rief der Bischof. »Lady Blanche wird sich sicher fragen, wo wir geblieben sind. Wir werden zu spät zum Dinner kommen. Einstweilen auf Wiedersehen, mein lieber Slater. Es ist vortrefflich, daß Sie diesen Stein entdeckt haben, und ich sehe voll Interesse dem Tag entgegen, an dem Sie sein Gegenstück ausgraben.«

In dieser Nacht hatte Luke wieder einen seiner unheimlichen Träume.

Er litt zeitweilig immer noch an Schmerzen in seiner heilenden Hüfte, und es fiel ihm schwer, in irgendeiner Stellung sehr lange bequem zu liegen. Sein Schlummer war daher leicht und gestört. Überdies trug auch das Essen an Lady Blanches Tafel, das er insgeheim für höchst unangemessen reichhaltig und unverdaulich hielt, zu seiner gestörten Ruhe bei. In der Nacht suchten ihn häufig Träume heim.

Diesmal träumte er, er sähe sein eigenes Herz.

Er schien außerhalb von sich zu sein, von seinem Körper losgelöst, ein winziger, hilfloser Zuschauer; er sah sein Herz vor sich aufragen, wuchtig wie eine Fabrikmaschine, all seine Teile dem Blick ausgesetzt wie auf einer medizinischen Schautafel: seine Vorhöfe und Kammern, seine Klappen, Muskeln, Gänge und Blutgefäße. Die Klappen öffneten und schlossen sich, das Herz pumpte, das Blut strömte auf der einen Seite hinauf und auf der anderen hinunter, vom Herzen zu den Lungen, und von den Lungen zurück zum Herzen. Luke sah zu, von Ehrfurcht ergriffen ob der Entdeckung, wie dieses gewaltige, komplizierte, vor seinem Blick bloßgelegte Gefüge arbeitete.

Doch dann merkte er allmählich, daß etwas nicht stimmte: oder vielleicht veränderte sich auch das Herz allmählich; er sah, daß es aus Stein war und daß der Stein zerbröckelte, voller Löcher war wie ein großer, versteinerter Schwamm. Und als er genauer hinsah, waren die Löcher Münder von Gesichtern; das Herz bestand aus zwei riesigen, halbkugelförmigen Brocken, die aneinandergefügt und über und über von eingemeißelten Menschengestalten bedeckt waren; auf dem rechten schwebten die Menschen himmelwärts, auf dem linken fielen und fielen sie unaufhörlich, mit verzweifelten, entsetzten Gesichtern; er konnte ihre Stimmen nicht hören, aber er wußte, daß sie vor Qual schrien. Ihr Gekreisch und Gewimmer wurde vom Stampfen der großen Maschine erstickt.

»Aber es steht geschrieben, daß es so sein muß!« keuchte er, als habe jemand einen Einwand erhoben. »Die Gerechten werden erlöst werden, und die Verdammten werden untergehen. Die Tugendhaften *müssen* belohnt und die Sünder ins Gefängnis geschickt werden. Die Übeltäter *müssen* bestraft werden; sie müssen aus der Gesellschaft der Gerechten entfernt werden. Aber angenommen, die Maschine bricht zusammen! Sie ist so alt! Was soll ich nur tun?«

Er wachte davon auf, daß er diese Worte laut herausschrie, und lag nach Atem ringend da, in einer seltsamen Aufwallung von Kummer und Entsetzen. Sein Gesicht war tränenfeucht; sein Puls raste; und er konnte aus seiner Erinnerung nicht den letzten, schrecklichen Moment tilgen, als das steinerne Herz, von Zeit und Wetter ganz ausgewaschen, mittendurch riß und die beiden Hälften in einem Schauer von Blut oder Staub auseinandergefallen waren.

Er lag da, die Arme über der Brust verschränkt, wie in einer verzweifelten Anstrengung, sich gegen die Auflösung zusammenzuhalten.

»Es geht mir nicht gut!« stöhnte er laut. »Es geht mir nicht gut. Das Essen dieser verwünschten Frau schadet mir. Ich muß nach Hause; ich muß morgen nach Hause. Ich sollte in meinem eigenen Haus sein. Das ist nicht der richtige Ort für mich.«

Er dachte an seinen Sohn Gerard, die letzte Hoffnung seines Lebens, seinen einzigen Lichtblick. Gerard mußte unverzüglich an die Kandare genommen werden, er brauchte strengste Disziplin und Aufsicht, denn er neigte zu fürchterlicher Eigensinnigkeit und Haltlosigkeit, zu gräßlichen Grillen und Launen: Klavierspielen, Naturgeschichte, die Lektüre aller Art von unpassendem Schund, anstatt seine ganze Kraft auf die Karriere zu verwenden, die sein Vater für ihn vorgesehen hatte.

Plötzlich, unerklärlicherweise, mußte Luke an seinen anderen Sohn denken: den Sohn, der bei der Geburt gestorben war. Er war ein so schönes Baby gewesen! Als man, wie man es für schicklich hielt, den gramgebeugten Luke gerufen hatte, sein Kind zu sehen, ehe der kleine Luke in sein winziges Grabtuch eingenäht wurde, da war der Anblick fast unerträglich gewesen: Das kleine, vollkommene, wachsbleiche Geschöpf, das reglos in seiner Wiege lag, hatte wie eine gelassene ägyptische Gottheit gewirkt, mit seinem (aufgrund des Geburtsvorgangs) seltsam in die Länge gezogenen Kopf und seinem gleichmütigen, entrückten Gesicht, als sei die Weigerung, sich auf das Leben einzulassen, eine moralische Entscheidung und nicht ein körperliches Versagen gewesen.

Die Pein dieses Augenblicks, die unerträgliche Enttäuschung, die quälende Verzweiflung hatten ihn eigentlich nie ganz verlassen; er verspürte sie immer noch so heftig wie damals, als er sie erlebte.

Die Geburt von Gerard sieben Jahre später war ihm fast wie eine Enttäuschung vorgekommen.

Wie alt würde Luke der Jüngere heute sein? überlegte er, und erst nach einigen Minuten fiel ihm ein, daß der Junge Ellens Zwillingsbruder war; sie war jetzt einundzwanzig, so alt würde also auch ihr Bruder sein. Auf der Universität, zweifellos, oder Jura studierend; und aus Anlaß seiner Volljährigkeit hätten Feste stattgefunden. Der Geburtstag war im April; er war wegen Lukes Unfall unbeachtet verstrichen. Aber wer würde auch ausgerechnet *diesen* Tag feiern wollen? Denn rückblickend erkannte er, daß nach der Geburt der Zwillinge Mathildas langsames Siechtum eingesetzt hatte.

Einmal, davor, hatte sie ohne jede böse Vorahnung lachend zu Luke gesagt: »Stell dir vor, Zwillinge! Wie ungewöhnlich! Es kommt mir so bizarr vor, menschliche Wesen paarweise hervorzubringen, wie Socken.«

»Mattie! Wie kannst du nur so reden?«

»Was ist denn dabei?«

»Aber was du sagst, ist so – frivol – fast lästerlich! Als stelltest du das Walten der Vorsehung in Frage, die es für richtig gehalten hat, uns mit zwei Kindern, anstatt nur mit einem, zu segnen.«

Zwei Söhne! hatte er gedacht. Vielleicht sind es zwei Söhne.

»Aber nein, mein Lieber, es fiele mir nicht im Traum ein, die Vorsehung in Frage zu stellen. Was hätte das auch für einen Sinn? Die Vorsehung hat immer das letzte Wort. Nein, ich dachte über die Zwillinge nach. Da liegen sie in mir, die armen kleinen Dinger, so liebevoll aneinander geschmiegt; niemand wird ihnen je wieder so nah sein, wie sie es einander jetzt sind. Glaubst du, daß einer sehr gut und der andere sehr schlecht sein wird? Ich hoffe wirklich, sie sind ganz verschieden voneinander – es wäre recht knauserig, wenn die Vorsehung sie mit einem Charakter für beide abspeiste.«

Sie hatte die gefalteten Hände erhoben und sie gedankenvoll angelächelt. Wenn Mattie sehr kleine Kinder, Tiere oder selbstgezogene Pflanzen anlächelte, hatte sie ein wunderbar heiteres, fröhliches Gesicht, als genieße sie das Vertrauen des schöpferischen Geistes, der diese entzückende Absurdität ersonnen hatte.

Später am Tage hatte Luke zu seiner nicht geringen Entrüstung auf Matties Ankleidekommode die Kopie einer medizinischen Schautafel gefunden, die die Lage von in der Gebärmutter zusammengerollten Zwillingen darstellte. Wer konnte ihr solchen gefährlichen Schund verschafft haben? Wenn es Dr. Bendigo war, würde er mit diesem Herrn einmal ein Wörtchen reden. Sich ein solches Bild nur anzusehen, könnte schon ausreichen, die übermäßig phantasievolle Mattie geradezu morbid werden zu lassen.

Luke schnitt den Stich in kleine Stücke und verbrannte diese sorgfältig. Er erwähnte Mattie gegenüber nicht, was er getan hatte, und sie erwähnte niemals den Verlust des Bildes.

Doch manchmal fiel ihm das Bild auf jener Schautafel wieder ein, so deutlich wie das des kleinen, reglos in seiner Wiege liegenden Luke. In ewiger Umarmung klammerten sich die Zwillingsembryonen aneinander, wie die beiden Hälften seines Herzens in dem Traum.

8

Ellen stellte bald fest, daß ihre Zeit im Hôtel Caudebec völlig in Anspruch genommen war. Sie arbeitete an Germaines Manuskript, sie las mit dem Comte, sie unterrichtete, so gut sie konnte, die kleine Menispe und machte Ausflüge mit ihr. Tatsächlich war der einzige Mensch, mit dem sie, wenn überhaupt, sehr wenig Umgang hatte, die Mutter ihrer Schülerin, die sich weiterhin zurückhaltend und, wie Ellen fand, ziemlich feindselig verhielt.

»Sie entwickeln einen ziemlichen literarischen Ruf, Miss Paget, wie ich höre«, bemerkte Louise eines Nachmittags beißend, als sie Ellen in dem sonnigen Hof bei der Arbeit an Germaines Manuskript antraf, während Menispe ihre Reitstunde hatte. »Mein Mann hat nichts als Lob für Ihre Dikkensübertragung. Für ihn ist das wie ein Blick in Chapmans Homer.« Flüchtig fragte sich Ellen, warum der Comte nicht seine Frau gebeten hatte, die Schwierigkeiten von Dickens zu erläutern. »Raoul wird ein ganz anderer Mensch«, fuhr Louise fort. »Wir sehen ihn dieser Tage so viel häufiger!«

Sie schien von der Veränderung nicht erbaut; tatsächlich war die Ironie in ihrer Stimme unüberhörbar. Einen Moment lang war Ellen, von Ärger übermannt, drauf und dran, sie anzufauchen: Ich vernachlässige Ihr armes Kind nicht! Es bekommt wahrscheinlich mehr Zuwendung als je zuvor. Und ich flirte auch nicht mit Ihrem Mann – obwohl ich mir nicht vorstellen kann, warum Sie etwas dagegen haben sollten, wenn ich's täte.

Doch sie beherrschte sich und dachte daran, daß Lady Morningquest sie unter anderem deshalb in das Haus eingeführt hatte, damit sie mit Louise Freundschaft schloß; eine Absicht, die sie bislang deutlich verfehlt hatte. Unglücklicherweise schien Louise ihre Freundschaft nicht zu brauchen, obgleich es keines Scharfblicks bedurfte, um zu erkennen, daß mit der Gräfin nicht alles zum besten stand. Sie war bleicher, schwächlicher denn je; zum Ausgehen elegant mit schwarzweißem Musselin bekleidet und einen Strohhut mit gelben Rosen auf dem Kopf, wirkte sie geisterhaft; die Hand, die das Spitzenparasol hielt, war bejammernswert dünn und zitterte leicht. Trotz ihres Ärgers konnte Ellen nicht umhin, Mitleid mit dem armen Mädchen zu verspüren. Schließlich hatte sie sich noch als Kind auf den Pakt mit Germaine eingelassen; und sie war immer noch sehr jung und saß sehr viel tiefer in der Tinte, als sie erwartet hatte.

Ich muß mich stärker bemühen, ihr Vertrauen zu gewinnen, beschloß Ellen nicht zum erstenmal.

Sie sagte freundlich: »Menispe leidet nicht wegen der anderen Dinge, die ich tue, Gräfin. Ich glaube, wenn Sie das Unterrichtszimmer besuchten, wären Sie wirklich beeindruckt von ihrer Gabe, sich zu Musik zu bewegen, und von ihren Pferdebildern...«

»Oh, sehr wahrscheinlich – gewiß doch...« Ungeduldig, distraite, warf Louise einen Blick auf die Turmuhr über dem Stalltor. Ihre Zeiger wiesen auf drei Uhr. »Ich bin sicher, Sie tun Ihr Bestes bei dem Kind – ich kritisiere Sie nicht. Wo nur Mademoiselle de Rhetorée bleibt, frage ich mich.«

Da sie weiter wartete und herumzappelte, sagte Ellen ziemlich schüchtern: »Gräfin, wenn ich sicherstellte, daß Menispe zu der Zeit glücklich beschäftigt ist, wäre es dann vielleicht statthaft für mich, bei einem Ihrer Salons zugegen zu sein? Ger – Mademoiselle de Rhetorées Schilderungen haben mich, muß ich gestehen, auf einige der Disputationen sehr neugierig gemacht...«

Louise schaute überrascht zu ihr hin. Einen Moment lang schien die Eismaske zu zerspringen – ein menschliches Wesen blickte dahinter hervor. Dann erwiderte sie mit farbloser Stimme: »Aber gewiß doch, meine Liebe – wenn es Sie so interessiert? Kommen Sie, wann Sie wollen. Das Kind kann bei Véronique bleiben und sein gôuter nehmen – ich möchte behaupten, es macht wenig aus...«

»Danke, Gräfin.« Ein erneutes Aufwallen von Ärger bezähmend, drehte sich Ellen um, um Menispe in Empfang zu nehmen, die gerade abgestiegen war.

»Wenn Sie ins Haus gehen«, sagte Louise, »und Mademoiselle de Rhetorée begegnen sollten, dann seien Sie doch bitte so freundlich, sie daran zu erinnern, daß sie und ich vereinbart hatten, heute nachmittag zu Mrs. Clarke zu gehen.«

»Gewiß«, sagte Ellen.

Germaine war unschwer in der Bibliothek zu finden. Diese war ein hübsch eingerichteter Raum im Erdgeschoß, der von Raouls Vater mit seltenen Büchern ausgestattet worden war und nun von einem älteren Cousin, dem Abbé Grandville, liebevoll betreut wurde. Sie war einer von Germaines Lieblingsplätzen; einmal hatte sie sogar mit boshaftem Grinsen zu Ellen gesagt: »Sobald ich von dieser Sammlung gehört hatte, habe ich zu Louise gesagt, sie *müsse* in die Familie la Ferté einheiraten.«

Nun sah sie von einem wunderschön illustrierten ›Decamerone‹ auf und sagte verdrießlich: »Zu Mary Ann Clarke? Dieser schlampigen alten Engländerin, die glaubt, sie führe einen Salon? Wie langweilig! Warum kann Louise nicht allein gehen?«

»Sie wartet auf Sie«, sagte Ellen.

»Oh – pfui!« Dann warf sie Ellen einen Seitenblick zu und lachte. »Allerdings, wenn *Sie* mich gefragt hätten...«

Gemächlich nahm sie ihren Hut und begab sich hinaus.

Ellen hatte mit acht Jahren schwimmen gelernt. Dies war eine ungewöhnliche Fertigkeit, die, wie sie später feststellte, keine ihrer Kolleginnen im Pensionat beherrschte. Sie hatte sich – wie viele andere Wohltaten – aus der Freundschaft mit Dr. Bendigo ergeben. In warmen Septembern pflegte die Familie eines Zigeuners namens Pharaoh Lee einen Monat lang an der Sonnenseite der Downs, in Eartham, zu lagern und aus Haselruten Wäscheklammern zu schnitzen. Dr. Bendigo, der ein herzliches Verhältnis zu dem Stamm hatte, pflegte die kleine Selina Lee abzuholen, die genauso alt war wie Ellen, und die beiden Mädchen ans Meer mitzunehmen, wo er sie dazu anhielt, auf dem Sand um die Wette zu laufen und in dem immer noch warmen Wasser zu planschen. Selina schien seit ihrer Geburt schwimmen zu können; sie und Dr. Bendigo brachten Ellen diese Kunst rasch bei.

Wenn sie sich dieser Tage erinnerte, fragte sie sich bisweilen, was ihr mehr fehlte: das liebevolle, ungezwungene Zwiegespräch mit dem alten Mann oder die physische Wonne, ungebunden auf dem Sand zu laufen, schwerelos im

Wasser zu schwimmen. In Träumen sah sie sich wieder auf dem rissigen Ledersitz, eingelullt vom regelmäßigen Klipp-Klapp des alten Dobbin vorn, wie sie dem Doktor eine Frage stellte und auf seine nachdenkliche, gemessene Antwort wartete. Oder sie war in der seegrünen Dünung vor Selsea – wo sie und Selina nur an freundlichen Tagen schwimmen durften, denn es gab eine gefährliche Unterströmung –, zwischen glasklaren Wellen auf und ab treibend, ohne Anstrengung schwebend.

Nun sah sich Ellen – unerwarteterweise – in dem weißgoldenen Musikzimmer des Hôtel Caudebec an ihre beiden glücklichsten Erlebnisse erinnert. Das belebende Aufbranden und Dahinströmen des Gesprächs, das durchs Zimmer wogte, schien dem Vergnügen am Schwimmen, am Barfußlaufen verwandt.

Wie um alles in der Welt hätte sie je vermuten können, daß sie Louise de la Ferté dies verdanken würde?

Die donnerstäglichen Salons im Hôtel Caudebec begannen stets mit einer akademischen Diskussion über ein erbauliches Thema moralischer oder fachlicher Natur: Warum sollte moralisches Leid für interessanter gelten als körperliches Leid? Was sollte für den Schriftsteller von vordringlicher Bedeutung sein, der Gedanke oder der Ausdruck? Manchmal wurde ein klassisches oder zeitgenössisches Werk vorgetragen und dann von der Gesellschaft diskutiert.

Dieser erste, förmliche Teil des Abends wurde von einigen Anwesenden für entsetzlich langweilig gehalten, doch Louise erachtete ihn für wesentlich, um einen würdevollen Ton zu etablieren, das Eis zu brechen und die Gäste für die darauffolgende allgemeine Konversation in die richtige Stimmung – lebhaft, doch nicht gehässig – zu bringen. Der Übergang zu letzterem Stadium wurde dadurch signalisiert, daß Erfrischungen gereicht wurden – die aufgrund der Knauserigkeit des Comte, wie man flüsterte, stets äußerst bescheiden waren – Tee, Waffeln und Sorbet.

Dann, nach ein paar Momenten des Zögerns, begann der

eigentliche Anlaß des Abends; Gespräche brachen aus, sporadisch, wurden zu Sturzbächen; Stimmen wurden lauter (doch niemals bis zur Ungezogenheit laut – der Raum war zu groß und zu schön, um zu Rauheiten zu ermutigen); Gesichter wurden eifrig, Gesten ungestüm. Gruppen teilten sich, bildeten sich neu und brachen wieder auseinander, während Freunde und Rivalen einander beobachteten und suchten; Gespräche stömten wie ein Fluß, Gedanken sprühten auf wie Gischttropfen, und inmitten alldessen bewegte sich Louise de la Ferté, Herrin über dies ganze Treiben, es still genießend und lenkend wie der Zeremonienmeister eines großen Feuerwerks.

Wer hätte das je gedacht? fragte sich Ellen, die Louise erstaunt zusah; sie schien weniger teilzunehmen, denn ihre Autorität als Leiterin zu genießen, die belesene alte Damen mit ätherischen jungen Poeten bekannt machte, gramgebeugte Kritiker aufstrebenden Bühnenautoren vorstellte und mit allem Anschein von Sympathie ernsthaft Redenden lauschte, während ihr Blick unaufhörlich, kundig, im Raum umherschweifte und sich vergewisserte, daß niemand sich ausgeschlossen oder vernachlässigt fühlte, daß Auseinandersetzungen nicht haßerfüllt wurden und daß Vulgaritäten oder persönliche Racheaktionen die Atmosphäre nicht verdüstern konnten.

Ich glaube nicht, daß Louise je eine Schriftstellerin sein wird, sagte sich Ellen (denn Germaine hatte ihr einige Seiten der ›Abhandlung über das Goldene Zeitalter der Gynautokratie‹ gezeigt, und im Gegensatz zu den Brüdern Goncourt – vielleicht waren sie bloß höflich gewesen? – hatte sie es schwülstig, übertrieben romantisch und wirr gefunden), doch für so etwas wie das hier hat sie wirklich Genie. Dafür ist sie offensichtlich wie geschaffen.

Im Nu hatte Louise bemerkt, daß Ellen sich schüchtern am Eingang herumdrückte, hatte sie wie ein emsiger Hirtenhund eingekreist und einer uneleganten alten Dame vorgestellt, der Duchesse de Quelque-chose, die einen durchdringenden Blick, einen borstigen Schnurrbart und eine unbezahlbare Haube aus Mechlin-Spitze hatte; diese Dame kehrte Ellens Gehirn rasch von innen nach außen, analysierte und ordnete es neu, ehe sie einen großen, unvornehm aussehenden Mann mit vorstehenden Augen, rotem, wettergegerbtem Gesicht und hängendem Schnurrbart, der gerade näherkam, in ihr Gespräch zog.

(»Das ist M. Flaubert«, vertraute sie Ellen rasch an. »Er ist ein sehr ungeselliger Mensch, er haßt es, zu diesen Anlässen zu erscheinen, aber er kommt trotzdem, weil er nicht widerstehen kann, mit mir über das Schreiben zu reden; er weiß, daß ich seinen Horizont erweitern werde.«)

M. Flaubert schien maultierhaft abgeneigt, sich diesem Vorgang zu unterziehen, doch er war der Duchesse nicht gewachsen; sie hatte ihn bald in eine lebhafte Diskussion mit einem großen, gutgebauten, grauhaarigen Mann in eng anliegendem Gehrock verwickelt, der sich als der von Germaine de Rhetorée wegen seiner Ansichten über Frauen so sehr verachtete Karikaturist Gavarni herausstellte. »Gleichwohl, ein Mann von Genie«, sagte Germaine verärgert, und Ellen konnte ihr nur beipflichten, während das Gespräch überschwenglich von der kartesischen Philosophie zur höheren Mathematik – »der Musik der Zahlen« – und wieder zum Schreiben hüpfte. Konnte das, fragte sich Ellen, der Flaubert sein, der ›Memoires d'un Fou‹ geschrieben hatte? Er wirkte so ungemein bäuerisch, anders als ihre Vorstellung von einem Schriftsteller. Aber er war es wirklich.

»Die *Handlung*«, sagte er gerade, »interessiert mich nicht. Wenn ich an einem Roman arbeite, ist es mein Ziel, einen Ton, eine Farbe hervorzubringen. Mein karthagischer Roman beispielsweise wird purpurrot. Bei ›Madame Bovary‹ wollte ich eine taubengraue, abgestandene Farbe. Die Geschichte kümmerte mich keinen Deut. So dachte ich noch wenige Tage, bevor ich begann, Emma würde eine fromme alte Jungfer sein. Aber das wäre für eine Heldin niemals angegangen. *Oder?*« Er wandte sich Ellen zu und fixierte sie aus hervorquellenden, blutunterlaufenen Augen, und sie erwiderte zu ihrer Überraschung: »Möglicherweise nicht für *Sie*, Monsieur, aber ich vermag nicht einzusehen, warum eine solche Figur nicht für einen anderen Schriftsteller ein Thema abgeben sollte. Der Starrsinn einer heiligmäßigen alten Dame kann leicht eine ganze Gemeinde in Schwierigkeiten bringen.«

»Sehr richtig, Kind«, sagte die Duchesse. »Heiligmäßigkeit kann ein sehr viel lästigeres Attribut sein als Verderbtheit. In der Theorie weiß jeder, wie er mit der Sünde umzugehen hat. Wohingegen Heilige nichts als Landplagen sind.«

»Mein Gott, ja«, bemerkte Gavarni mit einem säuerlichen Blick auf Ellen. »England ist voll von ihnen. Es ist ein Wunder, daß dort überhaupt Literatur veröffentlicht werden kann; besonders, wenn man das Nationalgetränk bedenkt. Le gin du pays!«

Ein grobgesichtiger, griesgrämig blickender Mann gesellte sich zu ihnen, der fortwährend gähnte und Flaubert in seiner Erörterung über den Stil unterbrach, indem er sagte: »Verzeihung, mon cher, aber die Form gebiert *unvermeidlich* den Gedanken.«

»Aber das sagte ich doch eben!«

»Ich habe das Schreiben immer, immer gehaßt. Es ist so sinnlos! Ahhh! Entschuldigen Sie mein Gähnen, aber ich habe seit heute morgen um halb sieben am Schreibtisch gesessen. Doch das Schreiben heute... Ich überlege mir nie, was ich sagen werde; ich werfe die Sätze in die Luft, als wären es Kätzchen; und sie fallen immer auf die Füße...«

»Und dann geben Sie ihnen ein Schälchen Milch, mein lieber Théo«, sagte die Duchesse.

Das Gespräch sprang über auf Edgar Allan Poe, einen Schriftsteller, der Ellen unbekannt war.

»Wunderbar! Ein wunderbarer Neuerer!« sagte Gavarni. »Er ist etwas gänzlich Neues – denken Sie an meine Worte, das wird die Literatur des zwanzigsten Jahrhunderts sein!

Die Wissenschaft, endlich in herrlicher Prosa verkörpert – die Umsetzung von A plus B in eine Fabel...«

»Aber *Gegenstände* spielen in seinem Werk eine größere Rolle als Menschen«, wandte Flaubert ein. »Das kann nicht richtig sein.«

»Das *ist* gut, das *ist* richtig! Die Menschen haben sich überlebt – Emotionen sollten nun Statistiken Platz machen.«

»Aber wenn man nur auf den Verstand und niemals auf das Herz hört«, wandte die Duchesse ein, »wird das Menschengeschlecht aussterben.«

»Das ist nur gut so!«

Ellen beschloß, sich die Werke von Poe zu beschaffen. Germaine würde sie ziemlich sicher haben.

In diesem Moment schlenderte Germaine selbst herbei und zog Ellen beiseite.

»Gut, daß Sie endlich den Weg hierher gefunden haben, mon amie! (Und das Blau steht Ihnen ausgezeichnet, Sie sehen aus wie eine wilde Hyazinthe.) Nun kommen Sie. Ich will Sie Mathilde vorstellen, die Sie sicher lieben werden; sie gleicht jedermanns Lieblingstante.«

Ellen ging ein wenig widerstrebend. Mathilda war der Name ihrer Mutter gewesen; sie wußte nicht genau, ob sie eine zweite kennenlernen wollte. Und sie hatte die Konversation der Gruppe um die Duchesse genossen.

Doch die fragliche Mathilde, im Zentrum eines anderen, lebhaften Zirkels, begrüßte Ellen mit äußerster Liebenswürdigkeit. Sie war, ihrer Charakterisierung genau entsprechend, eine rundliche Frau mit breitem, mildem, gütigem Lächeln und spähendem, kurzsichtigem Blick. Sie stellte unzählige Fragen über die Werke von Mrs. Gaskell, Currer Bell und George Eliot. Von letzterem wußte Ellen, daß er eine Frau war – »Ich glaube, sie war stellvertretende Herausgeberin der *Westminster Review* und hat gerade einen neuen Roman, ›Adam Bede‹, geschrieben«; bei Currer Bell war sie sich nicht so sicher, glaubte aber, dieser Schriftsteller sei vor etwa drei oder vier Jahren gestorben.

»Und war es dieser Bell, der ›Sturmhöhe‹ schrieb?«

Nein, Ellen meine, dies sei ein anderer, verwandter Bell gewesen.

»Ich für mein Teil«, sagte Germaine, »bin sicher, daß sie beide Frauen sind. Wer anders als eine Frau konnte ›Jane Eyre‹ schreiben? Und ich bewundere sie von ganzem Herzen.«

Ellens Aufmerksamkeit schweifte einen Augenblick ab; sie hörte Flaubert ausrufen: »Theaterkritik? Das ist leicht; man schluckt ein par Absinth an der Bar im Foyer, dann schreibt man: ›Das Stück ist nicht schlecht, aber es müßte gekürzt werden.‹ Das gilt für jedes Stück. Das letzte Mal, als ich in die *Comédie* ging, saß ich neben zwei Frauen, die einander die ganze Zeit erzählten, was als nächstes passieren würde. Und genau das ist es ja auch, was beim Boulevardtheater erwünscht ist – daß das Publikum raten kann, was geschieht.«

Madame Mathilde sagte sehr freundlich zu Ellen: »Ich hoffe, Sie einmal bei mir zu sehen. Camille hier wird Sie mitbringen: mittwochs, alle vierzehn Tage. Ich werde meiner Freundin Madame de Fly sagen, sie möchte Ihnen eine förmliche Einladung schicken.«

»Danke, Madame«, murmelte Ellen, von der Mischung aus Autorität und Liebenswürdigkeit in ihrem Verhalten beeindruckt; wer konnte sie sein? »Ich würde mich freuen – das heißt, wenn die Comtesse de la Ferté mich entbehren kann.«

Mit einem Gruß und einem Lächeln entfernte sich die Dame.

»Wer ist sie?« fragte Ellen Germaine.

»Prinzessin Mathilde, die Cousine des Kaisers; sie heiratete Prinz Demidoff, einen russischen Adligen, aber die Ehe scheiterte, und sie trennten sich.«

»Das war Napoleons Cousine? Die Tochter des Königs von Westfalen? Warum um alles in der Welt haben Sie mich nicht darauf aufmerksam gemacht?«

»Oh, sie gibt nichts auf ihren Rang; sie ist ganz du peuple; und ihr Haus ist der gemütlichste, informellste Ort auf der

Welt. Wir werden einmal hingehen und Madame de Fly bei ihrem Vortrag zuhören.«

Bald darauf betrat Raoul de la Ferté den Raum. Die Gesellschaft hatte sich nach dem Weggang der Prinzessin gelichtet; einige Männer murmelten etwas von einer Zusammenkunft bei Magny und gingen; und das Eintreffen des Comte, wie ein über einem Hühnerhof kreisender Falke, reichte, so schien es, aus, die übrigen Gäste zu zerstreuen. Warum nur? dachte Ellen. Er wirkte gar nicht furchterregend; ja, es schien ihm recht leid zu tun, jedermann gehen zu sehen. Germaine war unter den Aufbrechenden; sie warf Ellen eine Kußhand zu und rief: »Sie haben großen Eindruck auf Théo Gautier gemacht! Er nannte Sie Mademoiselle Myosotis! A bientôt, mon vieux ...«, und sie stob hinaus.

Plötzlich schnellte die Temperatur im Raum nach unten. Angeregt, verwirrt, deprimiert beeilte sich Ellen, Louise, die erschöpft und distraite aussah, ihren Dank auszusprechen, vor dem Comte zu knicksen und sich zu dem einsamen, aber köstlich zubereiteten Mahl zu begeben, das ihr auf ihrem Zimmer serviert werden würde.

Sie überlegte, wie wohl die la Fertés den Rest des Abends verbringen würden.

Ellen nahm nicht an allen soirées im Musikzimmer teil. Ob sie es tat, hing von drei Faktoren ab: ihrem Gewissen, dem Benehmen der kleinen Menispe während der vorangehenden Tage und dem Verhalten von Louise. Manchmal, wenn Menispe auffällig unangenehm oder Louise besonders unfreundlich gewesen war, erachtete es Ellen für das beste, wegzubleiben. Wenn das häusliche Klima im Hôtel Caudebec besonders herb war, hielt es Ellen für klüger, sich innerhalb der einer Gouvernante zugewiesenen Grenzen zu halten.

Im Monat Juli jedoch blieb das häusliche Klima mild. Raoul veranstaltete weit weniger Spielpartien. »Alle seine Freunde halten sich außerhalb der Stadt auf, deshalb«, sagte

Germaine. Louise widmete sich voll Eifer der Geschichte des matriarchalischen Zeitalters und verbrachte ganze Tage in der Bibliothek, wo sie den mißbilligenden alten Abbé Grandville damit in Atem hielt, Zitate nachzuschlagen und staubige Bände vom Regal zu nehmen. Nicht selten allerdings bezahlte sie für diesen Fleiß mit Migräneanfällen, von denen man im Hause mit Scheu sprach.

»La pauvre«, sagte Véronique. »Wenn sie so geplagt wird, kann sie kaum sehen – und sie hat solche Schmerzen! Ich habe es erlebt, daß Michon ihr ganze Tage lang Eis auf die Stirn legte. C'est affreux. Aber was Wunder? Le bon Dieu hat Damen nicht dafür geschaffen, daß sie so emsig Bücher studieren.«

Indem Ellen mit Unterbrechungen an den Salons im Musikzimmer teilnahm (Schriftsteller, so schien es, neigten weniger dazu, Paris während des Sommers zu verlassen, da sie im Gegensatz zu Raouls eleganten Freunden kein Geld und keine Landhäuser besaßen), wurde sie mit dem literarischen Panorama, das sich vor ihr entfaltete, immer vertrauter und immer unwiderstehlicher davon angezogen. Und es war nicht nur literarisch – Vertreter aus der Welt der Musik, des Theaters und der Kunst erschienen ebenfalls im Hôtel Caudebec. Pauline Viardot, die häßliche, bestrickende Sängerin, die ihre »bitter orangene« Stimme derzeit Glucks ›Orphée‹ lieh, war dort anzutreffen; und Iwan Turgenjew, ein riesiger, gut aussehender, unordentlicher russischer Schriftsteller, Paulines getreuer Anbeter, der ihr folgte, wo immer sie hinging; der Komponist Gounod; der Kritiker Sainte-Beuve, ein kleiner, rundlicher, heiterer Mann in grober, ländlicher Kleidung, dessen hohe, kahle Stirn und hervorquellende Augen von einem breiten, lächelnden, gütigen Mund aufgewogen wurden; da war der Dichter Baudelaire, ein außergewöhnlich aussehendes Individuum, das Haar kurzgeschoren wie bei einem Sträfling, stets schäbig, in abgetragenen Kleidern ohne Krawatte oder Weste – er hatte einen verfolgten Blick und eine Stimme wie eine singende

Säge; da war Terésa, Burleskensängerin im Alcazar; Madame Allan, die erste comédienne an der Comédie-Française, die eine laute, quakende Froschstimme hatte; Natalie, Schauspielerin am Gymnase; Jeanne de Tourbey, eine Frau von äußerst zweifelhaftem Ruf, die selbst einen Salon führte, witzig, faszinierend und eine enge Freundin von Germaine war; da waren Dutzende anderer Schriftsteller – Dumas der Jüngere, Feydeau, Xavier Forneret, der Journalist Lassailly, Aurélien Scholl und ein ruhiger, bärtiger Mann, Dr. Philippe Ricord, der jeden zu kennen und zu allem kritische Ansichten zu haben schien.

»Er kennt all die Männer hier intim«, flüsterte Germaine, indem sie auf den Doktor hinwies, »denn sie haben alle Geschlechtskrankheiten, gegen die er sie behandelt. Er ist Spezialist für Syphilis.«

Da war schon wieder so ein Wort, das Ellens rasch wachsendem Wortschatz einverleibt werden sollte, und schon wieder ein verblüffender Gedanke für ihren sich erweiternden Vorstellungsbereich. Germaine fügte hinzu: »Alle diese Männer schlafen natürlich mit Prostituierten; ja, es heißt, Baudelaire und Sainte-Beuve gäben sich regelmäßig in demselben Haus die Klinke in die Hand; deshalb rate ich Ihnen dringend, Callisto, gehen Sie mit *keinem* von ihnen ins Bett; es sei denn, sie hängen Edmond Goncourts Theorie an, daß sich Frauen niemals geistige Vorstellungen aneignen können, außer, wie bei Pocken, durch direkten Kontakt mit einem Mann.«

Und sie schlenderte zwischen den Gästen davon und ließ Ellen fast gelähmt vor Entsetzen zurück.

Daß so etwas Leuten auch nur durch den Kopf gehen, geschweige denn freimütig in Worten ausgedrückt werden konnte!

Doch sie begann sich an diese erstaunliche Freiheit des Denkens und Redens zu gewöhnen, die so anders war als die Atmosphäre zu Hause. Möglicherweise fänden sich in London gesellschaftliche Kreise, in denen solche Meinungen wie die hier gehörten geläufig waren; aber in dem kleinen, englischen Landstädtchen, wo Ellen ihre Kindheit verbracht hatte, wären Gestalten wie Flaubert, Sainte-Beuve und Baudelaire kaum vorstellbar; man würde sie voll Abscheu und Entsetzen als Abgesandte des Teufels selbst betrachten. Noch hatte die Schicklichkeit in Madames Pensionat Ellens Gemüt in irgendeiner Weise auf das vorbereitet, was sie in Paris antreffen sollte. Dessen ungeachtet bekam ihr dieses liberale, freidenkerische Klima ausgezeichnet; sie konnte ihre Geistesgaben sich gleichsam von einem Tag zum andern entfalten spüren.

George Sand war, als sie schließlich die Rue de l'Arbre Vert besuchte, gewissermaßen eine Enttäuschung; nach Germaines enthusiastischen Schilderungen hatte Ellen eine Art feuriger Muse erwartet, etwas weitaus Blendenderes als diese gesetzte, hausbackene Dame im grauen Sergekleid und einer Jacke mit Kragen und Ärmeln aus schlichtem Leinen, die mit tonloser, monotoner Stimme langsam und dogmatisch über Politik und die Arbeitsbedingungen der 150 000 weiblichen Beschäftigten in Paris sprach. Sie hatte überdies ein Doppelkinn, einen fahlen Teint und trübe Augen. Ellen erinnerte sich an Baudelaires ätzenden Kommentar in der Woche davor: »Sie ist plump, dumm, geschwätzig; sie hat ungefähr soviel Urteilstiefe wie die durchschnittliche Concierge. Sapristi! Ich kann an dieses dumme Weib nicht einmal *denken,* ohne daß es mich schaudert – sie ist eine dieser alternden ingénues, die sich weigern, von der Bühne abzutreten. Wenn sie kommt, werde ich wegbleiben – ich könnte mich nicht zurückhalten, ihr ein Weihwasserbecken an den Kopf zu werfen.«

Ellen wunderte sich, daß die Autorin von ›Elle et Lui‹ so überaus korrekt, so überaus gesittet war; also wenn *sie* in Petworth, Sussex, auftauchte, dann würde sie jedermann für die Witwe eines reichen Brauers halten.

Gleichwohl mußte man einräumen, daß Madame Dudevants schriftstellerischer Stil überlegen war; weit überlegen dem einiger anderer regelmäßiger Besucher des Salons der la

Fertés, wie beispielsweise Lassailly, der den Helden einer seiner Geschichten seine Geliebte töten ließ, indem er sie an den Füßen kitzelte; oder Forneret, dessen Held Selbstmord beging, indem er den Augapfel seiner Geliebten verschluckte.

Wenn *ich* je einen Roman schreibe, dachte Ellen – denn irgendwann hatte sich dieser Gedanke in ihrem Kopf eingenistet –, wenn *ich* eine romance schriebe, würde ich mir eher George Sand zum Vorbild nehmen als diesen extravaganten Unsinn.

Aber natürlich würde ich sehr viel mehr Erfahrungen erwerben müssen, ehe ich irgend etwas schriebe …

An Erfahrungen mochte es ihr mangeln, doch oft ging sie nach diesen Abenden so geblendet und erregt von Gedanken zu Bett, daß es Stunden dauern konnte, ehe sie einschlief. Sätze kehrten wieder; Flaubert, wie er schrie: »Ein Verleger mag einen ausbeuten, aber er hat kein Recht, über einen zu *urteilen!«*; Sainte-Beuve, wie er eine vernichtende Feststellung machte: »Balzac mag ein genialer Mensch gewesen sein, aber er war auch ein Monstrum!«; Théo Gautier, am Ende eines lebhaften Abends beschwipst, wie er einen lächerlichen Pas-seul, »den Tanz des Gläubigers«, tanzte; Flaubert, wie er mit Feydeau über Wiederholungen beim Schreiben stritt: »Tautologien sind *um jeden Preis* zu vermeiden – selbst wenn man eine Woche nach einem Synonym suchen muß«; Baudelaire, wie er irgendeine ungewöhnliche Geschichte erzählte – von dem Mann, der sich in die Geliebte seines Freundes verliebte und sich, um jedes Risiko zu vermeiden, ihre Zuneigung zu gewinnen, Haare, Bart, Schnurrbart und Augenbrauen abrasierte – *»Da* haben Sie Ihre wahre, selbstlose Freundschaft!«; oder ein seltsames Spiel, das die Gesellschaft manchmal spielte, wenn Turgenjew und Pauline Viardot anwesend waren und bei dem Turgenjew, der ein unerwartetes künstlerisches Talent hatte, auf Zettel kleine Porträts zeichnete und alle Anwesenden analytische Beschreibungen der dargestellten imaginären Personen verfaßten.

»Paris verändert Sie wirklich, Callisto«, sagte Germaine eines Tages. »Nicht so sehr das neue Gefieder, obwohl es zauberhaft ist ...«

»Wie dann?«

»Wenn ich Ihnen jetzt in die Augen schaue, finde ich, sie sind wie tiefe, tiefe Brunnen; ich schaue und schaue, und es ist wie eine Straße ohne Ende; die Ferne ist in Geheimnis gehüllt. Es gibt verborgene Tiefen – Sie dehnen sich innerlich aus!«

»Vielleicht werde ich explodieren.« Ellen ließ die lächelnde, sorgfältige Musterung gefaßter über sich ergehen, als sie es noch vor einem Monat getan hätte; sie lernte, sich in diesem neuen Leben zu behaupten.

»Wenn die Explosion kommt, wird sie interessant sein. Wollten Sie gerade mit Menispe ausgehen?«

»Ja, sie muß zum Zahnarzt, das arme Kind.«

Raouls Mutter, die Gräfinwitwe, war aus Rom gekommen, wo sie aus gesundheitlichen Gründen lebte. Sie hielt sich eine Woche in Paris auf, um an dem conseil de famille über die eheliche Situation von Raoul und Louise teilzunehmen, der in Kürze stattfinden sollte. Die Witwe war eine furchteinflößende kleine Dame, von äußerst eisiger Eleganz, mit einem Auge, dem nichts entging. Zunächst hatte sie Ellen mit beträchtlichem Argwohn und beträchtlicher Zurückhaltung in Augenschein genommen, doch nach vierundzwanzig Stunden hatten diese eingeschränkter Anerkennung Platz gemacht; Menispe habe, so räumte sie ein, in den vergangenen Monaten einige Dinge gelernt und wirke um ein geringes weniger unbezähmbar. Doch die Zähne des armen Kindes seien entsetzlich unregelmäßig; was sich Louise eigentlich dabei gedacht habe, sie in einen solchen Zustand geraten zu lassen? Ihre Enkelin müsse sofort einen Zahnarzt in der Rue de Rivoli aufsuchen. Demgemäß waren Ellen und ihr Schützling dorthin unterwegs, Menispe nur deshalb willig, weil sie nicht begriff, was ihrer harrte.

»Ich werde Sie begleiten«, sagte Germaine. »Ich muß in

meine Wohnung, denn ich habe dort eine Erzählung von Poe liegenlassen, die Arsinoë gern lesen möchte. Sie können mitkommen, wenn Sie wollen.«

Ellen war noch nie in Germaines Wohnung gewesen. Sie hatte die Absicht gehabt, beim Zahnarzt ein Auge auf Menispe zu haben; doch dieser sagte, er und seine Schwester würden allein besser mit dem Kind fertig; sie seien es durchaus gewohnt, mit Patienten im zarten Alter umzugehen, und Menispe werde vollkommen sicher und glücklich sein. Obwohl Ellen dies bezweifelte, hatte sie keine andere Wahl als zuzustimmen. Sie wies den Kutscher an, in einer Stunde zurückzukommen, und machte sich mit Germaine zu deren Wohnung in der Passage Langlade auf.

An den Prunk der Rue de Rivoli und ihre stattlichen Schaufenster inzwischen gewöhnt, stellte Ellen zu ihrer Verblüffung fest, welch ein unheimliches, schäbiges Netz kleiner Straßen so nahe bei diesem Gewerbe- und Modezentrum lag. Düster, schlecht gepflastert, selbst zu dieser Jahreszeit kotig, von Haushaltsabfällen stinkend, wirkte die Gegend wie die bloßgelegten Eingeweide eines lebendigen Körpers, der aufgeschlitzt worden ist; dem Blick waren Dinge ausgesetzt, die hätten verborgen sein sollen.

Während die beiden Frauen sich bedachtsam einen Weg über holprige Pflastersteine suchten, bemerkte Germaine spöttisch: »Sie hätten wohl nicht erwartet, daß ich an einem solchen Ort lebe?«

Das Haus, in dem sie wohnte, war schrecklich hoch, doch es fehlte ihm an Tiefe; unmittelbar hinter der Außenmauer wand sich im Zickzack eine schmale Treppe nach oben, auf jedem Absatz von einem winzigen Fenster schwach beleuchtet. Jedes Stockwerk umfaßte eine Zweizimmerwohnung; die von Germaine lag im Dachgeschoß, fünf Stockwerke hoch. Ein Zimmer enthielt ein Bett, eines war die Küche, und um Wasser ging sie zu einem Ausguß ein Stockwerk tiefer. Ellen starrte entsetzt auf die verwitterten, brüchigen, halb von einem abgewetzten Teppich verdeckten Ziegel; auf den einzigen, mit schmierigem Leinen bezogenen Armsessel; auf die hölzerne Bettstelle, über die eine fleckige Kattundecke geworfen war; die schmutzige Tapete; die mit einer gefalteten Ausgabe von *Le Siècle* abgedichtete, zersprungene Fensterscheibe; den Stapel Feuerholz, die schmutzigen Töpfe vor dem Kamin; die an einem Nagel aufgehängten Kleider; den mit Papieren übersäten, schäbigen Mahagonitisch.

»Wundert es Sie da noch, daß ich soviel Zeit wie möglich im Hôtel Caudebec verbringe?« fragte Germaine mit verkniffenem Mund, während sie ein Manuskript und eine gefaltete Zeitung aufnahm. »Oh, keine Sorge! Sie werden sich wahrscheinlich keine unangenehme Infektion zuziehen – solange sie vollkommen ruhig mitten im Zimmer stehenbleiben und nicht zu tief durchatmen ... Na – da haben wir schon alles, weswegen wir hergekommen sind, jetzt können wir uns wieder unsern Weg zurück in die Zivilisation suchen. Oh, einen Augenblick noch, lassen Sie mich eben nachsehen ...«

Sie hob ein loses Dielenbrett ab und nahm aus dem Hohlraum darunter einen Gegenstand, der Ellen vor Entsetzen erbleichen ließ.

»Eine Pistole!«

»Ja, es ist einer dieser neuartigen Revolver mit sechs Kammern«, unterrichtete Germaine sie unbekümmert. »Sehen Sie, so funktioniert das Schloß, und so rotiert die Trommel. Keine Angst, ich werde ihn nicht auf Sie richten, ma chère!« Sie verstaute ihn wieder in seinem Versteck.

»Aber – Grundgütiger – wie kommen Sie dazu, ein solches Ding zu besitzen?«

»Nun, sehen Sie, dies ist kein sehr respektables Haus. Und das Schloß an meiner Tür ist kaputtgegangen, und der Hauswirt läßt sich sehr viel Zeit mit der Reparatur.«

In der Tat war es offensichtlich, daß die Tür irgendwann eingeschlagen worden war; an der Außenseite waren tiefe Schrammen, und sie hing nur noch an einer Angel.

»Haben Sie keine Angst, hier allein zu wohnen?«

»Nicht im mindesten; aber natürlich ziehe ich die Rue de

l'Arbre Vert vor«, sagte Germaine, während sie Ellen rasch die Steintreppe hinunter voranging. »Geben Sie acht – es ist ziemlich schlüpfrig hier, wo das Wasser aus dem Becken rinnt ...«

Freundlich nickte sie der Concierge zu, einer schrecklichen, zahnlosen alten Frau, die mümmelnd in einer Art Nische am Fuße der Treppe saß, und ebenso dem Weinhändler, der den Laden im Erdgeschoß betrieb. »Ich würde Ihnen gern ein Glas Wein anbieten – er ist nicht schlecht und überaus billig –, allerdings glaube ich, Sie würden lieber in die Rue de Rivoli zurückkehren.«

Als sie aus der Einfahrt traten, sah Ellen, die die verwahrloste Straße entlangblickte, einen jungenMann, der Raoul de la Ferté bemerkenswert ähnlich sah, in einen anderen dieser düsteren Eingänge einbiegen. *War* es Raoul? Doch Paris war voll von solchen gutgekleideten jungen Männern. Sie erwähnte die Sache Germaine gegenüber nicht.

»Können Sie sich keine bessere Unterkunft leisten?« fragte sie rundheraus, während sie in eine breitere, weniger übelriechende Durchgangsstraße einbogen.

»Sie denken an diesen Roman, den ich *Le Siècle* verkauft habe? Die dreihundert Franc? Aber sehen Sie, leider war ich gezwungen, von einem Geldverleiher zu borgen, als meine Familie mich enterbte« – Germaine war, wie Ellen wußte, nach dem Tode ihrer Eltern von einem Onkel aufgezogen worden – »und die Zinssätze dieses Menschen sind geradezu erpresserisch. Deshalb bin ich immer noch verschuldet – wie lästig das alles ist! Trotzdem, schauen Sie nicht so entsetzt. Dieser lächerliche kleine Ponsard bekam letztes Jahr von der Regierung eine Pension von 25 000 Franc zugebilligt; warum sollte mir nicht auch einmal ein solcher Gewinn zufallen?«

Sie lächelte Ellen breit an. Mittlerweile waren sie beim Zahnarzt angekommen, und die Kutsche wartete schon. »Sie sind so ein süßes Unschuldslamm, Callisto. Schauen Sie nicht so besorgt! Ich komme durchaus zurecht... Wissen

Sie, vorhin dachte ich daran, mit Ihnen zu schlafen – doch ich sah, daß es nicht angehen würde. In meiner ärmlichen kleinen Kammer wirkten Sie so fehl am Platze. Sie haben einen derart verwirrenden Charme, Sie Waldnymphe – kein Wunder, daß der arme Benedict Ihretwegen so bouleversé ist –, unberechenbares, aufreizendes Wesen, das Sie sind!« Sie zog ob Ellens Gesichtsausdruck spöttisch die Brauen hoch und fügte hinzu: »Ich glaube, ich werde Sie im Augenblick nicht ins Hôtel Caudebec zurückbegleiten. Ich muß – schon gut! Und ich habe eine Abneigung gegen die Gesellschaft von Menispe – die, möchte ich behaupten, nach den Aufmerksamkeiten des Zahnziehers in sehr mauvaise humeur sein wird. Geben Sie dies Arsinoë, meine liebe Callisto. Ich sehe Sie später bei der Soiree – wo ich eine Überraschung für Sie habe!« Und sie gab Ellen die Papiere und schlenderte dann durch die Menge davon, wobei sie ihr zum Abschied eine lockere Kußhand zuwarf.

Vollkommen fassungslos starrte Ellen ihr nach. Konnten diese Bemerkungen ernst gemeint sein? Bestimmt nicht. Sie hatte sie aufgezogen – aber warum? In letzter Zeit hatte Ellen mehr und mehr den Eindruck, daß Germaine sie in irgendeiner Weise zu manipulieren versuchte; sich ihrer bediente; daß jede Handlung, beinahe jedes Wort, auf ein bestimmtes Ziel hin berechnet war. Dieser Gang zu der erbärmlichen Wohnung in der Passage Langlade – was hatte sie damit beabsichtigt? Ellen deutlich zu machen, daß Germaine die Hilfe, die sie von Louise bekam, wirklich und dringend benötigte? Sich vor dem Familienrat der la Fertés Ellens Mitgefühl und Unterstützung zu sichern? Aber welchen Sinn hat das? dachte Ellen. *Ich* werde bei dem Rat nicht zugegen sein; meine Meinung ist bestimmt nicht gefragt... Wie kann sie es ertragen, in diesem stinkenden Loch zu hausen? Es war nicht nur verwahrlost, es war *erschreckend*. Wie arm sie auch sein mag – sie könnte doch bestimmt eine bessere Unterkunft als diese finden?

Die kleine Menispe erwies sich, nach ihrer Prüfung beim

Zahnarzt, als ungewohnt zahm; offensichtlich waren der Arzt und seine Helferin ihr gewachsen gewesen. Verweint und wortkarg schmiegte sie sich in der Kutsche an Ellen, wie ein kleines wildes Tier, das gerade noch den Verfolgern hatte entgehen und seinen Bau erreichen können. Ellen hatte, auf ein tröstendes Eis, einen Besuch bei Tortoni geplant, sah aber, daß das nicht gehen würde, und wies deshalb den Kutscher an, direkt nach Hause zu fahren.

Während sie die stattlichen Straßen entlangrollten und die milde Sommerluft sie anwehte, sah sich Ellen mit anderem Blick um. Sie fühlte sich Paris immer mehr verbunden; sein Glanz, seine Pracht, seine kantige, antike Schönheit, seine moderne Eleganz, der herrliche Stil seiner vornehmen Frauen und der frei schweifende Intellekt seiner Männer hatten ein tiefes Bedürfnis in ihr angesprochen. Doch nun wurde ihr klar, daß ihre Ansicht von der Stadt oberflächlich gewesen war – genau wie ihre erste Vorstellung von Germaine de Rhetorée. Unter der hellen Oberfläche lagen unterirdische Regionen. Wenn ich Paris gründlich verstehen will, dachte Ellen, muß ich die Schattenseite ebenso kennen wie das Licht.

Zu Hause wartete ein Brief von ihrer zweitältesten Schwester, Mrs. Bracegirdle.

Stell Dir vor! B., der alte Geizhals, mußte an einer Konferenz von Fabrikanten in London teilnehmen und nahm mich doch tatsächlich mit, damit nicht die Möglichkeit vertan wird, daß ich beim Sommerschlußverkauf billig Wäsche für den Haushalt erwerbe. Ich konnte deshalb nach Sussex fahren und eine Nacht in der Hermitage verbringen, denn ich hatte von Eugenia alarmierende Berichte hinsichtlich Papas neuer Haushälterin erhalten. Meine liebe Ellen – die Dinge stehen genauso schlimm, wie E. sie darstellt –, wenn nicht schlimmer! Die Frau, Mrs. Pike, ist abscheulich – *anmaßend, hinterhältig, widerwärtig herablassend, mit einem Blick wie ein Angel-*

haken und einer Stimme wie eine Ratsche! Papa erlaubt ihr, sich mit allen Haushaltsangelegenheiten zu befassen, und sie ist zweifellos dabei, ihr Schäfchen ins trockene zu bringen, so schnell sie nur kann. Pa ist nach wie vor knauserig (kein Wunder, daß er und Lady Adelaide mir einen Ehemann wie B. besorgt haben). Die Haushaltsrechnungen hätten auf Zwirnpapier Platz. Pa scheint von seinem Unfall durchaus erholt, obgleich er immer noch deutlich humpelt. Er ist grämlich, wortkarg und unleidlicher denn je; außerdem von einer seltsamen, verstiegenen Phantasievorstellung geplagt, die irgendwie mit einem kürzlich in der Kathedrale von Chichester freigelegten Stein und seiner früheren Tätigkeit als Friedensrichter in Strafprozessen zu tun hat. Ich gebe zu, daß ich mich nicht sehr angestrengt habe, es zu verstehen. Dieser nagende Wurm in seinem Herzen macht es nicht eben leichter, mit ihm zusammen zu leben – er und Gerard lagen sich ständig in den Haaren. Gerard hatte bei dem alten Gotobed, dem Kirchenorganisten, Klavierstunden genommen – was Papa zornig machte –, da Ld. Chesterfield gesagt hat, Klavierspielen sei keine Beschäftigung für einen Gentleman, ein von Papa bei jeder Mahlzeit zitierter Ausspruch. Außerdem hat Gerard mit Dr. Bendigo Freundschaft geschlossen und durch ihn die Bekanntschaft eines gänzlich unerwünschten Menschen, eines Schafhirten oder Wildhüters oder dergleichen gemacht. Natürlich verbot Pa diesen Umgang, aber G. ist äußerst schwer zu kontrollieren; er entschlüpft wie Quecksilber. Er ist genauso mürrisch und ungehobelt wie immer. Die Schule täte ihm ungemein gut, aber der Dr. meint nach wie vor, sie würde seine Gesundheit beeinträchtigen.

Ich habe bei Tante Fanny vorbeigeschaut, aber sie war nicht daheim; außer Hause, gab man mir zu verstehen, am Krankenbett irgendeines Kätners. Sie und Gerard sind von der gleichen Sorte.

Aber, meine liebe Ellie, das Hauptanliegen meines Briefes ist folgendes: Eugenia und ich sind ernsthaft besorgt *über die Möglichkeit, daß Pa diese abscheuliche Mrs. Pike zu seiner dritten Frau nehmen wird! Dafür gibt es nur allzuviele Anzeichen.*

Du kennst Papas Wesen [vor »Wesen« war ein anderes Wort dick ausgestrichen worden; offensichtlich hatte sich Kitty bezüglich einer Eigenschaft ihres Vaters, deren Verständnis man bei Ellen als unverheirateter Frau nicht voraussetzen konnte, anders besonnen] – *er ist kein Mann, der ohne eheliche Verbindung geduldig leben kann* [fuhr Kitty selbstsicherer fort]. *Seine Blicke, seine Gesten verraten nur allzu deutlich seine zunehmende Verblendung. Und Ellen, es wäre eine* schockierende *Mesalliance! Die Frau ist* alles andere *als eine Lady, unsere Familie würde in der Achtung jeder Person von Rang in der Grafschaft* sinken. *Sie ist vulgär, von niedriger Gesinnung und intrigant. Gerard und Vicky hassen sie beide. Überdies geht das Gerücht, sie habe ein Kind oder Kinder (sagt Eugenia); wo sie sind, ist nicht bekannt, aber Du kannst dir vorstellen, daß sie bald versorgt sein würden, sobald sie Papa in ihren Schlingen hätte. Und bedenke das Erbe! Es wäre unerhört, wenn Mamas Vermögen nicht ihren eigenen Kindern, sondern dieser widerlichen Frau und ihrer ordinären Brut zufiele. Doch wenn sie Papa in die Klauen bekommt, könnte das durchaus passieren.*

Deshalb, meine liebe Ellen, ist es eindeutig Deine Pflicht, diese Position in Paris aufzugeben und nach Sussex zurückzukehren. Ohnehin wärst Du besser nicht in einer so schändlich sittenlosen Stadt. Benedict Masham (der, nebenbei, seine Abschlußprüfungen mit großer Auszeichnung bestanden hat) besuchte kürzlich die Radnors in Madlock Chase und fuhr her, um seine Aufwartung zu machen. Er gab mir zu verstehen, daß das Haus, in dem Du wohnst, eine ganze Menge zu wünschen übrigläßt. Was hat sich Tante Morningquest nur dabei gedacht, Dich dort unterzubringen? Doch solche großen Leute handeln nur nach eigenem Belieben. Bitte, Ellie, verlaß Paris und komm nach Hause – ich glaube wirklich, daß das künftige Wohlergehen unserer Familie von Dir abhängt! Und Paris ist nicht *der passende Ort für ein*

Mädchen Deines Alters – Du wirst nie einen achtbaren Ehemann finden, sobald bekannt wird, daß Du dich dort länger aufgehalten hast.

Deine Dich liebende Schwester Catherine Bracegirdle

Ellen konnte sich ein Lächeln nicht verkneifen, während sie dieses kunstlose Schreiben las. Es war deutlich, daß Kitty, die mit einem knickerigen Eisenwarenhändler und Dissenter verheiratet war und in einer kleinen Industriestadt in Derbyshire wohnte, ihrer jüngeren Schwester ihre Freiheit und Unabhängigkeit in Paris sehr neidete und sie der Freuden einer solchen Existenz berauben wollte. Ellen war von Kittys Behauptung bezüglich des Geldes ihrer Mutter nicht im geringsten beeindruckt. Mathilda hatte gewünscht, daß es nach dem Tode des Vaters zwischen ihren drei Töchtern aufgeteilt wurde, aber es gab keinerlei rechtliche Verpflichtungen für Luke, so zu verfahren. Kitty und Eugenia setzten offenbar beträchtliche Hoffnungen in die künftige Aneignung des Vermögens ihrer Mutter; Ellen, nun sie in die Lage versetzt war, ihren Lebensunterhalt selbst zu verdienen, maß dem weniger Bedeutung zu. Trotzdem, dachte sie seufzend, vielleicht ist es selbstsüchtig von mir, wenn ich mich nicht bemühe, Kittys und Eugenias Anteil zu retten. Nur, wie sollte ich das wohl anfangen? Wenn ich tatsächlich in die Hermitage zurückkehrte – wo ich gänzlich unwillkommen wäre –, wie könnte ich auch nur versuchen, Papa von dieser Frau abzubringen, wenn er entschlossen ist, sie zu heiraten? Gerard und Vicky tun mir wirklich leid, wenn sie unglücklich sind, aber es liegt nicht in meiner Macht, Mrs. Pike zu entlassen, es sei denn, sie wird tatsächlich bei einer Missetat ertappt. Und eine Art von Nachforschung über ihr Treiben anzustellen, wäre höchst widerwärtig. Überdies kann ich nicht ewig über Papa wachen. Wenn er zur Heirat entschlossen ist, wird er sie früher oder später gewiß auch erreichen.

Was Benedict angeht, dachte sie, während sie noch einmal den letzten Abschnitt des Briefes überflog, was Benedict angeht, so hoffe ich, daß er bald nach Pernambuco oder Trincomalee expediert wird! Was gibt ausgerechnet ihm das Recht, sich in meine Angelegenheiten einzumischen? Das Haus, in dem ich lebe, läßt also viel zu wünschen übrig! Unerträgliche Unverschämtheit! Abscheuliche Einmischung! Bestimmt hat Kitty nur wegen seiner offiziösen Aufwartung ihren Besuch in der Hermitage gemacht; ansonsten hätte sie es sicher vorgezogen, in London zu bleiben, solange sie die Möglichkeit dazu hatte. Und was hatte Benedict bewogen, Kitty aufzusuchen? Er hatte sie stets verabscheut.

Nun entsann sich Ellen wieder Germaines erstaunlicher Bemerkung: »Kein Wunder, daß der arme Benedict Ihretwegen so bouleversé ist.« War es denkbar, daß das stimmte? Doch nein, Ellen wußte es besser – sie und Benedict standen schon so lange auf gespanntem Fuß miteinander – seit dieser unglücklichen Affäre um Dolly Randall –, daß sie sich in diesem Punkt unmöglich täuschen konnte. Germaine mußte es ironisch gemeint haben.

Ellen, die sich ziemlich durcheinander fühlte, übergab die verweinte, schläfrige Menispe zwecks frühem Abendessen und Zubettgehen ihrer bonne und brachte dann Louise das Manuskript von Poes Geschichte in ihr goldenes Boudoir, wo sie berichtete, daß der Gang zum Zahnarzt erfolgreich überstanden war.

»Très bien«, sagte Louise gleichgültig und gähnte. »Zweifellos wird meine belle-mère hocherfreut sein. Danke, Miss Paget ... Werden Sie heute abend zur Soirée kommen?«

»Findet denn eine statt?« Ellen war überrascht. »Ich hatte gedacht – solange die Gräfinwitwe sich in Paris aufhält ...«

»Dieser alte Stockfisch? Ich habe nicht vor, mich durch ihre Anwesenheit in meinen geistigen Aktivitäten einschränken zu lassen. Natürlich findet eine Soirée statt, wie üblich. (Glücklicherweise wird die alte Comtesse mit einem ganzen Rattenschwanz verknöcherter Verwandter in der Rue St. Honoré speisen. Raoul wollte, daß ich mitkomme, aber« – sie zuckte die Achseln – »ich sagte ihm, das komme nicht in

Frage.) Nein, ich habe Sie deshalb gefragt, ob Sie heute abend kommen, weil Camille mir zu verstehen gab, daß vielleicht ein Bekannter von Ihnen aus Brüssel da sein wird – ein Professor Bosch, de Bosch, oder so ähnlich.«

Zu ihrer eigenen Überraschung spürte Ellen, wie sie von Kopf bis Fuß eine Hitzewelle überlief; ob der Intensität und Plötzlichkeit der Empfindung fiel sie fast in Ohnmacht. Ein paar kurze Dankesworte murmelnd gelangte sie hinaus. Louise, in die Erzählung von Poe vertieft, bemerkte kaum, daß sie ging.

In ihr eigenes Zimmer zurückgekehrt, versuchte Ellen, den überraschenden Aufruhr ihrer Gefühle zu analysieren. Wäre sie imstande gewesen zu weinen, so hätte sie es jetzt getan – und doch wußte sie kaum, warum. Sie hatte geglaubt, die Intensität ihrer Empfindungen für Monsieur Patrice sei vorüber; zu bloßer herzlicher Gewogenheit geschwunden, von all den neuen Eindrücken überlagert, die sie beschäftigten. Tatsächlich hatte sie weniger über ihn nachgedacht; es hatte so vieles gegeben, was sie ablenkte. Doch die ganze Zeit, so schien es, hatte dieses unterdrückte Gefühl zugenommen; von diesen neuen Wahrnehmungen genährt und nicht erstickt. Sie fühlte sich von einer heftigen Sehnsucht durchdrungen, ihn zu sehen. Doch wie könnte sie das ertragen, so kurz und in einem Raum voller anderer Menschen, voller Fremder? Es wäre eine Qual. Wie könnte sie es ertragen, zuzusehen, wie er sich unterhielt, sich anderen angenehm machte – Louise, Germaine, Prinzessin Mathilde, der Viardot? Er war ein großer Opernliebhaber, zweifellos hatte er die Gelegenheit ergriffen, die Viardot in ihrer derzeitigen Rolle des Orphée zu hören. Plötzlich wurde Ellen von brennender Eifersucht, einer Regung, die ihr bislang unbekannt war, fast überwältigt. Was geht nur mit mir vor? fragte sie sich verzweifelt. Diese Gefühle sind widerwärtig – ungehörig –, es ist lächerlich, daß ich sie auch nur eine Minute hege.

Und doch empfand sie sie; und empfand außerdem eine tiefe Abneigung gegen Germaine de Rhetorée, weil sie es, wie Benedict, für richtig gehalten hatte, sich leichtfertig in ihre Angelegenheiten einzumischen; warum hatte sie sich angemaßt, Professor Bosschère ins Hôtel Caudebec zu lokken? Tat sie es um Ellens willen oder in einer eigenen, krummen Absicht?

Ich werde heute abend nicht zur Soirée gehen, beschloß Ellen plötzlich und grimmig. Ich bin keine Marionette, die sich zu Germaines Vergnügen manipulieren läßt. Es würde mir keine Freude machen – nur schieren Schmerz bereiten –, Monsieur Patrice unter solchen Umständen zu sehen, gezwungen zu sein, ihn unter Germaines wachsamen Augen zu begrüßen. Ohnehin wird er in seiner Freude, das Entrée in einen solchen Zirkel erreicht zu haben, mein Fehlen kaum bemerken.

Flüchtig überkam sie eine Erinnerung an einen ähnlichen Anlaß: »Willst du nicht mit uns kommen, Ellen?« Und ihre Antwort, arrogant vor Widerwillen: »Nein, danke, es paßt mir nicht!«, weil man sie nicht als einzige für eine Einladung ausersehen hatte. Wann war das gewesen? Benedict hatte irgendwie damit zu tun gehabt ...

Anstatt also nach dem Abendessen ihr neues, dunkelblaues Kaschmirkleid anzuziehen und ins Musikzimmer hinunterzugehen, blieb Ellen auf ihrem eigenen Zimmer und arbeitete an einem Kapitel von Germaines Roman. Doch dann fiel ihr ein, daß man sie vielleicht würde rufen lassen; der Professor würde vielleicht den Wunsch äußern, sie zu sehen. Sie ergriff eine Feder und einen Stoß Manuskriptblätter und machte sich eilig zur Bibliothek auf, der sie sich auf einem Umweg näherte, um das Risiko zu vermeiden, den eintreffenden Gästen zu begegnen, und die sie durch eine kleine Außentür betrat, welche nur von Bediensteten benutzt wurde, die Kohlen für die Kamine brachten.

Die Bibliothek war schwach beleuchtet, doch aus dem angrenzenden Musikzimmer, wo die Soirée bereits in vollem Gange war, strömte Lichterglanz in den Hof, und selbst durch die geschlossenen Doppeltüren war ein Gewirr von

Stimmen und Gelächter zu hören. Vielleicht ist *er* schon da, dachte Ellen, die sich an einem kleinen Tisch niederließ; vielleicht mischt sich schon der Ton seiner Stimme unter die anderen.

Allmählich merkte sie, daß sie nicht allein in dem Raum war. Auf der oberen Galerie war ein leiser Schritt zu hören, und gleich darauf kam jemand die Treppe herunter. Aufblikkend erwartete Ellen, den alten Abbé in seiner von Schnupftabak bestäubten Kutte zu sehen, und stellte zu ihrer leichten Verlegenheit und Überraschung fest, daß es Raoul de la Ferté war.

»Sie hier, Mademoiselle Paget?« Auch er klang überrascht. »Ich dachte, Sie seien nebenan – und nähmen an der Gesellschaft meiner Frau teil.«

»Ich fühlte mich heute abend nicht in der Stimmung«, sagte Ellen. Sie gab keine Erklärung; sie war von dieser Begegnung ein wenig verwirrt. »Inkommodiert Sie meine Anwesenheit hier, Comte?«

»Nein, nicht im geringsten. Ich werde gleich gehen, zur Dinnerparty meiner Tante.« Tatsächlich war er dem Anlaß entsprechend gekleidet und trug einen Seidenhut unter dem Arm.

Wieder überlegte Ellen, ob es möglicherweise Raoul gewesen war, den sie heute nachmittag in der Passage Langlade gesehen hatte.

Er schien es trotz seiner Worte mit dem Gehen nicht eilig zu haben; müßig blätterte er die Seiten eines Journals um. Ellen widmete sich still ihrer Arbeit.

»Es ist eine seltsame Geräuschkulisse; nicht wahr?« bemerkte er nach einer Weile, indem er den Kopf zu dem Redegedröhn aus dem Zimmer nebenan hinneigte. »Die größten Geister dieser Nation – so jedenfalls will meine Frau mich glauben machen –, damit beschäftigt, aus Leibeskräften leichtes Geplauder herauszubrüllen.«

Er sprach so bissig, daß Ellen sich gezwungen fühlte, seine Ansicht zu bestreiten oder zumindest zu modifizieren.

»Sie billigen also nicht die Konversation als Mittel zur Entspannung?«

»Oh ...« Verstimmt wirbelte er seinen Hut um den Finger. »Es liegt wahrscheinlich daran, daß ich selbst kein Meister darin bin; zweifellos würden Sie sagen, das sei sauertöpfisch! Ich liebe es zu lesen, über das Gelesene nachzugrübeln, aber ich habe kein Talent, meine Meinungen laut auszudrücken. Manchmal sitze ich abends hier und lausche diesem ganzen Geplapper nebenan – wie Papageien, die im Wald herumkreischen – und frage mich, was hat das alles für einen Sinn? Von dem, was sie sagen, bleiben keine Aufzeichnungen zurück. Wer wird sich daran erinnern – oder dadurch auch nur um einen Centime besser dran sein?«

Ellen verspürte einen Stich des Mitleides für ihn, wie er einem ungeliebten Kinde gleich allein hier drinnen Trübsal blies und den angeregten Lauten von nebenan lauschte.

»Aber ich finde, Sie konversieren sehr gut, Monsieur«, sagte sie freundlich zu ihm. »Sie drücken Ihre Gedanken mit Klarheit und Vernunft aus; was braucht es weiter?«

Sein melancholisches Gesicht leuchtete in seinem seltenen Lächeln auf. »Bei Ihnen vielleicht nichts weiter, Miss Paget! Aber mit Ihnen finde ich es auch einfach zu reden. Vielleicht sollten Sie mir Konversationsstunden geben, genauso wie Sie Menispe das Alphabet beibringen.« Er warf einen Blick auf seine Taschenuhr. »Es wird Zeit, daß ich gehe. Haben Sie ausreichend Licht für Ihre Arbeit? Läuten Sie nach mehr Kerzen, wenn Sie welche benötigen.« Er ging auf die Tür zu, zögerte, kam zurück. »Miss Paget – hat meine Frau – hat Louise Ihnen gegenüber irgendeine Ansicht zu diesem – diesem demnächst stattfindenden Familienrat geäußert?«

»Ich fürchte, mir gegenüber nicht, Monsieur; die Comtesse und ich stehen kaum auf vertrautem Fuße.«

»Ich bedaure das«, sagte er. »Ich glaube, Sie würden ihr wahrscheinlich eher einen guten Rat geben als ...«

In diesem Augenblick sprang die Verbindungstür zum

Musikzimmer auf. Louise kam mit nach hinten gewandtem Kopf herein und rief eine Bemerkung über die Schulter.

»Ich werde es im Wörterbuch nachschlagen. Sie werden sehen, daß die Duchesse recht hat ...«

Dann entdeckte sie nach vorn blickend die Anwesenheit der anderen beiden. Ihre offenkundige Überraschung machte sogleich arroganter Gelassenheit Platz.

»Oh! Ich bitte um Verzeihung. Ich hatte nicht die leiseste Absicht, eine private Zusammenkunft zu unterbrechen ...«

»Unser Gespräch hatte nicht im mindesten etwas Privates«, sagte Raoul gereizt. »Die Begegnung war Zufall – Miss Paget arbeitete hier, und ich ...«, doch Louise hatte bereits einen Band genommen und sich zurückgezogen, wobei sie die Tür übertrieben vorsichtig schloß, wie um die beiden nicht zu stören. Raoul stieß eine gedämpfte Verwünschung aus und verließ die Bibliothek.

Viel später, lange nachdem der Lärm des Gesprächs nebenan erstorben war und die Gäste gegangen waren, kehrte Ellen auf ihr Zimmer zurück. Dort fand sie zwei während ihrer Abwesenheit zugestellte Nachrichten. Eine von Germaine: »Was ist aus Dir geworden, Callisto? Ich habe mich danach gesehnt, Dich im Salon zu sehen, wie Du Deinen Brüsseler Bären unterhältst. Welche rätselhafte englische Anwandlung hat Dich nur ferngehalten? Groll, weil es meine und nicht Deine Einladung war, die ihn herbrachte? Chagrin? Oder einfach ennui? Aber er ist höchst amüsant – ein wirklich gescheiter Mann – ein höchst unterhaltsamer Gesellschafter! Wenngleich, glaube ich, *kein* echt schöpferischer Geist – und, mon Dieu, ma chère, er ist wirklich selbstgefällig! Ich glaube, ich konnte ihn ein bißchen zusammenstutzen. Er äußerte aufrichtige Enttäuschung darüber, Dich nicht zu sehen – durchaus angemessenes Bedauern –, erkundigte sich durchaus geziemend – sandte durchaus korrekte Grüße. Aber ich warne Dich, Callisto, er ist kein Mann, den man besitzen kann! Ebensogut könntest Du Dir den vorbeiströmenden Fluß aneignen wollen. Verbann ihn aus Deinem

Herzen – wenn nicht aus Deinen Gedanken. Es gibt andere, die es eher verdienen! Toute à toi – Camille.«

Die andere Nachricht kam von dem Professor, in seiner winzigen, gedrängten, geistvollen Handschrift, und äußerte, wie Germaine gesagt hatte, durchaus angemessenes Bedauern, geziemende Erkundigungen und korrekte Grüße. »Es bereitet mir große Enttäuschung, Sie nicht zu sehen, denn ich kehre morgen früh nach Brüssel zurück, da ich morgen abend an der Universität eine Vorlesung halten muß. Ich hoffe jedoch, Ihnen im Laufe des nächsten Jahres ein bescheidenes, aber aufrichtiges Zeichen meiner andauernden Wertschätzung senden zu können. P.B.«

Ellen zerriß beide Nachrichten und warf sie ins Feuer.

Der Familienrat im Hôtel Caudebec war eine formelle Angelegenheit. Er dauerte mehrere Tage, da offenbar jedes Mitglied der Familie zu einer längeren Meinungsäußerung berechtigt war. Ältere Vertreter des Geschlechts derer von la Ferté waren aus Rouen, Lyons, Orléans, Caen, ja selbst aus Italien angereist, wo ein betagter Onkel Kardinal war. Ein anderer war Bischof, zwei waren Marquis, und ein älterer Duc hatte sein Erscheinen zugesagt, war aber im letzten Moment vom Zipperlein verhindert worden. Doch auch ohne ihn war die Versammlung durchaus furchteinflößend: ältere Damen in rostrotem Schwarz, Colliers im Wert von 150 000 Franc um die dürren Hälse; verschnupfte alte Herren, die spärlichen Locken mit Bandolin geglättet, die Backenbärte gefärbt und gewichst, die Korsetts unter Lederwesten knirschend. Eine Duchesse, eine Cousine zweiten Grades von Raouls Mutter, hatte ein Hörrohr aus Mahagoni, das sie wie einen Dreizack drohend vor jedermann schwenkte, der in ihre Nähe kam.

Ellen war ein kurzer Blick auf die versammelte Familie vergönnt, denn Raoul bat sie, zu Beginn der formellen Diskussion Menispe zu bringen, damit sie ihre Verwandten begrüßte. Glücklicherweise konnte Ellen wahrheitsgemäß geltend machen, daß der Kiefer des Kindes vom Besuch beim Zahnarzt immer noch so entzündet und geschwollen sei, daß es kaum sprechen könne, und so war die Präsentation kurz.

»Mach einfach einen Knicks vor den Damen, das ist alles, was du zu tun brauchst«, redete Ellen dem Kind zu, nachdem Véronique es in ein Seidenkleid gesteckt und sich die größte Mühe mit dem flachsblonden, wuscheligen Haar gegeben hatte, das sich schon zwei Minuten nach Anwendung der Brennschere wieder entkräuselte. Die beiden betraten den Salon, wo all die alten Stockfische, wie Germaine sie nannte, versammelt waren, und Ellen führte Menispe um das weite Rund älterer Herrschaften, die ihr abwechselnd den Kopf tätschelten, sie ermahnten, ja ein braves Mädchen zu sein, oder ausriefen, sie sähe ihrem Vater nicht im mindesten ähnlich. Dann konnten sie sich zurückziehen, und Ellen seufzte vor Erleichterung, daß ihr Schützling keinen Koller bekommen oder sich in irgendeiner Weise schändlich betragen hatte. Doch die arme Louise! Die Vorstellung, vor ein solches Tribunal treten zu müssen!

Der vierte Tag des Rates wurde mit einer Dinnerparty beschlossen. Wer die Vorbereitungen dafür getroffen hatte, wußte Ellen nicht; sie hatte Louise erklären hören, daß nichts sie dazu bewegen würde, für all diese alten Ungeheuer ein ausgesuchtes Dinner auszurichten. Doch irgend jemand hatte sich ersichtlich darum gekümmert, denn der große Speiseraum war mit festlicher Pracht hergerichtet; Ellen erlaubte Menispe einen kurzen Blick auf das goldene Dinnergedeck, die kunstvollen, mit Früchten behäuften epergnes, die von Rosengewinden umgebenen Schüsseln und die venezianischen Lüster, deren farbiger Behang Funken in allen Regenbogenfarben warf.

»Warum kann ich nicht aufbleiben und bei dem Dinner dabeisein?« fragte Menispe.

»Du würdest dich sehr bald langweilen. Und mit deinem entzündeten Kiefer kannst du ohnehin nur Haferschleimsuppe essen«, erinnerte Ellen sie. »Du wirst später noch Gelegenheit haben, hier zu sitzen, keine Angst! Bestimmt wird in diesem Raum dein Debütantinnen-Ball stattfinden.«

»Aber wann? Wie lang muß ich warten?«

»Nicht lang. Die Zeit wird rasch vergehen.«

Beim Betrachten des riesigen, weißverhüllten Tisches und der Doppelreihe leerer Stühle mit damastbezogenen Lehnen schauderte es Ellen plötzlich; trotz seiner festlichen Ausstattung wirkte der stille Raum düster, bedrückend, wie für eine Totenwache hergerichtet.

»Komm, Kleines; höchste Zeit, daß du ins Bett kommst.«

Doch als Véronique kam, um sie auszuziehen, klammerte sich Menispe mit ungewohnter Hartnäckigkeit an Ellen.

»Verlassen Sie mich nicht, Mademoiselle. Bleiben Sie hier, gehen Sie nicht!« – und sie bohrte ihren flachsblonden Kopf in Ellens Armbeuge.

»Es sind all die fremden Leute im Haus«, sagte Véronique und blickte mitfühlend auf das Kind herab. »Kleine Kinder sind wie Tiere, Veränderungen regen sie auf.« Und tatsächlich wirkte Menispe wie ein kleines, nur halb domestiziertes Geschöpf, das sich niemals gänzlich an menschliches Verhalten gewöhnen würde.

»Ich komme und spiele das Schnurspiel mit dir, wenn du im Bett bist«, versprach Ellen, und unter dieser Bedingung ließ Menispe sich wegtragen. Doch später, als Ellen in ihr Schlafzimmer kam, schlief sie schon, unter der blauen Decke wie eine Haselmaus zusammengerollt.

Ellen betrachtete immer noch nachdenklich das Kind, als Goton, Louises Zofe, auf der Suche nach ihr hereinkam.

»Mademoiselle Pagette, Monsieur le Comte läßt ausrichten, er wäre Ihnen sehr verbunden, wenn Sie auf das Zimmer der Comtesse kommen und Ihren Rat geben könnten. Die arme Madame hat einen ihrer schlimmen Migräneanfälle; sie leidet entsetzliche Schmerzen.«

»Nun, ich komme natürlich«, sagte Ellen. »Aber ich weiß nicht, was Monsieur le Comte von mir erwartet. Ich bin keine Ärztin.«

Während Ellen Goton durch die ausgedehnten Gänge in den anderen Flügel folgte, dachte sie, daß Louises Kopfschmerzen kaum verwunderlich waren. Ein solcher Aufmarsch distinguierter angeheirateter Verwandter würde ausreichen, jedermann mitzunehmen.

Am Bett angekommen, stellte sie fest, daß »Kopfschmerzen« ein völlig unzureichender Ausdruck zur Beschreibung des Zustandes war: Geisterhaft bleich, mit schwarzen Ringen unter den Augen, sich krümmend, schwitzend, stöhnend und würgend, litt Louise eindeutig heftige Qualen. Zwei erschreckt blickende Mädchen legten ihr wechselweise Eispackungen auf die Stirn und hielten ihr Riechsalz unter die Nase – welche Operationen erschwert wurden, da sie sich in dem wunderschönen Régence-Bett unaufhörlich hin und her warf.

»Hat man nach dem Arzt geschickt?« fragte Ellen, von diesem Schauspiel entsetzt.

»Bien sûr, Dr. Ricord hat sie untersucht; er sagt, es sei lediglich einer ihrer üblichen Anfälle, vielleicht ein bißchen schlimmer als gewöhnlich; er hat Roggen-Mutterkorn verschrieben.«

»Aber – arme Lady! Es ist ja furchtbar, daß sie so leiden muß!«

Die Mädchen zuckten die Achseln. »Es ist Gottes Wille«, sagte eine.

In diesem Augenblick eilte Raoul, bereits in Abendkleidung, ins Zimmer. Aus den vage überraschten, aufmerksamen Blicken, die er um sich warf, schloß Ellen, daß er diese Zimmerflucht selten betrat. Beim Anblick der Qual seiner Frau wurde er bleich; es war offensichtlich, daß er geargwöhnt hatte, die Krankheit seiner Frau sei ein bloßer Vorwand, um das Familiendinner zu vermeiden, nun aber feststellte, daß er ihr Unrecht getan hatte.

»Ah – arme Louise, mein armes Mädchen«, murmelte er heiser.

Beim Klang seiner Stimme öffnete Louise ihre tränenden,

blutunterlaufenen Augen und stierte ihn durch die Schlitze hindurch an.

»Du hast mir das eingebrockt!« keuchte sie rachsüchtig und warf sich aufstöhnend von ihm weg auf die andere Seite des Bettes. »O Gott! Mir ist, als spalteten mir Männer mit Äxten den Schädel!«

»Sie muß Laudanum bekommen – etwas, das die Schmerzen lindert!« rief Raoul.

»Der Doktor sagte, es sei nicht nötig«, wandte Goton ein.

»Nun, der Doktor ist ein Narr. Ich bin sicher, sie sollte welches bekommen.«

»Oh, geh weg, du Untier!« schrie Louise. »Es ist mir gleichgültig, was du denkst. Nur geh aus meinem Zimmer.«

Da auch die Mädchen ihm feindselige Blicke zuwarfen, zog sich Raoul zur Tür zurück, wo er Ellen mit einer Kopfbewegung zu sich winkte.

»Meinen Sie, Sie könnten sie überreden, etwas Laudanum einzunehmen?« fragte er, als sie zu ihm trat. »Ricord ist ein so starrköpfiger Esel – ich glaube, er meint, es sei die Rolle der Frau zu leiden; und ich fürchte sehr, daß Louise dazu neigt, ihrer Situation soviel Leid abzugewinnen, wie sie kann.«

»Ich bezweifle, daß sie auf mich hören wird – vielleicht Mademoiselle de Rhetorée…?«

Er schüttelte den Kopf. »Goton sagt mir, sie und Louise hätten einen heftigen Streit gehabt. Ich fürchte, auch das hat zu ihrem Zustand beigetragen.«

»Nun, ich kann versuchen, sie zu überreden«, sagte Ellen zweifelnd. »Aber ich fürchte, meine Worte haben nicht viel Gewicht bei ihr. Sie sollte allerdings nicht so leiden – es ist schrecklich.«

»Armes Mädchen«, murmelte er wieder. »Es setzt ihr alles zu hart zu. Ich dachte, sie hätte vielleicht einen Anfall vorgetäuscht, um das Dinner zu vermeiden – aber wie ich sehe, ist dem nicht so. Nun stehe ich ohne Gastgeberin da – nun ja, da kann man nichts machen.« Impulsiv, schüchtern wandte er sich Ellen zu. »Sie würden mir wohl nicht aus dieser Verlegenheit helfen, Miss Paget – für mich als Gastgeberin fungieren, nur heute abend?«

Sie war äußerst erstaunt.

»Nein, das würde ich *in der Tat* nicht, Comte! Das wäre ganz und gar unangebracht. Ich bin mit Ihrer Familie nicht bekannt – und sie wären aufs äußerste schockiert, Ihre Gouvernante der Tafel vorstehen zu sehen. Denken Sie an die Vermutungen, zu denen das Anlaß geben würde«, fügte sie errötend hinzu. »Schlagen Sie sich den Gedanken aus dem Kopf! Aber ich werde gern bei der Gräfin bleiben und ihr in jeder erdenklichen Weise helfen.«

Ohne abzuwarten, wie er diese Abfuhr aufnahm, ließ sie ihn stehen und kehrte ans Bett zurück. Sie bemerkte, daß Goton, die nahe genug gestanden hatte, um das Gespräch mitanzuhören, ihr einen abschätzigen, mißbilligenden Blick zuwarf und ihr Verhalten noch eine ganze Weile danach merklich kühl war. Doch da Ellens praktische Intelligenz und ihre in der Rue de Saint-Pierre gewonnene Erfahrung in der Krankenpflege sie zu einer weitaus nützlicheren Helferin als die beiden Zofen machte, die verschreckte, ungeschickte Mädchen aus der Normandie waren, wurden diese bald darauf weggeschickt, und Goton taute Ellen gegenüber allmählich auf.

Sie wechselten sich damit ab, der Leidenden Eispackungen auf die Stirn zu legen, ihr mit einem heißen Ziegelstein die Füße zu wärmen und jedes erdenkliche Mittel anzuwenden, um ihre Qual zu lindern. Als Louise schließlich vor Schmerzen fast ohnmächtig wurde, gelang es, ihr ein paar Tropfen Laudanum zu verabreichen, und nach und nach sank sie in einen bleiernen, häufig von schmerzvollem Stöhnen und undeutlichen, abgerissenen Ausrufen unterbrochenen Schlaf. »Oh, es ist infam!« keuchte sie. »Sie ersticken mich! Sie hungern mich aus!«

»Nein, nein, gnädige Frau, das werden sie nicht!« tröstete Goton. »Versuchen Sie jetzt zu schlafen, und vergessen Sie das alles – sehen Sie doch, die alte Goton ist hier und kümmert sich um Sie.«

Als Louise in einen tieferen Schlummer gesunken war und eine halbe Stunde lang ohne Unterbrechung geschlafen hatte, schlug Ellen sanft vor, Goton solle versuchen, auf einem Diwan etwas Schlaf zu finden. »Denn ich fürchte, sie wacht später, wenn die Wirkung der Arznei nachgelassen hat, vielleicht auf, und dann werden Sie gebraucht. Unterdessen werde ich bei ihr wachen.«

Widerstrebend zunächst, stimmte Goton schließlich zu und zog sich ins Ankleidezimmer zurück.

Ellen nahm eine Ausgabe von Dumas' ›Le Fils Naturel‹ zur Hand, die auf dem mit Marmor eingelegten Ankleidetisch lag, und setzte sich leise neben das Bett.

Die Zeit verging. Weit weg, wie von einem anderen Planeten, konnte sie die Dinner-Gesellschaft auseinandergehen und das Klipp-klapp der Kutschen der aufbrechenden Gäste in der Nacht verklingen hören. Kurz nach Mitternacht klopfte Raoul leise an die Tür und steckte den Kopf herein, um zu fragen, wie es seiner Frau ginge.

»Sie schläft jetzt seit ein paar Stunden«, flüsterte Ellen. »Wir wollen hoffen, daß ihre Schmerzen sich legen. Je länger sie schläft, desto besser.«

Er kam zum Bett herüber und betrachtete schwermütig die schlafende Gestalt.

»Bedauerlicherweise«, murmelte er, »wird die Situation, die ihre Schmerzen verursacht hat, immer noch bestehen, wenn sie aufwacht.«

Ellen hätte ihn für diese Gedankenlosigkeit ohrfeigen können. Er hatte leise gesprochen, doch ein Nachhall seiner Stimme schien den Schlummer seiner Frau zu durchdringen. Sie schlug die Augen auf und musterte ihn. Ihre Züge verhärteten sich zu einer Maske. Die schwache, dünne Stimme, mit der sie sprach, strotzte vor Gehässigkeit.

»Immer noch hier? Um deinen Triumph zu genießen?« Ihr Blick wanderte zu Ellen. »Ah, Sie hatte ich gar nicht wahrgenommen, Miss Paget. Wie dumm von mir, nicht zu merken, daß es eine Intrige war. Sie haben sich miteinander verbündet, um mich zu ersetzen. Was könnte natürlicher sein? Camille hatte recht ...« Einen Moment lang verzerrte sich ihr Gesicht zu einer Grimasse vor Schmerz und Kummer. Dann sagte sie ätzend: »Die *freundliche* Miss Paget, so entgegenkommend, so weiblich – und der arme, verlassene Raoul mit seiner Vorliebe für les Anglaises ...«

»Beachten Sie sie nicht, sie phantasiert halb«, murmelte Raoul. Und zu seiner Frau: »Sei still, Louise, nimm dich zusammen, du weißt genau, daß du bösartigen Unsinn redest. Miss Paget bedeutet mir nichts, und ich ihr auch nicht. Wenn du nicht krank ...«

»Pst doch!« flüsterte Ellen eindringlich. »Sie fiebert, versuchen Sie jetzt nicht, mit ihr zu streiten. Ihr Gesicht ist ganz gerötet – warten Sie, Madame, ich werde eben die Eispakkung neu füllen. Und jetzt versuchen Sie, ein wenig Wasser zu trinken. Ah, da ist Goton ...«

Sie war unangenehm überrascht von der Nähe der Zofe und fragte sich, wieviel diese wohl gehört hatte. Doch ihr Gesicht blieb verschlossen, und sie sagte lediglich: »Versuchen Sie jetzt, sich auszuruhen, Mademoiselle. Wie ich sehe, hat meine Herrin die Krise überwunden. Dank Ihnen habe ich jetzt ausreichend geschlafen und kann sie allein pflegen.«

Ellen war unschlüssig.

»Sind Sie sicher, Goton? Sie lassen mich doch rufen, wenn Sie mich wieder brauchen?«

»Ganz gewiß, Mademoiselle. Falls ich Sie brauche – lasse ich Sie rufen.« Gotons schwarze Augen blieben undurchdringlich. Trocken fügte sie hinzu: »Gute Nacht, Mademoiselle. Gute Nacht, Monsieur le Comte.«

Solcherart entlassen, verließen Ellen und Raoul das Zimmer. Er begleitete sie bis zum Absatz der Haupttreppe, zögerte dort und schlug vor: »Möchten Sie nicht einen Likör? Etwas, damit Sie schlafen können? Ich fürchte, dies war eine äußerst anstrengende Wache für Sie ...«

»Nein, nein, es war nicht der Rede wert. Und keinen Likör, danke«, sagte Ellen hastig zu ihm. »Ich bin an Krankenpflege durchaus gewöhnt. In der Schule in Brüssel …«

»Was die Anwürfe meiner Frau angeht – ich bedaure das mehr, als ich sagen kann …«

»Nicht doch, Comte, ich bitte Sie! Machen Sie sich nichts daraus. Sie hatte Fieber, sie redete wirr – wenn sie aufwacht, wird sie wahrscheinlich vergessen haben, was sie gesagt hat. In solchen Augenblicken reden die Menschen Unsinn.«

Aber, dachte Ellen bei sich, in solchen Augenblicken neigen die Menschen auch dazu, auszusprechen, was sie insgeheim glauben.

»Sehen Sie, sie war zutiefst verstört vom Ergebnis des Familienrates. Es wurde beschlossen, daß sie diese literarischen Salons aufgeben muß – und sich für mindestens ein Jahr auf mein Château in der Normandie zurückziehen – ein häusliches Leben führen muß …«

Ellen war sprachlos. Die *arme* Louise, dachte sie entsetzt; kein Wunder, daß sie vor Schmerz und Enttäuschung halb außer sich war. Und dann noch ein Streit mit Germaine. Doch welche Tyrannei, dem bedauernswerten Mädchen eine solche Einschränkung aufzuerlegen. Wie kann sie das je ertragen? Und wie kann er das billigen?

Bestürzt blickte sie zu Raoul auf, der sagte: »Ja, ich weiß, was Sie denken. Es ist eine Art Despotismus. Aber ich bin ihm auch unterworfen. Sehen Sie, unsere Familie ist weitläufig, reich und alt; wir müssen an die Linie, an das Erbe denken, nicht nur an uns selbst.« Kläglich fügte er hinzu: »Ich hätte sie niemals, niemals heiraten sollen. Englisch – protestantisch – es war äußerst töricht.«

Da Ellen dieser Ansicht von Herzen beistimmte, fiel ihr nichts weiter ein, als zu sagen: »Ich wünsche Ihnen eine gute Nacht, Monsieur. Sie brauchen ebenfalls Ruhe.«

»Lassen Sie mich Ihnen zumindest für Ihre Freundlichkeit und Nachsicht danken.« Er streckte die Hand aus; ein wenig widerstrebend legte Ellen ihre hinein. Er sah so jung, aufgewühlt und verloren aus – nicht im mindesten wie das tyrannische Oberhaupt einer reichen, alten und vornehmen Familie –, daß es sie zutiefst bedrückte.

»Also gute Nacht.«

Doch zu ihrem äußersten Entsetzen zog er sie an sich und legte ihr, ehe sie sich losmachen konnte, wie ein erschöpftes Kind den Kopf auf die Schulter. Seine Arme schlossen sich um sie.

»Oh, wie satt ich das alles habe«, murmelte er. »Oh, wie sehr ich mir wünsche, das, was sie dachte, wäre wahr!«

»Monsieur, Sie vergessen sich«, sagte Ellen. Sanft aber bestimmt löste sie sich aus seiner Umarmung und entschlüpfte in Richtung ihres Zimmers. Nicht weit weg hörte sie, wie sich eine Tür leise schloß. Sie konnte sich der unangenehmen Überzeugung nicht verschließen, daß jemand sie beobachtet hatte.

Am nächsten Nachmittag war Ellen gerade damit beschäftigt, Menispe das Blumenpressen beizubringen, als ein Mädchen kam, um auszurichten, daß Madame la Comtesse auszufahren gedenke, um eine Reihe von Besuchen zu machen, und wünsche, daß ihre Tochter sie begleite. Von dieser Anordnung überrascht, ging Ellen mit einer hastig hergerichteten Menispe in den Hof hinunter. Louise, die wachsbleich und trübäugig aussah, doch elegant mit cremefarbenem Musselin und einem riesigen, mit weißen und goldenen Rosen überhäuften Hut bekleidet war, saß bereits in der Kutsche und klopfte mit ihrem Kartentäschchen ungeduldig auf die lederne Armlehne.

»Sind Sie wirklich wohl genug, um auszugehen, Gräfin? Und Menispe zu beaufsichtigen – nach vergangener Nacht?« begann Ellen, über ihr Aussehen besorgt.

»Oh, fangen *Sie* mir jetzt nicht damit an, meine Liebe.« Louise gab ein gereizt tremolierendes Lachen von sich. Ihre Stimme war hoch und gezwungen. »Nach einem meiner Anfälle bin ich stets in bester Verfassung; ein ganz anderer

Mensch, das versichere ich Ihnen. Und mir liegt daran, wegen dieses Exils, das mir die la Fertés zu verordnen für richtig hielten, den Rat meiner lieben Clarkey einzuholen. Clarkey verlangte immer, Menispe zu sehen, sie ist in Kinder vernarrt. Wenn Tante Paulina nicht noch in Etretat wäre, würde ich auch sie konsultieren ...«

»Sie werden Menispe doch nicht zu lange draußen lassen? Sie ist nach diesem Besuch beim Zahnarzt immer noch nicht ganz auf der Höhe.« In Wirklichkeit dachte Ellen an Menispes Mutter; sie war von ihrem Aussehen entsetzt.

»Machen Sie nicht so ein Getue, ich werde mich bestens um sie kümmern. Schließlich bin ich ihre Mutter!« Louises Mund krümmte sich zum vertrauten, freudlosen Lächeln nach unten. »Komm, Kind«, sagte sie. »Miss Paget verdient einen freien Nachmittag – zweifellos wird sie sich auf vielerlei angenehme Art zu beschäftigen wissen!«

Tief besorgt vom Klang dieses schrillen Lachens, wartete Ellen, während die widerstrebende Menispe in die Kutsche gehoben wurde und die Pferde aus dem Hof trotteten.

Da sie nicht allein mit ihren Gedanken im Haus sitzen wollte, setzte auch sie sich einen Hut auf und begab sich auf einen Bummel durch Paris. Der Nachmittag war grau, düster und bedrückend; Donner grollte über den Höhen von Montmartre. Im ›Bon Marché‹ kaufte Ellen ein Schultertuch, das sie nicht brauchte, und in einer Leihbücherei, wo sie im cabinet de lecture eine Weile las, einen Roman für fünfzehn Franc; in der Rue de la Paix trank sie ein citron pressé und sah den Arbeitern zu, wie sie Triumphbögen errichteten, riesige, goldene Viktorien, mit Lorbeerkränzen geschmückt. Damit wollte man die Beendigung des Krieges zwischen Frankreich und Österreich feiern; doch es gab, wie Ellen Artikeln in der *Revue des Deux Mondes* entnommen hatte, wenig Grund zur Freude. In England hatte Disraeli den Krieg ironisch als »wunderbares Schauspiel« bezeichnet, »das nur hunderttausend Menschenleben und 50 Millionen Sterling gekostet hat.«

Wer fängt einen Krieg an? fragte sich Ellen. Werden Kriege mit Vorbedacht geplant? Setzt sich irgendein Staatsmann mit Stift und Reißbrett hin und beschließt: »An diesem Punkt wird ein Krieg zu unserem Vorteil sein; wir werden soundso viele Menschenleben und soundso viele Franc opfern«? Gibt es Regeln, die befolgt werden müssen? Männer haben anscheinend ein Bedürfnis nach Regeln. Sie fühlen sich nicht wohl ohne sie – Regeln zur Beherrschung von Nationen, Familien, Reichtum, Erbe, Ehefrauen.

Ich weiß nicht genau, ob ich heiraten will, überlegte Ellen, während sie an ihrem citron pressé nippte; nach dem, was ich von der Ehe gesehen habe, bezweifle ich, ob sie mir guttäte. Andererseits – sie wandte die Augen von den anzüglichen Blicken zweier Dandies ab, die an ihrem Tisch vorbeischlenderten – ist das Los einer auf sich allein gestellten Frau so schwierig. Was für scharfe, harte Gesichter die Franzosen haben, dachte sie, als das äugelnde Paar erneut vorbeibummelte: lange, knochige Wangen, steife Backenbärte, scharfe Schnurrbärte – anscheinend versuchen sie alle, dem Kaiser möglichst ähnlich zu sehen. Kaum ein liebenswertes Volk – doch ihre Intelligenz läßt sich nicht leugnen.

Um allein zu leben, dachte Ellen, bräuchte man den Mut eines Alexander, die Schlauheit und Umsicht eines Jesuiten. Ohne Liebe zu leben – ist das möglich? Madame Dudevant tut es – aber sie hat ja auch beides, die Liebe *und* die Unabhängigkeit. Bin ich so tapfer? Würde ich den Mut haben, Liebe zurückzuweisen – wenn ich das Gefühl hätte, sie bedeute zuviel Unterwerfung?

Sie erinnerte sich, wie Patrice Bosschère so eindringlich gesagt hatte: »Ich brauche Sie an meiner Seite. Hätte ich Sie, was könnte ich nicht leisten!« Aber war es Liebe, was er im Sinn hatte? Sie dachte an Raoul de la Ferté, wie er letzte Nacht erschöpft, vertrauensvoll den Kopf an ihre Schulter gelegt hatte. Als sie sich in der Bibliothek unterhalten hatten, oder über Dickens, hatte sie für ihn eine Art wohltuende, unbeschwerte Zuneigung empfunden, wie für einen lieben

Freund, einen lieben Bruder. Allerdings nicht wie für Benedict! Doch letzte nacht hatte sich diese Zuneigung zu einem drängenden Verlangen nach Zärtlichkeit gesteigert, das sie erschreckte, ihr völlig unerwartet vor Augen führte, zu welchen Gefühlen sie imstande war.

Gott weiß, dachte Ellen, daß Louise, das arme Ding, keinen Anlaß für ihre böswilligen Unterstellungen hatte; doch von jetzt an muß ich auf der Hut sein. Die bloße Tatsache, daß sie eine solche Beschuldigung ausgesprochen hat, reicht aus, einem den Gedanken in den Kopf zu setzen. Keine Tête-à-têtes mehr mit dem Comte. Aber wenn Louise in die Normandie verbannt wird, werden Menispe und ich sie vermutlich begleiten. Und Raoul wird zweifellos in Paris bleiben und sein eigenes Leben führen.

Wehmütig gestand sie sich ein, wie sehr sie das Pariser Leben vermissen würde. Und wie um alles in der Welt würde Louise inmitten der Kühe und Apfelbäume ihre Zeit ausfüllen? Mit der Arbeit an der ›Abhandlung über das Goldene Zeitalter der Gynautokratie‹? Würde sie das für den Verlust ihres Salons entschädigen?

Die beiden jungen Männer kamen in immer kürzeren Abständen vorbei, und ihre Blicke wurden immer unverschämter; Ellen stand auf, spannte als Schild gegen sie ihr Parasol auf und ging raschen Schritts weg. Keinen Augenblick zu früh: Warme, schwere Regentropfen, groß wie Soustücke, hatten aufs Pflaster zu fallen begonnen, und die purpurnen Gewitterwolken waren fast direkt über ihr; sie würde die Rue de l'Arbre Vert wohl kaum erreichen, ehe das Unwetter losbrach.

Als sie im Hôtel Caudebec ankam, stellte sie zu ihrer großen Überraschung fest, daß Louise und Menispe von ihrem Besuch bei Mrs. Clarke noch nicht zurück waren. Es war schon nach Menispes Schlafenszeit – und sah Louise gar nicht ähnlich, Menispes Gesellschaft länger als ein paar Stunden zu ertragen. Aber vielleicht hatte sie beschlossen, das Ende des Unwetters abzuwarten, ehe sie die Rue du Bac verließ – der Regen fiel jetzt in Sturzbächen, Blitze verwandelten den Himmel in ein purpurnes Flackern. Trotzdem hatte Ellen ein sehr ungutes Gefühl; sie schaute immer wieder aus ihrem Fenster in den Hof, in der Hoffnung, die Kutsche zurückkommen zu sehen.

Gleich darauf kam Véronique, die Bonne, einigermaßen aufgeregt ins Zimmer.

»Mademoiselle Pagette – ich habe gerade mit Jules gesprochen, und er sagt, er habe die gnädige Frau und la petite *nicht* zu Madame Clarke gefahren!«

»Nicht? Wohin hat er sie dann gebracht?«

»Die gnädige Frau sagte, sie habe Besorgungen zu erledigen; sie sagte Jules, er solle sie bei Crista, der Modistin, absetzen, sie werde dann eine Droschke in die Rue du Bac nehmen, wenn sie fertig sei – eine Droschke! Die gnädige Frau! So etwas hat sie noch nie getan. Jules fragte, ob er sie nicht bei Madame Clarke abholen und nach Hause fahren solle, und sie sagte, nein, sie werde mit der Kutsche dieser Dame zurückkommen. Aber bis jetzt hat sie das noch nicht getan. Und es ist schon so spät!«

»Weiß Monsieur le Comte das?«

Gehetzt und ängstlich dachte Ellen: War das irgendeine Taktik von Louise – eine List, um dem Netz der Familie zu entgehen?

Eine Drohung, mit Menispe als Hebel? Hatte sie Jules befohlen, sie mitten in Paris abzusetzen, damit niemand wissen würde, wohin sie gegangen war?

Dann behauptete sich wieder die Vernunft.

»Lassen Sie Jules mit der Kutsche zu Madame Clarke fahren; das Unwetter ist so arg, vielleicht werden noch andere Gäste dort festgehalten. Die Comtesse wird wahrscheinlich froh sein, ihr eigenes Fahrzeug zu haben. Und Sie legen besser eine Wärmflasche in Menispes Bett – das arme Kind, ich hoffe, sie holt sich von diesem langen Ausflug keine Erkältung. Und sie haßt Donner ...«

»Ich habe bereits eine Wärmflasche in ihr Bett gelegt, Mademoiselle«, sagte Véronique von oben herab und zog sich zurück, um Jules die Anweisung zu geben.

Besorgt durchmaß Ellen ihr komfortables Zimmer. Wenn Louise nur keine Dummheit gemacht hatte …

Nach einer weiteren halben Stunde ohne ein Zeichen von der zurückkehrenden Kutsche fiel Ellens Blick auf ein Licht in der Bibliothek. Das war wohl der alte Abbé de Grandville; er könnte vielleicht einen vernünftigen oder tröstlichen Rat geben; und seine ruhige Gesellschaft wäre besser, als allein zu sein. Ellen warf sich ein Umschlagtuch um die Schultern, denn das Unwetter hatte die Luft abgekühlt, und begab sich auf Umwegen durch Korridore zur anderen Seite des Hauses, da eine Überquerung des Hofes nicht in Betracht kam.

In der Bibliothek fand sie nicht nur den Abbé, sondern eine ältere Großtante Raouls mütterlicherseits, eine Dame, die den Titel einer Prinzessin Tanofski führte, da sie in ihrer Jugend kurz mit einem polnischen Adligen verheiratet gewesen war. Sie war überaus arm und hatte, da sie nun schon einmal die Anreise von Périgord, wo sie in einer kleinen Pension wohnte, auf sich genommen hatte, ihre Absicht kundgetan, drei Wochen in Paris zu bleiben, um die Gastfreundschaft ihres Großneffen weidlich auszunützen. Die Füße auf einer Fußbank und behaglich in ihr braunrotes Wollkleid eingehüllt, ruhte sie gemütlich in einem Samtsessel, nippte an einer Tasse tisane und war in ein theologisches Streitgespräch mit dem Abbé verwickelt. Ihre beiden alten, runzligen Gesichter ließen milde Verärgerung erkennen, als sie sich Ellen zuwandten.

»Ich bitte um Verzeihung, Prinzessin – Monsieur l'Abbé …« Ellen war ein wenig verlegen. War es denkbar, fragte sie sich, daß sie gehofft hatte, den Comte hier vorzufinden? Aber nein, abwegiger Gedanke. »Ich bin ein wenig beunruhigt wegen der Comtesse und Menispe …« Sie erklärte die Situation.

Prinzessin Tanofski zuckte die Achseln; offensichtlich konnte sie keine Narrheit von seiten Louises überraschen;

doch der Abbé gab zu bedenken: »Kann die Gräfin nicht zur britischen Botschaft gegangen sein, um sich mit ihrer Tante zu beraten?«

»Aber nein, Monsieur; Lady Morningquest ist immer noch außerhalb der Stadt, in Etretat.«

»Wäre es möglich, daß Louise, einer momentanen Eingebung folgend, beschlossen hat, Miladi Morningquest dort aufzusuchen?«

Erleichtert akzeptierte Ellen diesen Gedanken.

»Danke, Monsieur. Vielleicht ist es so. Meinen Sie, wir sollten, falls – falls die Gräfin nicht bald zurückkehrt, Lady Morninquest telegraphieren?«

»Wo ist Raoul?« fragte seine Großtante. »Zum Spielen ausgegangen, nehme ich an, oder in einem Bordell, wo er besser zu Hause sein und über seine Angelegenheiten wachen sollte.«

Ellen fand das ein hartes Urteil, und der Abbé zuckte die Achseln, da er ihre Ansicht offenbar teilte.

»Ich finde, wir sollten mit dem Telegraphieren nicht warten, bis der Comte zurückkehrt«, sagte Ellen. »Wenn – falls Jules ohne sie zurückkommt – falls sie nicht bei Mrs. Clarke gewesen ist –«

»Vielleicht ist sie zu diesem schrecklichen Teufelsmädchen von Lesbos gegangen – wie heißt sie doch gleich – Justine? Dieses de Rhetorée-Ding.«

Ellen hielt das für ziemlich unwahrscheinlich. Würde Louise in Germaines schäbigem Loch Zuflucht nehmen – Louise, die so etepetete war, daß sie kein Obst, ja nicht einmal Blumen anfaßte, ehe sie nicht gewaschen waren? Und der Abbé schüttelte den Kopf.

»Sie hatten einen heftigen Streit«, sagte er wissend. »Ich glaube nicht, daß wir noch sehr viel von Mademoiselle de Rhetorée ...«

In diesem Augenblick klopfte Véronique und trat ein, das freundliche Gesicht tief verstört. Als sie knickste, überlegte Ellen, wie sehr die Bediensteten in alle Familienangelegenheiten einbezogen waren – was auch die Geschwindigkeit bestätigte, mit der Véronique sie hier aufgespürt hatte. Nichts ging unbeobachtet vor sich.

»Madame la Princesse – Mademoiselle – Jules ist zurückgekehrt und berichtet, meine Herrin sei gar nicht zu Mrs. Clarke gegangen! Mrs. Clarke habe sie gar nicht erwartet!«

»Tiens!« sagte der Abbé. »Das sieht allmählich ernst aus; es hat den Anschein einer Flucht. Elendes Mädchen!« Sein bleiches, gefurchtes altes Gesicht war äußerst mißbilligend.

»Nun, wenn Sie durchgegangen ist«, sagte die Prinzessin heiter, »so wird es für Raoul leicht sein, sich von ihr scheiden zu lassen.«

»Bist du wahnsinnig, Séraphine? Die la Fertés lassen sich nicht scheiden!«

»Aber Théodule, bedenke die Erbfolge!«

Das folgende Streitgespräch wurde durch das Eintreten Ernests, des Majordomus, unterbrochen, der überaus entsetzt blickte. Er wurde von zwei Männern in Gehröcken und Zylindern begleitet.

»Monsieur l'Abbé – ich weiß nicht, ob ich recht daran tue, zu Ihnen zu kommen – aber da Monsieur le Comte außer Haus ist – diese beiden Herren sind von der Polizei ...«

»Oh, mon Dieu, was denn nun schon wieder?« fragte die Prinzessin mit schriller Stimme.

Doch der Abbé sagte mit milder Würde: »Gewiß hatten Sie recht, Ernest. Was kann ich für die Herren tun?«

Förmlich erklärten die beiden Männer ihr Anliegen. Sie seien von der hysterischen Concierge eines Mietshauses in einer Seitenstraße der Rue Langlade gerufen worden, die behauptet habe, in ihrer Dachwohnung Pistolenschüsse gehört zu haben.

»O *nein*!« flüsterte Ellen.

Die Polizei sei ins Dachgeschoß hinaufgestiegen, habe sich Zutritt verschafft und zwei Leichname entdeckt, die einer Dame und eines Kindes, beide gutgekleidet, Personen von Stand. Die entsetzte Concierge habe eine wirre Geschichte erzählt, dahingehend, die Mieterin ihrer Dachwohnung sei mit einer reichen Dame, der Comtesse de la Ferté, bekannt.

»Und wo *war* derweil die Mieterin?« erkundigte sich der Abbé.

»Sie war nicht da, Monsieur. Da eine eindeutige Identifizierung nicht möglich war, haben wir uns folglich erlaubt, hierherzukommen ...«

Der Abbé erhob sich bereits mühsam und zog die befranste Schärpe um seine Kutte enger. Er nahm einen schweren Umhang von einem Haken unter der Galerie und sagte zu den Polizisten:

»Messieurs, wer paßte besser an ein Totenbett als ein Priester? Wenn es das ist, was Sie wünschen, bin ich bereit, das Notwendige zu tun.«

»Oh, Théodule, du wirst dir eine schreckliche Krankheit oder eine Lungenentzündung zuziehen. Hör doch, wie es regnet! Und die Rue de Langlade ist ein höchst infames Quartier!«

»Sei still, Séraphine«, sagte der Abbé fest. »Es ist meine Pflicht zu gehen.« An Ellen gewandt, fügte er hinzu: »Vielleicht kämen Sie am besten mit, Mademoiselle. Falls man zufällig feststellte, daß einer der beiden Unglücklichen – angenommen es sind die, für die wir sie halten – noch lebte ...«

»Davon kann keine Rede sein, Monsieur l'Abbé«, sagte der ältere Beamte.

Doch Ellen sagte schaudernd: »Natürlich werde ich Sie begleiten, Monsieur.«

Die Fahrt durch die glänzenden, dunklen, tropfnassen Straßen verlief schweigend. Nach Pariser Maßstäben war es noch nicht spät, doch der Regen hatte die meisten Menschen in die Häuser getrieben. Der Abbé betete einen Rosenkranz, während sie dahinfuhren, Ellen kauerte sich still in ihre Ecke. Allzubald trafen sie vor dem hohen, schmalen Haus ein, wo Ellen das Weingeschäft, die Nische der Pförtnerin und die schmierige Treppe wiedererkannte. Zitternd folgte sie den drei Männern die dunklen Fluchten hinauf.

Germaines kahle Zimmer sahen nun ganz anders aus, von Gasflammen und einer Reihe Laternen hell erleuchtet. Zwei weitere Polizisten standen Wache, während ein dritter herumstöberte und sich Notizen machte. Auf dem armseligen Bett lag etwas mit einem Laken Bedecktes, wovon Ellen die Augen abwandte, doch nicht ehe sie die Lache einer dunklen Flüssigkeit gesehen hatte, die auf die Dielen darunter getropft war. Ein Stück Volant aus cremefarbenem Musselin hing auf den Boden herunter, der Saum dunkelbraun bespritzt und befleckt.

»Warten Sie bitte an der Tür, Mademoiselle«, sagte der ältere Beamte.

Ellen hatte das Gefühl, sie hätte sich nicht bewegen können; wie angewurzelt stand sie da, während der Abbé ruhig zum Bett hinüber ging, das Laken anhob und auf das hinabstarrte, was darunter lag. Dann breitete er das befleckte Tuch wieder darüber und trat zurück, wobei sein Blick den des älteren Beamten traf.

»Es sind die Comtesse de la Ferté und ihre Tochter«, sagte er.

»Sind Sie sicher, Monsieur?«

»Es gibt keinerlei Zweifel.«

»Dann brauche ich Sie nicht länger aufzuhalten. Es tut mir leid, daß Sie gezwungen waren, zu diesem fürchterlichen Ort zu kommen, Mademoiselle«, sagte der Mann zu Ellen, die mechanisch erwiderte: »Das macht nichts. Aber – sind Sie *sicher*, daß sie tot sind, Monsieur? Es besteht nicht die geringste Möglichkeit, daß …?«

»Keine, Mademoiselle.«

»Oh, wie schrecklich. Oh, der *arme* Monsieur le Comte!«

»Kommen Sie, mein Kind«, sagte der Abbé. »Wir kehren am besten ins Hôtel Caudebec zurück, um ihm diese traurige Nachricht zu überbringen … Ich nehme an«, sagte er zu dem Polizeibeamten, »daß die Leichname dorthin verbracht werden, wenn Sie die Ihnen geeignet erscheinenden Maßnahmen ergriffen haben?«

»Gewiß, Monsieur.«

Den ganzen Heimweg in der Kutsche über betete der Abbé leise die Totenmesse. Ellen mochte ihn nicht unterbrechen, um Fragen zu stellen. Doch Prinzessin Tanofski fragte, als sie im Hôtel Caudebec zurück waren, sofort: »Und? War es Louise? Und das Kind?« Der Abbé neigte den Kopf. »Und sie waren tot? Beide tot? Oh, welche Wahnsinnstat! Was hat die arme, frevlerische Irre getan – Gift genommen?«

»Nein«, sagte der Abbé. »Sie waren beide durch den Kopf geschossen.«

»Oh, mon Dieu! Wie sollen wir das nur Raoul beibringen?«

»Das brauchst du nicht, Tante Séraphine«, sagte Raouls Stimme. Sie fuhren alle herum und sahen ihn in der Tür stehen. Er war aschfahl und hatte einen halben Briefbogen in der Hand. »Ich fand diesen Brief von Louise auf meinem Schreibtisch«, sagte er und las ihn laut vor. »›Du und Deine Familie, Ihr habt mich zu weit getrieben. Und so plane ich, Euch allen zu entfliehen, und werde Menispe mitnehmen. Ich weiß, Du gibst vor, sie zu lieben – aber ich weiß auch, daß Du sie, wenn sie erwachsen würde, zu der gleichen grotesken Sklaverei verdammen würdest, die Du mir zugedacht hattest. Vielleicht mag der Gedanke an *sie* ein kurzes Bedauern in Dir zu wecken. Ich weiß, daß Du für *mich* kein Mitgefühl hattest. Louise.‹«

Raouls Stimme brach vor Schmerz, während er den Brief las. Er schrie sie an: »Wir haben sie getötet, wir alle! Wollt ihr das leugnen? Das arme, arme, unglückliche Mädchen. Alles, was sie wollte, war, zu lesen und zu schreiben und über Philosophie zu sprechen – nun ist sie tot und zur Hölle gefahren! Sie war erst einundzwanzig! Und Menispe war vier. Und es ist unsere Schuld.«

»Unsinn, Raoul«, sagte die Prinzessin scharf. »Sie war ein

albernes, selbstsüchtiges, hysterisches Mädchen. Dich trifft *keinerlei* Schuld – noch die Familie. Gütiger Himmel, du hast ihr alles auf der Welt gegeben …«

»Das ist wahr, mein Sohn«, sagte der Abbé. »Du hast keinen Grund, dir Vorwürfe zu machen. Wir sind alle fehlbar – le bon Dieu weiß es –, aber du hast dich unter sehr mißlichen Umständen großzügig und maßvoll verhalten. Warum sollte Louise sich herausnehmen, am normalen Los der Frauen etwas auszusetzen zu haben?«

Warum sollte sie nicht? dachte Ellen. Doch sie sprach diesen Gedanken nicht aus. Raoul war voll Jammer auf eine Samtcouch gesunken, den Kopf in die Hände vergraben; sie fand, sie habe kein Recht, hier zu sein und seinen Kummer und seine Reue mitanzusehen.

»Ich werde auf mein Zimmer zurückkehren, Prinzessin«, flüsterte sie. »Es sei denn, ich kann etwas für Sie tun?«

»Ja; Sie können mich auf *mein* Zimmer begleiten«, sagte die Lady. »Wir werden Monsieur l'Abbé allein lassen, damit er meinen Neffen trösten kann. Reichen Sie mir den Arm, Kind«, und sich schwer auf Ellen stützend, humpelte sie nach oben und sank in einen Fauteuil neben ihrem Kamin.

»Asseyez-vous, mon enfant«, hieß sie Ellen, »denn es gibt viel zu besprechen. Wir alle werden mit der äußersten Diskretion vorgehen müssen, wenn es nach dieser katastrophalen Tat keinen fürchterlichen Skandal geben soll. Louise war schließlich wohlbekannt in der Gesellschaft und in literarischen Zirkeln – es läßt sich nicht vertuschen. Dem Himmel sei Dank, daß sie wenigstens einen Brief hinterließ, in dem sie ihre Absichten eingestand – sonst würden die Polizei und gewiß auch die Öffentlichkeit annehmen, Raoul habe es getan.«

Ellen war entsetzt.

»Glauben Sie das wirklich, Prinzessin?«

»Aber ja. Wenn die Presse die Dinge verschlimmern kann, so wird sie das stets tun. Oder vielleicht wird sie behaupten, das de Rhetorée-Mädchen habe Louise aus Eifersucht umgebracht. Oder« – die scharfsinnigen, hellbraunen Augen musterten leidenschaftslos Ellens Gesicht – »sie wird behaupten, Raoul unterhalte eine Liebschaft mit Ihnen, Miss Paget, und Louise sei dahinter gekommen und habe ihrem Leben deshalb ein Ende gemacht.«

»Madame!« Ellen spürte, wie sie puterrot wurde, und hoffte, daß der Feuerschein es verbarg.

»Oh, sie wird all das behaupten, da können Sie sicher sein. Um Raouls willen verlassen Sie am besten morgen dieses Haus. Das heißt – Moment – man wird all die Todesanzeigen verschicken müssen; es ist höchst ungünstig, daß Raouls Mutter nach Rom zurückkehren mußte, die alberne Frau; vielleicht bleiben Sie besser, bis all das erledigt ist. Meine Anwesenheit im Haus wird der Situation die nötige Schicklichkeit verleihen, möchte ich meinen. Doch danach nehmen Sie besser bei Lady Morningquest Zuflucht.«

»Oh, sie wird so schrecklich außer sich sein. Ich muß ihr morgen telegraphieren.«

Ellen fühlte bohrendes Entsetzen und Schuld, als sie sich der Worte ihrer Tante erinnerte: »Warum solltest du nicht Louises Freundin werden?« Ich habe es ja versucht, sagte sie sich, doch die Stimme des Gewissens gab zurück: »Du hättest dir sehr viel mehr Mühe geben können. Die Wahrheit ist, du hast sie nicht gemocht.« Ich habe bei der kleinen Menispe mein Bestes versucht, wandte sie ein – und dann, als sie sich zum ersten Mal richtig klar machte, daß sie sich nie wieder mit Menispes Widerspenstigkeit und Unaufmerksamkeit würde herumschlagen müssen, brach sie zusammen und weinte bitterlich, zum erstenmal seit vielen Jahren. Die Tränen kamen für Sie ebenso überraschend wie für die Prinzessin Tanofski, die ausrief: »Tiens, haben Sie denn Louise so sehr gemocht? Ich hatte das gar nicht bemerkt.«

»Nein, aber das arme kleine Kind«, schluchzte Ellen und versuchte, an sich zu halten.

»So? Aber ich dachte, sie sei so gut wie imbezil gewesen, kein großer Verlust«, bemerkte die Prinzessin gefühllos.

»Tant pis. Doch nun kann Raoul wieder heiraten und, so hoffen wir, einen männlichen Erben bekommen. Läuten Sie bitte, Miss Paget; ich bin eine alte Dame und brauche mein gôuter du soir.«

Ellen, die das unbarmherzige, praktische Denken der alten Dame frösteln machte, tat wie geheißen, verabschiedete sich dann und ging auf ihr Zimmer; sie fühlte sich, als würde sie nie wieder etwas essen oder trinken können. Das Bild der beiden reglosen Formen unter dem Laken in Germaines schmutzigem Zimmer kehrte peinigend wieder; und zum erstenmal dachte sie: Wo ist eigentlich Germaine? Warum war sie nicht dort? Warum hat sie nicht versucht, Louise von ihrer Tat abzubringen? Oder – ein Hauch von grausiger Eiseskälte – vielleicht war sie ja dort? War sie an der Geschichte irgendwie beteiligt? Hatte vielleicht ihr Mangel an Mitgefühl, ihr Unwille oder ihr zynischer Versuch, Louise zu überreden, sich dem Druck der Familie zu beugen, den letzten Anstoß gegeben?

Doch Germaine konnte wohl kaum Louises Tod gewünscht haben, denn nun hatte sie ihre Gans verloren, die die goldenen Eier gelegt hatte.

9

Am Tage darauf war das Hôtel Caudebec in gramgebeugtes Schweigen gehüllt, während Bedienstete traurig umherschlichen, Emissäre von der Polizei kamen und gingen, gefühllose Besucher, die von der Affäre Wind bekommen hatten, Karten mit neugierigen oder mitfühlenden Nachrichten daließen und Ellen, auf Geheiß der Prinzessin, unzählige Karten schrieb, mit denen sie die Familienangehörigen, die Paris gerade verlassen hatten, zurückrief. Die beiden Leichname waren von der Polizei freigegeben worden, und die Bestattung wurde auf den folgenden Mittwoch festgesetzt. Doch offenbar gingen die Nachforschungen der Polizei weiter; die

Beamten hatten den von Louise für Raoul zurückgelassenen Brief gelesen und waren nicht davon überzeugt, daß er auf die Absicht hindeute, sie wolle ihrem Leben ein Ende machen.

Gegen Mittag kam eine an Ellen gerichtete Nachricht.

Von Lady Morningquest, war ihr erster Gedanke; doch Lady Morningquest würde niemals auf einem schmutzigen, zerfledderten, mit einer schmierigen Marke versiegelten halben Bogen eine Botschaft schicken. Ellen schlitzte den Brief auf und las:

»Ich nehme an, Sie werden ausgehen, um frische Luft zu schnappen oder schwarze Handschuhe zu kaufen? Ich werde mir um 1h im Bon Marché eine Krawatte aussuchen und hoffe, Sie zu sehen. G.«

Die schwarze, spitze Handschrift war sehr vertraut; tatsächlich hatte Ellen immer noch ein halb übersetztes Manuskript von Germaine in ihrem Besitz. Sie überlegte, ob sie es zu dieser Verabredung mitnehmen sollte; dann beschloß sie, es nicht zu tun. Das würde so aussehen – nicht wahr? –, als habe sie vor, die Verbindung abzubrechen.

Der ›Bon Marché‹ war wie üblich von bürgerlichen Matronen bevölkert, die sich die große Auswahl von Waren zu niedrigen Preisen zunutze machten; erst nach einer Weile erkannte Ellen den unauffälligen jungen Arbeiter in umgürteter Bluse und Kordhose, mit nach vorn über die Augen gezogener schwarzer Mütze, der, die Hände in den Taschen, dastand und unschlüssig einen mit Halstüchern bedeckten Tisch betrachtete.

Sein Blick wanderte endlich zu Ellen, er nickte ihr leicht zu oder ruckte mit dem Kopf und schlenderte lässig auf einen der Ausgänge zu.

Unmittelbar vor dem Tor sagte Germaine: »Wo sollen wir zum Reden hingehen? An den Fluß hinunter?«

»Zum Quai? Lieber Himmel, nein«, wandte Ellen ein. »Wir würden völlig durchweicht.«

Das Unwetter der letzten Nacht war zu einem stetigen, alles durchdringenden Sommerregen abgeflaut, der dem Anschein nach wahrscheinlich den ganzen Tag anhalten würde.

Germaine zuckte die Achseln: »Eh bien, dann gehen wir doch ins ›Café Thiémet‹; das heißt, wenn Sie Geld bei sich haben. Ich habe keins.«

Ellen hatte Geld und stimmte zu; sie mochte das ›Café Thiémet‹ nicht, ein großes, überfülltes, lautes Lokal, wollte aber nicht im Regen mit Germaine herumstreiten, die abgezehrt und hohläugig aussah; ihr normaler, biscuitfarbener Teint hatte sich in die klamme, gelb-weiß marmorne Blässe eines Fischhändlers verwandelt.

Im Schutz von Ellens Schirm gingen sie die wenigen Blocks bis zu dem Café, und Ellen hoffte inständig, daß niemand sie, augenscheinlich mit einem jungen *ouvrier* promenierend, sehen und erkennen würde; doch sie selbst trug einen alten schwarzen Mantel und Hut, der ihr von den Trauermonaten für ihre Mutter geblieben war, und hätte für eine armselige Schneiderin oder ein Dienstmädchen durchgehen können. Aber wer würde ihnen an diesem trostlosen Tag schon einen zweiten Blick zuwerfen? Die Straßen waren voller matter Pferde, die auf dem feuchten Pflaster ausglitten, und ungeduldiger Kutscher, die peitschten und fluchten; niemand, der es vermeiden konnte, war bei solchem Wetter zu Fuß unterwegs.

Das ›Café Thiémet‹ war bis zum Bersten voll mit dampfenden, tropfnassen Kunden; doch Germaine bahnte sich mit ihrer gewohnten Kraft und Zähigkeit einen Weg nach hinten und schnappte zwei beleidigten Matronen, die indigniert die Achseln zuckten und sich anderswohin begaben, vor der Nase einen Tisch weg.

»Deux café cognacs«, bestellte sie beim Kellner.

»Keinen Cognac für mich«, sagte Ellen, aber er war schon verschwunden.

»Alors, dann trinke ich sie beide«, sagte Germaine ungeduldig. »Sie haben bestimmt schon gefrühstückt; ich nicht; ich bin die ganze Nacht durch die Straßen gelaufen.«

»Germaine – was ist geschehen?« platzte Ellen heraus. »Hat sie – haben Sie – war es ein Unfall?«

»Pst! Nicht so laut! Bestimmt suchen die flics nach mir, und ich möchte behaupten, das Lokal wimmelt von ihren Spitzeln. Nein – wie dumm Sie sind! Natürlich war es kein Unfall. Sie war zur Selbstzerstörung entschlossen, die arme Schwachsinnige. Ich kam gestern nacht nach Hause und fand sie dort mit dem Kind vor, meine Pistole neben sich, wie sie mir einen Brief voller Verdammungen und Drohungen schrieb. Ich redete ihr zu – natürlich –, tat mein Bestes, sie davon abzubringen –, aber sie war verrückt – irrsinnig – völlig von Sinnen. Ihre einzige Antwort bestand in der Drohung, mich zu erschießen. Und ich schätze mein Leben, das versichere ich Ihnen! Ich hatte keine Lust, mir von einer so geistesschwachen Kreatur das Lebenslicht ausblasen zu lassen.«

Arrogant warf Germaine den Kopf hoch. In der schäbigen Arbeiterkleidung wirkte sie jung, schroff, unbändig; ihre Nüstern waren geweitet, ihr breiter Mund zusammengepreßt.

Der Kellner kam mit ihren beiden Tassen Kaffee zurück, und sie stürzte die eine gierig hinunter.

»Ah! Schon besser! Ich war so hohl wie eine Trommel.«

»Was ist also geschehen?«

»Trotz all meines Zuredens machte sie ihre Drohung wahr; erschoß zuerst das Kind, dann sich selbst.« Ellen schauderte, ihre Vorstellungskraft schreckte vor der Szene zurück. »Was konnte ich schon tun?« sagte Germaine. »Ich konnte sie nicht davon abhalten. Sie hatte die Pistole. Ich beseitigte den Brief, den sie geschrieben hatte – der allen möglichen Schwachsinn äußerte und mich für alle Übel in ihrem Leben verantwortlich machte. Schlimm genug, daß sie in meiner Wohnung gefunden werden würde, nicht nötig, daß der Presse auch noch alles vorgebetet wurde. Dann kletterte ich durchs Fenster aufs Dach, denn ich wußte, daß die alte Madame Pelletier unten Alarm geschlagen haben würde, als sie die Schüsse hörte; ich traute mich nicht, die Treppe hinunterzugehen. Glücklicherweise hatte mich Madame nicht kommen sehen – sie war im Weingeschäft. Ich kroch übers Dach und durch Matthieu Routous Dachfenster herein; er läßt es stets offen und ist um diese Nachtzeit stockbetrunken. Und ich lief bis zum Morgen durch die Straßen, wie ich Ihnen schon sagte. Zu meinem Pech war kein Geld in meinem Zimmer. Erst hinterher fiel mir ein, daß *sie* wahrscheinlich welches bei sich hatte; ich hätte mich ohrfeigen können.«

Ellen schauderte ob dieser Skrupellosigkeit.

»Aber Germaine ...«

»Pst! Nicht so laut!«

»Warum gehen Sie nicht zur Polizei? Wenn – wenn Ihre Geschichte wahr ist, wird man Ihnen glauben. Zeigen Sie ihnen ihren Brief.«

»Ich habe ihn zerrissen.« Germaine verzog den Mund. »Winselnd, voll Selbstmitleid – er widerte mich an.«

»Aber Sie können nicht lange wie ein – wie ein Flüchtling leben. Dadurch werden Sie ihnen nur verdächtig. Und sie werden Sie bestimmt fassen.«

»Sie reden Unsinn. Ich würde den perfekten Sündenbock abgeben. Warum sollte Louise de la Ferté – die alles auf der Welt besaß – ihrem Leben ein Ende machen? Welch schokkierender Gedanke! Nein, es ist bei weitem wahrscheinlicher, daß ich – gierig, eifersüchtig, enttäuscht – sie in einem Anfall von Leidenschaft und Verzweiflung umgebracht habe. Denken sie nur, was für eine wundervolle Schlagzeile das für *Le Siècle* an den Zeitungsständen am Bahnhof abgäbe! Ein sapphischer Mord!«

»Was haben sie vor?«

»Oh, ich werde für eine Weile ruhig auf dem Land leben, in der Bocage vielleicht, oder in der Camargue – irgendwo, wo es ihnen niemals einfällt zu suchen –, bis das Getöse sich gelegt hat. Aber ich werde Geld brauchen, und dabei können Sie, meine liebe Callisto, von Nutzen sein.«

»Ich fürchte, ich habe nicht mehr als zweihundert Franc bei mir«, sagte Ellen und begann, in ihrem Retikül zu wühlen.

»Danke – das wird mir nützen.« Germaine nahm das Geld, ohne zu zögern. »Aber was mir wirklich nottut, ist, daß Sie als meine Abgesandte fungieren. Würden Sie diesen Brief zu meinem Verlag bringen? Ich kann nicht selbst gehen, die Flics beobachten vielleicht das Haus. Villedeuil schuldet mir viertausend Franc, und ich werde ihn bitten, das Geld Ihnen zu geben; davon kann ich monatelang leben, bis das Aufsehen sich gelegt hat. Wenn sie mich nicht zu fassen bekommen, werden sie wahrscheinlich auf Raoul zurückgreifen und ihn verhaften. Der Gedanke, daß ein Ehemann seine Frau umbringt, ist immer populär, besonders wenn er jung, reich und gutaussehend ist. Die Öffentlichkeit liebt das.«

»Wie können Sie so herzlos sein?«

»Oh, was sind Sie ein egozentrischer, kleiner englischer Tugendbold.« Germaine schüttete Ellens Kaffee hinunter und bestellte zwei weitere; sie verstand es unfehlbar, den Blick des Kellners auf sich zu ziehen. »Werden Sie für mich zu Villedeuil gehen?« fragte sie fordernd. »Sein Büro ist in der Rue d'Aumale.«

»Ja; also gut; ich werde hingehen.« Ellen war sich keineswegs sicher, daß sie das tun sollte, doch der »egozentrische, kleine englische Tugendbold« hatte sie gekränkt; sie hatte Louise im Stich gelassen, doch sie wollte irgend jemandem – vielleicht sich selbst – beweisen, daß sie *irgend jemandem* in dieser Tragödie von Nutzen sein könnte.

»Gut. In diesem Fall wäre ich Ihnen verbunden, wenn Sie gleich gingen; je eher ich die Stadt verlasse, desto besser. Ich würde gern heute nacht aufbrechen.«

»Wird der Verlag sich das Geld so schnell beschaffen können?«

»Gewiß; der alte Villedeuil verdient ausgezeichnet an meinem Werk; er wird nicht wollen, daß man mich auf die

Guillotine schickt. Ich habe die ganze Angelegenheit hierin erklärt.« Sie reichte Ellen einen Brief. »Alsdann, wo treffen wir uns? Wir sollten nicht wieder hierher kommen. Ich sehe sie in der Sainte Chapelle, im ersten Stock, um vier Uhr. Und nun laufen Sie besser los – aber halt, Sie brauchen ein bißchen Geld für eine Droschke. Hier – das sollte ausreichen. Übrigens, sind Sie mit der Übersetzung meiner ›Contes Tristes‹ fertig?«

»Nein, ich habe erst die Hälfte.«

»Nun gut, wir werden später darüber sprechen; einstweilen adieu.«

Recht verstimmt darüber, so gleichgültig entlassen zu werden, nahm Ellen (nicht ohne Schwierigkeiten, denn aufgrund des feuchten Wetters waren Fahrzeuge rar) eine Droschke zum Büro des Verlegers; während der zwanzigminütigen Fahrt hatte sie Muße, über Germaines Geschichte nachzudenken. War sie wahr? Sie hatte einen Anstrich von Wahrscheinlichkeit – doch das wäre für eine geübte Geschichtenerzählerin leicht zu bewerkstelligen. Trotzdem, welchen Nutzen hätte Germaine davon, Louise zu töten. Sie hatte soeben ihr vollkommen kaltblütiges praktisches Denken demonstriert – wenn es denn einer Demonstration bedurft hätte. Es schien gänzlich unwahrscheinlich, daß sie aus Leidenschaft oder im Affekt ein Verbrechen begehen – oder ein Kind töten, das ihr nichts bedeutete –, geschweige denn die Tat in ihrem eigenen Zimmer ausführen würde, wo der Verdacht sofort auf sie fallen würde.

Nein, es war der letzte Racheakt von Louise gewesen, die beabsichtigt hatte, daß der anklagende Finger sich auf ihre herzlose Freundin richte.

Gegenüber Germaine milder gestimmt, nachdem sie zu diesem Schluß gekommen war, stieg Ellen beim Büro des Verlegers aus und hieß den Kutscher warten. Sie gab Germaines Brief an den Verleger ab, der alsbald mit bestürztem Gesicht auftauchte. Er war ein kurzer, dicker Mann mit fahlem Teint – der letzte Mensch, dachte Ellen, bei dem man

Aufgeschlossenheit gegenüber literarischer Qualität vermutet hätte; doch er schien über Germaines Notlage aufrichtig bestürzt zu sein.

»Solch ein bemerkenswertes Talent! Solch ein schrecklicher Schlag!« wiederholte er in einem fort. »Ich habe meinen Bürovorsteher um das Geld zur Bank geschickt, Mademoiselle; er wird sehr bald zurück sein. Oh, es ist beklagenswert, daß eine Schriftstellerin wie unsere Freundin solchen Unbilden und Schwierigkeiten ausgesetzt ist. Ich glaube, sie verspricht durchaus, Madame Sand mit der Zeit den Rang streitig zu machen – wenn sie nur ein Einkommen hätte, von dem sie sich ernähren könnte, während sie schreibt, wenn sie nicht so von der Hand in den Mund lebte! Was für eine Katastrophe, daß die Comtesse tot ist – die Zeitungen sind voll davon – wo wird unsere Freundin je wieder eine solche Mäzenin finden?« Er schaute nervös aus dem Fenster. »Ist das ein Polizeibeamter auf der anderen Straßenseite?«

»Ich habe keine Ahnung«, sagte Ellen.

»Wenn sie nur nicht herkommen und mich verhören! Ah, da ist endlich Charpentier mit dem Geld; und ich habe Mademoiselle doppelt soviel gegeben, wie sie verlangt hat; ihr neuer Roman, ›La Religieuse‹, ist gerade gedruckt worden; die Angestellten binden ihn jetzt auf; ich habe sechstausend gedruckt, und bei der Publizität dieses Falles bin ich sicher, Bestellungen über weitere sechstausend, höchstwahrscheinlich mehr, zu bekommen! Er wird ein succès fou werden! Sagen Sie unserer Freundin, sie möchte mir schreiben, wenn sie auf dem Lande eine Adresse hat – nicht hierher, sondern an meine Privatwohnung« – er gab Ellen eine Karte –, »und ich werde ihr Geld zukommen lassen.«

»Danke, Monsieur.«

Ellen verließ das Büro, mit einem aufmerksamen Blick auf den an einem Laternenpfahl lehnenden Mann – der wie ein Polizeispitzel wirkte –, und befahl dem Droschkenkutscher, sie zur Notre-Dame zu fahren. Dort bezahlte sie ihn, ging in die Kathedrale und kniete im Dämmerlicht der Kerzen betend nieder. Ihr war unruhig, verwirrt und kummervoll zumute; um wen, hätte sie kaum sagen können; um alle Beteiligten dieser tragischen Affäre, nicht zuletzt um sich selbst.

Was wird jetzt aus mir werden? fragte sie sich.

Die Uhr der Kathedrale schlug die halbe Stunde, und sie erhob sich steif von dem eiskalten Steinfußboden. Sie verließ die Kirche durch ein Seitenportal und ging langsam in Richtung der Sainte Chapelle, wobei sie sich vorsichtig umblickte. Niemand schien darauf zu achten, wohin sie ging. Der Regen hatte endlich aufgehört, und auf den Straßen drängten sich Passanten.

In der Sainte Chapelle stieg sie in den ersten Stock hinauf, der staubig und bis auf eine schmächtige, armselige Gestalt verlassen war.

»Sie haben es ohne Schwierigkeiten bekommen?« sagte Germaine voll gespannter Ungeduld. »Danke, Callisto!« Zum erstenmal an diesem Tag lächelte sie – ihr breites, faszinierendes Lächeln. Schon wirkte sie neu belebt – weniger abgehärmt, mit leuchtenderen Augen.

»Was soll ich mit der Übersetzung machen?«

Ellen spürte ihre Sympathie in umgekehrtem Verhältnis zu dieser Besserung abnehmen; sie sprach recht kalt.

»Lassen Sie mich überlegen! Warum schicken Sie sie nicht an den englischen Verlag Longman? Ich habe die Adresse – hier!« Germaine kritzelte auf einen kleinen Notizblock, den sie bei sich hatte. »Wenn es ihnen gefällt – wenn sie es drukken möchten –, dann sagen Sie ihnen, sie sollen etwaige Gelder an Monsieur Villedeuil schicken; er kann als mein Agent fungieren. Er ist ein vergleichsweise ehrlicher Mensch – für einen Verleger.«

»Sehr wohl«, sagte Ellen. »Und – ich wünsche Ihnen Glück.«

»Danke, mon amie, das wünsche ich Ihnen auch«, sagte Germaine geistesabwesend. »Ich nehme an, Sie müssen sich jetzt nach einer anderen Stellung umsehen? Es ist ein Jammer. Falls Raoul nicht verhaftet wird, könnte Ihnen Schlimmeres passieren, als ihn zu heiraten.« Sie warf diese Bemerkung achtlos, im Scherz hin, doch dann fügte sie, von ihrer eigenen Scharfsicht hingerissen, hinzu: »Ja! Heiraten Sie ihn, warum eigentlich nicht? Er hat eine Vorliebe für englische Mädchen, er ist drauf und dran, sich in Sie zu verlieben; ich habe es seinen Blicken angesehen. Und Sie sind alles, was *sie* nicht war: vernünftig, sanftmütig, freundlich. *Sie* hatte sein Interesse ebenfalls bemerkt – das goß noch mehr Öl in ihre Melancholie. An seine hilflose Zuneigung gewöhnt, war sie tief entsetzt, als er sie ihr entzog und auf jemand anders übertrug – obgleich sie ihn verachtete.« Germaine sprach rasch und überlegen, als habe sie sich, zu literarischen Zwekken, über die Angelegenheit bereits Notizen gemacht. Sie fuhr fort: »Doch ich bin sicher, wenn *Sie* mit Raoul verheiratet wären, könnten Sie tausendmal besser mit ihm umgehen. Tatsächlich könnten wir ...«

Beinahe mit ihrem alten Lausbubengrinsen grinste sie Ellen an, die sie zutiefst empört unterbrach: »Oh, still! Wie können Sie zu einer solchen Zeit so etwas sagen. Wenn Sie den armen Mann hätten sehen können! Ist er noch nicht genug hintergangen worden? Lassen Sie ihn in Ruhe, Sie haben ihm schon genug Leid zugefügt. Er ist kein passendes Objekt für Scherze.«

Germaine zog ihre klassischen Augenbrauen hoch.

»Oh, oh, wir sind empfindlich? Mademoiselle Etepetete meint, sie sei über solche geschmacklose Überlegungen erhaben, wie? Na gut, lassen Sie sich eines gesagt sein, meine Liebe« – ihre Lippen zogen sich zurück, ihre Stimme war plötzlich rauh, tückisch, feindselig –, *»ich* mag vielleicht Leid zufügen, wie Sie das in Ihrer kritteligen Art formulieren, aber ich tue auch Gutes, meinen Freunden; ich lebe, ich liebe, ich bin schöpferisch, ich schenke Zuneigung und Bewunderung, wo sie verdient sind. Aber was tun Sie, Sie kaltherzige Heuchlerin? Ich habe Sie beobachtet, wie Sie bei diesen Salons die Nase hoch trugen. Sie glauben, Sie seien uns minderwertigen Schriftstellern turmhoch überlegen!

Und Sie haben sich nicht im geringsten bemüht, sich mit Louise anzufreunden oder ihr zu raten – obwohl Sie das weiß Gott hätten tun können. Sie haben Raoul nicht getröstet, obwohl er sich, hätten Sie ihn nur im geringsten ermutigt, Ihnen zugewandt und aufgehört hätte, Louise zu plagen. Sie sind nur immer hocherhobenen Hauptes herumgelaufen, ausschließlich darauf bedacht, welchen Eindruck Sie auf andere Menschen machen, oder haben von diesem narzißtischen Professor aus Brüssel geträumt. In Ihnen fließt kein rotes Blut. Sie sind so darum bemüht sich zu vervollkommnen, daß Sie für andere Menschen nie auch nur einen Blick übrig haben. In Ihren Adern fließt Fischleim!«

»Oh«, rief Ellen aus, durch diese Tirade verletzt und empört. »Wie können Sie es wagen?«

Doch Germaine hatte sich auf dem Absatz umgedreht, ging mit ihrem ausgreifenden, geschmeidigen Schritt zum Ende der Kapelle und rannte die Treppe hinunter. Bis ihr Ellen in den unteren Raum gefolgt war, waren Mütze, blaue Bluse und Kordhose nirgendwo mehr zu sehen.

Ellen trat auf die Straße hinaus. Ihre Wangen brannten, als wäre sie geohrfeigt worden. Betäubt, entsetzt, bitter gekränkt wandte sie ihre Schritte mechanisch in Richtung der Rue de l'Arbre Vert. Das Schlimmste an ihrem Schmerz machte das Bewußtsein aus, daß in Germaines Worten ein großer Teil Wahrheit gelegen hatte.

Als sie im Hôtel Caudebec eintraf, war sie wie vom Donner gerührt, als sie feststellte, daß ein aus Prinzessin Tanofski und Lady Morningquest zusammengesetztes Empfangskomitee sie erwartete.

»Ma'am!« rief Ellen aus, knickste und umarmte ihre Patin. »Ich bin so erleichtert, Sie zu sehen – doch oh, unter welch schrecklichen Umständen.«

Lady Morningquest vergeudete keine Zeit mit Begrüßungen und Ausrufen. Ihr Gesicht war gramzerfurcht und unheilvoll streng.

»Wo um alles in der Welt bist du gewesen? Warum hast du ausgerechnet an diesem Tag beschlossen, so lange wegzubleiben? Die Prinzessin war in großer Sorge um dich – wie in der Tat auch ich ...«

»Es – es tut mir außerordentlich leid, Ma'am. Ich – ich bin ausgegangen ...«

»Um schwarze Handschuhe zu kaufen, das sehe ich. Du hättest bedenken können, daß die Prinzessin deiner Dienste bedürfen würde. Also: sie und ich haben uns deinetwegen beraten. Da der bedauernswerte Raoul verhaftet worden ist ...«

»*Was* sagen Sie da?« entfuhr es Ellen. »Man hat Monsieur le Comte verhaftet?«

»Oh, das mußte so kommen. In solchen Fällen verhaften sie immer den Ehemann. Sie werden ihn wahrscheinlich bald wieder freilassen; seine hochgestellten Verwandten sind alle dabei, die Fäden zu ziehen. Jedenfalls ist er in Polizeigewahrsam genommen worden. Somit liegt keine Unschicklichkeit darin, daß du noch ein paar Tage länger hierbleibst und dich der Prinzessin nützlich machst; ihre Dame de compagnie kann nicht vor Dienstag hiersein. Danach mußt du natürlich zu mir kommen, bis wir entscheiden können, was wir mit dir machen.«

Lady Morningquest sprach schroff; es war deutlich, daß sie die Notlage ihrer Patentochter für nichts als ein Ärgernis hielt.

Ellen konnte nur wiederholen: »Sie haben Monsieur le Comte verhaftet? Aber wie konnten sie nur? Sie können doch bestimmt keinen Grund zu der Annahme gehabt haben, er habe etwas mit – mit den Todesfällen zu tun? Geschweige denn Beweise? Es ist eine vollendete Ungerechtigkeit.«

Lady Morningquests Gesicht wurde noch mißbilligender. »Das mag schon sein. Offenbar hatte Raoul die Gewohnheit, ein Maison – ein Bordell in der Straße nahe dem Schauplatz des Mordes aufzusuchen.«

»Du lieber Himmel ...«

»Und gestern nacht, so scheint es, war er dort; tatsächlich dort, in der nämlichen Straße, er gibt es selbst zu. Deshalb nimmt die Polizei an, er habe den Mord begangen.«

Schockiert, niedergeschmettert murmelte Ellen: »Aber er hat es nicht getan. Louise hat ihrem Leben selbst ein Ende gemacht.«

»Woher wissen Sie das?« bellte Prinzessin Tanofski.

Es war nichts zu machen – besonders, nachdem Germaine sie der Selbstsucht und Heuchelei bezichtigt hatte; Ellen konnte nicht tatenlos zusehen, wie man Raoul eines Verbrechens beschuldigte, von dem sie wußte, daß er es nicht begangen hatte. Sie sagte: »Germaine de Rhetorée hat es mir gesagt. Sie war dort, sie hat alles gesehen. Louise kam in ihr Zimmer in der Passage Langlade, machte ihr heftige Vorwürfe und erschoß dann sich und – und Menispe ...«

»Sie haben Germaine de Rhetorée gesehen?« riefen beide Damen wie aus einem Munde. »Wo?«

»Ich traf sie in der Sainte Chapelle. Ich brachte ihr etwas Geld mit, von ihrem Verleger.«

Ihre Gegenüber verdrehten die Augen zum Himmel.

»Und wo ist das nichtswürdige Geschöpf jetzt?« fragte die Prinzessin.

»Ich weiß es nicht. Sie sagte, sie wolle weit weg gehen – aufs Land.«

»Du wirst diese ganze Geschichte der Polizei erzählen müssen«, sagte Lady Morningquest sehr streng. »Barmherziger Himmel! Mich schaudert bei dem Gedanken, was die Zeitungen aus all dem machen werden.«

Die nächsten Tage waren für Ellen überaus unerfreulich. Sie wurde endlosen Verhören von seiten der Polizei unterzogen, die sie ausgesprochen argwöhnisch und feindselig behandelte, als sie feststellte, daß Ellen mit einer der Beteiligten der Tragödie, die mittlerweile verschwunden war, heimlich Umgang gehabt hatte.

Einen ganzen Tag lang war Ellen nicht einmal sicher, ob sie ihr glaubten, und es schien höchst wahrscheinlich, daß auch sie, wie Raoul, in Gewahrsam genommen werden würde. Glücklicherweise untermauerte Villedeuil, der Verleger, ihre Geschichte und konnte Germaines Brief an ihn vorweisen; und die Bediensteten des Hôtel Caudebec bezeugten, daß Ellen sich während des Abends, an dem Louise zu Tode gekommen war, im Hause aufgehalten hatte; dies wurde vom Abbé und Prinzessin Tanofski säuerlich bestätigt. Ellens Verbindung zum britischen Botschafter und seiner Gattin kam ihr ebenfalls sehr zustatten.

Doch es gab endlose, unerfreuliche Unterstellungen in der Presse. »Welche Rolle spielt die bezaubernde junge englische Lady, die im Hôtel Caudebec wohnt, in dieser ehelichen Katastrophe?« bohrte der *Globe* unangenehm nach. »Monsieur le Comte de la Ferté war mit einer Engländerin verheiratet; könnte es sein, daß er sich einer ménage à trois à l'anglaise erfreute?« *Le Monde* fragte, warum Ellen nicht verhaftet worden sei; *Le Siècle* regte an, sie unverzüglich auszuweisen. Es gingen unheilvolle Gerüchte um, die offensichtlich von einigen Bediensteten des Hôtel Caudebec herrührten – Andeutungen von nächtlichen Verabredungen und langen vertraulichen Gesprächen zwischen dem Comte de la Ferté und der geheimnisvollen jungen Engländerin.

Neben diesen Unannehmlichkeiten hatte Ellen die unaufhörliche gereizte Krittelei und Mißbilligung von Prinzessin Tanofski zu ertragen, die, obschon durchaus gewillt, sich Ellens als Sekretärin zu bedienen, deutlich machte, daß sie deren Umgang mit Germaine für illoyal und tadelnswert hielt. Und Lady Morningquest, die sehr viel Zeit im Hôtel Caudebec zubrachte, verwandte diese hauptsächlich darauf, Ellen auszuschelten und ihr Vorwürfe zu machen.

»Ich habe dich nach Paris gebracht – dich in ein interessantes und luxuriöses Leben eingeführt – dir Gelegenheiten verschafft, wie sie dir nie mehr unterkommen werden – und mit welchem Ergebnis? Ohne auch nur einen Finger zu rühren, um diese Katastrophe zu verhindern, läßt du sie geschehen!«

Ellen fand einige dieser Vorwürfe ungerecht. Zumindest ein Teil der Schuld, dachte sie, traf gewiß Lady Morningquest, die zugelassen hatte, daß ihre Nichte eine so unglückliche Verbindung einging. Aber natürlich konnte man das nicht sagen; es war unmöglich, sich zu verteidigen; und Ellen war so elend zumute, daß sie auch gar keinen Versuch dazu machte, sondern sich einfach unter dem strafenden Sturm beugte und stumpf darauf wartete, daß er sich legte. Ja, sie war immer noch zu entsetzt und außer sich, um sich eine wirklich klare Meinung zu alledem zu bilden. Und sie fühlte sich schrecklich einsam – sie vermißte die kleine Menispe; eigensinnig, quengelig, schwierig war das Kind gewesen, doch es war eine Herausforderung gewesen, ihre unstete Aufmerksamkeit zu fesseln, und es hatte ihr nicht an der Gabe zu fühlen gefehlt, wie man an ihrer Liebe zu ihrem Vater gesehen hatte. An Raoul, daran, wie sein Kummer und sein Elend sein mußte, wagte sie kaum zu denken. Auch fehlte ihr seine freundliche Gegenwart und Germaines geistreiche, anregende Gesellschaft. Wohingegen die Erinnerung an die arme Louise – feindselig, verzweifelt, in die Enge getrieben – fast zu schmerzhaft war, als daß sie sie ertragen konnte.

Am Vortag der Beerdigung wurde Raoul unerwarteterweise auf freien Fuß gesetzt. Dies war auf einen weiteren Brief von Louise zurückzuführen, der Lady Morningquest nach Etretat geschrieben worden war und von dem Hotel, in dem letztere abgestiegen war, nach Paris nachgeschickt wurde. Dieser Brief war, wie die an Raoul und Germaine, ein zusammenhangloser Schwall zorniger Anklagen, warf ihrer Tante vor, ihr nicht die Freiheit zugestanden zu haben, der Ehe zu entgehen und selbst über ihre Lebensweise zu bestimmen, und machte ihre Selbstmordabsichten vollkommen deutlich. »Meine verlorene Freundin Camille hat eine Waffe, die das einzige Heilmittel für solche Übel wie meine ist; wenn sie mich begleiten will, werden wir gemeinsam zu den elysischen Feldern reisen; in jedem Fall habe ich die Absicht, mein armes Kind mitzunehmen, das niemals die Leiden soll ertragen müssen, die ich erduldet habe.«

Als Ellen diese Zeilen las (die von der Polizei freigegeben worden und im *Paris-Soir* abgedruckt waren), konnte sie nicht umhin, zu überlegen, daß manchen Menschen die von Louise ertragenen Leiden vielleicht wie der Gipfel der Behaglichkeit vorkommen würden – aber es ist unmöglich, die Gefühle anderer Menschen zu bewerten, dachte sie im nächsten Moment gerechterweise; Louise hatte gelitten, daran gab es keinen Zweifel.

Sie war entsetzt von Raouls Aussehen nach seiner Rückkehr aus dem Polizei-Gewahrsam. Bei einem zufälligen Blick aus dem Fenster des Unterrichtszimmers – wo sie gerade Menispes Spielsachen zusammenpackte, die an ein Waisenhaus geschickt werden sollten –, sah sie ihn in seinem Garten stehen, vor dem kleinen Pavillon, in dem er sich mit Louise gestritten hatte. Seine Schultern waren gebeugt, sein Kopf herabgesunken, und er wirkte wie ein Mensch, der eine so strenge Bestrafung bekommen hat, daß sein Verstand zusammengebrochen ist. Sein Gesichtsausdruck war verloren, verstört, gequält. In drei Tagen war er um zwölf Jahre gealtert; seine Wangen waren hohl, seine Stirn gefurcht, über seinem schwarzen Haar lag ein breiter Streifen staubigen Graus.

Entgeistert trat Ellen vom Fenster zurück, mit dem Gefühl, es sei schon eine Verletzung seiner Privatsphäre gewesen, dieses Elend auch nur mitanzusehen. Sie sah ihn an diesem Tage nicht mehr; er sei in die Bibliothek gegangen, berichtete Prinzessin Tanofski, und habe sich dort eingeschlossen.

»Ich halte es für das beste, Sie wohnen der Beerdigung nicht bei, Mademoiselle Paget«, fügte die Dame schroff hinzu. »Ihre Anwesenheit könnte zu weiteren unerfreulichen Kommentaren und Spekulationen Anlaß geben; es werden vermutlich Vertreter all dieser widerwärtigen Zeitungen da sein. Sie können diese Zeit darauf verwenden, Ihre

Habe zusammenzupacken; wie ich höre, wird Ihre Patin zu dem Imbiß nach der Zeremonie hierher zurückkehren und ist dann gewillt, Sie zur britischen Botschaft mitzunehmen.«

Ellen stimmte zu, doch mit wehem Herzen. Die Aussicht auf die Beerdigung, wo sie zweifellos den kalten oder bösartigen Blicken sämtlicher Angehöriger der Familie de la Ferté ausgesetzt sein würde, hatte ihr nicht zugesagt; doch sie hatte es als das letzte, das mindeste empfunden, was sie für Menispe und Louise tun konnte. Sie hatte allerdings nicht die Absicht, sich aufzudrängen, wo sie nicht erwünscht war.

Es dauerte nicht lange, bis sie gepackt hatte. Während sie Kleider zusammenfaltete, Bücher sortierte und Notenblätter zusammenlegte, wurde sie an ihre Abreise aus Brüssel erinnert. Ich scheine immer in Schande zu gehen, dachte sie niedergeschlagen. Doch als ich Madame Bosschères Pensionat verließ, lag zumindest eine Bestimmung vor mir; ich reiste an einen Ort, wo ich erwünscht war und gebraucht wurde. Wohin gehe ich jetzt? Was liegt vor mir?

Die Uhr von Saint-Etienne schlug elf. Zu dieser Zeit sollte der Begräbnisgottesdienst beginnen, und Ellen hatte beschlossen, die nächste Stunde in Gebet und stiller Einkehr zu verbringen; doch Gaston, der Lakai, klopfte an, trat ein und sagte ihr respektvoll, eine Dame sei gekommen und wünsche sie zu sprechen.

»Doch nicht Mademoiselle de Rhetorée?« fragte Ellen erstaunt.

»O nein, Mademoiselle, eine englische Miladi.« Und Gaston hielt ihr auf einem Tablett eine Karte hin. Ihren Augen kaum trauend las Ellen: *Mrs. Samuel Bracegirdle, Maple Grove, Burley, Stoke-on-Trent.*

»Du meine Güte! Natürlich empfange ich sie, Gaston. Wo ist sie? Die Dame ist meine Schwester.«

Das Wiedersehen der beiden Schwestern begann mit einem Ausbruch von Rührung. Sie hatten nicht viel gemeinsam, doch Kitty, oberflächlich, lebhaft und hübsch, war zu der kleinen, sieben Jahre jüngeren Ellen stets auf achtlose Weise freundlich gewesen, und nun tat sie ihr aufrichtig leid. Während Ellen, einsam und elend, sich spontan freute, ein Mitglied ihrer eigenen Familie zu sehen.

»Kitty! Ich bin so froh, dich zu sehen! Ist Mr. Bracegirdle auch hier? Was um alles in der Welt machst du in Paris?«

»Du lieber Himmel, Kleine! Dein Aussehen hat über alle Maßen gewonnen! Das hätte ich nicht für möglich gehalten! Und dein Kleid! Diese dunkle Farbe steht dir nicht – nun ja, Trauer natürlich, da kann man nichts machen –, trotzdem, diese Linie ist bei weitem eleganter als alles, was ich bei einem Gang durch London je gesehen habe. Wieviel kostet dieser Rips pro Yard, bitte sag doch! Und die Nadelspitze? Hast du das von der Stange gekauft oder machen lassen? Diese Litzen sind einfach himmlisch! Ach, wenn ich dich doch nur nach Maple Grove mitnehmen könnte ...«

»Aber Kitty, sag mir doch, wie es kommt, daß du hier bist. Ist dein Mann geschäftlich in Paris? Ich dachte, er reist nie? Wohnst du bei Lady Morningquest?«

»Bei diesem zudringlichen alten Weib? Ganz bestimmt nicht! Wenn sie ihre Nase nicht hineingesteckt hätte, würdest du dir immer noch in Brüssel ehrlich deinen Lebensunterhalt verdienen. Nein, ich habe die Nacht in einem Hotel verbracht – B. wird einen Anfall bekommen, wenn er hört, was es kostet – egal. Wie es kommt, daß ich hier bin? Na, um dich nach Hause zu holen, natürlich, du albernes Geschöpf! Unter *diesem* Dach darfst du keine Nacht mehr verbringen.«

»Nein«, sagte Ellen mechanisch, »das hatte ich auch nicht vor. Meine Sachen sind alle gepackt. Ich warte nur noch auf ...«

Kitty unterbrach sie. »Deine Sachen sind gepackt? Na großartig. Hier – Sie da ...« Sie drehte sich um und wandte sich in einem Französisch an Gaston, das ihr in Anbetracht der Jahre, die sie in Brüssel gelebt hatte, kaum zur Ehre gereichte. »Lassen Sie die Kisten meiner Schwester zur Kutsche hinunter bringen.«

»Très bien, Madame.«

»Aber Kitty – wie kann ich? Ich soll zu meiner Patin gehen ...«

»Pah! Welchen Sinn soll das haben? Sie will dich nicht, auf mein Wort; und je eher du von hier wegkommst, desto besser. Hinterlasse eine Nachricht für Paulina Morningquest – die Bediensteten können sie ihr geben –, und dann laß uns aufbrechen.«

Kitty hatte seit ihrer Heirat zugenommen. Mit zwanzig war sie, rundgesichtig, rosenwangig, mit gelocktem, dunklem Haar, ein lebhaftes, hübsches Mädchen gewesen. Nun, stark gebaut, geröteten Gesichts, mit matronenhaftem Fransenbesatz und Samt bekleidet, war sie zu einer recht achtunggebietenden Erscheinung geworden. Trotzdem sträubte sich Ellen noch einen Augenblick; doch dann dachte sie: Warum sollte ich eigentlich nicht mit Kitty gehen? Es stimmt, Lady Morningquest wird froh sein, mich loszuwerden. Sie nimmt mich nur aus Pflichtgefühl auf; ich würde sie in schrecklicher Weise an ihr Versagen gemahnen, die Tragödie abzuwenden – sie würde mir die ganze Zeit, die ich bei ihr wäre, Vorwürfe machen. Und Raoul? Ich hätte ihn ohnehin nicht wiedergesehen. In einer Woche wird er meine Existenz vergessen haben, und das ist auch das Beste für ihn. Soll ich ihm eine Nachricht hinterlassen? Nein, das wäre weder klug noch schicklich.

Wieder hatte sie ein Gefühl, als wiederholten sich die Ereignisse.

Sie nahm sich jedoch die Zeit, sich von dem Abbé de Grandville zu verabschieden, der, von einem heftigen Gichtanfall heimgesucht, nicht zur Beerdigung hatte gehen können, sondern in der Bibliothek sein Brevier las.

»Ich gehe jetzt mit meiner Schwester, Monsieur l'Abbé – daher wünsche ich Ihnen Lebewohl.«

Er nahm diese Neuigkeit mit düsterer Zustimmung auf

und sagte zu ihrer Überraschung: »Sie werden mir fehlen, Mademoiselle. Aber zweifellos ist es am besten so. Sie kehren also nach England zurück?«

»Ich – ich weiß eigentlich nicht recht«, sagte Ellen. Die ganze Sache war so schnell vor sich gegangen, daß sie noch keine Zeit gefunden hatte, zu überlegen, wohin Kitty sie schleppte.

»M. Grandville, würden Sie – würden Sie bitte dem Comte, Ihrem Neffen, meine – meine besten Wünsche bestellen und ihm sagen, ich hoffe – ich hoffe, daß die Zeit ihm Trost und neues Glück bringt.«

»Danke, Mademoiselle. Das werde ich.« Die umrunzelten, müden alten Augen musterten sie kurz, er nickte leicht und verfiel dann wieder in seine gemurmelten Gebete.

Ellen ließ ihre Nachricht für Lady Morningquest bei Gaston und ging zur Kutsche hinaus, wo sie Kitty zum Fahrer sagen hörte, er solle direkt zum Gare du Nord fahren.

»Aber Kitty! Du willst Paris so rasch verlassen?«

»Natürlich. Ich habe von B. nur die Erlaubnis, eine Nacht zu bleiben – beziehungsweise so lange, wie es dauern würde, dich diesen Franzmännern zu entreißen. Benedict wird am Bahnhof auf uns warten. Er hat es übernommen, ein Abteil zu reservieren.«

»Benedict? Hat *Benedict* dich begleitet?«

»Gewiß doch; da nichts Mr. B. dazu bewegen würde, den Kanal zu überqueren. Benedict ist, das muß ich sagen, von größtmöglichem Nutzen gewesen. Wir haben ihm sehr zu danken.«

»Ich hätte es wissen müssen«, murrte Ellen. »Sag mir eins, Kitty: Was machte dich so entschlossen, herzukommen und mich zu retten?«

»Aber Kind – wir konnten dich ja wohl kaum tatenlos dieser skandalösen Situation überlassen; selbst in allen englischen Zeitungen standen Berichte darüber. Mr. B. war ziemlich angewidert davon, daß dergleichen über jemand verbreitet wird, der mit seiner Familie verbunden ist.«

»Also hat er dir die Erlaubnis gegeben, herzukommen und mich zu holen?« meinte Ellen mit sarkastischem Lächeln.

»Ja; aber erst, nachdem Benedict sich bereit erklärt hatte, mich zu begleiten. Es hat sich alles recht günstig ergeben«, sagte Kitty, während sie in ihrem Retikül nach Münzen wühlte, um den Kutscher zu bezahlen, »denn es ist natürlich ohnehin deine Pflicht, nach Hause zu kommen und Pa von der Heirat mit dieser abscheulichen Frau abzuhalten; aber mir war klar, daß du, solange du in einer schönen Stellung untergebracht warst, nur schwer von Paris wegzubringen sein würdest. Doch nun *mußt* du dich verändern, deshalb ist es wirklich nur gut, daß die alberne Louise Throstlewick sich umgebracht hat; ich kann mich gut an sie erinnern; sie war zu meiner Zeit drei Klassen lang bei Madame – ein hochnäsiges, launisches Geschöpf, das mit niemandem redete.«

Darauf wußte Ellen nichts zu antworten.

10

Die Rückreise nach England war lang, ermüdend und bemerkenswert nur wegen eines heftigen Streites, der sich auf Deck zwischen Ellen und Benedict Masham abspielte; Kitty, deren Seefestigkeit erbärmlich war, hatte sich mit ihren Riechsalzen und ihrem Mädchen nach unten in die Damenkabine zurückgezogen.

»Ich wäre Ihnen äußerst verbunden, Mr. Masham, wenn Sie sich dazu verstehen könnten, von der Einmischung in meine Privatangelegenheiten abzusehen!«

»Deine Angelegenheiten, meine liebe Ellen, sind wohl kaum privat, wenn in der *Times* und der *Morning Post* darüber berichtet wird.«

Ellen hätte ihn ohrfeigen können. Sie hatte – voller Wut, voller Verzweiflung – das Gefühl, daß man sie wie ein ungezogenes Kind behandelte, sie an Missetaten hinderte, sie ausschimpfte, ihr nicht das Recht gab, nach ihrem Willen zu handeln oder über ihre Lebensweise selbst zu bestimmen. Sie, die jahrelang selbst ihren Lebensunterhalt verdient hatte, während Benedict noch auf dem College war! Und warum sollten von allen Menschen ausgerechnet Benedict und Kitty sich das Recht anmaßen, über sie zu urteilen? Kitty, die einen widerlichen Mann, der doppelt so alt war wie sie, wegen seines Geldes geheiratet hatte – die in einer scheußlichen Stadt in den Midlands lebte, deren Mann Nägel herstellte und mit Bradford-Akzent sprach –, wie konnte ausgerechnet sie es wagen, Verhaltensmaßregeln für andere Leute aufzustellen? Ganz zu schweigen von Benedict – Ellen starrte ihn mit schierem Haß an.

Nachdem er in kühlem, gemessenem Ton seine Bemerkung angebracht hatte, lehnte er an der Reling und blickte auf die unheilvoll großen Wellen, als gäbe es nichts mehr zu sagen. In grauen Hosen, dunklem, vorzüglich geschnittenem schwarzem Jackett aus Wollstoff und vornehmem, weichem schwarzem Ulster sah er wie immer gepflegt, gesetzt und elegant aus; er hielt seinen Hut in der Hand, denn der Wind brauste drohend in den Wanten, doch sein dichtes, maisfarbenes Haar blieb ärgerlicherweise unzerzaust; der modisch vorstehende Bart, den er sich kürzlich hatte stehen lassen, und seine vom Reisen bronze gefärbte Haut verliehen ihm ein etwas piratenhaftes Aussehen.

Wohingegen Ellen sich umhergewirbelt, strubbelig und unordentlich vorkam; sie war nicht für eine Seereise gekleidet; ihre Haube drohte ihr jeden Moment vom Kopf gerissen zu werden, ihr Umschlagtuch und ihre Röcke zerrten und flatterten (und sie hatte alle Hände voll zu tun, letztere daran zu hindern, in höchst würdeloser und unschicklicher Weise hochzufliegen – sie war immerhin froh, daß sie keine Krinoline trug, denn sie stellte fest, daß die Engländerinnen, die dieser Mode noch anhingen, in noch schlimmeren Schwierigkeiten waren); ihr Haar wurde ihr übers Gesicht gepeitscht, und ein riesiger Klumpen in ihrer Kehle hinderte sie daran, Benedict den Dämpfer zu versetzen, den er verdiente.

Frauen kamen in jeder möglichen Hinsicht am schlechtesten weg, dachte sie aufgebracht; für unfähig gehalten, selbst vernünftige Entscheidungen zu treffen, behandelt, als seien sie schwachsinnig, und gezwungen, Kleider zu tragen, die jedes aktive Leben beschnitten oder verhinderten und sie hoffnungslos in den Nachteil setzten.

An die Reling geklammert, um das Gleichgewicht zu halten, starrte auch sie auf die buckligen, schiefergrauen Wellen, deren unheilvolle Schaumgerinnsel sich vor dem dunklen Himmel kräuselten.

»Solltest du nicht besser nach unten gehen?« fragte Benedict kalt. »Es sieht so aus, als würden wir in ein schlimmes Unwetter geraten.«

»Danke, ich möchte lieber hier bleiben.« In der Tat war das Deck der stickigen, überfüllten, von würgenden, sich gegenseitig die Roßhaarcouches streitig machenden Jammergestalten bevölkerten Damenkabine unbedingt vorzuziehen. Benedict soll ruhig naß werden, wenn er mich schon bewacht, dachte Ellen rachsüchtig, und das geschieht ihm ganz recht. Es wurde indes bald deutlich, daß Benedicts Kleidung besser als Ellens dafür geeignet war, die Unbilden des Wetters abzuhalten.

»Du wirst naß werden«, bemerkte er tadelnd.

»Das macht nichts, das kümmert mich nicht.« Sie versuchte, nicht zu zittern. Das Wetter in Paris war schwül gewesen, und sie trug nur ein dünnes Musselinkleid und ein Kaschmirtuch.

»Wo sind deine anderen Sachen?«

»Vermutlich im Gepäckraum verstaut.«

Benedict ging weg und kam kurz darauf mit einem Regencape wieder, das er von einer Stewardess besorgt hatte.

»Danke«, sagte sie mit steifer Feindseligkeit. »Das war nicht nötig.«

»Sei keine sture kleine Närrin. Wie sollst du deiner Familie von Nutzen sein, wenn du nach Hause zurückkehrst, nur um dich mit einer fiebrigen Erkältung hinzulegen?«

»Benedict: würdest du mir sagen, warum, *warum* eigentlich du und Kitty – und vermutlich auch Eugenia – warum ihr glaubt, das Recht zu haben, mich von Paris wegzuzerren wie – wie ein Kind – und mich zur Rückkehr an einen Ort zu veranlassen, wo ich nicht erwünscht bin und nicht hingehen will?«

Er wandte den Blick von der wogenden See, richtete ihn leidenschaftslos auf sie und erwiderte: »Meine liebe Ellen. Wir zerren dich nicht von Paris weg – wie du das ausdrückst. Du bist ein freier Mensch. Überleg doch einmal! Du bist hochgebildet und dem Vernehmen nach von überragendem Verstand – benimm dich also bitte nicht wie eine Zehnjährige. Es muß dir doch klar sein, daß deine Situation in Paris höchst unliebsam war und bald hätte ruchbar werden können. Sie – wir alle – wollten dich davon abhalten, dich zur Närrin zu machen.«

»Danke! Das hätte ich bestimmt nicht.«

Er ließ ihre Antwort unbeachtet und fuhr in dem gleichen, gemessenen Ton fort:

»Außerdem – eine Tatsache, die du übersehen oder zu ignorieren beschlossen zu haben scheinst – kannst du deinen Schwestern in diesem kritischen Augenblick wirklich von Nutzen sein. Ihre Ängste um deinen Vater sind nicht unbegründet. *Er* läuft Gefahr, einen weit *größeren* Narren aus sich zu machen; in eine gänzlich unpassende Liaison zu geraten, vor der ihn zu bewahren äußerst dringlich ist. Ich habe diese Haushälterin – diese Mrs. Pike – kennengelernt und kann nur sagen, daß ihre Einstellung ein höchst unglückliches Beispiel mangelnden Urteilsvermögens von seiten meiner übereifrigen Tante Blanche war – zu ihrer Entschuldigung läßt sich anführen, daß es in Eile geschah, damals, als dein Vater seinen Unfall hatte.«

»Und warum sollen du, Kitty und Eugenia sich zu Richtern über das Verhalten meines Vaters aufschwingen?« fragte Ellen hitzig. »Vielleicht ist er dieser Mrs. Pike aufrichtig zugetan – wie könnt ihr über seine Gefühle Bescheid wissen?

Warum solltet ihr euch berechtigt fühlen, euch in die Sache einzumischen?«

»Aber ich bitte dich, meine liebe Ellie, es fehlt dir doch nicht an Verstand – stell dich nicht aus Halsstarrigkeit absichtlich dumm! Du kennst deinen Vater. Wie du, ist er stur wie ein Maulesel und weicht keinen Schritt von seinem Weg ab, wenn er sich einmal etwas in den Kopf gesetzt hat – obwohl er ausgebildeter Jurist und Friedensrichter ist. Er ist selbstsüchtig, starrköpfig, engherzig, bigott und ausschließlich auf sein Wohlbefinden bedacht, koste es, was es wolle. Ich hatte ausgiebig Gelegenheit, das festzustellen, solange er mit meiner Mutter verheiratet war.«

Eine scharfe Entgegnung über Lady Adelaide lag Ellen auf der Zunge, doch sie unterdrückte sie. Statt dessen antwortete sie mit zitternder Stimme: »Danke. Und ich nehme an, ich bin ihm ähnlich?«

Benedict warf ihr einen überaus gereizten Blick zu.

»Was deine Ichbezogenheit und Halsstarrigkeit angeht, glaube ich das allmählich wirklich! Siehst du denn nicht, daß dein Vater zu bemitleiden ist? Ich glaube, er liebte deine Mutter aufrichtig ...«

»Er hat es nie gezeigt! Er hat mich von zu Hause weggeschickt – mich, die ich ihr ein Trost gewesen wäre, als sie krank war –, und, und er hat *deine* Mutter geheiratet, noch ehe auf ihrem Grab Gras gewachsen war ...«

»Oh, mein liebes Mädchen! Nutze den Verstand, den dein Schöpfer dir mitgegeben hat. Meine schwachköpfige Mama war hinter ihm her, weil sie als Mädchen einmal für ihn geschwärmt hatte und glaubte, er sei ein Held – ein Phoebus – etwas ganz anderes, als er ist; eine Vorstellung, die ihr, der armen Närrin, rasch ausgetrieben wurde, als sie erst einmal mit ihm verheiratet war! Und *er* war einsam; suchte schlicht – blindlings und überstürzt – jemanden, der deine Mutter ersetzte; und das tut er noch immer.«

»Und warum sollte das nicht Mrs. Pike sein?«

Er stieß ein kurzes Lachen aus.

»Mrs. Pike! Warte ab, bis du sie siehst!«

»Wenn – wenn sie so wenig wünschenswert ist«, fuhr Ellen hartnäckig fort, »und wenn deine Tante Blanche und der Bischof und meine Schwestern Papa nicht davon haben überzeugen können, warum glaubst du dann, daß ausgerechnet ich dazu fähig bin? Du – du scheinst keine sehr hohe Meinung von meinen anderen Fähigkeiten zu haben.«

»Von deinen anderen Fähigkeiten weiß ich nichts! Das Entscheidende ist, daß du an Ort und Stelle bist. Es gibt an dieser Frau so gut wie sicher irgend etwas Diskreditierendes, das du wirst herausfinden können.«

»Mit anderen Worten, du willst, daß ich den Spion mache?«

»Damit *du* dir die Hände nicht schmutzig machst, würdest du zulassen, daß dein Vater sich in eine schändliche Verbindung verstrickt?«

Das erinnerte unangenehm an Germaine de Rhetorée. Mit milderer Stimme fuhr Benedict fort: »Oh, ich bin mir bewußt, daß es unerfreulich sein mag, in die Hermitage zurückzukehren; dein Vater wird übellaunig sein, Mrs. Pike ist eine abscheuliche Frau – und du bist daran gewöhnt, dir selbst deinen Lebensunterhalt zu verdienen, es wird dir also schwerfallen, wieder in einer abhängigen Position zu sein. Aber kannst du nicht an deinen Bruder und deine kleine Schwester denken, wie dankbar sie für deine Gesellschaft sein werden?«

Entschlossen, sich nicht besänftigen zu lassen, sagte Ellen: »Das bezweifle ich! Vicky kennt mich kaum, sie hat mich in ihrem ganzen Leben nicht mehr als vier- oder fünfmal gesehen. Und Gerard ist ständig in seine eigenen Interessen versunken. Hattest du überdies bedacht – Papa wird mir sehr wahrscheinlich nicht erlauben, lange zu Hause zu bleiben. Er wird erwarten, daß ich eine andere Stellung finde.«

»Es ist wahrscheinlicher, daß du einen Ehemann findest«, bemerkte Benedict. »Ich bezweifle nicht, daß die örtlichen Beaux sich scharenweise einfinden werden, jetzt, wo du solchen pariserischen Schliff erworben hast. Ich glaube, Wheelbird, der Angestellte des Anwalts, spricht immer noch regelmäßig vor, um sich nach Neuigkeiten von dir zu erkundigen ...«

Damit hatte er einen taktischen Fehler begangen. Ellen schlug wild zurück. »Ach ja? Und erkundigt sich eigentlich die hübsche Dolly, das Milchmädchen, immer noch nach *dir?«*

Benedicts Gesicht wurde ausdruckslos. Er antwortete mit eisiger Ruhe: »Dolly Randall ist seit fünf Jahren glücklich mit einem jungen Farmer in Lickfold verheiratet. Sein Name ist Tom Barron, und sie haben drei Kinder.«

»Wie zufriedenstellend«, sagte Ellen ebenso ruhig.

Sie fixierten einander wie Gladiatoren.

»Falls ich einen Freier aus Petworth erhören sollte«, sagte Ellen nach kurzem Schweigen, »wäre ich wohl kaum in der Lage, Papa von der Heirat mit Mrs. Pike abzuhalten, nicht wahr?«

»Oh, ich glaube nicht, daß du sehr lange brauchen wirst, um Mrs. Pike hinauszuwerfen«, antwortete Benedict sanft. »Wenn ich an dein rasches Handeln bei Dolly denke, traue ich dir einige Geschicklichkeit bei einer derartigen Kampagne zu.«

»Und wenn ich Papa eine respektablere Haushälterin besorgt habe – habe ich dann deine Erlaubnis, nach Paris zurückzukehren?«

»Warum solltest du nach Paris zurückkehren wollen? Um wieder in die Klemme zu geraten?«

»Ich war nicht in der Klemme! Ich liebe Paris. Ich habe Freunde dort.«

»Wen denn, zum Beispiel? Diese Schlange von de Rhetorée?«

»Menschen mit Intellekt! Warum nimmst du dir eigentlich heraus, mich zu verhören? Schriftsteller, Gelehrte, mit denen ich mich bei Louises Salons unterhalten habe. Menschen, die imstande sind, intelligente Gespräche zu führen!«

»Oh, ich verstehe. Wahrhaft vornehme und verfeinerte Geister. Von uns armen englischen Hinterwäldlern kann man natürlich nicht erwarten, daß wir intelligente Gespräche führen.«

»Glaubst du, du tust das im Moment?«

»Komm, Ellie! Laß uns nicht streiten!« Sein Tonfall, sein Gesicht waren begütigend, doch dann fügte er fatalerweise hinzu: »Freilich haben dir all die Aufmerksamkeiten, die man dir erwiesen haben mag, ein wenig den Kopf verdreht – junge Engländerinnen sind schließlich in Paris nicht so häufig. Zweifellos hat sich Raoul de la Ferté, der arme Kerl, vor Höflichkeit überschlagen, aber trotzdem glaube ich ...«

Mit bebender Stimme sagte Ellen: »Es mag dich vielleicht interessieren, zu erfahren, daß ich die letzte Nacht mit Raoul de la Ferté verbracht habe!«

Das Schweigen, das zwischen ihnen eintrat, war wie der leere Moment, wenn ein Duellant auf das aus ihm herausströmende Blut starrt und noch nicht begriffen hat, daß er tödlich verwundet ist.

»Du hast was?«

»Du hast gehört, was ich gesagt habe.«

Er war unter der Sonnenbräune ganz weiß geworden; nach einer Weile fragte er: »Gedenkst du ihn zu heiraten?«

»Ganz bestimmt nicht.«

»Dann werde ich das nächste Schiff nach Paris zurück nehmen und ihn mit einer Pferdepeitsche verfolgen.«

»Du wirst nichts dergleichen tun. Du würdest dich bloß ausgesprochen lächerlich machen.« Mit wütender Freude begriff Ellen, daß sie in dieser qualvollen Schlacht die Oberhand gewonnen hatte. Abzuschätzen, was das gekostet hatte, würde einige Zeit brauchen. »Du würdest genau die Art von Skandal hervorrufen, den du anscheinend unbedingt vermeiden wolltest. Und wozu? Er und ich werden einander nie wiedersehen.«

Benedict starrte sie einige Minuten lang an. Schließlich schluckte er und sagte heiser: »Es scheint, ich habe mich in dir getäuscht. Ich glaubte, du hättest trotz deiner Halsstarrigkeit hohe Prinzipien. Du bist nicht der Mensch, für den ich dich gehalten habe.«

»Offensichtlich nicht!«

Benedict grollte: »Und er – er – ich kannte seinen Ruf als Wüstling und Spieler –, aber ich hätte nie gedacht ...« Seine Stimme erstarb, er umklammerte mit weißen Knöcheln die Reling und starrte hinaus über die schaumigen Brecher.

Träge, träumerisch dachte Ellen an die Stunden, die sie, während die Kerzen tropften und die Asche des verloschenen Feuers im Kamin zusammenfiel, letzte Nacht in der eiskalten Bibliothek verbracht hatte, als Raoul, auf dem Boden kauernd, den Kopf in ihrem Schoß, sein Elend und seine Gewissensqual hinausgeweint und geredet hatte, über seine gestörte Beziehung zu Louise und über seine verlorene kleine Tochter. »Menispe – Menispe – wie konnte sie nur? Ich hätte niemals – niemals – Oh, was habe ich getan? Wie kann ich diese Schuld je sühnen?«

Ellen sagte gelassen zu Benedict: »Vielleicht solltest du den Versuch aufgeben, dich in anderer Menschen Leben einzumischen. Um das mit Gewinn zu tun, ist, glaube ich, eine Art Beziehung oder Verständnis erforderlich ...«

»Bitte sagen Sie nichts mehr, Miss Paget. Es tut mir *aufrichtig* leid, daß ich mich je in *Ihre* Angelegenheiten eingemischt habe.«

Den Rest der Überfahrt brachten sie schweigend zu. Die Luft wurde bitterkalt, als sie sich England näherten, und Ellen begann sich bis ins Mark durchfroren und außerdem ziemlich übel zu fühlen, teils vom Schlingern des Schiffes, mehr noch von der Bitterkeit des Streits. Glücklicherweise waren mittlerweile die Klippen von Dover in Sicht – ihre Fahrt war durch die Stärke des von achtern blasenden Windes beschleunigt worden. Die Küste von Kent wirkte unsäglich klamm, grau und trostlos; Ellen wurde zumute, als kehre sie nicht in ein anderes Königreich, sondern auf einen anderen Planeten zurück.

Den letzten Abschnitt der Reise legte Ellen allein zurück.

Sie hatte nach dem Streit auf dem Schiff nicht mehr mit Benedict gesprochen; auf dem Bahnhof von Dover hatte er die beiden Schwestern schweigend in ein Damenabteil des Zuges nach London begleitet, Kittys Mädchen nebenan untergebracht und sich dann in einen Salonwagen verfügt, wo er rauchen konnte. Es war noch Zeit gewesen, Mr. Bracegirdle zu telegraphieren, und so entfernte sich Benedict, nachdem er sich vergewissert hatte, daß die Damen in sicheren Händen waren, am Zielbahnhof umgehend, wobei er vor Kitty höflich den Hut lüftete und Ellen keines Blickes würdigte.

Bei seiner Heirat mit Kitty vor sechs Jahren war Mr. Bracegirdle ein stämmiger Yorkshire-Mann mit rötlichem Haar, blühender Gesichtsfarbe und hervortretenden, blauen Augen gewesen. Er war damals vierzig gewesen (seine erste Frau war im Kindbett gestorben), hatte jedoch erheblich mehr denn achtzehn Jahre älter als seine Braut ausgesehen. Nun schien sich der Altersunterschied aufgrund von Kittys matronenhafter Erscheinung und gedrungener Gestalt verringert zu haben.

Ellen mußte sich eingestehen, daß die beiden gut zueinander zu passen schienen; ihre Begrüßung war zurückhaltend, doch anscheinend verstanden sie einander gut. Bracegirdles Haar hatte mittlerweile graue Strähnen; ansonsten sah er weitgehend so aus wie bei der Hochzeit. Die hervorquellenden Augen richteten sich auf Ellen und musterten ihre Erscheinung und ihr blaues Pariser Kostüm ohne die geringste Begeisterung.

»Na denn, Miss. Sie sind scheint's ganz schön in der Patsche gesessen drüben bei den Franzmännern. Ha'm nochma' Glück gehabt, daß ich Kitty erübrigen konnte, um rüberzufahren und Sie zu holen, sonst wär'n Sie womöglich noch in einem Franzmann-Gefängnis geendet.«

»Ich glaube nicht, daß es dazu gekommen wäre, Mr. Bracegirdle«, sagte Ellen und unterdrückte den Impuls, ihm zu sagen, er solle sich um seine eigenen Angelegenheiten kümmern. »Aber ich bin Ihnen und meiner Schwester für Ihre Bemühungen um mich natürlich verbunden.«

»Hm! Na, steigen Sie ein, steigen Sie ein« – denn eine Droschke wartete auf sie. »Wir wer'n das beim Dinner besprechen. Brown's Hotel, Kutscher, aber ein bißchen flott.«

Kitty erklärte indes, sie leide immer noch unter den Folgen ihres mal de mer, und bestand darauf, in ihrem Schlafzimmer von einem Tablett zu dinieren; für Ellen war es ebenfalls einfach, Erschöpfung geltend zu machen und dem angedrohten Gespräch zu entgehen. Doch am nächsten Morgen nagelte Mr. Bracegirdle sie im Frühstücksraum des Hotels fest.

»Nu' passen Sie ma' auf, Miss – ich hab eine ganze Menge Kapital und Zeit in diese Geschichte investiert – hab Kitty nach Frankreich geschickt und mir beim Warten auf sie hier in London die Hacken abgetreten – ich will bloß sichergeh'n, daß die Investition sich auszahlt.«

»Ich bin nicht ganz sicher, daß ich Sie verstehe, Mr. Bracegirdle«, sagte Ellen kalt.

»Sie versteh'n mich sehr gut, Miss! Lassen wir doch das zimperliche, französische Getue, bitteschön! Kitty und ich – und auch Eugenia – wollen, daß Sie dieser Frau einen Knüppel zwischen die Beine werfen. Sie wissen, wen ich meine – diese Pike. Ihr Pa ist ein wohlhabender Mann – ein bißchen knauserig, aber das's ja nich' falsch, ich halt's genauso, um so mehr kann man für schlechte Zeiten auf die Seite legen; ich hab Ihre Schwester in der vernünftigen Erwartung geheiratet, irgendwann ma' einen Teil von seinem Geld zu bekommen, und ich hab nicht vor, mitanzusehen, wie das an irgend so eine zweifelhafte Witwe verschleudert wird. Äh – bloß keine Einwände!«, als sie den Mund aufmachte, um zu protestieren. »Ich hab die Frau kennengelernt – *sie* bezeichnet sich als Lady – und hab auf den ersten Blick gesehen, daß sie ein falscher Fuffziger ist – krumm wie ein Kleiderhaken, oder ich will nich' Sam Bracegirdle heißen. Sie sind nich' dumm – ha'm sich ein bißchen in der Welt umgetan –, Sie wer'n bald sehen, was ich meine.«

Nun kam Kitty langsam die Treppe herunter – das pausbackige Gesicht von wächserner Blässe überzogen – und fügte den Argumenten ihres Mannes sogleich ihre eigenen hinzu.

Ellen beschloß, daß ein Disput nur Atemverschwendung sein würde – obgleich sie Mr. Bracegirdle verabscheuungswert fand, und ihre Schwester kaum minder – und sagte schlicht: »Meine Ansichten haben kein Gewicht bei meinem Vater – warum sollte meine Anwesenheit die Angelegenheit beeinflussen?«

»Dummes Zeug! Sie sind ein aufgewecktes Mädchen – ich möchte behaupten, es gibt hundert und eine Möglichkeit, die Geschichte zu verhindern. Stellen Sie die Frau ein bißchen bloß – öffnen Sie ihm die Augen für ihre Fehler. Finden Sie alles über sie heraus, was Sie können – irgendwas Anrüchiges gibt's bestimmt. Und falls nötig – schicken Sie nach uns. Zumindest wer'n Sie an Ort und Stelle sein, und Ihre Anwesenheit wird verhindern, daß Ihr Pa sich kompromittiert – oder die Frau das behauptet.«

Ellen beschloß insgeheim, nichts von alledem zu tun, gab jedoch schließlich um des lieben Friedens willen zu verstehen, daß sie die Lage beobachten und die Bracegirdles auf dem laufenden halten würde, wie die Dinge in der Hermitage standen.

»Also, denken Sie an das, was ich gesagt hab!« schärfte ihr Schwager ihr zum Abschied ein, als er sie zu ihrer Droschke begleitete. »Es paßt mir nicht, dauernd nach Sussex reinzufahr'n, deshalb verlassen wir uns auf Sie!«

In dem kleinen Nahverkehrszug zwischen dem Eisenbahnknotenpunkt Pulborough und dem neuen Bahnhof von Petworth dachte Ellen verdrießlich über den Unterschied zwischen selbstverdientem Geld und der Sorte nach, die man geschenkt bekommt oder erbt. Selbstverdientes Geld, ehrlich erworben, wirkte sich nur gut aus; während die andere Sorte die Beziehung zwischen Geber und Empfänger sofort zu vergiften oder zunichte zu machen schien. Louise hatte ihren Mann gehaßt, weil sie von seinem Reichtum gelebt hatte; Germaine, in ihrem Umgang mit Journalen und Verlegern aufrichtig und voll Selbstachtung, wurde zum skrupellosen Parasiten von Louise und Raoul und beutete sie gewissen- und mitleidlos aus. Kitty und Eugenia, nach streng christlichen Grundsätzen erzogen, schienen angesichts der bloßen Möglichkeit, auch nur einen Teil dessen zu verlieren, was ihnen von Rechts wegen gar nicht gehörte, sondern lediglich etwas war, das ihr Vater ihnen vielleicht zu vererben beschließen würde, all diese Grundsätze in den Wind zu schlagen.

Es ist sein Vermögen, über das er verfügen kann, wie es ihm beliebt, dachte Ellen, während sie auf die vorbeihuschenden, fahlen Stoppelfelder hinausschaute. Dem Himmel sei Dank, daß ich ein wenig Geld gespart habe und so nicht abhängig sein werde; dem Himmel sei Dank, daß ich die Möglichkeiten habe, mir auch künftig wieder meinen Lebensunterhalt zu verdienen. Sich an jemanden wegen seines Geldes heranzumachen, ist so abscheulich!

Doch dann dachte sie – mit einigem Unbehagen – daran, wie Germaine sich über diese Empfindung lustig machen und sie einen selbstgefälligen englischen Tugendbold nennen würde. Es war leicht, tugendhaft zu sein, wenn man abgesichert war. Und der Gedanke an Germaine brachte sie auf Benedicts Vorwürfe, die zu schmerzlich waren, als daß sie gerade jetzt überdacht werden konnten. Sie versuchte, sie aus ihren Gedanken zu verbannen, indem sie den Blick wieder auf die Landschaft richtete. Sie bot sich aus einem neuen Blickwinkel dar, denn Ellen war noch nie mit dem Zug nach Hause gefahren; die Eisenbahn war erst vor zwei Jahren nach Petworth gekommen. Die etwas unfertige Gestalt des anliegenden Landes machte das deutlich: Die Böschungen sahen noch unkultiviert aus, waren mit Weidenröschen und

Disteln bedeckt, Felder waren sonderbar durchschnitten worden, und die Hecken waren noch nicht nachgewachsen; es machte Ellen traurig, vielgeliebte Dickichte und Weiden so verstümmelt zu sehen; und doch, dachte sie, ist es herrlich bequem, in wenig mehr als einer Stunde von London hierher fahren zu können! Nun kamen die South Downs in Sicht, ein kahler, gewellter Hügelzug jenseits der Arun-Marschen; nun, im Rother Valley, benahmen Gehölze auf den sanften Hängen die Fernsicht. Die Bäume waren dunkelgrün, matt von der Trübung des Sommerendes, das Land lag friedlich im milden, diesigen Wetter, eine Pause der Stille und Sammlung vor den Winden des Herbstes.

Hier war jeder Baum, jeder Zauntritt, jedes strohgedeckte Haus ein wohlbekannter Freund. Es ist merkwürdig, dachte Ellen, daß der Anblick des Landes mich so froh macht, wo doch mein Herz grambeladen ist und niemand mich erwartet und willkommen heißt, niemand, den ich liebe oder sehen möchte, außer Dr. Bendigo und Tante Fanny – meine liebe Tante Fanny!

Sie stieg auf den kurzen, hölzernen Bahnsteig hinaus und stellte fest, daß sie der einzige Mensch dort war.

»Ist Mister Pagets Kutsche nicht gekommen, um mich abzuholen?« fragte sie den Dienstmann, als sie ihm ihre Fahrkarte gab.

»Heute nachmittag is' noch gar keine Kutsche dagewesen, Missie. Allerdings wartet da drü'm der Omnibus, falls Sie nach Petworth wollen.«

Er nahm ihr Gepäck, und sie folgte ihm zum Eisenbahngasthof, wobei sie sich fragte, ob das ein absichtlicher Affront ihres Vaters war – oder hatte er Sam Bracegirdles Telegramm nicht bekommen?

Als Ellen sich dem nach ihrem letzten Besuch erbauten Gasthof näherte, hob sich ihre Stimmung durch den Klang von Musik, die auf Flöte, Fiedel und Handtrommel gespielt wurde. Auf einem grünen Fleck vor der Gaststätte übten zwölf Männer einen Moriskentanz. Es war nur eine Probe, wie Ellen sehen konnte, denn sie trugen nicht die traditionellen Schellen oder Bänder; doch sie tanzten gut und ernsthaft, mit großer Hingabe, sich zu kunstvollen Figuren verwebend und wieder auflösend. Die Musik machten zwei Männer, ein kleiner, verschrumpelter Grashüpfer von einem Menschen und ein weißhaariger Alter, die auf einer Bank neben der offenen Tür des Gasthofes saßen, und ein Junge, der hinter ihnen stand und die Fiedel spielte. Die Melodie – ein langsames, neckendes, lockendes kleines Stück namens ›Merry Milkmaids‹ – war Ellen seit langem vertraut; unbewußt lächelte sie über den Klang und beschleunigte ihren Schritt. Sie sah den Pferdebus neben dem Rasenfleck warten und den Fahrer an der Deichsel lehnen. Offensichtlich hatte er es nicht eilig, sah den Tanzenden mit kritischem Blick zu und rief bisweilen eine Bemerkung. Als Ellen den Bus erreichte, war die Phrase zu Ende. Lächelnd und keuchend – denn wiewohl grau, war der Tag schwül und warm – warfen die Tänzer sich auf den zertrampelten Boden. Einige, darunter auch der junge Fiedler, gingen in den Gasthof und kamen mit Apfelweinkrügen wieder. Der Junge kam nicht zurück. Man ließ den Apfelwein in der Gruppe herumgehen; desgleichen den englischen Kuchen mit den kandierten Früchten.

Ein hellblonder junger Mann trat auf Ellen zu und bot ihr feierlich ein Stück Kuchen an. Er sah ein wenig wie Benedict aus.

»Morisken-Kuchen – der bringt Glück, Missie!« sagte er lächelnd.

Fruitcake war das letzte, was Ellen nach einer beschwerlichen Reise wollte, doch sie nahm ein Stück.

»Willkommen zu Hause, Missie«, sagte er, während sie daran knabberte.

»Aber Sie sind ja Ted Thatcher – ich habe Sie kaum wiedererkannt! Sie sind so groß geworden. Wie geht es Ihrer Mutter? Hat sie immer noch Probleme mit ihrer Hand?«

Nun kamen ein paar von den Männern auf sie zu und begrüßten sie – schüchtern, beiläufig, doch sie wußte, daß sich darunter aufrichtige Herzlichkeit verbarg. Längst begrabene Erinnerungen kehrten wieder, und sie konnte jeden mit Namen anreden.

»Mr. Goble – Penfold – Gatton – Pullin ...«

»Da wird sich Ihr Vater aber freuen, daß er Sie wieder zu Hause hat. 's war eine böse Geschichte, wie seine Frau umkam. Nich' weit von hier, bloß den Hügel rauf, da war's. Und jetzt hat er sich eine verläßliche, eingebildete Haushälterin aus Wiltshire besorgt. Jagt Sukey, der Kusine von meiner Frau drü'm in der Hermitage ziemlich Angst ein, diese Mrs. Pike!«

»Halt dein' Rand, Tom Gatton. Missie Paget will deine Geschichten nich' hör'n ...«

An diesem Punkt gab der Fahrer zu verstehen, daß er aufbruchbereit sei. Ellen, der einzige Fahrgast, gab ihm ihr Sixpence-Stück und bestieg den Bus. Als er die eine Meile lange Fahrt antrat (Lord Leconfield, der Besitzer des Herrenhauses und Parks von Petworth, hatte nicht gewollt, daß die Eisenbahn zu dicht vorbeiführte und seine Gäste oder sein Wild aufstörte), sagte der Fahrer: »Ich wunder' mich, daß Ihr Bruder nich' mit Ihnen in die Stadt zurückfährt.«

»Mein Bruder? Wie meinen Sie das?«

»War das nich' Master Gerald, den ich da in den Pub hab gehen seh'n?«

Alle Landleute nennen Gerard Gerald, fiel Ellen ein. Sie sagte: »Mein Bruder? Dieser Junge, der hineinging? Bestimmt nicht!«

»Ah, ich glaub aber schon«, beharrte der Fahrer. »Seit der alte Dr. Bendigo gestorben is', is' er häufig da drin.«

»Dr. Bendigo ist gestorben? O nein – wann?« Wie ein Stich durchbohrte Ellen tiefer Kummer; die Welt wirkte plötzlich grau, trübe, verarmt.

»Ganz plötzlich, letzten Monat; zweiundachtzig war er. Ein feiner Kerl; solche gibt's heut' nimmer.«

Ellen versuchte, ihres Kummers Herr zu werden, und überlegte, ob der Fahrer bezüglich Gerard möglicherweise recht gehabt hatte. Wenn er es war, dachte sie, dann hat sich entweder Vaters Einstellung erstaunlich gewandelt, oder der Junge spielt mit dem Feuer. Allermindestens erwartet ihn eine entsetzliche Szene, wenn Vater dahinter kommt.

Der hohe Kirchturm kam in Sicht, während sie eine Steigung angingen.

»Bestimmt sehnen Sie sich nach zu Hause, Mis' Ellen«, sagte der Fahrer.

Ellen bejahte automatisch, dachte jedoch, daß seine Worte ihre Gefühle wohl kaum beschrieben. Eine so widersprüchliche Last bedrückte ihr Herz, daß sie verdrehterweise wünschte, die Straße wäre zweimal so lang, wünschte, sie würde niemals enden. Die trügerische Melodie des Moriskentanzes der Männer wand sich durch ihren Kopf; nun schien sie gänzlich traurig.

Die freundliche Begrüßung durch Ted Thatcher, der wie Benedict aussah, hatte erneut die Erinnerung an ihren erbärmlichen Streit aufgerührt. Und angenommen, es war wirklich Gerard gewesen dort beim Gasthof – hatte er sie erkannt und kalten Herzens und mit Bedacht beschlossen, sich nicht zu erkennen zu geben? Glaubte er, sie würde ihn verraten?

Sie dachte an Raoul de la Ferté, allein in seinem riesigen Herrenhaus, und an Germaine, als Bauer verkleidet irgendwo in der französischen Provinz. Dies ganze frühere Leben schien geplatzt zu sein – wie eine Samenkapsel, dachte sie, halb bewußt wahrnehmend, wie die flaumigen Fädchen der Weidenröschen über den Weg schwebten; wahrscheinlich werde ich diese Menschen nie wiedersehen. Die Zeit schreitet fort, und wir schreiten mit ihr. Eine seltsame, fatalistische Vorstellung von der Unwiderruflichkeit der Zeit überkam sie; während das Pferd den sanften Hügel hinauftrottete, schienen seine Hufe die Worte zu pochen: nimmermehr, nimmermehr, nimmer wieder.

»Hat Ihr Dad schon den Verdammnisstein gefunden?« fragte der Fahrer im Plauderton.

»Verdammnisstein? Was um alles in der Welt ist denn das?«

»Na, die reparier'n doch die Kathedrale, drüben in Chichester, und ha'm da so einen riesigen Steinbrocken gefunden, Himmelsstein heißt er und gehört von Rechts wegen auf die rechte Seite vom Haupteingang. Aber der Bischof, der sagt, 's müßte noch einen Stein geben – das's der Verdammnisstein – und der gehört auf die linke Seite vom Tor. Und Ihr Dad is' ganz wild drauf, daß er gefunden wird. Zwölf Pfund auf die Hand hat er dem versprochen, der ihm sagen kann, wo er ist.«

Ellen war erstaunt, zu erfahren, daß ihr Vater, der mit seinem Geld gewöhnlich so geizte, eine so große Summe für einen solchen Gegenstand ausgelobt hatte. »Warum ist der Stein denn nicht in der Kathedrale?« fragte sie.

»Ah, wer weiß das schon? Vielleicht hat ihn der alte Mister Cromwell mitgenommen, damals im Krieg. Oder Diebe – 's hat genug Spitzbuben gegeben, seit die Kirche gebaut worden ist. Da sind wir schon beim Half Moon, Missie. Und niemand da, der sie abholt, so wie's aussieht.«

Da war wirklich niemand, und Ellen, gekränkt, doch von dem Versäumnis mittlerweile nicht mehr überrascht, bezahlte einem Jungen weitere Sixpence, damit er ihr Gepäck den Hügel hinauf zu ihres Vaters Haus trug.

Die kleine Stadt Petworth schien sich nicht im geringsten verändert zu haben, seit sie das letzte Mal da gewesen war. Die Häuser, größtenteils aus glatten, alten roten Ziegeln, wirkten klein, gemütlich, ordentlich und ländlich, verglichen mit dem Prunk und der Verwahrlosung, den Palästen und Mietshäusern von Paris. Die gepflasterte, gerade und schmale Straße roch nach Heu und Pferdemist, und nach den späten Rosen und Astern in kleinen, hinter Torbögen und entlang der Gäßchen hervorlugenden Gärten. Zu dieser frühen Abendstunde waren wenig Menschen unterwegs; ein paar Frauen mit vage vertrauten Gesichtern warfen Ellen in ihrem dunkelblauen Pariser Kleid neugierige Blicke zu.

Der Obstgarten vor dem Haus ihres Vaters strotzte vor stattlichen, noch nicht ganz erntereifen Früchten. Flüchtig erinnerte sich Ellen daran, wie sie mit Lady Morningquest in dem Zug, der die platten, mit Obstbäumen und Pappeln übersäten flandrischen Ebenen überquerte, gesessen und sich gefragt hatte, was sie in Paris erwartete. Wie hoffnungsvoll war ich damals, trotz allem, dachte Ellen.

Dann öffnete Sue, das ältere Hausmädchen, die Haustür, und ihr Gesicht verzog sich zu einem breiten Willkommenslächeln.

»Miss Ellen! Na, da soll mich doch der Schlag treffen! Keiner hat was gesagt, daß Sie kommen! Weiß Gott, Sie sind so willkommen wie Blumen im Frühling. Also, ich freu' mich jedenfalls, daß Sie da sind!« Und sie umarmte Ellen in aufrichtiger Freude, eine Geste, die herzlich erwidert wurde.

»Aber ist denn Mr. Bracegirdles Telegramm nicht eingetroffen?«

»Nicht daß ich wüßte, Miss Ellen. Macht nichts; Ihr Bett hab ich im Nu gemacht. Ihr Dad wird vor Freude sprachlos sein, wenn er Sie sieht, glaub ich«, fügte sie weniger überzeugt hinzu.

»Wo ist er, Sue?«

»Der Nachmittag ist so heiß, er ist draußen im Garten, er und diese Mrs. Pike.« Eine ausdrucksvolle Grimasse deutete an, was sie von dieser Dame hielt. Sie neigte sich näher und flüsterte: »Schlimm isses gekommen, seit Sie das letzte Mal hier war'n. Lady Adelaide war ja nich' berühmt, aber immer noch besser wie *die*. Nu' geh'n sie ma' raus und zeigen Sie sich, ich nehm' das hier mit hoch.«

Ellen ging in den vielgeliebten Garten. Das Haus blickte über ein tiefes, grasiges Tal, doch ein Besucher hätte das bei einem Blick aus den Fenstern im Erdgeschoß oder beim ersten Hinausgehen niemals vermutet; eine wuchtige Eibenhecke, zwanzig Fuß hoch, umschloß den unmittelbar an das Haus anschließenden Rosengarten. Die Hecke war so hoch und dicht, daß der von ihr abgeteilte Flecken wie ein Zimmer war, warm und still und wohlriechend. Ellen verweilte ein wenig, roch an einer späten Lilie, pflügte einen Rosmarinzweig; dann hörte sie Stimmen und ging durch einen Bogen in der Eibenhecke weiter auf einen dahinterliegenden Pfad, den die Familie den Talweg nannte. Das war ein grasbewachsener, hundert Yard langer Streifen, der zwischen zwei Gartenhäusern hindurch verlief. Zur Gartenseite hin begrenzte ihn die Eibenhecke; auf der anderen Seite gestattete eine niedrige Steinmauer einen weiten Ausblick über das Tal und den fernen, nördlichen Forst.

Ellen glaubte, sie würde dieses Anblicks niemals müde werden. Nun sie ihn sah, spürte sie, daß ein Verlangen, dessen sie sich fast nicht bewußt gewesen war, plötzlich und reichlich gestillt wurde; sie hätte den Rest des Nachmittags so an die Mauer gelehnt und hinausblickend verbringen können.

Doch am Westende des Grasweges, vor dem größeren Gartenhaus, konnte sie drei Menschen sehen: einen Mann mit Zylinder, der, in ein Buch vertieft, auf einer Gartenbank saß – ihr Vater; ein kleines Mädchen in weißem Kleid und Strohhut, das auf dem Rasen saß – das mußte Vicky sein; und, der heiteren Aussicht den Rücken zugewandt, sehr aufrecht auf einer anderen Bank thronend, eine stattlich gekleidete Dame in üppigem Seidenbrokat, mit Ringellöckchen, Stickrahmen und kunstvoll verzierter Haube – eine recht scharfgesichtige Dame, die Mrs. Pike sein mußte.

II

Vicky Paget war ein achtsames kleines Geschöpf. Weder ihr Vater noch ihre Mutter hatten sie je geliebt; Luke hatte kein Interesse an einem vierten weiblichen Kind, und Lady Adelaide war viel zu unbefriedigt vom Ergebnis ihrer übereilten zweiten Heirat, um auf deren einzigen Sproß viel Energie zu verschwenden.

Vicky mußte daher, im Laufe ihrer beinahe sechs Jahre, so gut sie konnte, mit den zufälligen Gefühlsbezeigungen von Bediensteten auskommen, die unter Lady Adelaides zänkischem Regiment mit verwirrender Häufigkeit kamen und gingen. Infolgedessen war sie, wenngleich zu Gefühlen fähig, in ihrem Charakter wachsam, skeptisch und darauf gefaßt, sich bei der kleinsten Abfuhr sofort zurückzuziehen. Sie ging auf niemanden zu, hatte keine Freunde und vermochte sich mit sehr geringen Mitteln Kurzweil zu verschaffen. So besaß sie eine Häkelpuppe, die ihr mit drei Jahren von ihrer Tante Blanche geschenkt worden war. Dieser inzwischen etwas mitgenommene und ausgefranste Gegenstand war ihr größter Schatz. Doch seit der Ankunft von Mrs. Pike hielt Vicky, die sich mit unkindlichem Scharfsinn klarmachte, daß die Haushälterin mit ihrem starken Hang zu Strafen die Puppe wahrscheinlich als Geisel nehmen würde, ihr Spielzeug in einem irdenen Topf unter der Eibenhecke versteckt. Es war besser, ein verstecktes Spielzeug zu haben, als gar keines.

Statt zu spielen, benutzte Vicky daher ausgiebig ihre Beobachtungsgabe und hatte in letzter Zeit eine Leidenschaft dafür entwickelt, ihre visuellen Entdeckungen auf allen möglichen Papierfetzen festzuhalten, die sie von den Bediensteten erbetteln, stehlen oder sich durch sorgsame Überwachung der Papierkörbe beschaffen konnte. Sie hortete Kreide- und Kohlestücke und Bleistiftstummel. Obgleich sie immer noch nicht lesen konnte, hatte ihre ständige Übung ein bemerkenswertes Porträtiertalent in ihr entwickelt; so mancher Bürger von Petworth wäre verblüfft gewesen, hätte er geahnt, mit welcher Genauigkeit das kleine, verschlossen wirkende, dunkelhaarige Kind, das ihn auf der Straße anstarrte, später nicht nur seine Züge und seine Haltung, sondern gar irgendeinen flüchtigen Gesichtsausdruck oder eine Grimasse auf einer zerrissenen Zuckertüte oder einem fleckigen Stück Regalpapier festzuhalten imstande war.

Diese Gewohnheit der Beobachtung hatte Vicky außerdem sehr achtsam auf Verhalten gemacht. Heute hatte sie schon am frühen Morgen gemerkt, daß Mrs. Pike nach etwas Ausschau hielt, daß etwas Ungewöhnliches im Anzug sein mußte. Insbesondere wurde Vickys Wachsamkeit durch die ungewohnte Freundlichkeit der Haushälterin ihr gegenüber geweckt. Morgens hatte sie beim Quittengelee-Machen helfen und die Löffel ablecken dürfen. Dann, irgendwann am Nachmittag, hatte Mrs. Pike dem Kind die dunklen Löckchen geglättet und eingedreht und ihr gesagt, sie solle einen Teller Biscuits mitbringen, während sie selbst einen Krug Limonade zu Mr. Paget hinausbrachte, der lesend auf der kleinen Veranda vor seinem Gartenzimmer saß. Es sei so ein heißer Nachmittag, sagte die Haushälterin; Vickys Vater brauche bestimmt eine Erfrischung. Dadurch war Vickys Argwohn ins Uferlose gestiegen. Unter normalen Umständen war es ihr niemals gestattet, sich in die Nähe ihres Vaters zu wagen. Gesagt zu bekommen, sie dürfe neben ihrem Papa auf dem Rasen sitzen und ein Biscuit essen, machte sie noch mißtrauischer. Mrs. Pike ließ sich derweil mit herablassender Miene in der Nähe nieder, als geruhe sie gnädig, sich zwecks Geselligkeit auf ein paar Augenblicke von ihren dringenden Pflichten loszureißen.

Sie sieht aus, als säße sie für ihr Porträt, dachte Vicky, die sehr langsam an einem Kümmel-Biscuit knabberte; und es juckte ihr in den Fingern, ein zerfleddertes Stück Papier aus seinem Versteck in ihrem Rockbund hervorzuziehen und die selbstgefällige, doch erwartungsvolle Miene der Haushälterin festzuhalten, wie sie stickend dasaß und von Zeit zu Zeit einen Blick auf den Durchgang in der Eibenhecke warf.

Was Papa anging, so hatte er sich, nach anfänglich vage verwundertem und gereiztem Gebaren, sogleich wieder seinem Buch zugewandt und ignorierte seine unerwünschte Gesellschaft. Vicky saß mucksmäuschenstill; sie wußte, daß das geringste Zappeln die sofortige Hinausweisung nach sich ziehen würde, und sie wollte noch ein Biscuit; außerdem war sie neugierig, zu erfahren, worauf Mrs. Pike aus war.

Schließlich wurde ihre Geduld belohnt.

Vom Durchgang in der Eibenhecke her sagte eine Stimme fragend »Papa?«, und eine junge Dame tauchte auf, ging über den Grasstreifen, um die Aussicht über die Mauer zu bewundern, und kam dann mit einer gewissen Schüchternheit auf die kleine Gruppe zu. Obgleich nicht groß, war sie, dachte Vicky, sehr hübsch. Ihr Gesicht war undeutlich vertraut – wie das Porträt von Papas erster Mrs. Paget im Speisezimmer. Ihr Kleid wäre weitaus interessanter zu zeichnen als Mrs. Pikes ausladende Krinoline, denn es hatte soviel mehr Formen: Draperien und Wickelbänder, ein quer über der Vorderseite elegant geschürztes und hinten in der Taille zu einer Kräuselung gerafftes Überkleid mit einer Doppelreihe Knöpfe auf dem Oberteil und einer Krause am Hals; und ihr winziger, runder blauer Hut war mit einer Kokarde in demselben Blau verziert. Ihr bleiches Gesicht zeigte ein leichtes, fragendes Lächeln.

»Du lieber Gott!« sagte Mr. Paget, sein Buch senkend und darüber hinweg starrend.

Er sah überhaupt nicht erfreut aus.

»Ja – du meine Güte!« rief Mrs. Pike mit plumpem Erstaunen. »Wer kann das sein?« Sie wandte sich an die junge Dame. »Ich verstehe nicht, Miss, warum das Mädchen Sie nicht gemeldet hat. Ist denn niemand zur Tür gekommen?«

Ihre Stimme klang falsch in Vickys Ohren; ich glaube nicht, daß sie wirklich überrascht ist, dachte das Kind, während es die drei Gesichter beobachtete.

Die Stimme des Mädchens war geistesabwesend, als sie antwortete: »Aber ja doch, vielen Dank; Sue hat mich eingelassen. Sie sagte, Sie seien im Garten. Hast du mich denn nicht erwartet, Papa? Hast du Mr. Bracegirdles Telegramm nicht bekommen?«

»Telegramm? Bracegirdle? Gewiß nicht. Warum zum Kuckuck sollte der Mensch mir Telegramme schicken?«

»Um dir mitzuteilen, daß ich komme.«

»Mrs. Pike? Wurde ein Telegramm abgegeben, Ma'am?«

»Lieber Himmel, nein, Mr. Paget«, sagte die Haushälterin. »Ich hätte Sie natürlich sofort davon unterrichtet. Darf ich das so verstehen, daß das Miss Ellen ist? Aber was für eine bezaubernde Überraschung!«

Sie lügt, dachte Ellen sofort; sie wußte, daß ich komme, und wollte, daß es für Papa eine unangenehme Überraschung wird. Mit einem Blick in Mrs. Pikes kalte, porzellanblaue Augen und ihr feindseliges Lächeln begriff sie blitzartig, warum Eugenia, Kitty und Benedict sich in ihrer Abneigung gegen die Haushälterin so uncharakteristisch einig gewesen waren.

»Aber ich begreife das nicht«, grollte Luke Paget. »Warum sollte Bracegirdle deinetwegen ein Telegramm schicken, Ellen? Warum hast du es nicht selbst geschickt? Man kann sich nie darauf verlassen, daß junge Leute etwas auf sinnvolle, vernünftige Weise tun und Rücksicht auf andere nehmen; es ist alles Flatterhaftigkeit, einmal hier, einmal da. Warum – bitteschön – bist du nicht in Paris?«

»Hast du denn in der Zeitung nicht von der armen Comtesse de la Ferté gelesen?« begann Ellen, doch in diesem Augenblick piepste Vicky los.

»Aber es *ist* ein Junge mit einer Nachricht gekommen, Papa!« Sie würde nicht zulassen, daß Ellen ungerechtfertigt Vorwürfe gemacht wurden. Hastig fuhr sie fort: »Wissen Sie denn nicht mehr, Mrs. Pike, Sie haben nach den Äpfeln im Obstgarten gesehen, als er durchs Tor kam und Sie das Blatt von ihm in Empfang nahmen?«

»Was ist das für ein Gefasel, Kind?« sagte die Haushälterin, einen roten Fleck auf jeder Wange, und Mr. Paget bellte: »Rede, wenn du gefragt wirst, kleines Fräulein, und nicht eher!«

Vicky, puterrot und zum Schweigen gebracht, ließ den Kopf hängen. Doch sie hatte unwillkürlich ein zerfleddertes Stück Papier aus ihrem Rockbund gezogen. Ellen nahm es ihr sanft ab und sah, daß es tatsächlich die Nachricht war, die Bracegirdle aufgegeben hatte.

»Du böses, böses kleines Mädchen!« rief Mrs. Pike. »Also hast *du* die Nachricht an dich genommen und, nehme ich an, vorgehabt, wieder ein paar von deinen ewigen Kritzeleien darauf zu malen und deinen Papa in Unkenntnis zu lassen?«

»Das hab ich nicht! Das hab ich nicht! *Sie* haben es zerrissen und in der Halle in den Papierkorb geworfen – ich habe Sie gesehen –, deshalb habe ich es herausgeholt.«

Mrs. Pike schlug die Augen zum Himmel.

»Ich kenne ein Mädchen, das eine tüchtige Dosis Malz und Schwefel braucht, um sie von ihren Lügen und ihrer naseweisen Schnüffelei zu kurieren. Ich bin sicher, dein Vater ist auch dieser Meinung.«

»Ja«, sagte Mr. Paget wütend. »Es ist sehr undamenhaft, Vicky, in Papierkörben herumzustöbern. Und wenn du das Papier von dem Jungen entgegengenommen und nicht abgegeben hast, dann war das äußerst boshaft.«

»Ich war's nicht! Ich war's nicht!«

Tränenüberströmt und strampelnd wurde Vicky von der Haushälterin weggebracht, die beträchtliche Kraft zu haben schien. Tief verstört sah Ellen den beiden nach. Sie verspürte den starken Drang, auszurufen: »Ich bin sicher, daß Vicky die Wahrheit gesagt und diese Frau gelogen hat!«, beherrschte sich aber. Sich sofort auf einen offenen Krieg mit Mrs. Pike einzulassen, war eine übereilte Taktik, obwohl es ihr um das Kind leid tat; und es würde wahrscheinlich ihren Vater aufbringen. Sie schwieg am besten, bis sie mehr in der Hand hatte. Unterdessen fuhr sie fort, Luke Pagets ungeduldige Fragen zu beantworten.

»Aber ich begreife einfach nicht, warum du nach Hause gekommen bist. Wenn es in dem Haus, wo du angestellt warst, Schwierigkeiten gab – nein, ich lese nie Artikel über Paris –, warum hat dir dann Lady Morningquest nicht eine andere Stelle verschafft?«

»Oh, Papa! Die arme Lady Morningquest war tief bekümmert über den Tod ihrer Nichte – sie war nicht in der Verfassung, mir Stellungen zu verschaffen. Im übrigen, neidest du mir einen kurzen Urlaub? Ich hatte gehofft, daß – daß du dich vielleicht freuen würdest, mich zu sehen?« Sie unterdrückte die Bemerkung *»da meine Stiefmutter nicht mehr lebt«*, die ihn vielleicht noch mehr verärgern würde. Überdies hatte die Gartenszene mit dem Limonadenkrug und Mrs. Pikes Sticktrommel etwas alarmierend Trauliches – fast Ehemäßiges – gehabt, das jegliche Vorstellung von Luke Paget als einem einsamen, untröstlichen Witwer gründlich zunichte machte.

Mit einemmal begann Ellen eine gewisse Sympathie für Eugenia und Kitty zu empfinden.

Als Ellen hineinging, um auszupacken und sich zum Essen umzuziehen, hörte sie, während sie die Treppe hinaufging, unverkennbare Schluchz- und Würgelaute.

Sue, das Hausmädchen, das einen Krug heißes Wasser auf das Waschgestell stellte, lauschte ihnen mit zusammengepreßten Lippen und einer Falte zwischen den Augenbrauen.

»Diese Pike«, grollte sie. »Pike ist ihr Name, und Pike ihr Charakter.* Verabreicht dem Kind ständig Schwefel oder Rizinusöl oder Abführmittel, obwohl der Herr sagt, es ist seine Sache, sie zu schlagen, wenn sie bös ist, aber was eingeben kann *die* dem Kind immer, und behaupten, es täte ihm gut.«

»Vicky schläft dort oben?«

»Ja. Hier in der einen Mansarde, und Master Gerald in der anderen. Mrs. Pike, die hat das große Gästezimmer. Die hält auf ihre Bequemlichkeit, die Frau.«

Nachdem Ellen ein für solch einen warmen Abend geeignetes, silbergraues Tarlatankleid angezogen hatte, stahl sie sich mit einem Stapel Modezeitschriften, die Kitty in Paris gekauft und in eine von Ellens Taschen gepackt hatte, wo sie vergessen worden waren, in das muffige Dachgeschoß hinauf. Kitty würde sich ärgern, wenn sie feststellte, daß sie ihre Pariser Moden verloren hatte, aber hier würde man sie viel-

* pike = engl. für Spitze, Stachel

leicht einer besseren Verwendung zuführen können. Es tat Ellen leid, daß keine Zeit gewesen war, ihrer kleinen Halbschwester vor der Abreise aus Paris ein Spielzeug zu kaufen, doch vielleicht würden sich die Zeitschriften als besser denn gar nichts erweisen.

Tatsächlich nahm Vicky sie mit Entzücken auf.

»Oh!« hauchte sie. »Was für *wunderschöne* Damen!« – und betrachtete die wespentailligen Riesinnen mit Rosenknospen-Mündern und winzigen Extremitäten. Sachlich fügte sie hinzu: »Irgendwie ist es fast schade, auf all diese Seiten zu zeichnen.«

»Möchtest du das denn?«

»Natürlich. Darf ich nicht?« fragte Vicky ängstlich.

»Mach es genauso, wie du willst«, beruhigte Ellen sie. Das Gesicht des Kindes war bleich, immer noch voll Tränenspuren; sie schniefte von Zeit zu Zeit. Ihr Gesichtsausdruck führte Ellen sehr in Versuchung, zu versprechen, daß sie bei jeder künftigen Konfrontation mit Mrs. Pike Vickys Partei ergreifen würde; aber, so sagte sie sich, sie ging besser mit Vorsicht zu Werke; ein solches Versprechen würde sich vielleicht nicht halten lassen.

»Bist du wirklich meine Schwester Ellen?« fragte Vicky. »Ich kann mich nicht sehr gut an dich erinnern.«

»Du warst erst drei, als du mich das letztemal gesehen hast, bei der Taufe von Eugenias Baby.«

»Ich glaube, damals warst du aber nicht so hübsch? Du hattest ein rosa Kleid an.«

»Das stimmt.«

»Ich hatte so einen Kragen.« Vicky zog ein zerknülltes Blatt unter ihrem Kopfkissen hervor und zeichnete einen präzisen Umriß darauf. Ellen sah, daß die Seite, eine Anzeige für patentierten Rußentferner, mit Zeichnungen bedeckt war.

»Aber das ist ja Papa!« sagte sie überrascht. »Und Mrs. Pike! Die sind sehr gut, Vicky.«

»Mittlerweile kann ich's besser«, sagte Vicky leichthin.

»Die habe ich vor Wochen gemacht. Sieh mal, da ist Sue – und Mr. Wheelbird ...«

Ellen mußte lachen, so genau waren die Gesichtsausdrücke getroffen: das Mädchen, mit vorgeschobener Unterlippe die Stirn runzelnd, der junge Anwalt, den Mund im Gespräch geöffnet, mit hervorquellenden Augen und einem Adamsapfel, der fast den engen Kragen sprengte. Vicky besaß die Gabe eines Karikaturisten, das hervorstechende Merkmal zu erfassen.

»Ich habe noch mehr ...« sagte Vicky und begann, unter ihrer Matratze zu stöbern; doch in diesem Moment waren auf der Treppe Schritte zu hören, und sie warf sich ins Bett zurück.

»Mrs. Pike! Sie wird die Wut bekommen, wenn sie dich findet ...«

»Keine Angst«, begann Ellen; doch glücklicherweise erwiesen sich die Schritte als die von Gerard, der seinen Kopf durch die Tür steckte und sagte: »Bist du das, Sue? Du wirst gehörig dein Fett kriegen, wenn die Pike dich in Vickys Zimmer hört.« Dann sah er seine Schwester und ließ die Kinnlade fallen. *»Ellen?* Niemand hat mir gesagt, daß du nach Hause gekommen bist.«

Er war eindeutig der Junge, der beim Eisenbahn-Gasthof die Fiedel gespielt hatte, doch nun war Ellen klar, daß er sie in ihrem Pariser Putz schlicht nicht erkannt hatte. Sie gab ihm einen schwesterlichen Kuß, den er abwehrend hinnahm, mit nervöser Gebärde zurückweichend.

»Dann warst du das, der für die Moriskentänzer gespielt hat!«

»Um Gottes willen – *pst!* Papa würde geradewegs ...« Er ahmte stumm eine wilde Explosion nach und verschwand dann hastig in seiner Mansarde, von wo Geräusche hastiger Waschungen zu hören waren. Dann steckte er den feuchten Kopf wieder durch die Tür und bat: »Was immer du tust, erwähne das nicht!«

Unten dröhnte der Essensgong.

»Gute Nacht, Vicky.« Ellen umarmte ihre kleine Halbschwester. »In meiner Kiste habe ich noch mehr Zeichenpapier, das bekommst du morgen; und ein paar französische Kreiden.«

Unwillkürlich mußte sie über Vickys ehrfürchtiges Gesicht lächeln, während sie die Dachbodentreppe hinunterging; obgleich es in diesem Haushalt nicht viel gab, worüber man lächeln konnte.

Das Abendessen war eine trübselige Mahlzeit. Gerard verbesserte die Stimmung nicht gerade durch sein Zuspätkommen, das ihm eine siebenminütige Strafpredigt seines Vaters und in der Folge während des gesamten Essens ständige Rüffel eintrug. Ellen versuchte, das Gespräch durch Schilderungen von Paris und der Schiffsreise zu beleben, doch Mr. Paget hatte die deprimierende Gewohnheit, jede müßige Bemerkung, die gemacht wurde, um ein peinliches Schweigen zu überbrücken, mit einer vernichtenden Widerlegung niederzumachen.

»Die französischen Damen scheinen dieses Jahr alle englische Terriers zu haben ...«

»*Alle?* Wie können sie *alle* welche haben? Es gäbe gar nicht genug Züchter im Königreich, um eine solche Nachfrage zu befriedigen.«

Mrs. Pike, die, so schien es, mit der Familie aß, half auch nicht gerade, indem sie zahlreiche abwertende Bemerkungen über Paris und die Franzosen fallenließ; diese parierte Ellen so gutmütig sie konnte, obwohl ihre Ignoranz sie noch mehr ärgerte als ihre offensichtlich gehässige Absicht. Gerard, der stets ein wortkarger Junge gewesen war, widmete sich mit gekrümmten Schultern und niedergeschlagenen Augen schweigend seinem Teller. Auch Luke aß im wesentlichen schweigend, abgesehen von verschiedenen Abfuhren für Ellen und einigen kritischen Auslassungen über die Torheit, Faulheit und Rücksichtslosigkeit der jüngeren Generation. Ellen erinnerte sich, daß es schon immer unmöglich gewesen war, ihm etwas recht zu machen. Er erwartete stets, daß die

Menschen sich als hohlköpfig, stümperhaft und unbeholfen herausstellten. Falls sie entgegen seiner Erwartung geschickt, gewandt und bemüht waren, es recht zu machen, so ärgerte ihn das; und wenn sein Pessimismus sich als berechtigt erwies, war er gleichermaßen verdrossen. Infolgedessen waren seine Düsterkeit und sein Unwille ein Dauerzustand; alles, was er sah, schien ihn zu deprimieren und zu erbittern.

Mrs. Pike ließ es sich angelegen sein, allem, was er sagte, zuzustimmen, wobei sie zu jeder seiner kritischen Bemerkungen mehrfach nachdrücklich mit dem behaubten und bebänderten Kopf nickte.

Das Essen war einfach und fade und wurde in knauserig kleinen Portionen aufgetragen; Ellen, die nach der Herreise aus London hungrig gewesen war, erhob sich am Ende des Mahles fast ebenso hungrig, wie sie sich hingesetzt hatte.

Nach dem Dessert blieb Mr. Paget im Speisezimmer und trank ein kleines Glas Port. Mrs. Pike ging in die Küche im Keller hinunter, um die Köchin dafür zu tadeln, daß sie zuviel Zucker an den Blaubeerkuchen getan hatte.

»Pst! Komm einen Moment hier hinaus«, murmelte Gerard Ellen mit einer ruckartigen, seitlichen Kopfbewegung zu. Sie folgte ihm in den Garten, der in Dämmerung zu versinken begann, und er zog sie durch ein schmiedeeisernes Tor einen baumgesäumten Weg entlang, der Pfarrweg hieß und in das Tal unterhalb des Hauses führte.

»Kann im Haus nicht reden, diese Frau hat Ohren wie eine Fledermaus«, erklärte er. Dann kam er ohne Umschweife auf sein Anliegen. »Sag mal, Ellen, hast du aus Paris irgendwelche Noten mitgebracht? Es ist *teuflisch* schwierig, hier Noten zu kaufen – bei Arnold's kann ich keine bestellen, sonst würde Pa es spitzkriegen, und ich kann nicht öfter als ungefähr einmal alle sechs Wochen einen Vorwand erfinden, um nach Chichester zu fahren.«

Ellen hatte ein paar Noten mitgebracht, aber über die meisten Namen in ihrer Aufzählung stöhnte er.

»Liszt! Czerny! Wie kannst du nur? Mendelssohn ist gerade noch erträglich. Oh, wenn ich doch bloß gewußt hätte, daß du kommst. Ich hätte dich bitten können, mir ein paar Beethoven-Quartette mitzubringen.«

»Aber wie könntest du denn ein Quartett spielen? Hast du Mitspieler? Und seit wann lernst du Geige?«

»Och, seit ein paar Monaten – erzähl Papa nichts! Tom, vom Eisenbahn-Gasthof, bringt es mir bei. Jedenfalls lese ich gern die Partituren. Beethoven ist so gewaltig, Ellie! Ich glaube, er ist das größte Genie, das je gelebt hat.«

Gerard hätte sich des längeren über Beethoven verbreitet – Ellen erkannte, daß er dasselbe schwermütige, in sich versunkene Geschöpf wie früher war –, doch sie unterbrach ihn.

»Gerard, siehst du denn keine große Veränderung bei Papa?«

»Er ist übellauniger denn je«, stimmte Gerard zu. »Quält mich ständig wegen meines Latein- und Jurastudiums – dabei arbeite ich hart, er hat keinen Grund zur Klage, aber er tut's trotzdem. Wenn es nach ihm ginge, würde ich die Nase nie von Blackstones ›Kommentaren‹ und Mowbrays ›Jurisprudenz‹ heben. Er ist brummig wie ein Bär – obwohl *la Pike* ihm nach besten Kräften Honig um den Mund schmiert –, aber das ist doch nichts Neues?«

»Er wirkt so abgehärmt und hager! Und wenn er nicht redet, haben seine Augen so ein – so eine Art nach innen gerichtetes Starren. Und seine Stimme klingt so hohl – als spräche er aus einer Höhle.«

»Ach was! Ich weiß gar nicht, wovon du redest. Er wird älter, das ist alles. Bittest du ihn um den Schlüssel zum Gartenzimmer, Ellie?«

»Warum denn das?«

»Er hat das Klavier dort hinaus bringen lassen. Du könntest sagen, daß du spielen willst – *dir* wird er es erlauben. Mädchen dürfen das. Und er geht nach dem Essen nie dorthin.«

»Aber ich will gar nicht spielen, du alberner Junge. Ich bin müde von der Reise, und habe vor, zu Bett zu gehen.«

»Gibst du mir dann die Noten?«

»Also gut!«

Beim Zurückgehen fragte sie: »Gibt es ein Klavier im Eisenbahn-Gasthof?«

Er nickte mit verschämtem Grinsen. »Wenn ich Lieder für die Kunden spiele, läßt Tom mich darauf üben. Und er zahlt mir einen Schilling die Stunde. Abends schleiche ich mich hinaus – so verdiene ich Geld, um Noten zu kaufen.«

»Du bist *wahnsinnig*. Wenn Papa dahinterkäme! Jemand könnte es ihm doch erzählen.«

»Nein«, sagte Gerard. »In der Stadt mag ihn keiner.«

»Angenommen, Mrs. Pike würde es erfahren?«

»Ah. Das ist eine Unruhestifterin, zugegeben. Aber sie ist aus Wiltshire – hat keine Bekannten hier.«

»Wo in Wiltshire?«

»Ich habe keine Ahnung. Sie hat für irgendwelche alte Herrschaften gesorgt, die nach Chichester gezogen sind – sie ist mit ihnen hergekommen, glaube ich – Tante Blanche hat sie eingestellt, weil sie starben und sie zur Zeit von Pas Unfall frei wurde.«

Ellen beschloß, zu versuchen, mehr über Mrs. Pikes Vorleben herauszufinden.

Die Haushälterin saß im Empfangszimmer und arbeitete beim Licht einer sparsam kleinen Lampe an ihrer Stickerei. Sie nahm die Mitteilung, daß Ellen sich zurückzuziehen gedenke, mit einem leichten, kalten Nicken auf. Tatsächlich schien sie sich bereits als Herrin des Anwesens zu betrachten.

Sich im Zimmer umblickend, sah Ellen zu ihrer Betrübnis, daß die meisten schlichten, anmutigen Hepplewhite- und Gillow-Möbel ihrer Mutter durch üppig verzierte, plüschgepolsterte Stücke ersetzt worden waren, die sehr viel Platz wegnahmen und den Raum klein und überfüllt wirken ließen. Zweifellos waren sie während Lady Adelaides Zeit als Kastellanin angeschafft worden. Ein oder zwei der ausrangierten Stücke waren nach oben in Ellens Kammer gewandert, die ansonsten, Gott sei Dank, unverändert war. In ihrem schmalen Bett liegend und den Eulen im Obstgarten lauschend, erinnerte sie sich, wie oft sie sich danach gesehnt hatte, hier zu sein.

Doch nun war alles verändert. Sie empfand tiefe Traurigkeit.

Und Vater, dachte sie. Er hat irgend etwas Schreckliches, da bin ich sicher; etwas anderes als Schmerzen von seiner gerichteten Hüfte. Ob er um Lady Adelaide trauert? Ich hatte nicht den Eindruck, daß er sie sehr liebte.

Er sieht aus – er sieht aus, als schulde er jemandem etwas und wisse nicht, wie er es je bezahlen kann.

In der Stadt sprach es sich rasch herum, daß Mr. Pagets dritte Tochter nach Hause gekommen war, und die Leute nahmen bald ihre Gewohnheit wieder auf, kranke Kinder zu Ellen zu bringen, damit sie sie berührte. Dieser Brauch wurde durch den kürzlichen Tod von Dr. Bendigo wahrscheinlich noch gefördert; sein Nachfolger, der junge Dr. Smollet, hatte noch nicht das Vertrauen seiner Patienten gewonnen.

»Schockierender, vulgärer Aberglaube!« schnaubte Mrs. Pike. »Da schleppen sie ihren widerlichen Schmutz und ihre Krankheiten an die Hintertür – *ich* würde dem bald ein Ende machen.«

Doch zu ihrer Verärgerung wollte Mr. Paget in dieser Sache nichts unternehmen. »Meine Frau hat es immer gestattet«, war alles, was er sagte.

»Lady Adelaide?«

»Nein, nein. Mrs. Paget, Ellens Mutter. Und Bendigo hat es gebilligt.«

Dr. Bendigo war eines der Objekte von Lukes widerwilligem, halb feindseligem Respekt gewesen.

»Nun gut«, sagte Mrs. Pike, »aber geben Sie mir nicht die Schuld, wenn Sie feststellen, daß die Hälfte der Äpfel oder alles Geflügel gestohlen ist. *So etwas* habe ich ja noch nie gehört.«

Die Abfuhr verbesserte ihre Beziehung zu Ellen nicht.

»Können Sie mich wissen lassen, wie lange Sie noch zu bleiben gedenken, Miss Paget? Wo nun soviel mehr zu tun ist, werde ich Ihren Papa, fürchte ich, um eine Aufstockung des Haushaltsgeldes bitten müssen – was ihn nicht freuen wird, das verspreche ich Ihnen!«

»Es wird ihm vielleicht eher zusagen, wenn er erfährt, daß ich vorhabe, Vickys Unterricht zu übernehmen«, erwiderte Ellen ruhig.

»Was? Und die arme, alte Mrs. Socket ihrer einzigen bezahlten Beschäftigung zu berauben?«

»Sie möchte das Unterrichten aufgeben und bei ihrem verheirateten Bruder leben.« Ellen verschwieg, daß die alte Mrs. Socket gesagt hatte, sie komme nur noch, weil ihr das kleine Mädchen leid tue, und sei hocherfreut, daß Vickys Schwester nach Hause zurückgekehrt sei und ihre Aufgabe übernehme.

Die Mitteilung, daß er Mrs. Socket nicht mehr für ihre täglichen Besuche zu bezahlen brauchte, versöhnte Luke teilweise mit Ellens Anwesenheit im Hause; obgleich er sie weiterhin ignorierte und jeden Versuch zu einem Gespräch im Keim erstickte. Er hatte die Gabe, die Leute spüren zu lassen, daß sie ihm im Wege waren; diese war, wenngleich offenbar unbewußt, bemerkenswert stark. Wenn er Ellen überdies ansah, was er so selten wie möglich tat, so geschah dies anscheinend mit äußerstem Widerwillen. Nahm er ihr ihre Jugend und Gesundheit übel? fragte sie sich. Verschlimmerten sie die Schmach seines Humpelns? Luke war stets ein aktiver Mann gewesen, doch der Unfall hatte ihn rasch altern lassen, und es war deutlich, daß er mit seiner Behinderung alles andere als versöhnt war.

Mrs. Pike tat ihr Bestes, die Situation durch ständige Anspielungen auf Ellens Äußeres zu verschärfen.

»Es ist so ein Jammer, Miss Paget, daß Ihre Kleider aus der Mode sind«, bemerkte sie etwa mit nachsichtiger Verachtung. »In diesen merkwürdigen Volants, fürchte ich, müssen

Sie für die Gesellschaft von Petworth eine regelrechte Spottgestalt sein. Aber *Sie* wird das freilich nicht kümmern – eine so gescheite junge Dame, wie Sie es sind, mehr an Büchern als an Mode interessiert. Wenn Sie hier länger blieben, könnten Sie vielleicht daran denken, zwei von diesen Kleidern zu nehmen und eine anständige Krinoline daraus zu machen. Freilich wird Ihr Besuch nicht mehr länger als ein, zwei Wochen dauern – eine junge Dame, die an Paris gewöhnt ist, wird unser kleines Krähwinkel bald über bekommen – nicht wahr, Miss Paget?«

»Im Gegenteil, ich habe vor zu bleiben, bis Vicky lesen kann«, sagte Ellen heiter, »was sich als langwieriges Unterfangen erweisen mag.«

Vicky, im Zeichnen unersättlich, lernte langsam.

Mrs. Pike schüttelte betrübt den Kopf. »Eine Schwester, die die andere unterrichtet, das geht nicht. In einem solchen Fall herrscht nicht die nötige Disziplin.«

Bald nach ihrer Rückkehr bekam Ellen einen Brief, der von einem kleinen Jungen an der Hintertür abgegeben wurde.

Meine liebste Ellen:
ich freue mich, von Deiner Rückkehr nach Petworth zu hören, & schreibe, um Dich um das Vergnügen eines baldigen Besuches zu bitten. Bestimmt nehmen Dich tausend Dinge in Anspruch, aber komm doch bitte, sobald es dir paßt, zum Tee zu Deiner

Dich immer liebenden
Großtante Fanny Talgarth

Ellen lächelte voll Freude, während sie diese Zeilen las. Großtante Fanny Talgarth war eigentlich keine Blutsverwandte. Sie hatte mit sechzehn Lukes Großonkel Thomas Paget geheiratet, der gestorben war, als Fanny kaum zwanzig war, und ihr einziges Kind war als Säugling ebenfalls gestorben. Fanny ging dann eine zunächst als schockierende

Mesalliance betrachtete Verbindung ein – sie heiratete Andrew Talgarth, einen Landschaftsgärtner und -architekten; doch die Ehe, die fünfundvierzig Jahre dauerte, war sehr glücklich gewesen, und ihr Mann, dessen Dienste bei so bedeutenden Persönlichkeiten wie dem Duke of Wellington, Lord Melbourne und sogar der Königin in Osborne House gefragt waren, war als erfolgreicher und wohlhabender Mann gestorben. Tante Fanny hatte ihn nun um einige fünfzehn Jahre überlebt und war weit in den Achtzigern; sie vermißte ihren Mann zutiefst, war jedoch, wie sie oft sagte, so rührig, daß die Zeit bis zu ihrer Wiedervereinigung im Jenseits wunderbar schnell verstrich. Ihre Ehe war nicht mit Nachwuchs gesegnet gewesen, doch Fanny wurde von allen einfachen Leuten der Umgebung geliebt, und ihre Zeit und Energie standen ihnen stets zur Verfügung. Eugenia und Kitty hatten immer dazu geneigt, wegen ihrer bescheidenen Lebensweise auf sie herabzusehen – nach dem Tode ihres Gatten hatte sie sich in ein kleines Försterhaus in den Wäldern östlich von Petworth zurückgezogen –, doch Ellen hatte sie stets innig geliebt.

Sobald am nächsten Tage Vickys Morgenunterricht beendet war, ging sie daher den Pfarrweg hinunter, stieg die dahinterliegende, steil abfallende Weide hinab, überquerte den Bach auf einem Viehsteg und erklomm die andere Talseite, wo die Schafe trockenes Septembergras knabberten und die Hecken voller Brombeeren hingen. Auf dem Hügelkamm begann ein zehn Meilen langer Streifen Waldlandes, den die Einheimischen wegen der im Frühling dort blühenden wilden Narzissen Dillywoods nannten und der in alle Richtungen von Reitwegen durchzogen war. An einem von ihnen stand Tante Fannys kleines Haus, etwa eine Viertelmeile in den Wald hinein. Es war ursprünglich als Lusthäuschen oder Aussichtspunkt errichtet worden, der von Petworth House auf dem gegenüberliegenden Hang aus sichtbar sein sollte; es war auf einer Seite von einer Reihe Zinnen gekrönt und hatte ein lächerliches kleines Türmchen. Die

Bäume hatten es jedoch in solchem Maße umstellt, daß seine ursprüngliche Funktion mittlerweile nicht mehr gegeben war, da man es keine zwanzig Yard weit sehen konnte.

Im Näherkommen dachte Ellen, wie wenig dieses schrullige Stück Architektur zu Fannys praktischem, zurückhaltendem Wesen paßte. Der kleine Garten war allerdings mit nützlichen Kräutern, Gemüse und wohlriechendem Gesträuch überfüllt; eine üppig behangene Weinranke überwucherte ein kleines Gartenhaus, und die Äste von Apfel- und Feigenbäumen strotzten von Früchten. Fanny selbst sah man an einem Tisch im Gartenhaus lesen; sie sprang auf und kam raschen Schritts, dem man ihr fortgeschrittenes Alter nicht anmerkte, auf Ellen zu, um sie zu begrüßen. Schon immer von kleinem Wuchs, war sie winzig geworden; mit ihrem schneeweißen, auf dem Scheitel zu einem nachlässigen Dutt zusammengesteckten Haarschopf sah sie wie eine kleine, braune Dryade aus.

»Liebstes Kind!« Sie umarmte Ellen herzlich und bewunderte ihr Kleid mit ungekünsteltem Vergnügen. »Was für eine Wonne, dich hier so ganz à la mode zu sehen! So ein Wandel zum Eleganten nach diesen grotesken Krinolinen – mehr wie die Empire-Mode, als ich ein Mädchen war. Setz dich in die Laube und erzähl mir jede kleine Einzelheit, die dir passiert ist. Aber zuerst etwas Grapefruit-Saft. Ich habe ihn im Brunnen hängen, und er ist eiskalt.«

Ellen setzte sich und bemerkte, daß unter den Büchern auf dem übersäten Tisch Platos ›Protagoras‹, Dantes ›Purgatorio‹, eine griechische Grammatik, ›Die Hexe Lois‹ von Mrs. Gaskell und ein Neues Testament in griechischer Sprache lagen.

Fanny folgte ihrem Blick.

»Ich habe beschlossen, Andrew eine Überraschung zu bereiten.« Sie kicherte. »Ich lerne Griechisch, seit ich dich das letztemal gesehen habe, und so werde ich ihm im Paradies Plato vorlesen können. Aber es ist ziemlich schwierig – oh, nicht das Griechisch, sondern der Plato; also muß ich von

Zeit zu Zeit auf die Bibel zurückgreifen. Du lachst: du hältst mich für eingebildet, weil ich so auf das Paradies vertraue; aber um Andrews willen werden sie mich hineinlassen müssen. Und er ist ganz bestimmt dort.«

»Pah, Tante Fanny – wenn irgend jemand dort aufgenommen wird, dann du. Aber bist du denn sicher, daß Plato dort sein wird?«

»O ja, ich glaube schon.« Wie ein Vogel neigte Fanny überlegend den Kopf zur Seite. »Schließlich, *gemeint* hat er es gut, der arme Mann. Aber jetzt erzähl mir alles. Du bist sehr dünn, Kind.«

Und so erzählte Ellen. Fanny lauschte aufmerksam, die Lippen zu einem kindlichen Ausdruck der Konzentration gespitzt; am Ende sagte sie:

»Dir ist nun allerdings in einem Zeitraum von drei Jahren mehr widerfahren als so manchem Menschen im Laufe eines ganzen Lebens. Deine Aufgabe wird es sein, dich nicht fruchtlos zu grämen, nicht zu brüten, sondern dir diese Erfahrung *zunutze zu machen;* sie wieder einzupflügen und dein Weideland anzureichern.«

»Ja«, sagte Ellen zweifelnd. »Ich bin sicher, du hast recht, Tante Fanny, denn das hast du immer – aber wie, auf welche Weise soll ich das tun?«

»Also *darüber* brauchst du dir nicht den Kopf zu zerbrechen; das Leben gibt dir bestimmt bald genug ausreichend Gelegenheit dazu. Nun erzähl mir von denen in der Hermitage; ist Gerard immer noch entschlossen, Komponist zu werden?«

»Ich fürchte ja. Das wird zu einem schrecklichen Bruch mit Papa führen, der so große Pläne mit ihm hat; er erwartet, daß Gerard mindestens Lord Chancellor wird.«

»Der Bruch wird kommen müssen. Luke kann den Jungen nicht zu einem Ebenbild seiner selbst machen. Gerard hat ein echtes musikalisches Talent. Er hat manchmal den Weg hier herauf gefunden und auf meinem verstimmten alten Clavichord gespielt. In letzter Zeit kommt er nicht mehr so häufig. Und die kleine Vicky? War sie sehr bekümmert über den Tod ihrer Mutter?«

»Nicht allzusehr, glaube ich; ich glaube, Lady Adelaide hat ihr nie viel Zeit gewidmet. Die Haushälterin meines Vaters ist sehr streng mit ihr.«

»Ah, die gestrenge Mrs. Pike. Ich habe die Dame nicht kennengelernt. Und dein Vater – wie geht es ihm?«

Luke Paget hatte Fanny nie leiden können. Für ihn war sie der Inbegriff des Verdrehten, Eigensinnigen und Unpraktischen; der Beruf ihres Mannes war für ihn ein Affront gewesen, und ihr Rückzug in die Wälder nach Talgarths Tod war ihm leichtfertig und unbedacht erschienen.

»Angenommen, sie würde krank, was dann?«

Noch mehr hatte ihn geärgert, daß trotz des Altersunterschiedes zwischen den beiden Frauen eine große, innige Freundschaft zwischen Fanny und Ellens Mutter bestanden hatte; solange sie gesundheitlich dazu in der Lage war, ging Mathilda Paget alle paar Tage in den Wald hinauf, um Fanny zu besuchen; und nachdem sie bettlägerig wurde, fuhr Fanny mit ebensolcher Regelmäßigkeit hinunter, um sie zu sehen, wobei sie sich häufig eines Gefährts bediente, das Lukes Gefühl von Würde verletzte: den Heuwagen eines Farmers, einen Metzgerskarren, was immer gerade in ihre Richtung fuhr.

Ellen musternd, bemerkte Fanny: »Du hast eine bemerkenswerte Ähnlichkeit mit deiner Mutter. Luke findet das vielleicht quälend, stelle ich mir vor?«

»*Irgend etwas* quält ihn schrecklich, Tante Fanny. Er – er ist sehr seltsam.«

»Anders als sonst?«

»Nein – *genau* wie sonst.« Ellen fand es schwierig, den Zustand ihres Vaters in Worte zu fassen. »Er ist – sparsamer, knauseriger, unnachgiebiger, argwöhnischer, puritanischer denn je – wenn ich mit Vicky lache, starrt er mich finster an, wenn Gerard eine Melodie pfeift, wird er *dermaßen* ausgeschimpft – all das ist schwer zu ertragen, und doch hat er oft einen so gramerfüllten, gequälten Blick, daß ich nicht anders kann, als ihn zu bemitleiden. Er ist sehr selbstsüchtig – er macht andauernd kleine Pläne für sein eigenes Wohlbehagen, und wenn sie durch einen unglücklichen Zufall schiefgehen, ist er äußerst verletzt und verzweifelt; ihm ist nicht klar, daß ich das bemerke. Der arme Mann! Er ist entsetzlich unangenehm, und doch fühle ich irgendwie für ihn. Ich glaube nicht, daß es Kummer um Adelaide ist, was ihn so quält; ich weiß nicht, was es ist.«

Fanny nickte mit ihrem kleinen, braunen, runzligen Gesicht, als überrasche sie das keineswegs.

»Er beginnt zu ahnen, was er verloren hat.«

»Und was ist das, Tante Fanny?«

»Das wird er erst entdecken, wenn er es gefunden hat! Aber was hast du eigentlich für Pläne, Kind?«

Ellen zögerte, die einigermaßen schändliche Mission zu erwähnen, die ihre Schwestern ihr aufgedrängt hatten. In Fannys Gesellschaft erschien sie noch widerlicher.

Doch Fanny sagte: »Ich kann mir vorstellen, daß es, wenn Mrs. Pike Vicky und Gerard so elend macht, deine erste Aufgabe sein muß, jemand Geeigneteren zu finden; oder selbst den Haushalt zu übernehmen?«

»Ja«, sagte Ellen vorsichtig. »Aber Papa gefällt es nicht, daß ich zu Hause bin. Und *ihm* scheint es Mrs. Pike freilich durchaus behaglich zu machen. Er würde sehr starke Einwände gegen jede Veränderung haben.«

»Mrs. Pike vermittelt ihm vielleicht die falsche Art von Behagen«, sagte Fanny. »Vielleicht wäre ein wenig Unbehagen besser für ihn.«

»Sag das Papa! Ich muß zugeben, daß es mir zu schaffen macht, daß ich mir nicht selbst meinen Lebensunterhalt verdiene; ich habe mich daran gewöhnt.«

»Aha«, sagte Fanny. »In dieser Hinsicht – manche Leute würden es vielleicht nicht gutheißen, daß ich dir das sage, aber du bist ein vernünftiges Kind, und ich glaube nicht, daß es dich zu Torheiten verleiten wird; in zwei Jahren, mein

Liebes, wirst du ein sehr achtbares Auskommen erben, das sich, nehme ich an, auf etwa eintausend Pfund im Jahr belaufen wird; wenn du also bis dahin zurechtkommen kannst, brauchst du dir über die Zukunft keine Sorgen zu machen.«

Ellen starrte ihre Großtante auf sehr undamenhafte Weise an.

»Tatsächlich? Aber wie ist das möglich? Tante Fanny, bist du sicher?«

»O ja«, sagte Fanny behaglich. »Ich habe das schon vor langer Zeit mit deiner Mutter abgesprochen. Ich hatte einmal eine liebe Freundin, eine Cousine meines ersten Mannes und entfernte Verwandte von dir namens Scylla Paget, die Mrs. Cameron wurde; sie hinterließ mir bei ihrem Tod eine große Summe, die ich zuerst deiner lieben Mutter zu geben gedachte. Aber sie bat mich statt dessen, sie treuhänderisch zu deinen Gunsten anzulegen. ›Ellen wird, fürchte ich, bis sie erwachsen ist, nicht eben viel Liebe erfahren, wenn ich nicht mehr bin‹, sagte Mattie zu mir. ›So soll zumindest für sie gesorgt sein, wenn sie volljährig wird, damit sie ihrer Neigung folgen kann, so sie eine hat.‹ Ich glaube, Mattie dachte, du teiltest vielleicht ihre Leidenschaft für Musik, aber die scheint sich unglücklicherweise bei Gerard zu zeigen.«

Ellen war wie vom Donner gerührt ob dieser neuen, erstaunlichen Aussicht, die sich vor ihr auftat. In der Lage zu sein, ihren Weg selbst zu bestimmen; ja, dachte sie, jetzt könnte ich sogar – wie die arme Louise – Germaine helfen –, ohne gezwungen zu sein, reich zu heiraten; ich kann mir Zeit nehmen, festzustellen, ob ich selbst Talent zum Schreiben habe; das ist wahrlich Freiheit!

Ungestüm umarmte sie Tante Fanny.

»Ich kann es kaum fassen! Liebe, liebste Tante Fanny, was für eine erstaunliche, was für eine wirklich außergewöhnliche Neuigkeit! Ich könnte das Geld mit Gerard teilen – falls es zum Bruch zwischen ihm und Papa kommt ...«

»Langsam!« mahnte Fanny. »Ich möchte dich bitten, Ellen, Gerard nichts davon zu erzählen. Behalte es für dich. Es gibt genug, was den Jungen aus der Fassung bringt. Und wenn er sich Lukes Wünschen fügen kann, zumindest bis er das College absolviert hat, so wird ihm die Disziplin überhaupt nichts schaden, und Luke wird es glücklich machen. Der arme Mann ist ganz närrisch wegen des Jungen! Gerard ist alles, was er auf der Welt hat.«

Das leuchtete Ellen ein.

»Also behalte die Neuigkeit vorläufig für dich. Selbst dein Vater weiß nichts davon. Aber ich hoffe, die Kunde trägt dazu bei, daß du in einer offenbar beschwerlichen Situation zu Hause nicht den Mut sinken läßt.«

»Ganz bestimmt!« sagte Ellen.

Und – dachte sie auf dem Nachhauseweg – irgendwie hatte die Neuigkeit, daß ihre eigene Zukunft gesichert war, mehr als alles andere bisher dazu beigetragen, sie in der Angelegenheit Mrs. Pike auf die Seite ihrer Schwestern zu ziehen. Da *sie* nun ausreichend versorgt war, mußte sie mehr ihrer Pflicht eingedenk sein, dafür zu sorgen, daß *sie* nicht verloren, worauf sie Anspruch zu haben glaubten.

Einige Wochen später suchte der Anwalt Mr. Wheelbird Ellen auf. Als Sue ihn meldete, machte Ellen gerade höfliche Konversation mit Mrs. Pike, während sie darauf wartete, daß Vicky eine Zeile Häkchen zu Ende schrieb.

»Meine Güte!« sagte die Haushälterin mit ihrem dünnen, verkniffenen Lächeln. »Unsere junge Dame aus Paris wird ständig verlangt. Arme Leute sehnen sich den ganzen Tag an der Hintertür – und nun ein gescheiter junger Anwalt! Wir wollen hoffen, daß ein reicher Onkel gestorben ist und Ihnen ein stattliches Vermögen hinterlassen hat!«

Ihre Vermutung kam Tante Fannys Neuigkeit so nahe, daß Ellen ihr einen verblüfften Blick zuwarf. Doch der Gesichtsausdruck der Haushälterin blieb milde undurchdringlich. Sie erhob sich und schlug ihre Stickarbeit in ein Tuch ein. »*Bitte,* kein Gedanke, daß Sie Mr. Wheelbird anderswo als hier empfangen, Miss Paget! Ich habe tausend Besorgungen zu erledigen und werde Sie im Empfangszimmer ungestört lassen. *Ich* habe – leider – keine Ferien!«

Und sie rauschte würdevoll hinaus.

Ellen teilte Mrs. Pikes Meinung von Mr. Wheelbird kaum. Sie konnte ihn nicht für gescheit halten. Ihre erste Bekanntschaft mit ihm datierte lange zurück, zu einer Zeit, da er, als einfältiger junger Angestellter eines Anwalts, eine Neigung gezeigt hatte, hinter der fünfzehnjährigen Ellen herzulungern, und von Luke Paget barsch seiner Wege gewiesen worden war. Nun, Mitte Dreißig – denn er war ungefähr zehn oder zwölf Jahre älter als Ellen –, war er ein wenig fülliger geworden, doch er war immer noch der gleiche knochige, struppig aussehende Mensch, mit einem störrischen Haarschopf, der so reichlich mit Bärenfett bepflastert war, daß es fast unmöglich war, seine Farbe zu erraten; sein großer Adamsapfel thronte unbequem über seinem hohen Kragen, als versuche er, den Mangel an Kinn wettzumachen, und sein Karpfenmund hatte die Tendenz, offenzustehen. Er hatte sich einen modischen Backenbart wachsen lassen, seit Ellen ihn das letzte Mal gesehen hatte, aber dieser schien keinerlei Beziehung zum Rest des Gesichtes zu haben. Über dem kraftlosen Mund jedoch nahmen ein Paar fahler, scharfsinniger Augen eine sorgfältige, bewundernde Bestandsaufnahme von Ellens Erscheinung vor.

»Wie geht es Ihnen, Mr. Wheelbird?« begrüßte sie ihn höflich. »Ich muß Ihnen gratulieren, glaube ich? Sie haben, wie ich höre, Ihre Prüfungen bestanden, seit wir uns das letzte Mal sahen, und sind jetzt Teilhaber?«

»So ist es, Miss Paget, so ist es in der Tat.«

Er nahm ihre Worte mit gelassener Befriedigung auf. »Und darf ich Ihnen gleichfalls gratulieren, Ma'am – zur Verwandlung von der Raupe in den Schmetterling? Sie verbreiten ein Licht über Petworth wie ein – wie ein Meteor.«

Ellen dankte ihm gesetzt, ohne sich die Mühe zu machen, darauf hinzuweisen, daß wenige Damen gern mit Raupen verglichen werden, und fragte nach dem Zweck seines Besuchs. Sie hatte angenommen, er habe irgend etwas mit Tante Fannys Vermächtnis zu tun, aber zu ihrer Überraschung sagte er: »Sie werden vielleicht feststellen, Miss Paget, daß das Schreiben, das ich Ihnen auszuhändigen habe, von einer Art ist, die erschüttert, beunruhigt und bedrückt. Ich bin mir bewußt, daß Damen – äh – damenhaften Gemütszuständen unterworfen sind und von so etwas wie – wie einem Schreiben von den Toten leicht umgeworfen werden. Ich denke, Sie sollten sich setzen, ehe ich Ihnen dieses Dokument aushändige.«

»Von den *Toten*, Mr. Wheelbird? Was meinen Sie nur?«

Ihre Knie begannen zu zittern, und sie setzte sich an einen runden, von Plüsch- und Spitzendeckchen verhüllten Tisch. Mr. Wheelbird überreichte ihr feierlich einen steifen Notarsumschlag, auf dem stand: »Auszuhändigen an Mathilda Ellen Paget, falls sie zu irgendeiner Zeit nach Erreichung ihrer Volljährigkeit zu einem längeren Aufenthalt unter dem Dache ihres Vaters in die Hermitage zurückkehrt.«

»Ich glaube, Miss Paget, Ihr fünfundzwanzigster Geburtstag fiel in den April dieses Jahres?«

»Aber ja – so ist es, Mr. Wheelbird.«

»Es brauchte ein wenig Zeit«, sagte er mit selbstgefälligem Lächeln, »um festzustellen – um sicherzustellen, daß Ihr Aufenthalt in Petworth tatsächlich mehr als ein kurzer Besuch war. Junge Damen sind sprunghafte Zugvögel, wie ich weiß! Aber da Ihr Hiersein nun schon einige Wochen andauert – erlauben Sie mir, das Schreiben für Sie zu öffnen, Ma'am.«

»Danke, ich habe es bereits geöffnet.«

In dem großen Umschlag befand sich eine kleinere Einlage, die aus einigen zusammengefalteten und mit Wachs versiegelten Seiten bestand. Auf dem äußersten Blatt stand schlicht: »Für Ellen.« Beim Anblick der Handschrift rang Ellen nach Atem und wurde bleich.

»Von meiner Mutter!«

Mr. Wheelbird neigte den Kopf. Sie erbrach das Siegel und

las oben auf der ersten Seite: »Mein liebstes Kind ...« Es waren mehrere von Hand geschriebene Seiten.

Ellen sah zu dem jungen Anwalt auf, dessen scharfe, fahle Augen sie ziemlich gierig betrachteten.

»Das ist anscheinend ein privater Brief, Mr. Wheelbird. Ich bin Ihnen *überaus* verbunden, daß Sie ihn mir gebracht und – und all die Jahre sicher aufbewahrt haben. Ich – ich glaube, ich brauche Sie nicht zu bemühen zu bleiben, während ich ihn lese.«

Er blickte sehr enttäuscht drein. »Sie sind ganz sicher, daß Sie sich der Prüfung gewachsen fühlen, Ma'am? Sollte ich nicht nach Sal volatile läuten? Sind Sie sicher, daß es Ihnen nicht lieber wäre, wenn ich bliebe – in angemessener Entfernung –, falls Sie in Ohnmacht fallen sollten?«

»*Ganz* sicher, ich danke Ihnen.«

»Nun gut.« Ziemlich niedergeschlagen, ziemlich beleidigt zog er sich zur Tür zurück, drehte sich aber noch einmal um und sagte: »Falls das Schreiben irgendwelche – irgendwelche rechtlichen Schritte erfordern sollte, Ma'am – oder irgendeine Art von Konsultation –, so wissen Sie, daß Sie sich darauf verlassen können, daß ich Ihnen meinen bestmöglichen Beistand und Rat gebe.«

»Danke, Mr. Wheelbird.« Ihre Stimme war geistesabwesend, ihr Kopf war über das Papier gebeugt. Sie hörte ihn kaum die Tür schließen.

Juli 1852

Mein liebstes Kind:
Du wirst eine erwachsene Frau sein, wenn Du diesen Brief erhältst. Was für eine seltsame Vorstellung! Im Augenblick bist Du noch meine kleine Ellie, in einem Baumwollschürzchen und einem blauen Wollkleid, mit Sommersprossen auf der Nase, einem bandagierten Knie und in die Augen fallenden Haaren. Bald mußt Du in Belgien zur Schule gehen, und dann werde ich Dich mit meinen leiblichen Augen nie mehr wiedersehen. (Obgleich ich dieses Haus und diesen Garten so

sehr liebe, daß ich nicht umhin kann zu glauben, daß ein Teil von mir, zumindest eine Zeitlang, dort bleiben wird und vielleicht über Dich wacht, wenn Du zurückkommst.)

Wie ich Dir einmal sagte, bist du immer mein besonderes Kind gewesen. Dein armer Vater grämte sich so schrecklich über den Tod Deines Zwillingsbruders, daß er für Dich keine Liebe mehr übrig hatte – und deshalb habe ich *durch eine glückliche Fügung doppelt soviel bekommen!*

Ich fühle meine Kraft schwinden und weiß, daß ich nicht mehr viele Monate zu leben habe. Vielleicht nicht einmal mehr viele Wochen. Was mich angeht, so bekümmert es mich nicht zu gehen, wenn ich gerufen werde, denn ich bin in diesem Leben so überglücklich gewesen, daß ich nicht umhin kann zu glauben, daß Glück überall möglich ist.

Aber ich kann auch nicht umhin, mich um Dich zu sorgen, Ellie. Dein Vater wird sich mit dem kleinen Gerard die größte Mühe geben, das weiß ich; der arme Mann, er war so glücklich, endlich einen Sohn zu bekommen. Eugenia wird bald mit ihrem Eustace verheiratet sein, und Kitty wird immer für sich selbst sorgen können.

Aber Du, Ellie, warst immer ein schutzloses Kind; Du hattest nie das Selbstvertrauen von Kitty oder Eugenia. Ich habe – mit Hilfe der lieben Tante Fanny – praktische Vorsorge für Dich getroffen, wovon Du bald erfahren wirst. (Ich hätte auch diesen Brief bei Fanny gelassen, fürchte aber, sie lebt vielleicht nicht lange genug, um ihn Dir zu geben, deshalb werde ich ihn den Anwälten anvertrauen.)

Ellie, wenn Du nach Abschluß der Schule nach Hause zurückkehrst, wird es, fürchte ich, in der Hermitage für Dich sehr unerfreulich sein. Der arme Papa wird ohne mich nicht sehr gut zurechtkommen können. [Pah, dachte Ellen; er hat jedenfalls sein Bestes getan, um zurechtzukommen, indem er Lady Adelaide geheiratet hat.] *Ich bitte Dich deshalb, mein liebstes Kind, Dich für mich um ihn zu kümmern. Das wird keine leichte Aufgabe sein.* Ich *liebe Luke aufrichtig, aber ich bin mir darüber im klaren, daß die meisten Men-*

schen das erstaunlich finden. Er ist kein umgänglicher Mann. Und er ist so oft enttäuscht worden. Er war so vielversprechend, als er jung war! Viele Menschen – kenntnisreiche, bedeutende Menschen – erwarteten Großes von ihm. Ellie, versuche, Deine Phantasie zu gebrauchen (wovon Du, wie ich weiß, viel besitzt; auch hierin von Kitty und Eugenia verschieden). Versuche, Dir Papas Gemütsverfassung vorzustellen. Wenn Du das kannst – wenn Du lernst, ihn zu lieben – wenn Du ihm beibringen kannst, Dich zu lieben –, so kann das seine Erlösung sein. Ich verlange sehr viel von Dir, ich weiß. Wie kann ich wissen, was für Pläne, was für Verbindungen Du vielleicht bis dahin hast. Aber Du hast ein großes Herz, und ich weiß, daß Du, um der großen Liebe willen, die Du und ich für einander empfanden, bereit sein wirst, Deine Vorhaben für eine Weile hintanzustellen und Dich meinen zu widmen.

Du siehst, wieviel Vertrauen ich in Dich habe, Ellie! Während ich dies schreibe, bist du außer Hause, fährst mit Dr. Bendigo in seinem Einspänner, wirst braun und glücklich und stark. Wie sehr ich mir wünsche, du wärst jetzt, *in diesem Moment, hier, würdest mir Kamillentee machen und mir ein paar von unseren Lieblingsgedichten von Cowper vorlesen, und wir hätten eines unserer langen Gespräche! Statt dessen bitte ich Dich, Dir die Liebe als Fackel vorzustellen, die von Hand zu Hand weitergegeben werden muß. Halt sie nicht fest – schenke sie großzügig.*

Lebewohl, mein Schatz, mein liebstes Kind; ein seltsames Lebewohl das, denn ich werde Dich heute abend wiedersehen. Aber ein Teil von mir, ein Teil von Dir, ist nun weggeschlossen, ein Vermächtnis für die Zeit, da Du älter bist.

Deine Dich liebende
Mutter

P.S. Gerade ist mir eingefallen – Papa mag vielleicht nicht mehr am Leben sein, wenn Du dies erhältst. Für welchen Fall Du natürlich von der Verantwortung entbunden bist! Aber irgendwie glaube ich, daß er noch leben wird. Die Pagets sind ein zähes Geschlecht! In diesem Fall versichere ihn meiner tiefen Liebe.

Als Ellen diesen Brief bis zum Schluß durchgelesen hatte, schwamm sie so in Tränen, daß sie nur noch den Kopf auf die Plüsch-Tischdecke legen und sich dem Schmerz überlassen konnte.

Ihr peinigendes, tiefes, anhaltendes Gefühl, etwas verloren zu haben – das Leben in Brüssel, in Paris, Patrice Bosschère, Menispe, Germaine, Raoul –, all das hatte sie für die Worte ihrer Mutter besonders anfällig gemacht.

Fast empfand sie Ehrfurcht darüber, daß der Brief gerade jetzt eingetroffen war.

Leise öffnete sich die Tür. Mrs. Pike! dachte Ellen erschrocken, aber es war nur Vicky mit ihrem Schönschreibheft.

»Oh – *arme* Ellen – hast du schlimme Schmerzen?« Das Kind kam näher und starrte Ellen mit runden Augen an; sie hatte noch nie erlebt, wie ein Erwachsener solchem Weh nachgab. »Soll ich Sue bitten, dir einen Kamillentee zu machen? Sie bringt mir manchmal heimlich welchen, wenn Mrs. Pike mir etwas Schreckliches eingegeben hat. Es hilft gegen die Schmerzen. Soll ich?«

Den Finger im Mund stand sie da und sah Ellen unsicher an. Doch Ellen streckte den Arm aus und zog das Kind an sich.

»Nein, keinen Kamillentee, danke, Liebes.« Kamillentee! dachte sie. »Bleib – bleib einfach einen Moment hier. Dann machen wir einen Spaziergang.« Sie legte den Kopf an die Schulter ihrer kleinen Schwester. Sie roch nach sauberer Baumwolle und Gras. Vicky stand still bei ihr, ernst und besorgt. Ellen dachte plötzlich an die kleine Menispe, nachdem Benedict da gewesen war, um ihr von Lady Adelaides Tod zu berichten – auf der Fensterscheibe war Regen gewesen. Die Erinnerung brachte sie erneut zum Weinen. Doch endlich stieß sie einen langen, zittrigen Seufzer aus, wischte sich die Augen und lächelte Vicky an.

»Siehst du, ich habe aufgehört. Mein Gesicht ist bestimmt so rot wie eine Rote Beete. Ich gehe mir besser die Augen spülen, ehe Mrs. Pike mich sieht.«

»Och, die ist im Garten und spricht mit Mr. Wheelbird«, beruhigte Vicky sie.

»Dann laufe ich rasch nach oben. Warte hier – ich bin gleich wieder da.« Während Ellen sorgsam die Seiten ihres Briefes zusammenschob, fiel ihr Blick auf das aufgeschlagene Heft, das Vicky hingelegt hatte. »Aber die sind ja ausgezeichnet, Vicky – die besten, die du bisher gemacht hast.«

Beim Essen, später an diesem Tag, konnte sich Mrs. Pike nicht genug darin tun, über Besuche von gutaussehenden Anwälten zu reden, bis selbst Luke Paget lange genug aus seiner düsteren Zerstreutheit auftauchte, um sich zu erkundigen: »Anwälte? Was sagen Sie da, Ma'am? *Wheelbird* hat Ellen besucht? Warum, bitteschön? Es kommt doch nicht wieder zu diesem alten Unfug, will ich hoffen. Was kann er Ellen zu sagen gehabt haben, das nicht korrekterweise an mich hätte gerichtet sein sollen?«

»Er ist nicht gekommen, um mir etwas zu sagen, Papa«, sagte Ellen errötend und wünschte Mrs. Pike auf den Grund des Meeres. »Er hatte einen Brief für mich abzugeben.«

»Einen *Brief*? Von wem?«

Wehmütig dachte Ellen daran, wie ungebunden und privat ihr Leben im Hôtel Caudebec gewesen war. Sie konnte Briefe oder Besucher empfangen, ausgehen, Besuche abstatten, und niemand stellte ihr Tun in Frage; während hier jeder Moment des Tages einer genauen Prüfung unterzogen wurde.

Sie sagte langsam: »Es war ein Brief von Mama. Einer, den sie mir vor ihrem Tod geschrieben hat.«

»Von deiner *Mutter?«* Luke war so bestürzt, daß er vollkommen weiß wurde. »Von *M-Matilda?«* Nach einer Weile fügte er langsam hinzu: »Was kann sie dir zu sagen gehabt haben? Du mußt damals noch ein Kind gewesen sein – zwölf? dreizehn? –, als sie ihn schrieb.«

»Ja«, sagte Ellen. Sie wünschte, dieses Gespräch hätte nicht unter dem ruhig beobachtenden Blick Gerards und dem freimütig wißbegierigen Starren von Mrs. Pike geführt werden müssen, fuhr jedoch fort:

»Deshalb hat Mama ihn auch der Anwaltskanzlei anvertraut – damit ich ihn auch bestimmt bekomme, wenn ich erwachsen bin.«

»Ich wundere mich, daß sie ihn nicht bei *mir* gelassen hat«, bemerkte Luke in gekränktem Ton.

»O Papa! Doch nicht – doch nicht deshalb, weil sie dir nicht traute. Aber das menschliche Leben ist so unsicher. Ihr eigenes näherte sich rasch dem Ende. Wohingegen in einer Anwaltskanzlei immer irgend jemand sein wird.«

»So; nun ja. Und was hatte deine Mutter in dem Brief zu sagen?«

»Sie – sie bat mich, dich ihrer tiefen Liebe zu versichern«, sagte Ellen langsam.

»Oh.« Luke schwieg eine Weile. Sein langes, hohläugiges Gesicht starrte über Ellens Schulter hinweg; zum Fenster hinter ihr hinaus, in unermeßliche Ferne. Dann richtete er den Blick wieder auf sie und fragte: »Was hat sie noch gesagt?«

»Papa – es tut mir leid. Es ist ein privater Brief – in dem sie mir rät, wie – wie ich mein Leben führen soll. Ich kann von seinem Inhalt nichts weiter preisgeben.«

»Was?« Lukes Zorn war plötzlich und heftig wie ein Blitzschlag. »Das sagst du *mir*? Du trotzt mir? Du weigerst Dich tatsächlich, *mir* – deinem eigenen *Vater* – einen Brief zu zeigen, den dir deine Mutter – meine *Frau* – geschrieben hat?«

»Eh, du meine Güte«, sagte Mrs. Pike interessiert. »Man stelle sich vor!« Sie schüttelte mitleidig den Kopf.

Gerard starrte seine Schwester mit faszinierter Bestürzung

an. Darauf vorbereitet, wann immer möglich seinen Vater durch Ausflüchte zu überlisten, brachte er zu offenem Ungehorsam nie den Mut auf.

»Es tut mir leid, Papa«, sagte Ellen beherrscht. »Der Brief wurde von Mama für mich allein geschrieben; es hieße, sich über ihre Absichten hinwegsetzen – illoyal gegen sie sein –, wenn ich ihn irgend jemand zeigte – selbst dir.« Besonders dir, dachte sie. Aber sie konnte nicht umhin, ihn zu bemitleiden; der arme Mann, er sehnte sich so danach, einen Blick auf diesen Brief zu werfen! Und er war es nicht gewohnt, daß man sich ihm in den Weg stellte.

»Illoyal? Und was ist mit deiner Loyalität mir gegenüber, bitteschön? Ich habe ein Recht, deine Korrespondenz einzusehen.«

»Bitte, Papa, mach keinen Streitfall daraus. Du würdest – das *versichere* ich dir – Mamas Wünschen in dieser Sache zuwiderhandeln.«

»Was könnte sie dir zu sagen haben, das ich nicht lesen dürfte?«

»Das kann ich nicht beantworten, Papa.«

Vor Wut kochend, starrte er sie einen Moment lang schweigend an. Dann sagte er: »Verlaß das Zimmer. Darüber ist das letzte Wort noch nicht gesprochen.«

»Ich werde das Zimmer verlassen«, stimmte Ellen zu, »aber nur, weil ich mit dem Essen fertig bin. Du kannst mich nicht zwingen, dir den Brief zu zeigen, Papa; ich bin inzwischen mündig und nicht mehr abhängig von dir.«

»Ganz bestimmt, Miss! Solange du unter meinem Dach bist und ich für dich sorge.«

»Ich habe Ersparnisse. Ich kann für Kost und Logis selbst aufkommen.«

»Ei! ei!« sagte Mrs. Pike.

»Und«, fuhr Ellen, die Haushälterin ignorierend, fort, »falls nötig, werde ich Mr. Wheelbird um Rat fragen. Er hat gesagt, er würde mich bezüglich etwaiger rechtlicher Schritte, die sich aus dem Brief vielleicht ergeben, gern beraten.«

Nach dieser Breitseite ging sie hinaus und schloß sanft die Tür hinter sich. Doch sie war alles andere als glücklich, als sie die Treppe zu ihrem Zimmer hinaufstieg und über den Obstgarten auf die roten Ziegeldächer der Angel Street hinausblickte. Das war ein höchst dürftiges Ergebnis der Bitte ihrer Mutter, sie solle Luke lieben lernen – das Letzte, was Mattie gewünscht oder beabsichtigt haben würde.

Die Pest über diese Mrs. Pike!

Nach einer Weile fiel Ellens Blick auf den Brief ihrer Mutter, den sie auf ihrem kleinen Sekretär hatte liegenlassen. Sie setzte sich und las ihn noch einmal – langsam, ruhig, sorgfältig. Dann zündete sie schweren Herzens eine Kerze an und verbrannte ihn in der Flamme. Eine gewisse, tagtäglich feststellbare, geringfügige Umordnung von Gegenständen und Papieren in ihren Schubladen hatte sie bereits davon überzeugt, daß eine fremde Hand sich daran zu schaffen machte. Sue, eine alte und treue Dienerin, war über jeden Verdacht erhaben; Köchin und Küchenmädchen kamen nie nach oben; Vicky hatte keine Gelegenheit, und Gerard wäre nicht interessiert. Alle Anzeichen deuteten auf Mrs. Pike. Diese Frau wird ihn nicht lesen und Papa über seinen Inhalt berichten, gelobte Ellen – oder das, was sie als seinen Inhalt auszugeben beschließt; so wird er sicher sein.

Nach diesem Vorfall war Lukes Verhalten gegenüber Ellen einige Tage lang herabsetzend und mit finsterem Groll geladen. Doch kam er – zu ihrer beträchtlichen Überraschung – nicht wieder auf den Brief zu sprechen. Vielleicht hatte ihm Mrs. Pike von der Asche im Kerzenhalter von Ellens Zimmer erzählt. Vielleicht hatte er aber auch beschlossen, daß es seiner Würde abträglich wäre, wenn er die Angelegenheit weiterverfolgte.

12

Während der nächsten paar Wochen ertappte sich Ellen manchmal dabei, daß sie sich fragte, wer genau sie eigentlich war. Ihre eigene Persönlichkeit schien von der ihrer Eltern überlagert. Außer sie selbst zu sein – einsam, traurig, dürstend nach der Gesellschaft, den fröhlichen Geräuschen, den beredsamen Stimmen von Paris –, schien sie mit den Sinnen von Luke und Mathilda zu empfinden, mit ihren Ohren zu hören.

Die Hermitage war ein stilles Haus. Zu beiden Seiten durch Obstgärten von der Stadt geschieden und auf das friedvolle Tal hinausgehend, empfing sie kein Geräusch von Verkehr oder menschlichem Treiben; überdies verabscheute Luke Lärm und hatte seinem Haushalt eingetrichtert, diese Idiosynkrasie zu respektieren. Die Bewohner waren das Gegenteil von heiter. Gerard war aus irgendeinem unerfindlichen Grund in letzter Zeit noch zurückgezogener geworden; wortkarg und schwermütig, büffelte er den ganzen Tag lang mit seinem Hauslehrer Jura und Latein und verschwand am Abend, seinen eigenen Beschäftigungen nachgehend. Vicky zögerte unter der Drohung der Vergeltung durch Mrs. Pike, Ellen gegenüber allzuviel Freundlichkeit zu zeigen. Die Bediensteten gingen verdrießlich ihrer Arbeit nach; und Mrs. Pike schien zu beobachten und abzuwarten.

In dieser Stille lebend, erinnerte sich Ellen immer deutlicher ihrer Mutter. Jeder Baum im Garten, jeder Winkel eines jeden Zimmers hatte seine eigene Botschaft. Im Empfangszimmer zum Beispiel stand immer noch eine kleine Ottomane, auf der Mattie, ein kleines, hartes Polster hinter den Rücken geschoben, sich auszuruhen pflegte, ehe sie ans Bett gefesselt war.

»... Bist du müde, Mama?«

»Nein, nicht müde, mein Liebes, aber ich habe mir ein wenig den Rücken verkühlt. Lies mir ›The Castaway‹ vor, dann wird es gleich besser.«

Während der vier Jahre, ehe Ellen zur Schule ging, war ihre Mutter sehr von Zahnschmerzen geplagt und genötigt gewesen, einem Arzt in Midhurst zahlreiche Besuche abzustatten, von denen sie kreidebleich, erschöpft und zitternd zurückkam, oft gezwungen, sich zu Bett zu begeben. Doch am nächsten Tag war sie stets wieder auf den Beinen.

Wie wenig von ihrem Leid, dachte Ellen, habe ich in meiner kindlichen Selbstversunkenheit je bemerkt oder mir zu Herzen gehen lassen. Aber warum hatte Papa nicht mehr Aufmerksamkeit für sie übrig? Ich erinnere mich nicht, daß er sie je gefragt hat, wie es ihr ginge.

Luke steckte damals, nahm Ellen an, mitten im Getriebe und Tumult seiner politischen Bestrebungen; bereiste den Wahlkreis, ging als künftiger Kandidat für Chichester auf Stimmenfang; er war wohl zu beschäftigt gewesen, um vom schlechten Gesundheitszustand seiner Frau Notiz zu nehmen; oder er hatte ihn als zweitrangig angesehen.

Seine Tochter grübelte nun viel über ihn nach. Sie konnte sehen, daß seine gerichtete Hüfte ihm ständig Schmerzen bereitete. Er humpelte; manchmal entfuhr ihm ein Ausruf, wenn er aufstand oder sich setzte. Ellen fragte sich, wie er seine Zeit verbrachte. Stundenlang hielt er sich in seinem Arbeits- oder im Gartenzimmer auf; er erhielt und las alle Londoner Zeitungen, außerdem Bücherpakete von Mudie's; er machte Notizen, denn manchmal, wenn Ellen nach dem Dinner ins Gartenzimmer schlüpfte, um Klavier zu spielen, war der Tisch mit Karteikarten, Zetteln und verschlossenen Aktenordnern übersät.

»Meinst du, ich soll ihm meine Hilfe anbieten?« fragte Ellen Fanny.

»Ich würde warten, mein Liebes, bis er selbst um deine Dienste bittet. Wir messen dem, was großzügig angeboten wird, geringen Wert bei; traurig, aber wahr; und Luke ist nun einmal darauf verfallen, andere Menschen geringzuschätzen. Noch hat er auch die Demut nicht erlangt, die von der Wertschätzung durch andere herrührt.«

»Mama hat ihn geschätzt, Tante Fanny!«

»Ja, aber Luke ist ein arroganter Mann; er hat ihre Wertschätzung nicht so zu schätzen gewußt, wie er es hätte tun sollen. Er hatte das Gefühl, er habe ein Recht darauf. Mattie hat mir einmal erzählt, er habe gehofft – geradezu erwartet –, in der Politik hoch hinaus zu kommen, ein Ministeramt zu bekleiden, sogar Premierminister zu werden. Als junger Mann war er nicht nur auffallend stattlich, sondern hatte auch ein bemerkenswertes Auftreten. Vielen bedeutenden Menschen erschien er hochbegabt; Lord Castlereagh hörte ihn reden und sagte voraus, er würde es weit bringen; er brillierte in seinen juristischen Prüfungen, und dann verlor sich all das irgendwie im Nichts.

Natürlich beginnen die meisten von uns, nicht nur dein Vater, mit einer hohen Meinung von sich selbst – denn ein Kind glaubt, es sei der wichtigste Mensch auf der Welt! Was uns eine zutreffendere Vorstellung vermittelt, ist nicht der Mißerfolg, sondern sind unsere ersten Erfolge, wie geringfügig auch immer. Wenn andere Menschen zu zeigen beginnen, daß sie uns schätzen, dann lernen wir Demut, indem wir unseren wirklichen, anstatt unseren eingebildeten Wert erkennen.«

Ellen, die sich ihrer anfänglichen Schnitzer und kleinen Siege in der Rue Saint-Pierre erinnerte, daran, wie während jener Tage schüchterne Selbstachtung allmählich empfindliches, ängstliches Geltungsbedürfnis ersetzte, sah ein, daß Fanny recht hatte.

»Aber irgendwie hat dein Vater nie die Chance bekommen, sich an der Wertschätzung anderer zu messen. Er blieb so weit hinter seinen Absichten zurück, daß sein anfängliches, aufgeblähtes Bild von sich selbst immer noch das einzige ist, das er besitzt.«

»Er kann sich nicht so sehen, wie wir das tun? Nein«, sagte Ellen, ihre eigene Frage beantwortend, »natürlich kann er das nicht.«

Während sich Ellen ihrer Pflichten im Hause entledigte, war sie sich quälend der Persönlichkeit ihres Vaters bewußt; sie dräute wie eine schwere Wolke. Sein Gefühl, nicht bekommen zu haben, was ihm zustand, Eifersucht auf jedes Glück, von dem er ausgeschlossen war, bittere Sorge um die Zukunft und ein maßloses Bestehen auf seinen Rechten – oder dem, was er dafür hielt –, all diese Empfindungen waren spürbar, als seien sie der Luft eingeschrieben; desgleichen sein fieberhafter Ehrgeiz für Gerard. Die Schmerzen von seiner verletzten Hüfte betrachtete er als unerträgliche Zumutung, da er daran gewöhnt war, sich, als einer Selbstverständlichkeit, guter Gesundheit zu erfreuen. Daß sein Schlaf Nacht für Nacht gestört war und er aufwachte und sich unbehaglich fühlte – das war nicht auszuhalten, das konnte so nicht weitergehen! Und doch ging es so weiter. Hinzu kam Verdruß über einige neue und unpassende Gefährten von Gerard – von der ungebetenen Rückkehr seiner Tochter ganz zu schweigen –, war es da verwunderlich, fand Luke, daß er vor Verärgerung oft fast außer sich war?

Tatsächlich war Mrs. Pike die einzige Angehörige seines Hauswesens, die sich keinen Unwillen zuzog; sie war so unveränderlich um sein Wohlergehen besorgt, daß schon der bloße Gedanke an sie ihn aufrichtete. Wenn er des Nachts erwachte, kreiste sein Denken sogleich um die Ursachen seines Mißvergnügens: Es gab Gerede von einer französischen Invasion, die Reservisten wurden gedrillt; überdies ging das Gerücht, in Amerika drohe ein Bürgerkrieg; Luke, dessen erste Frau als Mitgift Anteile einer Baumwollfabrik in Lancashire eingebracht hatte, machte sich Sorgen um den Einkommensverlust, den ein solcher Konflikt bedeuten würde. Dann waren da Kitty und Eugenia, die ständig Geldgeschenke erwarteten, wenn nicht darum baten ... und Gerard, mit seiner unziemlichen Bekanntschaft ... Von all diesen Übeln – und anderen, tiefersitzenden, auch sich selbst nicht eingestandenen, doch sehr viel quälenderen – wandte sich Luke voll Erleichterung dem Gedanken an Mrs. Pike zu, dem einzigen Positivum in einer Welt voller Negativa. Da war sie, stattlich, herzlich, immer auf seiner Seite, und hatte ihm mit Sicherheit ein ausgezeichnetes Frühstück bestellt.

Ellen, die all dies wie auch Mrs. Pikes zunehmende Selbstgefälligkeit bemerkte, war allmählich der Ansicht, daß ihre Schwestern sich wohl besser in das Unvermeidliche fügten. Es schien fast sicher, daß Luke der Haushälterin alsbald die Ehe antragen würde, und sei es nur, um sich ihre Dienste auf Dauer zu sichern. Und außerdem unbezahlt, dachte Ellen, mit einem Zynismus, den sie sich in Paris zu eigen gemacht hatte. Das sagte sie auch Eugenia.

Begierig zu erfahren, wie der Hase lief, hatte Eugenia mit Ellen vereinbart, daß diese eine Nacht in Valdoe Court verbrachte. »Es ist so lange her, seit wir dich gesehen haben«, schrieb sie in einem von der Penny Post zugestellten Brief. »Eustace kann dich abholen – er muß zu einer Auktion von Jährlingskälbern nach North Chapel. Und du kannst am nächsten Tag mit der öffentlichen Kutsche nach Petworth zurückfahren. Papa wird dich zu entbehren wissen, möchte ich behaupten – und Vicky wird einen Tag Unterrichtsausfall verschmerzen!«

Luke genehmigte die Vereinbarung (nach einigem Genörgel über Herumtreiberei), und Mrs. Pike verlieh ihr das Siegel ihrer Billigung, indem sie Ellen mit verschiedenen Besorgungen in Chichester betraute.

Ellen fand es schön, mit Eustace Valdoe in seinem kleinen, mit Saatgutsäcken und landwirtschaftlichen Geräten beladenen Wagen über die Downs zu fahren. Es war ein Vergnügen, durch frostigen Dämmer die Birken und Spindelbäume in ihren Herbstfarben aufleuchten zu sehen. Luke hielt Eustace für einen täppischen, unfähigen, hoffnungslosen Kerl, doch Ellen, so wenig sie ihn auch kannte, mochte ihn sehr.

Sie sprachen wenig während der Fahrt; Eustace war kein beredter Mann und fühlte sich von seiner gescheiten, jungen Pariser Schwägerin eingeschüchtert; doch kaum war Ellen inmitten der heruntergekommenen Pracht und des schäbigen Komforts von Valdoe Court abgesetzt worden, als auch schon Eugenia über sie herfiel.

»Also? Wie steht's zwischen Papa und dieser Frau? ... So geht doch weg!« fauchte sie ein kleines Mädchen im Baumwollkleid und zwei blasse, kleine Jungen, die ihr an den Röcken hingen, gereizt an. »Geht zum Kindermädchen und sagt ihr, sie soll Baby holen und euch alle bei sich behalten.« Mit dem Seufzer eines Märtyrers wandte sie sich an Ellen. »Du weißt nicht, welches Glück du hast, nicht verheiratet zu sein! Ich habe so wenig Hilfe, manchmal weiß ich gar nicht, wie ich das schaffen soll! Schau dir diese Vorhänge an – hoffnungslos verblichen und verschossen. Manchmal kommen mir meine Plagen unerträglich vor.« Sie bekundete keine Neugier über die Erlebnisse ihrer Schwester in Paris, sondern fuhr fort:

»Hat es den Anschein, als entwickle sich eine Zuneigung – behandelt Papa diese Frau – spricht er mit ihr – betrachtet er sie – mit großer Zuvorkommenheit?«

Ellen äußerte die Meinung, daß er das, innerhalb der Grenzen seines unliebenswürdigen Wesens, tue und sie wenig sähe, was man dagegen unternehmen könne. Eugenia rang die Hände und wandte sich an ihren Mann, der gerade den Raum betrat, nachdem er sich zum Dinner einen altmodisch geschnittenen Schoßrock angezogen hatte.

»Eustace! Was sollen wir nur tun? Ellen bestätigt, daß diese Pike Papa zu angeln versucht und er sich verblenden läßt! Wenn er sie heiratet und ihr Mamas Geld vermacht – werden unsere Kinder in Armut sterben!«

»Aber, aber, Eugenia! So schlimm stehen die Dinge nun auch wieder nicht. Schließlich ist euer Vater – auch wenn er sich nicht wieder verheiratet – ein kräftiger, gesunder Mann, und wir haben keinen Grund, anzunehmen, daß er nicht noch viele Jahre leben mag. Du solltest dich nicht darauf verlassen ...«

»Dummes Zeug! Männer seines Alters können jeden Tag

hinweggerafft werden. Es könnte wieder zu einer Cholera-Epidemie kommen.«

Das Gespräch wurde durch das Eintreffen von Lady Blanche und dem Bischof beendet, die zum Dinner eingeladen worden waren. Eugenia hatte Ellen gemahnt, in ihrer Gegenwart nicht über Mrs. Pike zu sprechen, da Lady Blanche Mrs. Pike ausgesucht hatte und sich etwas auf ihren Scharfsinn zugute hielt, Luke mit einem solchen Goldstück versehen zu haben. Das Gespräch wurde allgemein und wandte sich der Möglichkeit einer Invasion durch Napoleon III. zu. Ellen, die mit einer Autorität sprach, die man ihr in der Hermitage gewiß nie zugestanden hätte, sagte, sie sei sicher, der französische Kaiser habe keine derartige Absicht. »Sein Cousin in Paris sagte, sein Hauptanliegen bestehe darin, die überseeischen Besitzungen Frankreichs in Afrika weiterzuentwickeln.«

Als die Männer ihren Port getrunken hatten, nahm der Bischof seine Kaffeetasse und setzte sich neben Ellen.

»Du scheinst zu einer jungen Dame herangewachsen zu sein, die ihre eigene Meinung hat«, sagte er, sie anstrahlend.

Ellen hatte immer eine Zuneigung für den Bischof empfunden, der ihr bei der Heirat ihres Vaters mit Lady Adelaide den Kopf getätschelt, sehr liebevoll mit ihr gesprochen und ihr ein Pony versprochen hatte, das sie nicht hatte annehmen können, da sie kurz davor stand, auf die Schule in Brüssel zurückzukehren. Nun erinnerte er sie an dieses Versprechen. »Und ich habe genau den richtigen Burschen für dich in den Palastställen stehen, er frißt wie ein Scheunendrescher, seit meine Tochter Grizel verheiratet ist. Ich lasse ihn nächste Woche hinüberbringen.«

»Oh, Sir! Sie sind zu freundlich! Das sollten Sie wirklich nicht.«

»Ganz bestimmt sollte ich das. Aber sag mir, wie geht es deinem Papa? Würdest du sagen, meine Liebe, daß er sich mit einem Nervenleiden herumplagt? Er schreibt mir so überaus seltsame Briefe.«

»Ach *wirklich*, Sir?« Es verblüffte Ellen, zu erfahren, daß ihr Vater dem Bischof überhaupt schrieb.

»Ja, wirklich! Wegen des Verdammnissteins, weißt du, den er unbedingt finden will. Er scheint ihm solche Bedeutung beizumessen, daß ich mich, wie ich zugeben muß, frage, ob diese traurige Geschichte ihn ein bißchen durcheinandergebracht hat, weißt du ...« Und der Bischof tippte sich an die Schläfe.

»Er wirkt in all seinen Haushaltsgeschäften ganz vernünftig«, sagte Ellen langsam. »Sogar sehr.«

»Je nun, das kann schon sein. Ein Mann kann durchaus bei gesundem Verstand sein, außer eben in dem einen Punkt. Sieh dir nur den Menschen in Mr. Dickens' Roman an. Mr. Dick – König Charles' Haupt, weißt du? Kapitales Buch, das. Vielleicht geht es deinem Vater mit dem Verdammnisstein genauso. Höchst unwahrscheinlich, daß wir ihn noch finden, da er im Mauerwerk der Kathedrale nicht aufgetaucht ist. Fanden ein paar wunderschöne Purbeck-Tafeln, die nach Ansicht von Mr. Slater aus dem elften Jahrhundert datieren – aber keinen Verdammnisstein. Wenn wir nur deinen Vater davon überzeugen könnten.«

Dann kam Lady Blanche in ihrer würdevollen Art, um Ellen dafür zu loben, daß sie durch ihre Rückkehr, um ihrem Vater Gesellschaft zu leisten, angemessene töchterliche Zuneigung erkennen lasse.

»Du hast sehr richtig gehandelt, meine Liebe; ein junges Mädchen ist am besten zu Hause. Ich heiße es keineswegs gut, wenn junge Damen sich im Ausland aufhalten. Du tust viel besser daran, dich Vickys Erziehung zu widmen. Ich bin überaus zufrieden mit dir.« Ein beträchtlicher Anteil von Lady Blanches Beifall verdankte sie auch der Beendigung eines lästigen Schuldgefühls, daß sie wegen der kleinen, verwaisten Tochter ihrer Schwester etwas unternehmen sollte; nun war diese Sorge gelindert, und so lächelte sie Ellen wohlwollend an und tätschelte ihr die Hand.

Ellen hatte sich nie viel aus der Gattin des Bischofs gemacht, die sie an ihre lieblose Stiefmutter Lady Adelaide erinnerte. Deshalb wechselte sie das Thema und fragte: »Wie haben sie von Mrs. Pike erfahren, Lady Blanche? Ich denke, wir schulden Ihnen Dank, daß Sie Papa eine so tüchtige Haushälterin besorgt haben.«

»Ist sie nicht ein Juwel? Habe ich deinen Papa nicht mit einem Goldstück versorgt?«

»Normalerweise werden solche Leute Jahre im voraus verpflichtet«, sagte Ellen und kam sich dabei wie eine Heuchlerin vor. »Wie kam es, daß Mrs. Pike so kurzfristig in die Hermitage kommen konnte?«

»Sie hat dem alten Kanonikus Fothergill und seiner schwachsinnigen Nichte den Haushalt geführt. Als er starb, war nicht genug Geld übrig, um weiterhin Mrs. Pikes Lohn zu bezahlen, und so fand man für Miss Fothergill einen Platz im St. Mary's Hospital, wo sie sehr gut für die arme Seele sorgen.«

»Miss Fothergill – ich erinnere mich an sie«, sagte Ellen. »Mama pflegte sie zu besuchen und ihr das Sticken beizubringen.«

»Gut möglich, Kind. Deine Mutter hat häufig Zeit und Energie auf hoffnungslose Anliegen verschwendet. Komm, Bischof; Zeit, daß wir unsere Kutsche vorfahren lassen.«

Am nächsten Tag fuhr Eustace Ellen nach dem Frühstück nach Chichester, damit sie dort ihre Einkäufe erledigen konnte. Er hatte selbst Geschäften nachzugehen und vereinbarte mit ihr, sie mittags an der Butter Cross abzuholen.

Ellen ging zum Apotheker, um das Mandelöl, die bittere Aloe-Essenz, den Tragantgummi und anderen Bedarf auf Mrs. Pikes Liste zu besorgen.

Sie erklärte gerade dem Apotheker, das Mandelöl sei von besserer Qualität, werde von Mrs. Pike sehr geschätzt und eigens für sie auf Lager gehalten, als eine kleine, alte Frau, die sich eine Auswahl von Seifen auf einem Tisch an der Tür besah, den Namen Pike aufschnappte, aufblickte und Ellen neugierig beäugte. Dann schob sie sich heran.

»Das is' doch nich' etwa Mrs. Emily Pike, die nach Petworth rüber ist und jetzt für Mr. Paget sorgt?« nuschelte sie einschmeichelnd.

»Doch, ja«, sagte Ellen. »Ist sie eine Freundin von Ihnen? Möchten Sie ihr etwas ausrichten lassen?«

»Ah, sieh mal, Schätzchen, ich war Koch bei dem armen alten Kanonikus Fothergill und Miss Phoebe. Aber sach mal, Liebes, stimmt das, was die Leute sagen – daß Emily Mr. Paget heiratet? Stimmt das wirklich?«

Bestürzt warf Ellen einen Blick auf den Apotheker. Doch der war außer Hörweite, am anderen Ende des Ladens, vor einer Brustwehr von Mahagoni-Schubladen mit Messinggriffen, und löffelte Pulver aus einer schwarz lackierten Dose.

Ellen sagte: »Das behaupten die Leute? Daß Mrs. Pike meinen Vater heiraten wird?«

»Lieber Himmel!« Die kleine Frau schnappte entsetzt nach Luft. »Sie sind Mr. Pagets *Tochter?* Ich hab Sie für eins von den Mädchen gehalten mit Ihrem dürftigen Kleid; sonst hätt' ich das doch nie gesagt, Missie. Nu' vergessen Sie das man bloß wieder!« Und flink wie eine Eidechse trippelte sie aus dem Laden.

Fürwahr sehr gedankenvoll erledigte Ellen die Liste ihrer Einkäufe und machte sich dann in Richtung St. Mary's Hospital auf. Etwas Verstohlenes und Verschrecktes im Verhalten der kleinen Frau hatte all ihre Zweifel wieder angefacht. Es war gut und schön, zu Eugenia zu sagen: »Warum sollte Papa Mrs. Pike nicht heiraten, wenn er sie mag?« – aber was wäre, wenn es bei Mrs. Pike wirklich etwas Anrüchiges, etwas Schimpfliches gäbe?

Das St. Mary's Hospital, eine Gründung aus dem zwölften Jahrhundert, lag kaum fünf Minuten zu Fuß von der Butter Cross entfernt nahe dem Stadtzentrum. Von außen wirkte es wie eine Kreuzung aus Kirche und Feldscheune;

ein langes, herrlich rot gedecktes Dach schwang sich fast vom Boden aus nach oben. Im Inneren nahm die Ähnlichkeit mit einer Kirche zu, denn es gab ein Mittelschiff, ein Ostfenster mit fünf Lichtöffnungen und einen Altar; doch der Raum zu beiden Seiten des Schiffes war in acht winzige, in sich abgeschlossene Wohnungen, jede mit ihrer eigenen Eingangstür, aufgeteilt worden. Darin lebten acht alte Damen von nachweislicher Achtbarkeit, gottesfürchtigem Lebenswandel und beschränkten Mitteln; die einzige andere Aufnahmebedingung war, daß sie innerhalb des Sprengels von Chichester geboren sein mußten.

»Kann ich Miss Fothergill sprechen?« erkundigte sich Ellen bei der Oberin, die sie in der Vorhalle höflich begrüßte.

»Ich werde eben nachsehen, ob sie auch in der Verfassung ist, Sie zu empfangen, Miss; nach der Morgenandacht gehen manche von den Alten wieder ins Bett. Wen soll ich melden?«

»Miss Ellen Paget; meine Mutter, Mrs. Mathilda Paget, war eine Freundin von Miss Fothergill.«

Gleich darauf kam die Oberin zurück. »Bitte hier entlang, Miss. Es ist die dritte Tür auf der Südseite. Vielleicht sollte ich sie darauf hinweisen«, fügte sie mit leiserer Stimme hinzu, »daß die arme alte Dame dazu neigt, manches durcheinanderzubringen. Sie war ja nie recht gescheit, und sie ist achtundsiebzig – ihrem Onkel, dem alten Kanonikus, fehlten nur noch ein paar Tage bis hundert, als er verschied – sie verwechselt Leute mit Bekannten aus ihrer Jugend, also seien Sie nachsichtig mit ihr, Miss.«

Ellen klopfte an die Tür und wurde durch ein zittriges »Herein!« zum Eintreten aufgefordert.

Sie war nie in einer der Wohnungen des St. Mary's Hospital gewesen und war von deren nesthafter Kompaktheit bezaubert. Es gab eine winzige Küche, ein Wohn- und ein Schlafzimmer, alle peinlich sauber, was um so verwunderlicher war, wenn man die Fülle der Gegenstände – Porzellan, Glas, Miniaturen, Nadelkissen, gerahmte Aquarelle, ersichtlich sämtliche persönlichen Schätze der alten Dame – bedachte, die sich auf jeder Fläche drängten. Da war ein kleiner Kamin, in dem ein frugales Feuer brannte, und zwei kleine, chintzbezogene Rollstühle, in deren einem aufrecht und erwartungsvoll, in tabakbrauner Seide, Miss Fothergill saß.

»Mathilda!« wisperte sie. »O Mattie, Liebes, sie haben mir gesagt, du seist tot! Sogar Lady Blanche hat das gesagt. Sie haben mir gesagt, ich dürfte nie mehr hoffen, dich wiederzusehen. Oh, ich freue mich so, daß sie sich geirrt haben!«

»Nein, liebe Miss Fothergill«, sagte Ellen sanft. »Ich fürchte, Sie haben sich geirrt. Ich bin nicht Mathilda, sondern Ellen – erinnern Sie sich an Mathildas jüngste Tochter?«

»Unsinn, mein Liebes, da täuschst du dich. Ellen ist noch ein kleines Ding – ich habe ihr oft Orangenschalenstücke gegeben, um Sir Walter da zu füttern.«

Eine heisere Stimme ließ Ellen auffahren. Sie drang aus einem Käfig am Fenster und bemerkte: »Polly will Konfekt! Ein kleines Stückchen Schale für Sir Walter, bitteschön!«

»Ihr Papagei! Den hatte ich ganz vergessen. Aber wirklich, Miss Fothergill, ich bin Ellen Paget, inzwischen erwachsen. Ich habe seit dem Tod von Mama in Frankreich gelebt.«

Eine Träne rann der alten Dame über die Wange. »Dann stimmte es also doch? Die arme Mattie ist gestorben? Ich hätte wissen können, daß sie mich sonst besucht hätte – wenn der Hai sie nicht daran gehindert hat.« Ein ängstlicher, schwermütiger Ausdruck breitete sich über ihr Gesicht; sie sah zur Seite und sagte: »*Die* lassen sie hier nicht herein – Gott sei Dank –, aber ich fürchte, sie kann vielleicht hören, was wir sagen.«

»Wen meinen Sie, liebe Miss Fothergill?«

Die alte Dame streckte eine zittrige Hand aus. Ellen nahm sie behutsam, und Miss Fothergill zog sie näher.

»Onkel William wird ihr all sein Geld hinterlassen! Ich fürchte, ich werde ganz mittellos sein. Das Haus gehört zu seinem Amt, weißt du. Ich bin so in Sorge wegen der Zukunft!«

»Aber liebste Miss Fothergill – Sie sind doch ganz behaglich in St. Mary's untergebracht – Sie brauchen nicht im geringsten besorgt zu sein.«

»Bist du sicher, mein Liebes? Sind wir wirklich dort? Aber – wo ist dann *sie?«*

»Meinen Sie Mrs. Pike, Ma'am?«

»Pst! Nicht so laut.« Miss Fothergill blickte sich ängstlich um. »Sie hat gesagt, ihr Sohn würde kommen und mich im Gartenhaus einsperren – dabei herrscht so schlimmer Frost! Ich würde die Nacht niemals überstehen. Ihr Sohn ist ein Verbrecher ...«

Die alte Dame war so aufgewühlt und zittrig, daß Ellen das Thema nicht weiterverfolgen mochte – obgleich ihr Argwohn mittlerweile überhandnahm. Statt dessen sprach sie von ihrer Mutter, und von der Stickerei, die sie Miss Fothergill beigebracht hatte.

»Hohlsaumarbeit, nicht wahr? Und Crewelarbeit?«

»Meine Güte, ja! Ich habe viele Proben von der Wollstoffarbeit deiner lieben Mutter hier. Schau, da! Und da!« Im Nu öffnete die alte Dame glücklich Schubladen und Kästen und hatte ihre Ängste völlig vergessen. Ellen blieb noch zehn Minuten bei ihr, dann, als sie die Glocke der Kathedrale die Viertelstunde schlagen hörte, verabschiedete sie sich mit dem Versprechen, wiederzukommen.

Auf der Fahrt nach Valdoe Court mit Eustace fragte sie, ob er je irgendwelches Gerede über Mrs. Pikes Umgang mit ihren früheren Dienstherren gehört habe. Er rieb sich die hohe, gelichtete Stirn, dachte eine Weile nach und sagte schließlich: »Ich entsinne mich, daß der alte Kanonikus seiner Haushälterin in seinem Testament eine beträchtliche Summe hinterlassen hat. Ja, ganz recht, es gab einiges Gerede deswegen, weil er seine Nichte ziemlich schlecht versorgt zurückließ. Ich hatte vergessen, daß es diese Pike war. Aber es wurde nichts Unziemliches unterstellt – der Kanonikus war schließlich über neunzig. Die Leute nahmen an, er sei so alt geworden, daß er kaum mehr gewußt habe, wieviel Geld er hatte. Da die Nichte etwas einfältig ist, hielt man sie nicht für in der Lage, das Testament anzufechten; und glücklicherweise hat man in St. Mary's einen Platz für sie gefunden – obwohl sie anderswo gelebt hatte, ist sie in Chichester geboren; also fühlte sich niemand berufen, die Angelegenheit zu verfolgen. Schließlich hinterlassen die Leute treuen Haushälterinnen oft große Summen.«

»Hast du je von einem Sohn von Mrs. Pike reden hören?«

»Nein, nie«, sagte Eustace nach weiterem Nachdenken. »Nicht daß ich wüßte. Aber Mrs. Pike stammt nicht aus dieser Stadt, wie du weißt; sie stand bereits in Diensten des Kanonikus, als er aus Winchester hierherzog.«

Ellen wußte nicht recht, wie sie es anstellen sollte, in einer so weit entfernten Stadt wie Winchester Nachforschungen anzustellen.

Aber Eustace sagte, er kenne dort einen Anwalt und wolle ihn fragen.

Eugenia, die im Damenzimmer von Valdoe verdrießlich Tischdecken stopfte, lauschte mit lebhaftem Interesse der Geschichte über Miss Fothergill und rief aus: »Na bitte! Was habe ich gesagt? Diese Frau hat etwas Übles, und sie wird Papa terrorisieren, wie sie es mit dem Kanonikus und seiner Nichte getan hat. Siehst du jetzt, wie gut es war, daß wir dich zurückgeholt haben?«

»*Du* hättest Miss Fothergill in diesen fünf Monaten jederzeit besuchen können«, betonte Ellen.

»Wie kann ich das Haus verlassen, wenn ich so viel am Halse habe? *Du* hast es leicht, überall herumzubummeln«, beklagte sich Eugenia und fuhr hastig fort: »Du darfst Papa auf keinen Fall mit ihr allein lassen!«

»Aber der Kanonikus und seine Nichte waren einfältige, betagte Leute. Papa ist alles andere als das!«

»Der Bischof meint, er sei nicht richtig im Kopf – wegen dieses ganzen Getues um den Verdammnisstein. Und was diesen armen Schafhirten angeht, verhielt er sich höchst töricht.«

»Ja«, sagte Eustace, »das war wirklich eine unbedachte Geschichte. Es war sehr unrecht von Paget, Noakes zu veranlassen, seinen Schafhirten hinauszuwerfen, bloß weil Gerard sich mit dem Mann angefreundet hat. Die Leute hier herum hatten einiges dazu zu bemerken, kann ich dir sagen.«

»Noakes zu veranlassen, seinen Schafhirten hinauszuwerfen?« Ellen war verblüfft. »Wovon redet ihr eigentlich? Noakes, der Farmer in Duncton? Papas Pächter?«

»Ja, wie es scheint, hat euer Bruder sich mit diesem Schafhirten, einem gewissen Matthew Bilbo, sehr angefreundet. Paget hatte Gerard verschiedentlich Vorhaltungen gemacht, daß er das für eine höchst unangebrachte Verbindung hielte, und schließlich letzten Monat die Geduld verloren und Noakes gesagt, er solle den Mann entlassen.«

»Aber wie entsetzlich ungerecht!« rief Ellen. »Kein *Wunder*, daß Gerard seit ein paar Wochen so schweigsam und wütend umherlief. Er muß sich schreckliche Vorwürfe machen – falls Papa ihn gewarnt und gesagt hat, was er tun würde. Aber der arme Schafhirte – was ist aus ihm geworden? Weiß man das?«

Eugenia verzog mißbilligend den Mund. Eustace sagte in abweisendem Ton: »Nun ja – es verhält sich so – der arme Kerl hat mir leid getan – ausgezeichneter Mann in seinem Beruf – ohne Fehl und Tadel –, also habe ich ihn hier eingestellt. Meine Southdowns vermehren sich beträchtlich, und ich habe Arbeit für einen zweiten Mann – es gibt eine alte, baufällige Hütte auf Lavant Down, ich habe ihm gesagt, er könne sie haben. Aber ich wäre dir dankbar, Ellen, wenn du Mr. Paget gegenüber nichts davon erwähnen würdest.«

»Kein Wunder, daß wir nie einen Penny haben«, schnaubte Eugenia ihre Stopfnadel an. »Aber *ich* werde selbstredend gar nicht gefragt.«

»Das war sehr lieb von dir«, sagte Ellen herzlich zu ihrem

Schwager. »Aber warum war Papa so gegen den Mann? Einfach, weil er Schafhirte ist?«

»Nein, die Geschichte reicht weiter zurück. Bilbo ist über fünfzig und hat fast zwanzig Jahre im Gefängnis gesessen. Dein Vater war einer der Richter, die ihn damals verurteilt haben.«

»Was hatte er verbrochen?«

»Wilderei. Ich war damals auf dem College, aber ich habe den Fall nachgeschlagen. Bilbo wurde nicht auf frischer Tat ertappt, sondern es wurde eine Denunziation gegen ihn vorgebracht, und in seinem Haus wurde ein gewilderter Hase gefunden.«

»Also kann das Urteil unverdient gewesen sein?«

»Das scheint sehr gut möglich. Bilbo ist ein freundlicher, harmloser, höchst gesetzesfürchtiger Mann. Er beschwor, er habe den Hasen nicht gestohlen. Und es traten viele Leute auf, die seinen Charakter in den höchsten Tönen lobten.«

»Also wird es nun heißen, daß Papa, nachdem er ihn ungerechterweise verurteilt hat, ihn auch noch ungerechterweise verfolgt?«

»Ich fürchte ja«, sagte Eustace.

Ellen beschäftigte vieles, als sie mit der öffentlichen Kutsche nach Petworth zurückfuhr. Ich muß mich aufraffen, mit Papa zu reden, dachte sie. Nicht um ihn wegen Mrs. Pike zu warnen. Dazu habe ich nicht das geringste Recht, habe keine eindeutige Beschuldigung vorzubringen; es würde wie bloße Böswilligkeit wirken und eher schaden als nützen. Aber es ist meine eindeutige Pflicht zu sagen, was ich über diesen armen Schafhirten denke; und Papa beizubringen, daß er bei der Erziehung von Gerard einen ganz falschen Weg einschlägt.

Sie war sicher, daß Luke nie den geringsten Gedanken darauf verschwendete, wie sein Handeln anderen erschien. Er war sich der Außenwelt kaum bewußt. Er hatte Ellen nie nach ihrem Leben in Paris gefragt oder irgendein Interesse an der Tragödie der la Fertés bekundet; er schien in einen selbstgesponnenen Kokon eingewoben. Gerard war seine einzige Verbindung zu Gegenwart oder Zukunft.

Und Mrs. Pike, natürlich.

In diesem Moment schaute Ellen geistesabwesend aus dem Kutschenfenster. Sie fuhren gerade die lange, sanfte Steigung nach Petworth hinauf. Eine Baumgruppe stand links an der Straße, neben einem Weg, der zur Frog Hole Farm führte. Von ihrem erhöhten Sitz am Fenster aus hatte Ellen einen Blick über die Hecke und konnte in dem kleinen Gehölz zwei Frauen miteinander reden sehen. Die eine, eine dünne, junge Frau in Schwarz, sah wie eine Fremde aus, doch die andere war Mrs. Pike – oder nicht? Ihre Haltung, ihre sorgsam gelegten grauen Löckchen, ein flüchtiges Aufblitzen von Lavendelfarbe waren trotz des alten braunen Mantels unverkennbar. Sie übergab der jungen Frau einen kleinen Korb – sie wirkte verärgert, schüttelte mehrfach den Kopf und verließ dann rasch das Wäldchen. Sie überquerte die Straße hinter der Kutsche – und nun war Ellen sicher, daß es Mrs. Pike war – und ging dann diagonal über ein Stoppelfeld, wodurch sie in Petworth, nahe der Hermitage, herauskommen würde.

Beim Dinner erwähnte Ellen diesen Vorfall nicht. Doch Mrs. Pike brachte selbst die Sprache darauf.

»Mrs. Standen, von den Hoadleys, sagte mir, auf der Frog Hole Farm wären ausgezeichnete junge Enten zu haben«, verkündete sie. »Also ging ich hin – aber es war nur Geschwätz, es gab gar keine Enten, und ich hatte meinen Gang umsonst gemacht.«

Niemand schien sehr interessiert, doch Ellen bedauerte die Haushälterin höflich wegen ihrer fruchtlosen Unternehmung.

Vielleicht hatte die kurze Abwesenheit in Chichester Ellens Wahrnehmung geschärft, oder die Beziehung zwischen den anderen beiden war während ihres Besuchs in Valdoe einen Schritt vorangekommen; jedenfalls fiel Lukes Verhalten gegenüber der Haushälterin an diesem Abend seiner Tochter ziemlich stark auf. Da schien eine Art Empfänglichkeit vorzuliegen – Blicke wurden getauscht –, das heißt, Luke blickte, und Mrs. Pike trug eine geziert selbstgefällige Miene zur Schau; er gab sich, untypischerweise, besondere Mühe und richtete zahlreiche belanglose Bemerkungen an sie; er stellte ihr Fragen, er verstand es bisweilen, ihre Hand oder ihren Ärmel zu berühren, wenn sie ihm seine Tasse reichte. Ellen mußte zugeben, daß er alle Anzeichen eines Mannes in den ersten Stadien der Vernarrtheit aufwies.

Welch ein unglücklicher Zeitpunkt, sich auf den Versuch einzulassen, seine Autorität zu untergraben!

»Papa«, sagte sie nach dem Essen, als Gerard gegangen war, ruhig. »Ich würde, wenn es dir recht ist, gerne mit dir reden, über – über eine Sache, die mir Kummer macht.«

Widerwillig riß Luke seine Augen in ihren tiefen Höhlen von Mrs. Pike los und richtete sie auf seine Tochter. Ungeachtet seiner Aura von sexueller Erregung kam er Ellen wie eine traurige, einsame Gestalt vor; vor ihrem geistigen Auge sah sie ihn als großes, verwittertes, monolithisches Standbild in der Wüste, längst verlassen von dem Stamm, der ihm einst gehuldigt hatte – wenn ihm überhaupt je gehuldigt worden war.

Nein, dachte sie; Mama hat ihn aufrichtig geliebt. Daran muß ich denken.

»Jetzt?« fragte Luke gereizt. »Du möchtest *jetzt* mit mir reden?«

»Ja, wenn es dir recht ist. Oder zu jeder anderen Zeit, die dir paßt.«

Wie belagert blickte er sich um. Sie waren in dem übermöblierten Empfangszimmer. Vicky war schon längst zu Bett gebracht worden. Mrs. Pike, neben dem Teewagen, nähte unverwandt an ihrer ewigen Stickarbeit. Eine Frau von Takt und Anstand, dachte Ellen, hätte an diesem Punkt ihre Sachen zusammengesucht und wäre unter einem Vorwand hinausgegangen; nicht so Mrs. Pike. Ihre Nadel flitzte über der

Leinwand auf und ab, ihre Blicke huschten mit ebensolcher Geschwindigkeit von Luke zu Ellen und wieder zurück.

»Aha – nun gut«, brummte Luke. »Was möchtest du sagen?«

»Kann ich nicht unter vier Augen mit dir reden? Vielleicht sollten wir in dein Arbeitszimmer gehen?«

Bei diesem Wink mit dem Zaunpfahl faltete Mrs. Pike recht beleidigt ihre Arbeit zusammen und sagte: »Wenn ich störe, werde ich mich natürlich entfernen!«

»Nein, Emilia, nein, Ma'am; warum sollten Sie sich stören lassen?« fragte Luke. »Alles, was meine Tochter zu sagen hat, kann in Ihrer Gegenwart gesagt werden.«

Emilia! dachte Ellen. Laut sagte sie beharrlich: »Ich würde lieber unter vier Augen reden, wenn es dir nichts ausmacht, Papa.«

»Nun, es *macht* mir aber etwas aus, Miss. Ich ziehe es vor, nicht aufzustehen, und ich ziehe es vor, daß Mrs. Pike nicht aus dem Wohnzimmer vertrieben wird. Sag, was du zu sagen hast, und mach es kurz.«

»Nun gut; wenn du es wünschst. Es geht um diese Sache mit dem Schafhirten – Matthew Bilbo.«

»Und was zum Teufel geht *dich* das an, Miss?« grollte Luke, überrascht und keineswegs erfreut. »Ich nehme an, Eugenia und dieser Narr Eustace Valdoe haben dir davon vorgejammert?«

Gegen diesen Angriff hatte sich Ellen gewappnet. Sie sagte: »Du weißt, wie viele Leute zu mir kommen, wenn sie krank sind. Viele haben es mir gegenüber erwähnt.«

Tatsächlich hatte sie sich nach ihrer Rückkehr die Mühe gemacht, eine Reihe dieser Leute aufzusuchen, und das Gespräch auf die Angelegenheit gebracht. Sie fuhr fort: »Die Leute in Petworth sind darüber betrübt, Papa. Es gefällt ihnen nicht. Sie sagen, Bilbos damalige Verurteilung sei fast sicher zu Unrecht erfolgt, könnte aber ein bloßer Unglücksfall gewesen sein. Seine jetzige Entlassung aber empfinden sie als absichtliche, rachsüchtige Verfolgung eines wehrlosen Mannes. Und«, fügte Ellen, die vergaß, daß sie sich in ihrem Verhalten an dem kühlen, ungezwungenen Auftreten von Louise de la Ferté hatte orientieren wollen, leidenschaftlich hinzu, »ich finde das auch! Ich finde, es war eine sehr schäbige Tat, Papa, Noakes zu veranlassen, den Mann hinauszuwerfen, und sie gereicht dir wirklich nicht zur Ehre. Sie hat dir Gerard entfremdet – war also in dieser Beziehung ein verhängnisvoller Fehler.«

»Schämen Sie sich, Miss!« rief Mrs. Pike. »Wie können Sie so mit Ihrem Vater reden?«

Luke blieb still. Er war vollkommen verblüfft. Ellen fuhr fort: »Um Gottes willen, Papa – aber mehr noch um deinetwillen, um bei den Leuten deinen Ruf als gerechter Mann wiederherzustellen – solltest du Noakes sagen, er soll dem Schafhirten seinen Job wiedergeben. Wie die Dinge liegen, sagen die Leute schrecklich harte Sachen über dich – daß du deinen Sohn nicht kontrollieren kannst und deinen Groll und Ärger an der harmlosen Ursache des Übels ausläßt.«

»Also daß ich mir so etwas noch einmal anhören muß.« Mrs. Pike richtete die Augen zum Himmel.

Die Haushälterin standhaft ignorierend, fuhr Ellen fort: »Papa – stell dir vor, wie Mama darüber gedacht hätte. Sie konnte Ungerechtigkeit nicht ertragen. Sie hätte gesagt...«

»Schweig!« donnerte Luke, der endlich seine Stimme wiederfand. Er stierte Ellen an, in seinem Gesicht arbeitete es vor Zorn und anderen, komplizierteren Gefühlen. Er sah so überaus wütend aus, daß Ellen, von ihrem Mangel an Furcht recht überrascht, dachte: Vielleicht spricht Mama durch mich. Und tatsächlich trug die starke Ähnlichkeit, die sie gerade jetzt, in Ausdruck wie in Haltung, mit ihrer Mutter aufwies, viel dazu bei, Luke zu verwirren. Er sagte heiser: »Wie kannst du es wagen, so zu reden?«

»Weil es die Wahrheit ist; und dir zuliebe.«

»Geh mir aus den Augen! Hinaus! Du kannst dich glücklich schätzen, daß ich dich nicht aus dem Haus werfe.«

Gefaßt verließ Ellen das Zimmer. Ich habe jedenfalls gesagt, was ich mir vorgenommen hatte, dachte sie; es bleibt nur zu hoffen, daß etwas davon hängenbleibt. Wenn ich nur nicht noch mehr getan habe, ihn dieser Frau in die Arme zu treiben!

Sie lief zu Gerards Zimmer hinauf, entschlossen, nun sie die Ursache kannte, das Schweigen zu brechen, in das er sich während der vergangenen Wochen zurückgezogen hatte, und klopfte an seine Tür.

»Wer ist da?« hörte sie seine mürrische Stimme.

»Ich bin's, Ellen.«

»Was willst du?«

Trotz seines abweisenden Tons öffnete sie die Tür und ging hinein. Er hockte auf dem Bett, den Kopf in die Hände gestützt. Seinen finsteren Blick ignorierend, setzte sie sich auf einen Stuhl und sagte mit schwachem Lächeln: »Ich brauche Ermutigung und Mitgefühl. Ich bin wegen dieses armen Mannes, Matthew Bilbo, *derart* mit Papa zusammengerasselt, und ganz umsonst, fürchte ich.«

Sein Kopf kam hoch. »Woher weißt du von Matthew Bilbo?«

»Och, die Leute in der Stadt sagen, wie unfair Papa gewesen ist.«

»Das war er auch – verflucht unfair! Bilbo ist einer der besten, harmlosesten Menschen auf der Welt; ich glaube sogar, er ist so etwas wie ein Heiliger. Es war einfach niederträchtig von ihm, so zu handeln. Und wenn er glaubt, das würde mich geneigter machen, ihm zu gehorchen, ist er gewaltig auf dem Holzweg. Ich werde alles in meiner Macht Stehende tun, mich ihm entgegenzustellen.«

Ellen seufzte. Sie sagte: »Erzähl mir von Bilbo. Er scheint ein merkwürdiger Freund für dich zu sein. Er ist doch soviel älter, nicht? Wie habt ihr euch kennengelernt?«

»Ach«, sagte Gerard ungeduldig, »Dr. Bendigo hat uns miteinander bekannt gemacht, als wir einmal von Chichester zurückkamen und dem Doktor oben auf der Down, wo er gerade einen Patienten besuchte, über den Weg liefen. Wir trafen Bilbo mit seinen Schafen; der Doktor, der mein Interesse für die Botanik kannte, sagte, Matthew wisse eine Menge über Vögel und Pilze und Orchideen. Über andere Sachen auch, wie ich herausfand! Er hat im Gefängnis lesen gelernt – der Kaplan hat es ihm beigebracht –, er ist ein bemerkenswerter Mann, Ellie! So gut und so bescheiden, und wirklich originell in allem, was er denkt und sagt!«

Das Gesicht des Jungen hatte sich aufgehellt. Ellen war von dieser Verwandlung verblüfft. Wenn Papa ihn so sehen könnte! dachte sie.

»Wußtest du, daß Eustace Bilbo Arbeit und eine Hütte auf Lavant Down gegeben hat?«

»Nein, wirklich? Das sieht Eustace ähnlich. Er ist ein guter Kerl. Aber« – Gerards Gesicht wurde lang – »das ist viel zu weit für mich, um ihn zu besuchen. Auf Captain konnte ich an einem Abend nach Duncton Down hinauf- und wieder zurückreiten. Aber Lavant kommt nicht in Frage.«

»Ich habe Papa gefragt, ob er sich nicht dazu verstehen könnte, Noakes anzuweisen, Bilbo wieder einzustellen. Aber er dachte nicht daran.«

»Nein, weiß Gott«, murrte Gerard. »Wenn Papa einmal einen Standpunkt eingenommen hat, bringt ihn nichts davon ab.«

»Wenn du nur ein besseres Verhältnis zu ihm hättest – könntest du nicht ihm zuliebe härter arbeiten? Über Dinge reden, die ihn interessieren?«

»Ich *arbeite* hart«, sagte Gerard gereizt. »Aber ich werde kein Interesse an Politik heucheln. Die Wahrheit ist, daß Papa will, daß ich so bin wie *er* damals – nur erfolgreich, wo er scheiterte; und so werde ich nie sein.«

»Er ist so einsam! Und seine Einsamkeit treibt ihn in die Gesellschaft von Mrs. Pike.«

»Ich wünsche ihm viel Vergnügen mit ihr! Soll er sie doch heiraten! Nächstes Jahr bin ich in Cambridge, und dann komme ich nie wieder nach Petworth... Warum redest nicht *du* öfter mit ihm?«

»Ihm liegt nichts an Gesprächen mit mir. Tatsächlich hätte er mich gerade eben um ein Haar aus dem Haus geworfen.«

»Ich kann mir nicht vorstellen, warum du hier bleibst, wo du doch gar nicht mußt. Trotzdem, es war lieb von dir, ihn wegen Bilbo anzusprechen«, sagte Gerard, in freundlicherem Ton, als er ihn je angeschlagen hatte, »obwohl ich dir gleich hätte sagen können, daß es sinnlos sein würde.«

Es brauchte einige Wochen, bis Lukes Verhalten gegenüber Ellen zu so etwas wie Höflichkeit, geschweige denn Liebenswürdigkeit zurückkehrte. Während dieser Zeit ignorierte er sie größtenteils. Wenn sie so taktlos war, ihm eine direkte Frage zu stellen, richtete er seine Antwort an Gerard oder die Haushälterin. Wenn sein Blick zufällig auf ihr ruhte, war er mit so etwas wie grämlicher Verwirrung geladen, als wüßte er wirklich nicht, wie er sie behandeln sollte. Es war jedoch deutlich, daß ihre ruhige, aufmerksame Gegenwart und das augenfällige, eigenständige Wirken ihrer Urteilskraft, so sehr er sie auch mißbilligen mochte, seine Aufmerksamkeiten Mrs. Pike gegenüber eingeschränkt oder verringert hatten. Sein Verhalten gegen letztere verriet mehr Vorsicht und Zurückhaltung. Die Haushälterin ihrerseits zeigte durch wachsende, an offene Feindseligkeit grenzende Schärfe gegenüber Ellen, daß sie sich durchaus bewußt war, wem sie diesen Rückschlag zu verdanken hatte. Ellen ertrug all das mit soviel Stärke, wie sie aufbringen konnte. Einsam und deprimiert, fand sie Trost in Vickys schulischen Fortschritten, in Besuchen bei Tante Fanny und der kleinen, aber eindeutigen Verbesserung ihrer Beziehung zu Gerard.

Der Bischof hatte sein Versprechen gehalten und Ellen ein Pony geschickt. Dieses Tier, zottig und unscheinbar, aber stark und willig, weitete ihr Betätigungsfeld sehr aus; sie konnte mit Gerard auf den Downs reiten und in so weit entfernten Orten wie Midhurst, Pulborough oder Wisborough Green Freunde auf Farmen und in Landhäusern besuchen. Unglücklicherweise beeinträchtigte ein bald einsetzender, früher und strenger Winter diese Ausflüge und verhinderte außerdem Gerards verbotene Ausfälle, um für die Moriskentänzer Musik zu machen.

Das Haus war während jener Wintermonate fürwahr düster. Ellen blickte manchmal mit so etwas wie Ungläubigkeit auf ihr Leben in Paris zurück. Habe ich wirklich mit Gautier, Baudelaire, Flaubert, Turgenjew gesprochen? fragte sie sich. Ich konnte nach Belieben kommen und gehen, ich lebte in Luxus, meine Arbeit sagte mir zu – und doch scheine ich die meiste Zeit in nagender Angst verbracht zu haben, weil ich die arme Louise nicht mögen konnte. Ach, wenn ich mich doch nur mehr bemüht hätte! Diesen Fehler darf ich nicht noch einmal machen!

Nach diesen Stimmungen der Besinnung und Selbstverdammung verstärkte sie ihre Anstrengungen, irgendeine Verbindung zu ihrem Vater herzustellen, indem sie versuchte, ein Thema zu finden, über das er zu sprechen bereit war, ihm Fragen über seine Jugend und die frühen Jahre seiner Ehe mit ihrer Mutter stellte. Er ging nur schleppend und unwillig auf diese Anstrengungen ein; doch er taute ein wenig auf; und Mrs. Pike sah es mit argwöhnischem und mißgünstigem Blick.

»Ich wundere mich, Miss Paget, daß Sie Ihren Pa mit Themen behelligen, die ihn nur bedrücken können«, bemerkte die Haushälterin eines Tages scharf, als Ellen ihren Vater über den Verlauf seiner ersten Studien ausgehorcht und sie mit Gerards verglichen hatte, in der Hoffnung, Luke dazu zu bringen, seinen Sohn mit mehr Nachsicht zu betrachten. »Es wäre sinnvoller, Sie würden Ihren Bruder davon überzeugen, den Wünschen seines Vaters mehr Beachtung zu schenken.«

Noch vor einem Jahr hätte Ellen vielleicht geantwortet: »Kümmern Sie sich um Ihre eigenen Angelegenheiten, Ma'am!« Nun erwiderte sie diplomatisch: »Aber Ma'am, Sie wissen doch, wie Söhne sind, weder zu halten noch anzubinden! Wie ich höre, haben Sie selbst einen Sohn – bitte sagen

Sie doch, wie alt ist er? Und was hat er für einen Beruf? Wird er Sie besuchen kommen? Wo wohnt er?«

Zu ihrer Überraschung schien diese aufs Geratewohl abgegebene Breitseite einen äußerst empfindlichen Punkt getroffen zu haben. Mrs. Pikes Teint nahm eine seltsam flekkige, abwechselnd rot und weiß getupfte Tönung an; ihre undurchdringlichen blauen Augen wurden vor Wut oder Schrecken glasig; sie fauchte: »Und wer hat Ihnen von meinem Sohn erzählt, bitteschön?«

Luke blickte überrascht von der Zeitung auf, in die er sich wieder vertieft hatte, sobald Ellen aufgehört hatte, ihn auszufragen.

»Einen Sohn, Ma'am? Sie haben einen Sohn, Mrs. Pike? Das wußte ich gar nicht.«

»Oh – mein Sohn ist in Übersee«, sagte die Haushälterin hastig. »Junge Männer, wissen Sie, machen sich auf, um ihr Glück zu finden, wie sehr ihre armen, verwitweten Mütter sie auch anflehen, zu Hause zu bleiben...«

Der scharfe, trotzige Blick, der auf Ellen gerichtet blieb, während sie das sagte, schien diese herauszufordern, die Geschichte anzuzweifeln.

Mrs. Pike wiederholte: »Wer hat zu Ihnen von meinem Sohn gesprochen, Miss Paget?«

»Es war die alte Miss Fothergill.«

»Ach so, die.« Mrs. Pike schien sich zu entspannen. »Die arme alte Dame, sie ist so schwachköpfig, man kann ihr kein Wort glauben. Natürlich hat sie Sim – meinen Sohn – nie kennengelernt –, aber ich pflegte von ihm zu sprechen – er war damals gerade ins Ausland gegangen, und ich dachte viel an ihn.«

»Was ist er von Beruf?« fragte Luke.

»Im Ingenieursfach – war schon immer an Werkzeugen oder Maschinen interessiert, der Junge – ging nach Brasilien, um Brücken zu bauen. Aber du meine Güte, wie spät es schon wieder ist« – sie sah auf die Uhr an ihrer Taille. »Ich muß Sue wegen des Tees antreiben, man muß jede Minute des Tages hinter ihnen her sein, sonst wird nichts erledigt« – und sie ging hinaus.

»Eigenartig, daß sie nie zuvor ihren Sohn erwähnt hat«, murmelte Luke, halb zu sich selbst. »Aber« – ein Seufzer – »wenn sie den Gedanken an ihn bedrückend findet, kann ich das verstehen.«

Er faltete seine Zeitung zusammen und begab sich hinaus; den Tee, den Mrs. Pike für ihn zuzubereiten sich beeilte, hatte er vergessen.

Ellen sah mit einem sie plötzlich überfallenden Mitgefühl hinter ihrem Vater her. Es war das erste Mal, daß sie ihn von den Gefühlen eines anderen Menschen hatte reden hören.

Fünf Tage später erhielt sie ein kleines Bündel mit Post aus Frankreich. Während all dieser Zeit hatte sie nichts von Germaine oder dem Comte de la Ferté gehört; zwar hatte sie bei ihrer hastigen Abreise keine Nachsendeadresse hinterlassen, doch hätte man ihren Verbleib von Lady Morningquest erfahren können, und sie war wegen des Ausbleibens von Nachrichten verletzt und besorgt gewesen.

Während ihrer ersten beiden Monate in England hatte sie einigen Trost darin gefunden, die Übersetzung von Germaines Kurzroman zu vollenden und sie an Longmans, den Verlag, zu schicken, mit der Anweisung, die Bezahlung über M. Villedeuil vorzunehmen, falls ihnen das Buch gefiel. Man hatte ihr den Erhalt des Manuskripts bestätigt, und sie hatte nichts weiter gehört. Doch nun kam ein dickes Päckchen von Lady Morningquest, die einen kurzen Brief beigefügt hatte: »Meine liebe Ellen, Du hast durch deine Rückkehr nach England, wo Du, so will ich hoffen, Trost und Befriedigung daraus beziehst, Deinem Vater Gesellschaft zu leisten, besondere Vernunft bewiesen.« Pah! dachte Ellen. »Das Beiliegende mag von Interesse für Dich sein«, fuhr Lady Morningquest fort. »Ich füge außerdem einige Briefe bei, die hierher an dich gerichtet wurden. Ich habe merkwürdige Gerüchte aus Brüssel gehört & denke daran, Charlotte aus dem Pensionat zu nehmen – sie kann ihre Londoner Saison ebensogut dieses Jahr wie nächstes absolvieren. Benedict kann sie nach England begleiten. Du hast zweifellos Deine eigenen Briefpartner in der Rue Saint-Pierre. Deine Dich liebende Patin, Paulina M.«

Da Ellen keine Gerüchte aus Brüssel gehört hatte, konnte sie nur fruchtlos darüber spekulieren, warum Lady Morningquest ihre Tochter aus Madame Bosschères Institut nehmen sollte. Hatte die Frivolität von Madames Parties mit jungen Männern in der abgesperrten Ecke Anlaß zu öffentlicher Mißbilligung gegeben? Oder hatte Monsieur Patrice eine ketzerische Abhandlung geschrieben?

Über ihre unwahrscheinlichen Vermutungen lächelnd, wickelte Ellen das Päckchen mit Papieren aus und fand zwei an sie adressierte Briefe und eine Reihe von Ausschnitten aus Pariser Zeitungen: *Le Monde, Le Siècle* – auf denen ihr sofort der Name Raoul, Comte de la Ferté ins Auge stach.

»Schreie eines gequälten Ehemanns«, lautete eine Schlagzeile, und Ellen las voll Entsetzen weiter. Wie es schien, hatte Louises Zofe einen Stoß Briefe gefunden, die Raoul an seine Frau geschrieben hatte, und sie, zweifellos für eine beträchtliche Summe, an die Presse verkauft. »Mein liebster Schatz, um Gottes willen, schenke meiner Bitte Gehör«, lautete einer. »Wenn Dir die Erbfolge der Familie nichts bedeutet, denk an *mich!* Denk an meine trostlosen Nächte, an meine Sehnsucht, Dir nahe zu sein, Dich zu berühren, Dich anzubeten.« »Louise, Louise, die Du so sensibel, so empfänglich für literarische Anspielungen bist«, lautete ein anderer, »kannst Du nicht deinen scharfen Verstand benutzen, um Dir vorzustellen, wie mein Leben aussieht – frierend in äußerster Dunkelheit, die Tantalusqual Deiner täglichen Gegenwart, Deiner dauernden Zurückweisungen erleidend? Wende Dich mir wieder zu, ich bitte Dich, ich bitte Dich – erweiche dies steinerne Herz, verdamme mich nicht dazu, für den Rest meines Lebens in Elend zu darben!«

Es gab viele Briefe im gleichen Tonfall. Ellen riß entsetzt

den Blick davon los, mit dem Gefühl, sie habe eine frevelhafte Tat begangen, indem sie nur ein paar Zeilen daraus gelesen hatte. Es war wie ein Verrat, Zeuge dieses erbarmungswürdigen Flehens zu sein. Es schien so gar nicht zu dem Mann zu passen, den sie gekannt hatte. Armer Teufel, dachte sie, von Mitgefühl übermannt, wie er darunter leiden muß, seine Worte veröffentlicht zu sehen. Er ist so stolz – hat er nicht schon genug ertragen müssen?

Sie schob die Zeitungsausschnitte von sich, als seien sie schmutzig.

Einer der beiden Briefe kam vom Hôtel Caudebec, und Ellen öffnete ihn hastig, mit zitternden Fingern. Raoul hätte ihr doch bestimmt nicht geschrieben? Aber wie sich herausstellte, stammte das Schreiben lediglich von Pondicheau, Raouls Beauftragtem und Verwalter, der ihr einen Wechsel über ihren bei ihrer Abreise aus Paris noch ausstehenden Lohn und eine Zulage für ihre Sekretärinnendienste für die Prinzessin Tanofski schickte. Die Bezahlung war äußerst großzügig, was Ellens bittere Enttäuschung nicht im geringsten milderte. Doch wie konnte sie auch einen Brief vom Comte erwarten? War es denn wahrscheinlich, daß der arme Mann in seinem derzeitigen Zustand des Elends an etwas Derartiges dachte?

Der andere Brief, in eleganter, vertrauter Handschrift auf gelbem, billigem Papier, war von Germaine.

Couvent de Notre-Dame, Montfaucon, Ploëmel

Meine liebe Callisto: Hier, glauben Sie es oder nicht, finden Sie mich bei den Benediktinerinnen in den Wäldern der Bretagne. Ich sehe Sie überrascht lächeln, aber die guten Schwestern haben mich mit solcher Nachsicht, Rücksichtnahme und bonté *behandelt, daß ich mit dem religiösen Leben schon halb versöhnt bin. Zunächst kam ich auf der Suche nach Zurückgezogenheit – einem Versteck – einer Freistatt – hierher, aber die Umgebung hat sich als so kongenial erwiesen, daß ich – selbst jetzt, da für mein Bleiben keine dringende Not-*

wendigkeit mehr besteht – nur wenig Verlangen verspüre, in die Stadt zurückzukehren.

Wie Sie vielleicht gehört haben, sind die Behörden mittlerweile überzeugt, daß die unglückliche Louise ihrem Leben und dem ihres verlorenen Kindes tatsächlich selbst ein Ende gemacht hat. Raoul ist entlastet, ausgenommen von dem Tadel und dem Bedauern, das man unvermeidlich für einen Narren empfindet, der so wenig Verstand hat, eine Frau zu heiraten, die ihn nicht mochte, und dann auch noch fortfährt, sie mit seinen Aufmerksamkeiten zu belästigen, lange nachdem sie ihre Antipathie deutlich gemacht hat.

Ich muß bekennen, daß ich nun einen Anflug von Schuldgefühl beim Gedanken an seine Leiden empfinde – Jeanne de Tourbey hat mir einige Pariser Zeitungen mit Auszügen aus seinen Briefen geschickt –, der arme Junge, es ist hart, solche würdelosen, bejammernswerten Ergüsse dem Auge der Öffentlichkeit enthüllt zu sehen. Aber wir wollen hoffen, daß er nun, da er ein passabler Witwer ist, bald Trost finden wird.

Ich muß Ihnen dafür danken, liebe Callisto, daß Sie meinen Roman so zuverlässig dem englischen Verleger Longman haben zukommen lassen. Ich bekam von Villedeuil einen sehr höflichen Brief von ihm nachgeschickt; sie werden das Buch in drei Bänden herausbringen und fragen nach einem weiteren. Wenn sie mich bezahlen, werde ich sie anweisen, Ihnen ein Übersetzerhonorar zu schicken. Aber – so frage ich mich – werde ich überhaupt noch schreiben? Ich bekenne, ich finde mich seltsam unentschlossen; ich habe das Werk vollendet, mit dem ich beschäftigt war, doch diese klösterliche Existenz prädisponiert einen nicht für die Literatur. Nanu, Callisto, was wird aus mir werden? Werde ich als dévote *enden, die ihren Rosenkranz betet, ihr Missale liest und an das Unglück denkt, das sie verursacht hat?*

Und wo sind Sie, *Callisto, frage ich mich? Irgendwie stelle ich mir vor, Sie sind wieder in England; aber was werden diese Sussex-Bauern von Ihnen halten, nun sie beinahe eine*

Parisienne *sind? Lassen Sie Ihre Fähigkeiten nicht durch mangelnden Gebrauch verkümmern! Ich vermisse Ihre gesetzte Vernunft und Ihre scharfen Wahrnehmungen – weh um diese belebenden Tête-à-têtes! Die lieben* religieuses *hier sind vollgestopft mit Weisheit, aber es fehlt ihnen ein wenig an Witz.*

Na, Callisto, ob wir uns wohl je wiedersehen? Denken Sie manchmal an mich, wie ich an Sie.

C.

Dieser Brief stimmte Ellen ausgesprochen melancholisch. Trotz der Bitterkeit ihrer Trennung und trotz der unheilvollen Rolle, die Germaine in der Tragödie der la Fertés gespielt hatte, brachte es Ellen nicht über sich, die andere zu verabscheuen, und hatte ihren lebhaften Gedankenaustausch ebenfalls vermißt. Was, fragte sie sich, würde Germaine von dieser englischen Existenz halten? Würde sie sie bis zum Wahnsinn langweilen? Was würde sie von Mrs. Pike, von Luke, Gerard, den Valdoes, Lady Blanche halten? Oder von Tante Fanny?

Und wie würde Germaines erdgebundene Vernunft mit der Situation in der Hermitage umgehen?

Sie schrieb Germaine, wobei sie wenig davon erzählte, jedoch erwähnte, daß sie in zwei Jahren in den Genuß eines bescheidenen Vermögens kommen würde. »Wenn Sie also wieder mit Schreiben anfangen und je in Schwierigkeiten sind, dann vergessen Sie nicht, daß Sie in England eine Freundin haben.«

Seufzend brachte sie den Brief zur Post – wie weit weg die Bretagne schien! – und machte dann einen Spaziergang in dem Tal unterhalb der Hermitage. Seit einigen Tagen machte ein strenger Frost Ausritte unmöglich, und Vicky war mit einer Erkältung ans Bett gefesselt. In ihren dicksten Mantel warm eingehüllt, kletterte Ellen den Hang hinunter und schlug den Weg, der dem nun von geschmolzenem Schnee angeschwollenen Bach folgte, hinunter zur Haslingbourne-

Mühle ein, die einmal, vor langer Zeit, ihrem Urgroßonkel gehört hatte.

Als sie über den Abhang eines Hügels namens Sheepdowns auf die andere Talseite zurückkehrte, sah sie zu ihrer Verärgerung die dünne, linkische Gestalt von Mr. Wheelbird, dem Anwalt, auf sich zukommen.

Sie war ihm hier herum schon ein-, zweimal begegnet, und er hatte mit flehendem, verlegenem Lächeln erklärt, dies sei sein Nachhauseweg zu einem späten Lunch in dem Dorf Byworth auf der anderen Talseite, wo er bei seiner verwitweten Mutter wohnte. Ellen hielt das für einen seltsam umständlichen Weg nach Byworth, doch wenn es Mr. Wheelbird beliebte, sich länger von seinen Pflichten in der Kanzlei freizumachen, so ging sie das nichts an – außer daß sie es müde war, ihm über den Weg zu laufen und gezwungen zu sein, auf seine Bemerkungen höfliche Antworten zu geben.

Mit seiner üblichen, Versöhnung heischenden Miene zog er eifrig den Hut, nickte mit dem Kopf auf und ab und ließ mehrfach ein Lächeln in seinem Gesicht aufzucken, als sei er sich seines Rechts, es beizubehalten, unsicher.

»Schlechtes Wetter, Ma'am – Miss Paget. Aber Sie – wenn ich so sagen darf – wirken blühend wie stets – Sie lassen sich durch das Wetter nicht von Ihrem Spaziergang a-abhalten!«

Mr. Wheelbird neigte zu einem leichten Stammeln, wenn er nervös oder aufgeregt war. Dies schien er bei dieser Gelegenheit in ungewöhnlichem Maße zu sein. Zu Ellens tiefer Verzweiflung drehte er sich um und begleitete sie den Weg entlang. »Weiter vorn hat der Weg eine e-entschieden rutschige Stelle, Miss P-Paget; erlauben Sie mir, Sie darüberweg zu begleiten.«

»Danke, Mr. Wheelbird, aber das ist wirklich nicht nötig. Ich bin es durchaus gewohnt, in diesem Tal herumzuklettern. Und ein Sturz würde mir nicht im mindesten schaden, dieser dicke alte Mantel schützt mich.«

Wohingegen Mr. Wheelbird, wie sie feststellte, ungewöhnlich prächtig herausgeputzt war. Seine Hosen und seine Weste, die beide nagelneu aussahen, wiesen zwei verschiedene, kontrastierende Karomuster auf; er trug einen schwarzen Rock, der so überaus glänzend und steif war, daß er darin, als steckte er in einer Abflußröhre, nur unter Schwierigkeiten ging. Seine Krawatte war aus Seide, und sein Zylinder glänzte, als sei er eben vorsichtig der Hutschachtel entnommen worden. Schimmernde Glanzlederschuhe vervollständigten seine Toilette; insgesamt wirkte er merkwürdig kostümiert für einen Spaziergang durch ein matschiges Tal; aber vielleicht, dachte Ellen, hatte er gerade einen wichtigen Mandanten aufgesucht.

»Es fiele mir nicht im T-Traum ein, Sie das Risiko eingehen zu lassen«, verkündete Mr. Wheelbird und nahm ihren Arm in einen übertrieben behutsamen Griff. Der Weg über den steilen Abhang war an dieser Stelle sehr schmal, ein bloßer Schafspfad, und damit seine Begleiterin darauf gehen konnte, war der Anwalt gezwungen, sich seinen Weg durch das feuchte, glitschige, eiskalte Gras zu bahnen. Seine Schuhe, wenngleich auf Hochglanz gewichst, waren für solchen Gebrauch ersichtlich nicht vorgesehen, und aus seinen besorgten Blicken auf sie wurde deutlich, daß diese Überlegung ihn quälte.

»Bitte, Mr. Wheelbird«, sagte Ellen, »machen Sie sich nicht die Mühe, mich noch weiter zu begleiten. Ich bin überzeugt, Ihrer harren wichtigere Aufgaben. Ich komme sehr gut allein zurecht, das verspreche ich Ihnen.«

»Nein, Ma'am, nein! Mein G-Gewissen würde das nicht zulassen. »Ta-ta-tatsächlich, Miss Ellen«, verkündete Mr. Wheelbird, und sein Stammeln wurde plötzlich so sehr viel ausgeprägter, daß »Ellen« als »Elelelelellen« herauskam, »tatsächlich, Ma'am, würde ich mir wünschen, Sie *überallhin* zu begleiten und *alles* für Sie zustande zu bringen. Ich würde mir wünschen, zwischen Ihnen und der Welt zu stehen, Miss Paget! Ich würde Sie gern vor rasenden Stieren retten – Sie der Armut entreißen – Sie vor G-Gericht v-verteidigen...«

»Aber man hat mich keines Verbrechens beschuldigt, Mr. Wheelbird – und es sind keine rasenden Stiere zu sehen...« wandte Ellen ein, ängstlich darauf bedacht, diesen Redefluß zu bremsen, ehe er zu seinem logischen Abschluß kam. Sie verschwendete allerdings ihren Atem; nachdem sich Mr. Wheelbird einmal auf seine Erklärung eingelassen hatte, gewann er an Schwung und Selbstvertrauen.

»Liebe Miss Ellen – Sie müssen bemerkt haben, daß ich schon seit geraumer Zeit eine starke Zuneigung – eine höchst besondere Empfindung und Verehrung nähre –, deren Objekt Sie sind, Ma'am! Meine damalige Annäherung war verfrüht – ich war nur ein grüner Junge (wenngleich es von Mr. Paget trotzdem sehr unrecht war, mich so anzufahren)« – eine flüchtige unerfreuliche Erinnerung verdüsterte seine Stirn –, »doch nun sehen die Dinge entschieden anders aus, ich bin ein in meinem Beruf wohlbestallter Mann. Wohingegen *Ihr* Los, Miss Ellen – in Schande heimgekehrt – einer häuslichen Situation ausgesetzt, die ich nur als höchst unglücklich sehen kann...«

»Wie kommen Sie denn auf *den* Gedanken, Mr. Wheelbird?« Ellen sprach in recht scharfem Ton. Dies »in Schande heimgekehrt« hatte ihr nicht gefallen.

»Die ganze Stadt weiß, daß Mrs. P-Pike – daß Mrs. Pike ein Auge auf ihren V-Vater geworfen hat, Miss Ellen. Sie ist eine tüchtige Frau – ich verwalte ein paar kleine Vermögensangelegenheiten für sie, ich kenne ihr Wesen –, was Mrs. Pike anpackt, – das – das – das bringt sie auch zu Ende! Bedenken Sie, Ma'am, bedenken Sie, wie *dann* Ihre Lage sein wird, mit einer solchen Stiefmutter. Deshalb, b-bitte, Miss Ellen – meine l-liebe, liebe Miss Ellen – wollen Sie mich nicht zum glücklichsten Mann von Petworth machen? Wollen Sie auf diesen Heiratsantrag nicht eine zustimmende Antwort geben? Sagen Sie einfach ja – und kommen Sie mit zum Tee mit mir und meiner Mutter. Sie hat einen G-Gewürzkuchen gebacken«, fügte er treuherzig hinzu.

Obgleich Ellen nicht umhin konnte, sich von Mr. Wheelbirds Antrag etwas gerührt zu fühlen, überlegte sie auch, daß er eine ganze Menge für selbstverständlich zu halten schien. Und sie wurde von einer plötzlichen, bohrenden Erinnerung an Benedict heimgesucht, wie er auf dem Kanaldampfer mit vorgeschobenem Kinn und finsterem Blick eine sarkastische Anspielung auf »den Angestellten des Anwalts, der immer noch in der Hermitage vorspricht« machte. Wie Benedict über diese Szene lachen würde! Was Ellen aus irgendeinem Grunde in eine besonders unempfängliche Stimmung für Mr. Wheelbirds Antrag versetzte. Noch auch verspürte sie die geringste Lust, mit der alten Mrs. Wheelbird Tee zu trinken, die eine süß-saure Stimme und ein spitzenbesetztes, flaumiges Äußeres hatte, unter dem sich eine wache Beobachtungsgabe in Verbindung mit einem galligen, bissigen Gemüt verbarg.

Es gab wirklich keine Umstände, dachte Ellen, die sie dazu bewegen könnten, Mr. Wheelbirds Antrag anzunehmen. Aber trotzdem ziemte es ihr, freundlich zu ihm zu sein.

»Es ist überaus liebenswürdig von Ihnen, Sir, mich mit einem solchen Antrag zu ehren«, antwortete sie so höflich sie konnte. »Und ich bin mir Ihrer Empfindung und – und der Ehre, die Sie mir erweisen – wirklich durchaus bewußt.« Verärgert stellte sie fest, daß sie sich wiederholte, doch sie war um einen Satz verlegen, der seinen Erwartungen ein für allemal ein Ende bereiten würde, ohne seinen Stolz allzusehr anzuknacksen. »Aber ich fürchte sehr, daß ich Ihre Gefühle nicht erwidern kann. Tatsächlich denke ich derzeit nicht an eine Heirat. Ich möchte weiterhin unter dem Dach meines Vaters wohnen.«

»Seien Sie, seien Sie nicht so voreilig, Miss Ellen!« rief Mr. Wheelbird, der bei dem Gedanken, daß seine Beute ihm vielleicht entschlüpfte, Qualen zu leiden schien. »Nehmen Sie sich etwas Zeit, um sorgfältig zu überlegen. Bitte, bitte, denken sie über meine Worte nach! Ich bin überzeugt, wenn Sie das tun – sei's eine Woche, sei's ein Monat! –, werden Sie, da bin ich sicher, zu einer richtigen Einschätzung dessen gelangen, wie überaus *nützlich* ich Ihnen sein könnte! Ein versierter Jurist – der, wie ich – so *viel* von den Affären der Leute weiß...«

Hier warf Mr. Wheelbird Ellen zu deren beträchtlicher Überraschung einen überaus scharfen und bedeutungsvollen Blick zu – fast war es ein Blinzeln –, jedenfalls war er ganz anders als sein vorheriger, recht schafsmäßiger und Vergebung heischender Ausdruck. Doch die damit einhergehende, plötzliche Kopfbewegung war sein Verhängnis, denn sie hatten mittlerweile den rutschigen Teil des Weges erreicht, über den er sie zu geleiten gedacht hatte; er verlor auf einem eisigen Schlammflecken den Halt und fiel mitten hinein. Er würde Ellen mitgezerrt haben, denn er hielt immer noch ihren Arm, hätte sie sich nicht versteift und ihn mit all der Kraft, die ihr beim Umgang mit aufsässigen Mädchen im Pensionat so gute Dienste geleistet hatte, wieder hochgezerrt. So war Mr. Wheelbirds Sturz nur von kurzer Dauer – doch welche Verheerung war in diesem kurzen Moment angerichtet worden! Sein Hut fiel herunter, sein Haar wurde zerzaust, und er stand auf, die eine Seite vom Gesicht bis zu den Glanzlederschuhen vollständig mit dickflüssigem, braunem Schlamm beschmiert.

»Ach du meine Güte!« rief Ellen. »Was für ein schreckliches Pech! *Armer* Mr. Wheelbird – was für ein entsetzliches Mißgeschick – und das auch noch in Ihrem neuen Rock! Sehen Sie, da ist Ihr Hut.« Sie hob ihn auf und gab ihn ihm, nachdem sie sich bemüht hatte, etwas von dem Schlick davon abzuwischen. Er war vor Fassungslosigkeit völlig sprachlos. »Vielleicht kennt Ihre Mutter eine gute Methode, wie man das abbekommt...«

Mr. Wheelbirds Selbstvertrauen war nicht stark genug, diesen demütigenden Rückschlag auszuhalten. Fast entriß er Ellen den Hut und entzog seinen Arm ihrem tröstenden Zugriff.

Mit bebender Stimme sagte er: »Ich wünsche Ihnen vorerst einen guten Tag, Ma'am. Ich w-wollte nicht – die Dinge sind nicht – oh, *v-verdammt!«*

Er drehte sich scharf (wenngleich mit beträchtlicher Vorsicht) auf dem Absatz um und ging in die Richtung davon, aus der Ellen gekommen war. Er ging nicht nach Byworth zu, doch sie befürchtete, daß der Stolz ihm nicht erlauben würde, einen anderen Weg zu nehmen, ehe sie nicht außer Sicht war, weshalb sie sich, nachdem sie sich ein-, zweimal besorgt nach ihm umgeblickt hatte, beeilte, nach Hause zu kommen.

Sie konnte nicht umhin, über das Mißgeschick des armen Mannes zu lächeln, hoffte aber, daß seine Selbstachtung durch den Vorfall nicht allzu schlimm erschüttert worden war – allerdings hoffte sie desgleichen, daß das peinliche Ende seiner Erklärung ausreichen würde, eine Wiederholung zu verhindern.

Vage überlegte sie, was er, kurz bevor er stürzte, gerade hatte sagen wollen – irgendeine Information bezüglich eines seiner Mandanten? Aber das wäre doch sicher ein Vertrauensbruch? Es war gut, daß er nicht gesprochen hatte.

Dann verbannte sie das ganze Vorkommnis aus ihrem Gedächtnis.

13

Mr. Wheelbird nahm seine Werbung nicht sogleich wieder auf. Es schien wahrscheinlich, daß er eine ausreichende Zeitspanne wollte verstreichen lassen, damit sein demütigender Unfall in Ellens Gedächtnis verblaßte; jedenfalls hielt er sich strikt von ihr fern und mied vermutlich jede Lokalität, wo die Möglichkeit einer Begegnung bestehen würde, denn sie lief ihm nie über den Weg.

Die Episode verblaßte denn auch in ihrem Gedächtnis, denn während dieser Zeit sah es so aus, als bekäme sie eine Chance, ihre ziemlich schwierige und schmerzliche Beziehung zu ihrem Vater in Ordnung zu bringen oder zumindest zu verbessern. Eines Tages, als sie gerade Vicky abhörte, rief er sie ungnädig und schroff in sein Arbeitszimmer.

»Laß das, Ellen! Ich möchte, daß du einen französischen Text für mich übersetzt!«

»Natürlich, Papa.«

Der Text war ein aus dem sechzehnten Jahrhundert stammender Kaufvertrag für Tuch, und vermöge dessen konnte sie feststellen, daß der Gegenstand von Lukes Lektüre Materialien zu einer Geschichte der in der Gemeinde Petworth von 1066 bis zum heutigen Tage betriebenen Gewerbe und Fabrikationszweige war, die er zusammenstellte, von dem im Domesday Book erwähnten Aal- und Schweinehandel über den Tuchhandel unter der Herrschaft Heinrichs VIII., der Eisenhütte in Petworth Park, der Glasmanufaktur zu Zeiten von Königin Elizabeth bis zum Stiefel- und Schuhhandel, der sie später ersetzte.

Mr. Paget fragte Ellen nicht nach ihrer Meinung über sein Werk, noch äußerte sie sie, doch insgeheim bezweifelte sie, ob ein Buch von so begrenztem Interesse wohl je einen Verleger finden würde, und war wegen der seiner harrenden Enttäuschung und Verstimmung besorgt. Das Werk schien indessen so langsam und stockend fortzuschreiten, daß eine Veröffentlichung ohnehin in weiter Ferne lag. Es wurde häufig von Abschweifungen in andere Projekte unterbrochen, mit denen er sich gleichzeitig beschäftigte: einem Essay über den Strassenbau in Sussex; einem Vergleich des Verbrauchs von Tee und Gin in London zwischen 1740 und 1750 und der aus letzterem resultierenden Todesfälle; einer Geschichte des Rechtssystems in England vor, während und nach der Revolution von 1688. Zu all diesen Themen hatte er umfangreiche Aufzeichnungen angehäuft, doch er wirkte unschlüssig oder von Zweifeln gelähmt, wenn es darauf ankam, das Werk tatsächlich in Angriff zu nehmen. Ellen begann ihn bald aufrichtig zu bemitleiden, denn sie bemerkte, daß es ihm derart quälende Schwierigkeiten bereitete, einen einzigen Satz zu formulieren und niederzuschreiben – und das Ergebnis war, wenn errungen, so umständlich und unverständlich –, daß es ganz unwahrscheinlich schien, daß er je ein einziges seiner Unternehmen vollenden würde.

Sie wunderte sich über dieses Unvermögen bei einem Mann, der vielen Berichten zufolge flüssig über politische Themen hatte sprechen können; doch so war es nun einmal. Noch wollte er einen Rat von ihr annehmen; wenn sie es wagte, eine einfachere Formulierung für eine seiner Aussagen vorzuschlagen, wurde er ärgerlich und befahl ihr gereizt, sich um ihre eigenen Angelegenheiten zu kümmern und die Nase nicht in Dinge zu stecken, von denen sie nichts verstand.

Gleichwohl ließ er sich von ihr dabei helfen, etwas Ordnung in sein wirres Ablagesystem zu bringen. Das brachte es mit sich, daß sie etwa eine Stunde am Tag in seinem Arbeitszimmer verbrachte und, während Monat auf Monat folgte, fast unmerklich, ganz allmählich ein herzlicheres Verhältnis zu ihm gewann. Während dieser Wochen schenkte er Mrs. Pike erheblich weniger Aufmerksamkeit; sein Bedürfnis nach Aufmerksamkeit wurde, so schien es, von dieser neuen Art von Gesellschaft gestillt. Dieser Abfall wurde von der Haushälterin mit deutlichem Mangel an Begeisterung beobachtet; sie ließ keine Gelegenheit aus, Ellens Hilfe heruntermachen und ihre Nützlichkeit in Zweifel zu ziehen.

Im Mai kam für Ellen ein Päckchen aus Brüssel an. Sie hatte weder von Lady Morningquest noch von sonst jemandem in der Rue Saint-Pierre wieder etwas gehört und löste die Verpackung mit beträchtlicher Neugier. Darin fand sie einen stattlichen, in Leder mit Goldprägung gebundenen Band; auf dem Rücken: ›Discours sur les pensées ultérieures‹, par P. Bosschère. Und drinnen, auf das Vorsatzblatt geschrieben: »Für meine liebe kleine Gesprächspartnerin, Mademoiselle M. E. Paget, aus deren Gesprächen viele Ideen dieses Essays ursprünglich geboren wurden!«

Entzückt, aufgeregt, tief berührt wandte Ellen die Seiten

um, und während ihr hier und da Sätze ins Auge fielen, schossen ihr Erinnerungen an viele Diskussionen mit dem Professor durch den Kopf. *Das,* dachte sie, war ein Mann von wirklicher, glühender Intelligenz; kein Blender, sondern ein Denker, dazu ausersehen, es weit zu bringen, sich einen Namen zu machen; sie konnte nicht umhin, ihn ihrem Vater gegenüberzustellen, sehr zu dessen Nachteil. Das Werk wirkte brillant – vielleicht waren, wie er selbst sagte, einige Ideen von ihr beigesteuert worden, aber er hatte ein Recht, seine Themen und Beobachtungen von überallher zu beziehen, nicht wahr? Der Gebrauch, den er von ihren rudimentären Vorstellungen machte, war etwas, das sie selbst nie hätte erreichen können, und sie würde von einem Studium dessen, was er hervorgebracht hatte, unermeßlich viel lernen und profitieren.

Erregt, dankbar, voll überschäumender Freude, aus der Sehnsucht heraus, dies mit einem anderen Menschen zu teilen – und vielleicht auch von einem Anflug von Gehässigkeit erfüllt –, klopfte sie an die Tür zum Arbeitszimmer ihres Vaters und trat ein.

Er blickte grämlich von dem unordentlichen Gewirr von Karteikarten und beschriebenen Blättern auf, das sich fünf Minuten, nachdem Ellen es in Ordnung gebracht hatte, auf seinem Arbeitstisch türmte.

»Was ist denn?« fragte er. »Was willst du denn *jetzt,* Ellen? Es ist nicht die Zeit, zu der du mir helfen sollst. Ich benötige deine Dienste im Augenblick nicht.«

»Nein, Papa – das weiß ich. Ich wollte dir nur dieses Buch zeigen, das Professor Bosschère aus Brüssel mir freundlicherweise geschickt hat.«

»Bosschère?«

»Du weißt doch, Papa – das ist der Cousin von Madame, der das Pensionat gehört – er unterrichtete uns in Religion und Literatur – er hat mir dieses Buch geschickt...«

»Dir ein *Buch* geschickt?« Luke hörte sich sowohl überrascht als auch mißbilligend an. »Warum sollte *er* so etwas tun? Das scheint mir eine ausgesprochene Ungehörigkeit zu sein! Warum sollte er dir Bücher schicken, bitteschön?«

»Aber er hat es geschrieben, Papa! Es ist *sein* Buch. Wir wußten immer, daß er an einer Geschichte des menschlichen Denkens arbeitete; nun hat er sie vollendet. Und sieh doch, er hat mir dieses Exemplar gewidmet!«

Mr. Paget nahm den Band entgegen und musterte ihn stirnrunzelnd. Er wirkte keineswegs beeindruckt von der Widmung des Autors.

»Hm! Na, am besten läßt du mir das Buch da, bis ich mich vergewissert habe, ob es eine passende Lektüre für dich ist.«

Ellen war etwas verwirrt – einmal, weil sie selbst erpicht darauf gewesen war, mit der Lektüre anzufangen, und auch, weil sie wußte, daß ihr Vater ein langsamer und schwerfälliger Leser war, besonders in Französisch, einer Sprache, die er nur sehr bescheiden beherrschte. Doch sie sagte: »Ich bin sicher, es wird dir gefallen, Papa – Professor Patrice war ein so überaus intelligenter Mann, seine Lektionen waren so anregend...«

»Sehr schön. Nun laß mich allein, wie es sich für ein gutes Mädchen gehört, und bitte stürz zu dieser Zeit nicht wieder herein und unterbrich meine Arbeit.«

Mr. Paget erwähnte das Buch weder an diesem noch an den folgenden drei Tagen noch einmal, während welcher Zeit Ellen ihr Bestes tat, sich zu zügeln. Schließlich wurde sie zu ungeduldig, um noch länger in Schweigen zu verharren, und brachte die Sache in der Stunde, in der sie ihm üblicherweise half, zur Sprache, als sie in seinem Arbeitszimmer war und seine Karteikarten sortierte.

»Was hältst du von Professor Bosschères ›Discours‹, Papa? Wie kommst du damit voran? Bist du bald fertig? Ich muß gestehen, ich bin selbst sehr gespannt auf das Buch!«

»Wie? Was? Hm! Ach so, dieses Buch – eine schändliche Arbeit! Voller abscheulicher Vorstellungen – natürlich kann man von einem Katholiken nichts Besseres erwarten – aber trotzdem – gefährlicher, aufwieglerischer Unsinn, mit blumiger, rührseliger Sprache aufgeputzt – verachtungswürdiges Zeug!«

»Aber – meine Güte, Papa – wie kannst du denn so etwas sagen? Professor Bosschère ist überhaupt nicht rührselig – er schreibt höchst klar und eindringlich –, und ich kann nicht glauben, daß irgendeine seiner Aussagen gefährlich oder aufwieglerisch wäre – welche meinst du denn? Hast du denn auch wirklich *alles* gelesen?«

»Soviel, wie nötig war; ich habe die Kapitel überflogen«, sagte Mr. Paget kurzangebunden. »Die Überschriften reichten völlig aus, um zu zeigen, welche Art von Mensch er ist – diese Ausländer sind alle gleich, man kann ihnen nicht trauen. Menschliche Liebe – pfui! Ein höchst unpassendes Buch für dich; es ist ein großes Glück, daß du es mir zuerst gezeigt hast.«

»Trotzdem würde ich es gern lesen, Papa, um mir selbst ein Urteil zu bilden«, sagte Ellen, die den starken Verdacht hatte, daß ihr Vater an der französischen Sprache gescheitert war und wenig mehr getan hatte, als einen flüchtigen Blick auf das Buch zu werfen; nun tat es ihr überaus leid, daß sie dem Impuls nachgegeben hatte, es ihm zu zeigen.

»Nun, du *kannst* es nicht lesen«, blaffte er.

»Entschuldige, Papa, es ist mein Buch, das mir der Autor geschenkt hat; ich hätte es gern zurück, bitte«, sagte sie, mit großer Mühe ihr Temperament zügelnd.

»Das kommt nicht in Frage. Tatsächlich habe ich es verbrannt, was das einzige ist, was man mit solchem Zeug tun kann.« Er schaute zum Kamin hinüber; seinem Blick folgend, sah Ellen mit ungläubigem Entsetzen in einer Ecke des Kamingitters ein paar rote, fast schwarzverbrannte Lederfetzen.

»Verbrannt? Du hast mein Buch verbrannt?« Schiere Wut erstickte Ellen fast für einen Moment; dann sagte sie mit hoher, zitternder Stimme: »Du bist ein selbstsüchtiges, despotisches, bigottes altes *Ungeheuer!* Wie konntest du es *wagen*, so etwas zu tun? Dieses Buch war mein Eigentum – du hattest kein Recht, es zu zerstören. Als Mama sagte, du seist kein umgänglicher Mann, hat sie lächerlich untertrieben. Du bist nicht schwierig – du bist *unmöglich!*«

Sein Gesicht lief stumpf rot an. Er sagte heiser: »Was willst du damit sagen? Als deine Mutter sagte, ich sei kein umgänglicher Mann – was meinst du damit? Wie kann *sie* je mit *dir* über mich gesprochen haben?«

Entsetzt wurde Ellen klar, daß sie aus Leichtfertigkeit ihre Mutter verraten hatte.

»Es ist nichts, wovon ich dir erzählen kann, Papa. Es tut mir leid, daß ich es gesagt habe. Wir beenden am besten diese Diskussion.« Und sie wandte sich auf dem Absatz um und schickte sich an, das Zimmer zu verlassen, als er in eine laute, unzusammenhängende Tirade ausbrach.

»Freches! Undankbares! Pflichtvergessenes! Unverschämtes Mädchen! *Sie* soll das erfahren! Sie – sie –«

Ellen nahm an, daß er Mrs. Pike meinte, und war nur dankbar, daß die Haushälterin nicht zugegen war. Ihr Vater machte einen Schritt auf sie zu, und sie dachte, er sei tatsächlich im Begriff, ihr den Weg zur Tür zu verstellen, als er, mit einem neuerlichen, gemurmelten »sie – sie – sie –« mit den Armen vor ihr herumfuchtelte, taumelte und ohnmächtig in einen Sessel sank.

Mrs. Pike war fast augenblicklich im Zimmer. Es schien wahrscheinlich, daß sie, von den erhobenen Stimmen alarmiert, vor der Tür gelauscht hatte; mit einem langen Zischen holte sie entsetzt Atem.

»Also *wirklich,* Miss! *Sehen* Sie nur, was Sie Ihrem armen alten Vater angetan haben!«

Sie schoß zu ihrem Arbeitgeber hin, fühlte ihm den Puls, zog seine Augenlider hoch und riß dann heftig an der Klingelschnur.

»Ist es eine Ohnmacht?« fragte Ellen, die, ehrlich entsetzt, gleichwohl so etwas wie Ekel vor dem Melodrama empfand, das die Haushälterin aus der Szene machte. Mrs. Pike ignorierte sie und wandte sich an Sue, die, von der Dringlichkeit des Läutens erschreckt, angelaufen gekommen war.

»Schick John, den Kutscher, nach dem Arzt – beeil dich, Frau! Dein Herr hat einen entsetzlichen Anfall gehabt – gebe Gott, daß er sich nicht als tödlich erweist!«

Dr. Smollett sah, als er kam, die Sache nicht so ernst. Mr. Paget habe, befand er, einen leichten Schlaganfall erlitten, doch bei Vorsicht und guter Pflege – »Wie der Ihren, Ma'am«, bemerkte er höflich zu Mrs. Pike – dürften keine dauerhaften Schäden zurückbleiben. Mr. Paget müsse allerdings einige Wochen das Bett hüten.

Ellen, die bei diesem Gespräch zugegen war, musterte die Haushälterin mit gespannter Aufmerksamkeit und konnte sich der Überzeugung nicht verschließen, daß sie von dem günstigen Urteil ein wenig enttäuscht war. Als sie ins Arbeitszimmer gerannt gekommen war und ihren Dienstherrn ausgestreckt in seinem Sessel hatte liegen sehen, hätte Ellen schwören könen, daß auf ihrem Gesicht ein flüchtiger Ausdruck von Befriedigung aufgeblitzt war. War das rachsüchtiges Vergnügen beim Anblick eines so entsetzlichen Bruchs zwischen Vater und Tochter? Aber sie würde dieses Gefühl doch bestimmt nicht so weit treiben, daß sie hoffte, Luke werde sterben und sie dadurch arbeitslos machen?

Während der ersten Wochen der Krankheit ihres Vaters wurde Ellen strikt vom Krankenzimmer ferngehalten.

»Ihren Vater besuchen? Wo Sie die Ursache seines Leidens waren? Das nun bestimmt nicht! Ihr bloßer Anblick könnte ausreichen, einen weiteren Anfall zu verursachen!« sagte Mrs. Pike in rechtschaffener Empörung.

Ellen bestand nicht weiter darauf. Die Handlungsweise ihres Vaters, ihr Buch zu verbrennen, hatte sie mit derart leidenschaftlichem Unwillen und Abscheu erfüllt, daß sie, solange er zufriedenstellend genas, was, wie Dr. Smollett ihr versicherte, der Fall war, es vorzog, sich von seiner Gesellschaft fernzuhalten. Da sie den Doktor intelligent und verständnisvoll fand, hatte sie kein Geheimnis aus dem Streit gemacht, der Lukes Attacke herbeigeführt hatte, und Smollett hatte ihr beigepflichtet, daß es klug sei, die Erinnerung daran nicht dadurch wiederzubeleben, daß sie sich am Bett ihres Vater zeigte.

»Ziemlich aufbrausender Mensch, Ihr Pa – stimmt's?« sagte der Doktor. »Hat keinen Sinn, böses Blut zu machen.« Doch nach ein paar Wochen änderte er seine Meinung. »Ich bin der Überzeugung, Miss Ellen, daß er sich überhaupt nicht mehr daran erinnert, was seinen Anfall verursacht hat. Tatsächlich hat er mich mehrmals gefragt – und zwar ziemlich kläglich, unter seiner barschen Art –, warum Sie ihn nie besuchen kommen.«

»Ach wirklich? Mrs. Pike hat mir das nie gesagt.«

Während die Krankheit ihres Vaters andauerte, hatte Ellen Zeit gehabt, ihre ersten Gefühle des Grolls und der Verbitterung zu bemeistern. Nichts konnte ihre Enttäuschung über den Verlust ihres Buches besänftigen, doch in Abwesenheit ihres Vaters von der häuslichen Szene (und es war bemerkenswert, wie sehr viel angenehmer der Haushalt wurde, während er ans Bett gefesselt war), hatte sie Muße gehabt, zu überlegen, daß dies genau die Art von Schwierigkeiten war, die geduldig zu ertragen ihre Mutter sie gebeten hatte. Wie viele solcher Demütigungen und Enttäuschungen hatte wohl Mattie ertragen müssen! Zwar nahm Ellen es immer noch heftig übel, wie ungerecht sie behandelt worden war, doch sie war bereit, ihrem Vater noch eine Chance zu geben. In gewisser Weise war es ärgerlich, daß er die Sache bequemerweise vergessen hatte und sich ihrer Langmut nicht einmal bewußt werden würde; doch andererseits ließ ihn dieser weiße Fleck in seinem Gedächtnis irgendwie bemitleidenswert, verletzlich, benachteiligt erscheinen. Überdies mußte sie die Aufregung von Kitty und Eugenia beschwichtigen, die mit jeder Post schrieben und sich nach den Fortschritten des armen Papa erkundigten. Glücklicherweise wurde Eugenia durch die Masern ihrer Kinder in Valdoe Court festgehalten, sonst hätte sie die Hermitage gewiß schon besucht und Mrs. Pikes Version der Affäre zu hören bekommen. So aber hatte Ellen ihren Schwestern lediglich geschrieben, um ihnen mitzuteilen, daß Papa einen leichten Schlaganfall erlitten habe, von dem er sich zufriedenstellend erhole.

»Gewiß werde ich meinen Vater besuchen, wenn er es wünscht«, sagte sie zu dem Doktor.

Um einen Zusammenstoß zu vermeiden, der den Kranken aufregen könnte, suchte sie sich einen Augenblick aus, als Mrs. Pike außer Haus mit Moon, dem Gärtner, herumstritt, und begab sich dann ans Krankenbett ihres Vaters.

Er sah, wie sie zugeben mußte, recht erbarmenswert aus, wie er so dalag, von aufgetürmten Kissen gestützt, das lange, knochige Gesicht noch bleicher als gewöhnlich, die eingefallenen Augenhöhlen tiefer, die Augen zu einem melancholischen, geistesabwesenden Blick erstarrt, die wuchtigen Hände müßig auf der Bettdecke.

»Papa? Dr. Smollett sagte, du hättest den Wunsch geäußert, mich zu sehen.«

»Ah, da bist du ja, Kind! Ja – ich glaube, du warst verreist? Ich war selbst weg – ich weiß nicht genau, wo«, vertraute er ihr an. »Aber ich bin sehr froh, wieder hier zu sein, und werde bald meine literarischen Arbeiten wieder aufnehmen. Unterdessen wäre ich dir verbunden, Ellen, wenn du mir ein, zwei Stunden vorlesen würdest. Die Anstrengung überfordert mich, wenn ich das Buch selbst halten muß.«

»Gewiß, Papa, mit Vergnügen. Was soll ich vorlesen?«

»Oh, was immer du möchtest. Ich habe keinen besonderen Wunsch.«

Ellen überlegte mit einer gewissen Ironie, daß jetzt eine ausgezeichnete Gelegenheit bestünde, ihm aus Professor Bosschères ›Discours‹ vorzulesen. In Ermangelung dessen las sie ihm ein paar Artikel aus der Lokalzeitung, einen Aufsatz aus dem *Gentleman's Magazine*, das auf seinem Nachttisch lag, und einen Artikel aus der täglich mit der Kutsche eintreffenden *Morning Post* vor, der sich mit der Möglichkeit befaßte, daß die Nordamerikanische Union eine Zollschranke errichtete, die den britischen Handel blockieren würde.

»Es ist eine böse Geschichte – eine böse Geschichte«, murrte Luke. »Palmerston unterstützt den Süden – aber falls es zu einem bewaffneten Konflikt kommen sollte, glaube ich, daß die Nordstaaten mit ihrer größeren Bevölkerung und ausgedehnteren Industrie am Ende den Sieg davontragen würden.«

»Ihre Sache ist gerecht, Papa. Die Sklaverei ist abscheulich.«

»Versuch nicht, über Themen zu reden, die außerhalb deiner Sphäre liegen, Kind.«

Ellen biß sich auf die Zunge und schwieg. Doch nach einer Weile fuhr er mit nachdenklicher Stimme fort: »Ich kann dir allerdings nur recht geben. Kein Mensch sollte einem anderen völlig ausgeliefert sein. John Stuart Mill drückte das in einem Aufsatz, den ich gerade lese, wunderbar aus; er sagt: ›Die Menschen gewinnen mehr davon, wenn sie einander so leben lassen, wie es jedem gut erscheint, als wenn sie einander zwingen, so zu leben, wie es einzelnen gut erscheint.‹« Und Luke stieß einen langen, traurigen Seufzer aus; auf seinem Gesicht lag ein Ausdruck nicht zu besänftigenden Kummers. Ellen konnte nicht umhin, sich zu fragen, ob er an ihre Mutter dachte. Nach einer Weile sagte sie in sanftem Ton: »Bist du müde, Papa? Soll ich gehen?«

»Ich bin ein wenig müde – aber geh noch nicht gleich. Wie – wie geht es mit Vickys Unterricht voran? Gibt sie sich Mühe? Ist sie fleißig – folgsam?«

»Sie ist durchaus fügsam. Sie wird nie meine Musterschülerin werden«, sagte Ellen lächelnd, »außer in ihrem Talent für das Porträtieren. Das muß sie von Lady Adelaide haben – ich kann mich an einen Künstler in unserer Familie nicht erinnern?«

Luke seufzte wieder und schüttelte den Kopf. Doch kurz darauf hellte sich seine Miene auf, als er fragte: »Und Gerard? Wie macht er sich? Der Junge stattet mir so kurze Besuche ab – zwei hastige Worte, und schon ist er weg. Macht er den Eindruck, als arbeite er hart?«

Ellen sagte wahrheitsgemäß, daß Gerard viele Stunden am Tage mit seinem Hauslehrer und seinen juristischen Büchern verbrachte.

»So ist es gut – so soll es sein. Er wird dafür sorgen, daß der Name Paget in die Geschichte eingeht.«

Armer Papa, dachte Ellen. Welchen Selbsttäuschungen er sich hingibt. Es sei denn, Gerard wird tatsächlich ein berühmter Komponist.

»Aber der Verdammnisstein«, fuhr Luke fort. »Hört man nichts von seiner Entdeckung? Ich möchte, daß du dem Bischof schreibst, Kind, und ihn fragst, ob er noch nicht ans Licht gekommen ist.«

»Ich bin sicher, Papa, der Bischof hätte dich unterrichtet, wenn das der Fall wäre.«

»Es mag seinem Gedächtnis entfallen sein. Er ist ein vielbeschäftigter Mann. Ich möchte, daß du schreibst, meine Liebe.«

»Sehr wohl, Papa.«

Mrs. Pike stand plötzlich in der Tür. Sie sah vollkommen fassungslos aus.

Der rote Fleck brannte auf jeder Wange, und in ihren Augen glomm ein zorniger Funke.

»Miss Paget! Ich habe Ihnen nicht gestattet, das Krankenzimmer zu betreten.«

»Meine Tochter bedarf nicht Ihrer Erlaubnis, um ihren Vater zu besuchen, Ma'am«, sagte Luke gebieterisch. »Ihre Rücksichtnahme übersteigt die Grenzen Ihrer Pflicht. Ich habe nach Ellen geschickt, damit sie mir vorliest.«

»Und wie ich sehe, ist sie zu lange geblieben und hat Sie ermüdet«, fauchte die Haushälterin. »*Ich* hätte Ihnen vorlesen können, Mr. Paget, wenn Sie mich darum gebeten hätten.«

»Sie sind von Ihren mannigfaltigen Pflichten zu sehr in

Anspruch genommen. Und«, sagte Mr. Paget abschließend, »Ihre Stimme ist zu laut.«

Mrs. Pike lief vor Ärger rot an. »Nun, jetzt wird es jedenfalls Zeit, daß Sie sich ausruhen.«

»Ich wollte gerade gehen«, sagte Ellen und bewegte sich zur Tür hin. Doch ihr Vater hielt sie zurück. »Vielleicht Kind, würdest du gern diesen Aufsatz von Mr. Mill über die Freiheit lesen, ich denke, du würdest ihn interessant finden.«

»Gewiß doch, danke Papa! Ich lese ihn gern.«

Sie nahm die Broschüre und entfloh, gefolgt von Mrs. Pikes feindseligem Blick.

Mr. Mainstay, Gerards Hauslehrer, würde den August über abwesend sein, da er in seiner Heimatstadt York an einer Provinzialsynode teilnehmen und Verwandte besuchen wollte. Mr. Paget hatte einige Zeit vor seinem Anfall vereinbart, daß Gerard während der Abwesenheit des Hauslehrers bei einem pensionierten Richter in Chichester die Rechte studieren und zu diesem Zweck bei seiner Schwester Eugenia wohnen sollte. Da Lukes Genesung mittlerweile so gute Fortschritte machte, hielt man es nicht für notwendig, die Vereinbarung rückgängig zu machen. Gerard verpackte und versandte Bücher und Kleider mit einem Fuhrmann und ritt selbst auf seinem Pferd Captain über die Downs. Seinem freudig-befreiten Urlaubsgesicht entnahm Ellen, daß er viele Besuche bei seinem Freund Matt Bilbo vorhatte; sie konnte ihm daraus keinen Vorwurf machen, aber sie seufzte ein wenig bei dem Gedanken, welche Schwierigkeiten das Eustace und Eugenia bereiten würde, falls Luke davon hörte, und sie fragte sich, welche Wirkung es auf Gerard haben würde; dennoch, vielleicht würde ein einmonatiges, ungehindertes Zusammensein mit seinem Freund die Beziehung ihrer mesmerischen Faszination entkleiden, so daß er sich bei seiner Rückkehr nach Petworth damit zufriedengeben würde, sie einschlafen zu lassen.

Luke vermißte seinen Sohn; doch die Gewißheit, daß der Junge in Chichester war und bei Sir Magnus Ordre studierte, war für ihn in gewisser Weise zufriedenstellender als Gerards tatsächliche Anwesenheit, da der Umgang zwischen Vater und Sohn im allgemeinen so gezwungen und oberflächlich war.

Es war Ellen zur angenehmen Gewohnheit geworden, jeden Tag ein paar Stunden am Bett ihres Vaters zu verbringen und ihm Nachrichten aus der Zeitung, Essays aus *The Spectator* oder Auszüge aus Büchern vorzulesen, die mit seinen historischen Forschungen zu tun hatten. Mrs. Pike grollte und wetterte und war rasch mit dem Einwand zur Hand, ihr Patient werde müde, doch sie hatte nicht die Macht, diese Sitzungen zu verhindern.

Ein kühler und windiger Juli hatte mittlerweile einem kalten und regnerischen August Platz gemacht; Dr. Smollett erlaubte Mr. Paget, für etwa eine Stunde am Tag aufzustehen, und sagte, er dürfe draußen sitzen, falls das Wetter es zulasse; doch bislang ließ es das nicht zu. Ellen las ihrem Vater jedoch manchmal im Gartenzimmer vor, und dorthin durfte gelegentlich auch Vicky kommen und ruhig spielen (was für sie zeichnen hieß), während die Vorlese-Sitzungen stattfanden. Mrs. Pike äußerte starke Mißbilligung, doch Ellen befand, daß die beiden sich einander völlig entfremden würden, falls das Kind seinen Vater nicht einmal so kurz sehen durfte.

Vicky war auch an einem regnerischen Nachmittag da, als Ellen von dem traurigen Fall der unbekannten Landstreicherin vorlas.

»Eine Arme im Alter von etwa dreiundzwanzig oder vierundzwanzig Jahren wurde mit ihrem Säugling von den Konstablern in Pikeshoot Copse liegend aufgefunden. Sie wirkte ausgezehrt und sehr krank und beantwortete keine Fragen hinsichtlich Name, Alter, Herkunftsgemeinde etc., etc. Da sie keine Ansprüche gegen die Gemeinde Petworth hatte, dachte man zunächst daran, sie im Gefängnis unterzubringen, doch die Leitung des Armenhauses stimmte schließlich zu, sie dortselbst aufzunehmen und für die Dauer einer Nacht unterzubringen, da man hoffte, sie würde dann den Namen ihrer Gemeinde preisgeben, so daß man sie dorthin würde überstellen können. Doch während der Nacht, in der sie hartnäckig Stillschweigen bewahrte, starb sie, nach Ansicht des Gemeindearztes von Petworth an Entkräftung, denn das Wetter war durchaus milde, wenngleich es zutrifft, daß die dürftige und abgetragene Kleidung der Frau von den jüngsten schweren Regenfällen durchnäßt war. Ihre Beerdigung wird der Gemeinde Petworth zur Last fallen, falls niemand sie identifizieren kann. Ihr Säugling, ebenfalls kränklich und ausgezehrt, wird sie wahrscheinlich nicht um viele Tage überleben. Eine Zeichnung dieser armen Unglücklichen ist beigefügt, falls einer unserer Leser Licht auf das Rätsel ihrer Identität werfen kann.«

Die Skizze eines jämmerlich dünnen, hohlwangigen Gesichts war unter dem Absatz abgebildet. Ellen war sich sicher, das Mädchen nie gesehen zu haben, doch Vicky, die sich an das Knie ihrer Schwester gelehnt hatte und die Zeitung studierte, sagte sofort: »Aber das ist doch die Bettlerin, die eines Tages zur Hintertür gekommen ist, als Papa im Bett lag. Ich habe im Apfelbaum gesessen und sie gesehen.«

»Du sollst nicht auf Bäume klettern, Vicky«, sagte ihr Vater.

»Bist du sicher, Vicky?« fragte Ellen.

»Aber ja doch, ich erinnere mich sehr gut an ihr Gesicht, weil ich eine Zeichnung von ihr gemacht habe – warte, ich zeige sie dir.« Vicky raschelte durch ihren wohlbenutzten Notizblock und fand in der Ecke einer vollgekritzelten Seite ein Bild, das erkennbar dasselbe Mädchen darstellte. Sie hielt ein Baby in den Armen, und ihr Gesichtsausdruck war verzweifelt und flehentlich.

»Ja, das ist unzweifelhaft dasselbe Mädchen. Armes Ding! Ich wünschte, ich hätte davon erfahren, dann hätte ich ihr etwas Geld gegeben – oder ihr geholfen, Arbeit zu finden.«

»Mrs. Pike kam und redete mit ihr und gab ihr etwas«, antwortete Vicky. »Mrs. Pike war allerdings sehr ärgerlich und sagte ihr, sie solle weggehen und sich nie mehr blicken lassen, sonst würde sie sie von den Konstablern prügeln lassen.«

»Ach wirklich?« murrte Ellen.

Mr. Paget bemerkte: »Mrs. Pike ist darauf bedacht, diesen Haushalt vor Bettlern und Landstreichern zu schützen. Vielleicht überschreitet sie manchmal ihre Befugnisse, aber das geschieht immer in bester Absicht.«

Ellen bezweifelte das stark. Sie fragte sich, ob die unglückselige Bettlerin dasselbe Mädchen gewesen war, das sie neben dem Weg zur Frog Hole Farm mit Mrs. Pike hatte reden sehen. Könnte sie eine arme Verwandte, eine Bekannte gewesen sein, zu der zu bekennen die Haushälterin sich weigerte? Doch all das war bloße Vermutung.

Mrs. Pike, die mit einer Tasse Kaffee für Mr. Paget hereingehastet kam, setzte dem Gespräch ein Ende, indem sie verkündete, der Patient sei ermüdet und müsse auf sein Zimmer zurückkehren.

»Kannten Sie dieses arme Mädchen, Mrs. Pike?« erkundigte sich Ellen und hielt die Zeitung hoch.

Die Haushälterin antwortete durchaus gefaßt. »Ist das die Arme, die im Armenhaus starb? Es ist eine Schande, daß solche Kreaturen in der Gegend herumziehen und ehrliche Leute auf ihrer eigenen Schwelle erschrecken. Ja, sie ist hierhergekommen, aber ich habe sie gleich wieder ihrer Wege geschickt.«

Es war offensichtlich, daß sie den Zeitungsbericht bereits gesehen hatte. Doch ihre Gesichtsfarbe war etwas geröteter als gewöhnlich, und ihre Hände zitterten leicht, als sie von ihrem Arbeitgeber die Kaffeetasse entgegennahm.

Sie haben dieses Mädchen in den Tod geschickt, dachte Ellen.

Zwei Wochen später, als Ellen, die sich einen ungewöhnlich schönen Nachmittag zunutze gemacht hatte, um einen in Osier Cottages, einige zwei Meilen nördlich der Stadt wohnenden Gärtner im Ruhestand zu besuchen, auf ihrem Pony durch Petworth Park zurückkehrte, hörte sie sich von einer Stimme angerufen, die so vertraut und ihrem derzeitigen Umfeld so völlig entrückt war, daß sie einen Moment lang völlig im dunkeln tappte. Sie war mit losem Zügel geritten, in einer Stimmung milder, gesammelter Melancholie, denn der Mann, von dessen Haus sie kam, ein pensionierter Bediensteter der Familie, war ihrer Mutter sehr ergeben gewesen, und der Nachmittag war weitgehend mit Reminiszenzen verbracht worden. Nun so unerwartet mit den Worten »*Liebste* Miss Paget! Sie sind es wirklich! Man stelle sich vor, welches Glück, Sie hier zu treffen!« angerufen zu werden, riß sie abrupt aus ihrer Träumerei.

Zunächst war die winzige, blonde, exquisit frisierte, mit Hut, Handschuhen und Kostüm angetane Reiterin auf dem großen Braunen ihr fremd; dann wurde ihr klar, daß es Charlotte Morningquest war, ihre äußere Erscheinung zum Bild einer Erwachsenen geschliffen und geglättet, doch ihre atemlos sprudelnde Geschwätzigkeit seit den Tagen in der Rue Saint-Pierre unverändert.

»Wie *wundervoll*!« rief Charlotte aus. »Natürlich wollte ich unmittelbar bei Ihnen vorsprechen, aber in Petworth House sagte man mir, Ihr Vater sei schrecklich krank, und ich zögerte zu stören; dabei kann ich es kaum erwarten, Ihnen von all den Vorkommnissen in Madames Pensionat zu erzählen!«

»Vorkommnissen?« Ellen war verblüfft. »Wovon sprichst du nur, meine liebe Charlotte?« Dann wandte sie sich an Charlottes schweigsamen Begleiter, der sich, eine ebenso glänzende Erscheinung, auf einem schimmernden, schwarzen Jagdpferd sitzend, etwas abseits von den beiden Frauen hielt, und fügte förmlich hinzu: »Guten Abend, Mr. Masham.«

»Guten Abend, Miss Paget.« erwiderte er ebenso kalt.

»Miss Charlotte, gewiß müssen Sie beide viele Privatangelegenheiten zu besprechen haben, und ich bin überzeugt, daß Ihnen in diesem Park nichts zustoßen kann, daher werde ich Sie Ihrem Gespräch überlassen«, und er wollte eben dem Schwarzen die Sporen geben, als Charlotte ihn mit dem gebieterischen Zuruf zurückhielt: »Nein, nein, gehen Sie nicht, Benedict, denn ich brauche sie, um mir ein paar Hagebutten zu pflücken, die Gatter zu öffnen und für ein Dutzend andere Dinge – Sie dürfen uns nicht verlassen! Sagen Sie mir doch, *liebe* Miss Paget, wie geht es Ihnen? War es sehr traurig für Sie, nach England zurückzukehren? Ist ihr Papa *sehr* krank? Werden Sie je nach London kommen können? Tante Massingham gibt im Herbst einen Ball für mich in Berkeley Square – könnten Sie nicht kommen? Sie müssen des Landlebens überdrüssig sein!«

Ellen lächelte und sagte, sie sei des Landlebens keineswegs überdrüssig und sähe wenig Aussicht, zu Lady Massinghams Ball nach London kommen zu können. »Aber erzähl mir von deiner Mutter. Wie geht es ihr? Und deinem Bruder Tom? Ich hoffe, Lady Morningquest hat sich von dem Kummer über den Tod deiner Cousine ein wenig erholt.«

»Ach so, Cousine Louise? Sie war ein entsetzlich hoffnungsloses Mädchen«, sagte Charlotte wegwerfend. »Träumte immer herum, die Nase in einem Buch, als wir Kinder waren, und dann hielt sie sich noch für schlecht behandelt und gequält, weil sie nicht beliebt war. Ich für mein Teil hatte Mitleid mit ihrem Mann – der arme Raoul! Und er sah auch so gut aus!«

Ellen hielt den Blick starr auf den Nacken ihres Ponys gerichtet; sechs Schritte entfernt konnte sie Benedict spüren, der grimmig irgendeinen Gegenstand auf halber Strecke fixierte. Keiner von beiden sah den anderen an, doch sie waren einander so bewußt wie zwei Katzen, die an einem Gartenzaun entlang streichen.

Charlotte fuhr munter fort: »Aber das war's nicht, was ich Ihnen erzählen mußte. Stellen Sie sich vor! Madame Bosschère ist entsetzlich in Ungnade, und Professor Patrice auch – der ganze Skandal ist herausgekommen, und es ist fast sicher, daß Madame die Schule wird schließen müssen. Wie gut, daß Sie damals gingen, liebe Miss Paget, sonst wären *Sie* vielleicht noch hineingezogen worden, und, wie Mama sagte, ist es schlimm genug, in einen...«

Sie hielt inne, und ihre Wangen liefen plötzlich zartrosa an.

»Schlimm genug, in einen Skandal verwickelt zu werden, geschweige denn zwei!« vollendete Ellen gelassen.

»Nun – ja! Nicht daß Sie irgendwie daran schuld waren. Tatsächlich«, sagte Charlotte naiv, »würde niemand, der Sie ansieht, Sie für eine Femme fatale halten, Miss Paget, und doch ist das fast die Rolle, die man Ihnen in jeder der beiden Affären zugeschoben hat!«

»Was für blühenden Unsinn du redest, meine liebe Charlotte«, sagte Ellen mit leicht gerötetem Gesicht, den Blick immer noch entschlossen von Benedict abgewandt haltend. »Aber was ist denn nun mit Madame Bosschère und dem Professor? Bitte spann mich nicht auf die Folter.«

»Und kein Wunder«, fuhr Charlotte unbeirrt fort, »kein *Wunder,* daß Madame so nervös und distraite zu werden pflegte, wenn sie mitansah, wie der Professor Sie anbetete – was er ganz offensichtlich auch tat – wir dachten alle, er müsse sich erklären, und schlossen Wetten darauf ab, wie bald das geschehen würde...«

»Charlotte! Wenn deine Mutter dich hören könnte! Überhaupt ist das alles solcher Unsinn. Der Professor redete gern mit mir über intellektuelle Themen – das ist alles.«

»Na ja, so sieht es nun auch aus, und zwar zum Glück für Sie!«

»Warum, bitteschön?«

»Na, weil herauskam, daß der Professor und Madame die ganze Zeit *verheiratet* waren – schon seit zig Jahren verheiratet waren –, nur hat man es wegen seiner Zugehörigkeit zum Seminar geheimgehalten, weil verheiratete Seminaristen nicht zugelassen waren. Aber stellen Sie sich bloß das Aufsehen vor, als es herauskam!«

Ellen fühlte sich, als habe sie irgendwo zwischen Zwerchfell und Schlüsselbein einen heftigen Schlag erhalten; sie rang nach Atem und wurde einen Moment lang ganz weiß. Dann sagte sie heiser: »Verheiratet? Sie waren tatsächlich *verheiratet?* Er und Madame?«

»Ja! Können Sie sich eine solche Falschheit vorstellen! Natürlich ist Madames Ansehen auf dem Tiefpunkt, und viele Leute haben ihre Töchter vom Pensionat genommen. Wie Sie vielleicht wissen, hat Mama einige Zeit vorher ein Gerücht gehört und mich deshalb letzten Herbst nach Paris geholt...«

»Aber wie kam die Geschichte ans Licht?«

»Oh, scheint's hat der Professor irgendein gelehrtes Buch geschrieben, über das menschliche Denken oder sonst ein staubtrockenes Thema...«

»Ja?« Nun kam zu Ellens Schockempfindung noch Bedauern beim Gedanken an ihr verlorenes Geschenk.

»Na ja, scheint's hat dieses Buch in Belgien irgendeinen großen Preis gewonnen, Staatspreis für Literatur hieß er, glaube ich – deshalb gab es natürlich viel öffentliches Interesse an ihm, und die Presse veröffentlichte Artikel über ihn – und dann kam alles über die Heirat heraus, die vor Jahren in einem kleinen Dorf in Brabant stattgefunden hatte. Aber was für eine Geschichte! Wenn ich daran denke, wie streng sich Madame immer mit la pudeur und la propriété und les convenances hatte – und die ganze Zeit erhielt sie selbst so eine Täuschung aufrecht. Ist das nicht toll? Wie Dorothea und ich gelacht haben!«

»Wirklich toll«, sagte Ellen ziemlich dumpf. »Aber ich kann nicht umhin, Madame zu bemitleiden. Ihre Schule, die aufzubauen sie sich solche Mühe gegeben hat! Und auch der Professor – hat die Enthüllung ihm sehr geschadet?«

»Aber nein – ich glaube, man hat ihm inzwischen eine wichtige staatliche Position angeboten. Mama sagte, es sei unfair, daß in einem solchen Fall immer die Frau mehr unter dem Skandal zu leiden hat, während das Ansehen des Mannes bald wiederhergestellt ist – tatsächlich fanden Papa und andere Männer es ziemlich ausgefuchst von ihm, daß er seine Heirat so lange geheimgehalten hat! Seine Seminarzugehörigkeit mußte er natürlich aufgeben, aber der Posten bei der Regierung wird ihn ja dafür entschädigen.«

»Also so etwas Erstaunliches habe ich noch nie gehört«, sagte Ellen lahm und unangemessen. Sie verspürte ungeheure Erleichterung, daß sie dem Professor unmittelbar nach Erhalt seines Buches einen kurzen, herzlichen Dankesbrief geschrieben hatte; es wäre fast unmöglich gewesen, dem Professor in diesem Augenblick zu schreiben und die Vernichtung des Buches durch ihren Vater und ihre Kenntnis von dieser ungewöhnlichen Enthüllung zu verschweigen.

Nun kehrten unzählige Erinnerungen wieder – von Gesprächen mit dem Professor in Klassenzimmern und im Garten – wie Madames wachsames Auge stets auf ihm geruht, ihn stets aufs Korn genommen hatte; *damals* hatte Ellen gedacht, ihre Wachsamkeit walte aus Gründen des Anstandes und der Konvention; *jetzt* war ihr klar, daß sie eine persönlichere Motivation gehabt hatte. Arme Frau – welch verzweifelte Anspannung ihr Dasein verborgen haben mußte, wenn sie ihren Mann von anderen Frauen umschwärmt sah – und das war er unaufhörlich; seine Gunst war bei den Lehrerinnen im Pensionat sehr gefragt gewesen – während seine eigene Frau alle Besitzansprüche oder Zeichen von Eifersucht verheimlichen mußte.

»Denk an deine Situation – denk an deine Versprechungen!« Ellen dachte daran, wie sie ihn an jenem letzten Abend in der Rue Saint-Pierre angefleht hatte. Aber selbst da hatte sie ihn nicht verraten – sie hatte das Geheimnis bewahrt.

»Arme Madame!« rief Ellen unwillkürlich aus. »Wie sie gelitten haben muß! Und jetzt ist es irgendwie hart, daß man ihr mehr Schuld gibt.«

»Och, na ja«, sagte Charlotte heiter, »Mama glaubt, daß

die belgischen Bourgeoises nach und nach wieder anfangen werden, ihre Töchter auf ihre Schule zu schicken; denn sie war ja wirklich eine ausgezeichnete Lehrerin. Aber die ausländische Gemeinde hat ihre Gönnerschaft völlig zurückgezogen. Sie fühlen sich nicht gern gefoppt.« Von ferne schlug die Stadtuhr vier. »Lieber Himmel, Benedict! Cousin George Leconfield wird zu Tisch sitzen, ehe ich mein Reitkostüm aus- und ein Abendkleid anziehen kann. Man hat so bäurische Essenszeiten in Petworth House. Wir müssen fliegen! Auf Wiedersehen, *liebste* Miss Paget. Cousin George sagt, er und ihr Papa vertrügen sich nicht miteinander«, fuhr Charlotte treuherzig fort, »deshalb kann ich Sie nicht sehr gut nach Hause einladen, aber darf *ich* kommen und *Sie* besuchen, damit wir einen gemütlichen Schwatz halten können? Ich habe Ihnen ja solche Sachen von den Pariser Beaux zu erzählen! Und Benedict wird mir bestimmt den Weg zeigen.«

»Natürlich darfst du kommen«, sagte Ellen, wenngleich sie die Aussicht auf den Besuch eigentlich nicht begrüßte, besonders, falls Benedict Charlotte begleiten sollte. Nach wie vor hielt er den Blick, so gut er konnte, beharrlich von ihr fern; doch wenn er sie einmal zufällig streifte, verbrannte er sie fast mit seiner kalten, abweisenden Geringschätzung.

»Alsdann, addio! Bis morgen. Kommen Sie, Benedict, wir müssen uns beeilen.« Charlotte gab ihrem schönen Pferd einen scharfen Klaps und kanterte davon; Benedict lüftete kurz den Hut vor Ellen und folgte.

Ellen machte sich in langsamerem Schritt nach Hause auf; sie wurde von turbulenten Gefühlen geplagt. Deren hervorstechendstes war zunächst beträchtliche Empörung über Professor Bosschère; er *mußte* sich einfach über die innige Zuneigung klar gewesen sein, die er durch seine fortgesetzte Anteilnahme und Aufmerksamkeit in der jungen Lehrerin weckte; und doch hatte er nicht den leisesten Hinweis fallenlassen, daß es für eine solche Zuneigung keine Zukunft, kein Ergebnis, keine Chance auf Wechselseitigkeit geben konnte.

Oder hatte er vielleicht seine eigenen Ziele im Auge gehabt? Ellens Wangen brannten plötzlich, als sie sich seiner Worte erinnerte: »Man *muß* frei sein!« Was hatte er gemeint? Frei zu welchem Zweck?

Plötzlich stellte sie fest, daß sie nicht über Professor Bosschère nachdenken wollte.

Und daß all dies unter Benedicts Augen so arglos von Charlotte enthüllt wurde – könnte irgend etwas auf der Welt größeres Pech sein? Benedicts Meinung von ihr war bereits gering genug (nicht daß Ellen sich auch nur einen Deut um seine Ansicht scherte); doch von Charlotte hatte er nun zweifellos den Eindruck erhalten, daß Ellen ihre Gunst unterschiedslos und unkritisch jedem Mann schenkte, der gerade zur Hand war. Zum Kuckuck mit Charlotte! Warum mußte sie gerade jetzt Petworth House besuchen kommen? Und warum mußte Benedict sie begleiten? Hatte Lady Morningquest vor, eine Heirat zwischen ihnen zustande zu bringen? Charlotte, dachte Ellen, würde überhaupt nicht zu Benedict passen; gutmütig, aber oberflächlich, würde sie ihn mit ihrer arglosen Frivolität und ihrem Geplapper bald zu Tode langweilen. Wenngleich Ellen das überhaupt nicht betraf – sollten sie heiraten, wenn sie mochten! Sie hoffte sehr, daß die beiden sich nicht länger in Petworth House aufhielten; es war außerdem ärgerlich und peinlich, daß Papa sich mit Lord Leconfield über den Standort der neuen Kleinkinderschule gestritten hatte, die neben dem Grafschaftsgefängnis gebaut werden sollte; Papa hatte gesagt, das sei eine höchst schwachsinnige Lage dafür, woraufhin eine Kälte zwischen den beiden Männern entstanden war, die, mit Ausnahme der unvermeidlichen, vierzehntägigen Gerichtssitzungen in der Town Hall, die Gesellschaft des anderen mieden. Benedict würde in seiner Ansicht bestätigt werden, daß die Pagets eine eigensinnige, streitsüchtige, ungehobelte Sippschaft waren, zu der man am besten jede Verbindung abbrach...

Am nächsten Morgen jedoch fand sich Benedict zu Ellens Überraschung mit Charlotte in der Hermitage ein. Für Ellen hatte er nur kalte Blicke und Worte; er stattete Mr. Paget einen kurzen, förmlichen Besuch ab und äußerte sich erfreut darüber, daß sein Stiefvater bei seiner Genesung Fortschritte mache; Hauptziel seines Besuches schien es zu sein, sich von Vickys Wohlergehen und Glück zu überzeugen. Ellen konnte nicht umhin, dies höchst aufdringlich zu finden – warum sollte Vicky *nicht* glücklich und wohlversorgt sein? Doch dann mußte sie sich ins Gedächtnis zurückrufen, wie weit entfernt davon, glücklich zu sein, Vicky unter Mrs. Pikes despotischer Alleinherrschaft gewesen war, die Ellen durch eine Mischung von Diplomatie, Trotz, List und Achtsamkeit nach und nach in beinahe jeder Beziehung zu mildern vermocht hatte; das Kind war mittlerweile ein ganz anderer Mensch. Und man mußte auch zugeben, daß sie ihren erwachsenen Halbbruder überaus zu mögen schien; sie stürzte unter Jubelschreien auf ihn zu, zeigte ihm alle ihre Zeichnungen und jauchzte begeistert über die Geschenke, die er ihr mitgebracht hatte. Ellen wäre am Ende des Besuches ein wenig versöhnter mit Benedict gewesen, wenn er nicht so überdeutlich klargemacht hätte, daß der Zweck seines Kommens nicht darin bestanden hatte, *sie* zu sehen.

»Wo ist Gerard?« erkundigte er sich. »Doch nicht in Cambridge, oder?«

»Nein, erst nächstes Jahr.« Und Ellen setzte ihm den Grund seines Aufenthalts in Chichester auseinander.

»Oh, dann werde ich ihn sehr wahrscheinlich sehen. Ich werde morgen abend bei Tante Blanche dinieren.«

Gerade als Benedict sich verabschiedete, wurde zu Ellens großem Verdruß Mr. Wheelbird gemeldet – eine Mitteilung, die Benedict mit einem verächtlichen Lippenkräuseln aufnahm. Seinem spöttischen Blick ausweichend, sagte Ellen zu Sue: »Sagen Sie Mr. Wheelbird, ich hätte Besuch von Miss Charlotte und könne ihn im Augenblick nicht empfangen.«

»Oh, er möcht nich' zu Ihnen, Miss, sondern zu Mrs. Pike.«

»In diesem Fall werden Charlotte und ich uns auf mein Zimmer begeben«, sagte Ellen. »Auf Wiedersehen, Mr. Masham. Bitte, richten Sie Lady Blanche und dem Bischof Grüße von mir aus.«

»Auf Wiedersehen, Miss Paget.«

»Warum will der Anwalt nur Ihre Haushälterin sehen?« fragte Charlotte neugierig, als die beiden Mädchen sich in Ellens Zimmer niedergelassen hatten.

»Oh, er verwaltet ein paar kleine Geschäftsangelegenheiten für sie. Aber sag mir, Charlotte, hat sich dein Bruder Tom von seinem Sturz völlig erholt?«

»Mein Gott, ja, schon seit achtzehn Monaten. Aber hör doch, Ellen – ich darf doch jetzt Ellen zu dir sagen, nicht wahr?« Was Charlotte eigentlich erzählen wollte, war die Geschichte ihrer Pariser Eroberungen, ein ausführlicher, atemloser und etwas ermüdender Vortrag, der für Ellen wegen einer plötzlichen, heftigen Sehnsucht nach den Sehenswürdigkeiten, Geräuschen und Menschen dieser wundervollen Stadt, die der Bericht in ihr weckte, schmerzlich war. Sich vorzustellen, daß es schon ein Jahr her war, seit sie aus Frankreich zurückgekehrt war! Wie konnte sie das nur ertragen?

»Ich muß schon sagen, Ellen, du siehst keineswegs unelegant aus«, schloß Charlotte in halb lobendem, halb milde überraschtem Ton. »Dieses Kleid ist der englischen Mode noch ein ganzes Stück voraus; wie machst du das nur, wo du hier so vergraben bist?«

»Die liebe Mrs. Clarke, mit der ich einen Briefwechsel unterhalte, schickt mir manchmal Modetafeln, durch die ich es mit Hilfe einer hiesigen Schneiderin schaffe, mit der Mode Schritt zu halten. Natürlich hält man mich hier für so etwas wie verschroben. Aber das hat nichts zu bedeuten, da Papa nicht unter die Leute geht. Und die bauschigen englischen Krinolinen können mich nicht begeistern. Ich komme mir lieber elegant vor, als mich wegen der öffentlichen Meinung zu sorgen.«

»Paß auf, daß du keine Exzentrikerin oder ein Blaustrumpf wirst«, mahnte Charlotte ernst, wobei sie ihrer Mutter bemerkenswert ähnlich sah. »Man kann es sich nicht leisten, der öffentlichen Meinung allzusehr zu spotten. Denk an die arme Louise, und an Germaine. Ach übrigens, da fällt mir ein – Germaine de Rhetorée ist nach Paris zurückgekehrt.«

»Tatsächlich? Sie ist aus ihrem Kloster aufgetaucht?«

»Sie fand, daß das klösterliche Regime ihr nicht bekommt. Oder sie ihm nicht! Außerdem war ihr letzter Roman ›Les Bichettes‹ ein großer Erfolg (Mama wollte ihn mich nicht lesen lassen), und so war sie in der Lage, ihre Schulden bei dem Geldverleiher zu bezahlen, und lebt in recht großem Stil.«

»Meine Güte! Ich hatte gedacht, sie sei ganz auf ihr religiöses Leben konzentriert.«

Kein Wunder, dachte Ellen recht sinnlos, daß Germaine sich nie die Mühe gemacht hatte, ihr zu schreiben und sich für das Angebot künftiger Hilfe zu bedanken. Sie sagte sich streng, daß sie sich über Germaines Erfolg freuen sollte; könnte sie so niedrig gesinnt sein, die andere zu beneiden?

»Mama sagt, sie wäre keineswegs überrascht, wenn Germaine und Raoul de la Ferté am Ende heiraten würden.«

»*Was?*« Das kam Ellen im höchsten Grad unwahrscheinlich vor, wenn sie an Germaines kritische Auslassungen über das gesamte männliche Geschlecht dachte.

»Doch, sie kommen ständig zusammen. Raoul, so scheint es, hat schreckliche Gewissensbisse wegen der unvollendeten historischen Abhandlung seiner Frau, und Germaine berät ihn hinsichtlich ihrer möglichen Vollendung und Veröffentlichung. Oh, es ist so ödes Zeug! Raoul zeigte Mama einige Kapitel. Daß *das* ein Erfolg wird, glaube ich nicht! Aber Mama befürwortet die Heirat – Germaine ist schließlich aus guter Familie, und Raoul muß wieder heiraten – *Himmel*, wie spät es ist! Ich ziehe mir ständig Cousin Georges Tadel zu. Ich muß gehen – dabei habe ich dir noch gar nicht von dem Vicomte de Marigny erzählt! Er ist ja so ein Schatz. Aber am Ende werde ich wohl doch Benedict Masham heiraten. Mama wünscht es; er ist sehr fade, aber Papa beabsichtigt, ihn zu seinem Ersten Attaché zu machen, und glaubt, Benedict könne durchaus der nächste Botschafter werden, wenn Papa sich zur Ruhe setzt; das wäre also ganz passend. Heiraten ist so lästig – auf Bälle zu gehen und Beaux kennenzulernen ist mir viel lieber! Auf Wiedersehen, bitte, versuch doch, zu meinem Ball in die Stadt zu kommen.«

Und Charlotte schwebte von dannen und ließ Ellen über die Eitelkeit der menschlichen Wünsche nachgrübelnd zurück; sie hatte sich nach Besuchern von außerhalb, nach Neuigkeiten von ihrem verlorenen Pariser Leben gesehnt – und welche Verwirrung hatten sie ihr eingebracht, als sie schließlich kamen!

Gerard und sein Freund Matt sprachen über das Glück.

»Ich bin so zufrieden, wenn ich mit dir zusammen bin, Matt«, sagte der Junge. »Ich fühle mich *wohl* dabei. Warum kann man etwas, bei dem man sich wohl fühlt, nicht immer haben? Warum ist mein Vater so wütend und aufgebracht darüber? Wir müssen doch selbst wissen, was am besten für uns ist?«

Ohne sogleich zu antworten, blickte der Schafhirt zum Himmel auf, wo sich graue und pflaumenfarbene Wolken ballten, die eine stürmische Nacht verhießen. Die letzten Strahlen der verlöschenden Sonne warfen ein unirdisches Licht über den Hang und den Steinbruch, wo Bilbo seine Hütte hatte; die über den Boden verstreuten Kalkbrocken sahen aus wie Juwelen aus geronnenem Licht, und die Eschenbäumchen und Brombeersträucher, die den Eingang zum Steinbruch verdeckten, wirkten wie aus glänzender Jade geschnitten.

»Glaubst du an den Allmächtigen, Gerard?« sagte der Mann schließlich.

»Natürlich! Aber nicht an all das Gefasel, das sie einem in der Kirche erzählen. Warum fragst du?«

»Ah! Wenn ich mich umschaue und sehe, wie wunderschön Seine Schöpfung ist, und dabei *unseren* Vorstellungen so ganz fremd...«

»Wie meinst du das, Matt?«

»Schau dir den Elsbeerbaum an. Sieh dir die Heckenkirsche an.« Er deutete auf das hell erleuchtete Netzwerk aus Eschen und Geißblatt.

»Und?«

»Sie sind nich' für *uns* gemacht worden. Schau dir die Donnerwolken am Himmel an. Was wissen wir schon davon? Wir bedeuten in all dem nich' mehr als wie ein Fingernagel an Seiner Hand.«

»Also?«

»Also warum sollten wir einen Anspruch auf *Glück* ha'm? Meiner Erinnerung nach gibt's in der Heil'gen Schrift dafür kein Versprechen. ›Glücklich der Mann, der *Weisheit* findet‹, heißt's in den Sprüchen. Nich': ›Weise der Mann, der Glück findet!‹«

»Aber manche Leute sind doch glücklich...«, begann Gerard aufzubegehren.

»Vielleicht! Aber das's selten, und nich' von Rechts wegen. Das's ein Schimmer vom Himmelstor, nich' mehr. Die Vorsehung hat's nich' so *eingerichtet*, daß der Mensch glücklich sein soll – sondern daß er lernt. Das Glück kommt in der andern Welt, nich' in dieser hier.«

»Aber du wirkst durchaus glücklich, Matt?«

»Ah! Aber ich hab auch andere Zeiten erlebt.«

»Ja. Es tut mir leid. Das hätte ich nicht sagen sollen«, murmelte der Junge verlegen und dachte an die langen Gefängnisjahre.

»Außerdem hab ich dann und wann Kummer wegen ei'm ziemlich guten Freund, den ich damals im Bau hatte.«

»Wer war das?« fragte Gerard neugierig und nicht wenig eifersüchtig.

»Ah. Du würdest nich' viel von ihm halten, glaub' ich. Er war ein armer, wirrer, hitzköpfiger Kerl. Das Trinken war sein Verderben. Wie er ohne mich zurechtkommt, daran möcht' ich gar nich' denken. Aber trotzdem würd' ich ihn gern seh'n, den armen Sim.«

»Wirst du ihn denn nicht irgendwann sehen?«

Der Schafhirte schüttelte den Kopf.

»Er hat eine elend lange Strafe abzubüßen; hat ein' Opferstock ausgeraubt, der Mensch, als er vom Schnaps benebelt war; bei so was sind Richter besonders streng. Der kommt in diesem Leben nich' mehr frei. Aber was das Glück angeht«, fuhr Matt nachdenklich fort.

Sie hörten einen trockenen Ast knacken und vorsichtige, langsame Fußtritte zwischen den Büschen. Matts Kopf fuhr wachsam hoch. Gerard rappelte sich mit besorgtem Blick auf.

»Wer da?« rief Bilbo.

»Ich such' den Schafhirten Bilbo«, antwortete eine heisere Männerstimme.

»Na denn! Hier bin ich!«

Eine magere Gestalt kam erschöpft humpelnd zwischen den Büschen hervor. Gerard dachte, er habe noch nie jemanden so schmutzig, heruntergekommen und böse zugerichtet gesehen. Der Mann blutete aus Schnittwunden am Kopf und hatte ein Bündel schmutziger Lumpen um einen Fuß gewikkelt. Er war dünn wie eine Vogelscheuche und zitterte vor Erschöpfung und Furcht; sein Äußeres flößte dem Jungen tiefes, quälendes Mitleid ein, wie er es noch nie empfunden hatte. Was konnte dem armen Unglücklichen zugestoßen sein, daß er in einem solchen Zustand war? Und doch war das Gesicht auf diesem bejammernswerten Leib das eines Clowns – kläglich, verzerrt, selbstironisch, resigniert. Er schenkte Matt ein schiefes Lächeln.

»Matt! Mann, du bis' ein willkommener Anblick für ein' armen Wanderer!«

Matts Augen waren rund vor Verblüffung.

»Sim!« flüsterte er. »Oh, Sim! Ich hab gerad' von dir geredet. Is' noch keine Minute her! Mann, du bis' doch nich' etwa aus dem Bau ausgebrochen?«

»Doch, das bin ich«, sagte Sim. »Hab's nich' mehr ausgehalten. Ha'm mich so übel behandelt, die Kerle, wie du weg warst. Da hab ich mich weggemacht, als wir an 'nem Regentag beim Deichbau war'n – und bin glatt davongekomm'.«

»Aber was hat dich so zugerichtet? Ha'm sie dir Hunde nachgehetzt?«

»Nein, das war'n Shebas Leute. Ich hab nach ihr gefragt, da ha'm sie mich verprügelt. Is' scheint's gestorben, das arme Mädchen. Aber den Greifern ha'm sie mich nich' verraten; immerhin. Und ich hab gewußt, wenn ich dich nur finde, Matt, sind meine Wunden bald wieder heil.« Langsam wie ein stürzender Baum brach er zusammen und lag im thymiandurchsetzten Gras zwischen Matt und Gerard.

14

In der folgenden Woche teilte Ellen ihrem Vater mit, daß sie die öffentliche Kutsche nach Chichester nehmen und die Nacht bei Eugenia verbringen wolle. Es war beträchtliche Zeit vergangen, seit sie die alte Miss Fothergill das letzte Mal besucht hatte; außerdem wollte sie neue Schulbücher, Farben und Kreiden für Vicky kaufen. Sie würde zwei Tage später zurückkehren (die Kutsche verkehrte zweimal die Woche), es sei denn, Eustace konnte sie zurückbringen.

Mr. Paget war von dieser Mitteilung überaus verstimmt; er hatte sich an die täglichen Lesesitzungen gewöhnt. »Ich weiß kaum, wie ich dich entbehren kann«, war seine verdrossene Antwort. Ellen wartete schweigend. »Nun gut – nun gut – wenn du es der alten Miss Fothergill versprochen hast, mußt du es wohl halten«, fügte er nach einer langen Pause ungnädig hinzu. »Aber ich sehe keinen Anlaß, noch *mehr* Schulbücher zu kaufen; kann das Kind denn nicht mit denen auskommen, die es bereits hat? Bücher sind kostspielige Artikel!«

»Wenn du die Ausgabe für unvernünftig hältst, Papa, werde ich sie aus meinen Ersparnissen bezahlen«, sagte Ellen ruhig. »Vicky ist den Büchern, die sie bislang benutzt hat, wirklich entwachsen.«

»Ich habe nicht gesagt, sie sei *unvernünftig*; greif mich nicht dauernd so rasch an. Du mißverstehst mich immer viel zu schnell, Mathilda«, grollte ihr Vater.

»Du meinst Ellen, Papa.«

»Ellen, *Ellen*! Es war ein Versprecher«, sagte Mr. Paget gereizt. »Wenn man mich gelegentlich in Frieden ließe, anstatt mich fortwährend mit Forderungen zu belästigen und mit unangenehmen Mitteilungen zu quälen, wäre ich vielleicht imstande, in solchen Dingen leichter zu einer Entscheidung zu gelangen.«

Er wirkte ungewöhnlich beunruhigt und ungehalten; ein Nerv zuckte an seiner Schläfe, und seine großen, gepflegten, doch plumpen Hände fummelten an den Papieren auf seinem Schreibtisch und verursachten ein hoffnungsloses Durcheinander in den wohlgeordneten Stapeln, die Ellen gerade für ihn zurechtgelegt hatte.

»Das tut mir leid, Papa; wer hat dir denn unangenehme Mitteilungen gemacht?«

Das war nicht schwer zu erraten; Mrs. Pike hatte sich wie gewöhnlich um den Imbiß gekümmert, der Mr. Paget jeden Morgen in sein Arbeitszimmer gebracht wurde, und war bei ihm geblieben, während er ihn verzehrte; dies war ihre bevorzugteste Stunde für Klatsch und die Hinterbringung unerfreulicher Berichte über die anderen Angehörigen des Haushalts.

»Dein Bruder Gerard...« Luke brachte die Worte nur mit Mühe heraus. »Ich kann es kaum glauben; aber Mrs. Pike teilt mir mit, sie habe erfahren – zudem aus unanfechtbarer Quelle...«

Ellen wartete nervös und fragte sich, was für widerlicher

Tratsch der Haushälterin zugetragen worden war, und von wem.

»...daß dein Bruder Gerard einmal mehr seinem Geschmack an schlechter Gesellschaft gefrönt hat; für *Geld Musik* gemacht hat, wie Mrs. Pikes Informant ihr versicherte, mit diesen arbeitsscheuen Tunichtguten, die sich die Maurischen oder Moriskentänzer nennen. Meinst du, das kann stimmen?«

»Es sind keine arbeitsscheuen Tunichtgute, Papa«, berichtigte Ellen, die das Gefühl hatte, eine flankierende Bewegung sei vielleicht die beste Taktik. »Es sind alles ehrliche Arbeiter, die das Tanzen in ihrer Freizeit praktizieren. Ich kenne einige von ihnen – Ted Thatcher, dessen Hand ich einmal heilte, und den alten Mr. Randall...«

»Stimmt es, daß Gerard mit diesen Leuten verkehrt?«

»Ich glaube, er hat früher für sie Musik gemacht. Ob er das immer noch tut, kann ich nicht sagen. Gerard ist siebzehn, Papa; meinst du nicht, er sollte, solange er gewissenhaft studiert – was er nach meiner Überzeugung tut –, über seinen Zeitvertreib selbst bestimmen dürfen?«

»Nein, das meine ich nicht!« knurrte Gerards Vater und hieb so heftig mit der Faust auf den Tisch, daß ein ganzer Bücherstapel aus dem Gleichgewicht geriet und zu Boden polterte. »Junge Menschen müssen die Vorschriften Älterer befolgen. Sie besitzen nicht genug Verstand oder Urteilsvermögen, um sich ihre Gefährten selbst auszusuchen. Und Gerards Verhalten liefert dafür reichlich Belege. Ich bin äußerst unzufrieden mit ihm. Er hat Glück, daß er sich derzeit bei Eugenia aufhält, sonst würde ich strengstens mit ihm ins Gericht gehen. Aber woher soll ich wissen, was für minderwertige Beziehungen er vielleicht in Chichester eingeht? Du sagst ihm wohl am besten, ich wünsche, daß er umgehend nach Hause zurückkehrt.«

»Aber er hat seinen Unterrichtskurs bei Sir Magnus noch nicht beendet.«

»Er könnte auch ohne ihn auskommen. Andererseits«,

sagte Mr. Paget, sich besinnend, »da Mainstay immer noch in York ist, hätte er zu Hause nicht genügend Beschäftigung – nein, vielleicht ist es so, wie es ist, am besten. Du kannst ihm sagen, daß ich sehr verärgert über ihn bin.«

»Sehr wohl, Papa«, sagte Ellen und entfloh, stillschweigend Verwünschungen auf das Haupt von Mrs. Pike, der Ohrenbläserin, herabbeschwörend.

Diese Dame ließ, als sie von Ellens bevorstehendem Ausflug erfuhr, verschiedene scharfzüngige Bemerkungen über das Glück junger Damen fallen, die es sich leisten könnten, über Land zu fahren, wann immer sie Lust dazu hatten. In Wirklichkeit, dachte Ellen, war sie nicht unerfreut über die Neuigkeit. Wie zuvor trug sie Ellen eine Reihe von Besorgungen für den Haushalt auf und fügte hinzu, als fiele ihr das nachträglich ein: »Falls Sie zufällig die alte Miss Fothergill besuchen sollten, Miss Paget, dann grüßen Sie sie herzlich von mir. Aber vergessen Sie nicht, sie hat ihre fünf Sinne nicht mehr ganz beisammen; man kann ihr kein Wort glauben.«

Als Ellen vor der Half Moon Inn wartete, von der aus die Kutsche abfuhr, hörte sie eine sanfte, aber drängende Stimme, die sie anredete.

»Miss Paget! Miss Ellen – stimmt doch? Lieber Himmel, ich freu' mich ja so, daß ich Sie treffe! Ich wollt' nich' zum Haus hochkommen!«

Ellen brauchte einen Moment, um das Mädchen zu erkennen, das sie ansprach. Aber die glänzenden, schwarzen Augen in dem warm leuchtenden, sonnengebräunten Gesicht waren zutiefst vertraut; ebenso der rote, lächelnde Mund und das Gewirr schwarzer Locken. Dann kehrte die Erinnerung wieder: »Selina Lee. Ach, wie ich mich freue, dich zu sehen!« Sie ergriff die Hand des Mädchens. »Wie du gewachsen bist – wie groß und schön du geworden bist!«

»Na, Sie sind auch nich' grade spitz im Gesicht und potthäßlich!« gab Selina lächelnd zurück. »Fast hätt' ich Sie nich' erkannt – so großstädtisch, wie Sie jetzt ausseh'n! 'n ganzes Ende anders wie der magere kleine Aal, dem Doc Bendigo und ich vor so vielen Jahren in Climping Strand das Schwimmen beigebracht ha'm.«

»Lagert deine Familie – lagern die Zigeuner hier in der Nähe? Sind sie in Eartham?«

»Nein, wir sind unten hinter Rogate. Ein Fuhrwerk hat mich hierher mitgenommen.« Selinas schönes Gesicht umwölkte sich. »Ich komm' im Auftrag von Tante Priscilla her, weil sie einen schlimmen Fuß hat und nich' auftreten kann – komm' wegen dem armen Ding, was Mittwoch vor vierzehn Tagen im Armenhaus von Petworth gestorben ist. Wir ha'm grade erst von ihr erfahren.«

»War sie – hast du sie gekannt?«

»Mm. 's war Tante Priscillas Jüngste, meine Cousine Sheba Smith, die vor drei Jahren mit einem Gorgio durchgegangen ist. Ich hab ihr Bild hier in der Town Hall gesehen. Sie ist schon begraben, aber es war Sheba, ganz bestimmt. Und sie ha'm mir ein Armband aus Messing gezeigt, was sie gehabt hat; sie wollten's mir nich' geben, aber ich hab gewußt, es war Shebas, sie hat's von einem Kind bekommen. Die arme Tante Priscilla wird's hart ankommen; Sheba war ihr Liebling, ihr Baby, und sie hat sich schrecklich gegrämt, wie der Gorgio sie mitgenommen hat.«

»Wie hieß er?« fragte Ellen mit erwachendem Interesse.

»Hab's vergessen. Aber er war ein Taugenichts. Wir ha'm später erfahren, die Greifer ha'm ihn erwischt und ins Loch gesteckt und Sheba zog allein durch die Gegend, weil sie Angst hatte, zu Onkel Reuben zurückzugehen – sie hat gewußt, er würd' sie halb totschlagen, weil sie sich mit einem Fremden eingelassen hat.«

Die Kutsche rumpelte heran. »Rasch, sag mir – werdet ihr länger in Rogate bleiben?« sagte Ellen. »Und was ist mit dem Baby – Shebas Baby?«

»Eine Lady hat's mitgenommen – sie wollten nich' sagen, wer. Jedenfalls einer Rom nich'!«

»Ich werde es für dich herauszufinden versuchen«, sagte Ellen. « Mir werden sie es bestimmt sagen. Wo kann ich mich mit dir in Verbindung setzen?«

»Wir werden südwärts fahren, nach Meon, dann zurück nach Eartham und Slindon. Suchen Sie uns im September in Slindon. Und ich dank Ihnen herzlich, Schwester«, sagte Selina und fügte einen Segensspruch in Romani hinzu, als Ellen in die Kutsche stieg.

Beim Hinsetzen bemerkte sie durchs Fenster Mr. Wheelbird, der auf der anderen Straßenseite stand und mit äußerst mißbilligendem Gesicht hinter Selina Lee her sah. Hatte er ihr Gespräch mitangehört?

Na, und wenn schon. Mr. Wheelbird war nicht Ellens Aufpasser.

Der Besuch bei Miss Fothergill folgte dem Muster der vorangegangenen. Die alte Dame war auf anrührende Weise entzückt, Ellen zu sehen, fand es aber schwierig zu akzeptieren, daß sie nicht Mathilda war; da auch Luke dazu neigte, diesen Fehler immer häufiger zu machen, bekam Ellen allmählich das wirre Gefühl, sie sei der einzige Mensch, dem das Geheimnis seiner Identität nicht zugänglich war.

»Natürlich bist du deine Mutter, Kind«, sagte Miss Fothergill und tätschelte Ellen sanft die Wange. »Das sieht doch *jeder.*«

»Aber ich bin ich, liebe Miss Fothergill. Ich möchte niemand anders sein – nicht einmal Mama!«

»Wir können es uns nicht aussuchen, Kind.«

Wie zuvor war die Puppenstuben-Wohnung der alten Dame blitzblank.

»Behandelt man Sie hier freundlich?« erkundigte sich Ellen.

»Oh, meine Liebe, wunderbar. Viel besser als diese abscheuliche Frau. Wie war doch ihr Name?«

»Mrs. Pike?«

Miss Fothergill schauderte. »Mrs. Pike hat etwas Schreckliches über Onkel Henrys Vergangenheit herausgefunden – er hat einst die Bank von England ausgeraubt.«

»*Liebe* Miss Fothergill! Ich bin sicher, der Kanonikus hat niemals etwas Derartiges getan!«

»Aber ja doch. Als er jung war. Und Mrs. Pike hat es herausgefunden. Deshalb hat er ihr auch all sein Geld hinterlassen.«

Es war durchaus möglich, dachte Ellen, daß Mrs. Pike irgendein schändliches kleines Geheimnis entdeckt und den armen alten Mann damit erpreßt hatte.

»Was ist mit Mrs. Pikes Sohn?«

Ein wachsamer, in sich gekehrter Ausdruck trat in das Gesicht der alten Dame. »Nun, Liebes, ich habe den Mann nie persönlich kennengelernt, aber nach dem, was sie über ihn verlauten ließ, glaube ich, daß er der Böse selbst war. Aber bitte, laß uns nicht über solche beunruhigenden Themen sprechen; sie machen mich schaudern! Reich mir die schwarze Dose, Mattie; sie enthält die Ingwer-Bonbons; laß uns eines essen, damit uns warm wird, und erzähl mir stattdessen, was für neue Stickmuster du gelernt hast.«

Als Ellen das St. Mary's Hospital nach diesem Besuch verließ, traf sie glücklicherweise auf ihren Schwager, der an einer Sitzung des Kirchenrates teilgenommen hatte, und er fuhr sie nach Valdoe Court hinaus.

»Ich bin ein wenig besorgt wegen Gerard«, vertraute er ihr unterwegs an.

»Besucht er seine Übungen nicht?« fragte Ellen mit sinkendem Herzen.

»Doch, doch. Tatsächlich sagt der alte Ordre, er arbeite gut und habe einen scharfen Verstand. Aber erstens muß ich feststellen, daß er Mr. Fielding, den Organisten der Kathedrale, überredet hat, ihm Musikstunden zu geben, und dort stundenlang übt; und abends macht er dann allein lange Ausflüge über die Downs und kommt in einem derart merkwürdigen, erregten, aufgewühlten Zustand zurück, daß Eugenia sagt, sie wisse nicht, was sie mit ihm anfangen soll; sie war schon fast geneigt, deinem Vater zu schreiben, wollte ihm aber keine zusätzlichen Sorgen bereiten, wo er sich doch gerade erst erholt.«

»O nein, nein, das darf sie nicht!« rief Ellen bei dem Gedanken, daß dies, zusätzlich zu Mrs. Pikes Enthüllung über die Moriskentänzer, Mr. Paget in eine Aufregung stürzen würde, die katastrophale Folgen haben könnte. »Wohin, meinst du, geht Gerard auf diesen Ausflügen?« fragte sie, obgleich sie sich das sehr gut vorstellen konnte.

»Ich fürchte«, sagte Eustace recht unbehaglich, »er geht meinen Schafhirten Matthew Bilbo besuchen.«

»Du meine Güte.«

»Ich mache mir Vorwürfe deswegen. Und doch sehe ich nicht, warum ich das eigentlich sollte. Es war nichts weiter als menschlicher Anstand, dem Mann Arbeit zu geben. Und es geht mich strenggenommen nichts an, wenn dein Bruder auf dieser Freundschaft besteht. An Bilbo ist nicht das geringste falsch ...«

»Und du bist nicht meines Bruders Hüter«, ergänzte Ellen. »Außerdem ist Gerard in einem Alter, in dem er sich seine Freunde selbst sollte aussuchen dürfen – und das habe ich auch Papa gesagt. Aber du kannst dir vorstellen, wie wenig Eindruck das gemacht hat!«

»Eugenia ist überhaupt nicht glücklich darüber«, sagte Eustace kläglich.

»Nun, ich werde sehen, ob ich Gerard vernünftig zureden kann. Ach, übrigens, hat dein Freund in Winchester je etwas über Mrs. Pike herausgefunden? Du sagtest, du würdest ihn fragen.«

»Ach so, ja. Er erzählte mir letzten Monat, er glaube, etwas Anstößigem auf der Spur zu sein. Mrs. Pike habe aus einer früheren Ehe einen Sohn, der nicht ganz so geriet, wie er sollte. Aber Polwheal hat weder seinen Namen herausgefunden, noch, was er getan hat. Er hofft, noch mehr ausfindig zu machen.«

Beim Dinner war Ellen von der Veränderung ihres Bruders verblüfft. Der einmonatige Aufenthalt in Valdoe Court hatte den sauertöpfischen, schweigsamen Jungen der Hermitage völlig verwandelt: Er lachte, er sprach unterhaltsam über seine juristischen Studien – das Recht, sagte er, sei eine Reihe von Widersprüchen, die durch kleinste gemeinsame Nenner miteinander verbunden seien –, und er ließ sich inbrünstig und begeistert über das Thema Musik aus, worüber er sich mittlerweile offensichtlich sehr viel Wissen angeeignet hatte. Nach dem Dinner spielte er gutmütig mit seinen kleinen Nichten und Neffen (soweit sie sich von den Masern erholt hatten), nahm sie huckepack und schwang sie im Kreis herum. Dann äußerte er seine Absicht, einen Spaziergang zu machen.

»Darf ich mitkommen?« fragte Ellen.

Sofort verdüsterte sich sein Gesicht.

»Nein. Ich würde zu schnell für dich gehen – und ich komponiere beim Gehen; ich arbeite an einem vierstimmigen Satz für das Te Deum. Ein andermal, Ellie – ich möchte ganz bestimmt mit dir reden – ich habe dir viel zu erzählen –, aber nicht jetzt...« Und er war auf und davon, ehe sie widersprechen konnte, setzte über den Gartenzaun und bahnte sich einen Weg durch das Gehölz, ohne ihr Zeit zu dem Einwand zu geben, daß sie ihn nicht durch Reden ablenken würde. Im übrigen hätte das auch gar nicht gestimmt.

Da kam ihr ein kühner Gedanke. Gerard hatte gesagt, er werde beim Gehen komponieren, also hatte er vielleicht gar nicht vor, seinen Freund heute abend zu besuchen. Warum sollte Ellen ihrerseits das nicht tun? Sie verspürte Neugier, diesen Mann kennenzulernen, der ihren Bruder so behext hatte; und vielleicht wäre es möglich, ihm klarzumachen, daß die Freundschaft für Gerard gefährlich war.

»Ich mache einen Spaziergang im Wald, Eugenia. Begleitest du mich?«

»Lieber Himmel, nein, Kind; ich habe all die Mädchenkleider und Tischtücher zu stopfen, ich habe seit Monaten keinen Spaziergang gemacht! Und wenn du ein Körnchen

Rücksicht kenntest, würdest du mir helfen, anstatt dich davonzumachen.«

»Gut, ich helfe dir, wenn ich zurückkomme. Aber die Abende sind immer noch so lang und hell, da wäre es doch schade, sie nicht weidlich auszunutzen.«

Ellen wußte ungefähr, wo die Hütte des Schafhirten auf Lavant Down lag, etwa eine Meile entfernt, über einen Wiesengrund, vorbei an ein paar Erdbauten, die die Ortsansässigen für Feenhügel hielten, von denen Dr. Bendigo jedoch behauptet hatte, es seien alte, britische Grabstätten.

Es war ein klarer, stiller Abend zum Spazierengehen; die Schafe droben auf dem Hügel blökten nah und fern; von Chichester Harbour kam eine Meeresbrise über die Marschen, und ein großer, bleicher Mond leistete Ellen feierlich Gesellschaft, während sie leise über das betaute, von Schafen abgeknabberte Gras ging.

Die Hütte des Schafhirten stand in einem aufgelassenen Steinbruch, wo Spindelsträucher und junge Eschen bereits kopfhoch gewachsen waren und sie halb verdeckten. Vielleicht ist Bilbo gar nicht zu Hause, überlegte Ellen; sehr wahrscheinlich wird er auf dem Hang bei den Schafen sein.

Doch als sie sich dem kleinen Holzhaus näherte, hörte sie Stimmen.

Die Tür stand offen, und in der dämmrigen Hütte bewegte sich jemand; dahinter, auf dem samtigen Moos des Steinbruchbodens, konnte sie zwei Leute bequem neben einem kleinen Feuer ausgestreckt sehen. Einer war ihr Bruder, der andere ein grauhaariger Mann in einem Hirtenmantel.

»Und was hast du dann getan?« hörte sie Gerard fragen.

»Nun ja«, sagte eine gedehnte, gedankenvolle Stimme. »'s war ja nu' schon Eulenzeit, verstehst du, so dunkel, daß man sich hätt' auf die Hand pusten müssen, um sie vor seinem Gesicht zu finden...«

Ellen ging an der offenen Tür vorbei und sagte von der Hüttenecke aus sanft: »Gerard?«

Die beiden Redenden drehten sich überrascht um und sahen sie an. Sie empfing einen flüchtigen Eindruck von Gerards Verärgerung über die Unterbrechung und von des anderen Mannes freundlichem Interesse; sie erwiderte den Blick zweier leuchtend blauer Augen. In diesem Augenblick hörte sie aus der Hütte die zornige, verschreckte Stimme eines Mannes – »Wer zum Teufel ist das?« Ein Gegenstand wurde drinnen umgestoßen oder fallen gelassen, es kam ein Krachen und ein Fluch; sie hörte einen raschen, hinkenden Schritt hinter sich – dann traf ein betäubend heftiger Schlag ihren Hinterkopf.

Im Fallen dachte sie: Das ist mein Ende. Aber *warum?*

Wie ihr die Sinne schwanden, nahm sie als letztes fern Gerards entsetzte Stimme wahr, die schrie: »Mein Gott, mein Gott, Mann, was haben Sie getan? Das ist meine Schwester!«

Ellen erlangte für eine scheinbar unendlich lange Zeitspanne das volle Bewußtsein nicht wieder. Dann und wann realisierte sie vage, daß etwas mit ihr gemacht wurde, zumeist etwas Unangenehmes. Licht schien manchmal in ihre Augen, und der Schmerz in ihrem Kopf wurde so schrecklich, daß ihre einzige Zuflucht darin bestand, in Schwärze hinüberzugleiten; sie wurde umgedreht und gehandhabt – »wie eine Teigrolle«, murmelte sie einmal, als sie für kurze Zeit der Sprache mächtig war; manchmal wurden ihr Flüssigkeiten in den Mund geträufelt; heiße Umschläge wurden ihr um die Füße und kalte auf den Kopf gelegt; sie wurde angehoben, sie wurde abgesenkt, Kissen wurden unter sie gepackt, Dekken wurden über sie gelegt und dann wieder weggenommen; oft schien sie lange Zeit über ihrem eigenen Körper zu schweben, physisch von ihm getrennt, nur von einem milden Interesse, was mit ihm geschah, in seiner Nähe gehalten. Einmal war ihr, als sähe sie die ganze obere Hälfte ihres Kopfes abgenommen, Haare und alles, während mit wunderschönen Instrumenten mit Elfenbeingriff, wie der Knüpfhaken und die Knopflochnadel im Nähkorb ihrer Mutter, knifflige Manöver ausgeführt wurden. Zwei Männer in schwarzen Kitteln schwebten über ihr, geschäftig und aufmerksam.

»Aber sie werden nie so schön sticken wie du, Mama«, sagte sie zu Mattie, die neben ihr war. »Und angenommen, sie setzen mir den Kopf verkehrt herum wieder auf? Was würde ich dann tun?«

»Du würdest *mi re do* singen, während alle anderen *do re mi* singen«, antwortete Mathilda. »Aber keine Angst, der Chirurg ist ein geschickter Mann. Er weiß, was er zu tun hat. Du kannst ihn beruhigt seiner Arbeit überlassen.«

Und so entschwebte Ellen mit ihrer Mutter in eine Region gelber Lupinen und blauer, tropischer Meere, die sich an schwarzen, schimmernden Stränden brachen.

»Mama, was hat Papa dir so Schlimmes angetan? Warum hat er so schreckliche Gewissensbisse?«

»Er hat vergessen, mich wie ein menschliches Wesen zu behandeln. Aber seinetwegen war ich trauriger, denn für ihn schien niemals die Sonne. Es war wie das Wohnen auf einem Nordhang. Und jetzt ist es zu spät. Jedenfalls glaubt er das.«

»Kann er nicht zurückgehen und neu beginnen?«

»Zurückgehen und neu beginnen? Die Zeit umgekehrt laufen lassen? Alles lösen, was verknüpft wurde? Aber wie kann ein Mann sich wieder in ein Kind zurückverwandeln? Wie kann ein ausgewachsener Baum zum Setzling werden?«

»Warum nicht?« fragte Ellen. »Hier sind wir doch all dem enthoben – nicht wahr? Hier steht die Zeit still – nicht wahr?«

»Die Zeit steht ganz bestimmt nicht still, mein Mädchen!« rief eine Stimme – unerträglich laut und mißtönend, dicht an ihrem Ohr. »Wie Sie sogleich feststellen werden, wenn Sie sich nur herablassen, uns Ihre Aufmerksamkeit zu schenken!«

Ein nicht unzarter Daumen öffnete eines ihrer Augen, und widerwillig nahm sie Licht und Dunkel, Formen, stechende medizinische Gerüche, ein riesiges Gesicht, viel zu dicht vor ihrem, und zwei Augen wahr, die sie musterten.

»Kenne ich Sie?« fragte Ellen zweifelnd.

»Wir sind einander nicht in aller Form vorgestellt worden, meine Liebe, aber *ich* kenne *Sie;* besser als sonst jemand auf der Welt, möchte ich behaupten! Besser als ihre eigene Mutter.«

»Nein, besser als sie niemals.« Ellen versuchte, den Kopf zu schütteln, stellte jedoch fest, daß das unmöglich war; eine Art eiserner Krone mit einwärts gebogenen Zacken hielt ihren Schädel unverrückbar an einer Stelle des Kissens.

»A – a! Kein Gezappel, wenn ich bitten darf! Im Augenblick sind Sie meine Gefangene und müssen tun, was ich sage!«

»Kann ich etwas zu trinken haben?«

Eine Schnabeltasse wurde ihr an die Lippen gehalten; Wasser rann ihr wie Nektar durch die Kehle.

»Na, das ist ja famos, Miss Paget! Sie werden im Handumdrehen wieder auf den Beinen sein und Tee und Portwein trinken. Und es wird auch Zeit, möchte ich sagen! Sie haben zu lange die Schule geschwänzt. Ja«, sann die Stimme – nun, da Ellen sich an ihren Tonfall gewöhnte, schien sie nicht mehr so fürchterlich laut. »Ich weiß genau, was Sie am Laufen hält; kenne jedes kleine Zahnrädchen und Federgewicht; und sie arbeiten auch sehr ordentlich zusammen! Sie hatten Glück, daß ich zur Stelle war, um Sie wieder aufzuziehen – der beste Uhrmacher in der Branche –, weil ich mein Handwerk in Scutari und Balaclava gelernt habe, wo es im Krankenhaus mehr Schädelbrüche gab als Krokusse auf den Hängen.«

»Hatte ich einen Schädelbruch?«

»Jawohl, meine Liebe; aber ich habe ihn mit Eiweiß und Gips so hübsch zusammengeflickt, daß Sie bald wieder wie neu sein werden.«

»Um zurückzugehen und neu zu beginnen?«

»Wenn Sie das wünschen. Jetzt müssen Sie schlafen. Mrs. Pinfold wird dafür sorgen.«

»Ah, das werd' ich«, sagte eine gemütliche Stimme, warm

und weich wie der Wind über jenen fernen, azurblauen Meeren. »Sie gehen jetzt, Sir Thomas, und ich kümmere mich derweil um das arme hübsche Kind.«

Ellen spürte sich sanft in eine bequemere Lage gebracht; das Licht wurde schwächer, Stille hüllte sie ein, und sie schlief wieder.

Nach diesem Gespräch wurde ihr allmählich wieder bewußt, wie die Zeit verstrich. Tage und Nächte folgten einander; Menschen und Ereignisse begannen langsam wirklich zu werden.

Mrs. Pinfold wurde die dicke, mütterliche Schwester, die sie fütterte, wusch und pflegte; Sir Thomas Bastable der barsche, weißhaarige Arzt, der sie als erster angeredet hatte. Nach einer Woche ließ man Angehörige ihrer Familie an ihr Krankenbett: Eugenia, bleich, verhärmt, voller schweigender Vorwürfe; Eustace, nervös und freundlich; Lady Blanche, tröstlich, aber tadelnd; der Bischof, liebenswürdig und heiter wie stets. Sie wurde sich bewußt, daß sie in Eugenias Haus war, und stellte später, als sie kurze Zeit aufstehen durfte und in einem Rollstuhl an ein Fenster gefahren wurde, verblüfft fest, daß es die Blätter von den Bäumen wehte; der Herbst war gekommen, der Sommer war zu Ende gegangen, während sie noch in jener fernen, nebulösen Region wandelte, wo ihre Mutter mit ihr gesprochen zu haben schien.

»Aber was ist mir passiert?« fragte sie Sir Thomas – er war für seine Arbeit in Scutari zum Ritter geschlagen worden, erfuhr sie vom Bischof, und hatte sich zum Zeitpunkt ihres Unfalls zufällig im Palast aufgehalten.

»Nun ja, Sie machten einen Spaziergang, wozu junge Damen mit ihren romantischen Vorstellungen an Sommerabenden nun einmal neigen – und an einem Ort namens Hayes's Quarry fiel ihnen ein großer Stein auf den Kopf. Bestimmt kletterten sie nach irgendeiner Blume oder einem Büschel Beeren.«

»Ich erinnere mich an nichts davon.«

»Zu Ihrem Glück war Ihr Bruder nicht weit weg und eilte Ihnen zu Hilfe. Er und ein Schafhirte trugen Sie auf einem Gatter nach Valdoe hinunter. Zunächst dachten alle, Sie seien tot. Aber dann bemerkten sie schwache Lebenszeichen, und jemand hatte den guten Einfall, nach mir zu schikken. Und ich habe Sie wieder zusammengesetzt.«

»Mein Bruder – Gerard – wo ist er?«

»In Petworth, meine Liebe, und leistet Ihrem Vater Gesellschaft. Der arme Mann hat viele Male darum gebeten, Sie besuchen zu dürfen, aber Ihre Schwestern blieben fest. Es wäre für sie beide schmerzlich, sagten sie.«

»Schwestern? Also ist Kitty hier?«

»Nein, sie ist in Petworth bei Ihrem Papa.«

»Das wird Mrs. Pike nicht gefallen«, murmelte Ellen, aber Sir Thomas war schon gegangen, mit der Mahnung an sie: »Seien Sie ein ganz braves Mädchen und folgen Sie der Schwester.«

Sehr bald verlangte sie Bücher zum Lesen, aber lange Zeit wurde ihr diese Erquickung verboten. »Augen und Verstand dürfen zunächst nicht überanstrengt werden«, warnte Sir Thomas.

Eines Tages jedoch, als Ellen im Korbsessel saß, während ihr Bett gemacht wurde, stieß sie auf ein höchst fesselndes Handbuch mit dem Titel ›Anmerkungen zur Krankenpflege‹, das Mrs. Pinfold auf dem Waschgestell hatte liegen lassen, und sie las es von vorn bis hinten durch, ehe man sie davon abhalten konnte. »Besorgnis, Unsicherheit... Bangen, Hoffen, Angst vor Überraschungen schaden einem Patienten mehr als jede Anstrengung... die ganze Zeit steht er seinem Feind Aug in Aug gegenüber, ringt innerlich mit ihm, führt lange, eingebildete Gespräche mit ihm.« Aber das ist ja genau wie bei Papa, dachte Ellen; wenngleich bei körperlicher Gesundheit, hat Papa die Gemütsverfassung eines Kranken. Die Verfasserin des Handbuchs, F. Nightingale, ging sehr scharf mit Leuten ins Gericht, dic glaubten, es bedürfe nur einer Enttäuschung in der Liebe, um eine Frau zu einer guten Krankenschwester zu machen. Das ist ein bemerkenswerter Kopf, dachte Ellen. Das kleine Buch erweckte in ihr ein Gefühl des Aufbegehrens. Was soll das, hier herumzuliegen und mich pflegen zu lassen wie ein Säugling. Ihr fiel ein, daß sie vor fünf Jahren, als sie noch in Brüssel auf der Schule war, etwas von F. Nightingale gehört hatte.

Von diesem Augenblick an erholte sie sich rascher; sie verlangte, längere Zeit aufbleiben zu dürfen, und bat um mehr Lesestoff, um Schreibzeug.

Schließlich durfte sie nach unten. »Es war eine schreckliche Belastung für deinen Haushalt, mich die ganze Zeit hier zu haben«, entschuldigte sie sich bei Eugenia.

»Nun – ja, das war es.« Wenn Eugenia eines war, dann freimütig. »Aber Lady Blanche meinte, es sei nicht zweckdienlich, dich im Palast zu haben. Der Bischof war allerdings sehr freundlich; er bezahlte Mrs. Pinfold und Sir Thomas' Honorar.«

»Ich habe sehr viel Ungelegenheiten bereitet.«

»Es wäre gewiß besser gewesen«, sagte Eugenia, »wenn du an diesem Abend bei mir im Haus geblieben wärst und beim Stopfen geholfen hättest. Was um alles in der Welt hattest du in Hayes's Quarry zu suchen?«

Ellen hatte keine Ahnung. Dieser ganze Abend war ein blinder Fleck in ihrer Erinnerung.

Als sie fragte, wie bald sie in die Hermitage zurückkehren könne: »Aber Ellen, du darfst nichts übereilen! Du brauchst dir um den dortigen Haushalt keine Sorgen zu machen. Sie kommen durchaus gut zurecht. Als Mrs. Pike ging...«

»Was?« rief Ellen völlig verblüfft. »Du sagst, Mrs. Pike sei gegangen?«

»Ja doch. Ach so, natürlich, jetzt fällt mir ein, daß all das während der langen Zeit deiner Besinnungslosigkeit geschah.«

»Was um alles in der Welt ist passiert?«

»Eustace hatte seinen Freund Polwheal gebeten zuzusehen, ob er nicht etwas über Mrs. Pikes Lebensumstände herausfinden könne. Und dieser Mann entdeckte, daß sie aus erster Ehe einen Sohn hatte, der wegen Raubes ins Gefängnis kam.«

»O ja... ich glaube... jetzt fällt mir wieder ein wenig... ein. Eustace sagte etwas davon, sie habe einen Sohn, der nicht ganz so geriet. Und Miss Fothergill sagte etwas...«

»Und dann, gerade als diese Mitteilung kam, wurde etwas weitaus Beunruhigenderes ruchbar; aus Winchester kam Nachricht, daß dieser Sohn, der den Namen Simon Enticknass führte, aus dem Gefängnis ausgebrochen war.«

»Ausgebrochen? Du meine Güte«, sagte Ellen schwach.

»Wie du dir vorstellen kannst, waren Eustace und ich in heller Aufregung. Der Gedanke, daß dieser gewalttätige Verbrecher nach seiner Mutter suchen könnte – in Petworth – in der Hermitage –, war nicht zu ertragen! Wir machten Papa sehr ernste Vorhaltungen – Kitty kam eigens aus Maple Grove herüber –, und so wurde Mrs. Pike entlassen. Sie war äußerst wütend darüber, wie du dir vorstellen kannst.«

»Das kann ich in der Tat«, murmelte Ellen, die sich die Szene vorzustellen versuchte. Die arme Mrs. Pike – nach all ihren Anmaßungen von Vornehmheit – mit einer so entsetzlichen Leiche im Schrank wie einem kriminellen Sohn konfrontiert zu werden. Zu ihrer eigenen Überraschung sagte Ellen: »Irgendwie finde ich es ungerecht. Was der Sohn getan hat, war schließlich nicht ihre Schuld.«

»Ungerecht? Bist du von Sinnen?« rief Eugenia. »Sie hat den Sohn großgezogen, oder etwa nicht? Jedenfalls bekam sie ihren Marschbefehl. Und als sie ging, drohte sie jede denkbare Vergeltung an, einen Prozeß wegen Verleumdung, ich weiß nicht, was noch alles. ›Ich werde trotzdem zuletzt lachen!‹ sagte sie unverschämterweise zu Kitty.«

»Wo ist sie hingegangen?«

»Das weiß ich wirklich nicht. Hauptsache, Papa ist sie los.«

»Ich hoffe, Kitty macht es ihm so behaglich, wie es Mrs. Pike getan hat. Oder es wird Ärger geben!«

»Kitty hat ihn nach Maple Grove mitgenommen; ich habe das vorgeschlagen, bis du wieder in der Lage bist, in der Hermitage die Verantwortung zu übernehmen.«

Habe ich denn keine Wahl? dachte Ellen. Aber geistige Anstrengungen waren immer noch mühevoll. Ihr Verstand kam ihr immer noch benebelt und behindert vor, ihr Körper schwach und erschöpft.

»Ich werde mich in einer Woche oder so um all das kümmern können, ganz bestimmt. Aber da war eine Frage, die ich stellen wollte – was war das doch gleich?«

»Halt mich jetzt nicht auf, Kind; ich habe so viel am Halse, daß ich kaum weiß, wo mir der Kopf steht.« Und Eugenia ging, um ihren kärglichen, hart bedrängten Haushalt zu organisieren.

Sobald Ellen nach unten kommen durfte, auf den Beobachtungsposten eines Sofas im Wohnzimmer, hatte sie so reichlich Gelegenheit, die Schwierigkeiten, Ärgernisse und den Mangel an angemessener Hilfe in Eugenias Leben mitanzusehen, während Eustace jeden verfügbaren Penny in die Wiederherstellung seiner verarmten Besitzungen steckte, daß es schwer war, Eugenia einen Vorwurf aus ihrer Klage zu machen, es sei »erbärmlich knickerig von Papa, uns nicht mit mehr Geld zu helfen, was er durchaus tun könnte, wenn er wollte.«

»Er ist besorgt wegen der Möglichkeit eines Bürgerkrieges in Amerika, wegen seiner Interessen in der Baumwollindustrie«, gab Ellen zu bedenken.

»Aber meine liebe Ellen! Das sind nicht seine einzigen Interessen! Papa ist ein reicher Mann.«

Selbst Eustace stimmte seufzend zu, daß Mr. Paget bekanntermaßen sehr wohlhabend sei. Allein das Rasenschneidegerät, das irgendein Vorfahre der Pagets erfunden habe, bringe ihm einige zehntausend Pfund im Jahr ein.

»Wenn wir ein Zehntel, ein Zwanzigstel davon hätten!« jammerte Eugenia.

Eine Woche der Rekonvaleszenz in dieser Atmosphäre reichte aus, Ellen mit dem lebhaften Wunsch zu erfüllen, nach Hause zurückzukehren; schließlich setzte sie bei ihren Ärzten durch, daß sie es erlaubten. »Ich bin wieder vollkommen bei Kräften«, versicherte sie, »und darf meiner armen Schwester nicht länger zur Last fallen.«

Der Bischof schlug zögernd vor, sie solle für eine Weile in den Palast kommen; Lady Blanche fand eine Reihe von Gründen, warum das nicht möglich war; und am Ende bekam Ellen ihren Willen, unter der Bedingung, daß sie nach ihrer Rückkehr mindestens eine Woche im Bett verbringen, sich in jeder Hinsicht den Anordnungen von Dr. Smollett fügen müsse und nicht versuchen dürfe, den Unterricht von Vicky wieder aufzunehmen, die aber ohnehin von Mrs. Bracegirdle mitgenommen worden war.

Tatsächlich wirkte die Hermitage seltsam ruhig, als Ellen wieder dort einzog. Da Mrs. Pike gegangen und ihr Vater und Vicky fort waren, hatten die Bediensteten wenig zu tun, denn Gerard hielt nicht auf Mahlzeiten oder Komfort; Ellen wurde mit liebevoller Begeisterung willkommen geheißen.

»O weh, Miss Ellen! Ihr armes Haar!« klagte Sue. »Und Sie sind so dünn und spitz im Gesicht – Sie seh'n aus wie ein Wundermädchen, ja wirklich!«

Ellen war angehalten worden, nicht in Spiegel zu schauen, während sie sich in Valdoe aufhielt; einer war aus ihrem Zimmer entfernt worden. Doch seit sie wieder aufstehen durfte, hatte sie sich an ihr Äußeres gewöhnt. Es war notwendig gewesen, ihr für Sir Thomas' Operation den Kopf zu rasieren. Ihr Haar, dunkel, fein und seidig, war nie sehr lang gewesen und brauchte nun Zeit, um nachzuwachsen; gegenwärtig war es kaum länger als zwei Zoll und kräuselte sich in einem weichen, störrischen Wust über ihren Schädel.

»Ich sehe aus wie ein französischer Pudel«, sagte sie lachend. »Und alle meine Kleider müssen enger gemacht werden.«

»Keine Sorge, Miss Ellie; wir ha'm Sie bald herausgefüttert wie einen Kampfhahn.«

Ihr Bruder Gerard, stellte Ellen fest, wirkte ebenfalls ungewöhnlich dünn und bleich. Es wäre zu erwarten gewesen, daß er in Abwesenheit seines Vaters die Gelegenheit ergreifen würde, seinen musikalischen Neigungen zu frönen und seine Studien zu vernachlässigen, doch das Gegenteil schien der Fall zu sein; er arbeitete jeden Tag stundenlang mit Mr. Mainstay, seinem Hauslehrer, erschien nur kurz zu den Mahlzeiten und wirkte ungewohnt zahm, besonders in Gegenwart seiner Schwester, die er mit so etwas wie bemühter, versöhnlicher Besorgtheit behandelte. Einige Male fragte er sie, ob sie sich *wirklich* überhaupt nicht an ihren Unfall erinnere, und als sie ihm versicherte, alle Ereignisse des Abends seien ihr entfallen, schien er erleichtert, doch gleichzeitig betrübt. Als sie sich bei ihm dafür bedankte, daß er sie nach Valdoe Court gebracht habe, und sagte, wie sie höre, verdanke sie seinem raschen Handeln ihr Leben, brach es aus ihm heraus: »Dank nicht mir, Ellie! Dazu besteht nicht der allergeringste Anlaß! Der Mensch, dem du von Rechts wegen danken solltest, ist Matt Bilbo, der Schafhirte, denn er spielte die Hauptrolle bei der Geschichte, und es war seine Idee, dich auf ein Gatter zu legen.«

»Ich kann mich an überhaupt nichts erinnern. Aber ich würde mich gern bei ihm bedanken. Soll ich ihm schreiben?«

»Nein! Nein, tu das nicht«, sagte Gerard hastig. »Wie sollte denn der Briefträger seine Hütte finden? Ich glaube, Matt kommt in ein paar Wochen nach Petworth, zum Hochzeitstag seiner Schwester; ich werde ihm sagen, er soll hierherkommen – soll ich?«

»Ja, tu das; ich bin neugierig auf den Mann, der einen solchen Einfluß auf dich hat, Gerard!«

»Ach – das ist alles vorbei«, sagte Gerard. »Das heißt, zumindest – Matt sagt, ich müsse mich jetzt um deinetwillen – und um Papas willen, um ihn nicht noch mehr zu beunruhigen – meinen Büchern widmen. Und tatsächlich, Ellen, beginne ich zu glauben – einzusehen –, daß Papa vielleicht recht hat, wenn er sagt, ich solle in die Politik gehen. Nicht daß ich das will! Aber es liegt so viel im argen, was in Ordnung gebracht werden muß – es werden verantwortungsbewußte Menschen gebraucht, die die Gesetze gerechter anwenden, als es zur Zeit geschieht...«

Von diesem Sinneswandel sehr erstaunt, hätte Ellen von Gerard gern mehr zu diesem Thema gehört. Aber sie war bislang wirklich noch zu schwach für längere Gespräche, und er schien ohnehin nicht weiter über die Sache sprechen zu wollen.

Bilbo kam ein paar Wochen später zum Haus, und Ellen konnte nicht umhin, von ihm beeindruckt zu sein, wenngleich seine Erscheinung nichts Auffälliges hatte: ein recht kleiner, grauhaariger Mann mit schmalem, gefurchtem Gesicht und einem Paar argloser, blauer Augen. Doch als er ihren Dank entgegennahm, zeigte er eine sanfte Selbstsicherheit und Würde, aufgrund derer sie ihn instinktiv mochte und respektierte.

»Ihr Bruder sagt, Sie ha'm vergessen, wie's überhaupt zu Ihrem Mißgeschick gekommen ist«, sagte er. »Sonst würd' ich Ihnen mehr von der Sache erzählen. Aber scheint's ist es das Beste, nicht drüber zu reden, das rührt nur schlimme Erinnerungen auf oder schafft noch mehr Leid. Lassen wir's, wie's ist.«

Ellen wußte nicht recht, was er meinte, bemühte sich aber auch nicht sonderlich, es zu verstehen; sie bekam immer noch leicht Kopfschmerzen, wenn sie sich überanstrengte. Statt dessen sagte sie: »Ich fürchte, Ihnen ist von seiten meines Vaters großes Unrecht geschehen, Mr. Bilbo, und das tut mir aufrichtig leid.«

»Ah, da zerbrechen Sie sich ma' nich' den Kopf drüber, Mädchen«, sagte Bilbo freundlich. »Das's mittlerweile alles vorbei und vergessen, wie Ihr Mißgeschick. Ich bin richtig froh, daß ich für Ihren Schwager arbeite – das's ein wirklich guter Herr und ein freundlicher Mensch; und was die Zeit im Gefängnis angeht, hat Ihr Vater die Pflicht gehabt, mich zu verurteilen, wenn er's für richtig hielt; und ich glaub', 's war der Wille des Herrn, daß ich dort war; die Geschichte nehm' ich nich' übel.«

»Wie lange waren Sie dort?« fragte Ellen schaudernd.

»Im Gefängnis von Petworth sechs Monate; dann hab ich versucht, wegzulaufen, und sie ha'm mich nach Winchester verlegt. Dann bin ich scheint's mit dem Zählen nich' mehr nachgekommen; 's war'n über zwanzig Jahre, glaub' ich. Ungefähr grade so lang wie ihr Leben, Mädchen«, sagte er lächelnd. »Und jetzt ist alles vorbei wie ein Traum, und ich bin ein freier Mann und hüte auf Lavant Down meine Schafe.«

»Das Gefängnis von Winchester«, sagte Ellen nachdenklich. Was hatte sie kürzlich gleich über das Gefängnis von Winchester gehört? »Ja, jetzt weiß ich's wieder«, fügte sie, halb zu sich selbst, hinzu, stolz darauf, die flüchtige Erinnerung festgehalten zu haben. »Simon Enticknass – sind Sie, während sie dort waren, zufällig einem Mann namens Simon Enticknass begegnet?«

Ein neugieriger Ausdruck glitt über Bilbos Gesicht – kein feindseliger oder zurückhaltender, sondern ein wachsamer, gedankenvoller Ausdruck, als sähe er vor sich auf seinem Weg eine Gefahr und wisse nicht, wie er ihr am besten zu Leibe rücken sollte. »Ah, ich hab ihn gekannt, den armen Kerl«, sagte er nach einer Weile. »Halb Gauner, halb Säufer, der Mensch; man mußt' ihn nur richtig nehmen, dann war er völlig harmlos. Aber er war fehlgeleitet und vom Trinken ganz dumm. Und diese ›Einzel‹, die ha'm ihm bös geschadet; ihm irgendwie den Verstand verwirrt.«

Gerard, der das Gespräch unruhig überwacht hatte, unterbrach in diesem Moment.

»Ich glaube, meine Schwester sollte jetzt ausruhen, Matt.«

»Gott segne Sie, Mädchen, und daß es Ihnen bald besser geht«, sagte Bilbo ernst. »Meine Schwester sagt, ich soll Ihnen danken, daß Sie gekommen sind und ihre Cath berührt ha'm, damals wo das Mädchen so furchtbar Fieber hatte; die

Kleine ist danach wunderbar schnell gesund geworden, sagt Sairy.«

»Danke, Mr. Bilbo.«

»Und ich hoffe, Ihr Vater bekommt seinen Wunsch erfüllt und findet den alten Verdammnisstein, auf den er so aus ist! Wenn ich was höre, daß er draußen in den Wäldern und Feldern liegt, sag' ich's ihm, ganz bestimmt.«

Er tippte zum Abschied an seine Stirn und ließ sich von Gerard hinausbegleiten, der ängstlich darauf bedacht schien, dem Gespräch ein Ende zu machen.

»Ich mochte deinen Mr. Bilbo«, sagte Ellen später.

»Das wußte ich. Er ist ein wunderbarer Mann!« sagte Gerard leidenschaftlich. »Er – er ist *edel,* Nell! Er handelt instinktiv, wie es andere in ihrem ganzen Leben nicht lernen.«

»Ja, das sehe ich. Was für ein merkwürdiger Zufall, daß er Mrs. Pikes Sohn kennt. Was meinte Bilbo mit ›Einzel‹?«

»Oh – Einzelhaft... aber es ist kein besonderer Zufall, daß sie sich kennenlernten«, sagte Gerard hastig. »Schließlich sind im Gefängnis von Winchester sicherlich Hunderte von Männern gesessen.«

»Ja, und genau deshalb...« Aber Ellen war nicht kräftig genug, den Gedanken weiterzuverfolgen.

Ein paar Tage später, als Ellen einen ihrer ersten, vorsichtigen Spaziergänge machte, war sie einigermaßen verblüfft, Mrs. Pike selbst zu treffen. Sie hatte angenommen, daß die Haushälterin weggezogen sein würde, vielleicht zurück nach Chichester, wo es mehr Arbeitsmöglichkeiten geben würde; sie konnte sich eines gewissen Entsetzens beim Anblick der vertrauten, üppig gebauten, weißhaarigen Gestalt nicht erwehren, die sich in opulenter Haube und umsäumtem Mantel majestätisch die Angel Street entlang näherte. Es gab indes keine Möglichkeit, der Begegnung zu entgehen, und so raffte sie sich dazu auf, zu sprechen und höflich zu sein.

»Guten Morgen, Mrs. Pike. Wie geht es Ihnen?«

»Nicht so gut, wie ich es mir wünschen würde, Miss Paget – dank Ihrer naseweisen, eifersüchtigen, niedrig gesinnten Schwestern«, erwiderte Mrs. Pike eisig. »Es gibt Leute, die nur glücklich sind, wenn sie anderen das Brot vom Munde wegschnappen können. Und Sie werden, wie ich zu Ihrer Schwester Mrs. Bracegirdle sagte, vielleicht noch den Tag bereuen, an dem sie mich hinauswarf – wie eine Scheuermagd –, mich, die ich für ihn gesorgt habe, als wäre er der Kaiser von China – und das alles wegen eines Haufens eitler, widerwärtiger Gerüchte.«

Ellen dachte an Mrs. Pikes eigene Ohrenbläserei. Doch sie sagte lediglich: »Es tut mir leid. Es war eine sehr unglückliche Geschichte.«

»Weiß Gott! Ich würde auch nicht mehr zurückkommen! Und wenn Mrs. Bracegirdle sich vor mir aufs Pflaster knien und mir Honig um den Mund schmieren würde!«

»Nun, dann ist es vielleicht am besten so, wie es ist.«

Ellen hätte sich gern nach Mrs. Pikes Sohn erkundigt, ob er gefaßt worden oder vielleicht nach Amerika geflohen sei, machte sich aber klar, daß das nicht taktvoll sein würde.

»So wie es ist? Pah! Mag schon sein. *Sie* sehen auch nicht gerade munter aus!«

Mrs. Pike mustere Ellen kalt von Kopf bis Fuß und rauschte dann weiter. Sue erzählte Ellen später, die Haushälterin wohne bei einer Frau in Byworth, auf der anderen Seite des Tals. »Obwohl ich wirklich nicht weiß, was sie noch hier hält, wo niemand sie ausstehen kann!«

Vielleicht, dachte Ellen, hofft sie, daß ihr Sohn hierherkommt (denn Sue sagte, man habe nichts von seiner Ergreifung gehört). Der Gedanke war einigermaßen unersprießlich.

Einen so verkleinerten Haushalt zu führen, war nicht schwierig, denn die Mädchen gaben sich alle Mühe, die Dinge für Ellen einfach zu machen. Hatte sie einmal Zweifel, griff sie auf ein Handbuch ihrer Mutter mit dem Titel ›Sparsames Wirtschaften im Hause‹ zurück, das, von der Reinigung von Karaffen bis zum Einmachen von Rhabarber, praktische Ratschläge zu allem bot. Und die Frau des Pfarrherrn lieh ihr freundlicherweise ein halbes Dutzend Ausgaben des *Englishwoman's Domestic Magazine*, das viele lehrreiche Artikel von Isabella Beeton enthielt.

»Ich sehe keinen Anlaß, eine andere Haushälterin einzustellen, wenn Papa zurückkehrt«, sagte Ellen zu Gerard. »Wir kommen durchaus zurecht. Und Papa wird sich über die Minderung der Ausgaben freuen.«

»Zweifellos«, sagte er achselzuckend.

Gerade jetzt war die ménage entschieden knapp an Bargeld. Kitty hatte, als sie ihren Vater mit sich fortriß, nicht daran gedacht, über ein paar Wochen hinaus Vorsorge für die von ihm Abhängigen zu treffen; noch auch, so schien es, Mr. Paget selbst. Ellen schrieb ihm und bat um eine Summe zur Bezahlung der Löhne der Bediensteten, doch da sie keine Antwort erhielt, schrieb sie an Mr. Wheelbird und fragte, ob unterdessen nicht von den Bankiers ihres Vaters Gelder vorgestreckt werden könnten. Mr. Wheelbird kam vorbei, um ihr seine Aufwartung zu machen und zu erklären, daß das ohne schriftliche Vollmacht ihres Vaters nicht möglich sei.

»Es tut mir leid, Miss Ellen, aber so ist es nun einmal. Es steht nicht in meiner Macht, Ihnen zu helfen.«

Es hatte nicht den Anschein, als tue es ihm sonderlich leid; tatsächlich hatte sie den Eindruck, daß es ihn ziemlich freute, ihr einen Dämpfer aufsetzen zu können; vielleicht dachte er immer noch an die würdelose Lage, in der sie ihn zuletzt gesehen hatte. Er schien allerdings von ihrer Erscheinung entsetzt; er war bei seinem Eintreten ganz bleich geworden, und sie stellte fest, daß er sie anscheinend nicht anschauen mochte und den Blick auf den Boden neben ihr gerichtet hielt, außer wenn es absolut unumgänglich war, ihrem Blick zu begegnen.

»Nun ja, da kann man nichts machen«, sagte Ellen. »Ich werde Papa eben noch einmal schreiben müssen und die

Haushaltsausgaben unterdessen aus meinen eigenen Mitteln bestreiten!«

Diese schwanden rasch; sie beschloß, unverzüglich noch einmal zu schreiben.

»Äh – Miss P-Paget«, sagte Mr. Wheelbird; sein Stammeln, das zeitweilig verschwunden war, machte sich plötzlich wieder bemerkbar. »Sie s-sind krank gewesen, seit ich Sie das letzte Mal sah, und h-haben ein U-Unglück erlitten – was ich sehr bedaure; Sie h-haben wohl nicht Zeit gehabt, die Angelegenheit zu überdenken, die ich Ihnen gegenüber e-erwähnte?«

»Doch, ich habe darüber nachgedacht, Mr. Wheelbird«, sagte Ellen gesetzt, »aber ich fürchte, meine Antwort ist immer noch ablehnend. Ja, ich bezweifle, ob ich je in den Stand der Ehe treten werde. Ich werde für Papa sorgen, solange – solange er mich braucht; und danach habe ich vor, wieder zu unterrichten.«

Eine plötzliche, heftige Sehnsucht durchströmte sie, nach den Straßen, den Geräuschen von Paris; die Stille der Hermitage schien sie einzuschließen wie eine Glasglocke.

Mr. Wheelbirds Blässe hatte sich zu einem trüben Rot verfärbt; er sagte, von anscheinend übermächtiger Wut und Enttäuschung getrieben: »Sie wollen mich also nicht, wie? Ich nehme an, Ihr Papa hat es nie für angezeigt gehalten, Sie über sein Testament zu unterrichten?«

»Nein. Warum sollte er?« Ellen war verblüfft. »Natürlich redet er nicht mit mir über solche Dinge.«

»Natürlich! Nun, es mag Sie vielleicht interessieren zu erfahren, Miss Paget, daß er ein Testament abfaßte, in dem er – abgesehen von dem, was Ihrem Bruder zufällt – sein ganzes Vermögen Mrs. Pike hinterläßt. Er sagte, sie sei die einzige gewesen, die ohne Berechnung freundlich zu ihm gewesen sei; *Sie* seien selbst in der Lage, Ihren Lebensunterhalt zu verdienen, und Ihre Schwestern hätten alles bekommen, was sie von Rechts wegen erwarten dürften. Wenn Sie also in Erwartung eines Vermögens hierzubleiben beabsichtigen, dann machen Sie sich am besten an die Aufgabe, ihn davon zu überzeugen, daß er seine letztwilligen Verfügungen ändert – wenn es nicht bereits zu spät ist!«

»Was wollen Sie damit sagen?« fragte sie, von der plötzlichen, unverstellten Bösartigkeit in seiner Stimme ganz entsetzt. »Papa wird doch wohl nicht sterben – er ist doch nicht krank?«

»Nein; aber was, wenn er unzurechnungsfähig ist? Ein Mann kann sein Testament nicht ändern, wenn er geisteskrank ist!«

Und mit dieser abschließenden Breitseite ging Mr. Wheelbird hinaus und knallte die Tür zu.

Ellen begann mechanisch, die Gegenstände auf dem Schreibtisch ihres Vaters zu ordnen – sie hatten das Gespräch in seinem Arbeitszimmer geführt. Sie entsann sich, daß die Papiere bei ihrer Rückkehr nach Hause in noch größerer Unordnung als gewöhnlich gewesen zu sein schienen; war es eine Unordnung, wie sie ein Geistesgestörter zurückgelassen hätte, oder war sie lediglich durch eine hastige Abreise bedingt?

Nachdem sie alles in Ordnung gebracht und die Rechnungen bezahlt hatte, schrieb Ellen ein paar eigene Briefe. Von Tante Fanny war ein Schreiben gekommen: »Liebstes Kind, ich bin so besorgt um Dich & sehne mich so danach, Dich zu sehen, halte es derzeit aber für das Beste, das nicht zu tun, denn ich habe einen leichten Schnupfen, den Du Dir, in Deinem geschwächten Zustand, leicht holen könntest, und das würde ich mir nie verzeihen! Aber ich habe eine Überraschung, die ich Dir mit Vergnügen zeigen werde, & bitte um Deinen Besuch, sobald es uns beiden besser geht.« Ellen schrieb einen liebevollen Antwortbrief, in dem sie ihrer Großtante rasche Genesung wünschte, und trug dem Gärtnerjungen auf, ihn abzugeben. Dann beantwortete sie freundliche, besorgte Erkundigungen von Lady Morningquest und Mrs. Clarke aus Paris. Immer noch kein Wort von Germaine! Aber zweifellos, dachte Ellen wehen Herzens, ist sie so beschäftigt und erfolgreich, daß sie kaum Zeit zum Briefeschreiben hat.

Es kam ein einzeiliges Schreiben von Benedict. »Bedaure zutiefst, von Deinem Unglück zu hören. Wenn ich irgendwie helfen kann, verfüge bitte über mich. B.M.«

Das Schreiben kam aus Matlock Chase, Derbyshire; hatte sich Benedict zum Stammsitz seiner Familie begeben, um Charlotte Morningquest seinem Bruder vorzustellen? Ellen beantwortete den Brief nicht sogleich; nachdenklich legte sie ihn zur Seite.

Einige Wochen verstrichen, in denen Ellen langsam ihre Kraft wiedergewann. Sie war weiterhin blaß und dünn, doch jeden Tag konnte sie ein Stückchen weiter gehen und mehr Anteil an dem nehmen, was außerhalb von Petworth geschah. Sie las in der Zeitung, daß in Peking der Friede so gut wie geschlossen sei, daß die französische Kaiserin inkognito, als Miss Montigo, London besucht, eingekauft und bei dem Duke of Hamilton gewohnt hatte; daß ihr Gatte, der Kaiser, unterdessen tatsächlich ein echtes französisches Parlament mit Rede- und Stimmrecht einberufen hatte; die Ära des imperialen Despotismus, so schien es, ging zu Ende. Der Geist Frankreichs würde endlich freigesetzt werden. Wie glücklich sie alle sein werden – Germaine, Madame Sand, Gautier, Gavarni; vielleicht darf Victor Hugo nun aus dem Exil heimkehren, dachte Ellen. Wie gern ich dabeisein würde!

Eines Abends beim Essen sagte sie etwas davon Gerard, und er meinte: »Warum fährst du eigentlich nicht auf Urlaub nach Paris? Du könntest bei Tante Morningquest wohnen – es würde dir guttun. Du siehst immer noch kreidebleich aus!«

Ellen war sehr versucht, doch sie sagte: »Zum einen habe ich kaum Geld. Und zum anderen mache ich mir Sorgen um Papa. Ich wünschte, er würde die Briefe beantworten, die ich ihm geschrieben habe! Und warum hören wir nichts von Kitty?«

»Ach, Kitty hat für nichts Zeit, außer für ihre eigenen Belange«, knurrte Gerard. »Hör mal, Ellen – ich glaube, wir sind endlich dem Verdammnisstein auf der Spur!«

»Dem Verdammnisstein?«

Ellen hatte die Obsession ihres Vaters, die sie nie sehr ernst genommen hatte, fast vergessen. Nun schien auch Gerard davon angesteckt worden zu sein.

»Einer der Steinmetzen, die in der Kathedrale von Chichester arbeiten, ist ein Freund von – ein Freund von Matt Bilbo. Und er hat mir ausrichten lassen, sie hätten in einer Art Krypta unter dem Schiff die aus einer Wand herausstehende Ecke einer Bildhauerarbeit entdeckt, die sie beim Versuch, die zentralen Pfeiler des Turms abzustützen, ausgegraben hätten. Sie weiter freizulegen, ist eine schwierige und heikle Angelegenheit – tatsächlich ist der Architekt dagegen, es zu versuchen –, aber denk nur, wenn es wirklich der Stein wäre! Wie begeistert Vater wäre!«

»Wirst du ihm deswegen schreiben?«

»O nein. Das würde vielleicht nur falsche Hoffnungen wecken.«

Ellen war gerührt darüber, daß Gerard solche Rücksichtnahme zeigte. Am nächsten Tag bekam sie einen Brief von Luke. Sie hatte die Aufschrift nicht erkannt, als er eintraf, denn er steckte in einem anderen, in runder, ungelenker Schrift beschriebenen Umschlag.

»Liebe Miss Paget:
Ich erlaube mir, im Namen von Ihrem Papa zu schreiben & Ihnen dieses Papier zu schicken. Miss, was geschieht, ist nicht recht & Sie sollten es wissen. Ich bitte Sie, herzukommen und Ihren Papa wegzuholen. Das sollten Sie wirklich. Es ist nicht christlich, was Ihre Schwester tut. Bitte sagen Sie nichts, daß ich das hier schreibe, sonst werde ich ohne Zeugnis hinausgeworfen.

Hochachtungsvoll,
Martha Alsop«

Entsetzt entfaltete Ellen den schmutzigen Zettel, der Marthas Brief beigefügt war.

»Liebe Ellen,
bitte hol mich von hier nach Hause. Es gefällt mir hier nicht. Bitte, Mattie, hol mich nach Hause. Wenn nicht, muß ich fliehen.

Luke Paget«

»Lieber Himmel!« sagte Gerard, als Ellen ihm die beiden Briefe zeigte. »Was kann ihm nur zugestoßen sein?«

»Ich werde hinfahren und nachsehen müssen. Ich habe vor, morgen früh aufzubrechen.«

»Ich komme mit. Du bist kaum imstande, allein zu reisen – und das Wetter ist tückisch; ich habe gelesen, in London läge das Eis zehn Zoll dick auf der Serpentine.«

»Nein, Gerard, ich denke, du bleibst am besten hier. Wenn wir beide in Maple Grove eintreffen, wird Kitty Verdacht schöpfen, und es kommt vielleicht heraus, daß diese Martha geschrieben hat; aber wenn ich eintreffe und sage, ich sei gekommen, um Papa nach Hause zu bringen, dann wirkt das durchaus natürlich. Und falls er fliehen sollte – wie er andeutet –, sollte jemand da sein, der ihn in Empfang nimmt.«

Außerdem, dachte sie, haben wir kaum Geld für zwei Eisenbahnfahrkarten.

»Das stimmt«, sagte Gerard nachdenklich. »Zum Henker! Was kann da nur los sein?«

Ellen dachte an das Testament, in dem Luke sein Vermögen Mrs. Pike vermachte. Hatte Kitty das herausbekommen?

Am nächsten Tag – der wieder bitterkalt und frostig war – fuhr sie nach London. Sie hätte dort liebend gern einige Zeit verbracht und ein paar Buchläden aufgesucht, hielt es aber für das Beste, sofort weiterzufahren, um noch bei Tageslicht bei Kitty einzutreffen. Aus einem Londoner Telegraphenamt schickte sie ein Telegramm (so daß es Kitty nicht möglich sein würde, sie abzuspeisen) und nahm dann auf dem St. Pancras-Bahnhof einen Zug. Ihr Mut sank und sank, während der Zug sie durch die platten, öden, im eisernen Griff des Frostes erstarrten Midlands trug.

15

Niemand holte Ellen ab, als der kleine Nahverkehrszug in Coldmarsh eintraf, dem Bahnhof, der dem Dorf Burley am nächsten lag. Das überraschte Ellen nicht sehr. Sie mietete eine Droschke und dachte trübselig, daß sie nun ihren kleinen Bargeldvorrat fast erschöpft hatte; für die Rückfahrkarte würde sie sich von Kitty etwas borgen müssen.

Plötzliche Furcht befiel sie: angenommen, Kitty und ihr Mann waren fort, hatten beschlossen, Papa in irgendeinen Kurort mitzunehmen? Doch die Zweifel waren zerstreut, kaum daß sie aufgekommen waren; schließlich hatte Martha Alsop aus Burley geschrieben; *irgend jemand* mußte da sein. Sie fragte den Droschkenkutscher, ob er wisse, ob die Bracegirdles zu Hause seien, doch seine Antwort kam in so dikkem Derbyshire-Akzent, daß sie ihn nicht verstehen konnte.

Die Dämmerung brach herein, als sie Maple Grove erreichte. Es war ein großes, neues, häßliches Haus am Rande eines wild wuchernden, halbindustriellen Städtchens, das eine Stoffabrik, eine kleine Gießerei und ein Druckerei-Werk enthielt; vom Hause aus hatte man einen Blick auf Fabrikschornsteine und Dächer vor einer schroffen, formlosen Anhöhe; von den Ahornbäumen, die sein Name nahelegte, war nichts zu sehen, doch man hatte ums Haus herum einige junge Nadelbäume gepflanzt, vermutlich in der Absicht, die trostlose Aussicht zu verstellen; derzeit waren sie erst zehn Fuß hoch, und das aus leberfarbenem Stein erbaute Haus stand ungeschlacht mitten unter ihnen wie ein übergroßes, befangenes Kind. Sein Garten, nun vom Griff des Winters gepackt, war mit steifer Förmlichkeit angelegt, die Beete mit eisernen Reifen abgeteilt. Arme Kitty, dachte Ellen, wo du Behaglichkeit und Eleganz so magst; wie kann sie es ertragen, hier zu leben?

Nachdem sie mit dem Rest ihres Geldes den Kutscher bezahlt hatte, läutete sie. Die Tür wurde von einer schlichten Frau mit energischem Gesicht in Schürze und Haube geöffnet; sobald sie Ellens Namen hörte, glitt ein flüchtiger Ausdruck des Begreifens über ihr Gesicht, doch sie sagte nur: »Bitte hier entlang, Miss, ich werde nachsehen, ob die Herrin zu Hause ist.«

Ellen wurde in ein düsteres kleines Gelaß von einem Zimmer geführt, während das Mädchen über eine breite Treppenflucht in den ersten Stock ging. Ellen blickte sich neugierig um.

Das gesamte Mobiliar – Teppiche, Vorhänge, Tische, Stühle – war neu, solide, von guter Qualität und scheußlich; Kitty mußte sich den Geschmack ihres Mannes vollständig angeeignet haben, denn nichts davon hätte sie sich je ausgesucht, als sie noch unverheiratet war.

Nun kam Kitty selbst wichtig die Treppe heruntergerauscht, in einem üppig mit Volants besetzten, blaßrot-samtenen Abendkleid mit langer, gekräuselter und bebänderter Schleppe; sie trug ellbogenlange, weiße Handschuhe, und ihr Haar war kunstvoll gelegt und vorn eingedreht. Ihre Wangen waren vor Ärger gerötet.

»*Ellen!* Wir haben dein Telegramm erst vor einer Stunde bekommen! Was um alles in der Welt führt dich her? Du hattest keinen Anlaß, hierherzukommen! Wir haben nicht nach dir geschickt. Und deine Ankunft kommt überhaupt nicht gelegen; Samuel und ich wollten gerade zum Dinner bei Sir Marcus Bagnall auf Draycott Hall ausgehen.«

»Na, das macht nichts!« sagte Ellen. »Deine Haushälterin wird doch wohl etwas Brot und Käse für mich auftreiben können? Ich bin gekommen, um Papa nach Hause zu bringen, aber wenn du gleich ausgehst, können wir morgen darüber reden.«

»Papa nach Hause bringen? Das kommt überhaupt nicht in Frage! Sam weiß gar nicht, warum du eigentlich hierherkommst – es ist höchst ärgerlich!«

»Nun, ich nehme an«, sagte Ellen gemessen, »daß du mir zumindest ein Bett für die Nacht geben kannst? Ich bin ziemlich müde! Und vielleicht kann ich mit Papa reden und feststellen, wie er darüber denkt?«

»Mit ihm – nun ja, ich weiß nicht recht, wie – es ist keineswegs – ach du lieber Himmel, als hätte ich nicht schon genug am Halse...« Dann schien sie zum erstenmal das Aussehen ihrer jüngeren Schwester zu bemerken. »Müde! Na, das will ich meinen! Es war höchst unklug von dir, in deinem Gesundheitszustand eine solche Fahrt zu machen. Wie kommst du denn überhaupt dazu?«

»Oh, ich fühle mich wirklich viel besser – praktisch völlig erholt. Und zu Hause geht jetzt alles glatt, seit Mrs. Pike gegangen ist...«

»Mrs. Pike!« Kitty spie den Namen fast aus. »Diese Frau! Aber wir können das jetzt nicht alles besprechen... Alsop, richten Sie meiner Schwester im Rosa Zimmer ein Bett und bringen Sie ihr etwas zu essen dorthin. Du siehst aus wie ein ausgewrungener Lappen, Ellen, du gehst am besten gleich zu Bett.« Automatisch war Kitty in ihre frühere, halb gutmütige, halb tyrannische Art verfallen.

»Nun ja, das wäre mir lieb; und danke«, sagte Ellen. »Aber kann ich nicht zuerst Papa sehen? Begleitet er euch zum Dinner bei Sir Marcus?«

»Du meine Güte, nein! Ganz bestimmt nicht. Nein, du kannst ihn heute abend nicht sehen – er hat sich schon zurückgezogen.«

In diesem Augenblick kam Sam Bracegirdle, ein schwarzes Abendjackett bequemer auf seinem massigen Körper zurechtzupfend, die Treppe heruntergestampft.

»Also, was soll'n diese Kapriolen?« Ohne die leiseste Andeutung irgendeiner Art von Willkommen beäugte er Ellen mißbilligend und fügte hinzu: »Im Krankenhaus sollten Sie sein, Mädchen, so wie Sie ausseh'n – nicht sich auf dem Lande herumtreiben! Na, jetzt ist keine Zeit zum Streiten; komm, Kitty, die Kutsche wartet. Wir reden morgen mit Ihnen, Miss; bis dahin geh'n Sie, wie Kitty sagt, am besten ins Bett.«

Und er scheuchte Kitty die Treppe hinunter, griff sich von einem Mädchen einen Pelzumhang, wickelte ihn um seine Frau und schob sie zur Vordertür hinaus.

Man ließ Ellen in einem großen, mit üppig gepolsterten und befransten Möbeln gefüllten Wohnzimmer warten, während ihr Schlafzimmer gerichtet wurde; dann kam Alsop, das Mädchen, zurück, sagte: »Wollen Sie bitte hier entlang kommen, Miss?« und führte sie ins nächste Stockwerk hinauf.

Im Schlafzimmer, bei geschlossener Tür, sagte Ellen: »Haben Sie mir geschrieben?«

»Ja, Miss – aber um Himmels willen, verraten Sie's nicht! Ich wäre binnen einer Stunde gekündigt! Und dann gäb's *niemand* mehr, der zu dem armen alten Gentleman hält!«

»Aber was ist denn los? Was machen sie mit ihm? Kann ich ihn nicht sehen – wo ist er?«

»Sein Zimmer ist auf diesem Stock, Miss – die Tür auf der anderen Seite vom Treppenabsatz, von Ihrer aus – aber Sie können nicht rein. Der Diener hat den Schlüssel.«

»Wollen Sie damit sagen, daß mein Vater *eingesperrt* ist?«

»Ja, freilich, Miss, das ist er, und darf nie raus. Und von dem Essen, was er kriegt, würd' nicht mal ein Spatz satt!«

»Aber *warum*? Ich kann es kaum glauben!«

»Es hat was mit einem Testament zu tun, Miss; mehr weiß ich auch nicht.«

Wie ein kalter Schauder überkam Ellen eine Vorahnung; blitzartig erkannte sie, was sich abgespielt haben mußte. Kitty hatte irgendwie von dem Vermächtnis an Mrs. Pike erfahren; vielleicht hatte es Mrs. Pike in ihrer Wut selbst enthüllt; oder Mr. Wheelbird hatte es Kitty gesagt, wie er es später Ellen gesagt hatte. Und falls Kitty zu toben begonnen und von ihrem Vater verlangt hatte, daß das Testament geändert wurde, wäre es natürlich rasch zum Äußersten gekommen; Lukes Starrsinn und der seiner Tochter wären frontal aufeinander geprallt und der tote Punkt wäre bald erreicht gewesen.

Aber ihn einzuschließen! Ihm Essen vorzuenthalten! Konnte Kitty wirklich ein solches Ungeheuer geworden sein?

Martha Alsop zog sich zurück, nachdem sie ein Tablett mit Suppe, Tee und einem kalten Hühnerflügel hingestellt hatte. Ellen, die bei ihrer Ankunft hungrig und erschöpft gewesen war, verschlang die Suppe, brachte es aber nicht über sich, das Huhn zu berühren.

Der Gedanke an ihren Vater, eingeschlossen, machtlos, unterernährt, so nahe, war zu entsetzlich; sie meinte, an dem Essen zu ersticken.

Es vergingen viele Stunden, ehe sie einschlafen konnte, und dann war ihr Schlummer leicht, gestört, von schrecklichen Träumen heimgesucht.

Lange vor Tagesanbruch war sie auf und angekleidet, nachdem sie beim ersten Geräusch im Hause erwacht war.

Sie öffnete die Tür einen winzigen Spaltbreit und behielt die, die Alsop als diejenige zum Zimmer ihres Vaters bezeichnet hatte, scharf im Auge. Endlich, nach etwa vierzigminütiger Wache, kam ein kleiner, stämmiger Mann, offenbar ein Bedienter, mit einem Krug Wasser und einem Eimer die Treppe herauf.

Er zog einen Schlüssel aus der Tasche, öffnete die Tür und ging hinein. Gleich darauf kam er mit dem Eimer und einem Bündel schmutziger Wäsche wieder heraus und ging nach unten, wobei er die Tür diesmal geschlossen, aber nicht verschlossen ließ. Es sah so aus, als würde er wahrscheinlich bald zurückkommen; doch unterdessen ergriff Ellen die Gelegenheit, huschte auf Zehenspitzen über den Flur, klopfte an die Tür, öffnete sie, ohne eine Aufforderung abzuwarten, ging hinein und schloß sie leise hinter sich.

Das Zimmer war weitaus kärglicher möbliert als ihres. Es sah so aus, als hätte es ursprünglich als Kinder- oder Wickelstube dienen sollen; Einzelbett, Stuhl und Tisch waren schlicht; es waren Gitterstäbe am Fenster, aber sie waren nicht neu. Das Zimmer war sehr kalt, obgleich das Fenster geschlossen war, und die Luft war stickig und roch schlecht.

Ihr Vater lag, von ein paar Kissen gestützt, in dem schmalen Bett. Ellen war unsagbar entsetzt von der Veränderung, die mit ihm vorgegangen war, seit sie ihn zuletzt gesehen hatte. Er schien um zwanzig Jahre gealtert zu sein. Sein Haar war schlaff und schütter, seine Wangen hohl, sein Rücken und seine Schultern gekrümmt und kraftlos. Von einem großen, grobknochigen älteren Mann war er zu einem dünnen, gebeugten, ausgemergelten Greis heruntergekommen. Er war unrasiert, mit drei Tage alten Bartstoppeln, und das Nachthemd, das er trug, war mit Essensresten bekleckert. Sein Blick war leer und verstört; als er sich auf Ellen richtete, schien er sie zunächst anzustarren, ohne sie zu erkennen; dann trat ein Schimmer von Begreifen in seine Augen, seine Kiefer mahlten ein-, zweimal, ehe er ihr zunickte und drängend flüsterte: »Mattie? Bist du gekommen, um mich mitzunehmen?«

»Papa! Ach, lieber, *lieber* Papa!«

Ellen war von seinem jämmerlichen, flackernden Blick zutiefst erschüttert. Er konnte nicht sehr deutlich artikulieren, denn er trug sein Gebiß nicht – noch war es, ebenso wie seine Kleidung, irgendwo zu sehen.

Ellen kniete sich neben das Bett und nahm seine knochigen Hände.

»Liebster Papa. Es tut mir so *leid*, dich so zu sehen!«

»Es ist Blanche – sie hält es für das Beste, mich hier festzuhalten«, vertraute er ihr in seiner abgerissenen, zahnlosen Sprechweise an. »Aber ich möchte wirklich sehr gern nach Hause kommen, Mattie. Ich bin froh, daß du endlich da bist.

Warum bist du nicht eher gekommen? Hast du meine Kleider dabei? Blanche hat sie mir weggenommen. Aber ich kann gehen – meinem Bein geht es viel besser – es ist nur so kalt hier drinnen...« Er wäre aus dem Bett gekrochen, wenn sie ihn nicht zurückgehalten hätte.

»Pst! Warte, Papa! Ich habe deine Kleider jetzt nicht dabei, aber ich werde bald mit ihnen zurückkommen – ich verspreche es.«

»Du wirst mich doch nicht hier lassen?« Seine Hände klammerten sich an ihre.

Blinzelnd, um Tränen der Empörung und des Mitleides zurückzuhalten, sagte Ellen: »Nein, ich verlasse dich nicht.«

Nun nahm sie stärker den schrecklichen Geruch im Zimmer wahr – einen stechenden, fauligen Geruch nach verdorbenem Essen oder brandigem Fleisch. Er ist krank, sie bringen ihn um, dachte sie; wie können sie nur?

Luke sagte stammelnd: »Ich glaube, dieser Ort – wo sie mich festhalten – ist in meinem Haus.«

»Nein, es ist Kittys Haus, Papa!«

Er schüttelte den Kopf. »Es ist *mein* Haus – mein Traumzimmer. Vielleicht ist es meine eigene Schuld – ich hätte es schon lange einrichten müssen. Ich wußte, dieses Zimmer war schon immer da – in meinem Kopf, weißt du – aber ich habe deswegen nichts unternommen. Jahrelang! Aber du wirst mich hier herausholen, Mattie, nicht wahr?«

»Ja, ja natürlich werde ich das. Aber ich bin nicht Mattie, Papa, ich bin Ellen.«

»Ellen?« Langsam konzentrierte sich sein Blick auf sie. Sein Gesicht schien womöglich noch verhärmter, gramzerfurchter, gequälter zu werden. Er schrie laut auf: »Nein – nein – du bist nicht Mattie! Mattie ist tot!«

»Pst, Papa! Das ist schon lange her. Sie ist glücklich im Himmel seit...«

»Nein, nein. *Hör zu*! Du weißt es nicht. Du weißt nicht, was ich getan habe. Sie hatte solche Schmerzen – ich konnte ihre Schmerzen nicht ertragen. Ich stand vor ihrer Zimmertür, ich hörte sie nach mir schreien, Luke, Luke, ach Luke, komm doch zu mir. Hilf mir!«

»Das ist jetzt alles vorüber, Papa«, sagte Ellen, obgleich ihre Hände vor Qual die ihres Vaters umklammerten.

»Nein, aber ich ging nicht hinein! Ich konnte nicht, ich hielt es nicht aus, hineinzugehen! Ich hielt mich von ihrem Zimmer fern. Eine Woche, bevor sie starb, sagte ich zu Bendigo, ich müsse geschäftlich nach Bath. Ich konnte es nicht einmal ertragen, mit ihrem Schmerz in ein- und demselben Haus zu sein! Ich fuhr nach Bath! Ich wohnte im Pratt's Hotel!«

»O Vater!«

»Und ich kam erst nach Hause, als die Schwester mir schrieb, daß sie gestorben war. Nach fünf weiteren Tagen mit schrecklichen Schmerzen. *Das* ist meine Strafe«, sagte er, sich in dem kahlen Zimmer umblickend. »Ich verdiene sie, aber – du wirst mich doch mitnehmen, Mattie, nicht wahr?«

Ein energischer Schritt kam die Treppe herauf, und der Bediente trat mit einer Schale Haferschleimsuppe ein. Bei Ellens Anblick verhielt er jäh, und sein Gesicht lief dunkelrot an.

»Wer, zum Henker sagt, Sie könnten hier reinkommen? Das is' nich' erlaubt! Raus mit Ihnen, oder ich ruf' den Herrn!«

»*Wie* bitte?« Unter Aufbietung aller Autorität der Rue Saint-Pierre und des Hôtel Caudebec erhob sich Ellen und musterte ihn mit eisigem Blick. »Ich bin Miss Paget. Ich bin gekommen, um meinen Vater zu besuchen. Wer – bitteschön – sind Sie?«

Er trat vor und stellte die Haferschleimsuppe auf den Nachttisch. »Ich bin Consett, Mr. Bracegirdles Diener, der bin ich, und niemand darf in dieses Zimmer, ohne daß Mr. Bracegirdle mir vorher Bescheid sagt. Tut mir leid, Miss, aber Befehl is' Befehl. Die Tür muß immer zugeschlossen blei'm.«

Ellen hatte nicht vor, mit diesem Untergebenen über den Zustand ihres Vaters zu reden. Sie sagte frostig: »Dann hätten Sie sie eben gerade verschließen müssen.«

»Wußt' ja nich', daß jemand so wie Sie hier reinflitzen würd'«, knurrte Consett, der ein sehr uneinnehmendes Individuum mit rundem, schmierigem Gesicht, schütterem schwarzem Haar und flinken, verschlagenen Augen war.

Mr. Pagets Aufmerksamkeit war durch die Haferschleimsuppe, die er, sein Hemd weiter bekleckernd, mit unbeholfener Hast herunterschlang, von seiner Tochter abgelenkt worden. Von Mitgefühl gepeinigt, sagte Ellen laut: »Ich werde später wiederkommen, Papa! Laß dir dein Frühstück schmecken.« Dann ging sie hinaus.

Consett folgte ihr zur Tür, wo er mit leiser Stimme sagte: »Den alten Gentleman kann man nich' allein lassen, Miss. Deswegen muß auch die Tür zugeschlossen sein. Der Herr wird Ihnen alles erklär'n.« Dann schlug er die Tür hart zu, und sie hörte, wie sich der Schlüssel drehte.

Ellen kehrte auf ihr Zimmer zurück. Es war noch früh – halb acht. Sie zog die Vorhänge zurück und blickte hinaus. Grimmiger Frost lag über dem Garten; die Fabrikschornsteine spien schwarzen Rauch; die Aussicht war unsäglich trostlos.

Schaudernd zog sie eine Decke von ihrem Bett und wikkelte sie sich um die Schultern; dann setzte sie sich und wartete auf das Ertönen des Frühstücksgongs.

Beim Frühstück, das auf einem wuchtigen Mahagonitisch serviert wurde und aus Porridge, Schinken, Nieren, Muffins, Heringsrogen, Toast, Haferkuchen und kannenweise Kaffee und Tee bestand, legten die Bracegirdles, die ihre Dinnerparty sichtlich genossen hatten, Ellen gegenüber mehr Herzlichkeit als am Vorabend an den Tag.

»Hast du gut geschlafen? Du siehst immer noch entsetzlich müde aus. Es war Torheit, hierher zu reisen, ehe wir dich kommen ließen. Außerdem habe ich einen sehr arbeitsreichen Tag«, sagte Kitty, »bei der Dorcas-Gesellschaft, den Sonntagsschullehrern und der Christlichen Frauenhilfe. Und bei der Sammlung für die Armen. Und Mr. Bracegirdle muß natürlich in die Fabrik. Nein, du verbringst den Tag am besten im Bett. Dann kannst du heute abend vielleicht Papa sehen.«

»Ich habe ihn bereits gesehen«, sagte Ellen.

Eisiges Schweigen erfüllte das Zimmer. Ellen fuhr fort: »Wie kannst *du*, Kitty – die du dich eine Christin nennst – es vor deinem Gewissen verantworten, *irgend jemanden* – geschweige denn deinen Vater – in einem solchen Zustand zu halten? Was habt ihr nur mit ihm gemacht? Er sieht aus wie ein erbärmlicher alter Landstreicher! Er friert – ist schmutzig – hungert. Und vor kaum vier Monaten war er noch ein kräftiger, aktiver, intelligenter Mann.«

»Also so was!« sagte Mr. Bracegirdle entrüstet. »Hat man solche Undankbarkeit schon ma' erlebt? Da haben wir die ganze Zeit, wo Sie krank waren, für ihn gesorgt – und *das* ist dann der Dank!«

»Wirklich, Ellen!« rief Kitty mit extrem gerötetem Gesicht. »Ich wäre dir dankbar, wenn du ein wenig nachdächtest, ehe du hierherkommst und uns kurzerhand verurteilst! Warte, bis du beide Seiten der Sache gehört hast, bitteschön. Papa benimmt sich wie ein Verrückter – wie ein kompletter, tobender Wahnsinniger! Zu seinem eigenen Besten war es notwendig, seine Bewegungsfreiheit einzuschränken. Du mußt nicht denken, wir hätten ihn *gerne* hier. Das nun wirklich nicht, das versichere ich dir!«

»Dann wirst du erlauben, daß er heute mit mir nach Hause kommt«, sagte Ellen. Sie entsann sich ihres totalen Geldmangels – aber schließlich mußte Luke ja Geld zur Verfügung haben – irgendwo im Hause mußte doch Geld von ihm sein?

»Heute mit dir weggehen? Bist du wahnsinnig?«

»Das kommt überhaupt nicht in Frage.«

»Warum?« sagte Ellen. »Dann werde ich eben Eugenia

schreiben. Wenn sie und Eustace wüßten, was ihr hier tut...«

»Du kleine Närrin! Es war doch überhaupt erst Eugenias Idee! Sie hat vorgeschlagen, daß ich ihn hierherbringe und – und ihm vernünftig zurede. *Sie* konnte es nicht – Eustace ist zu weich...«

»Weichköpfig«, sagte Sam Bracegirdle. Er erhob sich und wischte sich den Mund mit der Damastserviette. »Ich lasse dich allein, damit du dem Mädchen die Sache klarmachst«, sagte er zu seiner Frau, und zu Ellen: »Schreiben Sie sich eins hinter die Ohren, Miss. Ihr Pa verläßt dieses Haus nicht, bis er und ich uns über etwas geeinigt haben, was Kitty von ihm verlangt.«

»Die Änderung seines Testaments, meinen Sie?«

Dasselbe eisige Schweigen folgte ihren Worten.

»Wenn du über das Testament Bescheid weißt«, begann Kitty. Ihr Mann unterbrach sie.

»Ihr Vater ist völlig verrückt, Mädchen – da beißt die Maus keinen Faden ab. Er ist nicht bei Verstand. Er ist unzurechnungsfähig. Und solange er das ist, bleibt er hier. Wer weiß, auf welchen Schwachsinn er vielleicht noch verfällt? Er bleibt hier, bis er sich bereit erklärt, dieses wahnwitzige Testament zu ändern. Und wenn er das nicht tut – dann werden wir eben Ärzte hinzuziehen müssen, damit es für ungültig erklärt wird, weil er geistesgestört ist. Haben wir uns verstanden? Sein ganzes Geld dieser Harpye zu vermachen – man stelle sich vor!«

»Ich mag Mrs. Pike ebensowenig wie Sie«, sagte Ellen, »aber Papa war nicht wahnsinnig, als er dieses Testament aufsetzte, und das wissen Sie. Ob ihr ihn mit eurer Grausamkeit mittlerweile wahnsinnig *gemacht* habt, ist eine andere Frage...«

»Was?« kreischte Kitty. »Wir ihn wahnsinnig gemacht? Also das gefällt mir. Hüte deine Zunge, Miss! Man könnte meinen, du willst, daß diese Frau – diese Mutter eines Galgenvogels – Mamas Geld bekommt!«

»Ich kann nicht behaupten, daß ich das will. Obgleich ich nicht bereit wäre, so weit zu gehen, um es zu verhindern. Ist dir denn nicht der Gedanke gekommen, daß ihr auf dem besten Wege seid, den armen Papa um den Verstand zu bringen? Er ist verängstigt – elend – mir wird übel, wenn ich ihn sehe. Wie kann er denn jetzt je sein Testament ändern?«

»Quatsch!« sagte Sam Bracegirdle nachdrücklich. »Sie wissen nicht, wovon Sie reden, Miss! Sie sind ja selber krank – fiebrig – gar nicht in der Verfassung, das zu beurteilen. Ihr Pa altert, das ist alles. Es ist vier Monate her, daß Sie ihn zuletzt gesehen haben, und das ist in diesem Alter eine lange Zeit. Das kann ganz plötzlich kommen – wenn's mit alten Leuten bergab geht. Also: Sie gehen jetzt und ruhen sich aus, wie sich's für ein vernünftiges Mädchen gehört. In ein paar Tagen können Sie dann mit unserem Doktor reden, Barney Oldthorpe, ein so gescheiter Mann, wie man ihn sich nur wünschen kann; und der wird Sie beruhigen können. Wir sind nicht unfreundlich zu dem alten Gentleman gewesen – er ist eben nur ein dickschädliger, halsstarriger, eigenwilliger alter Satan, und man kann nicht vernünftig mit ihm reden.«

Er hatte seine Auslassung in gemäßigtem Ton begonnen, sich gegen Ende jedoch in Rage geredet. Ellen spürte, daß Gefahr in der Luft lag. Sie sagte rasch: »Ich rede gern mit Ihrem Doktor. Vielleicht kann er Smollett nach Petworth schreiben. Ich glaube wirklich, Mr. Bracegirdle, wenn Papa zu Hause wäre – in seiner eigenen Umgebung – wenn man ihn ein normales Leben führen ließe –, würde er die Stichhaltigkeit Ihrer Argumente wahrscheinlich sehr viel eher einsehen. Schließlich steht Mrs. Pike nicht mehr in seinen Diensten – mehrere Monate sind verstrichen – sehr wahrscheinlich hat er sie so gut wie vergessen.«

»Ja, aber wenn er nach Hause ginge, würde er sich wahrscheinlich wieder an sie erinnern und sie auffordern, zurückzukommen«, wandte Sam ein. Ellen dachte daran, daß Mrs. Pike sich immer noch in der Nähe von Petworth aufhielt, und befürchtete, daß an seinem Argument vielleicht etwas

Wahres war. Er zog seine Taschenuhr und rief: »Mein Gott, ich hab mich eine halbe Stunde verspätet! Rede mit Ellen, Kitty – rede ihr vernünftig zu – du kannst sie bestimmt zur Vernunft bringen.«

Und er verließ geschwind das Haus.

Nach einer weiteren Stunde fruchtlosen Streitens war Ellen froh, sich auf ihr Zimmer zurückziehen zu können, während Kitty sich ihren verschiedenen karitativen Beschäftigungen widmete. Die Tür zu Luke Pagets Zimmer blieb geschlossen und versperrt; niemand ging hinauf oder kam herunter. Als Ellen ein-, zweimal davor lauschte, hörte sie ihren Vater gereizt vor sich hin murmeln; sie hörte den Namen »Mattie« mehrmals wiederholt, und bisweilen eine Art Wimmern. Sie war sehr versucht, durch die Tür mit ihm zu reden, befand aber, daß das nur lieblos wäre, da sie keinen Zugang hatte.

Sie dachte voll Entsetzen an die Geschichte, die er ihr erzählt hatte. Sie hatte den Beiklang absoluter Wahrheit. Wieder verkrampfte Ellen die Hände, als sie an jene fünf Tage dachte, die Mattie sich vor Schmerzen gewunden, nach ihrem Mann geschrien hatte, während er sich in Bath aufhielt, unbehelligt außer Hörweite. Warum sollte man sich die Mühe machen, einen solchen Mann zu retten? Und doch mußte sie es tun.

»Wann bekommt Papa seine Mahlzeiten?« fragte sie Kitty beim Lunch. Kitty warf ihr einen wütenden, Schweigen gebietenden Blick zu – es saßen ein paar ortsansässige Damen von der Christlichen Hilfe am Tisch.

»Consett bringt ihm zweimal am Tag seine Mahlzeiten; der Doktor sagte uns, er solle leichte Diät halten. Alte Menschen bekommen von zu reichhaltigem Essen leicht Temperatur und Magenbeschwerden, sagt er. Und mein Vater ist von sehr zarter Gesundheit«, erklärte Kitty ihren Gästen, die mitfühlend nickten und murmelten, daß ältere Leute eine große Last und ein Problem sein könnten und Mrs. Bracegirdle beispielhafte töchterliche Pietät zeige, indem sie ihren schwierigen alten Vater pflege. Ellen verlangte es danach, kein Blatt vor den Mund zu nehmen und sie eines Besseren zu belehren. Zwei Teller Haferschleimsuppe pro Tag! dachte sie und betrachtete das Kalbsfrikassee und die Geflügelpasteten, mit denen die Damen regaliert wurden – doch ihr war bewußt, daß ihre eigene Position im Hause höchst prekär war und sie am besten ihre Zunge hütete, sonst würde sie sich vielleicht unversehens vor die Tür gesetzt finden und jeder Möglichkeit beraubt sein, ihrem Vater zu helfen.

An diesem Abend durfte sie ihrem Vater in seinem Zimmer einen kurzen, förmlichen Besuch abstatten, doch Kitty und Bracegirdle begleiteten sie, und ihr Vater war von ihrer Gegenwart sichtlich so verschreckt, daß er in ein heftiges Zittern verfiel und seine jüngste Tochter kaum ansah.

»Also, Mr. Paget, ha'm Sie noch mal über das nachgedacht, was wir besprochen haben?« sagte Bracegirdle. Er beabsichtigte offenbar, in ruhigem und gemessenem Tonfall zu reden, doch seine Stimme hallte in dem spärlich möblierten Zimmer so laut wider, daß sie Luke auffahren ließ; seine großen, verängstigten Augen richteten sich auf den anderen Mann, und nach einer Weile schüttelte er den Kopf und lallte: »Nicht – Zwang – unterwerfen – frei – entscheiden – wie ich will!«

»Sei nicht töricht, Papa!« sagte Kitty scharf. »Du weißt, daß deine testamentarischen Verfügungen äußerst unvernünftig sind.«

Ein starrsinniger, leerer, listiger Ausdruck glitt über Lukes Gesicht. »Mattie wird zu mir halten«, fauchte er Kitty an. »Sie weiß, was du bist – elender Dämon! Fahr in deine Grube zurück!«

»Da! Da hast du's!« sagte Kitty erbost und zog Ellen aus dem Zimmer. »Er faselt. Er ist nicht bei Verstand. Sam sagt, wir müssen ihn für unzurechnungsfähig erklären lassen.«

Ellen sah viele praktische Einwände dagegen, doch sie hatte beschlossen, keine wertvolle Kraft darauf zu verschwenden, mit den Bracegirdles zu streiten. Sie fühlte sich wirklich nicht sehr kräftig und wälzte einen wilden Plan, für den sie alle ihre Reserven brauchen würde.

»Wann kommt der Arzt das nächste Mal?« fragte sie, nach beträchtlichem Schweigen.

»Am Samstag.« Kitty klang erleichtert darüber, daß ihre Schwester ihre Vorhaltungen aufgegeben und begonnen hatte, die Situation zu akzeptieren.

Ellen beschloß, sich in Geduld zu fassen, und verbrachte dementsprechend ein paar Tage damit, auszuruhen, nachzudenken und die Gewohnheiten des Haushaltes zu beobachten. Kitty ging die meiste Zeit außer Hause ihren diversen karitativen Tätigkeiten nach; Sam verließ jeden Morgen um acht das Haus und kehrte nicht vor fünf Uhr zurück. Der Schlüssel zu Lukes Zimmer war dem unangenehmen Consett anvertraut, der ihn die ganze Zeit bei sich trug.

Am Mittwochabend, als Alsop ihr vor dem Dinner Waschwasser brachte, fragte Ellen: »Martha, könnten Sie ein Telegramm für mich aufgeben?«

»Heute abend nicht, Miss. Aber morgen könnt ich's, wenn ich zum Lebensmittelhändler gehe.«

»Die Sache ist die, Martha, ich habe kein Geld, um dafür zu bezahlen; aber würden Sie statt dessen diese Brosche nehmen?«

Es war eine kleine, eingefaßte Perle, die ihre Mutter ihr geschenkt hatte, als sie zehn war.

»Gott bewahre, Miss, ich werd' doch Ihre Brosche nich' nehmen! Ich treib' das Geld schon auf – ich bekomme guten Lohn –, und Sie können mir's irgendwann mal zurückzahlen.«

»Ich werde in der Stadt jemanden treffen müssen; gibt es einen anständigen Gasthof?«

»The Crown is' nich' so übel; da wohnen meistens die Geschäftsleute.«

Nachdem Ellen ihre Nachricht abgeschickt hatte, hatte sie Muße, darüber nachzudenken, daß sie vielleicht nie ihren

Empfänger erreichen würde – der vielleicht ohnehin nicht in der Lage oder willens war, ihr zu helfen; bei ihrem Plan konnte alles mögliche schiefgehen, und sie beschäftigte sich am besten damit, sich ein alternatives Vorgehen einfallen zu lassen. Es bot sich keines an, ausgenommen ein Appell an die besseren Gefühle des Arztes (der vermutlich von den Bracegirdles zu gut bezahlt wurde, um dem Luxus besserer Gefühle zu frönen), und so war Ellen in gänzlich niedergedrückter und pessimistischer Verfassung, als sie Donnerstagnachmittag zur Crown Inn hinunterging.

Kitty war auf einem Wohltätigkeitsbazar in Tunstall. Ellen hatte sich bereits ein-, zweimal in die Gärten von Maple Grove und die Randbezirke der Stadt hinausgewagt; ihr Weggang aus dem Hause erregte kein Aufsehen.

The Crown war ein großer, respektabel wirkender Gasthof mit einer überwölbten Einfahrt für Kutschen und zahlreichen Menschen, die kamen und gingen; offensichtlich wurde er von Fabrikanten als Treffpunkt genutzt, und Ellen konnte ins Kaffeezimmer schlüpfen, ohne daß jemand sie nach ihrem Begehr fragte oder sonderlich beachtete. Sobald sie dort war, blickte sie sich in banger Erwartung um. Eine große, elegant gekleidete Gestalt erhob sich von der dem Kamin am nächsten stehenden Bank und kam auf sie zu.

»Meine liebe Ellen! Darf ich fragen, was das zu bedeuten hat? Ich bin, deiner Aufforderung folgend, gekommen, wie du siehst, aber…« Dann musterte er sie genauer und rief: »Lieber Gott, Ellie! Was ist denn los mit dir? Du siehst aus wie ein Gespenst!«

»O Benedict! Ich bin so dankbar, daß du gekommen bist! Es ist alles so schrecklich! Aber« – sie sah sich um – »hier können wir nicht reden.«

»Nein, ich habe ein Privatzimmer reservieren lassen. Und du siehst aus, als täte dir ein Kaffee gut. Komm hier entlang.«

In einem Zimmer im ersten Stock behaglich neben einem hell lodernden Feuer untergebracht, sprudelte Ellen ihre Geschichte hervor. Sie war darauf bedacht, sich in Wortwahl und Tonfall so gemäßigt, ruhig und sachlich wie möglich zu geben; sie wollte nicht, daß Benedict dachte, sie ergehe sich in hysterischer Übertreibung, Phantasie oder Melodrama; und während sie fortfuhr, sah sie mit unendlicher Erleichterung, daß sein Gesichtsausdruck immer entsetzter wurde.

»Benedict, wenn man Papa noch länger dort läßt, wird er sterben, glaube ich! Oder er wird tatsächlich wahnsinnig, und dann werden sie ihn ins Irrenhaus einliefern. Und er ist nicht wahnsinnig; das weiß ich genau. Der arme alte Mann! Er ist völlig verwirrt und phantasiert – kein Wunder nach einer solchen Behandlung. Aber ich bin sicher, wenn er erst einmal wieder bei sich zu Hause ist, wird er seine alte Vernunft wiedergewinnen.«

»Ich habe Kitty schon immer für eisenhart gehalten«, murmelte Benedict. Seine Brauen furchten sich, er rieb sich die Stirn und fragte dann: »Wer hat den Schlüssel zum Zimmer deines Vaters?«

»Sams Diener Consett. Er trägt ihn in der Tasche. Und er ist meinem Schwager treu ergeben.«

»Niemandes Ergebenheit geht über einen bestimmten Punkt hinaus«, sagte Benedict trocken. »Versuch es mit fünfzig Pfund, Ellie; wenn das versagt, erhöhe auf hundert.«

»*Hundert*?«

»Du möchtest doch deinen Vater retten – oder? Nun wollen wir mal überlegen. Er wird Kleider brauchen. Ich kann aus Matlock einen Anzug meines Bruders mitbringen – er ist ein großer Kerl, sie werden es schon tun. Du sagst, Bracegirdle ist den ganzen Tag außer Haus – was ist mit Kitty?«

»Sie ist auch sehr oft außer Haus. Aber wann – wann könntest du kommen?«

Ellens Stimme zitterte. Auch jetzt noch konnte sie kaum glauben, daß Benedict ihr wirklich helfen würde. Wütend über ihre Schwäche, wischte sie sich die Tränen aus den Augen.

»Morgen um diese Zeit. Wie wäre das?«

»Das wäre großartig. Ich habe Kitty sagen hören, sie

müsse Freitagnachmittag eine Sitzung der Gesellschaft für Überseeische Mission in Cheadle besuchen. Sie – sie beschäftigt sich sehr viel mit Wohltätigkeit.«

»*Wohltätigkeit!*« Benedict murmelte etwas, was Ellen zu überhören für am besten hielt. »Warte hier einen Moment, Ellie; gönne dir noch eine Tasse Kaffee, während ich etwas besorge.«

Er blieb zehn Minuten weg, in denen Ellen in einem Zustand solcher Erleichterung und Erschöpfung dasaß, daß ihr schwindlig wurde; jemanden gefunden zu haben, der bereit war, ihre Last zu teilen, war ein Trost, auf den sie kaum zu hoffen gewagt hatte. Es war fast eine Überraschung, Benedict wieder zur Tür hereinkommen zu sehen.

»Da!« Er klatschte einen Umschlag voller schmutziger Banknoten auf den Tisch. »Ich habe festgestellt, daß es einige Vorteile bietet, der Bruder eines Earls zu sein; man genießt ausgezeichneten Kredit im Umkreis von fünfundzwanzig Meilen um seinen Stammsitz! Versuch es damit bei deinem Zerberus, und ich bin ziemlich sicher, daß es Erfolg haben wird.«

»Und wenn nicht?«

»Wenn nicht, werden wir die Polizei hinzuziehen müssen; aber ich bin sicher, du und dein Vater würden das nach Möglichkeit lieber vermeiden!«

Ellens Mut sank ob dieser Erwägung. Sie sagte mit versagender Stimme: »Benedict, das nächste Problem, das mich beschäftigt, ist, wo können wir ihn hinbringen? Denn er ist zu schwach, um die ganze Fahrt nach Sussex zu machen, und...«

»Nichts einfacher als das. Wir bringen ihn nach Matlock Chase. Easingwold hätte nicht das geringste dagegen, aber er ist derzeit nicht da; er hält sich zur Jagd in Melton auf. Tante Essie ist da; sie ist eine liebe alte Seele, die über den Wolken schwebt, nichts kann sie überraschen. Und von hier aus sind das nur zwei Stunden Fahrt; das wird deinem Vater nicht schaden.«

»O Benedict! Ich w-weiß k-kaum, was ich s-sagen...«

»Na, na, Ellie!« sagte er freundlich. »Jetzt ist keine Zeit, zusammenzubrechen. Du mußt zurück und für morgen Kraft sammeln; zeig diesem gräßlichen Paar ein unschuldiges Gesicht, und mach dich bei dem Diener an die Arbeit. Aber nicht zu früh!«

Gehorsam stand sie auf, und er hüllte sie fest in ihren Mantel. »So ist's recht. Moment – ein letzter Punkt – gibt es in dem Haus einen Seiteneingang?«

»Ja; links, hinter dem Gebüsch.«

»Kann man mit einer Kutsche vorfahren?«

»Ja, dort werden die Kohlen angeliefert.«

»Ausgezeichnet; ich werde morgen um diese Zeit da sein. Bis dahin – laß den Mut nicht sinken!«

Er ergriff kurz ihre Hände und war verschwunden.

16

Selbst als sie in der Kutsche saßen, konnte Ellen kaum glauben, daß sie in Sicherheit waren. Sie blickte in einem fort ängstlich aus dem Fenster, bis Benedict lachend sagte: »Keine Sorge, Ellie! Schließlich würde Bracegirdle, falls er unerwarteterweise früh nach Hause kommen und die Verfolgung aufnehmen würde, annehmen, du habest die Straße nach Süden, nach Lichfield genommen; oder, noch wahrscheinlicher, du seist nach Stoke gefahren, um einen Zug zu nehmen.«

»Ja, das ist wahr«, stimmte Ellen erleichtert zu.

»Es beginnt zu schneien«, sagte Benedict mit einem Blick hinaus auf das hügligere Land, durch das sie nun kamen. »Was für ein Glück, daß es nicht früher anfing! Ein schwerer Schneefall wäre das einzige gewesen, was unseren Plan hätte zunichte machen können.«

Luke war die ganze Zeit über mit einem benommenen, leeren Gesichtsausdruck dagesessen, der seine Tochter, wiewohl sie sich das kaum eingestehen wollte, zutiefst beunruhigte. Er hatte es sich ruhig, ohne ein Wort gefallen lassen, daß man ihn anzog, warm einpackte und zur Kutsche hinunter brachte. Aber noch seit dem Tage, als sie in Maple Grove eintraf, schien er weiter verfallen zu sein. Was – sie hatte nun Muße, darüber nachzudenken – was, wenn die Bracegirdles und ihr Arzt bezüglich seines Geisteszustandes recht hatten? Was, wenn er mittlerweile zu weit weg war, um sich wieder zu erholen – zu verstört, zu verwirrt?

»Ängstige dich nicht«, sagte Benedict, der ihre Sorgen erriet, ruhig. »Das muß ihm alles wie ein wilder Traum vorkommen. Es kann Tage – Wochen – dauern, ehe er wieder er selbst ist.«

Als sie Matlock Chase erreicht hatten, hatte sich das Schneegestöber zu einem Schneesturm gesteigert; die Pferde konnten gerade noch dagegen ankämpfen.

»Dieses Wetter wird der Jagerei meines Bruders ein Ende machen«, sagte Benedict, der, mit Hilfe von ein paar Bedienten, Luke vorsichtig half, aus der Kutsche zu klettern. »Ich vermute, Ellie, daß du dich mit ein paar Tagen – wenn nicht Wochen – des Eingesperrtseins hier wirst abfinden müssen. Ich hoffe nur, Matlock erweist sich nicht so sehr als Gefängnis wie Maple Grove!«

»Es ist ein wenig größer!« Matlock war ein riesiges Haus, von Vanbrugh für den dritten Earl errichtet. Gleichwohl war der Gedanke, nicht weggehen zu können – so lange ungebetene Gäste zu sein –, sehr unangenehm. Zögernd, unglücklich fuhr Ellen fort: »Benedict, es tut mir leid. Ich hatte wirklich nicht erwartet – ich möchte dir nicht zur Last fallen – oder deine Pläne durcheinander bringen – oder – oder die von Charlotte Morningquest.«

»Charlotte Morningquest?« Er klang erstaunt. »Was hat die denn damit zu tun?«

»Ich dachte, du hättest sie vielleicht hierher eingeladen?«

»Nur über meine Leiche!« sagte Benedict. »Es gibt Grenzen für das Maß an Langeweile, das ich zu ertragen gewillt bin.«

Sie betraten eine riesige, mit teils weißen, teils grauen Marmorstatuen in Nischen und sehr vielen Waffen geschmückte Halle. Ein älterer Diener mit gütigem Gesicht kam auf sie zu, um sie willkommen zu heißen.

»Also das ist Hathersage, der sich deines Vaters annehmen wird, und ich versichere dir, wenn Hathersage sich um jemanden kümmert, dann ist dem Betreffenden die Genesung von allem bis hin zur Beulenpest garantiert; er hat mir über Keuchhusten, Scharlach und einen gebrochenen Oberschenkel hinweggeholfen, und ich war ein schwieriger Patient, nicht wahr, Hathersage?«

»Leidlich schwierig, Master Benedict«, sagte Hathersage lächelnd. »Nun quälen Sie sich mal nicht, Miss, wir werden den alten Gentleman bald wieder auf dem Damm haben. Kommen Sie eben hier entlang, Sir, und die junge Dame kann nach oben kommen und bei Ihnen sitzen, sobald Sie in den Federn sind.«

»Unterdessen kommst *du* mit *mir*«, sagte Benedict. »Es gibt noch eine, die wie auf Kohlen sitzt, seit ich ihr heute morgen gesagt habe, daß du kommen würdest.«

Tatsächlich mußten sie nirgendwo hingehen; Vicky erschien, stürzte die weitläufige Treppe hinunter und schrie: »Ellen, Ellen! Ich bin so froh, dich zu sehen! Ist das nicht ein herrlicher Palast?«

»Vicky! Ich wollte Benedict gerade fragen, ob es möglich wäre, dich in der Schule zu besuchen!«

»Das tat ich letzte Woche«, sagte Benedict. »Deine Schwester Kitty war so entgegenkommend, mich von den Maßnahmen zu unterrichten, die zu ergreifen sie für angebracht gehalten hatte; nicht aus Rücksichtnahme! Sie fand es angezeigt, mir das zu sagen, damit ich mich am Schulgeld beteiligen könnte. Da ich mich gern davon überzeuge, daß ich für mein Geld auch einen Gegenwert bekomme, inspizierte ich den Ort, stellte fest, daß Vicky furchtbar unglücklich war und nichts lernte, holte sie deshalb von dort weg und brachte sie hierher, wo sie Easingwolds Bälger – die natürlich viel jünger sind – tyrannisieren und an den Aufmerksamkeiten ihrer Miss Flyte teilhaben kann.«

»O Benedict! Und fühlst du dich hier wohl, Vicky?«

»Leidlich«, erwiderte Vicky mit ihrer üblichen Vorsicht. »Aber es wäre mir lieber, wenn wir nach Hause, in die Hermitage, gehen könnten. Ich bin *sehr* froh, dich zu sehen, Ellen. Aber ach, dein armes Haar! Was ist damit passiert? Und du bist so dünn! Warst du *sehr* krank? Bist du fast gestorben?«

»Nein, nein; und jetzt geht es mir schon viel besser, und mein Haar wird bald nachwachsen, und ich werde so dick sein wie ein Schwein. Hast du hier viele Bilder gezeichnet?«

»Hunderte! Und wir sind im Park Schlittschuh gelaufen – Benedict hat es mir beigebracht. Ich werde es dir zeigen – wenn es nur zu schneien aufhört.«

Aber es hörte drei Tage und drei Nächte lang nicht zu schneien auf. Den größten Teil dieser Zeit verbrachte Ellen am Bett ihres Vaters, sprach mit ihm, hörte ihm zu, fütterte ihn, führte ihn durch geduldiges Zureden langsam zu Luzidität und Vernunft zurück. Er holte sich von der Fahrt eine Erkältung, und eine Zeitlang fürchtete sie, ihre impulsive Tat könne sein Tod sein. Bisweilen war sie verzweifelt. Doch nach und nach kehrte Verständnis in seinen Blick und Verständlichkeit in seine Äußerungen zurück. Der persönliche Zahnarzt des Earls von Radnor suchte ihn auf, um ein neues Gebiß anzumessen und anzufertigen, und diese zusätzliche Maßnahme verbesserte sowohl sein Äußeres als auch seine Diktion sehr, sobald er in der Lage war, es zu tragen, was indes ein wenig Zeit brauchte.

Ellen selbst erlitt nach der geistigen, körperlichen und emotionalen Anspannung der Tage in Maple Grove einen gewissen Rückfall; sie fühlte sich mehrere Tage nach dem Eintreffen in Matlock Chase schrecklich müde.

Sie konnte nicht umhin, sehr häufig über die Reaktion der

Bracegirdles zu spekulieren, als diese entdeckten, daß Luke Paget und seine Tochter abgängig waren. Keiner von den Bedienten, außer Consett, hatte ihre Abfahrt mitbekommen, denn sie war zu einer Zeit bewerkstelligt worden, als sie parterre beim Essen waren; und Consett, von den hundert Pfund völlig gewonnen, hatte gesagt, er wolle das Schloß aufbrechen, damit man nicht dächte, er habe bei der Flucht die Hand im Spiel gehabt. Kitty und ihr Mann mochten durchaus glauben, daß die Flüchtigen irgendwo im Schneesturm umgekommen waren.

Sobald es möglich war, schickte Ellen Gerard ein beruhigendes Telegramm, dem sie einen detaillierten Brief folgen ließ. Eine Woche später bekam sie ein Antwortschreiben von ihm:

»Habe endloses Spektakel von Kitty und Samuel erlebt, die zu glauben schienen, ich müßte wissen, wo Du und Papa hingegangen sind: Ungefähr einen Tag lang stündlich Telegramme. Ich erwiderte, ich hätte keine Ahnung, wo Ihr seid. Inzwischen haben sie sich beruhigt. Ich möchte behaupten, Kitty schämt sich, die Sache publik zu machen. Tut mir leid, zu erfahren, daß P. bei so schlechter Gesundheit war, hoffe, er ist mittlerweile auf dem Wege der Besserung. Erzähl ihm, daß weiterer Teil des Steins in Krypta der Chi. Kath. freigelegt; Steinmetz ziemlich sicher, daß es Verdammnisstein ist. Hoffe, Euch bald zu sehen.

G.«

»Ich habe einen Brief von Gerard bekommen, Papa«, sagte Ellen. »Er schreibt mir, die Steinmetzen, die in der Kathedrale von Chichester arbeiten, glaubten tatsächlich, sie hätten den Verdammnisstein gefunden, in einer kleinen, kryptaartigen Kammer unter dem Mittelschiff.«

»Den Verdammnisstein?« Luke sprach langsam und grüblerisch. »Ach ja – jetzt fällt es mir ein. Sie fanden einen Paradiesstein – nicht wahr? Und es sollte zwei geben. Es sollte immer zwei geben. Schwarz und weiß. Auf und ab. Gut und böse. Mann und Frau.«

»Ein und aus«, sagte Ellen lächelnd, froh, dieses Spiel mit ihm zu spielen und seinen eingerosteten Verstand zu üben. »Bruder und Schwester. Hier und dort. Du und ich.«

»Ah. Aber du, Ellen, bist zwei – nicht wahr? Du bist sowohl Bruder als auch Schwester. Denn du hattest einen Zwilling – den kleinen Luke, der starb.«

»Aber ja – gewiß«, sagte Ellen, äußerst erstaunt über diesen unerwarteten Beweis von Gedächtnis und Wiedererkennen. »Mein armer kleiner Bruder. Deswegen sagen die Leute in Petworth, ich sei eine Heilerin.«

»Eine Heilerin. Ja, natürlich. Sie kamen immer zur Tür – nicht wahr? Und jemand – eine Frau – hatte etwas dagegen, daß sie das taten. Sie sagte, unser Geflügel würde gestohlen.«

»Das war Mrs. Pike«, sagte Ellen sanft.

»Pike? Ich erinnere mich nicht an den Namen. Aber Mattie – Mattie läßt die Leute *immer* kommen.«

»Wirklich, Papa?«

»Unweigerlich! Frag sie selbst! Sie war eben noch da. Sie brachte mir« – er blickte sich um – »sie brachte mir diese Blumen.« Er deutete auf eine kleine Vase mit Schneeglöckchen, die Ellen aus dem Wintergarten gebracht hatte. »Sie ist jetzt fast immer bei mir.«

»Das freut mich, Papa«, sagte Ellen gefaßt.

»Die arme Mattie. Ich habe ihr großes Unrecht getan.« Lukes hohler Blick irrte umher und ruhte dann auf seiner Tochter.

»Ich habe sie benutzt wie einen Armstuhl – einen Schreibtisch. Als – als sei sie nur zu meiner Bequemlichkeit da. Ich sprach selten mit ihr oder fragte sie nach ihrer Meinung. Und doch war sie ein Individuum – ein Charakter! Ein Mensch sollte einen anderen nicht so benutzen.«

»Mach dir nichts draus, Papa. Du hättest es nicht getan, wenn du mehr nachgedacht hättest. Jetzt weißt du es besser –

es scheint, wir hören nie auf zu wachsen. Und Mattie würde es dir nicht vorhalten.«

»Nein, sie hat mir verziehen. Das sagt sie mir«, meinte Luke zufrieden. »Das sagt sie mir jeden Tag.«

Endlich hörte es zu schneien auf, und Benedict kündigte an, es werde Zeit, daß Ellen an die frische Luft komme.

Seit Mr. Pagets Rettung hatte eine gewisse vorsichtige Vertrautheit die kalte Förmlichkeit ersetzt, die die Beziehungen zwischen Ellen und Benedict so lange charakterisiert hatte. Es ist kaum möglich, an einem solchen Unterfangen teilzunehmen, ohne bis zu einem gewissen Grade und fast unwillkürlich die Abwehr gegen den Partner zu lockern, der einem bei dem Abenteuer beigestanden hat. Ellens Dankbarkeit gegenüber Benedict für sein promptes Handeln, seine Tüchtigkeit und spätere taktvolle Obsorge ließ es ihr als ihre Pflicht erscheinen, in den angemessenen Ausdruck ihres Dankes einen Grad von Wärme und Freundschaftlichkeit einfließen zu lassen, den zu erwidern er durchaus geneigt schien. Tatsächlich kamen die beiden sehr gut miteinander aus.

Jeden Tag erkundigte sich Benedict freundlich nach Mr. Pagets Fortschritten und war, als der Patient Besuchen gewachsen war, bereit, ihn in jeder nur erwünschten Weise unterhalten zu helfen. Längere Gespräche waren immer noch ermüdend für Luke, aber Benedict spielte Mikado mit ihm und las ihm Shakespeares Dramen vor, an denen er beträchtliche Freude zu finden schien, besonders an ›Timon‹ und ›König Lear‹. Dann bat Luke um die Gedichte von Cowper, wobei er etwas wehmütig erklärte, dieser Dichter sei »Matties Liebling«. Glücklicherweise stellte sich heraus, daß Lady Dovedale, Benedicts Tante Essie, eine liebevoll vage Seele, Cowper sehr zugetan war und seine sämtlichen Werke besaß; sie war bereit, ad infinitum daraus vorzulesen.

»Sehr gut«, sagte Benedict. »Hathersage ist im Zimmer nebenan; dein Vater ist in ausgezeichneten Händen; du bist seit deiner Ankunft hier nicht im Freien gewesen, und deine Wangen haben die Farbe von Molke. Ich werde dir das Schlittschuhlaufen beibringen; zieh deinen Mantel an.«

»Das Eis sieht schrecklich hart aus«, sagte Ellen zweifelnd und beäugte die dunkelgraue Fläche, auf der bereits Vicky und die beiden kleinen Töchter Radnors, sechs und vier Jahre alt, mit Miss Flyte umherstolperten, vor Lachen kreischend und häufiger lang hinschlagend als aufrecht stehend.

»Denk nicht daran. Das sind die Schlittschuhe meiner Großtante Georgiana – ich denke, sie werden dir sehr gut passen. Jetzt nimm meine Hand – vertrau mir – denk einfach, du seist ein Vogel, der dahinschwebt.«

Niemals hatte Ellen sich so hilflos gefühlt. Ihre Füße rutschten gleichzeitig in vermeintlich unendlich viele, einander entgegengesetzte Richtungen unter ihr weg; ihr Schwerpunkt schien nie dort zu sein, wo er nützlich wäre, sondern sie ständig verhängnisvoll aus dem Gleichgewicht zu zerren.

»Ich komme mir vor wie ein Sack – ein Klumpen!« keuchte sie. »Es ist *hoffnungslos*, Benedict – völlig hoffnungslos! Ich werde es niemals, niemals lernen.«

»Doch, doch, das kommt schon. So ist's richtig – stoß nach vorn, nicht nach hinten. Es ist mehr wie Tanzen als wie Gehen.«

Schwankend glitten sie über den See davon, auf ferne dunkle Wälder und schneebedeckte Abhänge zu.

»Das letzte Mal, als ich mit dir tanzte«, sagte Benedict, »war auf Kittys Hochzeit. Weißt du noch?«

Und ob sie das noch wußte! Lebhaft erinnerte sich Ellen des Anlasses. Nachdem er viermal mit ihr getanzt hatte, hatte er sie auf den Talweg hinunter geführt und ihr gesagt, sie sähe aus wie eine wilde Hyazinthe. Sie waren hin und her gegangen, hin und her ...

»Sehr gut!« sagte Benedict. »Nun bekommst du das richtige Gefühl dafür. Ich wußte, daß du rasch lernen würdest – ein so gescheites Mädchen wie du!« Sein Tonfall war nekkend, aber es lag Zuneigung in seiner Stimme.

Sie waren mittlerweile weit von den anderen entfernt, fuhren schneller und schneller. Die vorbeirauschende Luft war wie ein diamantener Hauch.

... Und dann, am nächsten Tag ...

»Und dann, am nächsten Tag«, fuhr er fort, »hast du mich dabei erwischt, wie ich in der Meierei Dolly Randall küßte – oh, wie wütend du warst! Du hast es meiner Mutter erzählt – Klatschbase! –, und sie hielt mir eine riesige Gardinenpredigt und entließ die arme Dolly – alles wegen eines albernen Dummejungenstreichs.«

»Oh, und du kannst nicht glauben, wie schrecklich ich schon am nächsten Tag diese gehässige, dünkelhafte Tat bedauerte! Ich hätte mir die Zunge herausgerissen, um sie ungeschehen zu machen. Aber ich war damals gerade schrecklich unglücklich: hatte Heimweh, vermißte Mama so schmerzlich, sollte demnächst wieder nach Brüssel zurückgeschickt werden – aber trotzdem hätte ich nicht so abscheulich über dich und Dolly klatschen sollen.«

»Und die ganze Zeit«, sagte Benedict, »warst *du* es, die ich küssen wollte.«

Das tat er nun, sehr zart, auf ihre geöffneten Lippen, doch selbst das reichte aus, Ellens prekäres Gleichgewicht zunichte zu machen, und die beiden stürzten in einem wirbelnden Gewirr von Armen und Beinen und Schlittschuhen zu Boden.

»Ich habe es dir ja gesagt«, meinte Ellen, als sie der Länge nach dalagen, ihr Kopf indes bequem an seiner Schulter ruhte, »ich habe dir ja gesagt, es ist hoffnungslos! Ich werde nie eine Schlittschuhläuferin. Das kleinste Ereignis wirft mich um.«

»Macht nichts«, sagte Benedict, ohne auch nur zu versuchen, aufzustehen. »Wir kommen sehr gut zurecht im Augenblick. Jetzt kann ich dich nach Herzenslust ausschimpfen, und du kannst nicht entkommen. Warum hast du mir so einen fürchterlichen Dämpfer verpaßt, damals, als ich dich zum Jahrmarkt von Petworth einlud?«

»Weil du schon Kitty und Dorothea Morningquest gefragt hattest und mich nur aus einem nachträglichen Einfall heraus einzuladen schienst!«

»Ich hatte eine Heidenangst vor dir, Amazone, die du bist.«

»Warum warst *du* immer so neckend und unfreundlich, wenn wir uns trafen? Bei der kleinsten Provokation hast du mir den Kopf abgerissen!«

»Und was ist mit dir, bitteschön? Lieber Himmel, diese eisigen, vernichtenden Blicke, die du mir zuwarfst – wie der Ostwind in Person.«

»Das lag daran, daß mir so elend zumute war. Ich sehnte mich danach, Frieden zu schließen – hatte aber nie Gelegenheit dazu. Ich liebte dich so sehr – und es schien so hoffnungslos.«

»Ja meinst du denn, ich nicht? Ich begann, in Verzweiflung zu versinken. Ich muß diesen Unhold von einem Mädchen vergessen, sagte ich mir – weggehen – spielen – reisen – die Welt genießen. Aber ich *konnte* dich nicht vergessen.«

»Verzweiflung? Es war wie ein Leben in der Arktis!«

»Benedict und Ellen!« schalt Vicky, die staksig auf sie zugefahren kam, von einem Gartenjungen besorgt verfolgt. »Was soll denn das, so auf Eis und Schnee zu liegen? Ihr müßt sofort aufstehen! Ihr werdet euch erkälten!«

»Nein, wir werden uns nicht erkälten«, sagte Benedict, der sich vorsichtig auf ein Knie erhob. »Uns ist nämlich so warm, Vicky, daß wir uns wahrscheinlich nie mehr erkälten.« Sich aufrappelnd hob er seine kleine Halbschwester hoch und warf sie, unter ihrem entzückt quiekenden Gelächter, in eine Schneewehe. Dann, als er sich umdrehte, um Ellen aufzuhelfen, rief er: »Du lieber Gott, wir werden aber vermutlich endlose Schwierigkeiten bekommen, wenn wir heiraten! Meinst du, wir geraten in die verbotenen Verwandtschaftsgrade – darf ich die Tochter des Mannes meiner Mutter heiraten? Na, ich habe es jedenfalls vor, ob erlaubt oder nicht.«

»Deine Stiefmutter darfst du nicht heiraten«, sagte Ellen nach einiger Überlegung, »oder die Frau des Bruders deiner Mutter ...«

»Das wäre Tante Essie. Ich habe nicht die leiseste Absicht, sie zu heiraten. Dich will ich heiraten.«

»Aber Benedict ...«

»Was? Ach so, du willst auf diesen Franzosen anspielen? Diese Geschichte habe ich schon damals keinen Moment lang geglaubt, und jetzt erst recht nicht!«

»Warum machte sie dich dann so wütend?«

»Weil du gräßliches Mädchen so weit gingst, um mich zu verletzen. Wo ich dich doch nur beschützen wollte. Bin ich nicht eigens nach Brüssel gefahren, um dir das mit deinem Kater beizubringen ...?«

»Oh, wie gemein ich war! Aber nun werde ich es wiedergutmachen.«

Das strenge Wetter hielt noch drei Wochen an, und während dieser Zeit hielt man es nicht für ratsam, daß Ellen und ihr Vater die Rückreise nach Sussex antraten. Lord und Lady Radnor tauchten für eine Nacht in Matlock Chase auf, hießen Ellen freundlich und zerstreut als ihre künftige Schwägerin willkommen und enteilten dann in eines ihrer Häuser in Dorset, das, wenngleich als Jagd lachhaft, mittlerweile zumindest schneefrei war.

»Die Jagd ist alles, woran sie denken«, sagte Benedict. »Früher wünschte ich mir immer, Easingwold würde sich an einem Ochser den Hals brechen, damit ich Earl werden könnte, aber jetzt bin ich ganz anderer Meinung. Stell dir vor, im House of Lords sitzen und all diesen alten Windbeuteln zuhören zu müssen!«

»O pfui, Benedict«, sagte Tante Essie milde.

»Sie sind nicht an einer politischen Karriere interessiert, mein lieber Junge?« Luke, der sich abends mittlerweile unten aufhalten durfte, betrachtete Benedict wehmütig. »Aber welch edleres Ziel kann es geben, als seinen Mitmenschen in unserer glorreichen gesetzgebenden Versammlung zu vertreten?«

»Ich kann ihn ebensogut in einer Botschaft vertreten!«

»Es wird Zeit, daß du nach oben zu Bett gehst, Papa«, sagte Ellen sanft. »Schau, da ist Hathersage, um dir zu helfen.«

Im Laufe der vierten Woche begann der Schnee zu schmelzen; es hieß, Straßen und Eisenbahnstrecken seien frei; und nach weiteren Telegrammen machten sich Benedict, Ellen und Luke mit der Bahn nach Sussex auf. Vicky sollte einen weiteren Monat bei ihren kleinen Halbnichten in Matlock bleiben, bis der Haushalt in der Hermitage reibungslos lief.

Die Reise ging ohne Schwierigkeiten vonstatten. Benedict hatte seinen Diener Bakewell mitgenommen, einen Experten im Beschaffen von Kutschen, Reservieren von Abteilen, Erstehen von Fahrkarten und Besorgen von Fußwärmern und Sandwiches. Ellen entsann sich ihrer Reise mit Lady Morningquest von Brüssel nach Paris und seufzte, als sie an die arme Louise und an Raoul dachte. Aber sie konnte nicht wirklich niedergedrückt sein, so warm und behaglich an Benedicts Schulter gelehnt und zusehend, wie ihr Vater mehr und mehr Anzeichen seines wiedererwachenden Verstandes erkennen ließ. Er las im Zug die Zeitung und machte Bemerkungen über den entsetzlichen Schaden, den der Crystal Palace von Sydenham während der kürzlichen Unwetter davongetragen hatte; über den glücklichen Offizier, der während der Plünderung Pekings durch die Franzosen für 50 Pfund ein Buch gekauft hatte, für das ihm der Kaiser von China nun 16 000 Pfund bot; über die ungewöhnliche Absicht, eine Ausstellung von Künstlerinnen zu veranstalten – wo um alles in der Welt konnte man denn genügend Künstlerinnen auftreiben? – und darüber, daß der Französische Kaiser gezwungen war, französische Truppen aus Rom abzuziehen. Dann schlief er ein und wachte erst wieder auf, als sie zum letzten Abschnitt der Reise in Pulborough umsteigen mußten.

Gerard holte sie am Bahnhof von Petworth mit der Familienkutsche ab. Er umarmte Ellen, begrüßte liebevoll seinen Vater und schüttelte Benedicts Hand schier endlos auf und ab. »Also wirklich, Benedict, was du für ein Pfundskerl gewesen bist! Neben dir komme ich mir wie ein Lump vor, daß ich Ellen nicht begleitet habe – aber du hast dich bei der Rettung freilich weitaus geschickter angestellt, als ich es getan hätte.«

»Es war einfach Glück, daß ich zufällig zur Hand war«, sagte Benedict. »Selbst wenn ich es nicht gewesen wäre, glaube ich, hätte deine Schwester es allein geschafft. Sie ist ein furchtloses Geschöpf. Aber komm, da stehen wir in Regen und Wind – wir wollen deinen Vater unter sein Dach bringen.«

Die Fahrt war bald vorüber; Sue und Agnes hießen sie in der Hermitage freudig willkommen, und Benedict blieb zum Abendessen, ehe er nach Petworth House ging (man hatte vereinbart, daß er dort bei seinem Cousin George wohnte, um die bescheidenen Mittel des Paget-Haushaltes nicht übermäßig zu beanspruchen. Ellen überlegte, daß ihr Vater und Lord Leconfield sich nun entschließen mußten, diesen lächerlichen Disput wegen der Kleinkinderschule zu begraben).

»Ich muß sagen, es ist sehr angenehm, wieder zu Hause zu sein«, sagte Luke, der sich liebevoll in seinem Speisezimmer umsah, nachdem er nach Tisch ein Glas Port getrunken hatte. »Aber ich denke, ich werde jetzt nach oben gehen; Mattie wird schon auf mich warten.«

»Ich helfe dir, Papa«, sagte Gerard aufspringend.

Während der nächsten paar Tage waren viele geschäftliche Angelegenheiten zu regeln. Es mußte Geld von der Bank abgehoben werden, um die ausstehenden Löhne der Bedienten und andere Haushaltsausgaben zu bestreiten. Ellen ging unaufhörlich im Hause ein und aus. Einmal, als sie gerade den Marktplatz überquerte, stand sie plötzlich Mr. Wheelbird gegenüber.

»Ah, Mr. Wheelbird. Was für ein glückliches Zusammentreffen! Ich wollte Ihnen gerade einen Brief schreiben. Wären Sie so freundlich, morgen nachmittag bei Papa vorzusprechen?«

Nun bemerkte sie, daß der junge Anwalt so bleich wie ein Seihtuch geworden war.

»M-M-M-Miss Ellen? Sind sie – sind Sie vollkommen in Ordnung?«

»Aber ja doch. Warum sollte ich das nicht sein? Tatsächlich ist es mir nie besser gegangen«, sagte sie mit strahlendem Lächeln.

»A-Aber wir hörten, Sie – und Ihr Vater – seien in dem Schneesturm u-u-u-umgekommen! Ich erhielt z-zahlreiche Telegramme von Ihrer Schwester, Mrs. Bracegirdle ...«

»Ach so, nun ja, meine Schwester mag zunächst unter diesem Eindruck gestanden haben. Aber der war falsch.« Ellen dachte, daß sie Kitty wirklich schreiben mußte – aber das hatte unter den tausend Dingen, die zu erledigen waren, nicht gerade höchste Priorität.

»Also, Mr. Wheelbird, würden Sie bitte morgen vorbeikommen? Papa hat beschlossen, seine testamentarischen Verfügungen zu ändern, was zu erwägen Sie, wenn ich mich recht entsinne, sehr zu Recht vorschlugen, als Sie und ich einander das letzte Mal begegneten. Tatsächlich hat er sein Testament bereits vernichtet und verschiedene Notizen für ein neues angefertigt, die Sie für ihn in juristische Form bringen sollen.«

Hätte Mr. Wheelbird noch bleicher werden können, so wäre er es nun geworden; er starrte Ellen an, sein Adamsapfel zuckte konvulsivisch. Mit heiserer Stimme sagte er: »Ein neues Testament. Morgen nachmittag. J-ja, Miss Paget ...« Dann drehte er sich um und ging hastig von dannen.

Ellen schaute ihm einen Moment lang vage verwirrt nach.

Warum war er nur so verblüfft gewesen? Mr. Paget gedachte sein Vermögen unter Gerard, Eugenia und ihr selbst aufzuteilen. Kitty sollte, als Vergeltung für die herzlose Behandlung ihres Vaters, vollkommen aus dem Erbe gestrichen werden. Ellen fand das nicht ganz gerecht, da Eugenia ebenfalls an der Geschichte beteiligt gewesen war und die Entführung und Ausübung von Zwang sicherlich gebilligt und unterstützt hatte; trotzdem wäre sie wahrscheinlich nicht so weit gegangen wie Kitty. Ellen fühlte sich allerdings nicht berufen, einen Vermittlungsversuch zu machen – der ohnedies völlig sinnlos sein würde. Mr. Paget war fest entschlossen. Beiläufig dachte sie, Mr. Wheelbird müßte sich eigentlich freuen, daß Papa seine testamentarischen Verfügungen ändert, ich weiß noch, wie er mir deswegen einen Wink gab – an dem Tag, als er mir einen Heiratsantrag machte. Meine Güte! Wie lange das schon her schien! Und sie lachte über die Erinnerung vor sich hin, als sie zu ihrer Überraschung von der anderen Straßenseite her in seltsam vertrauten Tönen ihren Namen rufen hörte.

»Callisto! Mon Dieu, que tu es maigre!«

Wie vom Donner gerührt drehte Ellen sich um und sah Germaine de Rhetorée, die ihr von der Einfahrt des Half Moon Inn aus zuwinkte.

Die beiden Mädchen rannten aufeinander zu und umarmten sich mitten auf dem Platz.

»Germaine! Aber was um alles in der Welt tust du hier in Petworth – wie lange bist du schon da?«

»Seit gestern abend. Ich bin gekommen, weil ich mir Sorgen um dich machte – ich dachte, ich komme herüber und sehe selbst nach. Und als ich ankomme – was muß ich da erfahren? Daß du auf irgendeiner wahnsinnigen Suche, einer quichotischen Irrfahrt warst, um deinen Papa vor dieser Harpye von einer Schwester zu retten.«

»Wer hat dir das erzählt?«

»Benedict Masham – ich sah ihn, als er vor noch nicht zehn Minuten hier vorbeiritt.«

»Ohne seine Hilfe wäre es mir nie geglückt«, sagte Ellen.

»Oho! Also hat es ein rapprochement gegeben! Wittere ich eine Romanze?«

»Woher soll ich wissen, was du witterst, du Bluthund?« sagte Ellen mit einem breiten Freudenlächeln über diese Begegnung mit einer Freundin, die jemals wiederzusehen sie nicht erwartet hatte. »Aber ja, es stimmt, daß Benedict und ich heiraten werden.«

»Hélas! Armer Raoul! Dann ist er also umsonst den ganzen Weg hierher gekommen?«

»Was? Du lieber Gott, willst du damit etwa sagen, daß *Raoul* auch hier ist?«

»Du glaubst doch nicht etwa, daß ich ohne Begleitung auf diese barbarische Insel reisen würde? Ich schlug Raoul vor, er solle als mein Kavalier mitkommen, und er tat es gern. Er erwägt schon lange eine Annäherung an dich, aber er brachte nicht den Mut auf, zu schreiben und sie vorzuschlagen. Und jetzt kommt er zu spät!«

Voll Erstaunen über diese gänzlich unerwartete Entwicklung fragte sich Ellen, ob sie, falls Raoul während jener trübsinnigen Monate letzten Winter, da alles so hoffnungslos aussah, geschrieben hätte – falls er damals einen Heiratsantrag gemacht hätte –, ob sie ihn angenommen hätte, nur um zu entfliehen, nur um in ihr geliebtes Paris zurückzukehren.

»Wo ist Raoul jetzt?« fragte sie und sah sich um.

»Oh, er macht einen Besuch bei Monsieur le Baron Leconfield, dessen Tante die angeheiratete Nichte von Raouls Großmutter – oder etwas dergleichen – ist; für Raoul werden die familiären Anstandsformen immer an erster Stelle stehen. Ich wollte dich gerade besuchen kommen – denn er schlug in seiner Schüchternheit vor, du und ich sollten zunächst allein unser Wiedersehen feiern, damit ich seine Sache vertreten könnte. En effet, da kommt er mit dem Honourable Benedict – ich wundere mich, daß sie einander nicht ihre Degen an die Kehle gesetzt haben!«

Tatsächlich, dachte Ellen, hatten die beiden jungen Männer, die in der kalten Februarsonne auf sie zugeschlendert kamen, etwas leicht Gezwungenes. Benedicts früherer, kalt reservierter Ausdruck lag einmal mehr über seinem Gesicht, und Raoul wirkte schlicht besorgt und ängstlich. Er sah um Jahre älter aus als damals, da Ellen ihn zum erstenmal gesehen hatte: ein nüchterner, nachdenklicher Mann, der weiße Streifen auf seinem Haar immer noch deutlich sichtbar. Doch als er den Blick auf Ellen richtete, wandelte sich sein Ausdruck zu reinem, liebevollem Mitgefühl, und er rief aus: »Ach, meine Freundin! Was haben Sie durchgemacht! Sie sehen so zart aus wie eine Schneeflocke. Wie müssen Sie gelitten haben!«

Er küßte ihr die Hände, hielt sie fest und sah ihr unverwandt in die Augen.

»Es hat keinen Zweck, Raoul«, sagte Germaine energisch und munter. »Du kommst zu spät, mon pauvre ami! Ellen und Benedict werden heiraten.«

Ellens Blick traf den von Benedict; er hob die Brauen und schenkte ihr ein leichtes, schiefes, fragendes Lächeln. Sie schüttelte den Kopf, ebenfalls lächelnd.

»Dann«, sagte Raoul mit ausgesuchter Galanterie, »sind Sie der glücklichste Mann in England, Monsieur Masham, und ich gratuliere Ihnen von ganzem Herzen – hélas, armer Bummelant, der ich bin! Was soll ich jetzt tun?«

»Also *mich* kannst du nicht heiraten«, sagte Germaine, fest, aber freundlich. »Ein Fehler dieser Art reicht vollauf! Aber ich werde deine Freundin, dein copain sein und dich ausgezeichnet beraten, bis du die Richtige findest.« Kameradschaftlich nahm sie Raouls Arm. »Komm jetzt, du mußt mich zur Bank begleiten, wo ich etwas Geld wechseln möchte. Du kannst später zurückkommen und Ellen besuchen; wie ich sehe, hat sie gerade etwas zu erledigen.«

Dieses Etwas betraf Benedict, der schlicht sagte: »Bist du sicher, daß du weißt, was du willst, mein Liebes? Bist du sicher, daß du dich nicht nach diesem Franzosen sehnen wirst?«

»Aber nein, Benedict! Ich bin Raoul liebevoll zugetan – aber wie einem Bruder, nicht wie einem Liebsten. Das habe ich dir doch schon gesagt ...«

»Armer Kerl«, sagte Benedict und blickte seinem geschlagenen Rivalen wohlwollend nach.

Gerard war auf Captain nach Lavant Down hinüber geritten. Er hatte vor, die Nacht bei Eustace und Eugenia zu verbringen, um ihnen die vollständige Geschichte der Errettung vor Kitty zu erzählen. Eustace würde zweifellos entsetzt sein; wie Eugenias Reaktion ausfallen würde, konnte Gerard sich nicht vorstellen.

Doch zunächst hatte er bei Matt Bilbo etwas zu erledigen.

»Matt – du kannst Sim einfach nicht mehr länger hier behalten! Es ist zu gefährlich. Ich habe gehört, die Polizei sucht ihn in dieser Gegend. Seine Mutter wohnt immer noch in der Nähe von Petworth – und es ist bekannt, daß du im Gefängnis mit ihm befreundet warst – früher oder später werden sie so gut wie sicher zu deiner Hütte kommen. Wo ist er jetzt?«

»Er arbeitet drunten in Chichester.« Matts Gesicht war besorgt. »Für die Kirche arbeiten, sagt er, wär 'ne Möglichkeit, das Geld zurückzuzahlen, das er aus dem Opferstock genommen hat. 's war'n nur fünf Schilling. Er wird's zurückzahlen, Penny um Penny ...«

»Aber er ist aus dem Gefängnis geflohen. Und du wirst in fürchterliche Schwierigkeiten kommen, Matt, wenn er bei dir gefaßt wird. Ich verstehe ja, daß du ihn nicht bitten konntest zu gehen, als sein Fuß verletzt war, aber jetzt geht es ihm besser ...«

»Ah, armer Simmie! Er hat sich mit Walnuß die Haare gefärbt«, meinte Matt hoffnungsvoll. »Und hier 'rum kennt ihn keiner.«

»Außer seiner Mutter.«

»Der würd' er nich' nahekommen. Die hat ihn furchtbar schlecht behandelt, wie er geheiratet hat – hat gesagt, sie wollt' nichts mehr mit ihm zu tun ha'm, von ihr würd' er weder Brot noch Bett bekommen, bis in der Hölle Schnee fällt.«

»Kann er denn nirgendwo anders hingehen?« Gerard empfand es als seltsam und hart, daß er auf Seiten herzloser, grausamer Vernunft gegen die Gebote von Loyalität und Liebe argumentierte. Matt sah aus so arglosen und leuchtenden Augen auf, daß er noch beschämter war.

»Sim is' so'n armer, umgetriebener Kerl, Gerard; wer würd' sich denn um ihn kümmern, wenn ich ihn wegjage? Und hauptsächlich geht's ihm darum, für dich und deinen Pa diesen Verdammnisstein auszugraben; er nimmt's noch immer furchtbar schwer, was er getan hat ...«

»Aber das war ein Versehen! Und es ist jetzt alles vorbei, und sie hat keinen Schaden genommen ...«

»Das weiß ich doch, aber Sim hat sich nu' ma' in den Kopf gesetzt, Schadenersatz zu leisten; und so wie er's sieht, kann er das am besten, wenn er den alten Verdammnisstein ausgräbt. Du willst doch einen Menschen nich' dran hindern, daß er quitt wird, Master Gerald?«

Matt hatte ihn nie zuvor Master genannt; die Andeutung von Förmlichkeit traf Gerard bis ins Mark; der Schafhirte schien dadurch eine Distanz zwischen ihnen zu schaffen.

»Nein, das will ich natürlich nicht! Aber wenn – falls – falls der Stein gefunden wird – falls ich das Geld für Sim auftreiben kann, damit er nach Übersee ...«

»Tja!« sagte Matt mit seinem offenen, glücklichen Lächeln. »Wenn er gefunden wird, dann soll's kommen, wie's kommt!«

In der Hermitage wurde Sue, das Hausmädchen, von Lachanfällen geschüttelt.

»Oh, Miss Ellen, was meinen Sie! Meine Cousine Nancy hat's mir grade erzählt. Mr. Wheelbird und Mrs. Pike ha'm doch tatsächlich letzten Samstag in der Kirche von Egdean geheiratet! Und sie's bestimmt gut zwölf Jahre älter! Und einen Kopf größer! Ha'm Sie sowas schon ma' gehört?«

»Was? Nein! Mr. Wheelbird und Mrs. Pike? Ich kann es kaum glauben!«

Dann erinnerte sich Ellen an sein Entsetzen – seine Blässe und seinen heruntergeklappten Unterkiefer –, als er erfuhr, daß Luke Paget noch am Leben und bei gesundem Verstand war; blitzartig wurde ihr das Gesamtbild deutlich.

»Ich weiß noch, wie er sich, immer wenn er hierherkam, ein bißchen an sie rangemacht hat«, sagte Sue behaglich. »Hinter ihrem Geld war er her, da möcht' ich wetten; na ja, wie's heißt, hat sie hübsch was auf die Seite gelegt, das, was sie von dem alten Kanonikus in Chichester geerbt hat.«

Und hätte vielleicht noch mehr bekommen können, dachte Ellen. Aber trotzdem hatte Mr. Wheelbird dabei sehr wahrscheinlich gar nicht so schlecht abgeschnitten; jedenfalls mußte er das Beste aus seinem Handel machen.

»Gibt es irgendwelche weitere Neuigkeiten von Mrs. Pikes geflüchtetem Sohn, Sue?« fragte sie.

»Keine, Miss, nicht ein Wort. Wie vom Erdboden verschwunden, der Mensch; nach Amerika, höchstwahrscheinlich.«

Doch an diesem Abend kamen Neuigkeiten von Simon Enticknass.

Um halb zwölf, nachdem Benedict widerstrebend nach Petworth House zurückgekehrt war, betrat Sue mit besorgtem Gesicht das Wohnzimmer und sagte:

»Da's ein junges Mädchen an der Hintertür und fragt nach Ihnen, Miss Ellen. Sie sagt, es ist dringend. Wollen Sie sie empfangen?«

»Natürlich«, sagte Ellen in dem Glauben, es sei vielleicht jemand krank; doch an der Hintertür fand sie Selina Lee, Umschlagtuch und Rock tropfnaß von einem neuerlich aufgekommenen Unwetter.

»Selina! Bist du in Schwierigkeiten? Komm herein! Was kann ich für dich tun?«

»Ich bin nich' in Schwierigkeiten, Miss Ellen, aber ich

hab Angst um Ihren Bruder und dachte, Sie sollten Bescheid wissen.«

»Um Gerard? Warum? Er ist drüben in Valdoe bei meiner Schwester.«

»Nein, Ellen, er is' drüben in Chichester, auf der Suche nach dem Verdammnisstein«, sagte Selina. »Und Sim is' auch dort und hat getrunken. Wenn er nüchtern ist, is' er ja durchaus vernünftig, aber ein Tropfen, und schon is' er außer Rand und Band.«

»Ich verstehe nicht! Wer ist Sim?«

»Na Sim Enticknass, der mit meiner Cousine Sheba verheiratet war.«

»Du meinst – Mrs. Pikes Sohn?«

»Ja doch – der was in Winchester im Kittchen war. Er hat sich beim Schafhirten Bilbo auf Lavant Down versteckt.«

»Ach!« hauchte Ellen. Plötzlich paßte vieles zusammen. »Deswegen ist das arme Mädchen auch zu Mrs. Pike gegangen ...«

»Und die wollt' ihr nich' helfen. Seine Ma hat ihn fortgejagt. Nu' ja«, sagte Selina, »er war schon immer 'ne arme Null. Der Schafhirt Bilbo war gut zu ihm und hat seinen verletzten Fuß verarztet. *Wir* ha'm gewußt, daß er dort war, wir Rom, so wie wir fast alles wissen, aber wir wollten ihm nich' weiter nachlaufen. Soll er sehen, wie er zurechtkommt, hat Onkel Reuben gesagt. Die arme Sheba is' tot, und wir ha'm das Kleine.«

»Shebas Baby – ich wollte mich erkundigen ...«

»Ihre Tante Fanny hat's genommen.« Selina lächelte kurz. »Sie hat's genommen und rausgefüttert, bis es bei Kräften war; dann hat sie uns Bescheid gege'm. 's gibt nich' viel, was Ihrer Tante Fanny entgeht!«

Ich werde sie morgen besuchen gehen, beschloß Ellen. »Aber was ist mit Gerard?«

»Na, der Verdammnisstein. Jeder weiß, daß Ihr Bruder ihn unbedingt ausgra'm will, um Ihrem Pa eine Freude zu machen.«

»Ja«, sagte Ellen und dachte, wie seltsam es war, daß die besessene Suche nach diesem für sie bedeutungslosen Stück Bildhauerarbeit sich solcherart vom Vater auf den Sohn übertragen hatte.

»Und Sim, der was Steinmetz war, ehe ihn das Trinken kaputt gemacht hat, der arbeitet in der Kirche von Chichester. Und er hat uns gesagt, daß sie den Stein morgen wieder zugra'm wollen – der Vorarbeiter hat gesagt, es wär' gefährlich, ihn zu bewegen. Deshalb sind sie jetzt alle dort, Sim und Bilbo und Ihr Bruder; sie ha'm vorgehabt, heimlich reinzugehen, wenn die regulären Arbeiter Feiera'md gemacht ha'm.«

»Aber dann – lieber Himmel, die Männer die dort arbeiten, müssen doch wissen – wenn *sie* ihn nicht bewegen konnten –, es ist die allerverrückteste, gefährlichste Eskapade! Wie kann Gerard so töricht sein, da mitzumachen?«

Doch bangen Herzens konnte sie sich vorstellen, daß er, da er sie bei der Rettung ihres Vaters nicht begleitet hatte, entschlossen sein könnte, sich auf andere Art zu beweisen und seine Trophäe zu erringen.

»Der Schafhirt Bilbo hat's ihnen auszureden versucht«, sagte Selina. »Aber Sim war vom Trinken stur geworden und wollt' auf niemand hör'n. Er hat gesagt, er wüßt' einen geheimen Weg rein, den was ihm einer von den Männern gezeigt hat. Und wenn er die Belohnung von Ihrem Vater bekäm', könnt' er damit nach Amerika fahr'n und den Schafhirten Bilbo von seiner Last befrei'n. Wer'n Sie also kommen, Ellen? Vielleicht können Sie einem von denen Vernunft beibringen.«

»Gib mir fünf Minuten«, sagte Ellen. »Setz dich an den Kamin, Selina; trink etwas Milch.«

Sie flog nach oben, zog sich ein warmes, altes Reitkostüm, Mantel und Kapuze an und kehrte zurück.

Sue, entsetzt und verängstigt, war bereits zur Scheune gegangen und hatte Ellens Pony gesattelt. »Ich weiß nich' recht, ob's mit Reiten am schnellsten geht, Miss Ellen; und ich seh ja ein, daß Sie gehen *müssen*; wenn's mir auch das Herz zerreißt, daß Sie um diese Zeit hinaus müssen, und dann noch zu einem solchen Gang. Warten Sie nur, bis ich Master Gerald sehe, dem werd' ich was erzählen!«

Selina hatte ein zähes, struppiges Zigeunerpony, und die beiden Mädchen ritten rasch aus der Stadt hinaus, über die zwei Meilen lange Straße, die auf den Wall der Downs zuführte.

»Wie hast du das denn alles herausgefunden, Selina?« Ellen keuchte, während sie ihre Pferde im Schritt durch das gewundene Dorf Duncton gehen ließen.

»Wir Rom kriegen das meiste zu hör'n. Mein Onkel Reuben war in Chichester, hatte was mit dem Besitzer vom Dolphin and Anchor zu erledigen; und er hat Sim im Schankzimmer sitzen seh'n, ganz beschwipst vom Saufen und von der Hoffnung; also is' er ihm nach und hat sie in die Krypta runtergehen seh'n!«

»Vielleicht wird ja nichts Schlimmes passieren«, sagte Ellen, die versuchte, sich in einen hoffnungsvollen Gemütszustand zu versetzen. Doch sie trieb ihr Pony mit den Fersen an, als sie sich dem mühsamen Aufstieg nach Duncton Down näherten.

Die Nacht begann ein klein wenig zu verblassen, als sie den Gipfel erreichten. Doch der Wind blies nach wie vor kräftig, und der Regen stach ihre Augen. Als sie den zweiten Kamm, der als Top of Benges bekannt war, überstiegen, war der Himmel im östlichen Abschnitt, zu ihrer Linken, deutlich heller geworden; am Rande des Flachlandes vor ihnen konnten sie undeutlich einen dünnen Silberstreif ausmachen – das Meer.

»Jetzt können Sie grade eben den alten Kirchturm erkennen«, sagte Selina, schräg nach rechts deutend. »Dreißig Meilen weit sieht man den.«

Eine wilde, wüste Dämmerung begann heraufzuziehen, während ihre Ponies, froh über das günstige Gefälle, in flottem Schritt über Open Winkins hinab an Molecombe und

Waterbeech vorbei kanterten. Später werden wir vielleicht bei Eustace und Eugenia frühstücken können, dachte Ellen; wie erleichtert Eugenia sein wird, zu erfahren, daß Papa sein Testament ändern will. Aber ich werde nie mehr so für sie empfinden können wie früher.

Sie hatten den Turm aus den Augen verloren, während sie die Buchengehölze auf dem seeseitigen Hang der Downs durchritten; doch nun, von dem flachen Farmland aus, konnten sie ihn vor sich sehen wie einen Wegweiser, der sich vom heller werdenden Himmel abhob.

Und dann, als sie sich Burnt Mill näherten, geschah etwas Fürchterliches, etwas Ungeheures. Ellen, die über die Ohren ihres Ponys hinweg bang nach vorn auf die Kirchturmspitze schaute, sah das ganze Gefüge aus dem Blick verschwinden, nach unten – wie ein in die Scheide geschobenes Schwert. Eben war die schlanke Spitze noch da – gleich darauf war sie verschwunden, und nur der Turmstumpf blieb sichtbar.

Als sie die West Street erreichten, hatte sich auf der Domfreiheit eine riesige Menschenmenge zusammengeschart. Es war noch sehr früh am Morgen, doch offensichtlich hatte die Neuigkeit rasch die Runde gemacht; das Krachen des Einsturzes mußte ausgereicht haben, viele Leute aus dem Schlaf zu reißen. Zwanzig Reihen tief säumten sie schweigend das eiserne Geländer um das Rasenstück.

»Da kommen wir nie durch«, sagte Selina, doch Ellen hatte in der Nähe des Westtors den Bischof gesehen; er leitete Notmaßnahmen mit Leitern und Seilen. Ellen gab einem Jungen die Zügel ihres Ponys, bahnte sich einen Weg bis vor die Menge und vermochte den Bischof auf sich aufmerksam zu machen.

»Ellen Paget? Himmel, Kind, was machst du denn hier um diese Zeit?«

»O Sir – ich habe schreckliche Angst – mein Bruder war mit zwei anderen Männern unten in der Krypta!«

Der Bischof blickte entsetzt und ungläubig.

»Aber Kind, wie denn das? Ich habe mich selbst vergewissert, daß die Kathedrale letzte Nacht um ein Uhr, als alle Arbeiter herauskamen, verschlossen wurde. Der Turm hatte zu großer Sorge Anlaß gegeben – sie arbeiteten daran ...«

»Ein Freund meines Bruders kannte einen geheimen Eingang!«

Der Bischof machte eine Gebärde der Verzweiflung, drehte sich um und rief die Männer an, die lebhaft einen riesigen Haufen zerbröckelten Mauerwerks angingen. Ein großes, klaffendes Loch war mitten in die Kirche gerissen worden, als der Turm in sich zusammen und ins Mittelschiff gestürzt war – erstaunlich blieb, wie wenig Schaden das Querschiff und die Enden des Mittelschiffs genommen hatten.

»Gebt acht, Männer, es sind vielleicht Leute darunter. Laßt äußerste Vorsicht walten!«

Krank vor Ungewißheit und zitternd vor Kälte, sah Ellen zu, wie die Männer Stein um Stein von dem Schuttberg lüpften.

Stunden vergingen wie Minuten.

»Kind, warum gehst du nicht in den Palast?« sagte der Bischof. »Blanche wird dir etwas zu essen geben ...«

»O nein. Ich könnte nicht. Ich muß bleiben ...«

Ein Schrei von den arbeitenden Männern.

»Er ist durchgebrochen!«

Der Bischof eilte davon.

Es schienen Stunden zu vergehen, ehe eine langsame Prozession auftauchte – zwölf Männer, die drei aus Baudielen gefertigte, improvisierte Bahren trugen. Die Leiber auf ihnen waren in Staubplanen gehüllt.

Der Bischof kam, sehr langsam, zu Ellen zurück.

»Mein armes Kind. Was kann ich anderes sagen, als daß er in Gottes Armen ist?«

»Tot?« Ellen konnte kaum sprechen. Der Bischof neigte das Haupt.

»Einer von den anderen Männern – der grauhaarige – hatte sich über deinen Bruder geworfen, um ihn zu schützen. Aber es war ein vergeblicher Versuch ...«

»Wurde er – wurden sie schlimm verstümmelt?«

»Nein. Slater glaubt, daß sie an Tonnen von Staub und Geröll erstickt sind, die armen Menschen. Was ist nur in sie gefahren, daß sie so etwas taten? Nun ja, sinnlos zu fragen. Möchtest du deinen Bruder sehen, mein Kind?«

»Nein – nein. Jetzt nicht. Noch nicht ... Und – und der Verdammnisstein?« fragte Ellen mit schwankender Stimme.

»Zu Staub zermalmt – wie sein Gegenstück, das man im Mittelschiff hatte liegen lassen. Mein Kind – dein armer Vater! Ich werde ihn später aufsuchen ...«

»Ich danke Ihnen – ich danke Ihnen, Sir. Ich – ich muß nach Hause, um bei ihm zu sein.« Ohne recht zu wissen, was sie tat, verließ Ellen den Bischof und bahnte sich einen Weg zurück zu der Stelle, wo Selina immer noch bei den Pferden wartete.

»Papa: ich habe eine schreckliche Nachricht für dich. Es betrifft Gerard.«

Gott sei Dank, daß Benedict bei ihr war; dicht neben ihr, ihre Hand haltend.

Mr. Paget hörte den kurzen Bericht schweigend an, ein verwirrtes Stirnrunzeln auf dem Gesicht. Dann schaute er auf seine ineinander verschränkten Finger hinab und öffnete sie, als ließe er etwas fahren, das er zu lange festgehalten hatte.

»Tot? Gerard tot? Und Bilbo auch? Und der andere Mann? Der Unschuldige ... mit dem Schuldigen bestraft?«

»Bilbo versuchte, Gerard zu retten ...«

»Bilbo ...« Luke schien in der Erinnerung weit zurückgehen zu müssen. »Warum erinnere ich mich an den Namen? Da war etwas ... mit einem Hasen?«

Er lehnte in seinen Kissen, als habe seine große Gestalt die

Kraft verloren, aufrecht zu bleiben. Nach ein paar Minuten, in denen weder Benedict noch Ellen sprachen, sagte er langsam: »Nun sind sie zusammen.«

»Gerard und sein Freund?« wagte Ellen zu sagen.

Doch Lukes Blick war an ihr vorbeigeglitten. Gedankenvoll, zu sich selbst, fuhr er fort: »Meine beiden Söhne. Und ihre Mutter. Sie sagte ... niemand wird einander je wieder so nahe sein. Aber ich glaube ... ich glaube, daß ich auch ...«

Leise seufzend wandte er den Kopf von dem Paar an seinem Bett ab. Seine Hände erschlafften. Zwei, drei Minuten verstrichen.

Dann flüsterte Ellen erschreckt: »Benedict? Er atmet doch noch?«

Benedict sagte sanft: »Es hat ihm das Herz gebrochen.«

Er nahm sie beim Arm und führte sie aus dem Zimmer.

Muriel Spark im Diogenes Verlag

Vorsätzlich Herumlungern
Roman. Aus dem Englischen von Hanna Neves
Leinen. Auch als detebe 21195

Memento Mori
Roman. Deutsch von Peter Naujack
detebe 20892

Junggesellen
Roman. Deutsch von Elisabeth Schnack
detebe 20893

Portobello Road
Erzählungen. Deutsch von Peter Naujack
und Elisabeth Schnack
detebe 20894

Die Blütezeit der Miss Jean Brodie
Roman. Deutsch von Peter Naujack
detebe 21055

Die Ballade von Peckham Rye
Roman. Deutsch von Elisabeth Schnack
detebe 20119

Robinson
Roman. Deutsch von Elizabeth Gilbert
detebe 21090

Die Tröster
Roman. Deutsch von Peter Naujack
detebe 21089

Patricia Highsmith im Diogenes Verlag

Leute, die an die Tür klopfen
Roman. Aus dem Amerikanischen von Anne Uhde. Leinen

Nixen auf dem Golfplatz
Erzählungen. Deutsch von Anne Uhde
Leinen

Die besten Geschichten von Patricia Highsmith
Herausgegeben von Franz Sutter
Diogenes Evergreens

Der Stümper
Roman. Deutsch von Barbara Bortfeldt
detebe 20136

Zwei Fremde im Zug
Roman. Deutsch von Anne Uhde
detebe 20173

Der Geschichtenerzähler
Roman. Deutsch von Anne Uhde
detebe 20174

Der süße Wahn
Roman. Deutsch von Christian Spiel
detebe 20175

Die zwei Gesichter des Januars
Roman. Deutsch von Anne Uhde
detebe 20176

Der Schrei der Eule
Roman. Deutsch von Gisela Stege
detebe 20341

Tiefe Wasser
Roman. Deutsch von Eva Gärtner und Anne Uhde. detebe 20342

Die gläserne Zelle
Roman. Deutsch von Gisela Stege und Anne Uhde. detebe 20343

Das Zittern des Fälschers
Roman. Deutsch von Anne Uhde
detebe 20344

Lösegeld für einen Hund
Roman. Deutsch von Anne Uhde
detebe 20345

Der talentierte Mr. Ripley
Roman. Deutsch von Barbara Bortfeldt
detebe 20481

Ripley Under Ground
Roman. Deutsch von Anne Uhde
detebe 20482

Ripley's Game
Roman. Deutsch von Anne Uhde
detebe 20346

Der Schneckenforscher
Gesammelte Geschichten. Vorwort von Graham Greene. Deutsch von Anne Uhde
detebe 20347

Ein Spiel für die Lebenden
Roman. Deutsch von Anne Uhde
detebe 20348

Kleine Geschichten für Weiberfeinde
Deutsch von W. E. Richartz. Mit siebzehn Zeichnungen von Roland Topor
detebe 20349

Kleine Mordgeschichten für Tierfreunde
Deutsch von Anne Uhde. detebe 20483

Venedig kann sehr kalt sein
Roman. Deutsch von Anne Uhde
detebe 20484

Ediths Tagebuch
Roman. Deutsch von Anne Uhde
detebe 20485

Der Junge, der Ripley folgte
Roman. Deutsch von Anne Uhde
detebe 20649

Leise, leise im Wind
Erzählungen. Deutsch von Anne Uhde
detebe 21012

Keiner von uns
Erzählungen. Deutsch von Anne Uhde
detebe 21179

Als Ergänzungsband liegt vor:
Über Patricia Highsmith
Essays und Zeugnisse von Graham Greene bis Peter Handke. Mit Bibliographie, Filmographie und zahlreichen Fotos. Herausgegeben von Franz Cavigelli und Fritz Senn
detebe 20818

D. H. Lawrence im Diogenes Verlag

Sämtliche Erzählungen und Kurzromane in 8 Bänden
Aus dem Englischen von Martin Beheim-Schwarzbach, Georg Goyert, Marta Hackel, Karl Lerbs, Elisabeth Schnack und Gerda von Uslar

Der preußische Offizier
Sämtliche Erzählungen I. detebe 20184

England, mein England
Sämtliche Erzählungen II. detebe 20185

Die Frau, die davonritt
Sämtliche Erzählungen III. detebe 20186

Der Mann, der Inseln liebte
Sämtliche Erzählungen IV. detebe 20187

Der Fremdenlegionär
Autobiographische Prosa. Sämtliche Erzählungen V. detebe 20188

Der Fuchs
Der Marienkäfer – Die Hauptmannspuppe. Sämtliche Kurzromane I. detebe 20189

Der Hengst St. Mawr
Sämtliche Kurzromane II. detebe 20190

Liebe im Heu
Das Mädchen und der Zigeuner – Der Mann, der gestorben war. Sämtliche Kurzromane III detebe 20191

John Thomas & Lady Jane
Roman. Die zweite und längste Fassung der ›Lady Chatterley‹. Deutsch von Susanna Rademacher. detebe 21030

Liebe, Sex und Emanzipation
Essays. Deutsch von Elisabeth Schnack detebe 20955

Briefe
Deutsch von Elisabeth Schnack. Mit einer Einleitung von Aldous Huxley und einem Nachwort von Elisabeth Schnack. Personenverzeichnis, Chronik und Bibliographie im Anhang. detebe 20954

Mexikanischer Morgen
Reisetagebücher. Deutsch von Alfred Kuoni detebe 21311

Das Meer und Sardinien
Reisetagebücher. Deutsch von Georg Goyert detebe 21312

Etruskische Stätten
Reisetagebücher. Deutsch von Oswald von Nostitz. detebe 21313

Italienische Dämmerung
Reisetagebücher. Deutsch von Georg Goyert detebe 21314